HARALD GÖRLICH

Feuermal und Flammenmeer

DRAMATISCH Die aus einer verarmten Adelsfamilie stammende, bildhübsche Agnes gewinnt die Zuneigung des am württembergischen Hof einflussreichen Adligen Rüdiger von Hayden. Als er sie heiratet, scheint ihr Glück perfekt. Doch der ersehnte Stammhalter bleibt aus. Agnes begibt sie sich in die Hände eines windigen Heilers und wird von dessen Sohn missbraucht. Diese Schändung bleibt nicht ohne Folgen. Sie bringt Zwillinge zur Welt, Rüdiger von Hayden ist überglücklich. Als er durch einen Zufall bemerkt, wer der wirkliche Vater ist, kommt es zur Tragödie. Im Affekt tötet Agnes ihren Ehemann, der ihre Kinder weggegeben hat. Sie wird zu einer hohen Zuchthausstrafe verurteilt. Nach der Begnadigung durch König Friedrich I. macht sie sich auf die Suche nach ihren Kindern. Es gibt Anzeichen dafür, dass diese mit ihren Adoptiveltern nach Amerika ausgewandert sind. Doch es vergehen noch Jahre und Jahrzehnte, bis sich im brennenden Hamburg eine unglaubliche Begegnung für die alt gewordene Agnes ergeben wird.

Harald Görlich, Jahrgang 1955 und promovierter Wirtschaftspädagoge, arbeitet in Baden-Württemberg verantwortlich als Professor und Direktor in der Lehrerbildung. Er leitet in Oberschwaben ein Studienseminar und lebt mit seiner Familie im Kreis Göppingen.

Bisherige Veröffentlichungen im Gmeiner-Verlag:
Kellerkind und Kaiserkrone (2012)

HARALD GÖRLICH

Feuermal und Flammenmeer

Das Leben der Agnes von Hayden

GMEINER Original

Besuchen Sie uns im Internet:
www.gmeiner-verlag.de

Im Ehnried 5, 88605 Meßkirch
Telefon 0 75 75 / 20 95 - 0
info@gmeiner-verlag.de

1. Auflage 2014

Lektorat: Claudia Senghaas, Kirchardt
Herstellung: Mirjam Hecht
Umschlaggestaltung: U.O.R.G. Lutz Eberle, Stuttgart
unter Verwendung des Bildes »Romney 1787-89« von Henrietta, Countess of Warwick, http://commons.wikimedia.org/wiki/File:Henrietta,_Countess_of_Warwick,_and_Her_Children_-_Romney_1787-89.jpg
Druck: GGP Media GmbH, Pößneck
Printed in Germany
ISBN 978-3-8392-1495-4

Für Bettina. Für mehr als 40 Jahre. Welch Fundament!

STUTTGART – MITTE AUGUST 1800

Er verlor vollkommen die Kontrolle. Eine nicht mehr zu zügelnde Wut übermannte ihn. Seine Frau hatte ihn betrogen. Diese Erkenntnis traf ihn bis ins Mark. Er fühlte sich erniedrigt, gedemütigt und zum Gespött der Leute verdammt. In seinem Stolz tief verletzt, schlug er auf seine Frau Agnes ein. Sie versuchte erfolglos, seinen brutalen Schlägen auszuweichen. Als sie zu Boden ging, bat Agnes um Erbarmen. Mit ihren Händen schützte sie ihren Kopf. Vor der verschlossenen Tür standen die Hausbediensteten und warfen sich verängstigte Blicke zu. Sie wagten nicht, etwas zu unternehmen. Ein Einmischen hätte fatale Folgen gehabt.

»Du Hure! Du elendige Hure!«

Rüdiger von Hayden brüllte die am Boden liegende Agnes an. Er spuckte auf sie. Sein Gesicht war nur noch eine rote, verzerrte Maske.

»Bitte …«, flehte seine Frau. Ihre rechte Hand versuchte zaghaft, die niederprasselnden Schläge abzufangen.

Ihr Mann trat zurück. Er brüllte wie ein waidwundes Tier. Dann stieß er erbarmungslos mit seinem Fuß zu. Der schwere Lederstiefel traf Agnes erst am Oberarm. Als ein erneuter Tritt folgte, traf er sie in der rechten Nierengegend. Heftige Schmerzen durchfluteten ihre ganze Körperhälfte. Ihr wurde schlecht. An eine Abwehr war nicht mehr zu denken. Sie lag zusammengekrümmt und einer Ohnmacht nahe auf dem Fußboden. Aus ihrem Mund lief Blut. Sie konnte sich kaum mehr bewegen und rechnete mit dem Schlimmsten.

Nach weiteren Schlägen ließ ihr Mann endlich von ihr ab. Er griff nach seinem Degen und hätte wohl das Furchtbarste getan, wenn in diesem Augenblick nicht Elsbeth heftig gegen die verschlossene Tür geklopft hätte. Rüdiger von Hayden fuhr herum. Er riss die Tür auf und fuchtelte bedrohlich mit der scharfen Waffe. Elsbeth wich erschrocken zurück. Der immer noch vor Wut rasende Hausherr schlug die Tür wieder zu. Dabei zerbarst die im oberen Teil eingefügte Fensterscheibe, was von Hayden nur noch mehr in Rage versetzte. Agnes robbte ein wenig über den Boden. Sie wollte sich aufs Sofa ziehen. Die Schmerzen in ihrer verletzten Seite machten ihr aber das Atmen schwer, auch schienen ihre Arme ganz kraftlos.

Mit äußerster Brutalität packte von Hayden seine Frau an den Haaren. Er schleifte sie aus dem Zimmer, in einer Hand immer noch den Degen haltend. Die Bediensteten wichen zurück. Elsbeth jammerte vor Entsetzen.

»Nein, nicht doch! Um Gottes willen, gnädiger Herr …«

»Verschwinde, du altes Weib!«

»Bitte, Herr Präsident. Ich bitte Sie. Haben Sie doch Erbarmen.«

»Geh weg, du Hexe. Wehe, du kommst mir in die Quere.«

Agnes stöhnte. Von Hayden hielt sie an den Haaren fest. Er zog sie über die Türschwelle und riss auf der dem

Wohnzimmer gegenüberliegenden Seite eine schwere Holztür auf. Die Stiegen in den Kellerraum lagen fast vollständig im Dunkeln. Wild zerrte von Hayden seine Frau in den Türrahmen. Sie hatte weder Kraft zum Aufbäumen noch zur Gegenwehr, obwohl sie das Schlimmste ahnte. Elsbeth jedoch geriet außer sich vor Angst und Sorge und wollte die böse Tat nicht hinnehmen.

»Nicht, bitte, Herr. Das dürfen Sie nicht tun.«

Flehentlich ging sie mit ausgestreckten Armen auf ihn zu, um Agnes zu schützen.

»Bitte, bitte, Herr Präsident. So haben Sie doch Erbarmen.«

Elsbeth wagte es, von Hayden zaghaft am Arm zu fassen. Nicht energisch, nicht heftig. Nur ganz sacht, damit er seine Frau nicht die Treppenstufen hinabstoßen konnte. Von Hayden riss den Degen nach oben. Niemand konnte hinterher sagen, ob er mit Absicht gehandelt hatte oder ob es nur ein Reflex gewesen war. Doch die rasiermesserscharfe Klinge traf die treue Elsbeth in die Halsseite.

Voller Entsetzen schrie Agnes auf. Sie sah den Blutstrahl, der augenblicklich aus Elsbeths Hals herausschoss. Er stockte kurz, dann ergoss er sich wieder. Elsbeth drückte beide Hände auf die durchtrennte Schlagader. Agnes wand sich mit letzter Kraft. Sie wollte helfen. Aber ihr Mann ließ nur den Degen fallen. Mit beiden Händen packte er jetzt zu. Er riss sie ganz nach oben, zog sie an sich. Seine Augen quollen aus den Höhlen. Er herrschte sie hasserfüllt an:

»Du bekommst das, was du verdienst. Ich werde dich zerstören. Dich und deine verdammte Kinderbrut.«

Aus den Augenwinkeln sah Agnes Elsbeth zusammenbrechen. Ihre über alles geliebte Zofe rutschte auf die harten Dielen und lag bald in einer immer größer werdenden Blutlache. Als Agnes die Stiegen hinabstürzte, schlug sie mehrfach mit dem Kopf auf das harte Holz. Bewusstlos blieb sie am Treppenabsatz liegen. Derweil verblutete ihre treue Zofe. Niemand war ihr zu Hilfe geeilt. Der Koch und seine beiden Helferinnen, der Kutscher und auch die jungen Putzkräfte hatten sich in ihre Zimmer zurückgezogen. Sie wussten zwar, dass Furchtbares geschah. Aber wer von ihnen hätte schon den Mut gehabt, dem Hausherrn Paroli zu bieten? Angespannt lauschten sie der plötzlich einsetzenden Stille. Sie hörten nur die schweren Stiefel, mit denen von Hayden energisch auftrat. Der Mann konnte sich nur schwer beruhigen. Er ging im Flur auf und ab. Dass er Elsbeth getötet hatte, berührte ihn nicht im Geringsten. Viel zu lange schon hatte er die Vertraute seiner Frau in seinem Haus geduldet. Sie war ihm und seiner Mutter längst ein Dorn im Auge gewesen. Und warum musste diese dumme Person ihm in den Arm fallen? Sie war an ihrem Schicksal selbst schuld. Das Einzige, was ihn störte, war das viele Blut. Selbst die Wände waren vollgespritzt, ebenso seine Kleidung.

Eine ganze Zeit lang geschah nichts. Dann fing im ersten Stock erst eines der 14 Wochen alten Kinder zu weinen an. Gleich darauf setzte das andere ein. Sofort griff wieder der Hass nach dem Stallmeister, der in ihnen nicht mehr das eigen Fleisch und Blut sah, sondern Bastarde. Kuckuckskinder, die ihm von seiner untreuen Ehefrau untergeschoben werden sollten. Diese Brut musste verschwinden. Rüdiger von Hayden hatte längst den furchtbaren Entschluss gefasst. Er rief nach dem Kutscher und dem Koch. Vorsichtig öffneten die beiden die Küchentür. Verängstigt traten sie in den Flur. Entsetzen machte sich in ihren Gesichtern breit, als sie Elsbeth in ihrem Blut liegen sahen. Auf ihrer rechten Halsseite klaffte eine grauenhafte Wunde. Sie glänzte von dem Blut, das auch ihre Haare völlig verklebt hatte. Die beiden Bediensteten wagten kaum zu atmen.

»Sie hat sich auf mich gestürzt. Dabei ist das Unglück geschehen. Die dumme Gans wollte es nicht anders«, erklärte von Hayden mit aggressiver Stimme.

Der Koch und der Kutscher mussten schlucken. Da ihr Herr den Degen immer noch in der Hand hielt, wagten sie keine Widerworte.

»Stellt euch nicht dümmer an, als ihr seid! Was kann ich dafür? Ein Unglück! Das hätte nicht sein müssen. Aber sie musste sich ja unbedingt einmischen.«

Die beiden schauten sich nur einen Augenblick völlig fassungslos an.

»Und die gnädige Frau?«, wagte der Kutscher zu fragen.

»Zerbrich dir nicht den Kopf. Ihr geht es gut. Und im Übrigen geht es dich überhaupt nichts an. Du gehst jetzt als Erstes zum Polizeiposten und danach zum Waisenhaus. Frage nach dem Vorsteher, er heißt Bellnagel. Er soll herkommen. Und zwar gleich, nachdem die Polizei wieder weggegangen ist. Ihr steht mir als Zeugen zur Verfügung. Ihr habt doch gesehen, wie Elsbeth auf mich losgestürzt ist? Oder etwa nicht?«

Von Hayden musterte die beiden mit scharfem Blick. Eingeschüchtert und unterwürfig nickten sie. Dem Koch wurde mit einem Mal schlecht. Er kippte zur Seite und konnte sich gerade noch mit einer Hand am Türrahmen festhalten. Dort ging er in die Knie. Er versuchte zu verhindern, was nicht zu verhindern war. Sein Mageninhalt ergoss sich unter ekligem Würgen auf den steinernen Fußboden.

»Wenn du dich ausgekotzt hast, machst du den ganzen Dreck weg. Und du hilfst mir dann beim Saubermachen.«

»Das können doch die Mädchen.«

Von Hayden herrschte seinen Kutscher giftig an, der den Koch beschützen wollte.

»Wenn schon der Koch kotzen muss, was glaubst du, passiert mit den Weibern, wenn sie Elsbeth da liegen sehen? Also mach, was ich dir aufgetragen habe, und zwar ein bisschen plötzlich.«

Der Kutscher hob entschuldigend die Hände. Er war einiges gewohnt. Doch die Szene, die er vor sich sah, erschütterte ihn zutiefst. Elsbeth war ihm über viele Jahre eine wichtige Person im Hause des Hofkavaliers und Stallmeisters gewesen. Er hatte die alte Frau gemocht. Ihm erschien das, was geschehen sein sollte, unglaublich. Elsbeth war von sanftmütigem Charakter. Er konnte sich keinen Reim auf die Geschichte von Haydens machen. Doch empfahlen sich weder Widerspruch noch Zweifel. Wer wusste, was dann mit ihm geschah? Womöglich würde er hinausgeworfen werden? Seine Stellung wollte er keinesfalls verlieren. Er nickte daher nur. Dann drehte er sich um und stapfte nach draußen. Der Koch stand zittrig im Flur, in dem es zu stinken anfing.

»Du machst jetzt deinen Dreck weg!«, herrschte ihn von Hayden an. »Und schicke die Mädchen in ihre Kammer. Sie sollen sich nicht mehr blicken lassen.«

Von Hayden wusste genau, was zu tun war. Er würde aus der ganzen Sache ohne Schaden herauskommen. Nur der angebliche Ehebruch seiner Frau ließ sich nicht wieder gut machen. Er würde zum Gespött aller werden. Diese Blamage fürchtete er. Es galt daher zu handeln. Er würde den Leuten zeigen, was geschah, wenn ihm übel mitgespielt wurde. Seine Entscheidung stand fest. Er plante für seine Frau die schlimmste aller Strafen, die einer Mutter angetan werden konnte.

STUTTGART – JULI/AUGUST 1799

AGNES WEINTE JÄMMERLICH. Allein mit ihrem Unglück, lag sie auf dem Bett in ihrer Schlafkammer. Das Gesicht tief im Kopfkissen verborgen, saugte der Stoff ihre Tränen auf. Ihr Schluchzen wurde zwar gedämpft von dem mit feinsten Daunen gefüllten Kissen. Trotzdem konnte Elsbeth, die Magd und erste Dienerin im Haus, wieder einmal vor der Tür ihre ganze Pein mit anhören. Die gnädige Frau litt seit fast drei Jahren. Das Leiden hatte von Monat zu Monat zugenommen. Seit etwa einem Jahr kam es wiederholt zu den Wutanfällen ihres Ehemannes, der zunehmend ungeduldig auf den sehnlichst erwünschten Nachwuchs wartete, der sich auch im fünften Jahr ihrer Ehe nicht einstellen wollte. Über das große Haus, das in dem besseren Stadtviertel Stuttgarts, der Turniervorstadt, lag, hatte sich schon lang eine belastende, zutiefst deprimierende Stimmung gelegt, die nicht nur das Ehepaar niederdrückte, sondern auch alle Hausangestellten in Mitleidenschaft zog. Elsbeth, die Agnes seit ihrer Kindheit kannte und ihr nach deren Eheschließung in von Haydens Haus gefolgt war, litt kaum weniger als die gnädige Frau, die sie seit annähernd 24 Jahren liebte wie eine eigene Tochter. Sie hatte sie aufwachsen sehen, sich liebevoll um sie gekümmert und ihr mit Rat und Tat beigestanden. Es waren zumeist gute, ja fröhliche Jahre gewesen. Agnes wuchs in ihrem Elternhaus in Schwieberdingen behütet und glücklich auf. Sie war das einzige Kind von Richard und Wilhelmine Stellrecht, die ihre Tochter wie ihren Augapfel hüteten. Die Familie war nicht vermögend, doch konnten ihre Eltern ihr im Rahmen bescheidener Möglichkeiten mehr bieten als die Landwirtsfamilien in dem kleinen Dorf, die in manchen Jahren hart um ihre Existenz kämpfen mussten. Richard Stellrecht besaß ein Geschick als Kaufmann im Textilhandel. Die Geschäfte florierten zwar nicht immer. Aber immerhin erwirtschaftete er damit ein Auskommen, das seiner Familie ein vergleichsweise sorgenfreies Leben sicherte. Für ihre Agnes taten sie alles. Das Mädchen wuchs zu einer Schönheit heran, die nicht nur den Schwieberdingern auffiel. Agnes' zierlicher Körper, ihr fein geschnittenes Gesicht, umrahmt von hellblonden Haaren, machten sie sehr begehrenswert. ›Die schöne Kaufmannstocher‹ oder gar ›Engel auf Gottes Erdboden‹ nannte man sie. Ihr Ruf sprach sich in weitem

Umkreis herum. Selbst junge Burschen aus dem nahe gelegenen Ludwigsburg, aber auch aus Stuttgart oder gar Heilbronn zeigten Interesse an ihr. Bereits viermal hatten Väter dieser verliebten Freier bei Richard Stellrecht vorgesprochen, um die Chancen auf eine mögliche Heirat auszuloten. Es wären allesamt gute Partien gewesen. Doch Agnes zeigte nicht ein einziges Mal Interesse. Und obwohl ihr Vater zuletzt vor allem die Vorteile einer Heirat mit dem Sohn des vermögenden Ludwigsburger Kürschnermeisters Erwin Michelbach in höchsten Tönen pries, musste er letztlich aufgeben. Agnes verspürte nicht die geringste Lust auf eine Heirat und keiner der Männer konnte ihr Herz gewinnen. Jedenfalls nicht bis zu dem Tag, an dem Rüdiger von Hayden auf sie aufmerksam wurde. Als der Hofkavalier und Stallmeister um ihre Hand anhielt, schien das Glück vollkommen. Er stand in freundschaftlicher Beziehung zu Prinz Friedrich, den er seit Jahren kannte und dem er als enger Vertrauter diente. Prinz Friedrich lebte und wohnte vor allem in den Sommermonaten auf einem 1791 erworbenen Gut in dem kleinen Ort Schwieberdingen, das ihm schön wie das Paradies vorkam. Er wartete dort voller Ungeduld auf die Übernahme der Regentschaft, sah er das Herzogtum doch arg gebeutelt durch österreichische und französische Truppen. Württemberg war längst zum Spielball der großen Mächte geworden. Mit seinem Onkel, dem jahrelang herrschenden Herzog Carl Eugen, hatte er sich nicht verstanden. Oft genug war es zwischen beiden zum Streit gekommen. Mit den Carl Eugen nachfolgenden Herzögen Ludwig Eugen und Friedrich Eugen, die jeweils nur kurz regierten und ebenfalls seine Onkels waren, verstand er sich zwar besser. Doch besaß Erbprinz Friedrich Willensstärke und ein ausgeprägtes Selbstbewusstsein. Er wollte Württemberg ein stärkeres politisches Gewicht verschaffen. So litt er daran, dass württembergische Truppen in erfolglose Kriege entsandt wurden. Die wirtschaftliche Lage bot vielen Untertanen kaum das notwendige Auskommen. Armut und Existenzsorgen griffen um sich. Er wollte Verantwortung übernehmen und zum Wohl der Untertanen und des Landes handeln. Doch musste er sich noch einige Jahre gedulden. Jedenfalls hielt sich sein Stallmeister von Hayden oft bei ihm in Schwieberdingen auf. Als er dort erstmals beim Erntedankfest auf die 18-jährige Agnes traf, stand für ihn fest, sie würde die Frau seines Lebens werden. Ihm waren in der Vergangenheit die Herzen etlicher Damen zugeflogen. Seine stattliche Erscheinung, seine Nähe zum Prinzen, sein Einfluss bei Hofe und nicht zuletzt sein Vermögen machten ihn zu einer besonders interessanten Partie. Jede junge Frau hätte er haben können, doch er warb um Agnes und bat alsbald bei ihrem Vater um deren Hand. Dieser erkannte die große Chance, die sich mit dieser Vermählung für seine ganze Familie bot. Vor allem hatte seine Agnes auf das Werben des Adligen angesprochen. Ihre Tochter war zweifellos verliebt. Die Eltern sprachen mehrfach mit ihr. Sie schwärmte von diesem gut aussehenden Herrn, der sich vorzüglich zu benehmen wusste. Nur der Form halber hatte Stellrecht einen Moment gezögert, dann aber doch seine Zustimmung rasch gegeben. Seine über alles geliebte Tochter würde mit dieser Heirat in den Adelsstand aufsteigen! Ein unglaubliches Glück! Das Schicksal meinte es besonders gut mit ihnen. Welchem Mädchen aus bürgerlichem Hause bot sich schon eine solche Chance? Mehr konnten er und seine Frau wahrlich nicht erwarten. Als am Hochzeitstag im Spätsommer 1794 bei strahlendem Sonnenschein die Glocken der kleinen Schwieberdinger Kirche läuteten, war er überaus zufrieden. Diese Heirat beförderte in den Folgejahren sein gesellschaftliches Ansehen enorm. Endlich fand er Zugang zu höheren Kreisen, was nicht nur wegen der besonderen Stellung, die er fortan innehatte, von Bedeutung, sondern auch für seine Geschäfte außerordentlich förderlich war. Schon zwei Monate nach Friedrichs Thronbesteigung wurde er Anfang des Jahres 1798 vom neuen Herzog zum Hoflieferanten ernannt. Diese für ihn und seine Familie ganz und gar außergewöhnliche Geste empfand er als den größten Gunsterweis, den er jemals in seinem Leben erhalten hatte. Das wichtige Schriftstück mit dem Namen des Herzogs hing wie ein begehrtes Diplom eingerahmt an der Wand in seinem Arbeitszimmer. Und es gab keinen Besucher, mit dem er nicht vor dieses Schreiben trat, um ausführlich über dieses Zeichen der Verbundenheit zum Stuttgarter Hof zu berichten. Nun lag die prachtvolle Hochzeitsfeier, die er sich mehr hatte kosten lassen, als es an und für sich seinen Verhältnissen entsprochen hätte, schon einige Jahre zurück.

Das Hochgefühl des ersten und zweiten Ehejahres hatte sich nach und nach verflüchtigt. Anfangs waren die Stellrechts jedes Mal zuvorkommend und freundlich bei ihren Besuchen im Hause von Haydens behandelt worden. Das junge Paar war einige Monate nach dem Ende 1797 erfolgten Regierungsantritt von Herzog Friedrich II. in eines der besten Häuser in der Turnierackervorstadt gezogen. Von Hayden erfreute sich mehr denn je der Gunst seines fürstlichen Freundes. Seine Treue zu ihm in all den Prinzenjahren sollte sich vielfältig auszahlen. Hatte er zunächst noch seine Funktionen als Hofkavalier und Stallmeister weiter ausgeübt, wurde er vom Herzog später zuerst zum Mitglied der Polizeideputation ernannt und kaum ein Jahr später – es war bereits Ende Dezember 1799 – zum Stellvertreter des Geheimen Ratspräsidenten Graf von Zeppelin. Von Haydens Einfluss war damit größer denn je. So sehr ihm beruflich alles gelingen wollte und sein gesellschaftliches Ansehen wuchs, desto trauriger gestaltete sich im Lauf der Zeit seine Ehe mit Agnes. Natürlich wartete von Haydens Familie auf Nachwuchs. Vor allem seine Mutter drängte auf einen Stammhalter. Sie wurde böse und intrigant, als sich bei Agnes auch nach dreijähriger Ehe immer noch keine Schwangerschaft einstellen wollte. Nicht nur Agnes, sondern auch ihre Eltern bekamen die Vorwürfe zu spüren. Mehr und mehr waren die freundlichen Gesten ausgeblieben. In letzter Zeit schien es dem alten Stellrecht, er wäre gar nicht mehr willkommen im Hause seines Schwiegersohnes. Natürlich wusste er um das Problem des ausbleibenden Kindersegens. Es berührte ihn und seine Frau tief. Aber was sollte, was konnte er tun? Zweimal hatte er mit seiner Tochter sogar wider besseres Wissen geschimpft. Und nachdem mehrere Ärzte, die er hinzugezogen hatte, auch keinen Rat wussten, verstieg er sich weiter in unberechtigte Vorwürfe. Diese waren aber im Vergleich zu denen seines Schwiegersohnes fast harmlos. Rüdiger von Hayden, angetrieben von seiner giftigen und seit Jahren verwitweten Mutter, setzte seiner Frau Monat für Monat zu. Agnes fürchtete mittlerweile nicht nur das Einsetzen ihrer Monatsblutung, mit der wieder alle Hoffnung genommen wurde. Sie fürchtete sich schon längstens vor dem Vollzug der Ehe, die für ihren Mann nur mehr ein mechanischer Akt war. Ihm ging es lediglich noch um die Zeugung von Nachwuchs. Keine Spur mehr von Zärtlichkeit und Liebe! Roh und schnell erledigte er den Akt und geriet kurze Zeit später erneut außer sich, wenn sich herausstellte, dass Agnes wiederum nicht empfangen hatte. Auch an diesem Morgen hatte Rüdigers Mutter Agnes mit Fragen malträtiert. Nachdem ihre Schwiegertochter mit zittriger Stimme und in Tränen aufgelöst deren Verdacht bestätigen musste, hetzte sie am Mittagstisch ihren Sohn abermals gegen die eigene Frau auf. Bevor er wieder zu seinem Reitstall gegangen war, tobte Rüdiger von Hayden durchs Haus. Er beschimpfte seine Frau, machte ihr böse Vorhaltungen, die in dem Vorwurf gipfelten, sie würde alles tun, um nicht schwanger zu werden. Wutentbrannt hatte er in Agnes' Zimmer eine Vase an die Wand geworfen, wo sie in tausend Teile zersplitterte. Agnes sah fassungslos dem Wüten ihres Mannes zu. Sie schämte sich und fühlte sich schuldig. Nachdem ihr Mann voller Zorn das Haus verlassen hatte, konnte sie nicht mehr an sich halten. Sie stürzte in ihr Schlafgemach und weinte sich ihr Leid aus dem Leib.

Elsbeth kämpfte schon lange mit sich. Alles bisher Unternommene war erfolglos geblieben. Ärzte, andere Umgebungen, Reisen, die Fürbitten zu verschiedenen Heiligen, die Gespräche mit dem Stadtpfarrer – nichts und niemand vermochte zu helfen. Der nicht erfüllte Kinderwunsch brachte Unglück über Agnes, die ihr manchmal bereits wie eine Kranke vorkam. Das bleiche Gesicht mit den verweinten Augen bewies ganz offenkundig, wie sehr Agnes unter diesen Umständen litt. Elsbeth wollte ihr helfen. Unbedingt! Sie klammerte sich seit Wochen an einen Gedanken. Doch hatte sie sich zunächst nicht getraut, darüber mit Agnes zu sprechen. Heute nun musste es sein. Sie konnte deren Leid nicht mehr mit ansehen. Elsbeth wartete noch geraume Zeit. Als das Schluchzen nachließ, klopfte sie vorsichtig an die Tür. Agnes war es ein Trost, sie zu sehen. Die beiden Frauen umarmten sich wortlos.

»Es wird alles gut werden.« Elsbeth erzählte Agnes von dem Heiler, dem sie sich anvertrauen sollte und der wohl als Einziger noch helfen konnte.

HESLACH (BEI STUTTGART) – JULI 1799

Emanuel Bodelschwingh war Scharfrichter und Henker in Stuttgart gewesen. 26 Menschen hatte er im Lauf der Jahre geköpft oder am Galgen baumeln lassen. Es gab Jahre, da verging nicht ein Monat, ohne dass er einen verurteilten Verbrecher geköpft oder gehenkt hatte. Er waltete seines Amtes zudem auch in anderen Amtsstädten des Herzogtums. Außerdem betätigte er sich als Wundarzt. Alles in allem war er ein viel beschäftigter Mann. Die Schicksale oder die finsteren Geschichten der armen zum Tode verurteilten Menschen, ob Deserteur oder Kindsmörderin, hatten ihn nie interessiert. Sein Auftrag galt lediglich der Vollstreckung des vom Strafgericht und den Oberräten ergangenen Urteils. Das Gericht unter der Leitung verschiedener Vorsitzender urteilte häufig ungemein hart und gnadenlos. Selbst manche einfachen Diebe, die wiederholt erwischt worden waren, mussten mit einem Todesurteil rechnen. Und hätten die Oberräte es bei einem öffentlichen Auspeitschen und Zuchthausstrafen belassen, dann kannte nicht selten der Herzog kein Erbarmen. Es gab sogar Fälle, da protestierte der Stuttgarter Magistrat gegen die Vollstreckung eines Todesurteils. Doch anstatt von seinem Begnadigungsrecht Gebrauch zu machen, überging der Herzog den Protest und ließ das harte Urteil vollstrecken. Bodelschwingh konnte nichts Böses daran finden. Immerhin verdiente er bei jeder Hinrichtung eine Prämie, die ihm die Stadt zahlte. Zudem – doch er hütete sich, mit irgendjemandem darüber zu sprechen – empfand er ein tiefes Glücksgefühl, ein geradezu höchstes Maß an Zufriedenheit, einen Menschen töten zu dürfen. Noch Tage nach einer Vollstreckung durchlebte er in Gedanken wieder und wieder diese kurzen Augenblicke und fühlte sich geradezu beschwingt. Auf der Wolframshalde standen ein hölzerner und ein eiserner Galgen. Hier hängte er die Übeltäter auf. Doch verrichtete er seine Aufgabe durchaus auch gern mit dem Schwert. Frauen durften sowieso nicht gehängt werden. Fiel bei diesen das Todesurteil, wurden sie geköpft, was er nicht weniger genoss. Er vollzog sie beim ›Käs‹, wie diese in Stuttgart vor dem Hauptstätter Tor gelegene Richtstätte von der Bevölkerung wegen ihrer runden Form spöttisch genannt wurde. Bis zu seinem 50. Lebensjahr ließ es sich in der Tat mit den Einnahmen, die ihm für sein grausames Geschäft zustanden, nicht schlecht leben. Seine Arbeit wurde zwar verachtet, aber sie war auch deshalb einträglich, weil er als Henker die Berechtigung zur Verwertung von Tierleichen besaß. Er konnte die Häute und Felle an die Stuttgarter Rotgerber verkaufen, was ihm immer wieder ein nicht zu unterschätzendes Zusatzeinkommen sicherte. Ärger hatte er wiederholt mit den Ärzten und Wundärzten, weil er sich als Henker – sehr zu deren Leidwesen – mit Medizin befasste. Er konnte sich erhebliche Fachkenntnisse aneignen, durfte er doch die Leichen der Hingerichteten, bevor er sie verscharren musste, so ausführlich, wie er nur wollte, sezieren und begutachten. Zwar mieden ihn die meisten, doch das störte ihn wenig. Er war seit jeher ein Eigenbrötler, legte keinen Wert auf Kontakte oder gar Freundschaften und blieb am liebsten mit sich und seinem Sohn, der einem unehelichen Verhältnis mit einer Herumtreiberin, die die Geburt nicht überlebt hatte, entstammte, allein. Den Neugeborenen hatte er damals ins Waisenhaus bringen wollen. Der Gedanke, er müsse fortan für ein Kind, das nur seine Ruhe stören würde, aufkommen, bereitete ihm regelrecht Übelkeit. Doch der Vorsteher des Stuttgarter Waisenhauses, Waisenpfleger Christian Jakob Erhart, lehnte die Aufnahme des Säuglings ab und hatte gar die Stadtbehörde eingeschaltet. Diese ließ ihren Henker nicht aus der Verantwortung, obwohl er beteuerte, nicht der Vater dieses verkommenen Balgs zu sein. Diesen hätte er am liebsten umgebracht, weil er sich tatsächlich nicht sicher sein konnte, ob er sein eigen Fleisch und Blut war. Auch nannte er ihn nur ›Balg‹ und von Kindesbeinen an ließ er seine Wut an ihm mit regelrechten Prügelorgien aus. Mit 16 Jahren war Balg zu einem ungemein starken jungen Mann herangewachsen, in dem jedoch die Wut auf seinen Vater und die schlimmen Erinnerungen an seine grausamen Kinderjahre ständig brodelten. Im Gegensatz zu seinem Erzeuger sah Balg gut aus. Wäre er unter anderen Verhältnissen aufgewachsen, hätte er wahrscheinlich ein gutes Leben als angesehener Bürger führen können. Allerdings musste er sich mit einem Feuermal, das sich von seiner rechten Halshälfte über Teile seines Nackens zog, abfinden. Seit er denken konnte, wurde er wegen dieser dunkelrot und lila verfärbten Haut von anderen Kindern gehänselt. Diesen Gemeinheiten zunächst ohnmächtig ausgeliefert, begegnete er ihnen später mit Zornesausbrüchen. Irgendwann hatte er angefangen, seine Widersacher mit Schlägen zu traktieren. Damit verschaffte er sich Respekt. Jeder wusste, was ihm blühte, und kaum, dass er das zehnte Lebensjahr überschritten hatte, gab es höchstens noch ältere Jungen, die ihn zu hänseln oder zu beleidigen wagten. Zudem ließ er sich die Haare lang wachsen. Sie verdeckten größtenteils das Feuermal. Die Hänseleien blieben aus. Bis zu einem Frühlingsabend im Jahr 1785, als sich ein junger Soldat über ihn lustig machte und ihn beleidigte. Vor seinen Kameraden beschimpfte er ihn als eklige Notdurft des Satans. Balg war klug genug zu wissen, dass er gegen einen Soldaten, gar in Anwesenheit seiner Kameraden, erst einmal nichts ausrichten konnte. So ließ er Hohn und Spott über sich ergehen. Auf dem Nachhauseweg weinte er verbittert über die erfahrene Erniedrigung. Doch schmiedete er bereits einen Plan. Er musste Geduld aufbringen. Fast ein ganzes Jahr ließ er verstreichen. Dann stellte er dem Soldaten nach. Bald wusste er genau Bescheid, welche Wege er einschlug, wenn er Wirtshäuser in der Stadt aufsuchte. Am letzten Februartag des Jahres 1786, es war bitterkalt und Schnee fiel in die dunklen Gassen der Esslinger Vorstadt, passte Balg seinen Peiniger ab, nachdem er ihm Abende lang lediglich nachgeschlichen war. Der Soldat suchte dort regelmäßig eine Heckenwirtschaft auf, in der selbst erzeugter Wein billig ausgeschenkt wurde. Mit noch nicht einmal 15 Jahren beging Balg seinen ersten Mord. Am frühen Morgen des nächsten Tages fanden die ersten Kirchgänger in der Nähe der Leonhardskirche den Leichnam des übel zugerichteten Soldaten. In hellster Aufregung wurde nach dem Übeltäter gesucht. Der Herzog geriet außer sich, weil der Mörder nicht gefasst werden konnte. Ein Soldat seiner Truppe war ermordet worden und alle Versuche, den Mörder zu finden, schlugen fehl. Nach einem halben Jahr war Gras über die Sache gewachsen. Balg kam unentdeckt davon. Nur sein Vater ahnte, dass sein Sohn dahinterstecken könnte. Hatte dieser ihm doch vor fast einem Jahr voller Wut über die Demütigung durch einen jungen Soldaten erzählt. Er erinnerte sich ganz genau an die Verbitterung und den glühenden Hass seines Sohnes. Zu dieser Zeit hatte er aber bereits Angst vor ihm. Balg verfügte über Bärenkräfte. Wo er hinschlug, wuchs kein Gras mehr. Emanuel Bodelschwingh wusste mittlerweile zur Genüge über die Gefährlichkeit seines Sohnes Bescheid. Balgs Drohung, ihn in der Mitte auseinanderzureißen, falls er noch einmal die Hand gegen ihn erheben sollte, hatte er nicht vergessen. Balg hatte immer wieder davon geträumt, wie er seinen Vater totschlug und sich so für die zahlreich erlittene Pein rächen würde. Fern von jeder Schulbildung, hatte Balg zwar nichts gelernt, besaß aber eine Gerissenheit und eine Schläue, die selbst seinem Vater Respekt einflößten. Er akzeptierte den Sohn mehr und mehr. Schließlich war es sogar Balg gewesen, der ihm das Leben rettete. In dem Jahr, in dem er sein Henkersamt verloren und ihm die Stadt mit einem Fußtritt für seine niedere Arbeit gedankt hatte, war er mehr und mehr dem Alkohol verfallen. Zudem wurde er aus seiner Wohnung geworfen, weil er mit der nun notwendig gewordenen Tagelöhnerei und Quacksalberei kaum über die Runden kommen konnte. Seine spärlichen Einnahmen ließen ihn Tag und Nacht darüber nachdenken, wie wieder gutes Geld zu verdienen war. Von einem versoffenen und verarmten Arzt, der mit einem Berufsverbot belegt worden war und den er bei seinen Trinkgelagen kennengelernt hatte, ließ er sich weitere medizinische Kenntnisse beibringen. Diese Wissenschaft, für die er sich sowieso schon immer interessiert hatte, beherrschte er bald mehr und mehr. Bodelschwingh ahnte, dass er damit etwas anfangen konnte. Über zwei Jahre verkehrte er mit dem Arzt, der ihn präziser, als er es bei seinen Leichenöffnungen selbst hatte tun können, über den menschlichen Körper aufklärte und ihn in der Arzneimittelkunde unterwies. Seine inzwischen guten Kenntnisse ergänzte er mit allerlei Zauberei. Wo und wann es ihm möglich war, besorgte er sich Informationen über die Heilkunst. Mit der Zeit verfügte er über ein Sammelsurium von Wahrheiten, Halbwahrheiten und bloßen Spekulationen zur Behandlung von Krankheiten. An einem kalten Novemberabend ließ er den sturzbetrunkenen Arzt einfach hilflos hinter einer Baumgruppe liegen. Dieser hatte seine Schuldigkeit getan, aber buchstäblich den letzten Rest seines Verstandes im Suff ertränkt. Sollte der Narr eben in der kalten Nacht erfrieren. Was ging das ihn an? Mit diesen Gedanken im Kopf hatte er bereits ein gutes Stück Weges zurückgelegt. Er bog in eine um diese Zeit fast dunkle Seitengasse der Hauptstätter Straße ein. Ihm war nicht wohl. Es roch modrig, aus allen möglichen Ecken waren Geräusche zu vernehmen, doch sehen konnte man nur schemenhaft und mit zusammengekniffenen Augen. Die Gefahr kam von links. Im letzten Moment nahm er noch den Schatten wahr, der sich behände auf ihn zubewegte. Bodelschwingh machte eine Ausweichbewegung, etwas sauste auf seinen rechten Oberarm herab. Unmittelbar darauf durchfuhr ihn ein Schmerz, sodass er instinktiv nach seiner linken Schulter griff. Er stolperte nach vorn und begann, um Hilfe zu rufen. Doch der Schatten packte ihn bereits wieder. Etwas Hartes wurde gegen ihn gerammt, seine dicke Ledertasche fing den Schlag auf. Wenig später konnte er sehen, dass ein Messer das Leder getroffen hatte. Seine Hilfeschreie jedoch hatte sein Sohn gehört, der ebenfalls in dieser späten Nacht unterwegs gewesen und zufällig keine 200 Schritte hinter ihm durch die Dunkelheit gestreift war. Bodelschwingh spürte noch zwei enorme Schläge auf seinen Hinterkopf. Er ging zu Boden. Jemand senkte sich über ihn. Aus einem Augenwinkel heraus sah er eine schwarze Gestalt, die ausholte. Bodelschwingh, unfähig zu jeglicher Gegenwehr, schloss die Augen. Er hatte in diesem Moment mit seinem Leben abgeschlossen. Plötzlich stieß jemand einen jämmerlichen Schrei aus, der aber unmittelbar in ein Gurgeln und gequältes Krächzen überging. Der Schatten wurde zurückgerissen. Arme ruderten hilflos durch die Luft, dann knallte die Gestalt auf die Pflastersteine. Eine andere Person sprang dem auf dem Boden Liegenden ins Gesicht und trat noch etliche Male zu. Als sich Bodelschwingh aufrappelte, bemerkte er mit Erleichterung und Entsetzen zugleich seinen Sohn, der mit seinen Stiefeln dem Räuber das Gesicht zermalmte. Balg schnappte nach getaner Arbeit seinen Vater. Er warf ihn sich regelrecht über seine Schulter und trug ihn mit schnellen Schritten nach Hause. Als noch in der Nacht ein Betrunkener über den Schwerverletzten in der dunklen Gasse stolperte, lagen beide bereits in ihren Betten. Erstmals bedankte sich Bodelschwingh bei seinem Sohn. Balg spürte daraufhin ein bisher unbekanntes Glücksgefühl. Noch nie war ihm eine Anerkennung seines Vaters zuteilgeworden. Er nahm sich vor, um dieses Gefühl immer wieder erleben zu können, zukünftig auf die Wünsche und Forderungen seines Vaters Rücksicht zu nehmen. Und tatsächlich entwickelte sich nach diesem schrecklichen Geschehen ein fortan vertrauliches Verhältnis zwischen den beiden, die nur allzu gut wussten, dass sie aufeinander angewiesen waren, um zu überleben.

Bodelschwingh hatte das 70. Lebensjahr bereits überschritten. Er war ein alter, gebeugter und von verschiedenen Krankheiten geplagter Mann. Zudem stank er nach Alkohol und sonstigen Ausdünstungen. Seine beständig tränenden Augen waren schon lang entzündet und wer nicht unbedingt mit ihm zu tun haben musste, mied diesen Menschen. Seine abstoßende Erscheinung erschreckte jeden Zeitgenossen. Doch hatte sich auch seine Heilkunst herumgesprochen. Nicht wenige sahen in ihm einen Hexer, zumindest einen Zauberer, der immerhin in von den Ärzten nicht mehr behandelbaren Fällen schon manchen vor dem Sensenmann bewahren konnte. Niemand konnte sich erklären, wie er Derartiges anstellte. Es mischte sich Furcht und Hoffnung bei denjenigen, die ihn – oft nach langem Zögern – aufsuchten und seine Hilfe in Anspruch nehmen wollten. Kaum jemand, der sich in seiner verschmutzten Behausung nicht ekelte. Niemand fühlte sich gut, wenn Bodelschwingh an ihm herumfingerte. Schon vor Jahren hatten er und sein Sohn aus der Esslinger Vorstadt wegziehen müssen. Sie fanden Unterschlupf in einem halbverfallenen, modrig riechenden Haus in Heslach. Bis zum Schloss in Stuttgart musste man von diesem Weiler mit seinen katastrophalen Wohnverhältnissen mehr als eine halbe Stunde Fußmarsch auf sich nehmen. Aber es lebte sich trotz des kümmerlichen Häuschens einigermaßen sicher in diesem 700-Seelen-Ort. Als im Juli 1796 der Weiler von französischen Truppen geplündert und viele Einwohner misshandelt worden waren, schlug gar die Stunde von Balg. Der für die Aufrechterhaltung der Ordnung im Dorf zuständige Dorfschütze Benno Rößle musste mit ansehen, wie die Franzosen seinen Freund Johannes Schleehauf totschlugen. Fast wäre es ihm genauso ergangen. Doch Balg kam ihm zu Hilfe. Die beiden konnten sich retten und vor den Franzosen fliehen. Als die fremden Truppen weitergezogen waren, setzte sich Rößle beim Stuttgarter Magistrat und beim Kirchenkonvent für Balg ein. Er wurde daraufhin zum Mitglied der Nachtwache für den Weiler bestellt. Fortan musste er des Nachts für Ruhe und Ordnung sorgen und bei der Entdeckung eines Feuers sofort Alarm schlagen. Diesen Aufgaben ging er gern nach. Er wurde alsbald von den Bewohnern nicht nur respektiert, sondern geschätzt, weil er rund um die Uhr für Sicherheit sorgte. Der Dorfschütze machte ihn zu seiner rechten Hand. Die ihm übertragene Verantwortung bekam dem Sohn von Bodelschwingh gut. Er hatte seine Aufgabe gefunden und machte sich sogar Hoffnung, das Amt des Dorfschützen übertragen zu bekommen, da dieser seinen Dienst nur noch wenige Jahre versehen wollte. Balg war nun 33 Jahre alt, ein Baum von einem Mann, den niemand zum Gegner haben wollte. Seit Jahren hoffte der alte Bodelschwingh, er würde vielleicht doch noch eines der jungen Dinger, die ihm schöne Augen machten, zur Frau nehmen. Sich selbst über seine Gefühlswelt wundernd, wünschte sich der Alte sogar seit geraumer Zeit einen Enkel. Aber Jahr für Jahr war dahingegangen. Bodelschwingh ahnte, dass er nicht mehr lange zu leben hatte. Umso hastiger rasten seine Gedanken. Tag für Tag überlegte er, wie er zu einem Enkelkind kommen könnte. Balg jedoch brach lieber manches Mädchenherz und wollte seine Freiheit behalten. Eine Familie gründen, eine feste Bindung eingehen? Niemals.

Bodelschwingh hielt, seit ihn sein Sohn in der schrecklichen Nacht beschützt hatte, fest zu ihm. Im Lauf der Zeit entwickelte er tatsächlich väterliche Gefühle. Er verspürte gar einen heimlichen Stolz. Nur wollte sich sein Sohn einfach keine Frau suchen.

STUTTGART/HESLACH – AUGUST 1799

ELSBETH KAM VORSICHTIG UND UMSTÄNDLICH auf ihr Thema zu sprechen. Schon ihre Nähe tat Agnes wohl, auch wenn ihre tiefe Niedergeschlagenheit dadurch kaum grundlegend gebessert werden konnte. Elsbeth gab ihr Sicherheit, ja so etwas wie Geborgenheit, und nach wie vor hörte sie auf deren Rat.

»Manche Frauen können einfach nicht empfangen. Die Natur richtet das ein und niemand kann helfen.«

»Warum muss das gerade mir passieren? Alles könnte so schön sein. Wie wundervoll es ursprünglich mit meinem Mann gewesen ist. Und jetzt stehe ich vor einem Scherbenhaufen. Ich fühle mich so elend, so schuldig.«

»Du musst die Schuld nicht bei dir suchen. Wir haben ja schon viel versucht. Selbst die Ärzte wissen keinen Rat. Wer weiß schon, woran das liegen mag.«

»Rüdiger wird von Mal zu Mal ungehaltener. Seine Vorwürfe ertrage ich kaum mehr. Und meine Schwiegermutter, die mich noch nie mochte, schürt beständig seinen Unwillen. Dass ich eine Bürgerliche bin, hat sie bis heute nicht verwunden. Wenn das so weitergeht, weiß ich nicht mehr, was werden soll.«

»Dein Mann ist ungerecht. Sicherlich steht er unter einem starken Einfluss seiner Frau Mutter. Aber er müsste doch sehen, dass du unter der Situation noch mehr leidest als er selbst.«

»Ich glaube, er wird sich von mir trennen. Oder er nimmt sich eine Geliebte, mit der er dann Kinder haben kann. Unlängst sagte er mir ins Gesicht, mit einer anderen Frau hätte er längst einen Stammhalter.«

»Der gnädige Herr weiß nicht mehr, was er sagt und tut. Er hat jegliches Maß verloren.«

»Was kann ich nur tun? Gibt es denn gar keinen Ausweg?«

Auf diese Fragen hatte Elsbeth nur gewartet. Sie boten die Gelegenheit, um einen Gedanken ins Spiel zu bringen, der sie in ihrem Innern selbst erschreckte. Aber er musste ausgesprochen werden. Es war vielleicht die letzte Chance, die letzte Möglichkeit, um Agnes' Ehe zu retten.

»Es gibt da einen Heiler, einen alten, verhutzelten Mann in Heslach. Man sagt ihm Wunderdinge nach. Unter uns Hausmägden gibt es sogar die eine oder andere, die sich bereits an ihn gewandt hat. Er muss ein übler Mensch sein, wüst und roh und von hässlicher Gestalt. Aber scheinbar verfügt er über Fähigkeiten, die selbst in aussichtslosen Fällen geholfen haben.«

»Ich verstehe nicht ganz …«

»Ich zerbreche mir den Kopf, seit Wochen wäge ich ab, überlege, verwerfe wieder, um dann doch …«

»Gibt es denn einen Hoffnungsschimmer? Weißt du etwas?«

»Ich bin mir keineswegs sicher. Zudem erschrecke ich selbst bei dem Gedanken an ihn.«

»Wen meinst du?«

»Eben diesen Heiler. Hast du noch nie von ihm gehört?«

»Nein, ich habe keine Ahnung, wen du meinst.«

»Es handelt sich um den ehemaligen Scharfrichter. Man sagt ihm übernatürliche Fähigkeiten nach. Manche munkeln, er sei mit dem Teufel im Bund. Andere sprechen von Zauberei und Hokuspokus. Nicht wenige, die ihn kennen, äußern sich nur sehr vorsichtig über ihn und geben zu, dass er ihnen Angst einflöße.«

»Bist du ihm selbst schon einmal begegnet?«

»Ich habe ihn nur zweimal von Weitem gesehen. Ganz schwarz ist er gekleidet. Und selbst auf die Entfernung fürchtete ich mich vor ihm.«

»Aber er vermag vielleicht zu helfen?«

»Das ist ja das Geheimnisvolle. Da gibt es Berichte, auch von besseren Herrschaften. Danach hatte er sogar in aussichtsloser Lage Erfolg.«

»Kennst du seinen Namen? Und weißt du, wo genau er wohnt?«

»Ich kenne ihn nur unter dem Namen ›Der Heiler‹.

Er haust mit seinem Sohn zusammen in einem finsteren, verfallenen Haus im Weiler Heslach.«

»Das hört sich übel an.«

»Ich weiß. Wer da nicht unbedingt hin muss, macht einen großen Bogen um ihn.«

»Falls er aber doch helfen könnte? Ich bin ja bereit, nach jedem Strohhalm zu greifen!«

»Meine Freundin weiß mehr über ihn. Sie war mit ihrer Tochter dort. Es muss überaus furchterregend gewesen sein. Aber nach zwei Besuchen bei dem Heiler hatten die Anfälle ihrer Tochter aufgehört. Und das, nachdem sie die Hoffnung schon fast aufgegeben hatten. Sie spricht zwar heute noch mit Angst in der Stimme von ihm. Doch lobt sie ihn gleichzeitig in höchsten Tönen als denjenigen, der als Einziger hatte helfen können.«

»Könntest du nicht versuchen, mit ihm in Verbindung zu treten?«

»Ich fürchte mich genauso vor ihm. Aber für dich würde ich es tun. Ich wäre so froh, wenn alles wieder gut werden würde.«

»Liebe Elsbeth. Bitte versuche es. Um meinetwillen. Versuche herauszubekommen, was er von meiner Situation hält. Wenn wir danach einen Funken Hoffnung sehen, würde ich zu ihm gehen.«

Die beiden Frauen besprachen noch manche Einzelheiten. Auch vereinbarten sie Stillschweigen. Niemand durfte von ihrem Plan wissen, schon gar nicht Agnes' Mann oder die Schwiegermutter. Es sollte ihr Geheimnis bleiben. In Agnes keimte immerhin wieder etwas Hoffnung auf. Sie konnte sich nicht vorstellen, um wen es sich bei dem Heiler wirklich handelte.

Aber sie war zum Äußersten bereit. Jede Möglichkeit, doch noch ein Kind zu bekommen, wollte sie probieren. Darüber hoffte sie, dass ihre Ehe mit Rüdiger von Hayden endlich wieder so schön und harmonisch werden würde wie am Anfang.

Elsbeth kümmerte sich bereits am nächsten Tag um die weiteren Schritte. Sie ging sehr vorsichtig zu Werke. Vor allem musste sie darauf achten, dass der gnädige Herr und dessen Mutter nichts bemerkten. Letztlich konnte sie es an einem ihrer seltenen freien Nachmittage einrichten. Sie suchte den Heiler auf. Ihr war nicht geheuer zumute, als sie, von der Tannenmühle kommend, auf Heslach zumarschierte. Dann stand sie vor den ersten Hütten. Ein betrunkener Bettler saß fluchend am Ortseingang. Er streckte ihr eine Hand entgegen. Als sie ihn ignorierte, fing er böse zu schimpfen an. Sie schritt eiligst das Sträßchen ab, zu dessen linker und rechter Seite verkommene einstöckige Häuser standen. Dann musste sie einen Moment innehalten, weil sie nicht genau wusste, welchen der abbiegenden Wege sie nehmen sollte. Zwei alte Frauen blickten ihr misstrauisch nach. Kaum dass sie weiterging, tuschelten sie miteinander. Ein bis auf einen ledernen Lendenschurz nackter, über und über mit Schmutz bedeckter Knabe folgte ihr. Als sie in eine schmale Gasse einbog, fasste der Junge nach ihr. Lallend versuchte er, sich verständlich zu machen. Er zerrte, blöde grinsend, an ihrem Rock. Elsbeth erschrak. Plötzlich kreischte er laut. Wehklagend legte er sich auf den Boden und hämmerte laut brüllend auf den Boden ein. Ein älterer Junge trat aus einer Haustür.

»Das ist unser Dorfdepp. Unser Idiot. Musst dich nicht erschrecken!«

Der Junge hielt ebenfalls eine Hand ausgestreckt. Er wartete auf eine Belohnung. Doch Elsbeth hatte nichts dabei, was sie ihm hätte geben können. Als sie einfach weiterging, schimpfte der Knabe enttäuscht hinter ihr her. Den Kopf gesenkt und die Arme fest vor der Brust verschränkt, lief sie raschen Schrittes durch die nächste Gasse. Es stank nach Fäkalien, da die armen Anwohner ihre Notdurft offensichtlich einfach vor ihren Häusern verrichteten. Ständig musste sie dem Unrat ausweichen. Am Ende der Gasse musste sie noch einmal rechts abbiegen. Dann sah sie das Haus, wie es ihr beschrieben worden war. Nachdem sie einen stinkenden Eingangsbereich durchquert hatte, stand sie nach wenigen Schritten in einem kleinen Hof, an dessen hinteren Teil sich ein weiteres einstöckiges Gebäude mit den zwei Wohnräumen des Heilers anschloss. Die Tür stand halb offen. Vorsichtig spähte Elsbeth in den dunklen Raum. Sie konnte aber kaum etwas erkennen. Zunächst zögerte sie, dann nahm sie all ihren Mut zusammen und klopfte an die Tür. Als nichts geschah, wiederholte sie ihr Klopfen ein wenig energischer als beim ersten Mal, und als gleich darauf eine alte Stimme zornig antwortete, schlug ihr Herz wild vor Aufregung und Angst. Jemand schlurfte schimpfend auf die Tür zu. Aus dem dunklen Innenraum tauchte ein recht großer, ganz in schwarz gekleideter Mann auf. Ein verlebtes, vernarbtes und schmutziges Gesicht, in dem ihr die tränenden und entzündeten Augen besonders auffielen, zeigte sich Elsbeth, die erschrocken einen Schritt zurückwich. Sich am Türknauf festhaltend, widerstand sie dem Impuls zu fliehen. Sie suchte nach Worten. Der Heiler kam ihr so nahe, dass sie seine Ausdünstungen riechen konnte. Angewidert drehte sie den Kopf zur Seite.

»Was willst du?«

Die knorrige, etwas schrille Stimme flößte Elsbeth noch mehr Angst ein. Sie wollte gerade zu sprechen beginnen, da blaffte sie der Heiler gleich wieder an.

»Ich kenne dich nicht. Hast du vor, mich unnötig zu stören? Sag, dummes Weib!«

Stotternd brachte Elsbeth hervor, dass sie von ihm und seiner Kunst, auch noch in aussichtslosen Fällen helfen zu können, gehört habe. Das schmeichelte dem Heiler. Er wurde etwas freundlicher und verzog seinen Mund, der nun einige verfaulte Zähne zeigte, zu einem Grinsen.

»Ich vermute, du hast ein Problem. Sag schon, worum geht es dabei? Meine Zeit ist begrenzt und ich lasse mich nicht gern aufhalten.«

Elsbeth wollte noch nicht mit der ganzen Wahrheit herausrücken. Sie druckste herum, was den Heiler erneut in Rage brachte. Er drehte sich um, stieß einen Fluch aus und wollte sich augenscheinlich wieder in den hinteren Teil des Raumes zurückziehen.

»Es geht nicht um mich. Ich komme im Auftrag meiner Herrin.«

Diese Worte ließen den Heiler umkehren. Jedenfalls hörte sich das interessant an. Er hatte Elsbeth sofort als Dienstmagd eingestuft. Bei so einer war nichts zu holen und nichts zu verdienen. Deshalb war er von vornherein abweisend aufgetreten. Nun schien sich aber doch mehr abzuzeichnen.

»Heraus mit der Sprache«, sagte er in verbindlicherem Ton.

Zögernd suchte Elsbeth nach den richtigen Worten. Manchmal geriet sie ins Stocken, weil sie ihre Worte sorgfältig abwägte. Dann jedoch hatte sie dem Heiler alles mitgeteilt, was wichtig war. Nur den Namen ihrer Herrin verschwieg sie. Der Heiler erkannte instinktiv seine Chancen. Er zeigte trotzdem lediglich ein geringes Interesse, fragte sogar, was er denn in einem solchen Falle wohl tun solle, und dass er keine Wunder vollbringen könne.

»Man spricht aber davon.«

»Wovon?«

»Aussichtslose Fälle! Bei denen Sie wahre Wunder bewirkt haben.«

»So, so! Wahre Wunder!«

»Ja. Mehrere Personen, denen Sie eine Hilfe gewesen sind, kenne ich persönlich. Deshalb meine Hoffnung. Oder besser, die Hoffnung meiner Herrin.«

Längst war das Interesse des Heilers geweckt. Dabei ging es ihm nicht in erster Linie um den wohl in Aussicht stehenden schönen Verdienst. Seine Gedanken kreisten um eine ganz andere Möglichkeit. Er musste sich sogar beherrschen, damit Elsbeth nicht mitbekam, wie sehr ihn die sich ihm bietende Chance in Aufregung versetzte. Das gesamte Gespräch wurde zwischen Tür und Angel geführt. Elsbeth war zunehmend mutiger geworden. Sie konnte ihm ins Gesicht sehen und hielt dabei sogar seinem stechenden Blick stand. Die schlechte Luft, seinen üblen Geruch und das ganze hässliche Äußere der Umgebung nahm sie schon gar nicht mehr wahr. Der Heiler konnte ihr Hoffnung machen. Das allein zählte und interessierte sie. Schließlich forderte er sie auf, alles ihrer Herrin zu berichten.

»Sie soll alsbald herkommen. Mir scheint Hilfe möglich. Sag ihr nur, ich halte ihren Fall keineswegs für aussichtslos.« Zu diesen Worten grinste der Heiler dämonisch. Elsbeth nickte. Sie murmelte einen Dank, drehte sich gleich darauf um und machte sich schleunigst auf den Rückweg.

HESLACH – AUGUST 1799

Als Agnes aus dem Nebel der die Ohnmacht ablösenden Benommenheit erwachte, spürte sie fast augenblicklich, was ihr angetan worden war. Sie erschrak auf das Heftigste, wobei eine Welle der Übelkeit ihren geschundenen Körper überflutete. Voller Entsetzen erbrach sie sich. Kaum fähig, sich zu beruhigen, schüttelte sie heftig den Kopf, gerade so, als könnte sie damit das auslöschen, was ihr widerfahren war. Tränen der Verzweiflung liefen über ihr Gesicht. Voller Angst fing ihr Körper unkontrolliert an zu zittern. Immer wieder musste sie würgen. Die Übelkeit nahm an Stärke zu. Sie schämte sich, fühlte eine nie gekannte Erniedrigung. Laut schluchzend warf sie sich auf das schmutzige Lager. Sie biss sich in die Faust, flehte ihren Herrgott um Vergebung an und ahnte doch zugleich, dass es keine Absolution geben würde.

Dann öffnete sich die Tür. Der Heiler trat ein. Sie kauerte auf der Pritsche, nicht fähig, ihn anzusehen. Als wäre sie irre geworden, biss sie sich ständig in die Faust, murmelte Unverständliches vor sich her. Dabei lief ihr das sauer Aufgestoßene ihres Mageninhaltes die Mundwinkel herunter. Sie bot einen jämmerlichen Anblick, von dem der Heiler aber gänzlich unberührt blieb.

»Dein Entsetzen wird nur vorübergehender Natur sein«, begann er, innerlich triumphierend. »Wenn du dich erst einmal beruhigt haben wirst und ein wenig Zeit vergangen sein wird, wirst du gar das Glück der werdenden Mutter verspüren. Das ist es doch, was zählt.«

Agnes nahm seine Worte wie etwas Unwirkliches wahr. Kopfschüttelnd wollte sie all das verneinen, was der Heiler zum Ausdruck brachte. Dieser fuhr ungerührt fort.

»Niemand wird erfahren, was heute vor sich gegangen ist. Das bleibt allein unser Geheimnis. Lebe einfach so wie bisher, sei deinem Ehegatten weiterhin die gute, treu sorgende Frau. Bestimmt wird er sich in wenigen Wochen freuen, wenn du ihm von den anderen Umständen berichten kannst. Mehr braucht es nicht, mehr braucht er auch gar nicht zu wissen.«

Wieder übermannte sie ein Brechreiz. Heftig würgend, drehte sie sich weg von dieser hässlichen Gestalt, die ihr solch ein Leid zugefügt hatte. Der Heiler drängte alsbald zum Aufbruch. Es war schon zu viel Zeit vergangen. Er musste sie nun rasch loswerden, ehe man sich im Haus des vornehmen Herrn von Hayden womöglich fragte, wo sich dessen hübsche Gattin so lange aufhielt.

Es musste alles vermieden werden, was auf eine Unregelmäßigkeit hindeuten könnte.

»Weib, du wirst das bekommen, was dir und deinem Mann schon lang Wunsch gewesen ist. Das ist das einzig Wichtige. Beruhige dich jetzt! Ich habe schon gehört, dass deine Kutsche vorgefahren ist. Du musst dich unverzüglich auf den Weg machen.«

Als mit einem Knarren die Tür aufging und Balg ins Zimmer treten wollte, herrschte ihn sein Vater ungewohnt scharf an.

»Verschwinde! Ich habe dir doch gesagt, du sollst erst einmal wegbleiben. Ich erledige den Rest allein.«

Agnes' Entsetzen und Übelkeit steigerten sich angesichts des Heilersohnes, der sich an ihr vergangen haben musste. Nur kurz hatte sie in das Gesicht dieses starken Mannes gesehen. Sie war sich ganz sicher: Erst hatte sie der Heiler den bitteren Saft schlucken lassen, worauf ihr die Sinne schwanden. Dann musste sein Sohn die Situation ausgenutzt und sich an ihr vergangen haben. Am liebsten hätte sie um Hilfe gerufen. Aber was würde das nutzen? Sie hatte sich in eine furchtbare Lage gebracht. Wenn sie es nur ungeschehen machen könnte! Ihr wurde wieder speiübel und sie drehte sich zur Seite. Ihr Magen rebellierte. Der Heiler wartete geduldig ab. Als sie wieder ruhiger atmete, mahnte er sie noch einmal zum Aufbruch. Agnes, obwohl sehr benommen, war aber nun in der Lage, die möglichen Konsequenzen einer zu späten Heimkehr abzuschätzen. Deshalb zwang sie sich mit der ihr verbliebenen Energie zum Aufstehen. Ihre Kleider ordnend, schleppte sie sich zur Tür, zwang sich mit einer großen Kraftanstrengung, ruhiger zu werden, und verließ den Heiler, ohne ihn noch einmal eines Blickes zu würdigen. Wenige Minuten später befand sie sich bereits auf dem Heimweg. Zuhause angekommen, eilte sie unverzüglich in ihr Schlafgemach. Sie entledigte sich ihrer Kleidung. Dann bat sie eine Dienerin, ihr warmes Wasser bereitzustellen. Sie musste sich jetzt um sich selbst kümmern. In der Kutsche hatte sie entschieden, niemanden etwas merken zu lassen. In dieser Hinsicht wollte sie den Rat des Heilers befolgen. Zwar schämte sie sich abgrundtief für das, was ihr angetan worden war. Doch nach und nach gewann die Einsicht die Oberhand, über alles Stillschweigen bewahren zu müssen. Sie wollte ihr Leben weiterführen wie bisher, auch wenn sie in ihrem Innersten spürte, dass die Schändung furchtbar auf ihr lasten würde. Sie begann sich sogar einzureden, alles wäre nur zur Rettung ihrer Ehe und Liebe geschehen. Und tatsächlich konnte sie darüber wieder ihre Fassung gewinnen. Wer sie am Abend dieses Tages gesehen und gesprochen hätte, wäre niemals auf den Gedanken gekommen, dass sie Schlimmes hinter sich hatte. Agnes hatte sich wieder in der Gewalt. Nicht einmal Elsbeth vertraute sie sich in diesen Stunden an. Ihre treue Beschützerin war die ganze Zeit voller Unruhe gewesen. Sie hatte sich selbst mit Vorwürfen gequält. Als Agnes in die Kutsche stieg, musste sie noch in ein bleiches, entsetztes Gesicht blicken. Sie wagte kein Wort. Agnes wollte sich auch nicht in den Arm nehmen lassen. Sie drehte sich von ihr weg. Erst beim Abendessen sprach Agnes mit ihr. Sie sah viel besser aus, hatte sich zurechtgemacht. Alles schien wieder in Ordnung.

»Geht es dir gut?«

Vorsichtig versuchte Elsbeth einen Gesprächsbeginn. Nach kurzem Zögern antwortete Agnes.

»Es muss unser Geheimnis bleiben. Was immer auch geschehen wird, niemand darf jemals von meinem Besuch beim Heiler erfahren. Verstehst du, Elsbeth? Niemand und niemals!«

Elsbeth nickte. Sie hielt den Blick gesenkt. In Gedanken prüfte sie noch einmal, ob ihre Vorsichtsmaßnahmen ausreichend gewesen waren. Der Einzige, den sie einweihen musste, war ihr Bruder, der als Kutscher die Hin- und Rückfahrt übernommen hatte. Auf ihn konnte sie sich 100-prozentig verlassen. Zudem ahnte er nicht im Entferntesten den Grund für den Besuch beim Heiler. Der Hausherr selbst befand sich auf einer Geschäftsreise in Salzburg, er wurde erst in zwei Tagen zurückerwartet. Zum wiederholten Mal bestätigte sie sich selbst ihre geschickte, verschwiegene Vorgehensweise. Sie hatte an alles gedacht. Sie hoffte nun inständig, die ganze Mühe würde sich lohnen. Mit einem gezwungenen Lächeln schaute sie jetzt Agnes an.

»Es wird schon alles gut werden, meinst du nicht auch?«

Agnes gab nicht sofort eine Antwort. Sie räusperte sich, tupfte ihren Mund mit der schneeweißen Serviette ab, zögerte noch einen Moment, beugte sich dann weit über den Tisch und sagte mit leiser Stimme: »Wenn wir zusammenhalten, kann nichts passieren.«

Agnes wusste genau, was sie sagte. Sie hatte sofort gewusst, dass ihr Gewalt angetan worden war. Ihr Entsetzen und ihr Ekel drohten sie zunächst in einen tiefen Strudel der Verzweiflung zu treiben. Zu Hause, als sie badete, löste sich dieses Gefühl. Zwar hatte sie sich mehrfach übergeben müssen, doch langsam verging der peinigende Brechreiz. Was wirklich geschehen war, sollte ihr Geheimnis bleiben. Nicht einmal Elsbeth erfuhr von der eigentlichen Untat des Heilersohnes, sonst hätte sie wohl den Verstand verloren. Agnes ließ sie in dem Glauben, irgendetwas Absonderliches hätte sich abgespielt.

STUTTGART – APRIL 1800

RÜDIGER VON HAYDEN war außer sich vor Freude gewesen. Es schien, als ob alles strahlender, fröhlicher werden würde. Agnes erlebte nach Jahren erstmals wieder einen Ehemann, der sie glücklich in die Arme nahm, ihr Geschenke mitbrachte und ihr jeden Wunsch von den Augen ablas. Jetzt war es gewiss gewesen! Damals lag ihre letzte Monatsregel schon über drei Monate zurück. Zudem wurde Agnes in dieser Zeit an etlichen Tagen morgens immer von einer heftigen Übelkeit geplagt. Als sie sich ihrem Gatten an einem späten Herbsttag endlich offenbarte, änderte sich buchstäblich alles. Der für ihn so wichtige Stammhalter kündigte sich an. Dass er einen Sohn bekommen würde, stand für ihn außer Frage. Keinen Gedanken verschwendete er an die Geburt eines Mädchens. Fünf Monate später konnte Agnes' Schwangerschaft nicht mehr übersehen werden. Sie gab sich tagsüber als heitere und sorgende werdende Mutter, die sich um die Kleidung des nahenden Nachwuchses und um das Einrichten des Kinderzimmers kümmerte. Niemand ahnte, wie sie in manchen Nächten von Albträumen heimgesucht wurde. Sie erwachte oft genug schweißgebadet und zitternd. Ihr Mann führte das auf die Schwangerschaft zurück und maß dem allem keine Bedeutung bei. Nur Agnes wusste um den wahren Grund. Je näher der Tag der Geburt rückte, umso mehr fragte sie sich, wessen Kind in ihrem Leib heranwuchs. Innerlich zitterte sie in solchen Momenten. Sie versuchte meist umsonst, diese quälenden Gedanken wegzuschieben. Elsbeth bemerkte an den Tagen nach solchen Nächten in den Augen von Agnes eine abgrundtiefe Angst. Sie wagte aber keine Frage. Sie fürchtete sich mehr und mehr vor den Blicken Agnes'. Das, was sie dort sehen konnte, ängstigte auch sie. Sie ahnte eine drohende Gefahr, die sie nicht beschreiben und benennen konnte. Doch sie war da, diese Gefahr, spürbar wie ein entfernt aufziehendes gewaltiges Gewitter, das niemanden verschonen würde. Von Hayden dagegen schwelgte in aufgeregter Erwartung. Er sehnte den Tag der Geburt herbei. Tatsächlich freute er sich über alle Maßen auf sein Kind.

Die Wehen setzten überraschend und zu früh ein. Mitte Mai war mit der Geburt gerechnet worden. Nun war über Stuttgart am frühen Morgen des 25. April ein ungemein heftiges Gewitter hereingebrochen. Es schien etwas Unheimliches über der Stadt zu liegen. In der Nacht konnten die Menschen kaum schlafen. Eine Nervosität hatte sich breitgemacht, für die die Einwohner der Stadt keine Erklärung fanden. Die seltsam schwüle Luft, die eher in eine Hochsommernacht gepasst hätte, ließ die Menschen schwitzen. Als gegen fünf Uhr früh der erste Blitz vom Himmel zuckte, dem Augenblicke später ein gewaltiger Donnerschlag folgte, erschraken die meisten. Kinder fingen an zu weinen. Eiligst wurden in den Kammern und Zimmern Kerzen angezündet. Gebete sollten den Herrgott gnädig stimmen. Als die gefährlichen Blitze in einem wilden Stakkato niederzuckten, bekreuzigten sich viele. Regen prasselte nieder, binnen Kurzem waren die Straßen und Wege überschwemmt. Es donnerte, dass die Erde bebte. Als die Pfarrer der Gotteshäuser Stuttgarts, allen voran der Stiftsprediger Ernst Urban Keller, die Kirchenglocken zu läuten begannen und hektisch Gebete voller Angst vor dem gekreuzigten Herrn Jesu sprachen, tobte sich das Unwetter in noch nie da gewesener Weise aus. Das Chaos war furchterregend. Es schien, als würde die Welt untergehen. In dieser gewalttätigen Atmosphäre, inmitten eines heillosen Durcheinanders, platzte bei Agnes die Fruchtblase. Sie erschrak zutiefst. Alle Hausbewohner wurden geweckt. Ihr Mann brüllte nach einem Arzt und nach der Hebamme. Doch niemand traute sich in das Unwetter hinaus. Von Hayden tobte. Seine Frau war vor dem Bett zusammengebrochen. Schweißüberströmt lag sie auf dem Rücken. Der Hausherr geriet mehr und mehr außer sich. Seine Mutter verzweifelte bereits. Sie kniete vor Agnes und fürchtete das Schlimmste. Elsbeth fasste sich schließlich ein Herz. Sie stürzte aus dem Haus, um zumindest die Hebamme zu holen. Nur mühsam kam sie voran. Schon nach Sekunden war sie klatschnass. Sie achtete weder auf Blitz noch auf Donner, sondern war nur noch von dem Gedanken besessen, die Hebamme herbeizuschaffen. An der zweiten Kreuzung stolperte sie über einen Gegenstand, der im Wasser trieb. Sie klatschte auf die Straße in dem Augenblick, als zu Hause Agnes' Schwiegermutter einen Herzanfall erlitt. Die alte Frau spuckte Blut, gurgelte, schlug mit beiden Armen um sich. Kaum eine Minute später lag sie still und verrenkt auf dem Boden des ehelichen Schlafzimmers. Ihre hervorquellenden Augen, der offene Mund und das verzerrte Gesicht ließen keinen Zweifel aufkommen. Ihr Sohn zog sie zwar noch hoch. Er legte sie in Agnes' Bett, doch kümmerte er sich nicht weiter um seine tote Mutter. Agnes lehnte jetzt am Bett. Ihr Kind wollte nicht mehr warten. Die Dinge nahmen ihren Lauf. Elsbeth hatte sich derweil aufgerappelt, ihre Kleidung triefte. Sie spürte Schmerzen in beiden Beinen und in der rechten Hand. Sie wollte ihren beschwerlichen Weg trotzdem fortsetzen. Da blitzte und krachte es mehrmals hintereinander. Voller Angst und Sorge schaute Elsbeth zu den schwarzen Wolken hoch. Das Unwetter schien ihr ein böses Zeichen. Als würde der Teufel selbst zur Welt kommen, ging es ihr mit Schrecken durch den Kopf. Mit letzter Kraft schleppte sie sich endlich in einen Hauseingang, der ihr ein wenig Schutz bot. In diesem Augenblick gebar Agnes ihr erstes Kind. Als der Junge aus ihrem Mutterleib drang, entsetzte ihr gellender Schrei alle Anwesenden. Selbst ihr hartgesottener Mann war zurückgezuckt. Es dauerte einen Moment, bis er das blutverschmierte Bündel wahrnahm, das seine Kraft bereits brauchte, um die ersten Atemzüge zu tun. Agnes spürte, dass es nicht zu Ende war. Die wieder einsetzenden Wehen plagten sie von Neuem. Agnes drückte beide Hände erneut auf ihren schmerzenden Unterleib. Sie atmete rasch und hektisch. Ihr Mann konnte keine Hilfe leisten. Er vertraute auf die Dienstmagd, die seinen Sohn sauber machte und leise auf das nackte Wesen einsprach. Kurze Zeit darauf wurde das Stöhnen von Agnes wieder lauter. Alle wussten natürlich nun schon von der Zwillingsgeburt. Tatsächlich presste Agnes mit all der ihr verbliebenen Kraft. Es dauerte und dauerte. Ihr wurde schwindlig. Übelkeit stieg in ihr empor. Sie fürchtete eine Bewusstlosigkeit. Was wäre, wenn ihr Kind stecken bleiben und dann vielleicht gar ersticken würde? Agnes atmete heftig. Sie hechelte und richtete sich ein Stück auf. Dann presste sie wieder. Beide Hände unterstützten auf ihrem Bauch ihre Bewegungen. Endlich zeigte sich das zweite Kind. Mit einer letzten Presswehe stieß es Agnes aus. Die Magd hatte sich schon bereitgestellt. Das blutverschmierte, faltige kleine Lebewesen weinte sofort los, als die groben, schwieligen Hände der Magd es schützend umfassten. Es war ein Mädchen. Ihr auf dem Bett liegender Bruder fing wieder zu weinen an. Die Magd, die mit dem Mädchen beschäftigt war, herrschte von Hayden an, er solle sich um den Knaben kümmern. Normalerweise hätte er sie für diesen Ton schwer bestraft. Doch in dieser Situation musste er ihr Verhalten durchgehen lassen. Er war froh über ihre Hilfe. Was hätte er auch ohne sie getan? Wieder blitzte und krachte es. Das Unwetter tobte noch immer. Agnes lag vollkommen erschöpft vor dem Bett. Sie konnte kaum die Augen öffnen. Der Mutterkuchen wurde ausgestoßen. Von Hayden betrachtete entsetzt die Nachgeburt. Er war völlig überfordert und wusste nicht, was vor sich ging. Jetzt blitzte es heftig dreimal hintereinander. Die gewaltigen Donnerschläge erschütterten das Haus. Die Magd behielt die Nerven und übernahm das Kommando. Endlich fasste von Hayden das Bündel, das sein Sohn war, an. Die Magd umwickelte das neugeborene Mädchen mit einem Leinenstoff. Auf die durchtrennte Nabelschnur hatte sie wie bei dem Jungen ein dickes Wollstück gelegt und mit einer Schnur festgebunden. Agnes kam langsam wieder zu sich. Sie öffnete zaghaft die Augen. Von Hayden hob den Jungen hoch. Agnes schaute zu ihm. Sie konnte kaum die Arme anheben. Die angedeutete Geste verstand ihr Mann aber. Er reichte den Säugling zu ihr herab. Gleich darauf legte die Magd die Tochter an ihre linke Seite. In von Hayden regte sich Freude. Alles schien überstanden. Ein Blitz beleuchtete das Schlafzimmer, sekundenlang war es fast taghell. Als der ohrenbetäubende Donner folgte, wusste Agnes nur zu gut, was sie gesehen hatte. Sie erschrak zutiefst. An der rechten Halsseite ihres Sohnes hatte sie es gesehen. Das blaurote Feuermal! Sie hatte es genauso beim Sohn des Heilers gesehen. Wie durch einen Nebel, da sie betäubt worden war. Aber jetzt tauchte es in großer Deutlichkeit wieder auf. Es war das Feuermal dessen, der sich an ihr vergangen hatte. Der Sohn des Heilers war der Vater ihrer Kinder. Sie graute sich vor sich selbst. Ihr wurde wieder übel. Sie zwang sich, zu ihrem zweiten Kind zu sehen. Das Leinentuch verdeckte fast das ganze kindliche Köpfchen. Sie schob es beiseite. Dann drehte sie den Kopf ein wenig zu sich. Was sie befürchtet hatte, zeigte sich auch bei ihrer Tochter. Sie besaß dasselbe Feuermal. Es zog sich von der unteren Halshälfte ins Genick des kleinen Mädchens. Eine neuerliche Ohnmacht erlöste sie vorerst. Ihr Mann war zwar ein wenig erschrocken. Solche Feuermale hatte es in seiner Familie noch nie gegeben. Doch schließlich störten sie nicht allzu sehr. Wären sie im Gesicht gewesen, hätte er bestimmt darunter gelitten. Am Hals oder im Nacken waren sie nicht schlimm. Vielleicht verloren sie sich auch. Ihn übermannten väterliche Gefühle. Es waren schließlich seine sehnsüchtig erwarteten Kinder. Rüdiger von Hayden freute sich. Er spürte Stolz in sich aufkommen. Nun sorgte er sich um seine Frau, die wieder zu sich kam. Sogar das Unwetter war wie von Zauberhand vorbei. Es regnete nur noch, doch Blitz und Donner hatten sich verzogen. Sein Blick streifte allerdings seine tote Mutter, die er gar nicht mehr wahrgenommen hatte. Bestimmt hätte sie mit Vorwürfen gegen Agnes wegen der Feuermale reagiert. Es war zwischenzeitlich ganz still in dem Schlafzimmer geworden. Die Kinder weinten nicht mehr. Nur noch leichter Regen klopfte fast sanft gegen die Fensterscheiben. Von Hayden musterte noch einmal seinen Sohn, der jetzt eingeschlafen war. Dann griff er nach seiner Tochter. Auch sie schlief und seufzte nur ein wenig, als er sie zu sich hochhob. Agnes hatte ihm Zwillinge geboren. Er versuchte ein Lächeln, das seine Frau schwach erwiderte. In ihrem Inneren graute es ihr. Nur sie und Elsbeth wussten, was sie getan hatte. Nichts ahnend, freute sich ihr Mann über seinen Nachwuchs. Dass es seine Kinder waren, davon war Rüdiger von Hayden überzeugt bis zu dem Tag, als er dem Sohn des Heilers begegnen sollte. Dieser gar nicht ferne Tag würde im Hause von Haydens die Hölle auf Erden Wirklichkeit werden lassen.

STUTTGART – MITTE AUGUST 1800

Als Rüdiger von Hayden gegen Ende des Jahres 1799 zum Stellvertreter des Geheimen Ratspräsidenten ernannt worden war, tobte bereits der Zweite Koalitionskrieg, in dem Österreich im Verbund mit anderen europäischen Mächten den Truppen der Französischen Republik gegenüberstand. Herzog Friedrich schloss sich den Österreichern an. Deren kaiserliche Armee wurde von den Franzosen allerdings im Frühjahr 1800 aus Südwestdeutschland verdrängt. Der württembergische Herzog verließ sein Land, was ihm seine Untertanen durchaus übel nahmen. Sie sahen sich dem Feind ausgeliefert. In ihren Augen hatte sie ihr Herzog im Stich gelassen. Doch war von Hayden einer der Beauftragten des Herzogs, die sich um ein gutes Verhältnis zu den französischen Besatzern bemühen sollten. Er verstand sich auch gut mit dem französischen General Richepanse, der sich mit seinem Stab ab August in Stuttgart eingerichtet hatte. In diesem heißen Sommermonat nahm das Unheil seinen Lauf.

Von Hayden unterwies gerade 15 von 16 Polizeidienern. Sie waren die für Recht und Ordnung Zuständigen in den verschiedenen Stadtbezirken. Ihre blauen Uniformröcke mit den gelben Um- und Aufschlägen sowie ihre Degen und die Stöcke flößten den Einwohnern Respekt ein. Sie griffen auch rigoros durch, wenn es ihnen geboten schien. Wer sich ihren Anweisungen nicht fügte oder sich gar mit Reden und Taten widersetzte, musste mit schmerzhaften Strafen rechnen. Sie patrouillierten ständig durch die Gassen. Ihre Brust zierte dabei ein weißer Schild mit dem württembergischen Wappen und der Aufschrift ›Von der Polizei‹. Diese stolzen Polizeidiener hielten sich minutiös an die Befehle ihrer Vorgesetzten. Insofern wunderten sich alle, weshalb einer von ihnen einfach nicht zu der anberaumten Besprechung gekommen war. Von Hayden machte aus seiner Verärgerung keinen Hehl. In Gedanken befasste er sich bereits mit der Bestrafung des unentschuldigt fehlenden Polizisten. Das Fehlen warf auf sie alle ein ungutes Licht. Das durften sie ihm nicht durchgehen lassen.

Von Hayden beschrieb gerade das Verhalten gegenüber den französischen Soldaten, da entstand Lärm im Erdgeschoss des Calwer Hauses, in dem die Unterweisung stattfand. Hektisch und laut klopfte es gleich darauf an die Tür. Von Hayden, sowieso schon wütend, wollte energisch reagieren. Als er den bisher fehlenden Polizeidiener erkannte, setzte er bereits zu einem strengen Verweis an. Der Mann verbeugte sich mehrmals atemlos tief vor von Hayden.

»Die Pocken. Ein Mann in Heslach. Er hat die Pocken!«

Alle Anwesenden verstanden zunächst die hingeworfenen Worte gar nicht richtig.

»Beruhige dich. Stehe still!«, befahl von Hayden.

Der Mann schnaufte. Der Schweiß lief ihm in Strömen über sein hochrotes Gesicht.

»Ein Mann in Heslach hat die Pocken. Ich habe ihn mit eigenen Augen gesehen.«

Das war nun wahrlich eine Schreckensmeldung. Immer wieder hatte die Seuche Stuttgart in den letzten Jahrzehnten heimgesucht. Erst vor vier Jahren waren 268 Einwohner der Stadt der Krankheit zum Opfer gefallen. Seit Kurzem gab es jedoch dagegen eine Schutzimpfung. Niemand hatte deshalb mit einer Wiederkehr der schrecklichen Seuche gerechnet. Von Hayden ließ sich ausführlich von dem Polizeidiener Bericht erstatten. So erfuhr er, dass es sich um den Sohn des früheren Scharfrichters, der sich in hohem Alter allerlei Zauberei verdächtig machte, handelte. Er ließ gleich darauf die Kutsche anspannen. Von Hayden wollte sich ein eigenes Bild verschaffen. Die Unterweisung wurde unterbrochen. Schon wenig später fuhr er mit Christian Gottlieb Reuß, dem herzoglichen Leibmedikus, und dessen jüngerem Bruder und erstem Hofmedikus von Stuttgart, Joseph Reuß, mit der von zwei pechschwarzen Pferden gezogenen Kutsche nach Heslach. Der neben dem Kutscher auf dem Bock sitzende Polizeidiener gab die Richtung vor. Die letzte Gasse in Heslach war zu eng für ein Passieren. Sie mussten die Kutsche stehen lassen. Die kleine Gruppe marschierte rasch die letzten Meter zum Haus des Heilers.

Ein zittriger alter Mann stand völlig verängstigt vor dem verkommenen Haus. Aus den entzündeten Augen flossen Tränen. Der Heiler wollte etwas zu den Männern sagen. Sein undeutliches Gemurmel ließ die finster blickenden Stuttgarter zögern.

»Erkläre, was hier los ist!«, herrschte ihn schließlich Rüdiger von Hayden ungeduldig an. Er hörte, wie Türen und Fensterläden der umstehenden Häuser und Hütten vorsichtig geöffnet wurden. Die neugierigen Bewohner wollten sich die augenscheinlich vornehmen Herren nicht entgehen lassen. Halb versteckt hinter Fensterläden oder verborgen hinter den knarrenden Türen, versuchten sie, so viel wie möglich von dem mitzubekommen, was sich vor dem Haus des Heilers, den sie verabscheuten und dem die meisten das Schlechteste wünschten, abspielte. Niemand getraute sich auf die Straße. Sie wussten natürlich längst, was mit dem Sohn des Heilers los war. Ihre eigene Angst ließ sie kein Mitleid verspüren. Jeder war nur darauf bedacht, genügend Abstand zu halten. Zwei alte Leute hielten gar schmutzige Tücher vor ihre zahnlosen Münder und vor die durch den Genuss von zu viel billigem Wein lila geäderten, vernarbten Nasen. Ein allzu neugieriges junges Mädchen, das nur mit dreckigen Lumpen bekleidet war, wagte, einige Schritte auf sie zuzumachen.

»Mach, dass du wegkommst!«, bellte einer der Mediziner das Mädchen an, das aber nur stehen blieb. Der Heiler heulte immer lauter. Er fuchtelte nun aufgeregt mit beiden Händen herum.

»Du rührst dich nicht vom Fleck«, befahl von Hayden. Er band sich wie die beiden Ärzte ein Seidentuch vor Nase und Mund. Dann gingen die drei in das stinkende Haus hinein. Sie durchquerten langsam die ersten beiden Räume, gerade so, als würde sich hinter jeder Ecke eine drohende Gefahr verbergen. Dann sahen sie durch eine offene Tür einen Menschen nackt auf einem Strohsack liegen. Sie traten in das schäbige Zimmer, in dem es bestialisch stank. Alle drei erschraken beim Anblick des verunstalteten Menschen auf dem primitiven Bett. Der Kopf und der ganze Körper waren über und über mit Pusteln, Bläschen und Krusten überzogen, aus denen eitrige Flüssigkeit trat, die für den unangenehmen Geruch verantwortlich war. Balg stöhnte. Er versuchte, wenigstens den Kopf in Richtung der drei Männer zu drehen. Die Ärzte wussten sofort, dass dem Patienten nicht mehr zu helfen war. Die Krankheit mit den grauenerregenden Geschwüren würde unweigerlich tödlich verlaufen.

»Die Pocken! Da gibt es keinen Zweifel. Der Mensch hat zudem mit an Sicherheit grenzender Wahrscheinlichkeit eine Lungenentzündung.«

Von Hayden schaute irritiert den Hofmedikus an. Sein Bruder nickte zu dessen Worten.

»Was können wir tun?«, brachte von Hayden hervor.

Die beiden Ärzte zögerten nur einen Moment. »Nichts. Wir können absolut nichts tun. Der Mann wird in den nächsten Stunden sterben und wir müssen froh sein, wenn sich bis jetzt niemand angesteckt hat. Jedenfalls darf kein Mensch dieses Haus betreten.«

Bei diesen Worten heulte der Heiler, der hinter ihnen stand, los.

Von Hayden griff gar nach seinem Degen. Aber er beherrschte sich.

»Du hast gehört, was die Ärzte sagen. Du bleibst im Haus und wagst keinen Schritt mehr heraus.«

»Er ist doch mein Sohn. Was mache ich ohne ihn? Was soll bloß aus mir werden?«

»Reiß dich zusammen. Du musst froh sein, wenn du dich noch nicht angesteckt hast. Wir können hier nichts tun. Also schau zu, wie du zurechtkommst. Die Leiche lassen wir morgen abholen.«

Dem Heiler traten die Augen aus den Höhlen. Er sackte auf die Knie. Jammernd wand er sich auf der Erde. Er konnte nicht fassen, dass Balg sterben sollte. In diesem Augenblick versuchte sich Balg aufzurichten. Sein entstelltes Gesicht sah furchterregend aus. Er wollte etwas sagen. Doch aus dem verschwollenen Mund drangen nur lallende Laute. Dann kippte er auf einmal nach vorn. Erschrocken traten die Männer zurück. Mit beiden Armen wischte er über den Boden. Die Pusteln wurden dabei aufgerieben und bluteten.

»Balg, Balg«, flehte sein Vater. Von Hayden ekelte sich. Er hatte den armen Menschen sehr genau angesehen. Und trotz des Hautausschlags entdeckte er die blaue und rote Verfärbung an der Hals- und Nackenseite. Er stutzte nur einen Augenblick. Wie bei den Zwillingen, ging es ihm durch den Kopf. Die zwei Mediziner waren schon aus dem Zimmer gegangen. Sie wunderten sich, weshalb von Hayden ihnen nicht rasch folgte. Dieser trat jedoch zögernd zwei Schritte auf Balg zu. Der Sohn des Heilers lag verrenkt und röchelnd vor ihm auf dem Boden. Von Hayden schien es unglaublich. Ein Feuermal wie bei seinen Kindern! Er kniff verwirrt die Augen zusammen. Konnte das ein Zufall sein?

»So kommen Sie doch! Lassen Sie ab. Sonst bekommen Sie womöglich auch die Krankheit.«

Dem Hofmedikus war mulmig zumute. Doch von Hayden reagierte nicht auf die Mahnung. Zu allem Übel trat er dicht an Balg heran. Als würde er überlegen, legte er eine Hand an die Stirn. Abrupt richtete er sich auf und drehte sich zum Heiler um, der auf dem Boden kniete.

»Auf! Steh auf!« Von Haydens Gesicht sah schrecklich aus. »Ist das ein Feuermal auf dem Hals und dem Nacken deiner verkommenen Brut?«

»Ich weiß nicht, Herr, was …«

»Hast du nicht verstanden? Ich will sofort wissen, ob das ein Feuermal ist!«

Der Heiler streckte ihm die Hände entgegen und richtete sich umständlich auf. Da er nichts sagte, nur vor sich hin jammerte, griff von Hayden wieder zu seinem Degen. Die Ärzte schauten in gehörigem Abstand dem Schauspiel verständnislos zu.

»Du sagst mir jetzt sofort, was diese rote und dunkle Verfärbung auf dem Hals ist, oder du bist noch schneller tot als dein Sohn.«

Von Hayden hatte den Degen gezogen. Seine Augen funkelten vor Zorn und Wut. Er war zu allem bereit. Instinktiv ahnte er, dass es eine Verbindung zu seinen Kindern gab. Dieser Gedanke entsetzte ihn. Er wollte es noch nicht glauben.

»Ja, ja«, stammelte der Heiler endlich. »Es ist angeboren. Er hat es schon immer. Ein Feuermal …«

»Verlasst das Haus!«, befahl von Hayden den beiden Ärzten. Diese wussten nicht, wie ihnen geschah. Sie konnten sich keinen Reim auf das eigenartige Schauspiel machen. Als von Hayden sie gar entgegen jeglicher

Etikette anbrüllte, machten sie sich rasch davon. Hinter sich den auf dem dreckigen Boden liegenden stöhnenden Balg, stand er nun vor dem Heiler, dem er die Degenspitze auf den faltigen Hals setzte. Innerlich lief ein Kampf in ihm ab. Fast hätte er die Frage nicht stellen wollen. Aber er musste es wissen.

»Meine Kinder haben das gleiche Feuermal. Sie sind vor nicht einmal vier Monaten geboren. Hast du eine Erklärung?«

Der Heiler schüttelte zitternd den Kopf.

»Ein Zufall. Ein Zufall! Was weiß denn ich!«

»So, so. Zufall nennst du das!« Von Hayden verletzte ihn mit der scharfen Degenspitze. Der alte Mann heulte vor Schmerz augenblicklich los.

»Du sagst mir, was du weißt. Los! Ich will wissen, wie es zu einem solchen Zufall kommen konnte.«

Der Heiler sackte wieder auf die Knie. Er hielt sich schützend die Hände vor den Hals.

»Schöne Frau. Edle Dame. War hier, war hier.«

Hinter ihnen murmelte der todkranke Balg vor sich hin. So schlimm sein Zustand war, bekam er anscheinend doch mit, was seinem Vater widerfuhr.

»Was? Was sagst du?« Von Hayden fuchtelte aufgebracht mit dem Degen. Er hörte ganz genau zu. Tatsächlich! Immer wieder stammelte Balg seine Worte. Zwar verzerrt, aber es bestand doch kein Zweifel.

»Schöne Frau. Edle Dame. War hier, war hier.«

»Oh Gott! Das ist nicht wahr, das darf einfach nicht wahr sein.« Von Hayden erfuhr die Bestätigung für das, was er zunächst nur vage geahnt hatte.

»Welche edle Dame war hier?«

Der Heiler versuchte noch einmal abzuwehren. Doch der blitzende Degen vor seinen Augen ließ ihn zusammenbrechen. Wie sein Sohn lag er auf der Erde. Er kroch auf von Hayden zu. Und er erzählte heulend, was sich vor einem Jahr in seinem Haus abgespielt hatte. Für den stellvertretenden Geheimen Ratspräsidenten brach eine Welt zusammen. Fast hätte er den Heiler in seiner unbändigen Wut erstochen. Er spuckte jedoch nur dessen Sohn ins verunstaltete Gesicht. Balg musste bis in die späte Nacht hinein leiden. Keine Stunde nach Mitternacht tat er seinen letzten, schmerzhaften Atemzug.

STUTTGART – ENDE AUGUST 1800

VON DEM HEISSEN AUGUST hatte Agnes von Hayden bisher nicht viel mitbekommen. Seit zwei Wochen hielt sie ihr Mann in ihrem eigenen Keller gefangen. Mehr und mehr verfiel sie in Panik. Schließlich mussten ihre Kinder versorgt werden. Sie hoffte, dass ihr Mann eine Amme gefunden hatte, die ihre Zwillinge nährte. So widerlich die Umstände ihrer Zeugung gewesen waren, Agnes liebte ihre Kinder. Sie wollte ihnen von Anfang an eine gute Mutter sein. Irgendwie sah sie ihren Mann als deren Vater an, auch wenn sie die manchmal aufkommenden Gedanken an die fürchterliche Erfahrung mit dem Sohn des Heilers bekämpfen musste. Es hätte alles gut sein können. Anna und Michael wären bestimmt glücklich aufgewachsen. Sie hätten eine gute Erziehung genossen und wären wohlgeraten, so dass sie und ihr Mann stolz auf sie gewesen wären. Aber jetzt? Alles lag in Scherben. Ein Abgrund hatte sich aufgetan. Noch hoffte sie trotz der ausweglosen Lage auf ein gutes Ende. Sie konnte sich nicht ausmalen, wie sehr sie dieser Abgrund jedoch verschlingen sollte.

Nur einmal am Tag öffnete sich kurz die Kellertür. Ein Krug Wasser und etwas zu essen wurden auf die oberste Treppe gestellt. Jeden zweiten Tag auch eine mit Wasser gefüllte große Schüssel, damit sie sich waschen konnte. Die Bediensteten durften weder mit ihr sprechen noch auf ihr Weinen reagieren. Wenn sie ihre Stellung behalten wollten, mussten sie dem Martyrium von Agnes tatenlos zusehen. Nur wenn sie unter sich waren, schüttelten sie ungläubig und bedrückt den Kopf. Manchmal sprachen sie ganz leise über das Unrecht, das geschah. Doch drang kein Wort nach draußen. Kein Mensch ahnte, was sich in dem prunkvollen Haus in der reichen Vorstadt abspielte. Elsbeth war längst begraben. Es hatte keinerlei Komplikationen gegeben. Von Hayden konnte auf seine Freunde zählen. Ebenso hatte er sich der Kinder entledigt, die nicht die seinen waren. Mit dem Leiter des Waisenhauses, einem der beiden Polizeikommissare und einem Polizeidiener war er noch einmal nach Heslach zum Heiler gefahren. Der alte Mann, dessen Sohn Balg schrecklich im Delirium gestorben war, musste der kleinen Gesellschaft, die sich zu Stillschweigen verpflichtete, die Geschichte von Balg und Agnes erzählen. Als die Männer bereits wieder durch die schmale Gasse zu ihrer Kutsche gingen, kehrte Rüdiger von Hayden noch einmal um, um zu tun, was nötig war. Er hielt sich nur ganz kurz in dem verfallenen Haus auf. Niemand sah, wie er wenig später an einem dunklen Tuch das Blut von seinem Degen abwischte und es danach in das in der Mitte der Gasse verlaufende Rinnsal warf. Er stieg zu den anderen in der Kutsche, nickte den Männern zu und befahl die Rückfahrt. Während sie nach Stuttgart zurückkehrten, verblutete der alte Mann an den zwei Stichen in seinen Bauch, die ihm von Hayden eiskalt beigebracht hatte.

Noch am selben Abend regelte Rüdiger von Hayden das Notwendige wegen der Zwillinge mit dem Waisenhausvorstand. Zwei Tage später wurden sie dem Ehepaar Marta und Gottlieb Bauer aus dem Filderort Plattenhardt übergeben. Das Paar brach bald danach auf ins Land der unbegrenzten Möglichkeiten. Nach jahrelangen vergeblichen Eingaben hatte es vom Herzog endlich die Erlaubnis zur Auswanderung erhalten. Die beiden waren einige der Handvoll Schwaben, die sich im fernen Amerika eine bessere Zukunft erhofften. Als es nun endlich so weit war, wollte es der Zufall, dass das Stuttgarter Waisenhaus, bei dem sie schon mehrfach vorgesprochen hatten, ihnen Zwillinge zur Adoption anbot. Voller Glück verließen sie mit den Kindern an einem der letzten Augusttage Stuttgart. Marta Bauer empfand es als eine glückliche Fügung des Schicksals, endlich Mutter sein zu dürfen. Auch Gottlieb Bauer war zufrieden. Mit den Kindern fiel seiner Frau der Abschied von der schwäbischen Heimat viel leichter. Sie hatte sehr lang gezögert.

Seit sie gar die Erlaubnis zur Auswanderung erhalten hatten, war sie mehr und mehr unglücklich erschienen. Zwar lebten sie in Plattenhardt in armseligen Verhältnissen. Aber für Marta war dieser kleine Ort Heimat. Diese aufzugeben für ein ungewisses Schicksal in der Fremde und in einer unbekannten Welt, schien ihr fast unmöglich, da hatte ihr Mann reden können, was er wollte. Doch mit den Zwillingen konnte er ihre Bedenken zerstreuen. Mutig begleitete sie nun ihren Mann auf dem Weg in ein neues Leben.

Während Marta und Gottlieb Bauer bereits auf ihrer Reise den Rhein entlang in Köln Station machten, erbarmte sich von Hayden endlich. Am Abend ließ er die Kellertür offen. Agnes kam langsam die steile Treppe hoch. Sie war ganz verschmutzt, roch schlecht und fühlte sich unendlich geschwächt. Doch ihre Gedanken galten den Kindern. Sie schleppte sich weinend in den ersten Stock. Die Hausmagd kam aus der Küche und sah sie auf der obersten Treppe stehen. Sie erschrak über ihr Aussehen. Die Hand vor den Mund haltend, machte sie rasch kehrt. Kurz darauf trat sie mit dem Koch und der Hilfsköchin wieder in den Flur. Agnes war zu diesem Zeitpunkt bereits in das Zimmer ihrer Kinder getreten. Die große Wiege stand noch an ihrem Platz. Doch war sie leer. Ratlos überlegte Agnes. Sie machte kehrt. Wieder im Erdgeschoss, fragte sie ihre Bediensteten, wo die Zwillinge wären. Alle drei senkten die Köpfe. Es schien ihr, als würden sie sich schämen. Sie wurde von einer heftigen Unruhe befallen. Erstmals ahnte sie Schreckliches. Als auch der Koch nach wiederholtem Fragen nur mit den Schultern zuckte und gar Tränen in seine Augen traten, geriet sie außer sich. Nach ihrem Mann rufend, eilte sie von Tür zu Tür. Dann kehrte sie wieder in den ersten Stock zurück. Im Herrenzimmer fand sie ihn, eine Pfeife rauchend in einem Ohrensessel sitzend. Als sie hereinstürzte, legte er ruhig die Pfeife weg. Er griff nach dem vollen Weinglas auf dem Beistelltisch und trank es in einem Zug leer.

»Wo sind die Kinder?«

»Ich habe keine Kinder.«

»Was redest du da? Wo sind meine Kinder?«

»Ja, deine vielleicht. Ich jedenfalls habe keine Kinder.«

»Du bist ja irre geworden. Sag mir, wo meine Kinder sind!«

»Die gibt es nicht mehr. Du wirst sie nie wiedersehen!«

Agnes blieb die Luft weg. Ihr wurde übel und schwarz vor Augen. Ihr Mann hatte mit einem eiskalten Lächeln ihre Welt zum Einsturz gebracht. In diesem Moment glaubte sie, ihre Kinder wären tot. Sie stützte sich auf den Tisch.

»Was hast du mit ihnen gemacht?«, brachte sie endlich hervor.

»Sie sind weg. Das muss dir genügen.«

»Bist du von Sinnen? Du kannst mir nicht meine Kinder nehmen. Sag mir, wo sie sind!« Sie schrie ihren Mann an, der langsam aus dem Sessel aufstand.

»Ich habe keine Kinder. Und ich lasse mir auch keine unterschieben. Du bist nichts als eine billige Hure. Du hast mich betrogen, mich zum Gespött gemacht, mich der Lächerlichkeit preisgegeben. Dass ich mir das nicht bieten lasse, hättest du wissen müssen.«

»Was hast du getan? Um Gottes willen, Rüdiger! Was hast du getan?«

»Du wirst sie nie wiedersehen. Ich habe sie weggegeben.«

Agnes sackte auf die Knie. Sie konnte nicht glauben, was sie hörte.

»Was hast du?« Leise wiederholte sie mehrfach die Frage.

»Das ist deine Strafe! Mich betrügen! Mich hintergehen! Du sollst fühlen, wie das ist, wenn man das Wichtigste im Leben verliert.«

»Bitte sage mir, wo meine Kinder sind. Bitte, bitte.« Agnes bettelte geradezu. Von Hayden rührten die gestammelten Worte seiner Frau nicht.

»Sie sind weg. Wohin, weiß ich auch nicht. Das ist mir im Übrigen egal. Und du wirst sie niemals finden. Ein ganzes Leben lang sollst du leiden. Das ist der Preis, den du bezahlen wirst für das, was du mir angetan hast.«

Agnes verlor völlig die Nerven. Sie lag schreiend und weinend auf dem Boden. Ihr Kopf schien zu platzen. Sie konnte kaum mehr denken. Das Zimmer fing an, sich zu drehen. Mühsam rappelte sie sich hoch. Sie nahm ihren vor brutaler Schadenfreude grinsenden Mann wahr. Einen Augenblick lang hielt sie seinem Blick stand. Dann ging sie mit geballten Fäusten schreiend auf ihn los. Er stieß sie heftig zurück, woraufhin sie gegen die Wand knallte.

»Was hast du getan, du Teufel?« Agnes sprach leise. Gerade so, als müsste sie alles erst verarbeiten. Endlich erzählte ihr Mann mit gehässiger Miene, wie er die Kinder weggegeben hatte und dass sie sich wahrscheinlich schon auf hoher See befinden würden.

»Du wirst sie niemals wiedersehen. Ich habe es dir schon einmal gesagt. Niemals wieder!« Von Hayden schien sich bei diesen Worten zu freuen. Erbarmungslos schaute er seine Frau an.

»Das ist nicht wahr! Sag, dass das nicht wahr ist.«

»Wie oft willst du es noch hören? Kapiere es endlich! Aus und vorbei! Endgültig! Das ist die Strafe für das, was du mir angetan hast.«

In Agnes brach eine Welt zusammen. Sie richtete sich auf, streckte die Arme weit von sich und fing laut zu weinen an. Sie schrie sich die Seele aus dem Leib, flehte zu Gott und bat ihn um Hilfe.

»Keiner kann dir helfen. Du, nur du allein bist schuld an dem Elend, das du über uns gebracht hast.«

Agnes wusste nicht mehr, was sie tat. Sie griff, wie von geheimer Hand gelenkt, nach dem an der vertäfelten Wand hängenden Hirschgeweih. Ihr Mann hatte sich gleichgültig abgewandt. Mit beiden Händen umfasste Agnes eine der Stangen und holte aus. Vier große Hornspitzen des gefährlichen Geweihs sausten mächtig herab. Eine der harten Hornspitzen fuhr in von Haydens Nacken, eine andere durchdrang unterhalb des Schulterblattes einen Lungenflügel. Agnes brüllte dabei wie von Sinnen. Als die Bediensteten die Tür aufrissen, sahen sie einen gleichzeitig nach Luft schnappenden und Blut spuckenden von Hayden. Er hielt sich noch aufrecht. Mit beiden Händen versuchte er verzweifelt, nach hinten zu fassen und das tödliche Horn zu greifen. Ein Blutstrahl schoss aus seinem Mund. Er konnte nun kaum mehr atmen. Unkontrolliert schlug er um sich, brach nach wenigen Augenblicken zusammen und zuckte mit Armen und Beinen auf dem Dielenboden hin und her. Agnes schrie noch immer. Ihr Schreien vermischte sich mit einem irren Lachen. Sie schien völlig verrückt geworden zu sein. Erst als ihr Mann stilllag, wurde auch sie ruhiger. Sie kniete jetzt neben ihm auf dem Boden. Schluchzend starrte sie die Bediensteten an.

»Er hat es nicht anders verdient. Er hat es nicht anders verdient.« Sie murmelte den Satz auch dann noch, als längst die Polizei ins Haus gekommen war.

STUTTGART – SEPTEMBER 1800

Die ersten Wochen nach ihrer Verhaftung musste Agnes im Gefängnis an der Stadtmauer verbringen. Sie wurde im obersten Haftraum, dem sogenannten Bürgerturm, untergebracht. Bis auf sehr beengte Verhältnisse erging es ihr dort nicht einmal schlecht. Sie wurde einigermaßen ordentlich behandelt, nicht einmal Fesseln musste sie tragen, und sie bekam genügend zu essen und zu trinken. Zudem spürte sie durch die dicken Mauern kaum etwas von der nach wie vor brütenden Sommerhitze, die die Menschen in Stuttgart und Württemberg plagte. Die nach Osten und Westen gerichteten kleinen Fenster ließen aber trotzdem genügend Luft und Licht herein. Da außerdem penibel auf Sauberkeit geachtet wurde, griff die Haft ihre Gesundheit nicht an. Auf der einen Seite war sie entsetzt über ihre Tat. Andererseits nagte die Sorge um ihre Kinder böse in ihrem Inneren. Ihr Seelenleid verursachte regelmäßige Weinkrämpfe. Tief deprimiert saß sie dann auf dem Holzschemel. Zwar hoffte sie in manchen Augenblicken auf die Gnade des Herzogs. Oft genug stand ihr jedoch auch deutlich vor Augen, welche Strafe sie erwarten könnte. Schließlich hatte sie ihren Mann getötet. Und der Herzog war bekannt für sein jähzorniges Wesen und die Anordnung rigoroser Bestrafung, wenn ein Übeltäter erst einmal überführt worden war. Da sie ihn jedoch bereits in seiner Prinzenzeit über ihren Mann kennengelernt hatte und ihm immer wieder begegnet war, blitzte doch ab und zu ein Funken Hoffnung auf. Sonst wäre ihre Lage auch völlig aussichtslos gewesen. Wenn weder Erbarmen noch Gnade eine Rolle spielen sollten, wäre ihr das Henkersbeil gewiss. Hätte Agnes jedoch in ihrem Gefängnis gewusst, was auf sie zukommen würde, wäre sie wahrscheinlich völlig zusammengebrochen. Der Tod auf dem Schafott wäre das kleinere Übel im Vergleich zu dem gewesen, was sie nach ihrem Strafprozess erwarten sollte.

Der Prozess fand am Stuttgarter Stadtgericht statt. Als sie im Kerkerwagen vor das Gericht gefahren wurde, hatte sich bereits eine große gaffende und geifernde Menschenmenge versammelt. Viele wünschten ihr den Tod, als sie die wenigen Schritte von ihrem Wagen zur schweren Eingangstür zurücklegte. Sie wurde von zwei Polizeidienern gehalten, das Gehen fiel ihr wegen der Fesseln an Händen und Füßen schwer. Der Gerichtssaal war ein niedriger, länglicher Raum im ersten Stock, in dem es muffig roch. Wegen der kleinen Fenster fiel nur wenig Tageslicht herein. Die Säulen, die die Decke stützten, waren aus dunklem Holz und selbst die Wandvertäfelung ging mehr ins Schwarze als ins Bräunliche. Der Saal wirkte bedrückend. Offenbar nahm man mit ihm vorlieb, um den Delinquenten von Anfang an zu demonstrieren, in welch hoffnungsloser Lage sie sich befanden. Es schien den ganzen Tag über gerade so, als wäre die Zeit an einem Vorabend, an dem schon die Sonne sank, stehen geblieben. Dem Gericht saß Ignatz Huber vor, ein zu Willkür und Rachsucht neigender Richter, der absolut nichts von den Ideen der Aufklärung hielt, die einem Schuldigen seit Neuestem die Möglichkeit zur Besserung und zur Reue seiner Taten einräumen wollte. Diese neuartigen Gedanken, die seit der Revolution in Frankreich auch nach Württemberg vorgedrungen waren, erschienen ihm äußerst suspekt. Mit seinem Gerechtigkeitsverständnis hatten sie nichts, aber auch gar nichts zu tun. Er machte sich über sie bei jeder Gelegenheit lustig und unterstrich die abschreckende Wirkung des Todes am Galgen, der Enthauptung mit dem Schwert oder das Rädern, das seiner Meinung nach leider nur noch allzu selten angewandt werden durfte. Huber empfahl sich daher als eine einflussreiche Persönlichkeit des Strafsystems, die recht rasch die Todesstrafe verhängte und verstümmelnde Leibesstrafen als angemessen betrachtete. Erst im Frühjahr hatte er zwei Vagabunden, die die frisch gepflanzten Bäume auf der Straße von Stuttgart nach Ludwigsburg schwer beschädigt hatten, jeweils die linke Hand abhacken lassen. Und noch bevor der Sommer mit seiner brütenden Hitze angebrochen war, wollte er einer mehrfach als Dirne aufgefallenen, verwahrlosten jungen Frau die Nasenspitze abschneiden lassen. Nur weil sein eigenes Weib ihm böse gedroht hatte, erbarmte er sich zu einer Zuchthausstrafe, der aber eine öffentliche Züchtigung vorausgehen musste. Die 20 Schläge für die Dirne mit dem furchtbar zuschlagenden Staupbesen wurden vom Scharfrichter mit größter Brutalität verübt. Die aufgerissene Haut und die verletzten Muskeln auf dem Rücken der Verurteilten entzündeten sich. Sie erholte sich nie von dieser Tortur und starb wenige Wochen später in dem heißen Sommer im Stuttgarter Zuchthaus. Huber scherte das wenig. Ihr Tod war ihm gar Genugtuung. Er erkannte nichts Schlechtes an seinen Urteilen. Bei Agnes von Hayden musste er allerdings vorsichtiger abwägen. Er wusste um deren Bekanntschaft mit dem Herzog und es empfahl sich nicht, sich diesen zum Feind zu machen. Zudem fiel der Regent seit Kurzem mit einem Gerechtigkeitssinn auf, der eine Willkürjustiz nicht gutheißen wollte. Ja, es schien gar, dass der württembergische Herzog die Strafrechtspflege zu reformieren beabsichtigte. Recht und Gerechtigkeit sah der Regierende mit einem Mal als seine heiligste und erste Pflicht an. Auch legte er trotz seines mitunter durchbrechenden cholerischen Wesens und einer damit verbundenen Härte bei Strafzumessungen Wert darauf, dass gegenüber Angehörigen der gebildeten Stände Nachsicht geübt wurde. Huber wusste daher nicht genau, wie er bei einer Verurteilung dieser Agnes von Hayden verfahren sollte. Er war hin- und hergerissen. Wenn es allein nach ihm gegangen wäre, hätte sie ihr Ende alsbald gefunden. Was aber, wenn er dadurch beim Herzog in

Ungnade fallen würde? Ein äußerst sorgfältiges Vorgehen schien ihm angezeigt. Er wollte zunächst den Verlauf der Gerichtsverhandlung abwarten. Dabei würde bestimmt auch die eine oder andere Nachricht des Herzogs an ihn herangetragen werden. Und dann erst würde er das Urteil fällen.

Agnes wirkte apathisch. Nicht nur der mehrwöchige Gefängnisaufenthalt hatte ihr zugesetzt. Ihre Verzweiflung wegen ihrer Kinder hatte sie mehr und mehr zermürbt. Immer deutlicher wurde ihr bewusst, dass sie sie wahrscheinlich nie mehr sehen würde. Nein, sie würde nicht einmal erfahren, was aus ihnen geworden war. Auch wenn ihre Zwillinge auf schändliche Art und Weise gezeugt worden waren: Es waren ihre Kinder, die sie neun Monate unter ihrem Herzen getragen hatte. Sie liebte ihre Tochter Anna und ihren Sohn Michael über alles. Sie wäre ihnen eine gute und liebevolle Mutter gewesen. Alles hätte sie für die beiden getan. Und in ihrer Vorstellung sah sie bereits die Jahre vorüberziehen, in denen die Kinder größer wurden und heranreiften. In dem dunklen Gerichtssaal verlor sie jegliche Hoffnung. Das Schicksal hatte mit ihrer Vergewaltigung seinen Anfang genommen. Ihr Leben lag in Scherben. Dass sie Rüdiger umgebracht hatte, belastete sie längstens sehr. Diese Schreckenstat! Sie, die doch stets ein sanftmütiges und liebevolles Wesen besaß! Die immer das Beste für ihren Mann wollte, ihm die Wünsche von den Augen ablas und selbst mehr als unglücklich über den ausbleibenden Kindersegen gewesen war. Der so schrecklich aufgeflammte und unkontrollierte Hass!

Dieser wahnsinnige Zorn! Sie wunderte sich über sich selbst. Nie hätte sie geglaubt, dass sie zu einer derartigen Tat fähig war. Damit schien die letzte Hoffnung zerstört. Eine Chance, dass sich doch noch alles zum Besseren wenden würde, sah sie nicht mehr. Auch ihre Eltern, auf die sie anfangs sehr gehofft hatte, ließen sie im Stich. Wie sie erfahren musste, verzweifelte ihr Vater. Er schämte sich in Grund und Boden. Seine Geschäftspartner wollten mit einem Mal nichts mehr mit ihm zu tun haben, die Beziehung zum württembergischen Hof wurde von einem Tag zum anderen abgebrochen. Er stand vor einem Scherbenhaufen, und in seiner Wut und Enttäuschung wollte er nichts mehr mit seiner Tochter zu tun haben. Seine Frau musste sich fügen. Er verbot ihr jegliche Kontaktaufnahme mit der »Mörderin«, wie er seine Tochter mitleidslos benannte.

Der Verhandlung konnte sie kaum folgen. Sie fieberte, wurde von Kopfschmerzen und Übelkeit geplagt und wünschte sich am zweiten Prozesstag nur noch, alles würde bald vorüber sein. Ihre Hausangestellten nahm sie während deren Befragung wie durch einen Nebel wahr. Ein ihr zur Seite gestellter Advokat versuchte, dem Gericht immer wieder zu erklären, dass es sich nie und nimmer um einen heimtückischen Mord handeln würde, sondern dass eine wegen der besonderen Umstände schreckliche Gefühlsaufwallung Agnes von Hayden zu der schlimmen Tat hingerissen hätte. Der Advokat bemühte sich redlich. Doch solche Gedanken stießen bei Richter Huber nur auf Verachtung. Damit konnte er nichts anfangen. Für ihn zählte einzig die Bluttat. Agnes von Hayden hatte ihren Mann umgebracht. Warum und wie das geschehen war, schien ihm gänzlich unerheblich. Der Advokat musste bemerken, dass er mit seinen Argumenten bei Richter Huber nichts erreichen konnte. Er sah nur noch eine einzige Chance. Er beantragte die Hinzuziehung eines Professors der Juristischen Fakultät der Universität Tübingen. Die Tübinger Rechtsgelehrten besaßen einen hervorragenden Ruf, der weit über das Herzogtum hinausstrahlte. Selbst der Herzog achtete die Professoren, die in ihrer Mehrzahl das alte Recht kritisierten und die Umstände, die zu einer Tat führten, in den Strafprozessen berücksichtigt sehen wollten. Huber widerstrebte der Auftritt eines Tübinger Professors vor seinem Gericht. Doch hielt er es für klüger, dem Anliegen Rechnung zu tragen. Deshalb trat am dritten Verhandlungstag Professor Kurt Junginger auf, der sich mit Agnes' Fall umfassend vertraut gemacht hatte. Junginger konnte das Vertrauen der völlig aufgelösten Agnes gewinnen. In ihrem zweiten Gespräch erzählte sie ihm die ganze Geschichte. Junginger erfuhr vom Heiler und dessen Sohn Balg und was dieser Agnes angetan hatte. Das Gericht staunte nicht schlecht, als er angesichts dieser üblen Hintergründe des Falles für Milde plädierte und sogar Rüdiger von Hayden eine Mitschuld an der verhängnisvollen Tat zuwies. Nicht nur Richter Huber war darüber ziemlich außer sich. Doch Junginger argumentierte redlich, verwickelte den Richter in einen Disput, in dessen Verlauf Hubers Auffassungen als ziemlich veraltet erkannt wurden. Huber geriet darüber in Wut. Er würde sich nicht von einem Professorenlümmel vorschreiben lassen, was Recht und Gesetz zu bedeuten hatten. Nach außen versuchte er, Würde zu bewahren. Innerlich kochte er. Für sich hatte er längst ein unbarmherziges Urteil gesprochen.

Agnes' Fieber war mittlerweile zurückgegangen. Sie konnte dem Prozess besser folgen als in den vorangegangenen Tagen. Sehr wohl bemerkte sie das entschiedene Eintreten Jungingers. Ein klein wenig Hoffnung keimte gegen Ende des vorletzten Verhandlungstages auf. Für den nächsten Tag war der Urteilsspruch vorgesehen. Agnes träumte in der Nacht schlecht. Sie konnte sich nicht an den Traum erinnern, als sie am frühen Morgen verschwitzt und zitternd aufwachte. Ihr war wieder einmal übel. Als sie sich von der harten Pritsche erhob, wurde ihr schwarz vor Augen. Die Übelkeit nahm zu. Schließlich erbrach sie sich. Bittere Magensäfte stießen ihr auf. Ihr war, als hätte sich alles gegen sie verschworen. Später legte sie sich noch einmal auf die Pritsche. Ihre schwermütigen Gedanken kreisten nun um ihre Kinder. Als der Gefängniswärter die Eisentür kurze Zeit nach Sonnenaufgang aufschloss, weinte sie leise vor sich hin. Wenige Stunden später stand sie wieder vor Gericht. Sie sah vollkommen mitgenommen aus. Ihre Augen waren entzündet, die Haut aschfahl, die langen Haare ein einziges verfilztes Durcheinander. Sie roch schlecht. Auch darunter litt sie, war sie doch immer auf Reinlichkeit und saubere Kleidung bedacht gewesen. Als sie – bewacht von zwei Polizeidienern – vor Huber und den beiden Beisitzern stand, ahnte sie nichts Gutes. Links von ihr hatten der Polizeikommissar und der Stadtamtmann Platz genommen. Hinter ihr saßen mehrere Gendarmen und rechts warteten ihr Advokat und Professor Junginger auf den Urteilsspruch. Richter Huber griff nach zwei Blättern. Er stand auf und las ab, was er sich im Verlaufe des Prozesses notiert hatte. Schließlich fasste er zusammen:

»Wir kommen folglich zu dem Schluss, dass Agnes von Hayden ihren Mann, den sie betrogen hatte, auf übelste Art und Weise hinrichtete. Wir haben es mit einem besonders scheußlichen Fall von Gattenmord zu tun.«

Junginger gingen bei diesen Worten die Augen über. Sein Plädoyer schien keinerlei Spuren bei Huber hinterlassen zu haben. Unter Verletzung aller Regeln sprang er auf:

»Sie hat ihren Gatten nicht betrogen. Sie ist getäuscht und geschändet worden!«

Dem Richter verschlug es fast die Sprache. Er ballte die Hand zur Faust, dann explodierte er:

»Nehmen Sie sich in Acht! Schweigen Sie, schweigen Sie sofort! Noch eine Bemerkung und ich lasse Sie in Arrest nehmen!«

Junginger musste sich aufs Äußerste beherrschen. Wenn er zur Rechenschaft gezogen würde, müsste er erst recht alles verloren geben.

»Der höchst angesehene Stellvertreter des Geheimen Ratspräsidenten, dem eine furchtbare Demütigung durch seine eigene Frau widerfahren war, musste auf grauenvolle Art sterben. Agnes von Hayden hat dabei brutal gehandelt. Vielleicht war sie in dem Moment, als sie das Hirschgeweih als blutige Waffe benutzte, nicht bei Sinnen. Das hat uns die Verteidigung ja mehr als deutlich nahezubringen versucht. Jedoch – selbst wenn dies so gewesen sein sollte: Es gibt dafür keine Entschuldigung. Die abstoßende Tat verantwortet einzig und allein Agnes von Hayden. Ich verurteile sie daher zum Tod durch das Beil! Das Urteil wird in drei Tagen vollstreckt werden.«

Agnes konnte sich kaum auf den Beinen halten. Sie vermochte die Worte Hubers kaum zu fassen. Zwar hatte sie mit einem Todesurteil rechnen müssen. Doch hatte sie auf eine Berücksichtigung der besonderen Umstände gehofft, die von ihrem Advokaten und Professor Junginger doch immer wieder angeführt worden waren. Beide betrachteten eine Verurteilung wegen Totschlags als ausreichend. Nach der Urteilsverkündung sprachen die enttäuschten Männer kurz auf sie ein. Doch Agnes war derart verwirrt, dass sie nichts davon mitbekam. Huber genoss derweil die Szenerie. Er sah, wie Agnes von Hayden von zwei Polizeidienern gestützt werden musste. Seiner Meinung nach viel zu rücksichtsvoll brachten sie die Verurteilte zu dem dafür vorgesehenen Ausgang. Bevor sie hinaustraten, legten sie ihr sowohl an den Händen als auch an den Füßen Fesseln an. Agnes ließ die Prozedur wie betäubt über sich ergehen. Sie konnte danach nur noch kleine Schritte machen. Das Hinabsteigen der Stufen aus dem ersten Stock fiel ihr schwer. Die Eisenringe an ihren Füßen scheuerten ihre Haut auf, noch bevor sie in den bereitstehenden Gefängniswagen geschoben wurde. Der ehrlich um sie bemühte Professor Junginger rief ihr aufgeregt noch einige Worte zu. Doch fühlte sich Agnes völlig zerschlagen, von Gott und der Welt verlassen und ohne jede Hoffnung. Was um sie herum geschah, nahm sie gar nicht mehr richtig wahr. Irgendwann fand sie sich in ihrer Gefängniszelle wieder. Sie legte sich augenblicklich auf die Pritsche, rollte sich zusammen wie ein kleines Kind. Tränen liefen ihr aus den Augen. Ihr leises Weinen hörte niemand. Eingeschlossen lag sie als einsamster Mensch der Welt in der kleinen Zelle. Als Schwerverbrecherin hatte man ihr nicht einmal mehr die Fesseln abgenommen. Sie fühlte sich wie gerädert. Jede Bewegung erschien mühevoll oder sogar schmerzhaft. So lag sie still und verfiel in einen unruhigen Halbschlaf. Immer wieder träumte sie. Mehrfach wiederholte sich dabei ein Bild: Ihre Kinder Anna und Michael schauten aus einem der kleinen Fenster von Bodelschwinghs Haus. Sie waren zwar noch Säuglinge, doch standen sie aufrecht und konnten sprechen. Das hässliche Haus des Heilers erschreckte sie in diesen Träumen. Mehr noch erschrak sie über ihre Kinder, die ihr drohend mit erhobenem Zeigefinger laut zuriefen: »Siehst du! Das hast du nun davon!« Diese unwirkliche Szene machte ihr Angst. Sie wollte diese Traumfetzen verscheuchen. Doch kehrten die Bilder noch einige Male zurück. Als sich Agnes endlich aus diesen schrecklichen Träumen befreien konnte, stand sie mühsam auf. Sie bemerkte erst jetzt, wie hinderlich die Fesseln an Händen und Füßen waren. Nun spürte sie auch die schmerzenden Füße. Kreisrunde Wunden hatten sich knapp über ihren Knöcheln gebildet, wo das raue Metall ihre Haut verletzt hatte. Als stände sie unter Betäubung, machten ihr die blutenden und nässenden Wunden nichts aus. Ihre Gedanken drehten sich um ihre Kinder. Ihr unausweichliches Schicksal annehmend, beschäftigte sie sich mit Fantasien über das Aufwachsen von Anna und Michael. Sie sah sie als Fünfjährige, als 15-Jährige und als junge Menschen, denen die Welt offenstehen sollte. Ein wenig sorgte sie sich wegen der Feuermale und hoffte nur, das Leben würde sie deshalb nicht benachteiligen. Zudem schmerzte sie die Vorstellung, dass Anna und Michael vielleicht nie erfahren würden, wer ihre wirkliche Mutter war. Eine andere Frau war schließlich an ihre Stelle getreten. Diese Frau würde in ihren Augen für alle Zeit ihre Mutter sein. Für ihre Kinder hoffte sie, dass diese fremde Frau sie lieben und für sie da sein würde.

Am Abend des zweiten Tages nach ihrer Verurteilung hatte sie nur noch liebevolle Wünsche für das Glück ihrer Kinder, von denen sie sich in einem langsamen Zeremoniell, das sich nur in ihrem Kopf abspielte und das von niemandem gesehen werden konnte, verabschiedete. Sich selbst hatte sie aufgegeben.

Der Morgen nach einer fast schlaflosen Nacht kam überraschend schnell. Sie hatte keine Kraft mehr zu irgendeiner Art von Widerstand. Ihr Schicksal schien besiegelt. Noch bevor die gerade aufgehende Sonne wieder im Westen untergehen würde, wäre ihr Leben beendet. Wahrscheinlich wäre sie dann bereits vom Scharfrichter in ungeweihter Erde verscharrt worden. Diese Gedanken erschütterten sie zu diesem Zeitpunkt nicht besonders. Was sollte oder konnte sie schon noch tun? Ein furchtbares Unglück war über sie hereingebrochen, ihr Leben in die Brüche gegangen. Zu gern hätte sie wenigstens gewusst, wo sich ihre Kinder gerade aufhielten und ob sie sich in guten Händen befanden. Wer hätte ihr darüber Auskunft geben können? Als sie die schweren Stiefel auf dem zu ihrer Zelle führenden Gang und gleichzeitig aufgeregte Stimmen hörte, erschrak sie, da sie nicht damit gerechnet hatte, dass es schon in diesen frühen Morgenstunden so weit sein sollte. Tränen überwältigten sie, sie ballte die Hände zu Fäusten, doch nahm sie sich vor, stark zu sein und ihren letzten Gang ohne Zittern, Heulen und Schreien hinter sich zu bringen. Die Tür wurde aufgeschlossen. Sie knarrte wie immer fürchterlich beim Öffnen. Agnes hatte sich abgewandt, sie betete jetzt und hoffte, der Herrgott würde ihr die Kraft für das Unausweichliche geben.

Der Gefängniswärter fasste ihr grob auf die Schulter. Agnes drehte sich um. Überrascht erkannte sie hinter ihm ihren Advokaten und Professor Junginger. Neben dem Gefängniswärter standen noch der Stadtamtmann und ein Polizeidiener. Sie hatte eher Richter Huber und einen Pfarrer erwartet, um den sie am Vortag ausdrücklich gebeten hatte. Der Gefängniswärter räusperte sich. Er ließ dem Stadtamtmann den Vortritt. Im Gesicht Jungingers bemerkte sie ein Lächeln, was sie überhaupt nicht verstehen konnte. Der Amtmann hielt ein Stück Papier in Händen. Er musste sich beim Lesen konzentrieren. In der Zelle war es noch nicht hell genug, um das Geschriebene deutlich sehen zu können. Er kniff die Augen zusammen und hielt das große Blatt ganz dicht vor sein Gesicht, als er verlas:

›Die frevelhafte Tat der Ehebrecherin und Gattenmörderin Agnes von Hayden verdient eine harte Bestrafung. Sie hat ihre Rechte als Bürgerin unseres Landes verwirkt. Doch kraft meiner mir zustehenden Rechte und unter Berufung auf die Barmherzigkeit Gottes bin ich gewillt, die durch das Stuttgarter Stadtgericht verhängte Todesstrafe aufzuheben und ordne stattdessen eine zumindest zehnjährige Zuchthausstrafe an, abzuleisten im Zuchthaus Ludwigsburg unter erschwerten Bedingungen.

Friedrich II., Herzog von Württemberg‹

Der finster blickende Stadtamtmann rollte das Schriftstück zusammen. Er eröffnete der verdutzten Gefangenen, sie würde noch heute abgeholt und nach Ludwigsburg überstellt. Dann machte er ohne eine weitere Bemerkung kehrt und verließ die Zelle. Junginger reichte ihr wortlos die Hand, ebenso ihr Advokat. Der Gefängniswärter, der sie umständlich von ihren Fesseln befreite, musste peinlich darauf achten, dass nichts gesprochen wurde. Er begann sogar, drohend mit dem Schlüsselbund zu rasseln, als Junginger ihr nur alles Gute wünschte.

»Verlieren Sie nicht die Hoffnung. Bleiben Sie tapfer. Wer weiß, vielleicht sind es ja nicht einmal zehn Jahre!«

Junginger rief ihr das zu, als der Wärter die Tür schließen wollte.

»Unterstehen Sie sich!«, herrschte ihn der Stadtamtmann an und wies ihn streng auf das Redeverbot hin. Doch Junginger zeigte sich nicht allzu beeindruckt. Die schwere Türe fiel bereits ins Schloss, da hörte Agnes ihn noch einmal rufen.

»Bleiben Sie tapfer! Verlieren Sie nicht den Mut! Denken Sie an Ihre Kinder! Agnes von Hayden! Denken Sie an Ihre Kinder. Wer weiß, vielleicht werden Sie sie eines Tages wiedersehen können!«

Der Amtmann und der Gefängniswärter fassten wütend nach Junginger, der Amtmann drohte mit einer Anzeige. Junginger schritt jetzt vor ihnen. Bevor er um die Ecke am Ende des Ganges bog, drehte er sich noch einmal um.

»Bleiben Sie tapfer, Agnes von Hayden. Um Ihrer Kinder willen!«

Agnes hörte danach nur noch ein zorniges Schimpfen. Kurz darauf war es still. Sie stand wie erstarrt in ihrer Zelle, lauschte noch, aber es gab nichts mehr zu hören. Die ganze Prozedur war furchtbar rasch vor sich gegangen. Sie hatte vor lauter Angst zu Beginn gar nicht erfasst, was da geschah. Jetzt erst begriff sie die Tragweite dessen, was der Stadtamtmann ihr vor nicht einmal drei Minuten verkündet hatte. Sie würde leben! Der Herzog hatte sich ihrer erbarmt und von seinem Begnadigungsrecht Gebrauch gemacht. Herzog Friedrich behielt sich wie seine Vorgänger das Recht vor, jede Gerichtsentscheidung aufzuheben. Manchmal hatte er schon weitaus härtere Strafen als das Gericht verhängt. Bei ihr jedoch zeigte er Milde. Zehn Jahre Zuchthaus, das wusste Agnes nur zu gut, bedeutete ebenfalls eine grausame Bestrafung. Sie hatte von vielen Fällen gehört, bei denen Zuchthaussträflinge die ersten fünf Jahre nicht überlebt hatten, weil deren Haftumstände schrecklich waren. Auf Mitleid durfte sie im Zuchthaus Ludwigsburg nicht hoffen. Aber: Sie würde weiterleben! Und das, was ihr

Professor Junginger mutig zugerufen hatte, wirkte wie ein Vermächtnis. Es brannte sich in ihr Gehirn ein. Es war ihr Auftrag. Daran sollte sie nie wieder rütteln, nie wieder zweifeln! Ihre Kinder! Sie würde alles daransetzen, eines Tages ihre Kinder wiederzusehen. Agnes sank erschöpft zu Boden. Ihr Oberkörper sackte nach vorn. Ihre Stirn berührte den kühlen Boden der Zelle. Minuten verbrachte sie in dieser Stellung. Dann erhob sie sich langsam. Sie ballte die von den Handfesseln befreite rechte Hand zu einer Faust. Dann stieß sie energisch den Arm in die Höhe, blickte zur Decke und rief laut und geradezu wütend: »Ich schwöre! Ich schwöre bei Gott! Ich werde meine Kinder wiedersehen. Bis an das Ende meiner Tage ist es mein Auftrag und mein Gelübde! Ich werde nicht ruhen, bis ich meine Kinder wieder umarmen kann!«

HAMBURG – OKTOBER 1800

Die Lage der Familie Bauer verschlimmerte sich von Tag zu Tag. Vier lange, sich hinziehende Wochen lagen hinter ihnen in dieser schmutzigen Hafenstadt. Die Spelunke, in der sie in einem Souterrainzimmer untergebracht worden waren, schien für allerlei Gesindel eine Absteige zu sein. Sie hatten Angst um ihr dürftiges Hab und Gut. Üble Menschen lärmten, lachten und stritten sich fortwährend. Immer wieder trat einer dieser finsteren Typen unvermittelt in den dunklen Raum mit den zwei kleinen Fenstern, durch die stinkende Luft vom nahen Hafen hereinwehte. Zu diesen misslichen Umständen kam ungewohntes und ungesundes Essen. Da sie sorgenvoll auf das wenige Geld blicken mussten, das sie für die weite Reise nach Amerika gespart hatten, ernährten sie sich seit Tagen von Fischabfällen und altem Brot, da dieses wenigstens satt machte und wenig kostete. Um ihre Hygiene stand es ebenfalls nicht zum Besten. Sie waren zwar arme, aber reinliche schwäbische Bauersleute. Die fauligen Gerüche in ihrem primitiven Zimmer, das Ungeziefer, dem nicht beizukommen war, und die ungebeten hereinplatzenden, oft genug angetrunkenen und übel riechenden Eindringlinge ließen die Bauers jedoch langsam verzweifeln. Die ohnehin schon prekäre Lage hatte sich seit einigen Tagen zugespitzt. Ihr Junge hatte Durchfall und Fieber bekommen. Eigentlich hätten sie schon längst einen Arzt aufsuchen sollen. Doch woher sollten sie dafür das Geld nehmen? Marta probierte es zunächst mit Hausmitteln, die nichts ausrichteten. Inzwischen nahm Michael kaum mehr Nahrung zu sich. Was immer sie ihm auch gab, er spuckte kurz darauf alles wieder aus. Er weinte fast unaufhörlich vor sich hin, meistens nur ein leises Schluchzen, dann für einige Minuten ein Gebrüll, das andere Mitbewohner mit Flüchen und Beschimpfungen auf den Plan rief. Die Situation wurde immer unerträglicher. Eigentlich hätten die Bauers um diese Zeit schon lang auf hoher See sein müssen. Das ihnen angekündigte Schiff, das sie nach England bringen sollte, von wo aus sie dann in die Neue Welt aufbrechen wollten, war einfach nicht gekommen.

Erst hatten sie geglaubt, das Schiff würde sich nur verspäten. Nach drei Tagen hegten sie langsam Zweifel. Und nach mehr als einer Woche wussten sie, dass sie betrogen worden waren. Die gesamte Vermittlungsgebühr hatte ein Betrüger eingesackt. Er schien wie vom Erdboden verschluckt, nachdem er in den Tagen zuvor ständig im Hafen präsent gewesen war. Das wenige Geld musste jetzt unbedingt ausreichen. Sonst wäre der Traum von Amerika ausgeträumt, noch bevor sie einen Fuß auf ein Schiff setzen konnten. Einen Arzt oder Medikamente konnten sie sich keinesfalls leisten. Mittlerweile ahnten sie, dass der Junge wohl sterben würde. Niemand wagte, diesen Gedanken laut auszusprechen. Aber insgeheim war sich das Ehepaar im Klaren darüber.

Einige Tage später gelang Gottlieb Bauer doch ein entscheidender Schritt. Er konnte ein Schiff ausfindig machen, dessen Kapitän die Überfahrt nach Southampton gegen ihr weniges Geld ermöglichen wollte. Über diesen Erfolg konnten sich die Bauers jedoch nicht richtig freuen. Michael lag mit hohem Fieber in einer Ecke auf einem Haufen Stroh. Johannes Tönsing beugte sich über ihn. Er kniff die Augen zusammen. Zweimal schüttelte er den Kopf. Auf diesen kleinen Wurm würde er keinen Pfifferling mehr wetten.

»Der Junge ist dem Tode näher als dem Leben. Was soll ich mit ihm?«

»Morgen früh legt unser Schiff ab. Der Kapitän hat uns verboten, mit dem kranken Kind an Bord zu kommen. Er fürchtet die Ansteckungsgefahr. Wir müssen ihn hierlassen, so leid es uns tut.«

Marta weinte still vor sich hin. Das Schicksal meinte es nicht gut mit ihnen. Zwar hatte der kleine Michael ihnen viel Kummer bereitet. Doch hatte sie ihn wie seine Schwester in ihr Herz geschlossen und von einer gemeinsamen Zukunft geträumt. Eine Trennung fiel ihr schwer. Auf ihr lastete ein ungeheurer Druck. Aber ihr Mann hatte ihr unmissverständlich klargemacht, dass dieses Schiff ihre letzte Chance war. Gottlieb Bauer hatte den Jungen bereits aufgegeben. Falls er wirklich während der Reise sterben sollte, hätte er noch nicht einmal ordentlich beerdigt werden können. Für den biederen, aber streng gläubigen Schwaben war eine Seebestattung unvorstellbar. Seine Frau konnte nichts dagegen ausrichten. Als der Junge am Tag vor ihrer Abreise immer noch lebte, war Bauer zum Hamburger Waisenhaus in der Admiralitätsstraße gegangen. Er staunte, als er vor dem ansehnlichen, stattlichen Gebäude stand. Über drei Stockwerke erstreckte sich das Hauptgebäude, die Flügel links und rechts waren nicht weniger beeindruckend und die Kirche in der Mitte des Hauptgebäudes, die sich über mehrere Etagen ausdehnte, zeugte von einem erheblichen Aufwand für die Waisenkinder. Zufällig versah in diesem Jahr der zum Waisenhaus-Kollegium zählende Provisor Johannes Tönsing das Amt des Jahrverwalters, das mit dem Recht verbunden war, auch solchen Kindern die Aufnahme zu gestatten, deren Verhältnisse nicht den Aufnahmestatuten entsprachen. Jeder andere hätte mit Verweis auf das Alter des Kindes abgelehnt. Es war üblich, Kinder unter vier Jahren, vor allem Säuglinge, gar nicht erst zu berücksichtigen, sondern auf mögliche Pflegeeltern außerhalb des Hauses zu verweisen. Johannes

Tönsing besaß ein großes Herz. Er ließ sich von Gottlieb Bauer überreden. So stand er nun über das kranke Kind gebeugt und wog noch ab. Er sollte das kleine Bündel Mensch am besten gleich mitnehmen. Also ließ er sich die Papiere zeigen, die Marta und Gottlieb Bauer als rechtmäßige Adoptiveltern auswiesen. Nach einer Weile zuckte er mit den Schultern und bückte sich zu Michael, um ihn hochzunehmen.

»Von mir aus«, sagte er nach einer weiteren Kunstpause. »Dann nehme ich ihn eben mit. Zwar deutet nichts darauf hin, dass er den nächsten Tag überhaupt überleben wird. Aber ich kann ihn dann wenigstens ordentlich beerdigen und seine Seele für unseren Herrn Jesu retten.«

Er griff sich den in einen Lumpen eingewickelten Säugling, der sofort sein Wehgeschrei anstimmte. Er nahm die Papiere, die Bauer ihm reichte, steckte sie in sein Wams und hielt dabei den Jungen unterm Arm wie einen geschlachteten Hasen.

Im Waisenhaus zeterte Tönsings Frau. Sie schimpfte mit ihrem Mann und konnte kaum glauben, dass er einen schwerkranken Säugling mitgebracht hatte.

»Am Ende hat das Kind eine ansteckende Krankheit. Wir haben sowieso schon zu viele Kinder aufgenommen. Du mit deiner Güte bringst sie alle in Gefahr. Schau nur den Hautausschlag an. Gerade haben wir Ruhe vor der Krätze. Und jetzt so etwas. Der Junge hat bestimmt den Bösen Grind. Der steckt alle an. Du weißt doch, wie rasch die Krankheit um sich greift.«

Tatsächlich verbreitete sich der Böse Grind im Waisenhaus oft genug wie eine schlimme Plage. Zumeist wurde die Kopfhaut befallen, dann meist das gesamte Gesicht. Die nach und nach zum Vorschein kommenden erbsenförmigen Pusteln barsten später und eine übel riechende, klebrige Flüssigkeit entwich. Befallene Kinder mussten unter dem Juckreiz entsetzlich leiden. Es bedurfte einer langen und mühevollen Pflege, bis diese Hauterkrankung zum Abklingen gebracht werden konnte.

»Nein. Das ist kein Kopfgrind. Musst dich nicht sorgen. Der Junge ist einfach nicht gut versorgt worden. Wir geben das Kind in den Quarantänesaal. Vielleicht überlebt es ja noch nicht einmal die Nacht. Aber wir versuchen unser Bestes. Ich werde der Krankenmagd Bescheid geben.«

Tönsings Frau wollte zwar protestieren. Doch kannte sie ihren Mann zu gut. Seine Entscheidung stand fest, da würde alles Hadern nichts nützen. Tönsing stieg in den dritten Stock hinauf. Am Ende des Ganges befanden sich die beiden Krätzzimmer, eine gewöhnliche Krankenstube und der Quarantänesaal. Alle Kinder mit einer verdächtigen Krankheit wurden dort erst einmal untergebracht. Die Trennung der Gesunden von den Kranken hatte sich als Segen erwiesen. Oft genug hatten früher todbringende Krankheiten rasch um sich gegriffen und nicht selten die Mehrzahl der Waisenhausinsassen infiziert. Seit jedoch das Quarantänezimmer genutzt wurde, breiteten sich Krankheiten längst nicht mehr so rasant und so umfassend aus. Normalerweise hätte Tönsing den Jungen der Krankenmutter übergeben. Diese robuste und zuverlässige Frau fehlte jedoch seit mehr als zwei Wochen, weil sie von einem Pferdefuhrwerk angefahren und schwer verletzt worden war. Ein Ersatz konnte kurzfristig nicht gefunden werden. Deshalb behalf man sich vorläufig mit der Krankenmagd, die an und für sich der Krankenmutter unterstellt und dieser zu absolutem Gehorsam verpflichtet war. Und Tönsing musste zugeben, Inge Evers leistete wirklich gute Arbeit. Obwohl schon 28 Jahre alt und seit sechs Jahren verheiratet, hatte sie keine eigenen Kinder. Mehrere Fehlgeburten hatten ihr in dieser Zeit fast die Lebensfreude genommen. Das Schicksal meinte es in dieser Hinsicht gar nicht gut mit ihr, konnte sie doch sehr geschickt mit Kindern umgehen. Sie hatte in den letzten beiden Jahren aufmerksam von der Krankenmutter gelernt und viel von deren Können abgeschaut. Als ihr Tönsing den Säugling entgegenstreckte, erschrak sie.

»Oh, lieber Gott! Was ist mit dem Kind?«

»Das weiß ich auch nicht. Hohes Fieber sicherlich. Der Kleine weint auch ständig. So ausgemergelt, wie er aussieht, müsste er eigentlich schon völlig entkräftet sein.«

»Ich dachte, es werden keine Säuglinge und Kleinkinder aufgenommen?«

»Das ist eben eine Ausnahme. Die Eltern brechen morgen früh auf zu einer Reise über den Atlantik. Sie dürfen das Kind nicht mit aufs Schiff nehmen. Was hätte ich machen sollen? Vielleicht besteht ja doch noch Hoffnung. Jedenfalls wollte ich ihn nicht einfach seinem Schicksal überlassen.«

»Sie sind zu gut für diese Welt. Viel zu gut.«

Bei diesen Worten nahm sie Tönsing das Kind aus den Armen. Es schluchzte leise vor sich hin. Das heiße

Gesichtchen und die trockenen Lippen, der stoßweise Atem und immer wieder auftretender Schüttelfrost ließen auf hohes Fieber schließen. Inge Evers legte den Säugling auf eine Kommode. Sie entkleidete ihn vollständig. Überall fanden sich entzündete Hautstellen. Am Hals, am Bauch, auf dem Rücken. Die Entzündungen mussten den Jungen furchtbar plagen. Ganz wund gescheuert waren auch seine Genitalien und sein kleines Hinterteil. So sehr sich Marta Bauer sicherlich um den Jungen bemüht hatte, gegen das Ungeziefer und die dreckige Umgebung war sie machtlos gewesen. Da sie auch kaum mehr über saubere Lappen und ordentliche Tücher verfügte, konnte sie Michael nicht mehr in einer Weise reinigen, wie es unter anderen Umständen zweifelsohne der Fall gewesen wäre. Nun hatte der Junge zudem längstens eingenässt, auch sein Hinterteil war völlig verschmutzt. Diese Unreinheiten richteten an dem sowieso schon sehr geschwächten Körper weiteres Unheil an. Die Krankenmagd konnte nur den Kopf schütteln. Tönsing schien sprachlos.

»Lassen Sie mich mal machen. Ich tue, was ich kann.«

Sie machte sich mit einer erstaunlichen Routine ans Werk. Mit größter Sorgfalt reinigte sie den kleinen, ausgemergelten, geschundenen Körper. Sie nahm sich viel Zeit. Immer wieder erzitterte der kleine Leib. Doch nach einer Weile hörte das Schluchzen auf. Als sie auf die entzündeten Stellen äußerst vorsichtig eine Salbe auftrug, wurde das Kind ganz ruhig. Die Salbe hatte sie aus Schwefelblumen und süßem Rahm selbst hergestellt. Nach mehr als einer halben Stunde wickelte sie den Kleinen in ein frisches Leinentuch. Tönsing verabschiedete sich, durchaus beeindruckt von der guten Arbeit seiner Krankenmagd. Inge Evers setzte sich mit Michael in einen Lehnstuhl. Sie hatte vor nicht einmal einem Monat wieder eine Fehlgeburt erlitten. Es war ihre vierte. Ihre Brüste waren noch gefüllt. So versuchte sie vorsichtig, ihm die Brust zu geben. In dem Augenblick, als sie den Jungen anlegte, ging ihr erstmals durch den Kopf, dass vielleicht doch noch alles einen Wert haben sollte. Der Kleine jedoch war zu schwach zum Trinken. Mehrere Versuche schlugen fehl. Sie legte ihn nach einiger Zeit in ein viel zu großes Bett.

»Dann schlafe erst einmal. Wir versuchen es eben später wieder.« Inge Evers lächelte zu ihren Worten. Sie fühlte eine große Sorge um das Häuflein Mensch in sich aufsteigen.

»Stirb nicht! Sei tapfer. Dann stehen wir das durch«, sprach sie leise und mit einem zärtlichen Sehnen zu dem Jungen. Inge Evers setzte sich in den Lehnstuhl. Sie faltete ihre Hände und betete zu ihrem Herrgott. Sie hatte eine Entscheidung getroffen. Jetzt benötigte sie Gottes Hilfe. Schon morgen früh wollte sie mit ihrem Mann sprechen. Vielleicht konnte auch er das Kind als sein eigenes akzeptieren.

Gegen zwei Uhr am Morgen fing der Säugling an zu brüllen. Inge Evers wachte erschreckt auf. Sie musste sich einen Moment lang orientieren. Dann stand sie rasch aus ihrem Lehnstuhl auf. Der Junge schrie. Er hatte eingenässt. Bauchkrämpfe plagten ihn. Als sie ihn hochhob, erleichterte er sich. Das vor wenigen Stunden frisch überzogene Leinentuch war nun vollständig verdreckt. Die

Krankenmagd wickelte das Kind vollständig aus. Wieder säuberte sie es akribisch. Danach trug sie die heilende Salbe auf die vielen wunden Hautstellen auf. Der Junge wurde langsam ruhiger. Doch stöhnte er leise vor sich hin. Das Fieber forderte seinen Tribut. Abermals schlug der Versuch, ihn zu nähren, fehl. Nach über einer Stunde, es war schon drei Uhr am Morgen vorbei, legte sie ihn wieder ins Bett zurück. Als die Morgendämmerung einsetzte, wiederholte sich das Geschehen. Inge Evers kümmerte sich erneut vorbildlich. Als sie den Jungen in sein Bett legte, trat Tönsing ein. Er wollte wissen, wie es dem Kleinen ging, und war schon froh, als er ihn noch lebend vorfand. Die Krankenmagd bot ihm an, nur kurz zu ihrem Mann zu gehen und sich dann weiter um den Jungen zu kümmern. Sie musste sich mit ihrem Mann besprechen. Noch vor zehn Uhr am Morgen kehrte sie in das Quarantänezimmer zurück und fand ein von Schüttelfrost geplagtes Baby vor. Geduldig pflegte sie den kleinen Jungen mit all dem, was ihr zur Verfügung stand. Das heftige Zittern hörte nach einer Weile auf, doch wirkte der kleine Mensch nun ganz apathisch.

»Stirb mir nicht. Bitte bleibe am Leben. Wir zwei schaffen das. Du kannst dich auf mich verlassen.«

Sie tröstete das Kind, streichelte seinen Kopf und den mageren Bauch und redete liebevoll auf das geschwächte Häuflein Mensch ein. Am Abend erreichte sie endlich einen Fortschritt. Sie hatte das Kind zur Brust geführt. Und tatsächlich: Der Junge fing an zu saugen. Er nahm Nahrung auf. Ein erstes gutes Zeichen.

Dies geschah zur selben Zeit, zu der seine Schwester mit Gottlieb und Marta Bauer nach England übersetzte. Marta fühlte sich völlig zerschlagen. Sie musste ständig an den Jungen denken. Vielleicht ist er sogar schon gestorben, ging es ihr durch den Kopf. Ihr standen Tränen in den Augen. Sie drückte das Mädchen, das ihr als Tochter verblieben war, fester an sich. Ihr Mann hatte zweimal das Gespräch mit ihr gesucht, doch sie wehrte ihn ab. Er konnte sie nicht trösten. Als heftiger Seegang einsetzte, bekamen es alle Passagiere mit der Angst. Für zwei Stunden vergaß Marta Bauer den Jungen. Der Sturm, die hohen Wellen und das schlingernde Schiff bereiteten ihr größte Sorge. Sie fürchtete um ihrer aller Leben. Gottlieb war längst seekrank geworden. Etliche andere an Bord blieben davon ebenso wenig verschont. Aus allen Ecken stank es. Hilferufe, Seufzer, Angstschreie wechselten sich ab. Seit es dunkel geworden war, wirkte die ganze Szenerie an Bord noch viel erschreckender als bei dem wenigen Tageslicht, das durch die offenen Luken gedrungen war. Diese waren jetzt fest verschlossen. Keine frische Luft gelangte in die überfüllten Kajüten. Allerlei Ausdünstungen und menschliche Ausscheidungen jedweder Art verpesteten die Luft, die einzuatmen fast einer Strafe gleichkam.

In dieser auf See so gespenstischen Nacht besserte sich der Zustand von Michael im Hamburger Waisenhaus. Am späten Abend war sogar der Medicus der Institution erschienen. Dr. Sennewald versah seit sechs Jahren seinen Dienst und diese Aufgabe nahm er ernsthafter wahr als alle seine Vorgänger, die ihre Arbeit meistens durch Gesellen hatten verrichten lassen. Dr. Sennewald jedoch hielt sich täglich drei Stunden im Waisenhaus auf und kümmerte sich vorbildlich um die jungen Menschen. Auch er musste die gute Pflege der Krankenmagd anerkennen. Er hatte die Zutaten für eine Tinktur notiert, die er Inge Evers aus der nahe gelegenen Raths-Apotheke holen ließ. Diese wirkte wahre Wunder. Sie musste sie dreimal täglich auftragen. Schon nach zwei Tagen klangen die Entzündungen sichtbar ab. Das Kind weinte kaum mehr. Sein Stuhlgang stabilisierte sich. Zudem ging das Fieber zurück. Nochmals zwei Tage später war Michael fieberfrei. Seine Haut erholte sich zusehends. Dank der aufopfernden Pflege seiner Kindsmagd verbesserte sich sein Gesamtzustand ganz offensichtlich. Tönsing freute sich ungemein. Er lobte Inge Evers in höchsten Tönen, was seine Frau gar eifersüchtig machte. Auch der Medicus konnte die ausgezeichneten Fortschritte bestätigen. Der Kleine nahm nun gut Nahrung zu sich. Am darauffolgenden Wochenende kam erstmals Inges Mann zu Besuch. Wie der Zufall es wollte, lächelte der Junge spontan, als er genährt, gesäubert und frisch gewickelt in saubere Windeln in das übergroße Bett zurückgelegt wurde. Dieses erste Lächeln würde Inge Evers in ihrem ganzen Leben nicht mehr vergessen. Es war ihr schönster Lohn und sie fühlte sich seit Langem wieder richtig glücklich. Ihr Mann verstand sie allzu gut. Die Fehlgeburten, das damit verbundene Leid, die viele Zeit zwischen Hoffen und Bangen, die Enttäuschungen – es war einfach zu viel gewesen. Er konnte den Wunsch seiner Frau verstehen. Einen Monat später stand das Ehepaar mit einem vollkommen genesenen Jungen im Büro des Vorstehers der Hamburger Armenbehörde. Nachdem sich gar der Provisor des Waisenhauses für die Evers verbürgt und geschworen hatte, die bisherigen Eltern hätten das Kind aufgegeben und es würde als Waise aufwachsen müssen, durften die Evers Michael als ihr Kind mit allen Rechten und Pflichten übernehmen. Allerdings änderten sie mit Zustimmung der Behörde seinen Vornamen. Fortan hieß er Christoph – Christoph Evers. Es sollten fast 42 Jahre vergehen, bis ihm sein Geburtsname bekannt wurde.

HAMBURG – SOUTHAMPTON – OKTOBER/NOVEMBER 1800

ALLES WAR SO GANZ ANDERS als geplant gekommen. Das Schicksal meinte es offenkundig wirklich nicht gut mit den Bauers. Es wäre besser gewesen, wenn sie in Le Havre, Antwerpen oder Rotterdam an Bord eines der Segelschiffe gegangen wären, da diese auf direktem Weg Amerika ansteuerten. Für solche Überseefahrten war der Hamburger Hafen eine schlechte Wahl. Hamburg hatte seinem schlechten Ruf alle Ehre gemacht. Wer hier an Bord ging, musste zudem einen Zwischenhalt in England in Kauf nehmen. Die damit verbundenen Umstände brachten zusätzliche Entbehrungen mit sich. Doch davon wussten die Bauers kaum etwas. Sie hatten sich auf die wenigen Informationen verlassen, die ihnen zur Verfügung standen. Schon das Elend in Hamburg machte ihnen furchtbar zu schaffen. Als ihr verschmutztes, überfülltes und von einer üblen Mannschaft besetztes Schiff den Hamburger Hafen verließ, waren sie zunächst nur einmal froh, endlich dieser Stadt entkommen zu sein. Nur Marta litt, weil sie den Jungen zurücklassen mussten. Das kleine Mädchen, das sie die ganze Zeit in den Armen hielt, tröstete sie zwar, aber ein schlechtes Gewissen und auch das Gefühl der Liebe zu dem Jungen, das sich vom ersten Tag ihrer Begegnung eingestellt hatte, plagten sie allzu sehr. Gottlieb Bauer war auch nicht wohl zumute, wenn er an Michael dachte. Doch betrachtete er alles nüchterner als seine Frau, die er sogar zweimal ordentlich schimpfte, als sie immerzu wehklagte. Von Hamburg waren sie dann zunächst nach Southampton in England gelangt. Mehrere Tage lag ihr Schiff dort im Hafen. Niemand konnte sagen, wann es denn endlich weitergehen sollte. Eine immer aggressivere Stimmung breitete sich unter den Passagieren des überfüllten Schiffes aus. Der Kapitän schien die meiste Zeit nicht an Bord zu sein. Einmal gar ging das Gerücht, er hätte sich aus dem Staub gemacht und sie müssten in dieser englischen Hafenstadt überwintern. Dann geschah in der Nacht von Samstag auf Sonntag das Unvorstellbare. An Bord brach ein Feuer aus. Auch im Nachhinein glaubten die Bauers noch an ein Wunder, weil alle mit dem Leben davonkamen und außer einigen leichten Verletzungen die Menschen durch den Brand keinen Schaden genommen hatten. Doch an eine Weiterfahrt war mit diesem Schiff nicht mehr zu denken. Der Kapitän wurde gar von einer aufgebrachten Menge angegriffen. Wahrscheinlich wäre er sogar gelyncht worden, wenn nicht die Obrigkeit eingegriffen und ihn geschützt hätte.

Danach blieb der Kapitän tatsächlich verschwunden. Die ratlosen Passagiere hatten keine Ahnung, wie es weitergehen sollte. Fast eine Woche später, am Freitagnachmittag, kamen vier Herren in die Notunterkünfte der Auswanderer, die mehr hausten, als dass sie ein ordentliches Dach über dem Kopf gehabt hätten. Überall stank es nach Fisch und abgestandenem, ekeligem Brackwasser. Die Wut und der Zorn der Menschen ließen diesen von Gott verdammten Fleck wie den Vorhof zur Hölle erscheinen. Zwei Lakaien der vier Herren, die allein wegen ihrer Kleidung auffielen, riefen ungestüm und laut alle zusammen. Sie brüllten etwas von einer wunderschönen Zukunft in den Vereinigten Staaten und dass jedermann etwas versäumen würde, der nicht zu der gleich stattfindenden Versammlung käme. Auch die Bauers wurden trotz ihrer Niedergeschlagenheit hellhörig. Marta Bauer reinigte gerade, so gut es eben ging, die zwei Blechschüsseln, aus denen sie und ihr Mann vor wenigen Augenblicken eine mehr als kärgliche Mahlzeit zu sich genommen hatten. Sie wussten von vornherein, das Essen würde ihnen nicht bekommen. Aber besser ein wenig Bauchkrämpfe oder saures Aufstoßen als einen hungrig knurrenden Magen, der einem nicht einmal in den Nachtstunden Schlaf gönnen würde. Weil alles verdreckt war und kein Mensch wusste, woher die Bohnen, Linsen und das kaum identifizierbare Gemüse überhaupt kamen, mussten ständig Erbrechen und Durchfall ertragen werden.

»Komm, Gottlieb. Hören wir es uns wenigstens an.«

Marta Bauer versuchte schon seit Tagen, gegen die Niedergeschlagenheit ihres Mannes anzukämpfen. Mutlos ergab er sich seinem Schicksal und wurde zunehmend hoffnungsloser.

»Na, komm schon. Steh endlich auf«, murrte seine Frau, als er keine Anstalten machte. Er quälte sich schließlich beim Aufstehen von der schmutzigen, alten Decke, die nach Tabaksrauch, ranzigem Fett und Urin stank. Wieder riefen die Helfer der Herren, welch sagenhafte Zukunft sogleich angeboten werden würde. Gottlieb musste erst zu sich kommen. Er schüttelte seine steifen, verkrampften Glieder, rieb sich die entzündeten Augen und ging mit Marta die paar Schritte zu dem dem Hafenbecken vorgelagerten gepflasterten Platz. Marta versicherte sich, dass Anna in ihren Armen sanft schlief. Mit dem Baby und ihrem missmutig dreinschauenden Mann stand sie inmitten der anderen und wartete mit banger Hoffnung auf den Beginn dieser angeblich beispiellosen Versammlung.

Die Bauers waren inzwischen an einem Punkt angelangt, an dem sie nicht mehr wussten, wie es weitergehen sollte. Ihr gesamtes Geld war aufgebraucht. Ihre dem Kapitän zu treuen Händen übergebenen letzten Ersparnisse gab es nicht mehr. Sie waren mittellos und lebten von der Hand in den Mund. Ohne die ihnen zugeteilten Almosen wären sie gänzlich am Ende gewesen. Schon seit mehreren Tagen überlegten sie, ob es nicht besser wäre, wieder in ihre alte Heimat zurückzukehren.

Vier schwere Kisten schoben die Helfer zu einem Podest zusammen. Der erste Herr stieg darauf. Zwei seiner Leute brüllten um Ruhe. Es dauerte, bis sich die Menge zurücknahm und beruhigte. Mit lauter Stimme verkündete der Herr etwas in englischer Sprache. Die Bauers verstanden nichts davon. Doch an den Reaktionen anderer konnten sie bemerken, dass es sich um eine wichtige Sache handelte. Der zweite Herr redete Französisch. Wieder konnten die Bauers nur die Umstehenden beobachten. Irgendetwas schien da tatsächlich die Leute anzusprechen. Der dritte Herr erklomm das Podest.

»Leute! Leute! Ich biete euch die Chance eures Lebens an. Die meisten von euch sind mittellos. Unglückliche Umstände! Was soll man da machen? Heimfahren? Noch nicht einmal dafür habt ihr Geld. Die meisten von euch wissen nicht mehr ein noch aus. Der Traum von Amerika scheint ausgeträumt.«

Ein Murren ging durch die Reihen derjenigen, die den deutsch sprechenden Herrn verstanden. Zunächst glaubte Gottlieb noch, dieser wäre auf Streit aus.

»Dem hau' ich gleich aufs Maul. Dieser Rotzbursche macht sich doch nur über uns lustig.«

»Pscht. Sei leise«, mahnte Marta, da der Herr wieder das Wort ergriffen hatte.

»Es sieht also schlecht aus.« Noch einmal machte er eine Pause. Dann fuhr er fast brüllend fort.

»Aber nein. Es sieht gut aus! Es sieht sogar sehr gut aus!«

Gottlieb und Marta wunderten sich über diese Worte. Marta fasste ihren Mann am Ärmel. War das noch einmal eine neue Chance?

»Liebe Leute! Kraft meines Amtes biete ich euch eine kostenlose Überfahrt nach Amerika. Das Schiff …«, der Herr wies mit seinem linken Arm Richtung Hafen, »das Schiff liegt schon bereit und wird morgen früh in See stechen. Und versprochen: Wir nehmen jeden, der dies möchte, auf unsere Kosten mit. Natürlich nur, wenn er vollständig gesund ist. Das versteht sich von selbst. Kranke, Invaliden oder Idioten können wir nicht gebrauchen. Aber ansonsten: Jeder ist willkommen. Habt ihr das verstanden? – Auf *unsere* Kosten!«

Jetzt waren es die deutsch sprechenden Auswanderer, bei denen Unruhe und heftiges Gemurmel entstand.

»Der verkauft uns für dumm. Da ist doch etwas faul …«

Marta bremste ihren Mann. Heftig zog sie an seinem Ärmel.

»Nun warte doch ab, hör dir erst einmal die Sache zu Ende an.«

»Es ist ganz einfach. Wir bringen euch kostenlos über den Atlantik. Und zwar nach New York. Vielleicht wolltet ihr woanders hin. Jetzt geht es eben nach New York. Das Einzige, was ihr tun müsst: Ihr unterschreibt einen Vertrag, mit dem ihr euch verpflichtet, für drei Jahre bei einem Amerikaner zu Diensten zu sein. Lächerliche drei Jahre! Und das bei freier Kost und Logis. Ihr habt selbst das große Los in der Hand.«

»Was heißt das, für drei Jahre verpflichten? Das grenzt an Sklaverei.«

Gottlieb bäumte sich bereits wieder auf. Aber zwei Nachbarn applaudierten gar. Ihnen schien das ein gutes Angebot zu sein. Marta wog ab. Welche anderen Möglichkeiten hatten sie denn sonst?

»Liebe Leute! Ich gehe jetzt an meinen Tisch.« Wieder streckte der Herr den Arm aus und zeigte auf einen wackeligen, bruchreifen Tisch, auf dem ein Stapel Papiere lag. »Eine Stunde werde ich dort bleiben. In dieser Stunde nehme ich jeden Antrag an. Ihr unterschreibt den Vertrag. Dann könnt ihr heute noch auf die ›Future‹, auf unser Schiff. Und in wenigen Wochen seid ihr in New York. Besseres bietet euch niemand. Ihr entscheidet in dieser Stunde über euer Glück.«

Der Herr sprang vom Podest, ging zu seinem Tisch und wurde abgelöst von einem Mann, der in russischer Sprache noch einmal alles wiederholte. Es dauerte nur wenige Minuten, dann traten die Ersten vor den Tisch. Keine Minute später war bereits ein Vertrag unterschrieben. Gottlieb zögerte. Er führte ein heftiges Gespräch mit einem anderen Deutschen.

»Da werden wir doch bloß wieder ausgebeutet. Wer weiß, wie wir hereingelegt werden?«

»Nee, nee, so ist das nischt unbedingt. Das hat System. Eine Hand wäscht die andere, gewissermaßen. Das nennt sich Redemption. Wir wären nicht die Ersten, die davon betroffen sind.«

»Was, Redemption? Diese Scheißsprache. Ich verstehe kein Wort.«

»Gottlieb«, versuchte Marta zu beruhigen und legte ihm eine Hand auf die Schulter. »Hör dir's halt an. Wir haben eine Stunde Zeit. Vielleicht ist es doch eine Chance?«

»Ausnahmslos Pech haben wir bisher gehabt. Alles ging nur den Bach hinunter. Einen Scheißdreck erwarte ich. Wer weiß, wie das dann alles endet? Es ist jetzt schon schlimm genug.«

»Männeken, du kannst jetzt toben und schimpfen, so viel du willst. Aber was hilft es dir? Du bist genauso ein armes Schwein wie ich und meine Tilda.« Der Deutsche zog seine verhuscht grinsende Frau an sich. »Es ist eine Chance. Und wir beide nutzen sie.«

»Gottlieb, es hört sich wirklich nicht schlecht an. Von New York habe ich schon gehört. Dort wird es nicht viel anders sein als in Pennsylvania. Wir werden uns schon zurechtfinden.«

Ihr Mann schwieg, er kniff den Mund zusammen und überlegte angestrengt.

»Und was ist das genau? Dieses Redemption?«, lenkte er schließlich ein. Der andere Deutsche erklärte es ihm.

»Das gibt es schon seit Jahrzehnten. Es ist nicht ideal, aber für Leute wie uns eine überlegenswerte Möglichkeit. Viele deutsche Einwanderer haben nur so den Weg in die Neue Welt geschafft. Du musst dich vor der Überfahrt gegenüber dem Kapitän verpflichten, dass er dich an einen Dienstherrn in Amerika vermitteln darf. Dieser Herr zahlt die Kosten für die Überfahrt. Du arbeitest dann bei ihm für einige Jahre und zahlst so deine Schuld zurück. Wie gesagt: alles andere als ideal. Aber wenn du selbst kein Geld hast und trotzdem einen Neuanfang wagen willst, gibt es nichts Besseres.«

Gottlieb Bauer beruhigte sich. Derweil war Anna aufgewacht. Zunächst schmatzte sie nur ein wenig, streckte ihre Ärmchen und Beine, gluckste herum und fuhr sich mit der Zunge über die Lippen. Dann fing sie mächtig zu plärren an. Sie hatte Hunger. Marta kümmerte sich um das Kind. Sie ging einige Schritte zur Seite und schaute, wo sie sich hinsetzen und Anna ungestört mit einer Mischung aus Milch und Tee füttern konnte. Bevor sie wegging, sagte sie noch: »Ich bin dafür, Gottlieb. Ich bin dafür. Geh und unterschreib. Sonst kommen wir nie nach Amerika.«

Gottlieb sprach noch mit zwei anderen Männern. Er war verunsichert und hatte Angst, sie würden vom Regen in die Traufe geraten. Schließlich aber – die eine Stunde lief bereits ab – entschied er sich für den Vertrag. Alles ging sehr rasch. Er erfuhr, dass er und seine Frau damit einem Mr. Samuel Bridgewater zugeteilt wären. Dieser New Yorker Geschäftsmann würde sie am Hafen abholen. Ihm hätten sie drei Jahre treue Dienste zu leisten. Zweimal noch hatte er sich von dem Herrn den Namen sagen lassen. Als er auf seine Frau zuging, murmelte er ihn immer noch vor sich hin.

»Wir gehören jetzt einem feinen Herrn namens Britschenwoder. Verflucht, hoffentlich gehen wir nicht geradewegs in die Sklaverei. Britschenwoder! Ah. Was wird bloß aus uns werden?«

»Nun gräme dich nicht. Wir müssen auch einmal Glück haben. Ich jedenfalls will zuversichtlich sein. Lass es auf uns zukommen. Vielleicht ist dieser Herr Britschenwoder ja gar nicht so übel. Und arbeiten hätten wir sowieso müssen. Dann eben bei diesem Britschenwoder.«

Noch am Abend betraten sie die ›Future‹. Viele der angesprochenen Menschen hatten sich wie die Bauers entschieden. So wurde es auch auf diesem Schiff recht eng. Aber im Vergleich zu dem Hamburger Schiff und der Überfahrt nach England waren die Verhältnisse an Bord nicht die schlechtesten. Sogar ein Arzt reiste mit. War die Verpflegung auch alles andere als üppig und schmackhaft, so war sie doch weit besser als das, was sie in den letzten Wochen zu sich nehmen mussten. Von den schrecklichen Geschichten, die sie über menschenunwürdige Verhältnisse bei den Überfahrten gehört hatten, blieben sie diesmal verschont. Die vermuteten Strapazen hielten sich in Grenzen. Es gab keine gefährlichen Situationen auf hoher See, obwohl sie meistens sehr schlechtes Wetter ertragen mussten. Bis auf die Seekrankheit, von der nicht wenige betroffen waren, brach keine der schlimmen und gefürchteten Krankheiten wie Typhus, Ruhr oder Pocken an Bord aus. Nach fünf Wochen lief die ›Future‹ in den Hafen von New York ein. Gottlieb Bauer war zwischenzeitlich zuversichtlicher geworden. Nur Marta wurde nun, je näher die Hafenanlage kam, immer aufgeregter.

NEW YORK – ENDE NOVEMBER 1800

Samuel Bridgewater, ein recht strenger, humorloser und auf Arbeit und Pflichterfüllung pochender Kaufmann, dessen Vater und Großvater mit dem Handel von Pelzen reich geworden waren, gehörte in Manhattan zu den einflussreichsten Männern der wachsenden Stadt New York. Mit seinen 45 Jahren verfügte er über ein beträchtliches Vermögen, hatte er es doch wie seine Vorfahren bestens verstanden, nicht nur das Pelzgeschäft auszubauen. Er beteiligte sich an Grundstücksgeschäften, besaß dabei sowohl die notwendige Risikobereitschaft als auch das Glück des Tüchtigen, baute den Handel mit zahlreichen europäischen Geschäftspartnern aus und war im Lauf der Zeit immer reicher geworden. Trotzdem stellte er seinen Reichtum nicht zur Schau. Gottesfürchtig verwahrte er sich gegen alle Ausschweifungen und sah die liederliche Entwicklung seiner Stadt mit zunehmender Besorgnis. So lebte er ein eher bescheidenes Leben vor, trat in der Öffentlichkeit zwar als einflussreicher, aber nüchtern erscheinender Mann auf, der sich ganz selten über die Maßen etwas gönnte, schon gar nicht etwas Ausschweifendes wie etliche seiner ebenfalls vermögenden New Yorker Geschäftspartner. Bridgewater war zweimal verheiratet gewesen. Beide Frauen starben nach jeweils wenigen Ehejahren. Die Verbindungen blieben kinderlos, obwohl er sich nach einem Sohn oder einer Tochter sehnte. Nach dem plötzlichen Tod seiner zweiten Frau Lucille, die an einem Fieber erkrankte und binnen drei Tagen verstarb, sah er es als Gottes Fügung an, in Zukunft allein zu bleiben. Er nahm dieses Schicksal an, bekämpfte gar die Forderungen seines Körpers, die er als triebhaft abtat, und verlor letztlich sein Interesse an Frauen. Er lebte für seine Geschäfte, freute sich an der Mehrung seines Reichtums, diente Gott durch einen untadeligen Lebenswandel und der Wahrnehmung verschiedener karitativer Aufgaben für Arme und Gestrandete und unterstützte seine Kirche, wann immer es nottat. Er war überaus zufrieden mit seinem Leben. Keinesfalls verbittert, obwohl manche seiner Zeitgenossen dies aus seinen strengen Gesichtszügen ablesen wollten. Dieser Mann hatte sich zum Hafen kutschieren lassen, als er Kunde von der einlaufenden ›Future‹ erhielt. Fast eine Stunde blieb er in der Kutsche sitzen, die ganz in der Nähe des Hafenbeckens gehalten hatte. Der regnerische und kalte Novembertag lud nicht gerade zu einem Aufenthalt im Freien ein. Geduldig wartete er, bis der Kapitän erschien. Seinem Butler oblag es zunächst, sich mit ihm abzustimmen. Einige Passagiere verließen derweil das vertäute Schiff. Nachdem dann einige Zeit lang nichts geschah, kamen die ersten Auswanderer an Land. Sie waren unschwer an ihrer armseligen Kleidung und an der wenigen Habe, die sie mit sich trugen, zu erkennen. Bridgewater saß nach wie vor in seiner überdachten Kutsche, die ihm ausreichend Schutz vor dem bereits den ganzen Tag niedergehenden Regen bot. Es ging gerade auf die Mittagszeit zu, da sah er seinen Angestellten mit einem Mann und einer Frau, die offensichtlich ein Baby auf dem Arm trug, auf seine Kutsche zukommen. Mr. Nash, der ihm als Butler, Kutscher, Gärtner, Bote und Leibwächter diente, gab den beiden kurz vor der Kutsche ein Zeichen. Da es nach wie vor regnete, dirigierte er sie unter das vorstehende Dach eines lang gezogenen Lagerschuppens, der sich nur wenige Schritte von der Kutsche entfernt erstreckte. Samuel Bridgewater stieg aus. Rasch ging er auf die Neuankömmlinge zu.

»Die Bauers«, sagte Nash und nickte in deren Richtung. »Haben ein Kind dabei, eine Tochter.« Die beiden machten einen verängstigten Eindruck. Ihre nass gewordenen Haare klebten an ihren Köpfen. Marta Bauer drückte das kleine Bündel in ihren Armen fest an die Brust. Zu ihrer Überraschung sprach auch Bridgewater sie, ähnlich wie zuvor schon Nash, in zwar gebrochenem, aber verständlichem Deutsch an.

»Ich bin Samuel Bridgewater. Und ihr seid die aus Deutschland. Bauer?«

Bridgewater legte den Kopf ein wenig schräg. Die Angesprochenen nickten.

»Mein Agent hat mir eine Familie mit einem Kind gemeldet. Eine Tochter also. Ja?«

Die Frau musste schlucken. Ihr Mann strich sich das nasse Haar aus der Stirn.

»Eine Tochter. Ja. Unsere Anna«, gab Gottlieb schüchtern zur Antwort.

Bridgewater kniff einen Moment lang die Lippen zusammen.

»So, so.« Es hörte sich an, als wäre er nicht gerade erfreut über die Antwort.

Doch dann nickte er. »Soviel ich weiß, ist es nicht euer eigenes Kind? Ihr habt das Mädchen adoptiert?«

»Ja«, antwortete Marta Bauer hastig. »Aber es ist unser Kind. Wir haben Brief und Siegel darüber.«

Bridgewater schaute die Bauers einen Moment schweigend an. Es schien, als würde er erwarten, dass der Mann redete. Als dieser aber keine Anstalten machte, hob er die linke Hand an den Mund, strich zwei-, dreimal darüber, nickte wieder und erklärte, wie es nun weitergehen würde. Da er alle Kosten für die Überfahrt übernommen hatte, mussten die Bauers ihm drei Jahre lang bei freier Kost und Logis dienen. Bridgewater hatte schon seit einiger Zeit darauf gehofft, einen Landmann zu finden, der das notwendige Wissen und

Können besaß, um die ausgiebigen Ländereien, die er drüben in Connecticut sein Eigen nannte, auf Vordermann zu bringen.

»Nun gut. Lassen Sie mich einmal Ihre Tochter sehen. Und drücke sie nicht so fest an dich, sonst erstickt sie womöglich noch.« Er hatte diesen Satz witzig gemeint, etwas, das selten genug bei ihm vorkam. Marta erschreckte er damit aber. Sie wirkte ganz verängstigt in der für sie so fremden Welt. Rasch streckte sie ihm ihre Tochter entgegen. Sie nahm vorsichtig das dünne Tuch weg, das ihren Kopf bedeckte. Bridgewater bemerkte dabei, wie sie zitterte.

Er schaute auf das Bündel Mensch. Und genau dieser Augenblick war es, der ihn für immer für Anna einnehmen sollte. Er schaute in das kleine Mädchengesicht, das friedlich, aber auch kränklich wirkte. Die langen Haare fielen ihm auf. Da sie zur Hälfte das Gesicht bedeckten, streckte er die Hand aus und strich sie beiseite. Nur Nash fiel auf, wie zärtlich diese Geste war.

»Ah. Ein Feuermal.« Bridgewater hatte die Verfärbung am Hals bemerkt. Er drehte das Köpfchen ein wenig und sah die dunkelblau und rötlich-violett schimmernde Haut an.

»Schauen Sie einmal, Nash. Das haben Sie noch nie gesehen, oder?«

Wieder bemerkte er den furchtsamen Blick der Frau, die nun die Mutter dieses Mädchens war.

»Na«, fing er wieder an, »die Natur richtet es ein, wie sie es möchte. Und unser Schöpfer wollte das so haben. Freut euch über das Kind. Es ist ein Geschenk Gottes und mir ebenso willkommen wie ihr.«

Diese Worte lösten fast schlagartig die Spannung, unter der die Bauers standen. Samuel Bridgewater gelang sogar der Ansatz eines Lächelns. Nur Nash konnte wissen, welchen Seltenheitswert eine solche Gefühlsregung besaß. Aber noch nicht einmal er ahnte zu diesem Zeitpunkt, wie sehr Samuel Bridgewater das Mädchen Anna in sein Herz schließen sollte. Dieser strenge, äußerst tugendhaft und diszipliniert lebende Mann spürte beim ersten Anblick der kleinen Anna ein ihm bis dahin kaum mehr bekanntes Gefühl von Zuneigung und Verbundenheit. Sorgsam vermied er, irgendjemandem davon zu erzählen. Doch bewegte ihn fortan eine Liebe zu dem Kind, die er vor seiner Umwelt zu verbergen suchte. Anna hatte ihn bei dieser ersten Begegnung an diesem unwirtlichen, kalten Tag in seinem Innersten berührt. Augenblicklich wusste er, wofür es sich noch zu leben lohnte. Anna würde es gut haben. Das stand für ihn längst fest, als sie alle zusammen zu seinem Haus am Ende einer Straße, die sich Broadway nannte, zurückfuhren.

Trotz des unerwartet freundlichen Empfangs verkrampften sich die Bauers während der Fahrt wieder. Die Vielzahl der neuen Eindrücke, die gänzlich fremde Umgebung verunsicherten beide. Bridgewater entging diese Schüchternheit nicht. Er konnte zwar über sie als Arbeitskräfte verfügen, doch lag es ihm fern, sie abwertend oder abschätzig zu behandeln.

»Was wisst ihr über New York?«

Marta erschrak fast ein wenig, als er die Frage stellte. Sie hatte mit verdrehtem Kopf zurückgeblickt auf den

Hafen, den sie gerade verließen. Die Kutsche bog in die Wall Street ein. Als Erster hatte sich ihr Mann gefasst.

»Nichts. Wir wollten gar nicht nach New York. Nach Pennsylvania hätte es eigentlich gehen sollen. Nach Philadelphia oder Germantown. Dort leben viele Deutsche. Das ging aber gründlich daneben.«

Gottlieb schilderte kurz die Ereignisse in Southampton. Bridgewater hörte aufmerksam zu.

»Nun, in New York lebt nur eine kleine Anzahl Deutscher. Sie fallen im Alltag nicht so sehr auf. Doch gibt es immerhin zwei Kirchen, die die Deutschstämmigen gebaut haben.«

Er erzählte etwas von einer deutsch-lutheranischen Kirche, die offenbar schon vor über 50 Jahren errichtet worden war, und einer ›German Reformed Church of New York‹.

»Die Stadt haben Niederländer gegründet. Das wisst ihr dann sicherlich auch nicht?«, fuhr er fort.

Die Bauers schüttelten den Kopf.

»Ja, zu Beginn sprachen die Menschen von diesem Landstrich hier gar von ›Neu Niederlande‹.« Bridgewater vollführte eine weit ausholende Handbewegung. »Die ersten Siedler kauften den Indianern vor fast 200 Jahren eine Insel ab. Eigentlich war es eher ein Tausch. Die Lenape-Indianer erhielten einfach Waren für diese Insel, die von den Einheimischen ›Manna-hata‹ genannt wurde, was etwa ›Insel der Hügel‹ bedeuten sollte. Die Einwanderer gründeten darauf eine Siedlung und nannten sie ›Nieuw Amsterdam‹. Und ihr seid jetzt ebenfalls auf dieser Insel angekommen. Wir fahren über Manhattan geradewegs zu meinem Haus. Das liegt am

Broadway, einer wohl seit alters her wichtigen Straße. Oder besser: Früher gab es den Broadway schon als Indianerpfad, der die Insel von der Südspitze bis in den Norden durchzog.«

Die Bauers verstanden nicht alles auf Anhieb. Doch waren sie wiederum überrascht, dass sich ein vornehmer, reicher Herr, dem sie zu Diensten verpflichtet waren, sich derart freundlich mit ihnen unterhielt.

»Meine Familie selbst stammt aus Connecticut, wo mir heute noch viel fruchtbares Land gehört. Aber eigentlich kommen die Bridgewaters aus England. Vor fast genau 100 Jahren ist mein Urgroßvater nach Amerika aufgebrochen. Es ist ihm und all seinen Nachfahren, wozu ich nun einmal gehöre, nicht schlecht bekommen.«

Marta und Gottlieb nickten zu den Worten. Offenbar konnte man sein Glück in dieser Neuen Welt machen. Bevor sie jedoch intensiver darüber nachdenken konnten, erreichten sie das Haus Bridgewaters, das sich als Prachtbau entpuppte. So wenig Erfolg versprechend ihre Reise begonnen hatte und oft genug entsetzlich verlaufen war, schienen sie nun vielleicht doch besseren Zeiten entgegen zu gehen. Bridgewaters Verhalten gab zumindest Anlass zur Hoffnung. Sie betraten fast ehrfürchtig ihr neues Zuhause.

LUDWIGSBURG – JULI 1802

Die ersten eineinhalb Jahre im Ludwigsburger Zuchthaus hätten ihr fast den Lebensmut genommen. Tagtäglich musste sie sich ihren Schwur in Erinnerung rufen. In den Zeiten höchster Not dachte sie an nichts anderes als an ihre Kinder. Sie rief sich besonders schöne Situationen in Erinnerung. Mit geschlossenen Augen saß sie dann meistens auf der Pritsche ihrer Gefängniszelle. Oft betete sie dabei. Es beruhigte sie immer ein wenig, wenn sie die kleinen Gesichter ihrer Tochter und ihres Sohnes vor sich sah. Sie versuchte, deren Lächeln festzuhalten, und manchmal streckte sie gar ihre Hand aus, einfach so in die Luft, weil sie sich vorstellte, sie würde ihre Kinder streicheln. Das überaus beschwerliche Leben, die Schikanen und die schlechte Versorgung zeigten Wirkung. Agnes kämpfte anfangs entschlossen dagegen an. In schlimmer Erinnerung geblieben war ihr der Tag, an dem sie als Verurteilte in das Ludwigsburger Zuchthaus eingeliefert worden war. Als man sie dort in der Schorndorfer Straße mit drei weiteren Gefangenen dem Zuchtmeister übergab, fiel ihr der gute Zustand des Gebäudes auf. Das ehemalige Palais von Schütz-Isengarten diente als Zucht-, Arbeits- und Irrenhaus und die Verantwortlichen schienen größten Wert auf Sauberkeit und Ordnung zu legen. Keine Stunde später folgte ein böses Erwachen. Sie wurde vom Zuchtmeister an die Weiberzuchtmeisterin übergeben, die sie auf den Hof führte, wo bereits über 20 zu mehrjährigen Zuchthausstrafen verurteilte Frauen auf sie warteten. Sie wurde an einem Gatter festgebunden. Jede der Frauen bekam eine Gerte ausgehändigt. Fassungslos sah sie die erste Gefangene auf sich zukommen. Diese holte kräftig aus und schlug sie heftig auf die linke Schulter. Der Schmerz trieb ihr augenblicklich Tränen in die Augen. Die Tortur wiederholte sich noch neunzehn Mal. Obwohl Mitgefangene, schienen die Zuchthäuslerinnen diese Bestrafungsaktion zu genießen. Nur zwei waren dabei, die die Gerte zaghaft heruntersausen ließen. Eine dagegen, Berta Brunner, schlug geradezu hasserfüllt zu. Sie sollte, ohne dass es dafür einen Grund gegeben hätte, lange Zeit Freude und Lust am Quälen und Schikanieren von Agnes verspüren. Als die schreckliche Prozedur vorüber war, stöhnte die zutiefst gedemütigte Agnes vor Schmerzen. Bevor die Weiberzuchtmeisterin sie losband, griff sie ihr in die Haare. Sie zog gewaltig daran. Plötzlich hatte sie eine Schere in der Hand. Es ratschte vier-, fünfmal. Agnes sah ihre Haarpracht auf den Erdboden fallen. Dann wurde sie losgebunden. Trotz der Schmerzen auf ihrem Rücken griff sie sich an den Kopf. Sie spürte entsetzt die kurzen, stumpfen Haarstoppeln.

»Das ist unser Begrüßungsritual, unser Willkommen. Sei froh, dass du ein Weib bist.«

Aus ihren verweinten Augen blickte sie die Wärterin voller Furcht an.

»Ja, du hast schon richtig verstanden. Hörst du die Schreie von dort hinten?«

Die Wärterin deutete mit der Hand über den linken Gebäudeflügel hinweg.

Natürlich waren Agnes die Schmerzensschreie gleich aufgefallen. Da sie aber mit ihrem eigenen Leiden beschäftigt war, konnte sie sich nicht darauf konzentrieren.

»Dort erhalten die Männer ihr Willkommen. Die bekommen ihre Streiche nicht mit einer läppischen Gerte. Ein Ochsenziemer fährt auf sie nieder, nachdem sie sich vollkommen entkleidet haben. Und wenn ich es recht weiß, bekommt gerade ein Brandstifter aus dem Remstal 40 Schläge ab. Der Lump wird wochenlang nicht mehr gerade stehen können, so setzen sie ihm zu. Kannst du dir vorstellen, was es heißt, mit einem Ochsenziemer geschlagen zu werden?«

Agnes nickte schwach. Sie wusste, es mussten Keulenhiebe sein, die da auf einen Menschen niedergingen. Die Schlagwaffe konnte grauenhafte Verletzungen anrichten und galt als besonders schlimme Strafe.

»Nun hast du es ja hinter dir.«

Mit diesen Worten scheuchte sie die Zuchtmeisterin ins Haus zurück. »Das alles wirst du noch einmal erleben, wenn du entlassen werden solltest. Dann feiern wir auf dieselbe Art und Weise deinen Abschied. Doch wahrscheinlich bleibt dir dies erspart. Wenn kein Wunder geschieht, wirst du in diesen Mauern sterben. Du kommst hier wohl nicht mehr heraus.«

Agnes taumelte unter quälenden Schmerzen deprimiert und tränenüberströmt zum Eingang. Ihr Rücken war eine einzige glühende Masse. Ein Schlag hatte sie zudem hart auf dem linken Handrücken getroffen. Die Hand war in der Zwischenzeit angeschwollen und schmerzte heftig, so dass sie es kaum wagte, die Finger zu bewegen.

Es sollte nach diesem ersten furchtbaren Tag vorläufig nicht besser werden. Tagtäglich wiederholten sich die Schikanen. Nicht nur das Zuchthauspersonal, vor allem Mitgefangene machten ihr das Leben zusätzlich schwer, wobei sich Berta Brunner besonders hervortat. Die zweifache Mörderin, die ihren Mann und ihren Liebhaber vergiftet hatte, wurde zu ihrer ärgsten Feindin. Die niederträchtige Frau versuchte sie zu schikanieren, wann und wo immer es ging. Ihre Zuchthauswärterinnen schienen jedes Mal wegzusehen. Fast ein Jahr lang hielt Agnes ihren Angriffen stand. Als sie sich nicht mehr zu helfen wusste und eine der Wärterinnen auf die Bosheiten ansprach, wurde sie noch am gleichen Tag in eine fensterlose Einzelzelle gesperrt. Zwei Wochen musste sie dort bei Wasser und Brot ausharren. Sie wusste gar nicht, wie ihr geschah. Doch sie hatte in der Zelle genügend Zeit zum Nachdenken. Wie sollte sie Berta zukünftig begegnen? Sie war ihr ausgeliefert. Falls sie ihr nichts entgegensetzte, könnte Berta mit ihr machen, was immer sie wollte. Tag für Tag deren Repressalien aushalten und leiden müssen: So stand es Agnes vor Augen. So durfte es aber keinesfalls weitergehen. In ihrer dunklen Zelle, allein, einsam und verlassen, gedemütigt, niedergeworfen und verhöhnt, hatte sie sich zur Gegenwehr entschlossen. Die zwei Wochen in der dunklen Zelle veränderten Agnes. Sie wappnete sich. Wer ihr zukünftig Böses wollte, sollte sein blaues Wunder erleben. Sie würde sich wehren. Gegen jeden, der sie schikanieren oder erniedrigen wollte. Stunde um Stunde ging sie in Gedanken durch, wie sie reagieren würde, falls Berta Brunner sie wieder angreifen oder auf sonstige perfide Art quälen sollte. Sie spielte unzählige Szenarien durch. Die Bilder prägten sich fest in ihr Gedächtnis ein. An dem Tag, an dem man sie aus der Einzelhaft holte, fühlte sie sich gut vorbereitet. Kaum jemand hätte ihr, die immer noch zierlich und wehrlos wirkte, die Kraft und Energie zugetraut, die in ihr steckten. Nur sie wusste zu diesem Zeitpunkt, wozu sie fortan fähig sein sollte.

»Bist du zurück? Muss ich deinen Anblick also wieder ertragen?«

Berta schleuderte ihr die Fragen entgegen. Agnes hatte noch nicht einmal Platz genommen. Stehend hielt sie die Holzschale mit der dünnen, heißen Suppe in einer Hand.

»Hierher wirst du dich jedenfalls nicht setzen. Dich will hier niemand.«

Berta schaute sich triumphierend um. Ihre zwei Freundinnen nickten heftig. Sie grinsten wie Berta. Agnes ahnte, dass es nicht gut ausgehen würde. Sie nickte, trat dann aber doch einen Schritt vor. Die zur Aufsicht eingeteilte Wärterin tat, als würde sie nichts bemerken. Hilfe suchend blickte Agnes sie an. Kaum trafen sich ihre Augen, schaute die Aufseherin weg. Sie drehte sich gar um. Von ihr war keine Unterstützung zu erwarten.

»Noch einen Schritt und du bist tot.«

Berta gab keine Ruhe. Agnes griff nach vorn. Sie hatte eigentlich nur die Absicht gehabt, den Holzlöffel vom Tisch zu nehmen, um sich dann in eine andere Ecke des Essraumes zu begeben.

»Wer nicht hören will, muss fühlen.«

Mit ausgestreckter Hand, in der sie eine Gabel hielt, ging Berta auf Agnes los. Sie stieß sie in Agnes' Richtung.

Eine der zwei Zinken traf Agnes am Unterarm, den sie zu ihrem Schutz hochgerissen hatte. Reflexhaft schleuderte sie den schweren Holzteller mit der heißen Brühe ihrer Angreiferin ins Gesicht. Diese brüllte augenblicklich auf. Überrascht von der Wucht und dem Schmerz, taumelte sie zurück. Doch Agnes war nicht mehr zu halten und setzte nach. Sie entriss ihr die Gabel, warf sie um, sprang mit Wucht auf sie, lag über ihr und schob ihr die gefährlichen Zinken der Gabel tief ins Nasenloch. Berta schrie schmerzerfüllt auf. Agnes stieß die Gabel nach vorn. Sie spürte, wie das Metall in weiches Gewebe vordrang. Blut floss aus der Nase.

»Wenn du Scheusal nur einen Muckser machst, stoße ich dir die Gabel in dein verkommenes Gehirn.«

Berta zitterte vor Angst und Schmerz. Ihre Mitgefangenen sahen fassungslos zu. Agnes drehte die Gabel in dem Nasenflügel um. Es knirschte scheußlich. Von Entsetzen gepackt, traten Bertas Augen aus den Höhlen. Aus ihrem Mund, weit aufgerissen, dass Agnes in eine rohe, rote Höhle blicken konnte, drangen erbarmungswürdige gurgelnde Geräusche. Agnes ging eiskalt, ohne jedes Erbarmen vor. Wenn es notwendig geworden wäre, hätte sie Berta die Gabel ins Gehirn gebohrt und sie umgebracht. Sie spuckte Berta zweimal ins Gesicht. Dann wurde sie von der Wärterin an den Schultern gepackt. Sie sah noch, wie zwei weitere Weiberzuchtmeister in den Saal gestürmt kamen. Sie spürte den Schlag auf ihren Hinterkopf. Als sie wieder zu sich kam, lag sie gefesselt auf einer Pritsche im Zimmer des Mannes, dem die unmittelbare Leitung des Zucht- und Arbeitshauses oblag. Anton Rotgerber beobachtete interessiert, wie sie zu sich kam.

Er ließ ihr viel Zeit. Der beleibte, rotgesichtige Mann mit den kräftigen Händen und einem zerschossenen linken Auge sah furchterregend aus. Sein Auge hatte er vor wenigen Jahren in den Kämpfen mit den Franzosen verloren. Bis dahin war er mit Leib und Seele Soldat gewesen. Er war bei den schwäbischen Kreistruppen als eifriger und tapferer Kämpfer bekannt. Diese Truppen befehligte damals Erbprinz Friedrich. Er sollte dem ungestümen Vordringen der Franzosen, die sich bereits der Schwarzwaldpässe bemächtigt hatten, Einhalt bieten. Nahe dem Rossbühl bei Freudenstadt kam es vor nunmehr sechs Jahren zu einem kurzen, jedoch überaus heftigen Kampf. Im Schlachtengetümmel pfiffen Kugeln und Schrapnelle an Rotgerber vorbei. Das scharfe Zischen der Geschosse erschreckte ihn nicht. Tapfer hielt er sich aufrecht und marschierte todesmutig auf die feindliche Linie zu. Dann explodierte etwas in seinem Kopf. Sein Gesicht brannte. Alles löste sich auf. Er fiel in eine Pfütze, konnte nicht mehr denken, verbrannte einfach. Lichterloh zuckte es in seinem Kopf. Von rasenden Schmerzen überwältigt, versank er in einem Strudel aus Flammen, die ihn verzehrten. Wie durch ein Wunder überlebte er die Verletzung. Der Feldscher hatte ihn in dem Moment schon aufgegeben, als ihn seine Kameraden auf den Holztisch warfen, der als Operationstisch diente.

»Was soll das?«, herrschte er die verdutzten Soldaten an. »Der ist doch nur noch ein Klumpen Rotz. Er wird verrecken. Legt mir einen auf den Tisch, für den ich noch etwas tun kann.«

Antons bester Kamerad zog sein Bajonett vom Gewehr. Er schnappte sich den Feldscher, zog ihn grob heran, zeigte ihm die Spitze der gefährlichen Waffe und forderte ihn barsch auf, er solle gefälligst seinen Dienst verrichten. Der Mann ging ans Werk und schnitt Rotgerbers Auge heraus, das von einem Metallsplitter durchbohrt worden war. Es dauerte fast ein Jahr, bis Anton Rotgerber sich von seiner Verletzung erholt hatte. Seinem abstoßenden Aussehen, seinem Mut und seiner Tapferkeit stand jedoch ein eher weicher Charakter entgegen, der es gut mit den Menschen meinte. Er war verwundert, aber gleichzeitig überaus dankbar, als ihm von der Zucht- und Arbeitshausdeputation, die die Oberleitung über die ganze Anstalt besaß und sich aus geistlichen und weltlichen Räten sowie aus Mitgliedern der Stände zusammensetzte, die Leitung des Zuchthauses angeboten wurde. Herzog Friedrich selbst hatte das so entschieden. Er wollte seinem treuen Untertan damit den Lebensunterhalt sichern.

Nun wartete Anton Rotgerber schon eine ganze Weile. Er wusste, die gefesselte Gefangene war längst zu sich gekommen. Sie konnte ihn nicht täuschen und wenn sie noch so fest ihre Augen geschlossen hielt. Irgendwann war seine Geduld jedoch erschöpft.

»Weib! Mach die Augen auf. Ich habe mit dir zu reden.«

Agnes hielt es für besser, seinem Befehl Folge zu leisten. Sie öffnete die Augen, sofort durchzuckte sie ein Schmerz, der von ihrem Hinterkopf in ihr Gesicht ausstrahlte.

»Da hast du dir etwas geleistet. Die dumme Berta liegt auf der Krankenstation bei den Verrückten und droht selbst, meschugge zu werden. Du hast ihr ganz schön zugesetzt. Sie blutet immer noch schlimm aus der Nase, die geschwollen ist wie eine Gurke. Kannst nur hoffen, dass sie nicht ablebt. Das würde dich den Kopf kosten.«

Agnes sagte nichts. Sie fühlte sich völlig leer. Wären die Schmerzen in ihrem Kopf nicht gewesen, hätte sie nicht sagen können, ob sie noch irgendetwas berührte.

»Berta Brunner hat in dir offensichtlich ihre Meisterin gefunden.« Rotgerber stand bei diesen Worten auf. Er rieb sich gar die Hände, als er weitersprach. »Dieses Frauenzimmer hat schon immer für Ärger gesorgt. Sie will andere beherrschen und schikanieren, spielt sich auf und glaubt tatsächlich, sie hätte etwas zu sagen.«

Rotgerber ging jetzt im Raum auf und ab. Er rieb sich weiter die Hände.

»Ich kenne dich, Agnes von Hayden. Ich kannte vor allem deinen Mann, unter dem ich vor Jahren sogar etliche Monate lang gedient habe. Entsetzlich, was du da mit ihm gemacht hast. Ich wollte es zuerst gar nicht glauben. Wenn ich jedoch nun sehe, wozu du in der Lage bist, scheinst du vollkommen zu Recht zu langer, langer Haft verurteilt worden zu sein.«

Mit diesen Worten bedeutete er ihr aufzustehen. Er nahm wieder auf seinem Stuhl Platz und wartete auf ihre Reaktion. Als diese nicht erfolgte, fuhr er nach einer Weile fort.

»Du kannst hier – soweit man so etwas möchte – mehr oder weniger gut über die Runden kommen. Ich müsste den Vorfall eigentlich der Deputation melden. Wer weiß, was dir dann geschehen würde? Ich will dich verschonen. Nach allem, was ich über dich und dein Schicksal gehört habe. Wenn einer Mutter gar die Kinder weggenommen werden! – Na, das ist Strafe genug. Es vergeht doch bestimmt kein Tag, an dem du dich nicht grämst?«

Agnes musste schlucken. Sie biss sich auf die Unterlippe.

»Du musst mir gar nicht antworten. Ich sehe es dir auch so an, was in dir vorgeht. Bist arm dran, Agnes von Hayden! So schlimm deine Tat auch war: Du musst ungeheuerliches Leid aushalten. Und damit meine ich noch nicht einmal deine Zuchthausstrafe.«

Agnes beherrschte sich. Sie hatte Tränen in den Augen. Rotgerber winkte ab.

Dann brach es aus ihr heraus.

»Wer kann sich vorstellen, was das heißt? Ich habe zwei Kinder zur Welt gebracht, die ich über alles liebe. Mein eigen Fleisch und Blut. Und dann wird einem das Liebste einfach weggenommen! Es ist furchtbar. Jeden Tag erlebe ich diese Grausamkeit immer und immer wieder.«

Die Tränen flossen unkontrolliert. Anton Rotgerber hörte sich den Ausbruch an. Er wollte etwas sagen, doch wusste er, dass er sich nicht zu dem vom Herzog verhängten Urteil äußern durfte.

»Du bist immerhin mit dem Leben davongekommen! Trotz des Gattenmordes. Da kannst du mehr als froh sein.«

»Manchmal wünsche ich mir, alles wäre vorbei. Vielleicht wäre die Todesstrafe besser gewesen.«

Rotgerber schwieg. Er überlegte.

»Ich kann dir deine Strafe natürlich nicht erlassen. Du musst sie verbüßen. Aber ich kann für Umstände sorgen, die es dir ein wenig leichter machen. Mehr kann ich nicht tun. Wenn du Glück hast, überlebst du das Zuchthaus. Wer weiß, vielleicht kannst du dich dann sogar auf die Suche nach deinen Kindern machen. Das alles wird dir die Jahre nicht verkürzen. Aber im Gegensatz zu manch anderen hast du eine Chance.«

Agnes beruhigte sich langsam. Wenig später wurde sie wieder in ihre Zelle gebracht. Rotgerber war sehr weit gegangen. Das war ihr durchaus bewusst. Ohne ihn wäre sie verloren gewesen. Solang er dem Zuchthaus vorstehen würde, musste sie nichts mehr fürchten. Zwei Tage lang dachte Agnes über ihr Schicksal nach. Dann akzeptierte sie ihre Situation. Sie wollte sich, so gut es ging, bemühen. Sie sah zwar noch mindestens acht entbehrungsreiche Jahre vor sich. Aber sie war nun gewillt, diese Zeit durchzustehen. Was immer auch noch auf sie zukommen würde: Sie wollte wieder in Freiheit gelangen. So weit entfernt diese auch lag, der Tag würde kommen, an dem sie die Zuchthausmauern verlassen und nach ihren Kindern suchen konnte. Fortan beherrschte Agnes nur dieser Gedanke: Sie würde ihre Kinder suchen. So hatte sie es sich schon nach ihrer Verurteilung geschworen. Und nie wieder wollte sie sich davon abbringen lassen.

NEW YORK – JULI 1803

Die Bauers hatten wahrlich grosses Glück gehabt und wussten es zu schätzen. Samuel Bridgewater hatte sie nicht nur bei ihrem Eintreffen im Hafen von New York anständig behandelt, ihm waren seine Bediensteten auch wichtig. Er legte großen Wert auf fleißiges und korrektes Arbeiten und duldete keinen Schlendrian, sorgte jedoch gut für die ihm anvertrauten Menschen. Es gab wüste Geschichten anderer Redemptioners, die abschätzig behandelt und brutal von ihren Herren ausgenutzt wurden und deren Hoffnungen auf ein besseres Leben in der Neuen Welt rasch ihr Ende fanden. Bridgewater hingegen kümmerte sich um seine Leute. Bald konnten die Bauers gar mithilfe eines Sprachlehrers die englische Sprache erlernen. Sie bekamen zwar keinen Lohn bezahlt, doch eröffnete ihnen Bridgewater kein Vierteljahr nach ihrer Ankunft, dass er für ihre Dienste, mit denen er hochzufrieden schien, regelmäßig einen Betrag zurücklegen und ihnen die sich dann ergebende Summe am Ende der dreijährigen Dienstzeit ausbezahlen werde. Zum Weihnachtsfest im Jahre 1802 verdreifachte er sogar das bis dahin Angesparte, um ihnen ein Jahr später einen guten Start in ein Leben auf eigenen Beinen zu ermöglichen. Nun waren bereits die Sommermonate dieses letzten Jahres bei Bridgewater angebrochen und mehr und mehr besprachen die Bauers ihre Pläne, wie es am Ende dieser Dienstzeit weitergehen sollte. Anna war zu einem lebendigen und fröhlichen Mädchen herangewachsen. Besonders ihr ließ Bridgewater jegliche Fürsorge angedeihen. Wenn sie erkrankte, machte er sich Sorgen. Unverzüglich bestellte er dann einen Arzt. Und er war selig, wenn nichts Schlimmes vorlag und Anna wenige Tage später wieder durch das vornehme Haus tobte. Anna wickelte ihn um den Finger. Nash staunte nur so darüber, was Bridgewater alles mit sich anstellen ließ. Selbst Annas gelegentliches Lärmen, auf das er bei anderen recht empfindlich reagierte, schien ihm nichts auszumachen. Der reiche Geschäftsmann fürchtete den Augenblick der Trennung von der Familie, worüber er jedoch mit niemandem sprach. Lediglich Nash ahnte seine väterlichen Gefühle. Anna nannte ihn schon längst ›Onkel Sam‹. Anfangs waren die Bauers darüber erschrocken und wollten ihrer Tochter diese Anrede verbieten.

»Aber nein. Lasst nur. Anna darf ruhig Onkel zu mir sagen. Es gibt ja sonst niemanden, der mich so nennt«, hatte er einmal erklärt. Marta führte zu dieser Zeit bereits den Haushalt. Sie erledigte alle Aufgaben zu Bridgewaters größter Zufriedenheit. Nicht weniger zufrieden war er mit Gottliebs Arbeit, der sich mit seinem handwerklichen und landwirtschaftlichen Geschick nahezu unentbehrlich gemacht hatte. Die Familie wohnte in zwei sauberen und geräumigen Kammern im hinteren Teil des vornehmen Hauses und konnte rundum zufrieden sein.

Am Abend des 4. Juli 1803 bereitete Marta ein opulentes Essen vor. Bridgewater hatte ihr dazu am Morgen dieses Jahrestages der amerikanischen Unabhängigkeitserklärung den Auftrag erteilt. Sie musste für eine kleine Gesellschaft etwas Besonderes vorbereiten, da nicht nur dieser Tag gefeiert werden sollte. Alle im Haus waren daher gespannt, worum es wohl ging. Vielleicht hatte der Hausherr wieder ein lukratives Geschäft abgeschlossen oder sonst einen großartigen Erfolg verbuchen können? Bridgewaters Reichtum und seine Macht wuchsen von Jahr zu Jahr. Seit einiger Zeit gehörte er zum Beraterkreis von Präsident Thomas Jefferson und manche einflussreichen New Yorker Bürger spekulierten darauf, dass er in ein hohes Regierungsamt oder gar als Bürgermeister und Gouverneur von New York berufen würde. Der Abendgesellschaft mit den illustren Gästen schmeckte dann das Essen vorzüglich. Marta hatte sich in ihren Kochkünsten selbst übertroffen. Die Männer unterhielten sich bereits angeregt über die politischen Entwicklungen in Europa, wo ein gewisser Napoleon seine Macht ausbauen und ständig mehren konnte. Dann griff Bridgewater zu seinem edlen Weinglas. Er prostete den Anwesenden zu, trank es aus und bat danach um Gehör.

»Heute ist ein ganz besonderer Tag. Vor nunmehr 26 Jahren haben wir uns bekanntlich von der britischen Herrschaft befreit. Mancher hier hat dafür gekämpft, mancher gar in diesem Kampf gegen die Briten Angehörige verloren. Doch nicht nur dieses für unser Land herausragende Ereignis gilt es heute zu feiern.«

Bridgewater machte eine Pause. Er ließ sich etwas Wein nachschenken.

»Meine lieben Gäste! Ich darf Ihnen mit Erlaubnis unseres Präsidenten, des verehrten Thomas Jefferson, mitteilen, dass die Vereinigten Staaten von Amerika Louisiana von Frankreich erworben haben.«

Sofort entstand ein aufgeregtes Stimmengewirr. Alle wollten Näheres wissen, schließlich war bis vor Kurzem sogar befürchtet worden, Napoleon würde das französische Kolonialreich wiederherstellen wollen. Er hatte schließlich bereits ein Expeditionskorps nach Haiti entsandt, wo es rebellierende Sklaven bekämpfen sollte. Von dort war eine Verlegung nach New Orleans allzu wahrscheinlich, womit der lebenswichtige Mississippi hätte abgesperrt werden können.

»Präsident Jefferson hat den amerikanischen Gesandten in Paris angewiesen, über New Orleans zu verhandeln. Sie wissen alle um die Bedeutung dieser Stadt für unseren Handel. Robert Livingstone schien recht erfolgreich bei diesen Verhandlungen zu sein. Zur Unterstützung entsandte nun der Präsident zudem James Monroe. Und beide Diplomaten brachten ein außergewöhnliches, unerwartetes Geschäft zustande!«

Alle applaudierten spontan. Es musste zweifelsohne ein Geniestreich gewesen sein. Mit dem Erwerb Louisianas verdoppelte sich das Territorium der Vereinigten Staaten. Damit stand der Weg nach Westen weit offen.

»Der Preis ist nicht allzu hoch gewesen. Denken Sie: Napoleon benötigt offenbar für seine Kriege Geld. Viel Geld. Für 60 Millionen Francs, das sind etwa 15 Millionen Dollar, hat er uns völlig überraschend das ganze Gebiet überlassen.«

Bridgewater griff wieder zu seinem Glas.

»Trinken wir auf das Wohl unseres verehrten Präsidenten. Präsident Jefferson lebe hoch!«

Wieder stimmten alle ein. Eine ausgelassene Stimmung machte sich breit. Manche der Anwesenden stellten für sich bereits Überlegungen an, wie sie diese neue Situation für ihre Geschäfte nutzen konnten. Nicht wenige waren überzeugt, dass damit noch weiterer Reichtum erreicht werden konnte. Sie wussten um die Ziele Jeffersons, der energisch seinen Blick in den fernen Westen richtete. Bridgewater verwies auch schon auf Expeditionen unter Führung von Offizieren der Armee, deren Finanzierung lediglich noch vom Kongress sichergestellt werden musste.

»Wir werden den Stillen Ozean erreichen, meine Herren! Es wird sich eine ungeheure Zukunft für unser Land ergeben. Die Vereinigten Staaten werden sich, wenn wir mutig und tapfer genug sind, in einigen Jahren von einem Ozean bis zum anderen erstrecken. Mit dem Erwerb Louisianas ist der erste, aber entscheidende Schritt getan.«

Niemand ahnte zu diesem Zeitpunkt die Entbehrungen und auch die Gewalttaten, die diese Ausbreitung mit sich bringen sollte. Die Männer, die es gewohnt waren, ihren Willen durchzusetzen und auch vor Kriegen nicht zurückschreckten, sahen vor allem die ungeheuren Möglichkeiten, die eine solche Gebietserweiterung bieten würde. Zwar gab es alsbald Stimmen der Opposition, die das Eindringen in fremdes Land geißelten und die den Vertrag von Paris für null und nichtig erklären wollten. Doch Jeffersons Politik setzte sich durch. Schon wenig später sollten die vom Präsidenten vorgeschlagenen Expeditionen den Weg nach Westen aufnehmen.

Natürlich hatte sich die Neuigkeit rasch überall herumgesprochen. Auch die Bauers berieten ihre Zukunft. Vor allem Gottlieb ließ der Gedanke nicht los, aufzubrechen und sich den Expeditionen anzuschließen.

»Das ist unsere große Chance«, erklärte er seiner Frau. »In wenigen Monaten sind wir freie Menschen. Wir haben ein wenig Kapital. Damit lässt sich etwas anfangen. Es ist wie ein Wink des Schicksals.«

»Ich bin mir nicht sicher«, zögerte Marta. »Es geht uns doch gut in New York. Warum lassen wir uns nicht hier nieder? Du könntest ein Handwerk ausüben, ein eigenes Geschäft aufbauen. Das ist doch weit mehr, als wir erwarten konnten.«

»Sicher. Das ist nicht von der Hand zu weisen. Aber denke an die Chancen, die der Westen bietet. Wir wären von Anfang an mit dabei. Und wenn das Glück uns nicht verlässt, schaffen wir auch so etwas Großes wie Bridgewater.«

»Ja, *wenn*! *Wenn* wir nicht in einen Krieg hineingezogen werden. *Wenn* uns nicht die Wilden überfallen. *Wenn* uns nicht eine Krankheit dahinrafft. Wer weiß schon, was uns in diesem unbekannten Land erwartet?«

»Wir dürfen nicht die Bedenken in den Vordergrund stellen. Jetzt oder nie müssen wir zugreifen. Warum soll uns das nicht gelingen, was andere mit dem nötigen Mut lang vor uns schon geschafft haben?«

»Ich wäre vorsichtig. Seit fast drei Jahren ist uns das Glück hold. Wir werden bestimmt nicht steinreich. Aber alles deutet darauf hin, dass wir in New York ein gutes Auskommen hätten. Friedlich leben, einen bescheidenen Wohlstand genießen, ich möchte gar nicht mehr.«

Gottlieb war nicht erfreut über Martas Reaktion. Er wollte allzu gern diese Herausforderung annehmen, auch wenn er zugeben musste, dass sie mittlerweile ein im Vergleich zu den Jahren in Württemberg überaus gutes Leben führen konnten. Er ließ das Thema deshalb zunächst auf sich beruhen. Doch wollte er bei nächster Gelegenheit wieder darauf zu sprechen kommen. Allerdings kam ihm Bridgewater zuvor. Ihr Dienstherr wollte mit ihnen zwei Tage später reden. Es dämmerte bereits, als Bridgewater von einer mehrtägigen Reise zurückkehrte. Während der Rückfahrt hatte er sich viele Gedanken gemacht, in deren Mittelpunkt Anna stand. Etwas überrascht traten dann die Bauers in einen als Bibliothek dienenden Raum neben dem großen Salon. Bridgewater begrüßte sie überaus freundlich und bot ihnen sogar Platz an. Nash saß bereits an Bridgewaters Seite. Er lächelte, hielt sich aber ansonsten zurück. Ohne Umschweife kam Samuel Bridgewater zum Thema.

»Ende November ist eure Dienst- und Arbeitszeit bei mir abgelaufen. Ich weiß, ihr überlegt natürlich schon seit einiger Zeit, wie es weitergehen kann. Der Weg nach Westen ist sicherlich eine sehr bedenkenswerte Möglichkeit. Das ist so oder irre ich mich?«

Gottlieb schaute kurz seine Frau an, die eher betrübt auf den Boden starrte.

»Ja, Sir. Wir überlegen es uns seit geraumer Zeit.«

Marta atmete hörbar ein und aus. In diesem Augenblick wurde die Türklinke gedrückt. Ganz langsam öffnete sich die Tür einen Spalt. Alle schauten gespannt, wer da wohl stören mochte. Bridgewater lächelte milde. Er sah Anna als Erster. Das Mädchen streckte den Kopf ein wenig vor. Sie schien die Lage zu prüfen. Marta wollte gerade zu einem Tadel ansetzen.

»Anna, du bist noch wach? Aber, aber. Du solltest eigentlich schon schlafen.«

»Ach, Onkel Sam. Es ist so warm in meinem Zimmer. Ich kann einfach nicht einschlafen.« Bei diesen Worten trat das Mädchen in den Raum. Erwartungsvoll sah sie erst Bridgewater, dann ihre Eltern an.

»Du gehst trotzdem wieder ins Bett. Wir haben etwas zu bereden. Das ist nichts für ein Kind.«

»Oh«, entschlüpfte es Anna betrübt.

»Vielleicht können deine Eltern einmal eine Ausnahme zulassen.« Bridgewater formulierte diesen Satz eher wie eine Frage. Er sah Gottlieb Bauer mit hochgezogener Augenbraue an. Dem blieb nichts anderes übrig, als nachzugeben. Sofort strahlte Anna wieder.

»Kommst du zu mir? Wir passen beide in den großen Sessel.«

Anna ließ sich von Bridgewater nicht zweimal bitten. Sie hüpfte voller Freude auf ihren Onkel zu, der ein wenig zur Seite rückte, damit sie Platz bekam. Dann blickte er wieder die Bauers an.

»Ihr seid natürlich völlig frei in eurer Entscheidung. Doch verhehle ich nicht, wie sehr ich eure Dienste schätze. Ich würde es sehr begrüßen, wenn ihr hierbleiben würdet.«

Marta nickte augenblicklich zu diesen Worten. Anna wusste zwar nicht genau, worum es ging. Vorlaut kommentierte sie aber mit ihrem kindlichen Gemüt:

»Wir bleiben bei dir. Für immer. Das ist doch klar.« Sie stand rasch auf, beugte sich ein wenig zur Seite und gab Bridgewater einen schmatzenden Kuss auf die Wange.

»Anna, nun benimm dich gefälligst …«

»Bitte, Gottlieb. Ich weiß, ich habe kein Recht, mich allzu sehr einzumischen. Doch ist mir eure Tochter ans Herz gewachsen. Ich habe sie gern um mich. Ihr wisst, ich habe leider keine eigenen Kinder haben können. Dass mich Anna zu ihrem Onkel ernannt hat, erfüllt mich durchaus mit besonderer Freude.«

So vertraulich hatte Samuel Bridgewater noch nie mit ihnen geredet. Selbst Nash wunderte sich über diesen milden Ton.

»Ich will im Westen mein Glück machen«, begann Gottlieb wieder das Gespräch. »Wer weiß, ob sich jemals wieder eine solche Chance bietet?«

Bridgewater erkannte bei diesen Worten die abwehrende Haltung Martas. Das Ehepaar schien sich keineswegs einig. Das kam seinem Plan entgegen.

»Selbstverständlich gönne ich euch alles Glück der Welt. Ihr seid überaus tüchtig und hättet wahrscheinlich manchen Trumpf in der Hand. Aber bedenkt: Ihr macht euch auf in die Wildnis. So sehr damit Chancen verbunden sind, denkt auch an Anna. Ihr müsst ihr Sicherheit bieten. Wer weiß, welche Gefahren euch in diesem unbekannten, wilden Land erwarten.« Bridgewater streichelte Anna bei diesen Worten übers Haar. Weil sie nicht so recht verstand, worum es ging, blickte sie fragend von einem Gesicht zum anderen.

»Ich möchte euch ein Angebot machen«, fuhr Bridgewater fort. »Unser treuer George Nash kommt in ein Alter, das ihm nicht mehr alle Arbeit möglich macht, die jahrelang selbstverständlich gewesen ist. Er wird mir nach wie vor zur Seite stehen, doch will ich ihn auch schonen. Er hat ruhigere Zeiten verdient. Kurzum: Ich benötige eine tüchtige Kraft, die ihn nach und nach ersetzt. Und ich denke an dich, Gottlieb. Auf dich kann ich mich verlassen. Da weiß ich genau, woran ich bin.«

Marta nickte fast sofort zu diesen Worten. Sie erkannte gleich das hervorragende Angebot und hoffte, ihr Gottlieb würde die ihr abwegig erscheinenden Gedanken an den Westen aufgeben.

»Das ehrt mich, Sir. Ich bin Ihnen dafür sehr verbunden. Doch erlauben …«

Bridgewater hob die Hand ein wenig. Gottlieb Bauer hielt inne.

»Ich bin noch nicht fertig. Hört mich also an.«

Wieder nickte Marta. Auch Gottlieb schaute nun gespannt.

»Selbstverständlich endet im November eure Bindung an mich. Ihr könnt dann frei entscheiden. Ich bitte euch eben nur, mein Angebot sorgfältig abzuwägen und zu prüfen. Ich würde euch nicht nur sehr angemessen entlohnen. Ich baue euch ein eigenes Haus im hinteren Teil unseres Parks. Zudem bedenke ich euch mit einem Erbanteil, über dessen Höhe ich jetzt nichts aussagen will. Doch würdet ihr zufrieden sein. Alles in allem wäre eure Zukunft bestens gesichert. Vor allem würde ich aber auch für eine sehr gute Zukunft Annas Sorge tragen.«

Einen Moment lang waren die Bauers verblüfft. Das war weit mehr, als sie je hätten erwarten können. Bridgewater bot ihnen damit alles, wovon sie je geträumt hatten. Selbst Gottlieb kam dieses großzügige Angebot wie ein Märchen vor.

»Gottlieb, nun sag schon«, drängte ihn Marta vehement.

»Papa, wir bleiben doch bei Onkel Sam?«, meldete sich jetzt Anna zu Wort, die langsam begriff, worum es ging. Ihr Vater überlegte angesichts der fragenden Augen seiner Tochter nur noch einen Moment.

»Sir. Ich danke Ihnen, auch im Namen meiner Frau«, sagte er fast ein wenig steif und förmlich. »Sie können sich auf uns verlassen. Wir bleiben bei Ihnen und werden Ihre Erwartungen bestimmt nicht enttäuschen.«

Marta strahlte. Welche überraschende Wendung sich doch ergeben hatte! Sie war überglücklich. Anna spürte instinktiv die Bedeutung der Worte ihres Vaters. Wieder hüpfte sie auf, machte die wenigen Schritte zu ihm hin, legte ihm die Arme um den Hals und dieses Mal gab sie ihm einen Schmatz auf die Stirn. Die kleine Gesellschaft blieb danach nur noch kurz zusammen. Als sie auseinanderging, waren alle mit dem Ergebnis mehr als zufrieden. Marta stellte gar klar, dass dies der glücklichste und schönste Tag in ihrem Leben sei. Sie hatte Tränen in den Augen, als sie Bridgewater eine gute Nacht wünschte. Sie ahnte nicht, wie auch dieser reiche Geschäftsmann, der sich alles, was er haben wollte, kaufen konnte, von einem Glücksgefühl erfüllt wurde, das er ganz für sich genoss, bevor er gegen Mitternacht trotz des schwülheißen Wetters Schlaf finden konnte. Anna jedenfalls würde für immer in seiner Nähe bleiben. Er schätzte sicherlich die Arbeit der Bauers. Jedoch war ihm Anna das Wichtigste. Es erfüllte ihn mit Glück, wenn er von ihr ›Onkel Sam‹ genannt wurde. Dieses tröstliche und familiäre Gefühl wollte er nie wieder missen.

NEW YORK – 1. OKTOBER 1803

Bridgewaters geschäftliche Erfolge, sein stetig wachsender Reichtum und sein ungemeiner Einfluss riefen Neider und Missgünstige auf den Plan. Im Geschäftsleben war er nicht zimperlich. Er wusste seine Interessen durchzusetzen. Manchen Gegner, ja Feind hatte er sich dadurch geschaffen. Es gab in New York und in der jenseits des East Rivers liegenden Siedlung Brooklyn nicht wenige, die ihm die Krätze an den Hals wünschten und nur darauf hofften, es ihm heimzuzahlen. Der Mensch, der ihn aus tiefstem Herzen hasste, lebte dort seit einigen Jahren. Diese Siedlung gegenüber Manhattan hatte zunächst ›Breukelen‹ geheißen. Seit Beginn der britischen Herrschaft wurde jedoch nur noch von ›Brooklyn‹ gesprochen. Dieses kleine Städtchen mit einer Fährverbindung nach Manhattan nahm weniger Begüterte oder manchen in New York Gescheiterten auf. Und Philipp van Heuvel war einer dieser Gescheiterten. Sein Konkurrent Bridgewater hatte es überaus geschickt verstanden, ihn mehr und mehr auszubooten. Die furchtbare Demütigung, als er seine Geschäftsanteile an ihn übertragen und Manhattan nahezu mittellos verlassen musste, sollte er nie vergessen. In ihm wütete blinder Hass, der sich auf die Vernichtung Samuel Bridgewaters ausrichtete. Kein Tag verging, an dem er nicht von rasenden Rachegedanken geplagt wurde. Ein purer Zufall ließ ihn im Herbst des Jahres 1803 dann endlich seinem Ziel näher kommen.

Van Heuvel schlug sich seit geraumer Zeit mit dem Verkauf von Fleisch, Obst und Gemüse durchs Leben. Die New Yorker Bevölkerung hatte beständig zugenommen, die Zigtausend Menschen wollten ernährt werden. Hätte er seine Kraft auf seine Lebensmittelgeschäfte konzentriert, hätte van Heuvel vielleicht sogar wieder wohlhabend werden können. Natürlich hätte es nicht an seinen ehemals vorhandenen Reichtum herangereicht. Aber ein gutes Auskommen, verbunden mit einem ordentlichen Wohlstand, lag im Bereich des Möglichen. Doch seine Verbohrtheit ließ ihn diese Chance nicht erkennen. Griesgrämig stand er am ersten Samstag im Oktober früh morgens an der Nordostecke von Wall und William Street. Es war Markttag in Manhattan. Wie andere Händler auch, hatte er bereits seine Kisten und Auslagen aufgebaut. Er wartete auf seine Lieferanten, die eigentlich längst hätten da sein müssen. Die ersten Kunden spazierten bereits durch die Reihen der Verkaufsstände. Ihm fehlten noch Obst und Gemüse, das ihm zwei irische Einwanderer von den nördlich der Housten Street liegenden Farmen, Apfelbaumbepflanzungen und weiten Feldern lieferten. In Brooklyn waren es zwei russische Familien, die ihn dort mit dem Notwendigen für seinen Lebensmittelhandel versorgten. Endlich tauchten die Iren auf. Sie zogen einen zweirädrigen Karren, auf dem sich eine Menge Kisten stapelten.

»Das wird höchste Zeit! Hier läuft der Betrieb seit einer guten Stunde und ihr lasst mich einfach hängen!«, beschimpfte van Heuvel die beiden, denen er die letzten Meter entgegengegangen war.

»Es ging eben nicht schneller. Dafür bekommst du beste Feldfrüchte. Frisch geerntet. Die Leute werden dir diese hervorragende Ware aus den Händen reißen.«

Van Heuvel regte schon auf, wie die beiden mit ihm sprachen. Als wären sie von gleichem Stand! Als wenn kein Unterschied zwischen ihnen bestände. Dass er sich so etwas von diesem Pöbel gefallen lassen musste! Vor nicht einmal vier Jahren hätte er die beiden keines Blickes gewürdigt. Jetzt musste er sich mit solchen primitiven Menschen arrangieren, die ihm sogar widersprechen durften. All das erinnerte ihn gleich wieder an den Schuldigen dieser ganzen Misere: Samuel Bridgewater, dieser Teufel, hatte ihm sein kummervolles Los eingebrockt.

»Ladet ab. Und zwar ein bisschen plötzlich. Ich habe schon mehrere Kunden wegschicken müssen.«

»Hab dich nicht so. Schau, was wir Gutes dabei haben. Du wirst heute schon noch genügend Geschäfte machen.«

Die Iren luden die ersten Kisten ab. Van Heuvel schaute sich das Gemüse und die Früchte genau an. Er konnte nicht meckern. Die Iren lieferten ihm tadellose Ware. Er beruhigte sich etwas.

»Van Heuvel, komm doch einmal.«

Einer der Iren winkte ihn zu dem Karren.

»Schau.«

Van Heuvel blickte in eine der kleineren Kisten, konnte aber nichts Merkwürdiges oder Besonderes entdecken.

»Was siehst du? Na?«

»Pilze eben. Champignons. Habt ihr ja haufenweise dabei.«

»Da hast du recht.« Der Ire zeigte rasch auf drei Kisten. »Lässt sich bestimmt gut verkaufen. Nur …«, zögernd sprach er weiter, »was du hier vor dir hast, sind keine Champignons. Schau einmal ganz genau hin.«

Van Heuvel konnte sich keinen Reim auf die Worte machen. Er bemerkte nichts Auffälliges. Wie zum Spaß sagte er dann:

»Habt wohl Giftpilze druntergemischt? Hä? Oder was soll das Ganze?«

Die beiden Iren schmunzelten vielsagend.

»Du triffst den Nagel auf den Kopf. In der kleinen Kiste lauert der Tod.«

Van Heuvel wich einen Schritt zurück. Dann begutachtete er die Pilze ein weiteres Mal.

»Ich erkenne keinen Unterschied zu den anderen.«

»Da musst du auch Experte sein. Nimm einmal einen in die Hand. Federleicht! Nett anzusehen mit dem Hütchen und dem dicken Stil. Und doch: Er reicht allemal aus, eine ganze Familie zu vergiften.«

»Was du nicht sagst? Dann aber bloß weg mit dem Teufelszeug.«

Zwei Frauen kamen daher. Sie schauten die frische Ware an. Van Heuvel kümmerte sich um die Kundinnen. Als er ihnen die gewünschten Waren aushändigte und das Geld dafür in Empfang nahm, stand es ihm wie eine Erleuchtung vor Augen. Zu seinen Kundinnen zählte jene Deutsche, die bei Bridgewater den Haushalt versah. Es war nur eine Frage der Zeit, bis sie auch am heutigen Samstag auftauchen und ihre Einkäufe erledigen würde.

»Das sind Knollenblätterpilze. Höchst gefährlich.

Überaus giftig. Man verwechselt sie leicht mit Champignons und Grünlingen.«

»Was soll ich damit? Schafft mir das Zeugs aus den Augen.«

Van Heuvel tat nur so entsetzt. In ihm reifte ein Plan. Er musste sich jetzt sehr geschickt anstellen.

»Apotheker haben Verwendung für die Pilze. Du bist doch mit einigen bekannt. Wir verkaufen dir die Pilze. Und wie ich dich kenne, kannst du sie bestimmt an die Quacksalber weiterverkaufen. Mit einem ordentlichen Gewinn, versteht sich. Kommen wir ins Geschäft?«

Bewusst zögerte Philipp van Heuvel. Er redete um den heißen Brei herum, empfahl gar scheinheilig, das todbringende Gemüse zu verbrennen. Schließlich lenkte er ein. Er kaufte den Iren die Kiste mit den Giftpilzen ab und erwähnte scheinheilig Gerard Veblen, den bekannten Pharmazeuten, der gleich neben der St. Paul's Chapel seine Apotheke hatte. Ihm wollte er angeblich die Pilze anbieten.

Die Iren waren längst abgezogen. Die Geschäfte an diesem Vormittag liefen überaus gut und van Heuvels Plan hatte präzise Gestalt angenommen. Nur diese Deutsche wollte einfach nicht kommen. Konnte es sein, dass sie ausnahmsweise nicht auf den Markt ging? Gerade heute! Gegen Mittag wurde van Heuvel zunehmend nervös. Sein Plan stand und fiel mit dieser Frau. Er haderte und konnte sich nicht mehr gut auf seine Kundinnen konzentrieren. Schon in einer Stunde würde die Marktzeit ablaufen. Dann wäre die Chance vertan. Innerlich fluchte er. Er wollte ihr Kommen geradezu erzwingen.

So sehr war er mit seinen wüsten Gedanken beschäftigt, dass er erst gar nicht bemerkte, wie Marta Bauer in aller Ruhe seine Auslagen begutachtete. Er musste sich zusammennehmen, als er sie endlich wahrnahm.

»Ah, Gnädigste! Es freut mich, Sie zu sehen. Dachte schon, Sie würden mich heute im Stich lassen.«

Marta Bauer amüsierte sich über diese Bemerkungen. Sie mochte es, wenn sie gut behandelt wurde. Den Händler van Heuvel kannte sie nun schon seit fast zwei Jahren. Seine Produkte waren immer ohne Makel. Sie schätzte die Einkäufe bei ihm, beriet er sie doch auch über die Zubereitung und die Zusammenstellung der Speisen.

»Mein Herr«, schäkerte sie ein wenig, »auch unsereins hat zu arbeiten. Es geht nicht immer so schnell, wie man sich das wünscht. Aber nun bin ich ja hier. Was nehme ich denn heute?«

Van Heuvel empfahl ihr ein großes Stück Rinderlende.

»Exzellent! Erst vor fünf Tagen geschlachtet und seither gut abgehangen. Das Fleisch wird eurer Herrschaft munden.«

Marta wusste nichts von der unguten Beziehung van Heuvels zu Bridgewater. Sie war der Meinung, er wäre ein Bauer aus Brooklyn, der eben einmal in der Woche seine Geschäfte in Manhattan erledigte und dort seine tadellosen Waren feilbot. Innerlich zitterte van Heuvel vor Aufregung. Er musste sich ungemein beherrschen. Dann sprach er sein eigentliches Thema an.

»Hier, Gnädigste! Bereiten Sie zu dem Fleisch ein Pilzgericht. Ebenfalls frisch geerntet. Heute am frühen Morgen! Champignons. Absolut erste Wahl.«

»Pilze? Ich weiß nicht. Da hört man doch immer wieder von Vergiftungen«, erwiderte Marta.

»Keine Sorge. Diese sind von Experten gebracht worden. Die kennen sich genau aus.«

Van Heuvel griff in die Kiste und holte eine Handvoll Pilze heraus. Er roch daran.

»Hervorragend! Ich werde mir heute Abend auch davon zubereiten. Ein wenig Schweineschmalz, dann die Pilze hinzugeben, Tomaten dazu und etwas Pfeffer. Köstlich, sage ich Ihnen. Sie werden begeistert sein.«

»Na gut«, gab sich Marta überzeugt. »Packen Sie mir eine ordentliche Portion ein. Sie garantieren mir aber, dass da nichts Giftiges dabei ist.«

»Ich werde doch nicht eine meiner besten Kundinnen vergraulen. Ihnen verkaufe ich nur das Beste. Das wissen Sie doch, Gnädigste?«

Wieder schmunzelte Marta. Im nächsten Moment wurde sie abgelenkt. Zwei Bekannte waren herangekommen und begrüßten sie freundlich. Sofort begannen die Frauen einen Tratsch. Das war für van Heuvel die Gelegenheit. Die Tüte bereits in der Hand, füllte er sie mit den frischen Champignons. Dann griff er unbemerkt in die auf dem Boden etwas nach hinten geschobene kleine Kiste. Fünf Grüne Knollenblätterpilze zog er rasch heraus. Er legte sie in die Tüte und griff danach noch einmal in die Champignonkiste und legte von den guten Pilzen noch eine Handvoll obenauf. Nur wer ganz genau hinsehen und etwas von Pilzen verstehen würde, könnte einen Unterschied feststellen und die tödliche Gefahr bemerken. Das Atmen fiel ihm schwer, als er die Tüte verschloss und Marta übergab. Auch den beiden neuen Kundinnen verkaufte er Champignons. Das passte ihm hervorragend in den Plan. Sie würden im Falle eines Falles später bestimmt bestätigen, dass die Pilze unbedingt genießbar gewesen seien. Am Ende der Marktzeit machte er sich dann mit dem Kistchen Knollenblätterpilze auf zum Apotheker Veblen. Wie vermutet, kaufte dieser ihm seine Ware ab. Als er den Heimweg antrat, war van Heuvel vollständig von seinem teuflischen Plan überzeugt. Wer sollte da Verdacht schöpfen? Er hatte an alles gedacht. Niemand würde ihn verdächtigen können.

NEW YORK – 2. BIS 6. OKTOBER 1803

Der erste Sonntag in diesem Oktober zeigte sich von einer herrlichen Seite. Anna spielte mit zwei anderen Kindern in dem riesigen Garten hinter dem Herrenhaus, in dem im nächsten Frühjahr mit dem Bau des von Bridgewater versprochenen Hauses begonnen werden sollte. Bridgewater selbst hatte sich schon am Vormittag zu John Jacob Astor aufgemacht, dem bestaunten und beneideten deutschstämmigen Pelzhändler, der seit wenigen Jahren jedes Stück unbebauten Landes aufkaufte, dessen er habhaft werden konnte. Astor war als Flegel mit schlechten Manieren bekannt. Die elegante New Yorker Gesellschaft rümpfte gern die Nase über diesen ungehobelten Rüpel. Bridgewater ließ sich davon nicht beirren. Wie Astor erkannte auch er das atemberaubende Tempo, mit dem sich New York veränderte. Allein die Bevölkerung hatte in den letzten zehn Jahren ungemein zugenommen. Fast 70.000 Menschen lebten bereits in New York. Land und Unterkünfte wurden mehr und mehr benötigt. Und wie Astor erkannte er, dass sich Manhattan nach Norden ausdehnen musste. Diese Flächen würden Gold wert sein. Sich mit Astor zu verbünden, konnte nur Gewinn bringen. Er hatte Marta und Gottlieb wissen lassen, dass er am späten Nachmittag wieder zurück wäre und dann gern eine gute Abendmahlzeit zu sich nehmen wolle.

Die Rinderlende duftete verführerisch. Daneben köchelte auf dem Herd das mit größter Sorgfalt hergestellte Pilzgericht. Alle Pilze hatte Marta sorgfältig gereinigt. Sie hegte nicht den geringsten Verdacht, dass sich unter den vielen guten einige giftige befinden könnten. Irgendwie sahen sie alle gleich aus. Bis vor einer Stunde freute sie sich auch auf die Rückkehr Bridgewaters. Ihr schienen die Speisen ganz hervorragend gelungen. Sie freute sich schon auf das Lob des Hausherrn. Doch dieser ließ sich heute offenbar viel Zeit. Die Sonne war bereits vor zwei Stunden untergegangen. War es tagsüber recht warm gewesen, dominierte zu dieser Stunde eine auffallend kühle Abendluft. Gottlieb hatte Holz im Kamin des Salons angezündet. Die Wärme sollte Bridgewater guttun. Anna wollte gar von dem Essen probieren. Mehrfach erbat sie einen Teller Pilze und ein Stückchen von dem Fleisch. Aber ihre Mutter wies sie jedes Mal zurück. Von der Speise zu essen, bevor der Herr davon genommen hatte, gehörte sich nicht. Weil Anna immer mehr quengelte, schimpfte sie zunächst ein wenig mit ihr. Dann bereitete sie nebenbei einen Brei zu, der ihre Tochter sättigte. In der Zwischenzeit war das Mädchen schlafen gegangen. Die Bauers hätten nun gern auch etwas gegessen. Jedoch sie harrten aus und warteten die Rückkehr Bridgewaters ab.

Die Kutsche fuhr erst kurz vor zehn Uhr am Abend in den Hof vor dem Haus. Ein müder Samuel Bridgewater entstieg ihr.

»Es hat länger gedauert, als ich dachte«, sagte er zu dem ihm entgegen kommenden Gottlieb. »Die Verhandlungen haben sich hingezogen. Astor hat mich schließlich zum Dinner eingeladen. Das konnte ich nicht ausschlagen.«

»Oh, meine Frau hat etwas besonders Gutes für Sie vorbereitet.«

Bridgewater blieb kurz stehen. Er seufzte.

»Ich werde nichts mehr essen können. Zudem bin ich sehr müde. Ich gehe gleich zu Bett.«

Gottlieb trug die große Tasche ins Haus. Seine Frau erschien in der Tür.

»Tut mir leid, Marta.« Bridgewater blieb wiederum stehen. »Du hast bestimmt ein hervorragendes Mahl vorbereitet. Verzeih, aber ich kann heute nichts mehr zu mir nehmen.«

Ein wenig enttäuscht trat sie zur Seite.

»Ich kann es ja für morgen aufbewahren. Das wird sich sicherlich halten.«

»Habt ihr eigentlich schon etwas gegessen?«

»Nein, wir wollten abwarten, bis Sie zurück sind.«

»Ah ja. Jetzt rieche ich es. Bestimmt sehr appetitlich. Wenn ich nicht satt und müde wäre, liefe mir sicherlich das Wasser im Mund zusammen.«

Bridgewater schnupperte ein wenig.

»Lasst es nicht verkommen und esst es selbst. Es ist allerhöchste Zeit für ein Abendessen.«

»Wenn Sie erlauben, Sir. Ja, ein gutes Essen wäre jetzt genau das Richtige.«

»Nur zu, Marta. Ihr könnt mir eine Portion übrig lassen. Ansonsten wünsche ich euch einen guten Appetit!«

Bridgewater legte seinen Rock ab, reichte Gottlieb seinen Hut und wünschte noch eine gute Nacht. Er zog sich unverzüglich in sein Schlafzimmer zurück.

»Du hast gehört. Wir dürfen es uns schmecken lassen.«

Gottlieb freute sich. Sein Magen knurrte seit geraumer Zeit. Eine ordentliche Portion des leckeren Mahls kam ihm gerade recht. Sie gingen in die große, warme Küche, in der allerlei verlockende Gerüche in der Luft hingen. Marta legte Teller und Besteck auf. Dann holte sie die beiden Pfannen. Sie schnitt ihrem Gottlieb ein ordentliches Stück gut gebratenes Fleisch ab, legte sich selbst ein kleineres Stück auf den Teller und schöpfte danach aus der Pilzpfanne. Es sah alles sehr gut aus, Gottlieb bat sogar um einen weiteren Schöpfer. Beide aßen mit Genuss. Es schmeckte vorzüglich. Gottlieb gönnte sich noch eine Portion von dem Pilzgericht.

»Jetzt ist es aber genug. Du hast doch gehört, was Herr Bridgewater uns aufgetragen hat. Er möchte morgen durchaus noch davon essen. Du hast genug geschlemmt.«

Der Tadel seiner Frau zügelte Gottlieb. Er aß seinen Teller blitzblank leer und leckte sich danach die Lippen.

»Hervorragend. Du kochst wie eine Göttin.«

Marta freute sich über das Lob. Sie begann, das benutzte Geschirr abzutragen. Danach räumte sie auf und machte die Küche sauber. Gottlieb war zu dieser fortgeschrittenen Zeit ziemlich schläfrig. Er meinte, er würde jetzt schlafen wie ein Murmeltier und ging zu Bett. Marta hatte noch eine gute halbe Stunde in der Küche zu tun. Es war fast Mitternacht, als sie neben ihrem bereits tief schlafenden Mann ins Bett stieg.

Gottlieb Bauer erwachte kurz vor dem Morgengrauen. Ihm war speiübel. Jede Bewegung schmerzte. Schwitzend quälte er sich aus dem Bett. Eine Kolik ließ ihn aufstöhnen. Er sackte neben dem Bett zusammen. Davon wurde seine Frau wach.

»Was ist los?«, versuchte sie sich zu orientieren. Sie spürte selbst ebenfalls eine Übelkeit, maß dieser aber noch keine große Bedeutung bei. Gottlieb kniete auf dem Boden. Er wollte etwas sagen. Da fing er an zu würgen. Gleich darauf erbrach er sich. Er konnte sich nicht mehr halten, brach vollends zusammen. Marta geriet in hellste Aufregung. Zwar bereitete es ihr Mühe, doch konnte sie die drei Kerzen anzünden. Sie sah ihren Mann verkrampft in seinem Erbrochenen auf dem Boden liegen. Zu allem Übel konnte er seine Ausscheidungen nicht mehr kontrollieren. So stank es bald fürchterlich. Marta rief um Hilfe. Ihr wurde immer übler. Krämpfe plagten ihren Magen und Bauch. Sie spürte einen scharfen Schmerz in ihrer linken Nierenseite. Noch einmal gelang es ihr, laut zu rufen. Dann musste auch sie sich übergeben. Völlig unkontrolliert spie sie quer über das Bett. Gottlieb röchelte und stöhnte auf dem Boden. Zum wiederholten Mal erbrach er sich. Gleichzeitig schied er weiteren wässrigen Durchfall aus. Marta besaß selbst keine Kraft mehr, um nach ihm zu sehen. Sie war erleichtert, als die Tür aufgerissen wurde. Nash und Bridgewater standen, nur mit ihren Nachthemden bekleidet, mit Kerzen in der Hand im Türrahmen. Beide zuckten angesichts des üblen Gestanks zurück. Doch überwanden sie sich. Kurz darauf kniete Nash neben Gottlieb. Er ekelte sich kein bisschen. Mit bloßen Händen drehte er den völlig verschmutzten Mann um. Er zog Gottlieb nach oben. Aber die schreckliche Vergiftung kannte kein Erbarmen. Gottlieb wurde von fürchterlichen Koliken geplagt. Nash sah, dass Blut dabei war. Gottlieb krümmte sich und sackte wieder auf den Boden. Nash konnte ihn nicht halten. Noch einmal spuckte er einen Schwall stinkender, grünlich-gelber Magensäfte aus. Bridgewater hatte sich erst kurz um Marta gekümmert. Sie war kaum ansprechbar gewesen. Er rannte aus dem Zimmer und brüllte alle Bediensteten zusammen. Von dem Lärm war auch Anna wach geworden. Sie wollte ins Schafzimmer, doch gelang es Bridgewater gerade noch, sie zurückzuhalten. Ein erschrockenes Hausmädchen erhielt die Order, auf das Mädchen achtzugeben und es auf keinen Fall zu den Eltern zu lassen.

»Alle erreichbaren Ärzte aus den Betten holen und hierher!«, befahl Bridgewater energisch den drei Männern, die ebenfalls nur notdürftig bekleidet und ratlos im großen Eingangsbereich des herrschaftlichen Hauses standen. Bridgewater rechnete mit dem Allerschlimmsten. Nachdem er die Aufträge erteilt hatte, eilte er zurück ins Schlafzimmer der Bauers.

Das schläfrige New York erwachte gerade. Bridgewaters Männer gaben sich alle Mühe, aber es dauerte fast eine Stunde, bis der erste Mediziner eintraf. In dieser Stunde hatte Gottlieb Bauer um sein Leben gekämpft. Immer wieder schrie er vor Schmerzen. Krämpfe plagten ihn gnadenlos. Er war unfähig zu sprechen. Nur ein Lallen brachte er zustande. Durchfall und Erbrechen wechselten sich ständig ab. Etwa nach einer dreiviertel Stunde versagte sein Kreislauf. Er fiel in Ohnmacht. Kurz bevor Dr. Richard Melville ins Zimmer stürmte, starb Gottlieb Bauer. Niemand hätte ihm mehr helfen können. Die von Dr. Melville veranlasste Obduktion der Leiche am Spätnachmittag ließ die Leichenbeschauer entsetzt eine völlig zerstörte Leber und schwer geschädigte Nieren erkennen. Der erfahrene Arzt wusste dann mit Sicherheit, dass in dem Pilzgericht Grüne Knollenblätterpilze gewesen sein mussten. Vor vielen Jahren war er mit dem französischen Botaniker Pierre Bulliard während einer Europareise bekannt geworden. Dieser belegte den Knollenblätterpilz mit dem Gattungsnamen Amanita. Er erkannte seine ungeheuerliche Giftigkeit, die auch durch Kochen und Erhitzen nicht aufgehoben werden konnte.

Marta Bauer litt bis in die Mittagsstunden hinein höllische Qualen. Sie zeigte dieselben Symptome wie ihr Mann. Völlig geschwächt lag sie am Nachmittag im

Krankenzimmer. Sie wurde umsorgt und gepflegt. Es sollte alles geschehen, um Martas Leben zu retten. Am Abend kündigte sich Dr. Melville an. Zu diesem Zeitpunkt erschien Martas Zustand deutlich gebessert. Sogar Anna durfte an ihr Krankenbett. Marta konnte sich ein wenig mit ihr unterhalten. Dem Kind hatte man noch nicht gesagt, dass ihr Vater am frühen Morgen verstorben war. Bridgewater hoffte schon auf Martas Genesung. Doch diese Hoffnung nahm ihm der Arzt.

»Oft sterben die Menschen rasch an der Vergiftung. Doch es wurde auch beobachtet, dass sich manche Patienten scheinbar erholen. Es kommt tatsächlich zu einem relativen Wohlbefinden. Aber ich will Ihnen nichts vormachen. Das Gift wirkt weiter. Heimlich sozusagen. Keine ärztliche Kunst kann etwas dagegen unternehmen. Frau Bauer wird höchstens noch fünf Tage leben. Sie ist eindeutig dem Tode geweiht.«

»Man kann gar nichts tun?« Verzweifelt rieb sich Bridgewater die Schläfen.

»Wir sind machtlos. Absolut machtlos, Sir. Ich würde Ihnen allzu gern Hoffnung machen wollen. Aber es ist nun erwiesen, dass es sich um eine Vergiftung mit dem Knollenblätterpilz handelt. Niemand kann den Vergiftungsablauf aufhalten. Ich bedaure zutiefst.«

Bridgewater nickte resignierend.

»Sollen wir Frau Bauer die Wahrheit sagen?«

»Was in einem derartigen Fall das Richtige ist – wer kann das schon wissen?«

»Ich bin ganz und gar unschlüssig.«

»Anna hat offensichtlich nichts von dem Pilzgericht gegessen«, wechselte der Arzt dann das Thema.

Er kannte Bauers Tochter, seit das Ehepaar in Diensten von Bridgewater stand.

»Gott sei Dank. Sie muss einen besonderen Schutzengel gehabt haben. Nicht auszudenken, wenn auch sie erkrankt wäre.«

»Ja, ein Glück, ein großes Glück. Ein Kind hätte keine Überlebenschance. Es wäre unweigerlich gestorben.«

Beide Männer schwiegen.

»Wie ist Marta bloß an die giftigen Pilze gekommen? Hat sie sie selbst gesammelt? Oder hat ihr jemand das Giftzeugs verkauft?«

»Ich weiß es nicht«, erwiderte Bridgewater, der bis dahin noch gar nicht darüber nachgedacht hatte.

»Ich würde jedenfalls die Polizei einschalten. Die Sache muss aufgeklärt werden.«

»Ich spreche morgen mit Marta. Sie wird mir schon sagen, wie es dazu gekommen ist. Jetzt muss sie erst einmal den Tod ihres Mannes verkraften und selbst wieder wenigstens ein wenig zu Kräften kommen.«

In der Tat erholte sich Marta zur Überraschung aller. Bridgewater mochte fast an der Voraussage des Arztes zweifeln. Marta ging es am nächsten Tag deutlich besser. Auch der Tag darauf verlief zunächst hoffnungsvoll. Erst in den Mittagsstunden verschlechterte sich ihr Zustand wieder. Sie wurde von Übelkeit geplagt, Magen- und Darmkrämpfe setzten erneut ein, eine heftige Nierenkolik ließ sie um Hilfe rufen. Alle taten, was sie konnten. Dr. Melville harrte ständig an ihrem Bett aus. Er probierte es mit krampflösenden Mitteln und sorgte dafür, dass Marta immer wieder einen Schluck Tee oder Wasser zu sich nahm. Am Abend schien sich ihr Zustand dann noch einmal zu bessern. Sie bestand darauf, allein mit Samuel Bridgewater sprechen zu dürfen. Kerzen an den Wänden beleuchteten das Krankenzimmer, als der Hausherr mit Schreibzeug und Papier, wie es Marta erbeten hatte, das Zimmer betrat. Auf das Äußerste geschwächt und schwitzend lag sie in ihrem Bett.

»Sir. Vielen Dank, Sir.«

»Aber das ist doch selbstverständlich, Marta. Ich verspreche, es wird alles getan, damit du wieder gesund wirst.«

Marta versuchte ein Lächeln. »Lieber Herr Bridgewater, Sir. Ich weiß, wie es um mich steht. Knollenblätterpilze, ja? Die haben wir gegessen. Dr. Melville erwähnte sie. Davon habe ich schon in meiner alten Heimat gehört. Wer davon isst, überlebt nicht. Ich werde sterben müssen. Aber eines ist mir sehr, sehr wichtig …«

»Nun rede nicht so pessimistisch, Marta. Es gibt berechtigte Hoffnung …«

Was sie sich unter anderen Umständen nie erlaubt hätte, kostete sie jetzt nicht einmal Überwindung. Sie unterbrach Bridgewater.

»Sir. Bitte. Sie sind ein guter Mensch. Wir haben bei Ihnen wirklich Glück gefunden. Unwahrscheinliches Glück. Dafür bin ich Ihnen zutiefst dankbar. Aber Sie müssen mir nichts vormachen.«

Bridgewater wich ihrem Blick aus. Was sollte er auch noch sagen? Doch lenkte er dann das Gespräch erst einmal in eine andere Richtung.

»Wie bist du denn an die Pilze gelangt?«

Marta erzählte ihm von ihren Einkäufen auf dem Samstagsmarkt. Als Bridgewater den Namen des Gemüsehändlers erfuhr, erschrak er.

»Van Heuvel? Etwa Philipp van Heuvel?«

»Ja, so heißt er. Philipp van Heuvel. Ein netter Mensch.«

Bridgewater war entsetzt. Sein Feind hatte seiner Haushälterin Pilze verkauft. Da musste mehr dahinterstecken. Doch sagte er nichts von seinem Verdacht, der ihn innerlich aufwühlte.

»Mir geht es um Anna, Sir. Wie Sie wissen, ist Anna nicht meine leibliche Tochter. Auch Gottlieb ist …« Marta schluckte und sprach dann weiter: »Auch Gottlieb war nicht ihr richtiger Vater.«

Von diesen Umständen wissend, nickte Bridgewater. Marta legte jede Scheu ab.

»Ich kann nicht schreiben, Sir. Nur ein wenig lesen. Ich möchte Sie daher bitten, Annas Geschichte aufzuschreiben. Sie soll später erfahren, woher sie in Wirklichkeit stammt.«

Eine ganze Stunde lang mühte sich Marta. Sie erzählte, Bridgewater schrieb alles auf. Er versprach, dass er ihren Wunsch, diese Seiten Anna am Tag nach deren 16. Geburtstag auszuhändigen, getreu erfüllen werde.

Wenige Stunden später nahm das Schicksal seinen Lauf. Unter unsäglichen Schmerzen kämpfte Marta, bis sich die letzte Kraft erschöpfte. Gegen ein Uhr am Morgen lag sie plötzlich ganz still. Noch einmal versuchte sie, nach Luft zu ringen. Voller Angst richtete sie sich auf. Aber mitten in der Bewegung hielt sie inne. Ihr Gesicht verfärbte sich bläulich. Sie riss die Augen auf. Ein gurgelnder Ton drang aus dem Mund. Mit beiden Händen griff sie ins Leere. Die Arme ausgestreckt, fiel sie zurück.

Ein Zittern. Noch einmal ein gurgelnder, jedoch schwacher Ton. Dann lag sie ganz still. Ihr Herz schlug nicht mehr. Sie war von allen Qualen erlöst.

LUDWIGSBURG – MAI 1806

Mit ihrer Attacke gegen Berta Brunner hatte Agnes ein für alle Mal klargemacht, wie es jemandem ergehen konnte, der sich mit ihr anlegen oder sie schikanieren wollte. Nach dem Gespräch mit Anton Rotgerber war sie zu einer Mitgefangenen geworden, die ihr Schicksal akzeptierte und möglichst wenig auffallen wollte. Sie gewöhnte sich dann auch rasch an den strengen Tagesablauf. Im Sommer musste sie wie die anderen Zuchthäuslerinnen um vier Uhr aufstehen und nach der Toilette, einem kärglichen Frühstück und der Morgenandacht um fünf Uhr mit der Arbeit beginnen. Am späten Vormittag gab es eine Unterbrechung. Tag für Tag fand eine Betstunde statt, danach wurde das Mittagessen eingenommen. Dann musste die Arbeit bis zum späten Abend fortgesetzt werden. Es folgte ein zumeist karges Abendessen, an das sich wieder ein Abendgebet anschloss. Manchmal bekamen die Sträflinge noch ein wenig Freizeit, doch meistens mussten sie nach dem Beten ihre Schlafräume aufsuchen. Die Sonn- und Feiertage blieben Gottesdiensten und religiösen Übungen vorbehalten. Während der Betstunden und der Gottesdienste flüchtete sich Agnes in ihre Traumwelt. Dort sah sie ihre Kinder heranwachsen. Aus diesen Träumen tauchte sie mitunter wie benommen auf. Sie musste sich dann erst einmal orientieren, damit ihr ihre wirkliche Lage wieder klar wurde. Diese Träume, in denen sie mit ihren Kindern zusammen war, gaben ihr Kraft und ließen sie Tag für Tag hoffen, sie würde Anna und Michael eines Tages wiedersehen. So verging ein Jahr um das andere. Agnes arbeitete in der dem Zuchthaus angegliederten Tuchmanufaktur. Sie stellte sich geschickt an und die Aufseher anerkannten sie, weil sie mit der oft minderwertigen Wolle so gut wie niemand anderes zurechtkam. Ihre Arbeitsergebnisse konnten sich sehen lassen, was angesichts der nicht selten schlechten Qualität der von anderen Mitgefangenen hergestellten Tücher zu kleineren Vorteilen und Vorrechten für Agnes führte. Sie bekam mehrfach in der Woche mehr und besseres Essen als viele ihrer Mithäftlinge. Weil sie davon aber immer auch etwas abgab, stieg sie in der Achtung der anderen Frauen. Auch die Zuchthausleitung schätzte sie als fleißige und zuverlässige Arbeitskraft. Rotgerber fragte sich inzwischen, ob es nicht an der Zeit sei, das harte Strafmaß zu mildern. Im Jahr 1805 trug er seine Auffassung dann den Mitgliedern der Zucht- und Arbeitshausdeputation vor. In diesem Jahr kam es zu ungewöhnlichen Ereignissen in Ludwigsburg. Schon im September hörten die Gefangenen vom Durchzug französischer Soldaten, deren Herrscher Napoleon sein sollte, der sich anscheinend selbst zum Kaiser gekrönt hatte. Am 2. Oktober 1805 wurde Agnes wie alle anderen Zuchthäusler nachts um elf Uhr aus dem Schlaf gerissen. Sie hörten lang andauernden Trommelwirbel, Glockentöne durchschnitten die Nacht. Niemand wusste, was sich eigentlich abspielte. Das Zuchthauspersonal lief aufgeregt die Gänge entlang. Selbst Rotgerber hatte einen Säbel umgeschnallt. Die Gefangenen mussten sich im nur von vier Fackeln mäßig beleuchteten Innenhof versammeln. Dann trat Rotgerber plötzlich vor sie, zwei seiner Helfer hielten Fackeln in den Händen. Die Szenerie besaß etwas Gruseliges.

»Kaiser Napoleon ist soeben in Ludwigsburg eingetroffen. Er ist vom Kurfürsten mit allen Ehren empfangen und in sein Schloss geleitet worden. Mehr gibt es nicht zu sagen. Ihr geht jetzt wieder zurück in den Schlafsaal. Seht zu, dass ihr noch etwas Schlaf bekommt.«

Die Frauen gingen ohne zu murren in den Schlafsaal zurück. Zwar gab es noch manches Geschnatter. Doch als der Weiberzuchtmeister anfing zu schimpfen und zu drohen, kehrte Ruhe ein. Agnes lag in dieser warmen Herbstnacht noch lang wach. Mit auf der Brust verschränkten Armen dachte sie an den Franzosenkaiser, der sich wohl anschickte, ganz Europa zu unterwerfen. Sie ahnte in dieser Nacht nicht, dass sie ihm in wenigen Monaten ihre Freilassung verdanken würde.

Herzog Friedrich hatte bereits 1803 die Würde eines Kurfürsten angenommen. Sein kleines, zersplittertes und armes Land erfuhr eine Aufwertung und eine Vergrößerung, die den stolzen Herrscher noch rigoroser regieren ließ, als das bislang schon der Fall gewesen war. Als Napoleon in den ersten Oktobertagen des Jahres 1805 in

Ludwigsburg weilte, zwang er den Kurfürsten auf seine Seite. Württemberg erklärte Österreich den Krieg. Anfang Dezember kam es zur großen Schlacht bei Austerlitz. Der Sieg Napoleons in dieser ›Dreikaiserschlacht‹ brachte Kurfürst Friedrich die Königswürde. Napoleon hatte Wort gehalten. Diese Aufwertung änderte nichts an dem immer deutlicher zutage tretenden schroffen und rücksichtslosen Charakter Friedrichs. Doch nahm er den Aufstieg Württembergs im April 1806 zum Anlass, um mehrere, zu langjährigen Zuchthausstrafen verurteilte Verbrecher zu begnadigen. Anfang April wurde Agnes zu Anton Rotgerber gerufen. Sie ahnte nichts Gutes, da seit geraumer Zeit darüber gemunkelt wurde, in Schwäbisch Gmünd würde ein neues Frauengefängnis errichtet und einige der Ludwigsburger Gefangenen wohl dorthin verlegt werden. Agnes hatte sich längst an das Ludwigsburger Zuchthaus gewöhnt. Es gab niemanden, der sie plagen wollte, und da sie eine anerkannte Arbeitskraft war, konnte sie sich manche Freiheit herausnehmen. Eine Verlegung in eine andere Haftanstalt würde nur eine Umstellung und neue Unsicherheiten bedeuten. Dazu kämen unbekannte Mitgefangene, von manchen wäre bestimmt nichts Gutes zu erwarten. Die Tage in Ludwigsburg verliefen zwar oft genug eintönig, aber sie wusste dort allzu gut, woran sie war, und fürchtete einen Wechsel in ein neues Zuchthaus. So stand sie nervös im Zimmer Rotgerbers, der sie nicht Platz nehmen ließ. Die Gefangenen hatten zu stehen, das galt auch für Agnes, obwohl dieser Zuchthausleiter ihr durchaus wohlwollend gegenüberstand.

»Wie geht es dir, Agnes?«

Die freundliche Frage irritierte sie. Sie zuckte kurz mit den Schultern.

»Gut. Ich kann mich nicht beklagen.«

»Na. Ich könnte mir an deiner Stelle schon etwas Besseres vorstellen als die Gefängnismauern.«

Rotgerber musterte sie, was Agnes noch verlegener machte. Es schien, als würde er eine Antwort erwarten, doch hielt sie Schweigen für besser, solang sie nicht einschätzen konnte, worum es ging.

»Du warst einmal eine vornehme Dame in der Gesellschaft. Da muss es schwer gewesen sein, so tief abzustürzen.«

Noch einmal zuckte sie mit den Schultern. Sie sah zu Boden und überlegte, worauf Rotgerber hinauswollte.

»Du bist heute nicht gerade gesprächig. Dabei habe ich möglicherweise eine gute Nachricht für dich.«

Agnes merkte auf. Sie schaute Anton Rotgerber in dessen zerstörtes Gesicht. Lächelte er vielleicht? Seine entstellte Gesichtshälfte deutete darauf hin, doch war sie sich nicht sicher. Auf jeden Fall benahm er sich keineswegs so, wie es gegenüber einer Zuchthäuslerin üblich war.

»Ja, Agnes. Vielleicht hast du unwahrscheinliches Glück. Dein Fall wurde dem König vorgetragen. Dem Vernehmen nach erinnerte er sich sofort an dich. Schließlich zählte dein Mann zu seinen Vertrauten.«

»Ist Friedrich nun wirklich ein König?« Agnes wagte eine erste Frage.

»Napoleon hat Württemberg aufgewertet. Unser Land ist seit Beginn des Jahres ein Königreich und folglich wird es von einem König regiert.«

Agnes nickte verhalten.

»Und du sollst auch etwas davon haben. Unser König erwägt eine Amnestie. Ich habe viel in Bewegung gesetzt. Du bist auf die schiefe Bahn geraten, hast schwere Schuld auf dich geladen. Aber die Umstände waren auch furchtbar schrecklich. Wo deine Kinder wohl sind? Dir die Kinder wegzunehmen, halte ich für Strafe genug. Und jetzt bist du schon im sechsten Jahr bei uns.«

Agnes waren Tränen in die Augen getreten, als Rotgerber ihre Kinder erwähnte.

»Du musst jetzt nicht weinen. Ich habe Nachricht, dass unser König auch deine Begnadigung in Erwägung zieht.«

Agnes konnte zunächst nicht glauben, was Rotgerber gesagt hatte. Überrascht trat sie einen Schritt nach vorne, was eigentlich für eine Gefangene verboten war. Doch Rotgerber ignorierte den Regelverstoß.

»Ist das Ihr Ernst? Bitte machen Sie mir keine falschen Hoffnungen.«

»Ach, Weib! Glaubst du, ich würde dich kommen lassen, wenn an der Sache nichts dran wäre? Es fehlen noch ein, zwei Schritte. Dann bist du frei. Es sieht gut für dich aus.«

Agnes war nun ganz aufgewühlt.

»Oh Gott!«, entfuhr es ihr. Sie knetete aufgeregt ihre Hände.

»Deinen Herrgott kannst du gut gebrauchen. An deiner Stelle würde ich nicht nur ein Gebet an den Himmel richten. Mit Gottes Hilfe wird es schon klappen.«

Agnes verkniff sich eine Antwort.

»Wenn Sie das für mich in die Wege geleitet haben, dann danke ich Ihnen vielmals.«

»Ich habe den Anstoß gegeben. Höheren Orts wurde darüber befunden und die Fürsprache unseres Pastors hat offensichtlich zu einem guten Ergebnis beigetragen.«

»Dann danke ich Ihnen nochmals. Ich weiß gar nicht, was ich sagen soll.«

Rotgerber entließ sie. Er war ein anständiger Mensch und hoffte aufrichtig, Agnes würde bald das Zuchthaus verlassen können.

Agnes war aufgewühlt. Sie konnte kaum mehr schlafen. Jeden Tag, jede Stunde wartete sie auf die ersehnte Nachricht. Eine ganze Woche verging. Jedes Mal, wenn sie Rotgerber sah, hoffte sie auf ein entscheidendes Wort. Aber sie musste sich zwei weitere Wochen gedulden. Dann wurde sie an einem windigen und regnerischen Aprilnachmittag wieder zu Rotgerber bestellt. Bei ihm waren zwei Herren der Zuchthausdeputation, die furchtbar ernst blickten. Agnes blieb fast das Herz stehen. Sie glaubte mit einem Mal, alle Hoffnung sei umsonst gewesen. Doch wurde ihr ein Platz zugewiesen, ein an und für sich gutes Zeichen.

»Das ist der Geistliche Rat Nussbaumer und der Geheime Rat von Stauffen. Die Herren haben dir etwas zu sagen.«

Anton Rotgerber sprach feierlich. Er hieß dann Agnes aufzustehen. Der Geistliche Rat schlug eine dicke Akte auf. Er räusperte sich mehrfach. Seine entzündeten Augen tränten und immer wieder wischte er mit einem Tuch über sie hinweg.

»Du hast eine abscheuliche Tat begangen. Den Ehemann und Vater deiner Kinder hast du umgebracht. Eigentlich ist das so verwerflich, dass du für immer hinter Zuchthausmauern gehörst.«

Agnes schluckte. Sie sah den Geistlichen Rat wieder die Tränen wegtupfen. Was er vortrug, hörte sich an wie bei ihrem Prozess. Ihre Hoffnung schwand.

»Trotzdem hat unser allergnädigster König sich deiner erbarmt. Danke ihm und Gott, deinem Herren. Du wirst in vier Tagen in die Freiheit entlassen. Unser hochwohlgeborener König Friedrich hat das entschieden.«

Agnes wurde schwindlig. Sie schwankte. Rotgerber bemerkte, wie überwältigt sie war.

»Lassen wir sie Platz nehmen«, bat er die beiden Herren. Diese nickten und der Anstaltsleiter wies Agnes einen Stuhl zu. Dankbar nahm sie das Angebot an.

»Es gibt jedoch noch manches zu sagen.« Jetzt sprach der Geheime Rat, der mehrere Blätter Papier auf dem Tisch vor sich ausgebreitet hatte. Agnes versuchte, ruhig zu atmen und ihre Aufgeregtheit zu bekämpfen.

»Du, Weib, das du ein schweres Verbrechen begangen hast: Nie wieder darfst du dich ›von Hayden‹ nennen. Der König hat dich für unwürdig befunden, den Namen deines Mannes zu tragen. Du darfst dich nach deiner Entlassung nur nach deinem Mädchennamen nennen: Agnes Stellrecht.«

Agnes nahm diese Vorgabe mit Gelassenheit hin. Es war für sie nicht wichtig, eine von Hayden zu sein.

»Dann musst du unser schönes Königreich binnen einer Woche verlassen. Du bist unseres Landes nicht würdig. Erst in fünf Jahren, wenn du dir in der Fremde nichts zuschulden kommen lassen solltest, kannst du zurückkehren. Es wird dann geprüft werden, ob du wieder das Bürgerrecht bekommen kannst.«

Diese Maßnahme traf Agnes. Was sollte sie denn tun in Freiheit? Wo sollte sie hin? Sie schaute den Geheimen Rat bestürzt an.

»Sei froh, dass du freikommst!«, herrschte sie dieser an. »Du bist an deinem Schicksal selbst schuld. Schau zu, wie du zurechtkommst.«

Mit diesen Worten standen die beiden Herren auf. Sie packten ihre Unterlagen zusammen und verließen grußlos den Raum.

»Freust du dich denn nicht?« Rotgerber versuchte ein Lächeln. Sein Gesicht sah dabei fürchterlich verzerrt aus. Doch Agnes erwiderte dieses eigenartig erscheinende Lächeln. Auch wenn sie Württemberg verlassen musste, war ihr die Freiheit doch Geschenk genug. Sie richtete sich auf, reichte Rotgerber die Hand und bedankte sich wiederum bei ihm.

»Ich mache mich auf die Suche nach meinen Kindern. Ich weiß nicht, wo sie sind. Vielleicht sind sie ja gar nicht mehr in unserem Land. In Württemberg darf ich mich ja ohnehin nicht aufhalten.«

»Ich würde dir gern helfen. Aber nun sind meine Möglichkeiten erschöpft. Ich kann dir nur noch Glück wünschen. Viel Glück. Das wirst du nötig haben.«

Dankbar lächelte Agnes. Sie ging langsam zur Tür. Rotgerber kam auf sie zu, öffnete die Tür und klopfte ihr ermutigend auf die Schulter. Diese ganz und gar ungewöhnliche und freundliche Geste eines Zuchthausvorstands gegenüber einer Gefangenen sollte Agnes noch lang in guter Erinnerung behalten.

Agnes Stellrecht, wie sie nun wieder hieß, verließ das Ludwigsburger Zuchthaus am 1. Mai des Jahres 1806, einem wunderschönen Frühlingstag, und sie konnte ihr Glück kaum fassen. Sie machte sich auf nach Schwieberdingen zu ihren Eltern, denen sie mit ihrer Tat große Schande bereitet hatte. Sie hatten sich nie bei ihr gemeldet. Kein Brief, keine Nachricht, all die Jahre hatte sie vergebens auf ein Zeichen von ihnen gehofft. So sehr sie die Angst vor einem Wiedersehen auch plagte, waren sie doch die Einzigen, die ihr weiterhelfen konnten. Es gab sonst niemanden, an den sie sich hätte wenden können.

SCHWIEBERDINGEN/STUTTGART – MAI 1806

Agnes war zum Weinen zumute. Sie fühlte sich völlig allein. In spätestens vier Tagen musste sie Württemberg verlassen, ohne dass sie die geringste Ahnung davon besaß, wohin sie gehen sollte. In ihrem früheren Zuhause in Schwieberdingen musste sie eine Demütigung erfahren, die ihr schlimmer vorkam als alles, was sie im Ludwigsburger Zuchthaus erlebt hatte. Ihr Vater, gramgebeugt, aber voller Zorn, erlaubte ihr nicht einmal das Betreten des Hauses. »Ich habe keine Tochter mehr«, schleuderte er ihr mehrfach entgegen. Nur die weinende und untröstliche Mutter gab ihr ein wenig Halt, wofür sie von ihrem Mann jedoch gemaßregelt wurde.

»Was hat sie uns angetan? Willst du nicht wahrhaben, welche Schande sie auf uns alle geladen hat?«, herrschte er seine Frau an. An Agnes gewandt, erklärte er:

»Wir haben jegliche Achtung der Leute verloren. Seit deiner verfluchten Tat will niemand mehr etwas mit uns zu tun haben. Alle haben sich losgesagt. Deine Mutter und ich werden heute noch beschimpft, wenn wir bloß auf die Straße gehen. Kinder rufen uns Schmähungen nach. Du hast unser Leben kaputtgemacht. Wir sind arme Leute geworden! Schau uns nur an! Es gibt seit Jahren kein Geschäft mehr. Wir fristen nur noch unser Dasein.«

Agnes versuchte, sich zu rechtfertigen. Doch es war aussichtslos. Ihr verbitterter Vater wies sie mit kaltem Herzen aus dem Haus. Agnes stand noch fast eine halbe Stunde unter der Baumgruppe gegenüber ihrem Elternhaus. Sie betete, ihr Vater würde sich besinnen und es würde doch noch alles gut werden. Aber alles Warten, Hoffen und Bangen führte zu nichts. Mit Tränen in den Augen packte sie schließlich sorgenerfüllt ihr Bündel. Sie hatte schon ein gutes Stück Weges zurückgelegt, da hörte sie schwach eine Stimme nach ihr rufen. Sie drehte sich um und erkannte ihre Mutter, die ihr folgte, aber wegen ihres Alters kaum nachkam. Agnes fiel ein Stein vom Herzen. Sie rannte ihrer Mutter entgegen. Kurz darauf fielen sich die Frauen in die Arme. Dieser glückliche Moment sollte aber nur von kurzer Dauer sein.

»Dein Vater ist nicht mehr wiederzuerkennen. Es ist, als sei er ein anderer Mensch seither geworden.«

Agnes wusste nur zu gut, was ›seither‹ bedeutete. Sie fühlte sich mehr denn je an allem Unglück schuldig.

»Verzeih mir, Mama. Verzeih mir. Ich kann es nicht ungeschehen machen, so sehr ich es auch wollte.«

»Mein Kind! Meine Agnes. Es tut mir so leid. Es tut mir so leid.«

Die weinende alte Frau drückte ihre Tochter fest an sich. Sie schluchzte und ihr Kummer war nicht geringer als der von Agnes.

»Sag ihm, wie sehr ich mich schäme. Sag ihm, ich bitte tausendmal um Verzeihung. Vielleicht kann er sich erbarmen.«

»Es ist hoffnungslos. Er verflucht dich. Hätte er keinen Glauben, hätte er sich längst umgebracht. Gleich nach dem Urteilsspruch hatte ich jeden Tag Angst, er würde sich etwas antun. Doch ist er nur immer verbitterter geworden. Unnahbar. Zornig. Ein ganz furchtbarer Mensch.«

»Mama! Was musst du meinetwegen ertragen! Was kann ich nur tun, um es wiedergutzumachen?«

»Er kann dir nicht verzeihen. Es ist aussichtslos. Wenn ich zurückkehre, wird er tagelang mit mir kein Wort wechseln. Er hat getobt, als er bemerkte, dass ich dir nachfolgen möchte.«

Mutter und Tochter hielten sich immer noch in den Armen. Sie konnten sich damit ein wenig Trost geben. Trost nur für diese wenigen Augenblicke.

»Weißt du etwas von meinen Kindern? Ich muss sie wiedersehen, muss sie finden.«

Ihre Mutter zögerte mit einer Antwort.

»Genaues ist uns auch nicht gesagt worden. Es hieß

nur, sie wären zur Adoption an Eheleute freigegeben worden, die auswandern wollten.«

»O Gott! Was heißt *auswandern*?«

Wieder zögerte ihre Mutter. Sie tat sich schwer, druckste herum.

»Nun sag es mir schon. Ich muss wissen, woran ich bin.«

»Es kommt immer häufiger vor, dass Landsleute, wenn sie hier kein Auskommen finden können, unsere Heimat verlassen. Einige gehen nach Amerika, andere die Donau hinunter bis hinter Ungarn. Wieder andere zieht es ins Preußische oder gar noch weiter nach Osten in Richtung Russland.«

Agnes schüttelte ungläubig den Kopf. Sie kämpfte mit den Tränen.

»Und das Ehepaar? Weißt du gar nichts Genaueres?«

»Ich kann es dir nicht sagen. Versuche, beim Stuttgarter Stadtamtmann etwas in Erfahrung zu bringen. Oder beim Vorsteher des Waisenhauses. Deine Kinder waren zumindest vorübergehend in die Obhut des Waisenhauses gegeben worden.«

»Oh, liebste Mutter! Was ist nur geschehen? Was für ein Leid! Es ist alles so furchtbar, so schrecklich. Bitte verzeih mir, verzeih mir.«

»Ich habe dir längstens verziehen. Ich liebe dich. Du bist – egal was auch geschehen ist – immer noch meine geliebte Agnes.«

Ihre Mutter griff in ihre Rocktasche. Sie zog ein Leinensäckchen heraus und reichte es ihrer Tochter.

»Hier hast du Geld. Es ist nicht wenig. Viele Gulden, auch zwei Goldmünzen. Wenn du es einteilst, kannst du einige Zeit davon leben. Du musst nur achtgeben, dass es dir nicht gestohlen wird.«

Agnes hielt das Säckchen in der Hand. Sie staunte über das Gewicht. Nicht weniger staunte sie über das Vorgehen ihrer Mutter. Sie schaute sie fragend an.

»Ich habe immer gehofft, du würdest eines Tages freikommen. Und wo würdest du hingehen? Doch sicherlich zu uns. Sechs Jahre lang habe ich immer wieder etwas zurückgelegt. So gut es eben ging. Es mangelt uns an Geld. Die Zeiten sind immer schlechter geworden. Vater hat viele seiner Kunden verloren. Ich habe es ihn nicht merken lassen dürfen. Das mit dem Geld. Er hat nichts bemerkt. Er hätte es nicht geduldet.«

Agnes streichelte dankbar das Gesicht ihrer Mutter.

»Wo wirst du als Erstes hingehen?«

»Nach Stuttgart. Ich werde mich erkundigen, was mit Michael und Anna geschehen ist. Hoffentlich finde ich ihre Spur.«

»Verlasse rechtzeitig unser Königreich. König Friedrich ist bekannterweise sehr unbarmherzig. Wenn du dir als ehemalige Zuchthäuslerin etwas zuschulden kommen lassen solltest, wird er unnachgiebig handeln.«

»Ach, Mama. Ich werde auf mich aufpassen. Und ich denke an dich – und Papa. So sehr auch alles schmerzt. Ich werde jeden Tag an euch denken.«

Mehrere Personen beobachteten sie bereits. Niemand wagte es, an den beiden vorbeizugehen. Entweder waren die neugierigen Menschen in sicherer Entfernung stehen geblieben oder sie hatten sogar die Straßenseite gewechselt.

»Wir müssen jetzt Abschied nehmen. Agnes, liebe Agnes.«

Noch einmal umarmten sich Mutter und Tochter. Sie hielten sich lang fest. Beiden liefen die Tränen über das Gesicht. Dann nahmen sie sich an den Händen, sahen sich sekundenlang an, um mit einem abschließenden Nicken auseinanderzugehen. Es musste sein. Agnes machte sich auf den Weg nach Stuttgart. Als sie sich umdrehte, sah sie ihre Mutter ein letztes Mal winken. Dieses Bild prägte sich in ihr Gedächtnis ein. Ihre weit entfernt stehende Mutter, winkend, um ein Lächeln bemüht. Gerade so, als würde sie ihr noch einmal hinterherrufen: »Lebe wohl! Gib Acht auf dich!« Sie ahnte unwillkürlich, dass sie ihre Eltern nie wiedersehen sollte. Als sie am Dorfrand ankam, wurde sie von Schmerz und Trauer überwältigt. Sie weinte bitterlich. Dann fasste sie sich, nahm ihr Bündel wieder auf und marschierte entschlossen den Feldweg entlang. Die Zeit lief ihr davon. Sie musste doch unbedingt klären, was mit ihren Kindern geschehen war. Und nun hatte sie nur noch wenige Tage Zeit.

Sie marschierte bis weit in die Abendstunden hinein durch Wald und Flur in Richtung Stuttgart. Die Nacht war dann recht kühl gewesen. In der halb verfallenen Waldhütte, die ihr als Nachtlager gedient hatte, konnte sie kaum schlafen. Zu sehr ängstigten sie die Geräusche des Waldes. Immer wieder schreckte sie auf. Ein Jaulen, ein Krächzen oder das Röhren eines Hirsches hörten sich in der rabenschwarzen Nacht, in der sie kaum die Hand vor den Augen erkennen konnte, schrecklich an. Sie wartete kaum die Morgendämmerung ab, da machte sie sich wieder auf den Weg. Zu Fuß musste sie es nach ihrer Einschätzung bis zum Mittag nach Stuttgart schaffen. Als der Morgen die Nacht vollständig abgelöst hatte, das Leben in Wald und Flur an diesem Frühlingstag vollständig erwacht war – es zirpte und piepste in den Gräsern und Büschen, die Vögel versuchten, sich mit ihrem Gesang zu übertreffen – begegnete sie einem Bauersmann, der mit seinem Pferdegespann auf dem Weg nach Stuttgart war. Der freundliche und überaus gesprächige Mann zeigte sich zwar verwundert. Eine Frau, allein unterwegs in den frühen Morgenstunden, kam ihm schon ein wenig seltsam vor, doch er fragte nicht viel und ließ sie aufsitzen. Zunächst vorsichtig und zurückhaltend, fasste sie zu dem Mann, der sich als Karl Werner vorstellte, bald Vertrauen. Als sie nach über einer Stunde eine Pause an einer Tränke einlegten, teilte er sogar sein hartes, schwarzes Brot und ein Stück Käse mit ihr. Es dauerte dann noch einmal fast zwei Stunden, bis sie die Stuttgarter Häuser und Kirchen im Tal liegen sahen. Vorsichtig lenkte der Bauer das Pferdegespann die nicht ungefährliche Straße hinab. Sie trafen am Esslinger Tor ein, wo sie von zwei Männern der Stadtwache gemustert wurden. Anscheinend schien der Bauer aber bekannt zu sein. Sie konnten nach einem kurzen Wortwechsel passieren. Agnes sah bereits das Gebäude des Waisenhauses. Der Bauer, der ihr freundlich zuwinkte, verabschiedete sich mit den Worten: »Mach es gut, Mädle! Ich wünsche dir viel Glück.« Agnes hatte mit ihm nicht über ihr Schicksal gesprochen. Sie war auch nicht als Zuchthäuslerin zu erkennen gewesen, sondern hatte sich die Kleider angezogen, die sie vor ihrer Einweisung in die Ludwigsburger Anstalt getragen hatte. Diese verströmten einen miefigen Geruch, doch das störte weder Agnes noch den Bauern, dem auch anzumerken war, dass er geraume Zeit im Kuh- und Schweinestall verbrachte. Agnes freute sich über die lieben Worte. Es kam ihr vor, als würde dieser Landwirt ahnen, welch schweren Weg sie vor sich hatte. Dankbar drehte sie sich nach einigen Metern noch einmal um, lachte ihm zu und hob zum wiederholten Male die Hand zum Abschiedsgruß.

Vom Esslinger Tor ging sie zunächst die Stadtmauer entlang, die in gerader Linie zum Nesenbach hinführte. Diesem Bach folgend, spazierte sie langsam und neugierig die Westseite des Waisenhauses ab, bis sie das Pfistertor erreichte. Dort verweilte sie einen Augenblick an der Stelle, wo der Dobelbach in den Nesenbach mündete. Sie musterte das Gebäude. Ein Eingangstor oder eine Tür konnte sie nicht erkennen, nur eine Durchfahrt, die sie wenig später durchschritt und so in den Innenhof gelangte. Auch dort musste sie sich zunächst einmal orientieren. Von einigen Jungen, die auf dem freien Platz herumstanden, wurde sie neugierig gemustert. Ihr Herz klopfte schneller, sie geriet in Aufregung und wusste nicht genau, auf welche der Türen sie zugehen sollte. Als sie endlich einen der Buben ansprechen wollte, kam mit raschen Schritten ein grobschlächtiger Mann auf sie zu.

»Was hast du hier verloren, Weib?«

Für einen Moment erschrak Agnes. Doch das Zuchthaus hatte sie allzu sehr geprägt. Sie benötigte nur einen Augenblick, um dem ungestümen Menschen furchtlos entgegenzutreten.

»Ich möchte den Herrn Waisenpfleger sprechen.«

»Aha! So, so! Den Herrn Hofrat willst du sprechen.

Das geht nicht so einfach. Ich will auch viel, wenn der Tag lang ist«, herrschte sie der Mann an, den das selbstbewusste Auftreten von Agnes verärgerte.

»Wer bist du überhaupt? Ich kenne dich nicht. Und was ist dein Anliegen?«

Agnes zögerte wieder einen Moment.

»Ich bin Agnes Stellrecht und möchte wegen einer Kindsangelegenheit den Herrn Hofrat sprechen. Vor Jahren war dies Herr Bellnagel gewesen. Erhart Bellnagel. Doch weiß ich nicht, ob er noch der Waisenpfleger und Vorsteher ist.«

Der Mann stutzte.

»Stellrecht? – Kenne ich nicht. Nie von dir gehört.«

Agnes zögerte. Sie überlegte angestrengt. Dann wagte sie es.

»Früher hieß ich Agnes von Hayden. Vielleicht sagt Ihnen dieser Name etwas?«

Der Mann kniff die Augen zusammen. Einerseits kam ihm dieser Name bekannt vor. Doch konnte er ihn nicht richtig zuordnen. Andererseits kannte diese Person offensichtlich den Waisenhausvorsteher. Das ließ ihn vorsichtiger werden.

»Hofrat Bellnagel versieht nach wie vor seinen Dienst für unser Waisenhaus. Soweit ich weiß, bespricht er sich gerade mit dem Pfarrer.«

»Können Sie mich bei ihm melden?«

»Was glaubst du, wer du bist? Du musst dich gefälligst gedulden, bis sie fertig sind. Da kann man nicht einfach stören.«

Unwirsch wollte sie der Mann stehen lassen. Er hatte sich schon umgedreht, da hielt er inne.

»*Hayden*? Sagtest du *von Hayden*?«

Agnes nickte. Sie ahnte, was kommen würde.

»Du bist doch nicht etwa diejenige, die vor Jahren ihren Ehemann umgebracht hat?« Er glotzte sie fragend an, seine Abneigung war mit Händen zu greifen.

Tapfer gab Agnes Antwort. Die Reaktion fiel genauso aus, wie sie es befürchtet hatte.

»Du bist wohl nicht bei Sinnen! Eine Mörderin! Taucht hier auf und will unseren Herrn Hofrat sprechen. Scher dich fort, aber ein bisschen plötzlich! Wieso läufst du überhaupt frei herum? Du bist doch nicht etwa aus dem Zuchthaus entflohen?«

Der Mann trat bedrohlich auf sie zu. Agnes wich einen Schritt zurück. Ihre Gesichtszüge versteinerten sich.

»Mörderin! Hinweg mit dir!« Der Mann fuchtelte nun wild mit den Händen. Seine Stimme klang laut und rau. Eine Tür öffnete sich. Ein Pfarrer trat in den Innenhof.

»Joseph, was ist hier los? Warum so laut?«

Joseph Feiler, der Zuchtknecht des Waisenhauses, wurde augenblicklich unterwürfig.

»Herr Pfarrer, es ist nichts, worum Sie sich kümmern müssten. Diese Weibsperson ist eine Mörderin. Ich will sie nur vom Hof scheuchen.«

Der Waisenhauspfarrer Viktor Heinrich Riecke zog die Augenbrauen nach oben. Er kam näher und musterte Agnes ausgiebig.

»Es ist Agnes von Hayden. Die Frau, die vor sechs oder sieben Jahren ihren Ehemann, den Präsidenten von Hayden, gemeuchelt hat.«

»Mmh. Das ist in der Tat ein starkes Stück. Hat unser

Zuchtknecht recht?«, fragte er Agnes, die nun doch ziemlich aufgeregt geworden war. Sie nickte. In fast demütiger Haltung stand sie, die Augen niedergeschlagen und die Lippen vor Anspannung zusammengekniffen, vor dem Pfarrer.

»Du kannst gehen, Joseph. Ich komme schon zurecht.«

Nachdem sich der Zuchtknecht entfernt hatte, trat Pfarrer Riecke auf Agnes zu.

»Wie kann es sein, dass du in Freiheit bist? Ich kenne deinen Fall gut. Zwar bin ich erst drei Jahre nach deiner Tat nach Stuttgart berufen worden. Aber es gab etliche Gelegenheiten, bei denen über dich und den Mord gesprochen wurde.«

»Mein Mann hat mir meine Kinder genommen. Deswegen komme ich her. Der König hat mich begnadigt und mir die Freiheit geschenkt. Ich habe ein Dokument vom Zuchthaus bei mir, das alles bestätigt.«

Agnes wollte es aus ihrem Bündel ziehen. Doch der Pfarrer winkte ab.

»Was ist mit deinen Kindern?«

»Sie sind mir weggenommen worden. Gegen meinen Willen. Von meinem Mann. Soviel ich weiß, hat er sie hierher ins Waisenhaus gebracht. Was dann mit ihnen geschehen ist, weiß ich nicht genau. Ich bin auf der Suche nach ihnen.«

Der Pfarrer überlegte. »Wie viele Kinder meinst du denn?«

»Zwei. Ich habe Zwillinge zur Welt gebracht. Ein Mädchen und einen Jungen. Anna und Michael. Sie waren damals erst wenige Monate alt.«

Pfarrer Riecke dachte nach. »Darüber weiß ich nun wirklich nichts. Wir fragen am besten Hofrat Bellnagel. Komm mit. Vielleicht kannst du ihn sprechen.«

Agnes fasste ein wenig Hoffnung. Immerhin behandelte sie der Pfarrer gut. Sie spürte keine Abneigung oder Ablehnung. Ein gutes Zeichen? Sie hoffte, sie würde mit seiner Hilfe weiterkommen. Sie trafen den Waisenpfleger in dessen Schreibstube. Der dunkle, mit Holz getäfelte Raum bedrückte Agnes. Bellnagel war ein alter Mann, wohl schon 70 Jahre alt und seit Jahrzehnten im Waisenhaus in verantwortlicher Position tätig. Die vielen Streitigkeiten mit dem Personal, das zähe Festhalten an überkommenen Traditionen durch die Lehrer und Hausmeister hatten ihn, der an vielen Stellen ordentlichen Reformbedarf sah, im Lauf der Zeit mürbe gemacht. Agnes stand einem alten, kränkelnden Mann gegenüber, der sich schwerfällig bewegte und einige Zeit benötigte, bis er sich erinnern konnte.

»Die Kinder wurden von Eheleuten, die nach Amerika aufbrechen wollten, adoptiert.« Schleppend trug Bellnagel das vor, woran er sich erinnerte. Agnes erschrak. Sie hatte zwar damit gerechnet, dass ihre Kinder nicht mehr im Württembergischen daheim waren, aber Amerika? Wie sollte sie in dieses ungeheuer weit entfernte Land gelangen können?

»Wissen Sie den Namen der Leute, verehrter Herr Hofrat?«

Es dauerte wieder eine ganze Zeit, bis Bellnagel antwortete. Er nannte ihr den Namen, sagte aber gleichzeitig, dass sie kein Recht mehr an den Kindern hätte. Auch diese Aussage traf Agnes bis ins Mark.

»Sie wurden mir weggenommen. Einfach so. Und einfach weitergegeben. Das ist tiefes Unrecht. Ich muss meine Kinder wiederfinden.«

»Unrecht ist es nicht. Du hast keine Verfügungsmacht. Dein Mann, den du erstochen hast, konnte entscheiden, wie er wollte. Alle notwendigen Unterlagen bezeugen, dass es nicht die Kinder deines Mannes waren und er sie rechtmäßig zur Adoption freigegeben hat.« Bellnagel fing umständlich an, in alten Papieren, die nach Jahreszahlen in einem Eichenschrank zusammengestellt waren, zu suchen. Pfarrer Riecke dauerte es zu lang. Er wurde ungeduldig.

»Kann ich helfen?«

»Nur zu«, antwortete der Waisenpfleger, der sich erschöpft in einen Stuhl setzte. Der Pfarrer benötigte viel Zeit, dann jedoch hielt er eine Akte in der Hand, in der es um Agnes' Kinder ging. Sie zitterte, als Riecke sie Einsicht nehmen ließ. Es waren Urkunden, in denen sie bestätigt fand, dass es sich nicht um von Haydens Kinder handelte, der einwilligte, dass sie von jedem ehrbaren und gut beleumundeten Ehepaar angenommen werden konnten. Auf Nachfrage wusste Bellnagel nichts mehr zu sagen. Er schien unendlich müde zu sein.

»Du musst dich damit abfinden. Die Kinder sind fort. Wo willst du sie suchen? Es ist aussichtslos. So sehr es dich grämt, du hast selbst Schuld. Du hast dich im Übermaße versündigt. Nimm deine Strafe an. Was bleibt auch anderes übrig?«

Die Worte Bellnagels deprimierten Agnes. Sie verabschiedete sich traurig. Riecke begleitete sie nach draußen.

»Ich kann verstehen, dass dich das alles furchtbar schmerzt.«

Agnes schaute ihn fragend an. Sie hätte weinen können, wollte sich aber beherrschen.

»Wenn die Leute sich tatsächlich nach Amerika aufgemacht haben, musst du nach Bremen oder nach Hamburg. Niemand darf den Hafen verlassen, ohne sich in eine Liste einzutragen. Vielleicht findest du heraus, ob sie tatsächlich von dort aus in die Neue Welt aufgebrochen sind.«

»Wie soll ich denn dort hinkommen? Und was wird mich dort erwarten? Es ist so furchtbar.« Agnes liefen nun doch Tränen übers Gesicht.

»Du darfst nicht verzagen. Natürlich musst du tapfer sein. Du wirst viel Mut nötig haben. Als Frauenzimmer durch die Lande ziehen? Vielleicht sogar ein Schiff nehmen und nach Amerika aufbrechen? Du hast einen schwierigen Weg vor dir.«

Pfarrer Rieckes Worte halfen ihr ein wenig. Er wollte sie keinesfalls entmutigen. Der freundliche, ihr offen gegenübertretende Geistliche tröstete sie. Von ihm hörte sie keine Vorwürfe. Er erinnerte sie nicht ein einziges Mal an ihre furchtbare Tat. Agnes sah in ihm einen Menschenfreund, dem sie dankbar war. Noch lang sprachen sie im Hof des Waisenhauses miteinander. Als sie aufbrach, fühlte sie sich durch Pfarrer Riecke gestärkt. Zwar fürchtete sie sich vor der langen Reise in den Norden. Und das, was danach kommen sollte, wollte sie sich noch gar nicht vorstellen. Aber der Zuspruch Rieckes hatte ihr gutgetan. Sie war von dem Weg, den sie nun gehen musste, überzeugt. Da es ihr nicht an Geld fehlte, bestieg sie noch am selben Tag eine Kutsche, die einen freien Platz hatte und sie zunächst nach Frankfurt bringen sollte. Weitere Stationen ihrer Reise durch Deutschland waren Buzbach, Marburg, Kassel, Göttingen und Celle. Von den meisten dieser Orte und Städte hatte sie noch nie etwas gehört. Nach etwas mehr als vier Wochen trennte sie von Hamburg nur noch eine Zweitagesreise. Die nächste Station sollte Lüneburg sein. Danach käme bereits das letzte Stück Weg in Richtung Hamburg.

VOR LÜNEBURG – MITTE JUNI 1806

Agnes und ihre Reisegesellschaft hatten Celle bereits bei Regenwetter verlassen. Und dieser ungewöhnlich ausdauernde Regen im Frühjahr ließ einfach nicht nach. Nachdem es zwei Tage lang fast ununterbrochen vom Himmel gegossen hatte, war an ein Weiterkommen kaum mehr zu denken. Lüneburg lag nur noch wenige Stunden entfernt. Aber die Wege waren aufgeweicht, oft mehr Morast als sichere Grundlage. Als gegen Abend zum wiederholten Male heftiger Platzregen einsetzte, taten sich selbst die starken Pferde mit dem Voranbringen der Kutsche schwer. Zudem wurde es wegen des rutschigen Bodens gefährlich. Die Insassen wurden durchgeschüttelt, da ständig über Unebenheiten oder durch tiefe Wasserlöcher gefahren werden musste. Vor allem die Löcher waren sehr schlecht zu sehen. Der Kutscher mühte sich, verzweifelte aber zunehmend. Als nach einem Wäldchen endlich Häuser in Sicht kamen, entschied er sich zu einem Halt. Eigentlich hätte er es bis zum Abend nach Lüneburg schaffen wollen. Aber das Fahren wurde zu mühsam. Die Gefahr, dass die Kutsche stecken blieb oder gar eine Achse brach, war zu groß. Fünf Bauernhäuser lagen auf der rechten Seite des lehmigen, aufgeweichten Weges, auf dem das Wasser stand, weil der Boden es kaum mehr aufnehmen konnte. Die Katen machten einen heruntergekommenen Eindruck. Hätte bei dem einen schon lang das Dach repariert gehört, wären bei einem anderen die Außenwand und alle kaputten Fenster herzurichten gewesen. Agnes erinnerte das, was sie sah, an die Armut vieler Bauernhöfe in ihrer Heimat. Das ganze Schuften brachte kaum etwas ein und die Familien mussten froh sein, wenn die Ernten gerade so viel erbrachten, dass sich der Hunger das Jahr über in Grenzen hielt. In dieser morastigen Landschaft schien das nicht anders zu sein. Der Kutscher lenkte das Gespann vorsichtig auf die linke Seite. Hinter einer halb verfallenen, übergroßen Scheune tauchte dort ein weiterer Hof auf, über dessen Eingangstür ein Herbergsschild hing. Im Vergleich zu den Bauernhäusern auf der rechten Seite handelte es sich um ein stattliches Gebäude, das einen recht ordentlichen Eindruck vermittelte. Als die Pferde schnaubend und wiehernd im Hof stehen blieben, öffnete sich eine Tür. Zwei Männer traten heraus und wiesen den Kutscher an, hinter das Gebäude zu fahren. Agnes und die fünf anderen Fahrgäste stiegen dort aus. Es regnete noch immer. Der total durchnässte Kutscher fluchte erbärmlich. Jetzt musste er bei strömendem Regen die Pferde ausspannen und sie in die Stallung führen. Immerhin halfen ihm die beiden

Männer, die sich als Vater und Sohn Geesthacht vorstellten. Sie brachten wenig später die Koffer und sonstigen Reiseutensilien der Fahrgäste ins Haus, wo diese sich in einem niedrigen, aber sauberen Gastraum aufhielten und von der Frau des Wirts bereits mit Wasser oder Wein bedient wurden. Nach einer halben Stunde kamen auch der Kutscher und der Hausherr mit seinem Sohn dazu.

»Wir haben drei Schlafkammern für euch. Da ein Ehepaar dabei ist, bekommt es die hintere Kammer im Haus.« Der Wirt zeigte erst auf das aus dem Hannoverischen stammende Paar und dann auf den rückwärtigen Teil des Hauses.

»Ihr drei und der Kutscher bekommt die obere Kammer auf der linken Seite. Dort gibt es fünf Nachtlager. Das reicht gut aus.« Der Wirt zeigte auf jeden Einzelnen der Reisenden und nickte mit dem Kopf die Treppenstufen hinauf. Agnes war schon neugierig, was mit ihr geschehen sollte. Es gab zwar noch zwei weitere Zimmer in dem Haus, doch diese schienen belegt zu sein. Jedenfalls behauptete der Wirt, dass noch vier weitere Gäste hier logierten, die am späten Abend von einem Ausflug zurückkehren würden. Agnes kam das seltsam vor. Das wüste Schmuddelwetter lud nicht zu einem Ausflug ein. Sie sah, wie der Wirt erst mit seinem Sohn, dann mit seiner Frau Blicke austauschte. Was hatte das zu bedeuten? Sie spürte Unbehagen.

»Du schläfst in dem Anbau neben unseren Stallungen. Du hast das Gebäude bestimmt bei eurer Ankunft bemerkt. Es riecht zwar ein wenig streng nach Kuhstall, aber es ist sauber dort und du hast deine eigene Unterkunft.«

»Ich würde lieber im Haus übernachten. Habt Ihr nicht hier noch eine Schlafgelegenheit?«

Der Wirt rieb sich den Nasenrücken. Wieder blickte er zu seinem Sohn, dann zu seiner Frau. Komischerweise schüttelte der Kutscher ganz leicht den Kopf.

»Es ist nichts mehr frei. Zu den Männern kann ich dich schlecht geben. Du bist die einzige Frau und ich bekäme eine Menge Scherereien, wenn ich dich dort einquartieren würde.«

»Ich ängstige mich aber dort draußen allein.«

»Es gibt nichts, was du zu fürchten brauchst. Wir sind ein sicherer Landstrich. Zudem kannst du deine Kate von innen verriegeln.«

Agnes wandte sich an das Ehepaar.

»Hätten Sie die Güte und würden mit mir tauschen? Sie wären ja nicht allein.«

Die Frau des Mannes wies das Ansinnen grob zurück. Ihr Mann fügte sich, obwohl er zunächst durchaus Anstalten zu einem Entgegenkommen gemacht hatte.

»Ich gebe dir noch eine Laterne und genügend Öl mit. Du kannst sie die ganze Nacht über brennen lassen, dann wird es dir schon erträglich sein.« Der Wirt verständigte sich bei diesen Worten noch einmal mit dem Kutscher. Agnes resignierte. Sie musste sich fügen und letztlich froh sein, dass sie wenigstens ein Dach über dem Kopf haben würde. Die Reisegesellschaft saß nach dieser Zimmerzuteilung noch zwei Stunden zusammen. In dieser Zeit kehrte jedenfalls niemand von den Gästen, die angeblich einen Ausflug machten, zurück. Dabei war es zwischenzeitlich schon dunkel. Allein wegen des Regens, der an Stärke noch zugenommen hatte, und der

Nebelschwaden, die vom nahen Fluss herüberwaberten, gab es draußen nichts, was einen Aufenthalt im Freien gerechtfertigt hätte. Allerdings schmeckte das für Agnes eher ungewohnte Abendessen nicht schlecht. Heringe und grob geschnittenes Gemüse waren aufgetischt worden. Dazu Wasser und ein Rotwein, dessen Wirkung nicht unbeträchtlich war. Als sich die Gesellschaft am späten Abend auflöste, waren drei der Gäste ziemlich betrunken. Sie verhielten sich aber manierlich. Nur ihre derben Witze störten Agnes ein wenig. Der Wirt drängte dann alle zur Nachtruhe. Er reichte Agnes einen alten Kittel. Sie sollte sich diesen über den Kopf und die Schultern legen, um die paar Meter über den Hof möglichst trocken zu ihrer Kate zu kommen. Der Wirt zündete die Laterne an. Er öffnete ihr die Tür, es regnete stark. Agnes bat noch einmal um eine Übernachtungsmöglichkeit im Haus, doch ließ sich der Wirt nicht erweichen.

»Die anderen Gäste kommen ja vielleicht nicht. Bis sie eintreffen, könnte ich doch in deren Zimmer bleiben.«

»Du bist gut. Was glaubst du, welche Vorwürfe mir das einbrächte? Die werden schon noch kommen. Stell dich nicht so an. Du bist dort drüben wirklich gut untergebracht.«

Der Wirt drückte ihr die Laterne in die Hand, wies ihr mit einer Handbewegung den Weg, schob sie durch den Türrahmen und schloss gleich darauf die Haustür. Agnes stand im Regen. Nach einem kurzen Zögern ging sie rasch auf den Anbau zu. Als sie die Tür hinter sich zuzog, waren ihre Schuhe total verdreckt und ihre Strümpfe klatschnass. Sie war in mehrere tiefe, mit Wasser gefüllte Pfützen getreten, die sie in der Dunkelheit und weil sie allzu rasch über den dunklen Hof gehetzt war, nicht gesehen hatte. Sie öffnete die Tür, die mächtig quietschte. Sofort schlug ihr der Stallgeruch entgegen. Zwar trennte eine feste Bretterwand das Zimmer vom Kuhstall. Aber durch die Ritzen und die offene Decke drang der Gestank erbärmlich. Agnes musste sich an den penetranten Geruch erst einmal gewöhnen. Ihre Kleider würden bestimmt am nächsten Tag genauso unangenehm riechen. Nachdem sie die durchweichten Schuhe und die Strümpfe ausgezogen hatte, überlegte sie eine Zeit lang, ob sie ihren Rock auch ablegen sollte. Sie leuchtete die Tür an. Tatsächlich ließ sich ein Riegel vorschieben. Das beruhigte sie ein wenig. Wenigstens konnte sie sich einschließen. In dem Verschlag befand sich ein richtiges Bett mit einer dicken Strohauflage und zwei Decken. Neben dem Bett stand ein kleiner, wackeliger Holztisch. Auf diesen stellte sie die Laterne. Sie drehte die Flamme ein wenig zurück. Dann legte sie ihren Rock ab. Das Säckchen mit dem Geld, ihrem ganzen, nicht unbeträchtlichen Vermögen, schob sie unter ihr Mieder. Sie spürte die harten Münzen, als sie, auf dem Rücken liegend, zum Dach, das immerhin dicht war, schaute. Sie fühlte sich jetzt sehr müde, hörte auf den Regen und die Geräusche der nebenan untergebrachten Tiere. Nach einer Weile schlummerte sie ein. Dass sie sich zur Seite drehte, merkte sie schon nicht mehr. Agnes schlief fest und tief.

Aus diesem ohnmachtsähnlichen Schlaf erwachte sie wegen verschiedener Geräusche. Sie erschrak, weil sie glaubte, es mache sich jemand an der Tür zu schaffen. Irgendwann im Lauf der letzten Stunden war das Öl in der Laterne aufgebraucht gewesen. Ihr Erlöschen hatte die schlafende Agnes nicht bemerkt. Sie saß in ihrem Bett und versuchte, die Dunkelheit zu durchdringen. Abwechselnd riss sie die Augen weit auf und kniff sie wieder zusammen. Aber es war stockdunkel, sie konnte nicht einmal die eigene Hand vor den Augen erkennen. Es hörte sich jetzt an, als wäre jemand im Kuhstall. Zunächst dachte sie noch, womöglich würden die Tiere versorgt, da es vielleicht schon früh am Morgen war. Ein Pferd wieherte verhalten. Daraufhin setzte ein allgemeines Schnauben und Keuchen ein. Die Tiere erhoben sich. Sie gaben alle möglichen Laute von sich. Wieder ein Wiehern, das gleich darauf vom Brüllen der Kühe übertönt wurde. Agnes bekam es mit der Angst zu tun. Es stimmte etwas nicht. Da war sie sich nun ganz sicher. Sie schlug die Decke ganz weg und trat vor das Bett. Dort verharrte sie still. Dann machte sie in der Dunkelheit ein paar Schritte auf die Tür zu. Sollte sie sie einfach aufreißen und ins Freie hetzen? Sie könnte gleichzeitig um Hilfe rufen. Das würde dann bestimmt jemand im Haus bemerken. Sie hatte bereits den Riegel der Tür in der Hand. In diesem Augenblick sauste etwas von oben herab und schlug schwer auf dem Boden direkt neben ihr auf. Hände griffen nach ihren Füßen. Agnes konnte zunächst ausweichen, doch verlor sie das Gleichgewicht. Ein Mann war über die offene Decke zu ihr eingedrungen. Wieder spürte sie dessen Hände an ihren Beinen. Sie schrie, doch schon im nächsten Augenblick stürzte sich der Eindringling mit Wucht auf sie. Er bekam sie an der Gurgel zu fassen, die er augenblicklich zudrückte. Kein Laut drang mehr aus ihrer Kehle. Sie riss ein Knie energisch hoch und trat zu. Es traf den Verbrecher in die Seite. Der Griff lockerte sich. Sie bekam wenigstens etwas Luft, doch konnte sie wegen ihrer verletzten Gurgel kaum einen Laut von sich geben. Heftig schlug der Mann ihr jetzt ins Gesicht. Agnes war einer Ohnmacht nahe. Sie nahm noch wahr, wie der Unhold plötzlich das Säckchen mit den Münzen zu fassen bekam. Brutal riss er an dem Band. Agnes wurde halb hochgezogen. Mit einem Ruck zerriss der Übeltäter das Band, an dem das Geldsäckchen befestigt war. Er ließ von ihr ab, trat jedoch noch zweimal mit seinen Stiefeln in ihre Seite. Agnes wurde von den Schmerzen überwältigt. Der Mann beschimpfte sie jetzt, zum ersten Mal hörte sie seine Stimme. Doch schien er mit den Münzen zufriedengestellt. Er schob wortlos den Türriegel zur Seite und schlüpfte in die Nacht hinaus. Agnes blieb zerschunden und zerschlagen zurück. Jeder Atemzug tat ihr weh. Der Räuber musste sie schwer an den Rippen verletzt haben. Ihr Gesicht brannte, ihr Hals schien eine einzige böse Wunde zu sein. Sie konnte sich kaum bewegen. So lag Agnes in ihrem Schmerz, bis der Morgen graute. Es regnete nicht mehr. Die Sonne schickte sich an, dem neuen Frühlingstag Glanz zu verleihen. Sie sah die ersten Sonnenstrahlen durch ein kleines Fenster neben der Tür scheinen, das ihr bisher gar nicht aufgefallen war. Was aber war mit ihrem Geld? Wie sollte sie mittellos nach Hamburg und von dort gar nach Amerika kommen? Agnes stöhnte leise, als sie am frühen Morgen von dem mitreisenden Ehepaar, das schon früh aus den Federn gekrochen war, um seine morgendliche Notdurft zu verrichten, entdeckt wurde.

Zwei Stunden später, die Sonne strahlte nun kräftiger vom Himmel und es schien, als hätte es nie Regentage gegeben, erlebte Agnes ihre zweite Niederlage. Zwar zeigte sich mancher der Mitreisenden erschrocken über das, was ihr widerfahren war, doch wollten alle bis auf einen jungen Mann so rasch wie möglich aufbrechen und drängten zur Abfahrt. Schließlich war wegen des schlechten Wetters bereits ein Tag verloren gegangen. Auch der Wirt schien die Reisegruppe so schnell wie möglich loswerden zu wollen. Agnes ahnte den Grund für dessen rüdes Verhalten, der wie am Vorabend immer noch von Gästen faselte, die längst hätten zurück sein müssen und für die er angeblich noch einiges vorzubereiten hatte. Ihre Verletzungen schmerzten. Das interessierte die Mitreisenden genauso wenig wie das gestohlene Geld. Der Wirt mutmaßte gar, sie würde etwas zusammendichten. Schließlich könne er sich nicht vorstellen, wie ein Frauenzimmer so viel Geld bei sich tragen sollte. Agnes' Bitten, Gendarmen einzuschalten, fanden ebenso wenig Gehör wie ihre Frage nach einem Physikus, der ihre Verletzungen hätte behandeln können. Lediglich der Ehemann, der sie am frühen Morgen gefunden und notdürftig versorgt hatte, schien Mitleid zu haben. Doch dessen Frau drängte wie die anderen zum Aufbruch. Sein zaghafter Versuch, Agnes ein wenig zur Seite zu stehen, scheiterte kläglich und er musste sich seiner Ehefrau fügen, die zunehmend ungehalten geworden war. Agnes war der Verzweiflung nahe. Wenn sie jetzt mit den anderen aufbrechen würde, wäre alles verloren. Als sich alles gegen sie wandte, hielt sie nicht mehr an sich. Sie standen bereits im Hof, Agnes konnte vor Schmerzen kaum gerade stehen. Sie hielt sich ihre Rippen. Das Atmen fiel ihr nach wie vor schwer. Nur zu gut ahnte sie, wie ihr verletztes Gesicht und ihr malträtierter Hals aussahen. Der Kutscher konnte nicht eilig genug die Koffer und Gepäckstücke verstauen. Selbst das Anschirren der Pferde erledigte er ungewöhnlich hastig. Unmissverständlich brachte er Agnes gegenüber zum Ausdruck, sie möge eben hierbleiben und nicht die ganze Gruppe aufhalten, sei sie doch selbst schuld, wenn sie so viel Silber- und gar Goldmünzen mit sich herumtragen würde. Mit dieser Bemerkung hatte er sich aber verraten. Denn niemand hatte etwas von der Goldmünze in ihrem kleinen Vermögen wissen können. Agnes wusste damit sehr genau, wer alles unter einer Decke steckte und für den brutalen Raubüberfall verantwortlich war. Schmerzgebeugt ging sie zur Kutsche. Sie hielt sich am Vorderrad fest, blickte in die Runde, sah dem Wirt fest ins Gesicht und fragte: »Wo ist dein Sohn?«

Verdutzt schaute der Wirt sie an. Da er mit seiner Antwort zögerte, stellte sie ihre Frage noch einmal energischer.

»Was geht dich das an? Was interessiert dich mein Sohn?«

»Das weißt du ganz genau.« Agnes fiel das Sprechen schwer. Je heftiger sie redete, umso mehr spürte sie die Schmerzen. Dem Wirt fehlten die Worte. Seine Frau tauchte in der Tür auf. Ihr giftiger Gesichtsausdruck sprach Bände. Doch Agnes wollte sich nicht einschüchtern lassen.

»Euer Sohn ist der Übeltäter. Ich habe ihn an seiner Stimme erkannt.« Mühsam hob Agnes den Arm. Sie versuchte, ihrem Vorwurf mehr Ausdruck zu verleihen, indem sie ein paar Schritte auf den Wirt zuging. Dieser reagierte augenblicklich.

»Du verdammte Lügnerin! Dass du es wagst! Dir werde ich eine Lektion erteilen.«

Der Wirt schnappte sich Agnes. Sein harter Griff ließ sie aufstöhnen. Seine Frau feuerte ihn an und hetzte ihn auf.

»Wirf das Flittchen vom Hof. Soll dieses Frauenzimmer doch schauen, wo es bleibt.«

Der Kutscher hatte in der Zwischenzeit die Peitsche vom Kutschbock geholt. Der Wirt zog die hilflose Agnes ein paar Meter über den lehmigen Hof und warf sie dann einfach in den Dreck. Der Kutscher schwang die Peitsche und fast hätte er zugeschlagen, wenn nicht einer der Reisenden, der junge Bursche, zur Mäßigung aufgerufen hätte.

»Haltet ein! Was ihr tut, ist Unrecht.«

Der Wirt reagierte ungehalten.

»Halt den Mund, du Rotzlöffel. Die Sache geht dich nichts an.« Mit einer heftigen Handbewegung wollte er ihn zum Schweigen bringen. Doch überraschenderweise ließ sich der junge Mann nicht einschüchtern. Wieder trat der Kutscher an die Seite des Wirts. Beide gingen sie auf ihn zu. Der Kutscher schwang dabei bereits wieder die Peitsche.

»Ich bin Student der Rechte an der Universität Göttingen. Euer Verhalten ist nicht korrekt und es ist offensichtlich, dass der Frau Unrecht geschehen ist.«

Der Kutscher holte aus. Zwar wollte der Student sich noch wegbücken, doch traf ihn die Peitsche unglücklich am Hinterkopf. Er stürzte. Im Fallen traf ihn ein zweiter Schlag. Wahrscheinlich wäre die Sache noch viel übler für ihn ausgegangen, wenn nicht eine Gruppe Kürassiere dahergeritten gekommen wäre. Zunächst hatte niemand die herannahenden sieben Reiter bemerkt. Zu sehr war die Aufmerksamkeit gefesselt von dem elenden Schauspiel, das im Hof der Herberge seinen Lauf nahm. Es war, als die Reiter in den Hof einbogen, nicht auszumachen, wem der Schreck mehr in die Glieder fuhr. Der Wirt trat einige Schritte zurück, seine Frau verschwand im Haus, der Kutscher wickelte rasch die Peitsche auf. Der Anführer der Reitergruppe erfasste jedoch augenblicklich die Situation. Der Offizier wirkte in seinem Waffenrock, dem Helm, den Stulpenstiefeln, dem Überrock, den Stulpenhandschuhen und dem Säbel Furcht einflößend. Die Kürassiere gehörten zu einem königlich-preußischen Regiment, das seit Ende April in der Gegend um Lüneburg stationiert war. Sie waren zwar nicht willkommen. Doch sorgten die preußischen Truppen immerhin für Ordnung. Die preußischen Soldaten waren in kurzer Zeit gefürchtet für ihr Durchgreifen, wenn es galt, Unregelmäßigkeiten oder gar Straftaten zu ahnden.

Was die Kürassiere mit ansehen mussten, sprach Bände. Die auf dem Boden liegende Frau, wenig entfernt davon, ebenfalls im Schmutz liegend, ein junger Mann – das Bild, das sich ihnen bot, konnte sie nicht täuschen. Der Offizier stieg ab und legte, vor seinem Pferd stehend, sofort die Hand auf den Knauf seines Säbels. In seinem cremefarbenen Waffenrock, der roten Abzeichenfarbe, dem silbernen Kürass mit den langen, goldfarbenen und beeindruckenden Schuppenketten, musterte er prüfend die Umstehenden.

»Was geht hier vor?«

Er stellte die Frage in einer Schärfe, die jedem sofort klarmachte, wer nun das Sagen hatte. Die Augen des Wirts wanderten aufgeregt zum Kutscher, der fast unmerklich mit den Schultern zuckte. Doch auch diese Geste entging dem preußischen Offizier nicht. Er trat zunächst auf Agnes zu. Überraschenderweise reichte er ihr die Hand. Mühsam rappelte sie sich hoch.

»Mir scheint, wir sind im richtigen Moment gekommen. Hier ist doch etwas nicht in Ordnung. Die Sache verlangt nach einer Klärung.«

Kürassier-Major Manfred von Homagen schaute jedem ins Gesicht. Eine angespannte Ruhe trat ein. Nur das leise Schnauben der Pferde und deren unruhiges Heben und Senken der Hufe waren zu hören. Agnes stand dankbar in der Nähe des Offiziers. Sie schöpfte Hoffnung.

»Einer nach dem anderen sagt mir jetzt, was hier los ist. Du scheinst der Wirt und Eigentümer zu sein. Los, erzähle!«, herrschte er den Wirt an, der aber nur herumstammelte. Der Major zog seinen Säbel. Freundlich wandte er sich an Agnes.

»Du siehst ziemlich mitgenommen aus. Was ist dir geschehen?«

Agnes hielt sich nicht zurück. Sie erzählte, immer wieder nach Atem ringend, was ihr widerfahren war.

»Du kannst mit uns kommen. In unserem Lager haben wir einen Arzt. Der wird dich untersuchen. Was du beschreibst, deutet auf eine gebrochene Rippe hin.

Eine solche Verletzung bedarf der Behandlung. Hast du den Unhold erkannt?«

Nur ganz kurz zögerte Agnes.

»Es war der Sohn des Wirts. Ich habe ihn an seiner Stimme erkannt. Ich bin mir ganz sicher.«

»Verfluchtes Weib!«, fuhr sie der Wirt an. »Du Hexe, du Lügnerin!«

Der Major wandte sich augenblicklich an den Wirt und hielt ihm den Säbel an die Gurgel.

»Wenn du nicht sofort still sein wirst, schlitze ich dir die Kehle auf. Wo ist dein Sohn?«

Der Wirt zitterte vor Wut und Angst.

»Ich weiß nicht«, stammelte er dann. »Er ist bereits gestern Abend nach Lüneburg aufgebrochen. Die Frau lügt. Er kann es nicht gewesen sein.«

»Aha. Nach Lüneburg. Gestern Abend?«

Der Major blickte zu Boden, als müsse er sich besinnen.

»Es hat geschüttet. In Strömen! Bei einem solchen Wetter geht doch niemand freiwillig aus dem Haus!«

»Aber wenn ich es Euch doch versichere …«

»Wehe dir, wenn du mich anlügst. Ich kann das prüfen lassen. Die Straße nach Lüneburg wird von uns bewacht und kontrolliert. Gestern am Abend müsste jeder, der dort unterwegs war, aufgefallen sein.«

Er ließ den Wirt stehen. Zwei seiner Soldaten erhielten den Befehl, sorgfältig Haus und Scheune zu durchsuchen. Dann nahm er sich den Kutscher vor.

»Du schlägst eine wehrlose, verletzte Frau mit der Peitsche? Hat er nicht den jungen Herrn ebenso damit geschlagen? Der ist doch auch verletzt. So, so.«

Es war an und für sich keine Frage, sondern eine Feststellung. »Hast du Papiere dabei, die dich ausweisen?«

Kleinlaut nickte der Kutscher.

»Los, hole sie mir. Aber rasch. Mir scheint, du hast etwas mit der Sache zu tun.«

Der Kutscher kramte in einer Ledertasche, die er unter dem Kutschbock bereits verstaut hatte. Daraus zog er zwei Briefbogen hervor, die er dem Offizier reichte. Der warf lediglich einen kurzen Blick darauf, dann reichte er sie an seinen Unteroffizier weiter. Plötzlich hörten sie im Haus ein mächtiges Geschrei. Eine Frau kam aus dem Haus gerannt, ihr folgte einer der Soldaten, der sie auf den Stufen einholte und ihr einen Stoß versetzte, dass sie lang hinschlug.

»Herr Major! Die Person hat die Küche verriegelt gehabt. Sie wollte uns keinen Einlass gewähren. Da mussten wir sie aufbrechen.«

Nachdem der Soldat Meldung erstattet hatte, fragte Major von Homagen den Wirt noch einmal nach seinem Sohn.

»Wie ich schon sagte. Er ist gar nicht da. Gestern …«

»Du wagst es, einen preußischen Offizier anzulügen? Legt ihn in Ketten. Er kommt genauso mit wie seine Frau und der Kutscher!«

Seine Soldaten handelten augenblicklich. Die Frau stimmte ein Gekreische an, das ihr aber nichts nutzte.

»Die Reise ist fürs Erste vorbei. Ihr werdet alle verhört. Und bevor diese Schweinerei nicht aufgeklärt ist, rührt sich hier niemand vom Fleck.«

Major von Homagen war erst vor drei Tagen zu seinem Regiment in Lüneburg gestoßen. Davor diente er in Berlin, wo der preußische König Friedrich Wilhelm III. auf Zeit spielte. In der Tat schien es nur eine Frage der Zeit zu sein, bis Napoleon es auf eine Auseinandersetzung mit Preußen anlegte. Der französische Kaiser schickte sich mehr und mehr an, ganz Europa zu erobern. Seine Machtgelüste kannten offenbar keine Grenzen. Major Manfred von Homagen hatte an mehreren Besprechungen der preußischen Generalität teilgenommen. Ihm stand eine glänzende militärische Karriere bevor. Der König stand in freundschaftlicher Beziehung zu seinem Vater. Er hatte deshalb ein Auge auf den ›jungen Homagen‹, wie er sich auszudrücken beliebte. Ab und an ließ er sich über ihn berichten.

»Wo steckt euer Sohn?«

Das Wirtspaar stand verängstigt neben der Kutsche. Doch wollten weder der Wirt noch seine Frau dessen Versteck verraten. Tatsächlich lag Ferdinand Geesthacht unter zwei riesigen Dielenbrettern im hinteren Teil des Kuhstalls. Angestrengt lauschte er auf die Stimmen. Doch erreichten ihn nur irgendwelche Sprachfetzen. Zum wiederholten Mal griff er unter sein Hemd an die Stelle, wo er den kleinen Geldsack dieser Schwäbin, deren Sprache er kaum verstehen konnte, deponiert hatte. Später bemerkte er den Aufbruch der Versammlung. Geduldig wartete er trotzdem noch einige Zeit. Dann, es war bereits später Nachmittag und nichts hatte sich seit Stunden auf dem Hof getan, schob er vorsichtig die groben, schweren Bretter beiseite. Weit und breit war kein Mensch mehr zu sehen. Seine Gedanken kreisten fortan um seine Mutter und seinen Vater, die wohl in die Zange genommen werden würden. Und würde der Kutscher dichthalten, von dem schließlich der Tipp stammte, die Stuttgarterin hätte ein ganzes Vermögen bei sich? Die Gefahr aufzufliegen schien greifbar nahe. Die preußischen Soldaten würden bestimmt kurzen Prozess mit ihm machen. Er musste verschwinden und durfte keine Zeit verlieren. Auf der Weide hinter dem Haus grasten die zwei Pferde, die sein Vater am frühen Morgen noch aus dem Stall geholt hatte. Er holte das Zaumzeug, sattelte hektisch eines der Pferde und machte sich aus dem Staub.

Zu dieser Zeit saß Agnes niedergeschlagen auf einem alten Holzgestell, das dem Physikus des preußischen Regiments als Behandlungstisch diente. Die Schmerzen in ihrer linken Seite waren im Lauf des Tages heftiger geworden. Der Arzt hatte eindeutig einen Rippenbruch diagnostiziert und ihr dringend geraten, in den nächsten Tagen möglichst Ruhe zu halten und sich so wenig wie möglich zu bewegen. Zwar war Hamburg gar nicht mehr weit entfernt, aber ohne ihr Geld und mit ihrer angeschlagenen Gesundheit brauchte sie sich keine Hoffnung zu machen, dort jemals heil anzukommen. Der Wirt, seine Frau und der Kutscher befanden sich in Gewahrsam. In einem Raum eines alten Hauses waren sie eingesperrt. Zweimal hatte sie der preußische Offizier verhört. Letztlich rückte der Kutscher damit heraus, dass er die Wirtsleute und deren Sohn über die recht vermögende Frau aus dem Schwabenland informiert hatte. Entschieden wies er aber eine Beteiligung an dem Verbrechen zurück. Wie hätte er denn ahnen können, was er damit auslösen würde? Er setzte alles daran, sich aus der Affäre zu ziehen und mit einem blauen Auge davonzukommen. Umso härter gingen die Preußen mit dem Wirtsehepaar um. Am Abend, als deren Sohn sich bereits ins dänische Herzogtum Holstein aufgemacht hatte, gaben sie ihre Beteiligung an dem Verbrechen zu. Daraufhin wurde der Kutscher freigelassen. Die Wirtsleute wurden in den Kerker geworfen. Agnes erfuhr Hilfe und Unterstützung. Sie konnte ein Zimmer in einem von den Preußen requirierten Gasthof beziehen. Der Regimentsmedicus kam sogar am nächsten Tag zu einer Visite noch einmal vorbei. Agnes fieberte ein wenig. Sie fühlte sich matt und zerschlagen. Ihre Rippenseite schmerzte mehr als am Vortag. Sie fürchtete sich vor jedem Husten, weil das den Schmerz ins Unerträgliche steigerte. Lediglich die ihr gewährte Fürsorge ließ sie nicht allzu sehr verzweifeln. Major von Homagen schickte gar seinen Unteroffizier, da er nicht selbst kommen und nach ihr sehen konnte. Jeden Abend tauchte der Unteroffizier auf und erkundigte sich nach ihrem Befinden. Nach eineinhalb Wochen ging es ihr merklich besser. Das Fieber plagte Agnes nicht mehr. Die Schmerzen waren erträglicher geworden, sie musste nicht mehr so viel liegen und konnte sich langsam wieder besser bewegen. Ihre Gedanken drehten sich nun Stunde um Stunde um den Überfall und den Raub. Was ihr widerfahren war, durfte nicht ungesühnt bleiben. Doch wusste sie nicht, wie sie vor allem wieder zu ihrem Geld kommen konnte. Manche Woche verging. Ihre Wunden heilten derweil vollständig. Irgendwann spürte sie, dass etwas Aufregendes in der Luft lag. Irgendetwas stimmte nicht.

Die Soldaten schienen aufgedrehter, ständig war ein Kommen und Gehen. Laut wurden Befehle gebrüllt. Truppenteile rückten ab, andere zogen rasch durch die Stadt. Am vorletzten Septembertag besuchte sie Major von Homagen. Agnes hatte eigentlich den Unteroffizier erwartet. Umso erstaunter schaute sie den Offizier an. Sie musste sich aber eingestehen, wie sehr sie sich über seinen Besuch freute, war er ihr doch die ganze Zeit im Kopf herumgespukt. Sie verspürte eine Sehnsucht, die sie seit Jahren nicht mehr empfunden hatte.

»Es geht dir besser, ja?«

Agnes wunderte und freute sich zugleich über diese Fürsorglichkeit eines preußischen Soldaten.

Sie nickte.

»Ich konnte dich nicht eher selbst besuchen kommen. Mein Kommandeur befehligte mich nach Berlin. Erst seit gestern bin ich wieder zurück. Leider kann ich dir keine guten Nachrichten bringen. Der Wirt und seine Frau haben zwar gestanden. Sie werden den Kerker nicht so bald verlassen können. Doch deren Sohn, der eigentliche Übeltäter, ist spurlos verschwunden.«

Agnes nickte noch einmal. Sie hatte sich die ganze Zeit schon den Kopf darüber zerbrochen, wie es weitergehen konnte. Ohne Geld hatte sie keine Chance. Wie sollte sie von Lüneburg wegkommen? Womit sollte sie ihr Essen bezahlen? Der Offizier sah ihr ihre Verzweiflung an.

»Mein Regiment wird wahrscheinlich in den nächsten Tagen abgezogen. Es geht gegen Napoleon, der auch Preußen niederwerfen will.«

»Dieser Napoleon! Mir scheint, er will die ganze Welt bekriegen.«

»Es sind kriegerische Zeiten. Schon vor meiner Zeit bei den Soldaten hörte ich immer nur vom Kämpfen. Als wenn es in der Natur der Menschen läge.«

»Ich hatte einmal eine glückliche Zeit. Ohne Kampf. Ohne Krieg. Sie dauerte aber nur kurz.« Agnes wunderte sich über ihre Offenheit. Sie sprach Dinge aus, die sie so noch nie zu einem Menschen gesagt hatte.

»Ich stamme aus einer Offiziersfamilie. Alle meine Vorfahren dienten den preußischen Fürsten. Mein Großvater war General und enger Vertrauter von König Friedrich. Mein Vater diente ebenfalls unter ihm und es war selbstverständlich, dass ich in seine Fußstapfen treten würde.«

»Ich weiß wenig von eurem Land. Eigentlich habe ich nur von Potsdam und Berlin gehört, und dass es einmal einen König gegeben haben soll, der ein Regiment ganz groß gewachsener Soldaten aufgestellt hat.«

Von Homagen lachte kurz auf. »Aha. Ja. Das war unter unserem König Friedrich Wilhelm. Du meinst sicherlich die Langen Kerls.«

»Ja. Vielleicht. Es hieß bei uns, der König hat sogar auf die jungen Männer Jagd machen lassen, die seinem Gardemaß entsprachen.«

Der Major bestätigte ihr, dass es so ähnlich gewesen war. »Der König selbst suchte natürlich nicht nach ihnen. Aber er sandte seine Leute durchs ganze Land. Wie mir mein Großvater erzählte, haben sie auch auf unserem Rittergut zwei junge Männer geschnappt, die eine besonders stattliche Größe erreicht hatten. Manche Familien haben anscheinend ihre Söhne versteckt, wenn die königlichen Emissäre in ihrer Gegend auftauchten.«

Von Homagen unterhielt sich ganz ungezwungen mit Agnes, die sich noch wunderte, wie fröhlich ein preußischer Offizier auftreten konnte. Alles, was sie über die Preußen bisher gehört hatte, verwies eher auf ein strenges, freudloses Gehabe. Dieser Major schien aus einem anderen Holz geschnitzt zu sein. Als er sich eine gute halbe Stunde später mit Hinweis auf noch zu erledigende Pflichten verabschiedete, machte sie das traurig. Wieder fühlte sie sich zu ihm hingezogen.

»Wenn du erlaubst, komme ich morgen Abend noch einmal vorbei. Ich werde bis dahin schauen, wie ich dir helfen kann.«

Agnes lächelte scheu zu dieser Ankündigung des Soldaten. Sie nickte. Insgeheim tröstete sie der Gedanke an das baldige Wiedersehen.

Als sie zwei Stunden später unruhig im Bett lag, gestand sie sich ein, dass sie sich verliebt hatte. Major Manfred von Homagen ging ihr nicht mehr aus dem Kopf. Sie schimpfte ein wenig mit sich selbst, appellierte an ihre Vernunft und versuchte, ihre Gedanken immer wieder auf ihre Kinder zu lenken. Doch das nutzte nichts. Der preußische Kürassier drängte sich fast automatisch in ihre Gedanken. In der Nacht träumte sie gar von ihm. Als sie aufwachte, hätte sie nicht sagen können, was sie geträumt hatte. Aber die Träumerei verstärkte ihre Gefühle für den Offizier und den ganzen Tag lang sehnte sie sein Kommen herbei.

Ein wenig verunsichert erwartete sie ihn dann am frühen Abend. Er verspätete sich etwas. Dass sie das bekümmerte, war ein weiteres Zeichen für ihr Verliebtsein. Sie freute sich aufrichtig, als er endlich an ihre Tür klopfte. Doch hoffte sie, er würde ihre Aufgeregtheit nicht bemerken. Ihr Herz schlug bis zum Hals. Ein Gespräch kam dann nur langsam in Gang. Agnes spürte eine gewisse Schüchternheit des Offiziers, was sie durchaus als angenehm empfand und sie selbst sicherer werden ließ. Sie löste seine Zurückhaltung, indem sie ihn auf sein Rittergut ansprach. Das brach den Bann. Von Homagen erzählte sogleich begeistert von seiner Heimat.

»Die von Homagen sind ein altes Geschlecht, das ursprünglich aus Ostpreußen stammte. Wir können unsere Vorfahren viele Generationen zurückverfolgen. Unser Landgut mit dem Schloss liegt seit fast 200 Jahren in der Mark Brandenburg, einem Landstrich, der mehr als 1000 Menschen ein Auskommen bietet. Es ist das Gut Wustrau und liegt unmittelbar am Ruppiner See. Wir sind zwar strenge Herren, aber unsere Untertanen dienen uns treu und wir sorgen für sie auch in schwierigen Zeiten.«

Manfred von Homagen erzählte und erzählte. Sein ganzer Stolz auf sein Land war spürbar. Agnes unterbrach ihn nur wenige Male, wenn sie etwas nicht verstehen konnte oder genauer erklärt haben wollte. Homagen informierte sie auch über die seiner Meinung nach nicht mehr zeitgemäßen Umstände. Er beschrieb seine Familie als fortschrittlich und sparte nicht mit Kritik an anderen adligen Gutsbesitzern, die die Leibeigenschaft ihrer Untertanen weidlich ausnutzten.

»Die preußische Politik sollte weitaus fortschrittlicher sein«, formulierte er vorsichtig. »Auch wir Junker müssen uns überlegen, wie wir dazu beitragen können. Vielerorts sind die Bauern noch unterdrückt. Man gewährt ihnen keine Freiheiten. Sie leben oft in vollständiger Abhängigkeit von ihrem Herrn. Mein Vater wird manchmal heftig angegriffen von anderen Adligen, da er großzügiger verfährt. Es lohnt sich jedoch. Unsere Leute halten uns die Treue. Unser Gut erwirtschaftet die höchsten Erträge in weitem Umkreis.«

Agnes fragte ihn im Lauf des Abends ein wenig aus. Manfred von Homagen antwortete bereitwillig. Immer wenn es um sein Gut ging, geriet er ins Schwärmen. Später wollte er aber auch mehr über Agnes erfahren. Langsam tastete er sich an ihre Vergangenheit heran.

»Mir scheint, du bist nicht einfach eine Frau, die ohne Grund fern der Heimat durchs Land zieht. Du hattest Geld. Zudem bemerke ich Manieren, die auf einen höheren Stand verweisen. Es wäre schlimm, wenn dir auf deiner Wanderschaft etwas geschehen würde.«

Agnes lächelte traurig. »Ich habe es in den letzten Jahren nicht einfach gehabt. Besser gesagt, das sollt Ihr wissen: Ich verbrachte sechs Jahre im Gefängnis.«

Agnes rechnete mit einem empörten Aufschrei. Sie hätte es verstehen können, wenn ein Mann von Adel, ein Offizier noch dazu, sich von einer Verbrecherin abwenden würde. Sie wollte offen zu ihm sein. Keine Lüge. Kein Verschweigen. Er musste sie auch als ehemalige Zuchthäuslerin akzeptieren können.

Der Kürassier war verwirrt.

»Du machst einen Scherz? Das kann ich nicht glauben.«

Wiederum lächelte Agnes. Sie zuckte mit den Achseln.

»Es ist, wie ich sage. Meine ganze Welt ist zusammengebrochen. Ich habe es nicht gewollt. Das ganze Unglück – auf einmal war es da. Alles hat sich überschlagen …«

Major von Homagen legte seine Stulpenhandschuhe auf den Tisch, setzte sich auf einen Schemel und wollte nach kurzem Zögern die ganze Geschichte wissen. Zunächst verschämt zaudernd, dann jedoch ohne jede Hemmung erzählte ihm Agnes von ihrer Vergangenheit. Dass sie mit einem ihr fast fremden Mann ihre Lebensgeschichte teilte, kam ihr eigenartig vor. Doch dieser preußische Offizier hatte ihr Vertrauen geweckt. Nach einer Weile redete sie sich ohne jegliche Beschönigung all das von der Seele, was ihr widerfahren war und immer noch auf ihr lastete. Zu ihrer Überraschung wandte sich der Offizier nicht ab, sondern bedauerte ihr Schicksal. Er ermutigte sie gar, ihre Kinder zu suchen. Am liebsten hätte er Hilfe angeboten. Doch die Zeiten schienen dafür nicht geeignet. Er war jedoch länger geblieben, als er sich vorgenommen hatte. Manfred von Homagen brach erst zu später Stunde auf. Als er Agnes versprach, am nächsten Abend wiederzukommen, blitzte ein Funken Glück in ihren Augen auf. Sie spürte die Zuneigung, die dieser Mann ihr entgegenbrachte. Sollte es wirklich noch einmal eine große Liebe in ihrem Leben geben?

Der Offizier besuchte sie an den folgenden Abenden. Agnes erwartete ihn jedes Mal sehnsüchtig. Sie war verliebt und die Zeichen, die sie wahrnahm, sagten ihr deutlich, dass es von Homagen genauso erging. Am Ende der ersten Oktoberwoche trat er traurig in ihre Kammer. Es wäre eigentlich schicklich gewesen, wie in den vorangegangenen Tagen wieder vor die Tür zu gehen und sich im Hof aufzuhalten. Alles andere würde nur Gerede auslösen.

»Lassen Sie uns nach draußen gehen«, drängte Agnes. »Es ist ein schöner, warmer Herbstabend. Die Luft wird uns guttun.«

Neben dem Gasthof gab es Tische und Bänke, an denen Wein, Bier und Abendbrot angeboten wurden. Die anderen Gäste musterten zwar das Paar, manche dachten sich auch bestimmt ihren Teil. Aber Agnes und von Homagen störte das nicht weiter. Sie bestellten Wein, der Agnes nicht schmeckte.

»Du bist das nicht gewohnt, stimmt's?«

Agnes schüttelte sich. »Ich habe vor Jahren meinen letzten Schluck Wein getrunken. Ich wusste schon gar nicht mehr, wie er schmeckt.«

»Man muss in der Tat achtgeben. Ich hatte einen Kameraden, der verfiel der Trunksucht. Eine Tragödie. Er hat Haus und Hof verspielt. Und alles nur, weil er kein Maß mehr fand.«

Ihre Gespräche drehten sich um Belanglosigkeiten. Trotzdem existierte zwischen ihnen eine eigenartige Spannung. Von Homagen war längst nicht so fröhlich wie bei den vorherigen Treffen. Der laue Abend mit der untergehenden Sonne und dem prächtigen Farbenspiel der sich verfärbenden Wolken versetzte Agnes hingegen in eine besondere Stimmung. Sie bemerkte natürlich von Homagens Zurückhaltung. Irgendwann, es war fast schon dunkel, nur zwei Kerzen spendeten Licht auf ihrem Tisch, sprach sie ihn darauf an.

»Sie sind heute nicht in bester Stimmungslage? Ist etwas geschehen?«

Der Offizier zögerte nur einen Augenblick. Kurz senkte er den Kopf, dann sah er ihr in die Augen.

»Wir rücken morgen ab. Das Regiment hat seinen Marschbefehl erhalten. Napoleon wird Preußen angreifen. Wir müssen auf schnellstem Wege zurück.«

Die Antwort gab Agnes einen Stich. Sie musste mehrmals schlucken.

»Schade. Wie schade. Das tut mir sehr leid.«

»Agnes …« Der Offizier wollte etwas sagen. Er sah sie immer noch an. Ihm fielen nicht die richtigen Worte ein.

»Immer dieser Napoleon. Darf ich Ihnen etwas gestehen?«

Eifrig nickte der Offizier. Agnes nahm ihren ganzen Mut zusammen.

»Ich fühle mich in Ihrer Gegenwart sicher. Bitte missverstehen Sie mich nicht. Es ist nur so …«

Von Homagen ergriff unvermittelt ihre Hand. Agnes durchflutete augenblicklich ein nie gekanntes Gefühl.

»Ich heiße Manfred. Kannst du mich so nennen?« Und nach einer kurzen Pause fügte er an: »Ich bedauere auch zutiefst, dass ich gehen muss.«

Nach diesem Geständnis schwiegen beide verlegen. Von Homagen gab ihre Hand nicht frei. Er hielt sie fest. Mit seinem Daumen streichelte er gar über den Handrücken. Minutenlang saßen sie sich gegenüber. Dann fasste sich Agnes ein Herz.

»Ich bin mittellos. Ohne mein Geld ist alles hoffnungslos.« Sie wirkte deprimiert.

»Ich bedaure, dass ich nicht viel für dich tun kann.

Die Zeiten sind allzu schwierig. Wenn du willst, kann ich dich mitnehmen. Wir würden dann weitersehen.«

Agnes kämpfte mit sich.

»In deiner Nähe zu sein, wäre schön. Aber meine Kinder …«

»Ich weiß. Eine Mutter darf ihre Kinder nicht aufgeben. Ich kann dir ein wenig Geld geben. Geh nach Hamburg. Vielleicht findest du ihre Spur. Und dann kehre zu mir zurück. Irgendwann wird es auch mit Napoleon vorbei sein. Ich kann dir bestimmt helfen …«

»Du bist ein lieber Mensch. Ich kann das aber nicht annehmen.«

»Rede nicht. Agnes. Liebste Agnes …«

Sie war ganz verwirrt, als der Offizier das sagte. Danach saßen sie wieder stumm beieinander. Manfred von Homagen unterbrach ein wenig später ihr Schweigen.

»Ich gebe dir das Nötigste. Du kannst damit in Hamburg Nachforschungen anstellen. Versprich mir nur, dass du zu mir zurückkommst.«

Agnes berührte sanft seine Hände. Sie musste wegen der anderen Gäste aufpassen. In der Öffentlichkeit geziemte sich ein solches Verhalten nicht, wenn man nicht verheiratet war. Sie musste an den Ruf des Offiziers denken.

»Ich muss meinen Weg gehen, Manfred.«

Als sie seinen Vornamen zum ersten Mal aussprach, machte sie das verlegen. Doch von Homagen lächelte dazu und schien ganz glücklich zu sein.

»Es wird sich alles finden. Ich spüre es. Wir sind füreinander bestimmt.«

»Bist du dir sicher, mit wem du dich einlässt? Schließlich habe ich ein schlimmes Verbrechen begangen. Das ist nicht wiedergutzumachen.«

»Die Umstände, Agnes. Es waren die Umstände. Welche Mutter hätte nicht außer sich reagiert?«

»Ach, Manfred. Wenn nur alles gut werden würde.«

»Das wird es. Wir müssen nur eine schwierige Zeit durchstehen. Ich bin ganz sicher. Es wird bestimmt gut werden.«

Als der Offizier sie später zu ihrer Kammer begleitete, wussten sie, dass die Zeit zum Abschiednehmen gekommen war. Agnes öffnete die Tür. Die bevorstehende Trennung schmerzte sie. Manfred von Homagen war still. Er reichte ihr die Hand. Agnes spürte die Wärme. Sie zögerte. Dann senkte sie den Kopf und sagte ein wenig verschämt: »Komm.«

Später in der Nacht verließ sie der preußische Offizier. Er küsste sie sanft und versprach, sie zu suchen, wenn sie nicht selbst bis Weihnachten zu seinem Gut nach Wustrau kommen würde. Er gab ihr genügend Geld, einen ganzen Beutel voller Münzen. Agnes wollte dieses großzügige Geschenk abwehren, doch von Homagen bestand darauf. Sie musste sich zumindest in der nächsten Zeit keine Sorgen mehr machen.

»Erst findest du deine Kinder und dann mich. Komm zu mir auf mein Gut. Wustrau liegt wunderschön. Unser Schloss am Ruppiner See! Es wird dir gefallen.« Er meinte es ernst. Agnes war zum ersten Mal seit vielen Jahren wieder eine glückliche Frau. Sie hatte sich ihm geschenkt und in dieser Herbstnacht wunderbare Stunden erlebt. Die Trennung schmerzte sie. Vor allem sorgte sie sich um ihn. Was könnte ihm alles geschehen im bevorstehenden Krieg?

»Gib Acht auf dich. Versprich mir: Gib Acht auf dich.«

»Ich verspreche es dir. Allein, weil ich mit dir die Zukunft erleben möchte. Mir passiert schon nichts, Agnes. Du bist mein Engel, der mich beschützen wird.«

Sie umarmten sich. Lange Zeit blieben sie schweigend und sich festhaltend stehen. Dann löste sich der Offizier, küsste sie noch einmal auf beide Wangen und sagte, bevor er aus der Kammer trat: »Komm zu mir. Wir feiern Weihnachten zusammen auf Gut Wustrau.«

Agnes lauschte noch angespannt auf seine Schritte. Wenig später hörte sie, wie er davonritt. Sie trat ans Fenster. In der dunklen Nacht konnte sie ganz schwach einen sich rasch entfernenden Reiter wahrnehmen. Eine Träne lief ihr übers Gesicht. Sie kämpfte gegen den Trennungsschmerz an. Mit einer Hand, wie zum Gruß erhoben, winkte sie durch das geschlossene Fenster. Ihr war bewusst, wie unsinnig diese Geste war. Wie hätte der Kürassier sie auch sehen sollen? Doch das war ihre Art des Abschiednehmens von ihrem Liebsten, der sie fortan in ihren Träumen begleiten sollte.

Major Manfred von Homagen befehligte das Kürassier-Regiment Nr. 12 unter Generalmajor von Bünting. Sie waren Teil der 3. Division der preußischen Hauptarmee, die von Generalleutnant von Schmettau befehligt wurde. Die meisten Nachrichten in den vergangenen Tagen versprachen nichts Gutes. Napoleon und der Befehlshaber seines III. Korps, General Louis-Nicolas Davout, der wegen seiner Strenge und Disziplin den Beinamen ›Der eiserne Marschall‹ trug und wegen seines einige Jahre später in Hamburg praktizierten unbarmherzigen Regiments als ›Robespierre von Hamburg‹ beschimpft werden sollte, begannen zuversichtlich den alles entscheidenden Tag. Manfred von Homagen musste mit seinem Regiment in den frühen Morgenstunden von Auerstedt aufbrechen, das am Vortag als Hauptquartier der preußischen Armee eingerichtet worden war. Sein Regiment bewegte sich überaus vorsichtig durch starken Nebel. Als sie vor das Dorf Hassenhausen kamen, feuerten französische Kavallerievorposten auf sie.

Der tapfere Offizier befehligte einen ersten Entlastungsangriff. Mit Wucht griffen die schweren Reiter eine französische Stellung an. Als die Franzosen heftige Gegenwehr leisteten und massiv auch ihre Kanonen einsetzten, gerieten von Homagens Reiter zunächst in ein ziemliches Durcheinander. Mit erhobenem Säbel musste er sie sammeln und zu einem weiteren Angriff ermutigen.

»Vorwärts! Vorwärts!« Von Homagen gab Befehl zu einem zweiten Angriff. Es ging auf neun Uhr zu und langsam lichtete sich der Nebel. Der Feind konnte nun besser ausgemacht werden. Die Kürassiere rissen ihre Pferde herum, mit ihren schweren Säbeln machten sie alles nieder, was sich ihnen in den Weg stellte. Manfred von Homagen attackierte eine ganze hinter einem Geschütz befindliche und sich mit Gewehrschüssen und Bajonetten verteidigende Mannschaft. Er rief seine Befehle in das Schlachtengetümmel. Gleichzeitig hoffte er, dass die Soldaten des alten Haudegens General von Blücher herankommen und sie entlasten würden. Doch der General musste zu diesem Zeitpunkt seine auseinandergefallenen Schwadronen erst neu aufstellen. Als er endlich wieder einen Angriff befehligen wollte, wurde ihm sein Pferd weggeschossen. Seine Truppen erschraken darüber so sehr, dass sie flüchteten. Blücher erhielt von einem Trompeter ein anderes Pferd. Mit diesem jagte er den Fliehenden nach, die er in die Schlacht zurücktreiben wollte. Für Homagens Kürassiere konnte er nichts tun. Major von Homagen erkannte die aussichtslose Lage. Er gab den Kampf verloren.

»Rückzug! Rückzug!«, brüllte er. Seine Männer, im Blutrausch und wegen der ständigen Todesgefahr kaum mehr Herr ihrer Sinne, reagierten zunächst gar nicht.

»Kavallerie links! Rückzug! Sofort Rückzug!« Mit dem Säbel deutete von Homagen auf die drohende Gefahr. Seine Männer bemerkten, was ihnen drohte. Sie warfen ihre Pferde herum und alle, die von seinem Regiment noch übrig waren, ergriffen die Flucht. In diesem Augenblick flogen pfeifend die ersten Kanonenkugeln auf sie zu. Der ersten Salve konnten sie unversehrt entkommen. Sie gaben ihren Pferden die Sporen. Von Homagen gab den Weg vor. In unglaublichem Tempo galoppierten die kräftigen Pferde davon. Dann schwirrte die zweite Salve heran. Die Kugeln schlugen vor ihnen ein. Die Franzosen hatten zu weit gezielt. Doch von Homagens Pferd scheute angesichts des lauten Krachens und des Pulverdampfes. Es stieg gewaltig auf. Da der Offizier den Zügel nur mit einer Hand hielt, weil er in der anderen immer noch den blutverschmierten Säbel schwang, versuchte er mit äußerster Mühe, nicht aus dem Sattel zu fallen. Doch die harsche Bewegung ließ das Pferd sich noch einmal aufbäumen. Es kippte zur Seite. Homagen konnte es nicht mehr halten. Er rutschte aus dem Sattel. Ein Bein blieb im Steigbügel hängen. Das Pferd stürzte. Es fiel auf ihn und nur noch sein Kopf und ein Teil seines Oberkörpers schauten unter dem mit seinen Hufen um sich schlagenden Pferdekörper hervor. Seine Arme und Hände waren eingeklemmt. Er fürchtete, er würde unter dem Pferd zermalmt werden. Da hörte er wieder das typische Pfeifen in der Luft. Die Kanonenkugel schlug mitten in dem Pferdekörper ein. Eine Blutfontäne stieg auf. Rauch, Dampf und Feuer griffen um sich. Von Homagen roch noch stinkendes Gedärm, vermischt mit dem süß-bitteren Geruch von sich ergießendem Blut. Dann schlug auch schon ein zweites Geschoss keine fünf Armlängen von seinem Kopf entfernt ein. Er sah die tödliche Feuersäule. Als sie ihm den Kopf versengte, hörte er sich noch brüllen. Die Hitze verbrannte ihm Haare und Gesicht. Da sein Helm weggerutscht war, besaß er keinerlei Schutz. Das schreckliche Feuer konnte ihn ungehindert angreifen. Major Manfred von Homagen lag entstellt und verstümmelt wie Hunderte andere auf dem Schlachtfeld, das die preußische Armee, völlig geschlagen, räumen musste.

Schon am nächsten Tag notierte Napoleon um drei Uhr am Morgen an seine Frau Josephine einige wenige Zeilen. Er teilte ihr begeistert mit, er habe herrlich gegen die Preußen manövriert und einen großen Sieg davongetragen. Am 27. Oktober 1806 besetzte er deren Hauptstadt Berlin. Der preußische König Friedrich Wilhelm III. war nach Ostpreußen geflohen und sein in Berlin verbliebener Minister Friedrich Wilhelm Graf von der Schulenburg-Kehnert hatte angesichts der heranrückenden Franzosen die Bevölkerung gemahnt: »Jetzt ist Ruhe die erste Bürgerpflicht.« Preußen verlor die Hälfte seines bisherigen Staatsgebiets. Die bittere Niederlage hinterließ einen am Boden zerstörten preußischen Staat.

HAMBURG – ENDE OKTOBER 1806

Das ihr geraubte Geld war verloren. Der überstürzte Aufbruch der Preußen verhinderte eine Wiedergutmachung für Agnes. Die eingesperrten Wirtsleute wurden schon einige Tage nach dem Abzug der preußischen Soldaten freigelassen. Von der Stadtobrigkeit interessierte sich niemand für deren Verbrechen. Es gab Wichtigeres in diesen unsteten Zeiten, als einer ehemaligen Strafgefangenen aus dem Württembergischen Glauben zu schenken und das ihr widerfahrene Unrecht zu sühnen. Agnes grämte sich zwar. Sie stritt mit den Vertretern der örtlichen Polizei, die auf ihre Belange keine Rücksicht nehmen wollten. Da Manfred von Homagen sie großzügig versorgt hatte, konzentrierte sie sich jedoch alsbald wieder auf ihre Pläne. Das Geld, das sie von ihm erhalten hatte, reichte gut aus für die Kutschfahrt nach Hamburg. Mit dem, was übrig blieb, konnte sie zumindest ein paar Wochen auskommen. So sehr sie an ihre Kinder dachte und ein Wiedersehen herbeisehnte, ertappte sie sich doch immer wieder dabei, wie Manfred von Homagen sich in ihre Gedanken einschlich. Inständig hoffte sie, bei ihren Nachforschungen in Hamburg voranzukommen. Sobald sie Erfolg haben sollte, wollte sie zu dessen Gut nach Wustrau aufbrechen. Tag für Tag dachte sie auch an den Krieg. Sie flehte zum Himmel, dass ihrem Liebsten nichts geschehen würde. Ja, da war sie sich sicher: Manfred von Homagen hatte ihr Herz berührt. Sie hatte die Liebe wiederentdeckt. Die Nachrichten, die sie allerdings auf ihrem Weg hörte, versprachen nichts Gutes. Napoleons Truppen formierten sich offensichtlich zu einer Schlacht, die anscheinend nicht mehr zu vermeiden war.

Agnes ahnte nichts von dem grausamen Schicksal des preußischen Offiziers, der sie so selbstlos unterstützt hatte. Von den schrecklichen Schlachten bei Jena und Auerstedt sollte sie zwar erfahren. Auch in Hamburg wurde über die Siege der Franzosen berichtet und der Untergang der preußischen Armee in grellen Bildern geschildert. Doch hoffte sie inständig, ihr Kürassier wäre aus dem Schlachtengetümmel unverletzt davongekommen. Napoleons Truppen hatten die Preußen in mehrtägigen Schlachten vollständig besiegt. Dass ihr tapferer Major mit dem Tode rang, wusste sie nicht. Andererseits erfuhr jedoch der Vater des Offiziers, der alte Haudegen und General Joachim von Homagen, von der Existenz Agnes'. Als sein schwerstverletzter Sohn zu ihm auf Gut Wustrau gebracht worden war, hatten ihm die Soldaten auch dessen Tagebuch übergeben. Auf einer der letzten Seiten las er von einer Agnes Stellrecht, die seinen Sohn im Innersten berührt zu haben schien. Der Offizier beendete den letzten Eintrag über Agnes mit dem Satz: ›Ich hätte dich nicht ziehen lassen dürfen. Agnes, liebste Agnes.‹

All das blieb Agnes in Hamburg verborgen. Das Schicksal hatte für sie eine Tür geöffnet, durch die sie jedoch nicht gegangen war. Die Gedanken und die Sehnsucht nach ihren Kindern wogen schwerer. Ihnen galt ihr erstes Verlangen. Die ihr von dem Offizier entgegengebrachte Sympathie und Zuneigung hatten sie zwar verzückt. Gefühle waren in ihr geweckt worden, die sie ziemlich durcheinandergeraten ließen. Er schien aufrichtig an ihrem Schicksal interessiert zu sein. Wer weiß, was sich alles hätte ergeben können, wenn ich nur mit ihm gegangen wäre? Über diese Frage dachte Agnes nun schon zum wiederholten Male nach. Würde dieser Manfred von Homagen ihr tatsächlich weiterhin in Liebe verbunden bleiben? Die zärtlichen Stunden mit ihm in der wunderbaren Nacht in Lüneburg erfüllten sie auch nach Wochen immer noch mit Glück. Sie erinnerte sich allzu gut an seine liebevollen Worte. Wie sehr hatte sie diese Liebesnacht genossen! Manfred war vorsichtig und rücksichtsvoll vorgegangen. Noch heute erlebte sie in Gedanken diese zärtlichen Berührungen. Doch sie hatte ihre Wahl getroffen. Wehmut oder Enttäuschung wollte sie deshalb nicht aufkommen lassen. Ihre Gefühle ließen sich jedoch nicht ausschalten oder einfach unterdrücken. Agnes bemerkte das in der ersten Zeit nach der Trennung Tag für Tag mehr. Während ihrer Reise nach Hamburg fühlte sie sich daher zwischen angespannter Erwartung und Niedergeschlagenheit hin- und hergerissen. Ihre Kinder waren ihr wichtiger gewesen. Deshalb hatte sie den Menschen, in den sie sich verliebt hatte, seinen Weg gehen lassen. Nur weil in Hamburg ganz neue Herausforderungen auf sie zukamen, hielt sich der zarte Liebesschmerz in Grenzen. Dieses Gefühl einer aufkommenden und wachsenden Liebe war ihr in den zurückliegenden Jahren gänzlich abhandengekommen. Ziemlich überrascht bemerkte sie deshalb, was ihr gar nicht mehr möglich erschien. Sich verlieben, noch einmal einen Mann finden, dem sie vertrauen und dem sie sich sogar hingeben konnte! Ein wenig geriet sie auch heute ins Träumen. Der Tag hatte ihr so unendlich viel abverlangt. Sie empfand diese Stunde des Nachdenkens als ein Geschenk. Endlich, endlich konnte sie sich nach all den Mühen besinnen. Sie musste an diesem späten Abend nicht mehr kämpfen, sich nicht mehr wehren und ekelhafte Männer abwehren, die sie noch Stunden zuvor primitiv bedrängt hatten. Hamburg hatte sich vom ersten Tag an von einer hässlichen Seite gezeigt. Zwar war sie rasch in die Stadt gelangt. Doch kaum angekommen, hatte es auch schon den ersten Ärger gegeben. Sie war schließlich alleinstehend. Das zog neugierige Blicke auf sie. Manche Männer folgten ihr gar einige Straßenzüge und Gassen weit. Sie erkannten in ihr eine Fremde, bei der man vielleicht leichtes Spiel haben konnte. Agnes musste mehrere eindeutige Avancen abwehren. Sie fühlte sich durch manche Hartnäckigkeit und manch zweideutiges Gerede verletzt. Zweimal musste sie erst mit der Polizei drohen, bevor die Männer sich davonmachten. Wie es tatsächlich weitergehen sollte, wusste sie selbst nicht recht. Ihre Hoffnung richtete sich zunächst auf die Stadtverwaltung. Die Stadt an der Elbe selbst fand sie fremd und ungemütlich. Anders als in dem behäbigen Stuttgart herrschte eine Umtriebigkeit, die sie verwunderte. Zuhauf Pferdekutschen, denen ständig auszuweichen war. Einzelne, jedoch zumeist rücksichtslose Reiter und eilende Menschen, die einen für sie kaum verständlichen Dialekt sprachen, bevölkerten die Straßen und Gassen. Dazu kamen etliche Verarmte und Bettler, die sich an jeder Ecke herumtrieben. Zweimal fragte sie nach dem Weg zum Rathaus. Sie wurde verständnislos angesehen. Die Menschen schüttelten den Kopf oder runzelten die Stirn. Auch sie wurde nicht verstanden. Ihr Schwäbisch wies sie als Fremde aus, die mancher sogar auslachte. Ein älterer Mann, den sie ansprach, amüsierte sich köstlich über ihre Aussprache, die er trotz mehrfachen Wiederholens aber nicht richtig verstand. Agnes bemühte sich um ein langsames Sprechen. Sie musste lernen, auf welche Silben und welche Betonung es ankam. Hilfe fand sie trotzdem nicht. Sie blieb auf sich allein gestellt. Ihre Suche führte sie am späten Nachmittag an der St. Nicolaikirche vorbei. Sie wollte hineingehen, doch war die Tür verschlossen. Danach umrundete sie die Kirche in der Hoffnung, die Wohnung des Pastors zu finden. Enttäuscht gab sie nach einer halben Stunde auf. In einiger Entfernung sah sie einen anderen Kirchturm. Da es bald dunkel werden würde, entschloss sie sich, dorthin zu gehen. Die Kirche lag in der Neustadt, auf dem Krayenkamp in westlicher Richtung. Vielleicht konnte sie vom dortigen Pastor Unterstützung erfahren. Vom vielen Herumlaufen taten ihr bereits die Füße weh. Als sie die Eingangstür der Kirche offen vorfand, ging sie rasch hinein und setzte sich erst einmal in eine der hinteren Bankreihen. Sie empfand die Kirche schön und ansprechend. Ohne es zu wissen, befand sie sich in der Michaeliskirche, ein für die Hamburger besonders wichtiges Gotteshaus. Ein Blitzschlag hatte vor Jahrzehnten den ›Michel‹, wie die Kirche liebevoll von der Bevölkerung genannt wurde, fast vollständig vernichtet. Doch nach dieser Zerstörung war sie in jahrzehntelanger Arbeit wieder aufgebaut worden. Ihre Schönheit war wieder hergestellt und sie bot fast 2000 Gläubigen Platz. Nachdem sich Agnes ein wenig ausgeruht und erholt hatte, wollte sie nach dem Pastor suchen. Dieses Mal sollte sie Glück haben. Auf ihrem Weg zum Ausgang kam ihr zufällig ein Geistlicher entgegen. Neugierig musterte er die ihm fremde Person.

»Aus Stuttgart bist du«, entgegnete er, der sich, nachdem sie ihn angesprochen und von sich erzählt hatte, als Hauptpastor von St. Michaelis vorgestellt hatte.

»Ja. Genau genommen aus einem kleinen Ort in der Nähe von Stuttgart.«

»Dann kommst du aus der Heimat großer Reformatoren?«

Agnes wusste nicht so recht, was die Frage zu bedeuten hatte. Der Pastor antwortete jedoch selbst.

»Ich hielt mich vor Jahren zum Studium einige Zeit in Tübingen auf. Das Württembergische ist mir vertraut. Und ich habe mich eingehend mit Philipp Melanchthon und Johannes Brenz befasst. Diese Theologen und Geistesgrößen haben mich sehr beeindruckt. Auch der Gelehrte Johannes Reuchlin hat mich damals beeinflusst. Seine Arbeiten haben mich das Hebräische lernen lassen.«

Agnes kannte zwar die Namen. Sie war schließlich religiös erzogen worden und in Württemberg galten Brenz und Melanchthon als bedeutende Autoritäten des protestantischen Glaubens. Bilder oder Skulpturen von ihnen fanden sich weit verbreitet. In manch religiöser Schrift hatte sie von ihnen gelesen. Doch Genaueres wusste sie nicht über diese beiden Glaubensmänner oder den christlichen Gelehrten Reuchlin. Aber es schien ihr angezeigt, dem Pastor zu antworten. Dessen Interesse war dadurch auch sofort angesprochen. Er erzählte von seiner Tübinger Studienzeit und Agnes hoffte umso mehr, dass sie von ihm wenigstens vorübergehend etwas Unterstützung erfahren würde.

»Die Kirche schützt ihre Schäfchen. Du kannst für ein paar Nächte in unserem Armenhaus ein Unterkommen finden. Länger als eine Woche dulden wir jedoch niemanden. In dieser Zeit musst du eine Lösung finden.«

Einen Moment lang schwieg der Pastor. Er rieb sich das Kinn. Nach kurzem Nachdenken sagte er: »Du musst dich an Georg Kerner wenden. Ja, unbedingt. Dass mir das nicht gleich eingefallen ist! Kerner kann dir wahrscheinlich weiterhelfen.«

Agnes sah den Geistlichen fragend an. Sie hatte noch nie etwas von einem Georg Kerner gehört.

»Du kennst Kerner nicht?«

Agnes verneinte.

»Nun, er ist ein Landsmann von dir. Ein Schwabe. Seit ein paar Jahren praktiziert er in Hamburg als Arzt. Kümmert sich um die Mittellosen und Armen. Erstaunlich! Und er hat dafür gesorgt, dass sich die Pockenschutzimpfungen in unserer Elbestadt durchgesetzt haben. Ein wahrer Menschenfreund. Uneigennützig. Ohne Frage ein außergewöhnlicher Zeitgenosse. Der Senat hat ihn gar zum Arzt für die Baracken ernannt.«

Da Agnes bereits wieder fragend die Stirn runzelte, erklärte der Pastor:

»Die Baracken gehören zur Armenanstalt. Sie liegen in einem Gebiet zwischen Hamburg und Altona, das sich Hamburger Berg nennt. Den Hamburger Berg kannst du von hier aus gut zu Fuß erreichen. Ist allerdings ein schlimmes Viertel. Wirst dort viel Elend vorfinden. Nun ja, Kerner sorgt seit einiger Zeit für Linderung. Er wirkt zweifelsohne segensreich für die Menschen dort.«

»Wo kann ich ihn finden? Kann ich ihn treffen?«

»Heute dürfte es zu spät sein. Ich besuche ihn zwar selbst noch am späten Abend. Da kann ich dich aber nicht gebrauchen. Ich werde dich ankündigen. Morgen kannst du dann bestimmt zu ihm gehen. Er wohnt seit einigen Monaten ganz im Zentrum der Stadt, in einem Haus an der Großen Burstah.«

Der Pastor beschrieb ihr den Weg und meinte, sie solle sich am nächsten Tag am frühen Morgen zu Kerner auf den Weg machen.

Agnes fiel zunächst einmal ein Stein vom Herzen. Ein paar Tage konnte sie sich in Sicherheit wiegen. Die Zeit wollte sie nutzen, um etwas über den Verbleib der Auswandererfamilie Bauer herauszufinden. Davon erzählte sie dem Pastor nichts, der sie noch zum Armenhaus begleitete und in die Obhut einer Schwester Regina gab, die sich resolut um Agnes kümmerte. In der Nacht schlief sie schlecht. Das lag einerseits an dem übervollen Schlafsaal, in dem sich alle möglichen Geräusche, die Schlafende von sich geben, mit unangenehmen Gerüchen paarten. Andererseits plagten sie wirre Träume, aus denen sie aufschreckte. Sie wurde darin von dem widerlichen Wirtssohn bedroht. Bilder ihrer weinenden Kinder wechselten sich ab mit einem zornigen Kürassier, der, wild mit dem Säbel fuchtelnd, immer wieder von seinem Pferd stürzte. Verschwitzt wachte Agnes schon vor Sonnenaufgang auf. Sie musste ihre Gedanken ordnen. Nur nach und nach legte sich die Angst, die in ihr aufgestiegen war. Lange Zeit lag sie, ihren Gedanken nachhängend, im Bett. Dann war sie froh, als die Tür aufgeschlossen wurde. Sie stand rasch auf und begab sich zur Morgentoilette. Es war ein sehr frischer, fast kalter Morgen in dieser zweiten Oktoberhälfte. Sie fröstelte beim Waschen. Erst nachdem sie sich angezogen und in den Speiseraum gesetzt hatte, fühlte sie sich besser.

Sie bekam wie alle anderen zwei Scheiben dunkles Brot und ein aus warmem Wasser und fetter Milch bestehendes Getränk. Weder das eine noch das andere schmeckten ihr. Doch sie war dankbar, dass sie überhaupt etwas in ihren leeren Magen bekam. Später half sie beim Aufräumen. Sie erledigte weit mehr als das Übliche. So kam sie mit Schwester Regina ins Gespräch.

»Traurig. Eine sehr traurige Geschichte.« Die Schwester nahm Anteil an Agnes' Schicksal. Sie verurteilte sie nicht wegen ihrer Gewalttat, ja, sie empfand das Wegnehmen ihrer Kinder als besonders frevelhafte Tat, die ihr als Mutter angetan worden war.

»Meine Mitschwestern arbeiten zum Teil im Hafen, die meisten aber bei den Baracken. Manche schon jahrelang. Es ist eine verkommene Gegend. Alle möglichen Laster findest du dort vor. Jeder anständige Mensch ruft angesichts dessen nach Gottes Erbarmen. Sodom und Gomorrha haben Einzug bei uns gehalten.«

»Ich bin Ihnen so dankbar für Ihre Hilfe, liebste Schwester. Aber natürlich werde ich auch dort hingehen und jedermann fragen, ob er etwas von einer Familie Bauer mit zwei Kindern weiß. Das müsste doch aufgefallen sein. Eine schwäbische Familie mit einem Zwillingspärchen. Mit etwas Glück müsste sich jemand erinnern.«

»Es werden auch Aufzeichnungen über diejenigen, die auswandern, geführt. Der Hafenmeister hat jedenfalls den Auftrag, über all diejenigen zu wachen, die Hamburg für immer verlassen. Du musst auf jeden Fall auch bei ihm vorsprechen. Ich werde heute Abend meine beiden Mitschwestern Cecilia und Adalberta fragen. Sie sind seit Jahren im Hafengebiet tätig und können dir vielleicht weiterhelfen.«

Wie der Pastor lobte auch Schwester Regina Georg Kerner, der sich als Arzt vorbildlich um die armen Leute kümmerte.

»Er sorgt vor allem für die Frauen. Es heißt, er soll nun auch noch offiziell vom Senat zum Armenarzt bestellt werden. Jetzt haben sogar die Stadtoberen begriffen, was dieser Mann für Verdienste hat. Er gibt Lehrkurse für Hebammen. Auch unsere Schwestern haben von ihm gelernt. Deshalb können die meisten von uns Krankendienste übernehmen. Und bei Entbindungen Hilfe leisten. Das Entbindungswesen lag noch vor wenigen Jahren im Argen. Kerner hat sich wie kein anderer darum gekümmert. Seither sind die Verhältnisse viel besser geworden. Mütter und Neugeborene sterben uns nicht mehr so zahlreich weg, wie das vorher der Fall gewesen ist.«

Dieser Georg Kerner musste ein besonderer Mensch sein, dachte wenig später Agnes auf ihrem Weg zu dessen Haus. Sie war neugierig und aufgeregt zugleich, als sie an die Tür des Hauses mit der Nummer 42 an der Großen Burstah anklopfte. Kerners Frau Johanna Friederike, an deren Rockzipfel sich ein kleines Mädchen mit dem seltsamen Namen Bonafine klammerte, öffnete ihr.

»Ah, ja. Du bist die angekündigte Frau aus Stuttgart. Tritt ein und sei uns willkommen«, sagte Johanna, als sich Agnes schüchtern vorgestellt hatte. Bonafine drückte sich ängstlich an ihre Mutter, die sie schließlich hochhob und beruhigend streichelte. Sie rief nach ihrem Mann. Agnes wurde von ihm ebenfalls freundlich begrüßt. Sein nach wie vor breites Schwäbisch stellte sofort Vertrauen her und schon nach kurzer Zeit saßen sie plaudernd zu dritt am Küchentisch, gerade so, als würden sie sich schon lange Zeit kennen. Agnes erfuhr, dass Georg Kerner als ältester Spross einer angesehenen und obrigkeitstreuen Familie in Württemberg in Ludwigsburg geboren wurde. Als Agnes auf ihren Geburtsort und ihr Aufwachsen in Schwieberdingen zu sprechen kam, war das Eis vollends gebrochen. Es entspann sich ein fast fröhliches Gespräch über die schwäbische Heimat. Allerdings machte Kerner nachdrücklich deutlich, wie wenig er von der Obrigkeit hielt. Er lehnte die Fürstenherrschaft entschieden ab. Schon in jungen Jahren hatte er Württemberg verlassen, sich politisch engagiert und bis zum heutigen Tag träumte er von Freiheitsrechten und einer Veränderung der politischen Verhältnisse.

»Ich helfe dir natürlich. Auf jeden Fall kannst du bei Schwester Regina unterkommen. Sie ist überaus tüchtig und mir unentbehrlich. Falls du länger in Hamburg bleibst, kannst du sie und die anderen Schwestern auch unterstützen. Jede tüchtige Kraft ist uns willkommen. Man wird ja kaum Herr der Lage bei all dem Übel und Elend.«

Agnes sagte herzlich gern zu. Doch bat sie um etwas Zeit. Zunächst wollte sie sich auf die Suche nach ihren Kindern konzentrieren.

»Ja, ja. Natürlich. Du hast hoffentlich Erfolg. Ich spreche die Leute an, die ich in der Stadtverwaltung und beim Senat kenne. Da müsste doch etwas herauszufinden sein. Auswanderer nach Amerika? Dazu noch Zwillinge? Das sollte eigentlich irgendjemandem aufgefallen sein. Oder Unterlagen? Ja, irgendein Schriftstück muss es darüber geben.«

Johanna Friederike griff ermutigend nach Agnes' Hand. Sie drückte sie ein wenig.

»Wir tun, was wir können. Das ist doch grausam und unmenschlich. Deine Kinder – einfach weg. Einer Mutter die Kinder entreißen. Mein Gott! Schlimm! In welchen Zeiten leben wir eigentlich?«

Agnes' Augen wurden feucht. Sie schniefte, fasste sich aber wieder. Kerner meinte:

»Zeiten, in denen die Obrigkeiten solche Untaten vollbringen können. Wenn das nur endlich einmal ein Ende hätte. Aber bleiben wir optimistisch und unverzagt. Und in deinem Fall, liebe Agnes, kümmern wir uns. Du bist jedenfalls nicht allein.«

Der Pastor, Schwester Regina und nun auch Kerner mit seiner Frau – alle wollten ihr helfen. Sie war für diese Unterstützung von Menschen, die ihr gerade noch völlig fremd gewesen waren, dankbar. Herzlich verabschiedete sie sich nach fast zwei Stunden. Kerners eineinhalbjährige Tochter Bonafine hatte längst Zutrauen zu ihr gefasst. Das kleine Mädchen strahlte sie beim Abschiednehmen an und fragte gar in ihrer kindlichen Sprache, ob sie denn wiederkäme. Agnes freute sich über diesen Vertrauensbeweis. Gleichzeitig erinnerte sie sich wehmütig an das Lächeln von Anna und Michael, das sie nun schon seit sechs Jahren vermissen musste.

Nach dem Besuch bei Georg Kerner machte sich Agnes am späten Vormittag auf den Weg in die Hafengegend.

Das Wetter zeigte sich von seiner schlechten Seite. Sie dachte an die gerade beginnende Apfelernte in ihrer Heimat, an die Vermostung der Äpfel, an die damit verbundenen frischen Obstgerüche und an die oft noch warme Herbstluft. In Hamburg vermisste sie all das. Die kalte Luft roch anders, ständig blies ein unguter Wind, der immer wieder Nieselregen mit sich brachte. Von der schönen Stimmung auf den Feldern und den mit Apfel- und Birnenbäumen gesäumten Wiesen, die die Herbstsonne in ein mildes, manchmal gar goldenes Licht tauchte, war hier weit und breit nichts zu bemerken. Agnes spürte auf ihrem Weg zum Hafengebiet mehr denn je Heimweh. Sie empfand Mitleid mit sich selbst, haderte heftig mit ihrem Schicksal und dem Verlust der Kinder. Auf einmal schossen ihr Tränen in die Augen. Sie spürte in diesem nasskalten Hamburg, wie sehr sie Anna und Michael vermisste. Ihre Seele tat ihr weh. Sie musste sich zusammenreißen. Niedergeschlagenheit wollte sie keinesfalls zulassen. Um sich abzulenken, konzentrierte sie sich auf die Umgebung.

Auf ihrem Weg zum Hafen war sie unbewusst in ein Gebiet gelangt, das die Einheimischen nur als ›Hamburger Berg‹ bezeichneten. Weder war Agnes klar, warum die Leute hier von einem Berg sprachen, da sie nach ihrem Verständnis noch nicht einmal einen ordentlichen Hügel sehen konnte, noch wusste sie so recht, wohin sie sich wenden sollte. Wieder sprach sie mehrere Leute an, die ihr aber nur den Weg zum Hafen und zu den Schiffen weisen konnten. Sie kam an Holzbuden vorbei, bei denen die Menschen ein merkwürdiges Treiben veranstaltteten. Sie traf auf Schlangenbeschwörer, Tierbändiger und Bauchredner, aber auch auf viele Betrunkene, die oft genug nicht weniger betrunkene Frauen in ihren Armen hielten. Alle schienen sich amüsieren zu wollen. Agnes schwankte zwischen neugierigem Interesse und Ekel. Es spielten sich am helllichten Tag Szenen ab, die sie überhaupt nicht gewohnt war. Ja, es wäre für sie bis dahin undenkbar gewesen, was sich in aller Öffentlichkeit vor ihren Augen zutrug. Mit verschränkten Armen und gesenktem Kopf wollte sie die anrüchige Gegend so schnell wie möglich verlassen. Sie stand schließlich Hilfe suchend auf einem Weg, der mehr von Hütten denn von Häusern begrenzt war. In einem schmutzigen Areal, das mit Pfützen übersät war, spielten mehrere Kinder. Sie waren genauso verdreckt wie die ganze Gegend. Zerschlissene Kleider, nur eines hatte Schuhe an, die anderen liefen trotz des kalten Wetters barfuß herum. Ungewaschene Gesichter und Hände gab es zuhauf. Manche machten sich einen Spaß daraus, in die Pfützen zu springen und das alte, abgestandene Regenwasser ordentlich spritzen zu lassen. In eine der anderen Pfützen pinkelten zwei der Jungen hinein. Angewidert wandte sich Agnes ab. Hätte sie genauer hingesehen, wäre ihr das Herz stehen geblieben. Einer der urinierenden Jungen besaß langes, verfilztes und fettiges Haar, das ihm bis zu den Schultern reichte. Er pinkelte wohl mit einem Freund um die Wette. Hätte Agnes das ordinäre Schauspiel ein wenig interessierter verfolgt, wäre ihr die Fröhlichkeit der Jungen aufgefallen. Sie hatten ihren Spaß. Als sie bemerkten, wie sich die fremde Frau abwendete und sich mit raschen Schritten entfernte, brachen sie in Gelächter aus. Das hörte Agnes, die aber ihre Schritte beschleunigte, anstatt sich noch einmal nach den Bengeln umzudrehen. Die Jungen zogen ihre zerlumpten Hosen nach getanem Werk hoch. Sie feixten. Anscheinend hatte es zwischen den beiden keinen Sieger gegeben. Sie klopften sich gegenseitig auf die Schultern. Dabei neigte der eine seinen Kopf zur Seite. Das dunkelblaue und violette Feuermal des Sechsjährigen, das sich über den hinteren Teil des Halses erstreckte, sah Agnes nicht. Als sie endlich das Wasser der Elbe und die Schiffe mit ihren beeindruckenden Segeln erblickte, dachte sie noch flüchtig an die beiden Jungen, deren schlechtes Benehmen sie schockiert hatte. Sie erinnerte sich auch deutlich an deren Grinsen und Lachen. Einen Moment hielt sie inne. Sie schaute auf das mächtige Schiff, das nicht mehr weit entfernt am Kai lag. Irgendetwas berührte sie. Sie konnte nicht sagen, was das war. Sie zögerte beim Weitergehen. Beeindruckte sie etwa das Schiff, um das herum etliche andere lagen? Verwirrte sie die ungewohnte Umgebung? Eine innere Stimme wollte ihr etwas sagen. Sie nahm eine ganz eigenartige Gefühlslage wahr. Noch einmal gingen ihr die Jungen durch den Kopf. Sie sah den einen jetzt deutlich vor sich. Sein Lachen, das Gekicher – hatte das etwas zu bedeuten? Agnes schüttelte den Kopf, gerade so, als wollte sie unliebsame Gedanken verdrängen. Sie gab sich einen Ruck und ging weiter die schmale Straße entlang, geradewegs auf das beeindruckende Schiff zu. Wieder kam sie an einer Hafenkneipe vorbei, vor der zwei ziemlich ramponierte Matrosen herumlungerten.

»Na, schöne Frau. Wenn du einsam bist, bist du bei mir gerade richtig.«

Die Matrosen lachten ordinär. Sie konnten nicht sehen, wie Agnes errötete. Ihr war das Geschwätz der Seeleute zutiefst peinlich. Als sie nichts erwiderte, kam einer der beiden auf sie zu.

»Mein Püppchen! Nun geh nicht vorbei, wenn du vorbeigehst.«

Agnes verstand nicht, was der nach Alkohol und Tabak übel riechende Mann sagte. Sie wollte auf die andere Straßenseite wechseln, er packte sie aber an der Schulter.

»Bist du von der feinen Sorte? He! Bist du dir zu fein für uns?«

Der Matrose drückte sie heftig. Er ließ sie nicht weitergehen.

»Bitte. Ich, ich …«

»Ich bin doch auch nur ein einsamer Mann. Und sehne mich nach einem Püppchen wie dir. Wie wäre es denn mit uns beiden?«

Der Matrose umarmte sie. Er roch nach Schweiß, Schnaps und Urin. Agnes wollte sich angeekelt befreien.

»Na, na. Zier dich doch nicht so. Bei mir kannst du noch etwas lernen, Püppchen.«

»Bitte«, entgegnete Agnes. »Bitte, lassen Sie mich los. Ich …«

»Wieso sagst du *Sie* zu mir? So vornehm hat mich in meinem ganzen Leben noch niemand angesprochen. Ich bin Piet. Meine Freunde nennen mich jedoch Muskelpack-Piet. Ich zeige dir, warum.«

Der Mann ließ sie los. Er zog sein schmutziges Hemd aus und zeigte ihr seinen nackten Oberkörper. Dabei demonstrierte er seine Muskeln. Agnes erschrak über diesen halb nackten Mann. Sie wollte rasch weglaufen. Doch setzte ihr der Matrose nach. Er packte sie wieder an der Schulter.

»Nicht so schnell, Püppchen. Wann bekommst du schon einmal so etwas geboten?«

Agnes wurde schwarz vor Augen. Der verschwitzte Oberkörper verströmte einen Geruch, der ihr den Atem nahm. Als sie anfing zu würgen, ließ der Matrose sie los.

»Willst du mich vollkotzen, du dummes Frauenzimmer?« Er gab ihr bei diesen Worten einen heftigen Stoß. Agnes fiel der Länge nach hin. Sie verletzte sich an den Händen und den Knien. Doch rappelte sie sich rasch auf. Der Seemann war jetzt wütend. Er beschimpfte sie mit noch nie gehörten Ausdrücken. Doch setzte er ihr wenigstens nicht nach. Agnes fing an zu rennen. Nur weg von diesem Bösewicht. Er schrie ihr noch eine ganze Weile hinterher. Dann endlich sah und hörte sie nichts mehr von ihm. Agnes lehnte sich an eine Mauer. Sie musste Atem schöpfen und sich beruhigen. An die spielenden und scherzenden Kinder dachte sie schon nicht mehr. Der schlimme Zusammenstoß mit dem Matrosen nahm sie vollständig in Anspruch. Niemals sollte sie erfahren, dass sie ihrem Sohn begegnet war. Nur eine Straßenseite, ein paar Schritte, ein paar Sekunden waren sie getrennt voneinander gewesen. Wie hätte ihr Sohn sie erkennen können? Und doch, sie hatte etwas gespürt. Dieses Gefühl in ihrem Innern. Einen Moment lang gab es so etwas wie ein Zeichen. Doch sie verstand es nicht. Der Augenblick ging vorüber. Was wäre geschehen, wenn sie mehr Zeit auf dieses Gefühl hätte verwenden können? Ihr Unglück war der üble Matrose. Er hatte sie abgelenkt. Eine einmalige Chance löste sich an diesem Nachmittag in Luft auf. Die vom Schicksal herbeigeführte kurze Begegnung blieb ohne Folgen.

Nach dem ekelhaften Zusammenstoß mit dem zudringlichen Seemann besaß sie keine Kraft mehr. Sie kehrte so rasch wie möglich zum Armenhaus zurück. Einfach auf gut Glück loszumarschieren, konnte in dieser Stadt zu sehr unliebsamen Bekanntschaften führen. Diese Lektion hatte sie nun gelernt. Schwester Regina wunderte sich nicht, als Agnes ihr ihr Leid klagte.

»Du hättest nicht allein gehen dürfen. Eine Frau, allein unterwegs, sollte die Gegend meiden.«

»Aber wie soll ich es denn sonst anstellen? Wenn meine Informationen stimmen, müssen die Bauers im Hafen gewesen sein.«

»Ohne Begleitung bist du jedenfalls nicht sicher. Später kommen Schwester Adalberta und Schwester Cecilia zum Abendbrot. Ich werde mit ihnen reden. Das Beste wird sein, du gehst mit ihnen. Sie werden ein Auge auf dich haben. Dann bist du beschützt.«

Genauso kam es dann. Agnes lernte die beiden als ausgesprochen resolute Ordensvertreterinnen kennen. Ihre täglichen Begegnungen mit Laster und Elend hatten sie einiges gelehrt. So gottesfürchtig sie auch waren, sie nahmen kein Blatt vor den Mund. Männern gegenüber traten sie energisch auf. Sie befleißigten sich dabei mitunter einer Ausdrucksweise, über die Agnes zunächst ganz erschrocken war. Mit Schwester Cecilia verstand sie sich von Anfang an besonders gut. Schwester Adalberta hingegen trat ihr reserviert entgegen. Beide wussten über ihre Vergangenheit Bescheid. Das war für die bibelfeste Ordensfrau nicht einfach hinzunehmen. Schwester Regina musste sich sogar von ihr fragen lassen, ob eine Mörderin wirklich diese ganze Unterstützung erfahren sollte. Die nach außen sanfte und überaus freundliche Schwester reagierte ungehalten und herrschte ihre Mitschwester entschieden an:

»Sie ist ein Geschöpf Gottes. Bei allen Fehlern hat sie für ihre Tat gebüßt und uns steht es gut an, ebenso barmherzig zu sein wie unser Herrgott. Unser Orden übt sich seit Jahrhunderten in Nächstenliebe. Muss ich dich extra daran erinnern?«

Adalberta entschuldigte sich zwar nach dieser Belehrung. Aber Schwester Regina entging nicht, wie sie die Lippen zusammenkniff. Ich habe sie keineswegs überzeugt, dachte sie für sich. Sie machte sich aber keine weiteren Gedanken. Für sie stand fest: Agnes musste geholfen werden. Und ob es nun Adalberta passte oder nicht, auch sie hatte dazu ihren Beitrag zu leisten.

Bereits am nächsten Nachmittag konnte Agnes die beiden Schwestern zum Hafengebiet begleiten. Adalberta schwieg die meiste Zeit. Cecilia hingegen erzählte und erzählte. Sie wollte Agnes ein genaues Bild von ihrer Arbeit vermitteln. Zudem überlegte sie das für Agnes beste Vorgehen. Sie spielte mit ihr verschiedene Möglichkeiten durch. Als die drei bei ihrer Unterkunft angekommen waren, hatten sie sich geeinigt. Zunächst wollten sie zum Hafenmeister gehen. Danach standen alle Kneipen und die schäbigen Gasthäuser in der ganzen Umgebung an. Irgendeinen Hinweis würden sie schon aufschnappen. Vielleicht war auch alles einfacher, als sie vermuteten. Da Cecilia Adalbertas Zurückhaltung kannte, bat sie sie, das übliche Tagwerk allein zu verrichten, damit sie Agnes begleiten konnte. Adalberta stimmte gleich zu. Deshalb machten sich Agnes und Cecilia die folgenden Tage auf den Weg. Ihre Hoffnung auf einen raschen Erfolg entpuppte sich jedoch als Illusion. Der Hafenmeister wusste von nichts, gab aber zu bedenken, dass er erst ein Jahr nach dem möglichen Eintreffen einer Familie Bauer in sein Amt gekommen war. Er versprach eine Überprüfung aller Papiere. Zudem wollte er sich in den nächsten Tagen selbst umhören. Vier Tage später, als Agnes und Cecilia keinen Schritt weitergekommen waren, hofften beide, der Hafenmeister hätte etwas in Erfahrung bringen können. Doch musste auch er sie enttäuschen.

»Womöglich sind sie doch nicht nach Hamburg gekommen. Von hier aus brechen sowieso wenig Menschen in ein neues Leben auf. Bremen! Wahrscheinlich sind sie in Bremen oder, noch weiter entfernt, in Rotterdam oder gar in Le Havre auf ein Schiff gegangen. Dorthin solltet ihr euch einmal wenden. Vor allem nach Bremen.«

»Wenn ich hier nicht weiterkomme, werde ich Ihren Rat beherzigen. Aber erst muss ich mir sicher sein, dass die Bauers nicht im Hamburger Hafen gewesen sind.«

»Eine schwäbische Familie wäre allein durch die Sprache aufgefallen. Und dann noch zwei kleine Kinder, Zwillinge gar. Das hätte doch irgendjemandem in Erinnerung bleiben müssen.«

»Wir haben etwa ein Drittel der möglichen Unterkünfte besucht. Es stehen noch etliche aus. Erst wenn wir diese abgeklappert haben, sollten wir über Bremen nachdenken.«

Schwester Cecilia wollte ebenfalls noch nicht aufgeben. »Habt ihr denn gar nichts in Erfahrung bringen können? Einen einzigen Hinweis wenigstens?«

»Ich kenne alle Schiffer, alle Wirte und selbst die meisten, die hier einer Arbeit nachgehen, sind mir nicht fremd. Die letzten Tage habe ich jeden nach der Familie befragt. Sogar bei der Hafenpolizei bin ich gewesen. Nichts, gar nichts ist dabei herausgekommen.«

Nach diesem Gespräch machten sich die beiden Frauen verzagt auf den Rückweg. Agnes war deprimiert. Aber sie wollte keinesfalls die Flinte ins Korn werfen. Da Schwester Adalberta einige Tage lang die Hilfe von Cecilia benötigte, ging fast eine ganze Woche ohne weitere Suche dahin. Agnes half den beiden Schwestern bei ihrer Arbeit. Sie staunte über deren Leistungen. Sie bekochten die Ärmsten der Armen, machten Krankenbesuche und pflegten alte, ausgemergelte Matrosen, deren Anblick Agnes am Anfang entsetzte. Sie hatte sich das Elend, das sich hinter den Mauern mancher alten Kate verbarg, nicht vorstellen können. Agnes kam in dunkle, stinkende Räume, in denen tagelang menschliche Ausscheidungen nicht entfernt worden waren. Sie betrat Zimmer, in denen Mäuse und Ratten, erschrocken über die Störung, wild hin und her huschten. Doch Agnes half, so gut es ihre Kräfte erlaubten. Adalberta zeigte ihr, wie sie beim Reinigen und Säubern der eitrigen und entzündeten Wunden der armen Menschen vorzugehen hatte. Es schien, als würde sie langsam ihre Meinung ändern. Sie sprach endlich mit Agnes, instruierte sie genau und lobte sie gar, weil sie offensichtlich geschickt zu Werke ging.

Agnes freute sich, dass sie mit ihrer Arbeit Schwester Adalberta anscheinend für sich ein wenig hatte einnehmen können. Gleichzeitig bewunderte sie aufrichtig die harte Arbeit der Schwestern. Die Erlebnisse dieser Tage ließen Agnes in den Nächten wieder wirr träumen. Im Halbschlaf ängstigte sie sich vor allen möglichen Gestalten, die sie wie Gespenster malträtierten. Als sie eines frühen Morgens aufstand, hatte sie zunächst Kopfschmerzen. Jedoch froh darüber, dass die Nacht vorüber war, machte sie sich an die Morgentoilette. Sie warf sich das in einer Schüssel bereitstehende kalte Wasser ins Gesicht. Das erfrischte sie. Einen Moment lang fühlte sie sich besser. Der Kopfschmerz ließ nach. Sie ging auf den Hof hinaus, wo sie das Aborthäuschen aufsuchen wollte. Auf dem Weg überfiel sie erstmals eine Übelkeit, die ihr augenblicklich bekannt vorkam. Agnes hielt inne und erschrak. Schließlich war auch ihre Regel ausgeblieben, was sie schon seit Tagen beunruhigte. Zunächst hoffte sie noch, sich zu täuschen. Aber die nächsten Tage bestätigten, was Agnes schon ahnte. Morgen für Morgen kam die Übelkeit wieder. Schon am dritten Tag musste sie darauf achten, dass niemand etwas von ihrem Zustand bemerken würde. Ihr Liebesakt mit Manfred von Homagen war nicht ohne Folgen geblieben. In ihrem Leib wuchs ein Kind heran.

HAMBURG – NOVEMBER/DEZEMBER 1806

Agnes blieb die sich in der Stadt verbreitende Aufregung nicht verborgen. Es hieß schon einige Tage, die Franzosen würden Hamburg besetzen. Vor allem die Kaufleute befürchteten das Schlimmste. Seit Jahren blühte der Handel, viele Handelshäuser hatten ihren Sitz in diese große Stadt verlegt. Insbesondere die Handelsbeziehungen mit England brachten Wohlstand für viele Menschen. Hamburg war in den letzten zehn Jahren der wichtigste Hafen auf dem Festland geworden. Napoleons Aufstieg beeindruckte die Stadtoberen. Sie hatten in weiser Voraussicht bereits 1804 Hamburgs Neutralität unterstrichen und hofften auf Schonung. Doch Napoleons Machthunger konnte nicht gestillt werden. Aus sicherer Entfernung beobachtete Agnes am 19. November 1806 den Einmarsch von 2600 Soldaten in Hamburg, die unter dem Befehl von Marschall Mortier standen. Hamburg geriet mit diesem Tag unter französische Fremdherrschaft. Vom ersten Tag an bürdeten die neuen Herrscher der Stadt und ihrer Bevölkerung enorme Lasten auf. Agnes hoffte, mit all dem nicht viel zu tun zu haben. Doch wunderte sie sich schon darüber, wie oft bereits der französische Kaiser und dessen Soldaten in ihrem Leben eine Rolle gespielt hatten. Immer wieder, ob im Gefängnis in Ludwigsburg, bei ihrer Begegnung mit Major von Homagen und jetzt wieder in Hamburg. Seine Politik sollte allerdings nun auch ihr Leben massiv beeinflussen.

Eine Woche nach dem Einmarsch der Franzosen gab es kaum einen Hamburger, der deren Anwesenheit nicht beklagte. Die fremden Truppen fügten der Stadt und ihren Bewohnern enorme Schäden zu. Vor allem die für die Hamburger überaus wichtigen Beziehungen zu England erfuhren schwerwiegende Einschnitte. Napoleon hatte bislang die stolzen Engländer nicht besiegen können. Nun war er auf den Gedanken verfallen, England wirtschaftlich in die Knie zu zwingen. Daher befahl der französische Kaiser in seiner Unterjochungsgier eine Unterbindung von jeglichem Handelsverkehr mit England. Sollte ein europäischer Staat des Festlandes dagegen verstoßen, musste er mit wüsten Reaktionen der französischen Besatzer rechnen. So war der Warenaustausch mit England bei massiver Strafandrohung vollkommen untersagt. Diese alsbald ›Kontinentalsperre‹ genannte Maßnahme fügte dem Handel ungeheuren Schaden zu. Manche Hamburger Kaufleute erlebten den Niedergang ihrer Geschäfte in kürzester Zeit. Ihre Beschäftigten und deren Familien wurden in diesen Strudel hineingezogen und verarmten mehr und mehr.

Auch Agnes sollte die Folgen dieser Politik zu spüren bekommen. War ihre Suche nach dem Verbleib der Familie Bauer und deren Kinder wochenlang ergebnislos verlaufen, erhielt sie am Nachmittag eines völlig verregneten Novembersonntags vom Hafenmeister einen entscheidenden Hinweis. Der Mann behandelte Agnes inzwischen mit Respekt. Sie hatte sich in der Umgebung des Hafens als Helferin der beiden Schwestern einen Namen gemacht. Tatkräftig packte sie an, wo immer Not gelindert werden konnte. Dankbar berichteten die von ihr betreuten Matrosen und alten Menschen über ihre segensreiche und mitfühlende Unterstützung. Agnes Stellrecht hatte sich in kurzer Zeit einen hervorragenden Ruf als Krankenpflegerin erarbeitet. Vor allem die Unterweisungen Georg Kerners, der sich viel Zeit für Agnes' Fortschritte in der Krankenpflege nahm, zeigten Wirkung. Längstens wagte es auch niemand mehr, sie anzupöbeln und zu beleidigen. Wie die Ordensfrauen Cecilia und Adalberta genoss sie einen besonderen Schutz und wenn ihr überhaupt etwas Unangenehmes widerfahren wäre, hätten die Menschen sie sogleich verteidigt.

»Kapitän Börnsen ist vor zwei Tagen eingelaufen. Er liegt mit seinem Schiff fürs Erste im Hafen fest. An eine Ausfahrt ist nicht mehr zu denken, solange die Franzosen die Sperre gegenüber England aufrechterhalten. Dabei bringt Börnsen Auswanderungswillige seit Jahren auf die Insel, wo sie ein Schiff in Richtung Amerika besteigen können.«

»Sie meinen, dieser Kapitän Börnsen wüsste vielleicht etwas über die schwäbische Familie?«

»Ich kann das sogar mit Sicherheit sagen. Vorgestern Abend, nachdem er seine ›Augustine‹ festgemacht hatte, kam er zu mir wegen verschiedener Formalitäten. Ich habe ihn dann wie alle anderen nach einer Familie Bauer und deren Zwillingen gefragt.«

»Hat er tatsächlich etwas sagen können?« Agnes wurde ganz aufgeregt.

»Börnsen erinnerte sich nicht sofort. Aber dann schien ihm alles wieder einzufallen. Ein anderer Kapitän hatte seiner Meinung nach ein Ehepaar Bauer aus dem Württembergischen an Bord genommen. Jedoch nur mit einem Kleinkind. An Zwillinge kann er sich nicht erinnern. Die Sache hat aber einen Haken. Dieser andere Kapitän ist offenbar ein Gauner gewesen. Schon seit Jahren hat ihn niemand mehr im Hamburger Hafen gesehen. Kein Mensch weiß, wo er sich aufhält. Wenn er überhaupt noch lebt! Er hat sich jedenfalls aus dem Staub gemacht.«

Agnes' Erregung wuchs. Zwar konnte nicht ausgeschlossen werden, dass es sich gar nicht um die von ihr gesuchte Familie handelte. Zudem nur ein Kind? Was hatte das zu bedeuten? In Agnes kroch die Angst hoch, eines ihrer beiden Kinder könnte womöglich verstorben sein.

»Ich muss so schnell wie möglich selbst mit ihm sprechen. Wie finde ich ihn denn?«

»Am besten, du gehst auf sein Schiff. Die ›Augustine‹ liegt nicht weit von hier entfernt. Du kannst sie nicht übersehen. Ab dem Spätnachmittag wirst du Börnsen allerdings eher in einer Hafenkneipe antreffen. Meistens vertreibt er sich dort die Zeit.«

Agnes musste nicht lang überlegen. Zunächst galt die Erfüllung ihrer Verpflichtungen bei zwei sehr einfach lebenden Familien. Sie half ihnen beim Saubermachen, bei der Wäsche und bei der Pflege ihrer bettlägerigen Angehörigen. Danach schaute sie nur kurz bei Adalberta und Cecilia vorbei. Sie informierte die beiden über die Neuigkeiten und machte sich danach rasch auf den Weg zur ›Augustine‹.

»Hallo, hallo! Darf ich an Bord kommen?«

Auf Agnes' mehrfaches Rufen erfolgte keine Antwort. Das Schiff lag fest vertäut am Pier. Kein Mensch war auf ihm zu sehen. Nur der Geruch von Bratenfett lag in der feuchten, unangenehmen Luft, als sie den Fuß auf das große Segelschiff setzte. Vorsichtig machte sie ein paar Schritte auf eine Kajüte zu. Es dämmerte bereits. Sie spähte angestrengt durch die matten Fenster. Doch offensichtlich befand sich niemand darin. Sie drehte den Türknauf. Die Tür war fest verschlossen. Möglicherweise sitzt der Kapitän bereits in seiner Stammkneipe, ging es Agnes durch den Kopf. Sie wollte jedoch noch nicht aufgeben. Der Fettgeruch, der immer wieder einmal herangeweht wurde, wies darauf hin, dass sich irgendjemand doch wohl ein Essen zubereiten musste. Sie umrundete die Kajüte, ging zum Vordeck und bemerkte dort Stufen, die in den Schiffsrumpf hinunterführten. Sie klopfte an die hölzerne Wand, rief wieder und wieder und lauschte dann jedes Mal auf eine mögliche Reaktion. Nichts geschah zunächst. Erst als sie am Ende der glitschigen Stufen angelangt war, wurde mit einem Mal eine Tür aufgerissen.

»Wer stört?«, wollte der bärtige, ungepflegte Mann mit harscher Stimme wissen. Agnes erschrak. Sie musste sich kurz besinnen. Der Seemann stand trotz des schlechten Wetters mit nacktem, stark behaartem Oberkörper vor ihr. In der rechten Hand hielt er ein Messer mit langer Klinge. Sein Blick besaß nichts Einladendes.

»Ich bin Agnes Stellrecht«, stellte sie sich vor. »Der Hafenmeister empfahl mir einen Besuch bei Kapitän Börnsen.«

Augenblicklich hellte sich die Miene des Mannes auf. Sein Auftritt schien ihm gar peinlich. Er versuchte so etwas wie eine Verbeugung.

»Ah! Natürlich. Bitte um Nachsicht. Ich weiß, wer du bist.« Kaum hatte er den Satz beendet, drehte sich Börnsen um und verschwand im Inneren der Kabine. Agnes zögerte. Sollte sie ihm einfach nachgehen? Oder war es besser, sie würde vorerst abwarten? Sie wog noch ab, als Börnsen zurückkam. Er zog sich einen dicken Pullover über den Kopf. Das Messer musste er weggelegt haben. Freundlich bat er Agnes herein. Sie betrat einen engen, dunklen Flur, an dessen Ende die Tür zu einem Zimmer führte, das der Kapitän wohl als Küchen- und Schlafraum nutzte. Es roch streng nach verbranntem Fett. Das in der Außenwand eingelassene Bullauge war fest geschlossen und der vom Braten zweier Fische entstandene Dampf und Rauch konnte sich so gut wie nicht nach draußen verflüchtigen. Agnes versuchte, den penetranten Geruch zu ignorieren, für den sich Börnsen ebenfalls entschuldigte.

»Deine Geschichte ist abenteuerlich. Wenn das alles stimmt, was mir der Hafenmeister erzählt hat, hast du zwar ordentlich etwas auf dem Kerbholz, aber auch einiges durchgemacht, was man niemandem wünschen möchte.«

Agnes antwortete nicht sofort. Ihr war es peinlich, dass der Kapitän offensichtlich gut über sie Bescheid wusste.

»Bei mir musst du dich nicht genieren«, fing Börnsen an, gerade so, als hätte er ihre Gedanken erraten. »Es geschehen eben Dinge zwischen Himmel und Erde, die verstehen wir nicht. Und ich maße mir kein Urteil an. Du kannst also unbesorgt sein.«

Agnes entspannte sich ein wenig. So düster und wenig einladend die Umgebung schien – die enge, dunkle, ungelüftete Kajüte, die niedrige Decke, dazu alles unaufgeräumt –, durfte sie sich nicht in dem aufgeschlossenen Seemann täuschen, der offenbar mit einer eher heiteren und großzügigen Einstellung seinen Mitmenschen gegenübertrat.

»Womit kann ich dir dienen?«

Agnes fasste sich vollends. »Es geht um meine Kinder. Sie sind mir vor mehr als sechs Jahren weggenommen worden. Seither saß ich im Zuchthaus. Nachdem ich freikam, konnte ich in Erfahrung bringen, dass sie anscheinend von einer schwäbischen Auswandererfamilie aufgenommen worden sind, die sich wahrscheinlich von Hamburg zu einer Überfahrt nach Amerika einschiffte. Bauer heißen die Leute. Mehr weiß ich leider nicht.«

»Mmh. Das ist schon ein Ding. Um Zwillinge soll es sich handeln? Der Hafenmeister sprach von einem Mädchen und einem Jungen.«

Agnes bejahte. Börnsen rieb sich mit seiner rauen Hand die kräftigen Bartstoppeln an seinem Kinn. Er kniff den Mund zusammen, ehe er zu sprechen begann.

»Das mit den Zwillingen macht es schwer. Mmh. Ich entsinne mich schon an einige Ehepaare aus dem Schwäbischen. An ein Zwillingspärchen erinnere ich mich allerdings nicht. An einzelne Kinder schon. Auch an manchen Säugling. Aber Zwillinge? Nein. Da fällt mir gar nichts ein.«

Die Antwort versetzte Agnes einen Stich. Wieder kroch die Angst in ihr hoch, eines ihrer Kinder könnte womöglich die Reise nach Hamburg nicht überlebt haben. Börnsen bemerkte ihre nachdenklich-erschrockene Haltung.

»Ich würde dir herzlich gern etwas Besseres sagen. Aber nachdem der Hafenmeister mich auf dein Schicksal angesprochen hatte, habe ich meine Schiffstagebücher zur Hand genommen. Sie sind nicht alle von mir. Eines gehörte einem Kapitän Federsen. Ein übler Bursche. Hat hier im Hafen oft genug für Ärger gesorgt. Jetzt ist er schon seit vielen Jahren verschwunden. Vor wenigen Jahren hat mir der Hafenmeister von Southampton dessen Schiffstagebuch zu treuen Händen übergeben. Federsen verschwand dort bei Nacht und Nebel. Es heißt, er habe seinen Kahn angezündet und sich dann aus dem Staub gemacht. Im besagten Jahr finde ich vier Paare, die mit einem Kind nach Southampton übergesetzt sind. Namen sind leider nicht notiert. Es steht nur der erste Buchstabe des Namens da. Hier, sieh selbst.«

Bei diesen Worten schob er ihr ein in einen schwarzen Einband eingelegtes, abgenutztes Heft zu. Agnes studierte es sorgfältig. Im Jahr 1800 fanden sich vier Paare, die jeweils mit einem Kind die Seefahrt über den Atlantik auf sich genommen hatten. Bei einem stand der Großbuchstabe B dabei, mehr war aber den knappen Aufzeichnungen nicht zu entnehmen. Agnes fasste sich. Sie unterdrückte ihre Aufregung.

»Dieses *B* könnte doch für *Bauer* stehen? Sie erinnern sich nicht, oder vielleicht doch? Bauer, ein Ehepaar aus dem Württembergischen?«

»Du kannst ruhig Knut zu mir sagen. Ich bin nicht so ein Vornehmer und mit den meisten stehe ich auf Du und Du.«

»Ja, danke. Also, Knut. Wie gesagt, eben aus Schwaben, aus Württemberg.«

»Leider. Tut mir wirklich leid. Aber da bekomme ich nichts zusammen.«

Bei diesen Worten hatte Börnsen das Heft selbst in die Hand genommen. Mit seinen dicken Fingern blätterte er die Seiten hin und her. Resignierend schüttelte er nach einer Weile den Kopf.

»Leider«, wiederholte er sich. »Ich würde dir gern etwas Günstigeres sagen.«

Agnes dachte angestrengt nach. Nur das große B bot eine Spur. Aber weil nur ein Kind verzeichnet war, musste sie gleichzeitig an das Schlimmste denken. Vielleicht war eines ihrer Kinder längst tot? Doch diesem quälenden Gedanken wollte sie keinen Raum geben. Sie suchte nach anderen Lösungen. Womöglich hatten sie den Jungen oder das Mädchen weggegeben? Oder nur ihre Tochter oder nur ihren Sohn adoptiert? Sie dachte daran, sich noch einmal in Stuttgart zu vergewissern. Wer wusste schon, ob ihr, der Zuchthäuslerin, die ganze Wahrheit gesagt worden war? Aber wie sollte sie das anstellen? Sie war schließlich des Landes verwiesen. Noch viele Jahre lang durfte sie dorthin nicht zurückkehren. Der Schiffskapitän versuchte, Agnes zu trösten. So grobschlächtig der Seebär auch daherkam. Er spürte doch die Sorge, die Agnes umtrieb und quälte. Gern hätte er geholfen. Doch alles, was er wusste, hatte er ihr mitgeteilt.

Agnes konnte in dieser Nacht wieder einmal nicht schlafen. Sie lag auf ihrer Pritsche im Schlafraum von Cecilia und Adalberta. Fast zwei Stunden lang hatten die drei Frauen miteinander gesprochen und diskutiert. Alle möglichen Spekulationen wurden angestellt. Doch keine von ihnen kam auf die Idee, bei der Stadtverwaltung genauer nachzuforschen, ob dort jemandem etwas vom Schicksal der Zwillinge bekannt war. Schließlich hielten sich Auswanderungswillige ausschließlich in der Hafengegend auf. Was hatte die Stadtverwaltung schon damit zu tun? Entweder sie hinterließen im Hafen oder auf den Schiffen Spuren oder ihr Schicksal verlor sich. Niemand hätte dann sagen können, was aus ihnen geworden war. In dieser schlaflosen Nacht wog Agnes ihr weiteres Vorgehen ab. Das Beste wäre eine Reise nach Amerika. Dort hätte sie über den Verbleib einer Familie Bauer nachforschen und mit viel Glück diese auch ausfindig machen können. Damit hätte sie dann Gewissheit. Dem standen jedoch zwei Bedenken entgegen. Erstens fehlte es ihr an Geld. Auch wenn sie sich mit dem, was ihr Manfred von Homagen gegeben hatte, hier noch eine Weile über Wasser halten konnte, reichte es niemals aus für eine Überfahrt nach Amerika. Dazu kam ihre Schwangerschaft. Sie war sich in der Zwischenzeit ganz sicher. Mit niemandem hatte sie bislang darüber gesprochen. Eine mit Sicherheit sehr beschwerliche Reise in ein unbekanntes Land anzutreten, wäre für sie und das ungeborene Kind zu gefährlich. Als sie im Morgengrauen in einen unruhigen Halbschlaf fiel, wurde sie wieder von wüsten Träumen geplagt. Ständig tauchte dabei Manfred von Homagen auf, der schrie und klagte. Er sah ganz abgezehrt, ja zerlumpt aus. Agnes erwachte voller Angst. Sie musste sich erst einmal sammeln und beruhigen, ehe sie aufstand. Tatsächlich waren aber auch alle Meldungen zurzeit sehr besorgniserregend. Sie brauchte sich über die alarmierenden Traumbilder nicht zu wundern. War doch mit der Anwesenheit der Franzosen in der Stadt endgültig deren Sieg über die Preußen bestätigt worden. Die Preußen hatten eine furchtbare Niederlage erlitten. Mehr und mehr verbreiteten sich alle möglichen Geschichten über deren herbe Verluste. Die preußische Armee hatte dem Franzosenkaiser offenbar nichts entgegensetzen können. Es hieß sogar, der preußische König sei nach Ostpreußen geflüchtet und müsse um sein Königreich fürchten. Die Sorge um Manfred quälte sie ebenso sehr wie die Frage, wie sie sich jetzt entscheiden sollte.

Am übernächsten Tag fielen die ersten Schneeflocken. Das kalte Wetter zwang die Menschen längst zum Anziehen dicker Mäntel. Wer nicht unbedingt draußen einer Arbeit nachgehen musste, hielt sich in den Häusern auf. Der Beginn des Winters verschärfte noch die Armut. Da der Handel im Hafen wegen der französischen Politik annähernd versiegte, standen Hunderte und Tausende Tagelöhner, Gelegenheitsarbeiter, aber vor allem auch Matrosen und alle möglichen sonstigen Seeleute vom Bootsmann bis zum Harpunier vor dem Nichts. Stand Hamburg gerade noch in wirtschaftlicher Blüte, verkümmerte wie von böser Zauberhand berührt das Wirtschaftsleben. Die Schiffe im Hafen dümpelten vor sich hin. Die französischen Besatzer kontrollierten streng die Kontinentalsperre und ahndeten Verstöße oder die zunehmenden Schmuggelgeschäfte mit drakonischen Strafen. Die sowieso arme Bevölkerung des Hamburger Bergs musste besonders unter den schlechten Bedingungen leiden. In diesem Gebiet südlich der Reeperbahn und in Richtung der dänischen Stadt Altona ballte sich ein Elend zusammen, dem kaum beizukommen war. Die Verkommenheit und das Elend des Viertels ignorierend, versah Agnes ihren Dienst für die Bewohner, die äußerst dankbar waren. Die oft genug ungehobelten, übel beleumdeten Matrosen respektierten sie. Ziemlich mit den Kräften am Ende, wollte sie am Nachmittag die Michaeliskirche aufsuchen und dort mit Georg Kerner und den Schwestern zusammentreffen. Sie ging trotz des kalten Wetters nicht allzu schnell, weil sie sich abgespannt und müde fühlte. Die an einem solchen Tag fast menschenleere Promenade am Spielbudenplatz ließ sie hinter sich. Nur noch eine kurze Strecke bis zum Millerntor. Sie bewegte sich in Höhe der erst vor eineinhalb Jahren abgetragenen Wallanlagen. Der ›Trichter‹ schob sich in ihr Gesichtsfeld. Dieser runde Holzpavillon vor dem Millerntor war ebenfalls erst vor einem Jahr errichtet worden und fast unverzüglich zu einem Ort des bürgerlichen Freizeitlebens geworden. Der ›Trichter‹ bot seinen Gästen Kaffee und andere Erfrischungen. Sogar Zeitungen und Tagesblätter waren ausgelegt. Die Gäste nutzten diese Angebote reichlich. Keine 50 Schritte vom Eingangsbereich des ›Trichters‹ entfernt, hielt sie schockiert inne. Konnte es tatsächlich sein oder hatte sie sich getäuscht? Ihre Gedanken fingen zu rasen an. Doch, er war es gewesen. Bestimmt. Oder spielte ihr die Erinnerung einen Streich? Agnes ging langsam weiter. Noch einmal blieb sie grübelnd stehen. Das Gesicht! Nein, sie täuschte sich nicht. Sie hatte ihn gesehen. Je überzeugter sie wurde, desto aufgeregter rasten ihre Gedanken. Sie stand vor der Eingangstür. Noch zögerte sie. Wenn sie eintreten würde, fiel sie mit Sicherheit auf. Es kam äußerst selten vor, dass eine Frau allein den Holzpavillon betrat. Agnes schaute sich um. Am liebsten wäre es ihr gewesen, wenn sie jemanden bei sich gehabt hätte. Sie war auf sich allein gestellt. Und sie hatte den jungen Geesthacht erkannt, den Wirtssohn, der sie überfallen, schwer verletzt und ausgeraubt hatte.

Agnes griff nach der Türklinke. Ihr Herz schlug mächtig. Geesthacht war vor nicht einmal zwei Minuten in den ›Trichter‹ eingekehrt. Sie überlegte, wie sie sich verhalten sollte. Ihr Zögern lohnte sich. Zwei Seeleute erschienen im Eingang des Millerntores. Sie sangen fröhlich einen ordinären Refrain. Als sie ihrer gewahr wurden, hielten sie sich zurück, begrüßten Agnes überschwänglich. Es waren die Brüder Bohn, deren Eltern sie in den letzten Wochen schon mehrfach versorgt und gepflegt hatte. Agnes grüßte zurück, fasste sich ein Herz und fragte, ob sie ihr helfen könnten, einen gemeinen Verbrecher dingfest zu machen. Einen Augenblick lang blickten Werner und Alfred Bohn ungläubig. Sie erzählte in wenigen Sätzen, was ihr widerfahren war und dass der Übeltäter jetzt im ›Trichter‹ saß. Als die Brüder die Situation begriffen hatten, sahen sie eine Unterstützung als Ehrensache an. Sie wollten Agnes, der sie ohnehin dankbar waren, ohne Zögern zu ihrem Recht verhelfen.

Agnes trat mit Alfred ein. Sie musste sich kurz orientieren. Dann ging sie nach rechts den halbrunden Gang entlang. Am vierten Tisch hielt sie inne. Der dort allein sitzende Mann starrte sie an. Es schien nicht sicher, ob er sie gleich erkannt hatte. Agnes zog sich ihre Mütze vom Kopf und wickelte den Schal vom Hals. Erschreckt stand Geesthacht mit einem Ruck auf. Dabei warf er sein Glas um. Es zersplitterte auf dem Boden. Alle Gäste wurden aufmerksam.

»Du Verbrecher! Habe ich dich doch gefunden!«

Agnes deutete vehement auf den Übeltäter.

»Ich kenne dich nicht. Was redest du daher, du verdammtes Weib?«

»Du weißt ganz genau, wer ich bin. Einen Gauner wie dich vergisst man nicht. Du Lump hast mir Gewalt angetan und mein ganzes Geld gestohlen.«

Mehrere Gäste waren näher gekommen. Auch der Wirt, einen Knüppel in der Hand haltend, trat heran.

»Du Luder! Sie lügt. Sie ist eine verfluchte Lügnerin!«

Geesthacht richtete sich bedrohlich auf. Alfred schob Agnes ein wenig zur Seite.

»Pass auf, Junge. Wenn du noch ein Wort verlierst, drehe ich dir den Hals um.«

Kaum hatte Alfred die Drohung ausgesprochen, zog Geesthacht ein Messer aus seinem Hosenbund. Blitzschnell stieß er zu. Er verletzte Alfred an der Hand. Alles ging nun furchtbar schnell. Der Matrose warf sich schützend auf Agnes, da Geesthacht auch sie attackieren wollte. Er fing einen Stich ab. Das Messer drang tief in seinen Oberarm ein. Zum Glück war der Wirt in diesem Augenblick herbeigestürzt. Er schlug zweimal mit seinem Knüppel nach Geesthacht. Die Schläge streiften den Verbrecher zwar nur am Rücken. Doch verhinderten sie weitere Angriffe. Geesthacht machte sich davon. Am Ausgang stellte sich ihm Werner in den Weg, der aber zurückweichen musste, als Geesthacht wild mit dem Messer auf ihn einstach. Sein verletzter Bruder und der Wirt stürmten zwar noch hinterher. Doch konnte Geesthacht ins Freie gelangen. Er entkam, seinen Mantel und seine Kopfbedeckung zurücklassend. Im Lokal waren die Gäste außer sich. Entsetztes Geschrei angesichts der brutalen Messerstecherei und aufgeregtes Durcheinanderrufen machten es zu einem Tollhaus. Nur der Wirt und die beiden Brüder nahmen die Verfolgung auf. Zwei andere Gäste riefen vor dem Lokal laut nach der Polizei. Agnes saß schockiert auf einer Bank. Dank des Eingreifens Alfreds, der sie jedoch bei der Abwehr Geesthachts unsanft zu Boden geworfen hatte, war ihr nichts geschehen. Sie spürte aber eine von Angst und Aufgeregtheit ausgelöste Übelkeit. Bleich und zittrig am Tisch sitzend, spürte sie ein Ziehen in ihrem Bauch. Sie schluckte mehrmals, bat um einen Becher Wasser und versuchte, einen Brechreiz zu unterdrücken. Ein Ehepaar, das gerade noch friedlich und entspannt am Tisch gegenüber gesessen und ihr heißes Getränk an diesem kalten Tag genossen hatte, kümmerte sich um sie. Schluckweise trank sie das Wasser. Ihr wurde besser, die Übelkeit ließ nach. Dann kamen zwei französische Soldaten, ihnen folgten gleich darauf zwei weitere. Sie mussten die Situation erst einmal erfassen. Einer von ihnen beherrschte die deutsche Sprache, er übersetzte für seine Kameraden. Aufgeregt schilderten die Gäste in einem wilden Durcheinander, was geschehen war. Nachdem auch Agnes ihre Aussage gemacht hatte, verließen drei von ihnen rasch den ›Trichter‹. Einer blieb bei Agnes zurück. Nach und nach tauchten weitere Soldaten, aber auch Polizisten auf. Die meisten verschwanden rasch wieder in Richtung Michaeliskirche. Ein französischer Offizier hatte wie von selbst das Kommando übernommen. Capitaine Lagarde befahl die Jagd auf den Übeltäter, der durch das Millerntor in Richtung der Hamburger Neustadt geflüchtet war. Werner, Alfred und der Trichterwirt hetzten noch immer dem Flüchtenden hinterher. Der Wirt konnte nur noch im Schritttempo vorankommen, da ihm die Puste ausgegangen war. Jedoch vermochte er den nacheilenden Soldaten und Polizisten den Fluchtweg zu zeigen. Am Ende der Mühlenstraße bog Geesthacht zunächst nach links in die Schlachterstraße ab. Sein Vorsprung verkürzte sich aber bereits. Die beiden Matrosen ließen sich nicht abschütteln. Selbst der verletzte Alfred rannte, was das Zeug hielt. Der Messerstecher ahnte, dass er nicht entkommen konnte, wenn er auf offener Straße blieb. Er erreichte den Platz des Großen Neumarktes, besann sich einen Moment, drehte sich nach seinen Verfolgern um, schlug einen Haken und spurtete nach rechts in ein Gässchen, von dem aus er in kürzester Zeit zur Michaeliskirche gelangte. Er schnaufte schwer, langsam ging auch ihm die Luft aus. Wieder hörte er die Matrosen rufen, die ihm auf den Fersen blieben. Er umrundete die Kirche zur Hälfte, dann sah er den Weg zu seiner vermeintlichen Rettung. Er tauchte in den Brettergang von St. Michaelis ein. Die alten Häuser standen in diesen schmalen, schmutzigen

Gassen eng aneinander. Die einsetzende Abenddämmerung ließ die Gänge noch dunkler erscheinen, als sie es sowieso schon waren. Er trat mehrfach in glitschigen Unrat. Ein Haufen Hundekot spritzte auseinander, als er in vollem Lauf darauf trat. Zwei junge Männer kamen ihm entgegen und wollten ihm nicht ausweichen. Sie schienen sich bereits auf einen unvermeidlichen Zusammenstoß zu freuen. Ihr Grinsen verriet, dass sie sich sicher waren, diesem unbekannten Mann, der in diesem Viertel nichts zu suchen hatte, eine Abreibung zu verpassen. Erschrocken sprangen sie zur Seite, als Geesthacht, mit dem Messer fuchtelnd, auf sie zustürzte. Kaum war er an ihnen vorbei, sprang ihn ein verlauster Hund an, der plötzlich aus einem dunklen Eingang auftauchte und ihn mit wütendem Gebell attackierte. Der Köter biss ihn in den Oberschenkel. Ein gewaltiger Schmerz durchzuckte ihn. Reflexartig stieß er mit dem Messer nach unten. Es drang hinter dem Ohr des Hundes in dessen Genick ein. Ein grelles Aufjaulen war die Folge, das Tier ließ augenblicklich los und taumelte über den verschmutzten Boden. Geesthacht sah, mühsam weiterhumpelnd, nicht mehr, wie der Hund nach wenigen Schritten zusammenbrach und liegen blieb. Werner und Alfred tauchten in einiger Entfernung auf. Geesthacht konnte wegen seiner Verletzung nicht mehr rennen. Er musste kurz überlegen. Dann stieß er eine nur angelehnte Haustür auf und verschwand in einem bestialisch stinkenden, fast vollständig dunklen Flur. Er zitterte vor Angst und Schmerz, tastete die Wände ab und erreichte einen steilen Treppenaufgang. Ihm blieb gar nichts anderes übrig, als die Stiegen hinaufzusteigen.

Doch hatte er dabei alle Mühe mit dem von dem Hundebiss verletzten Bein. Als die Haustür wieder aufgestoßen wurde, wusste er, dass seine Verfolger ihn entdeckt hatten. Auch diese mussten sich erst einmal an die Dunkelheit gewöhnen. Gleich darauf kamen weitere Personen hinzu. Geesthacht ahnte die Aussichtslosigkeit seiner Flucht. Er resignierte und wollte sich ergeben. In dem engen Flur drängten sich in der Zwischenzeit nicht nur Werner und Alfred, sondern auch Franzosen. Keiner traute dem anderen. Die Dunkelheit ließ sie ganz vorsichtig agieren. Einige Soldaten hatten ihre Degen gezückt, ein Unteroffizier hielt eine Pistole in der Hand. Die beiden Matrosen standen still. Sie hielten sogar die Hände nach oben, da sie befürchteten, einer der Soldaten würde die Nerven verlieren und sie niederstrecken. Erst als Capitaine Lagarde auftauchte und mit wenigen knappen Worten seine Befehle erteilte, entspannte sich die Situation ein wenig. Angesichts der üblen Gerüche hielt sich der Offizier ein Taschentuch vor Mund und Nase. Unterdessen waren drei Kerzen angezündet worden, die den ekelhaften Flur beleuchteten. Tote Ratten lagen auf der lehmigen Erde, die Holzbalken faulten und waren zum Teil von Schimmel überzogen. Eine Deckendiele war herabgerissen und gab den Blick frei in den ersten Stock. Weitere beschädigte Deckenteile ließen ahnen, dass das ganze elende Gebäude alsbald zusammenbrechen würde. Der Offizier musterte die Umgebung. Es war jetzt ziemlich still, obwohl immer noch acht Männer in dem Flur standen.

»Ich ergebe mich. Ich ergebe mich. Bitte tut mir nichts.«

Alle Augen richteten sich sofort in die Richtung, aus der die Stimme kam. Noch einmal sagte Geesthacht mit vor Schmerz verzerrter Stimme: »Tut mir nichts. Ich ergebe mich.«

Zu seinem Unglück rutschte er jedoch auf der schmutzigen Stiege aus. Mit seinem verletzten Bein konnte er sich nicht mehr abstützen. Er griff nach einer Geländerstange, die jedoch wegen des heftigen Zupackens brach. Geesthacht wurde nach unten gerissen. Er schrie auf, krachte in halbgekrümmter Stellung um die Ecke des Treppenabsatzes. Erschrocken von dem, was anscheinend drohte, und weil er die Sätze Geesthachts nicht verstanden hatte, brüllte Capitaine Lagarde einen Schießbefehl. Sein Unteroffizier drückte ab. Ein gewaltiger Knall, Feuerfunken und ein mattes Klatschen, als die Kugel durch den Hals des Verbrechers fuhr, erfüllte den engen Raum. Geesthacht griff sich noch an die Gurgel. Er spürte, wie das Blut aus der zerschossenen Schlagader nur so spritzte. Er lag röchelnd am Boden, da griff der Offizier unter seinen Soldatenrock. Er zog eine Pistole hervor, spannte den Hahn, bückte sich zu dem Schwerverletzten und schoss ihm in den Kopf.

Diesen zweiten Schuss hörte Agnes. Sie war mit etlichen anderen in der Zwischenzeit ebenfalls in dem Gängeviertel angekommen. Sie sah, wie in einiger Entfernung Soldaten einen Mann über den Boden schleiften. Ihre Schritte beschleunigten sich. Aufgeregt schlug ihr Herz. Dann sah sie den toten Geesthacht. Ungerührt zogen die französischen Soldaten dessen leblosen Körper über den mit Exkrementen übersäten Boden. Sie wichen noch nicht einmal dem toten Köter aus, den Geesthacht abgestochen hatte und dem eine rote Zunge aus dem schaumigen Maul hing. Agnes musste sich übergeben, als sie der klaffenden Halswunde gewahr wurde. Ihr Peiniger hatte ein grausiges Ende gefunden. Ganz offensichtlich hatten die Franzosen nicht lang gefackelt. Dann standen plötzlich Alfred und Werner neben ihr. Sie stützten die geschwächte Agnes, die sich kaum mehr auf den Beinen halten konnte.

Agnes kam erst nach und nach langsam wieder zu Kräften. Die beiden Matrosen hatten sie zum ›Trichter‹ zurückbegleitet. Dort musste sie noch ein strenges Verhör über sich ergehen lassen. Die französischen Besatzer wollten haarklein über alles Bescheid wissen. Capitaine Lagarde gab sich erst nach einer langwierigen und erschöpfenden Befragung des Wirts, der verschiedenen Zeugen, der Brüder Werner und Alfred und natürlich Agnes' zufrieden. Zu ihrer Überraschung fanden sich in dem von Geesthacht zurückgelassenen Mantel ein Teil ihrer Münzen. Sie waren in einer Innentasche oberflächlich eingenäht und sollten anscheinend dem Dieb als Reserve dienen. Capitaine Lagarde schien von der Wahrheit ihrer Aussagen überzeugt und überließ Agnes das Geld. So bekam sie immerhin knapp die Hälfte des ihr von Geesthacht geraubten Vermögens zurück. Freundlicherweise fuhr sie wenig später der Wirt in seinem Einspänner zu ihrer Unterkunft. Zwar musste sie immer noch die schockierenden Umstände verarbeiten, doch freute sie sich auch über das Geld, das ihr nach der Geburt des Kindes irgendwann eine Überfahrt nach Amerika erlauben würde. Als die Schwestern und Kerner von den Ungeheuerlichkeiten der letzten Stunden erfuhren, kümmerten sie sich rührend um Agnes. Sie erhielt ein kräftiges Abendbrot, das ihr aber nicht recht schmecken wollte. Doch trank sie während des Gesprächs mit Schwester Regina einen ganzen Becher Rotwein. Dadurch fühlte sie sich gestärkt und entspannt zugleich. Schließlich begab sie sich ausgelaugt und sehr müde zu Bett. Sie erhoffte sich baldigen Schlaf, den sie dringend benötigte.

Der Schlaf hatte sich zwar eingestellt. Doch Schmerzen im Unterleib weckten Agnes bereits kurz vor Mitternacht wieder auf. Beide Hände hielt sie erst einmal vorsichtig auf ihren Leib gedrückt. Zunächst dachte sie an durch den ungewohnten Wein verursachte Bauchschmerzen. Als draußen die Kirchturmuhr schlug und Mitternacht ankündigte, machte sie sich immer mehr Sorgen. Sie erinnerte sich an das Ziehen in ihrem Leib, als sie im ›Trichter‹ zu Boden gegangen war. Es hatte sich zwar wieder beruhigt, aber was bedeuteten die heftigen Stiche, die sie gespürt hatte, als sie sich im Gängeviertel hatte übergeben müssen? Sie streichelte sich über den Bauch. Als die Schmerzen trotzdem schlimmer wurden, bekam sie es mit der Angst zu tun. Sie konnte kaum mehr liegen. Als sie wenig später aufstand, spürte sie das Blut. Sie erschrak furchtbar. Vorsichtig setzte sie in der Dunkelheit einen Fuß vor den anderen. Sie ging leicht gebückt, eine Hand auf ihren Unterleib gedrückt. Die Tür knarrte laut beim Öffnen. Im Flur brannte eine Kerze, die ein schwaches Licht spendete. Agnes entzündete zwei weitere Kerzen auf dem gusseisernen Halter an der Wand. Sie tastete kontrollierend zwischen ihre Schenkel. Erschrocken spürte sie eine klebrige Flüssigkeit an ihren Fingern. Sie hielt die Hand in den Kerzenschein. Ihre Augen füllten sich mit Tränen. Blut bedeckte ihre Hand. Sie wollte es noch nicht wahrhaben und wiederholte die Prozedur. Das Ergebnis war dasselbe. Tränen liefen ihr übers Gesicht. Sie musste um ihr Kind fürchten. Die letzten Stunden hatten sie offensichtlich derart mitgenommen, dass ihr Leib nicht mehr ausreichend Schutz bot für ein Leben, das gerade erst begonnen hatte. So stand sie verzweifelt im Flur und hoffte, der ziehende Schmerz würde doch noch vergehen und die Blutung aufhören. Da ging die Tür am Ende des Flures auf. Schwester Regina, eine Kerze in der Hand haltend, erschien. Verwundert schaute sie zu Agnes, die ihr tränenüberströmt eine mit Blut verschmierte Hand entgegenhielt. Wenig später erfuhr Schwester Regina von der Schwangerschaft. Agnes erzählte ihr die Geschichte von Manfred von Homagen.

»Es ist zu viel gewesen. Du hast dir zu viel zugemutet.«

Agnes nickte. Sie gestand auch ihre große Sorge um den preußischen Offizier, von dem sie nicht wusste, was aus ihm geworden war. Alle Nachrichten über die großen Schlachten bei Jena und Auerstedt hatten sie mehr und mehr nervös werden lassen. Vielleicht war er verletzt, vielleicht sogar getötet worden.

»Dann dieser Geesthacht. Es war einfach ein schrecklicher Tag. Furchtbar. Alles hat mich sehr angestrengt. Ich fühle mich so ausgelaugt, richtig kaputt.«

»Du brauchst vor allem viel Ruhe und Schonung. Sonst verlierst du dein Kind. Mit Gottes Hilfe geht vielleicht noch einmal alles gut. Hab keine Angst und bewahre die Hoffnung!«

Schwester Regina zeigte Verständnis. Sie nahm Agnes bei den Händen. Zusammen sprachen sie ein Gebet. Agnes beruhigte sich. Die Nähe und Fürsorge der Schwester taten ihr gut.

»Ich will aber doch nach Amerika. Gerade jetzt, wo ich das Geld für die Überfahrt habe ...«

»Agnes, das wäre bestimmt der falsche Schritt. In deinem Zustand kannst du eine solch beschwerliche Seereise beim besten Willen nicht antreten. Doch selbst, wenn du es könntest, aus der Sache mit Amerika wird vorerst sowieso nichts werden.«

Agnes schaute sie fragend an.

»Na, du müsstest es doch wissen. Kein Schiff kann Hamburg verlassen. Sie liegen alle im Hafen fest. Eine Fahrt gar nach England ist völlig ausgeschlossen. Napoleon hat dafür gesorgt. Das ganze Festland ist abgesperrt und abgeriegelt. Von Hamburg aus gelangst du nicht aufs Meer. Genauso wenig von Bremen oder anderen Seehäfen. Alles leidet unter den strengen Maßnahmen des Franzosen. Schau dir unseren Handel an! Wer hat denn noch Arbeit? Alles liegt brach. Die Seeleute sind brotlos. Ganze Familien darben. Selbst reiche Kaufleute müssen um ihre Existenz fürchten.«

Agnes nickte nachdenklich.

»Wenn ich nur das Kind behalte! Du hast recht. Ich muss mich unbedingt schonen. Amerika muss warten. Auch wenn es mir sehr schwerfällt. Meine Kinder wachsen heran, werden älter, und ich erlebe nichts davon. Sie kennen mich nicht einmal, haben keine Erinnerung an die eigene Mutter! Kannst du verstehen, wie mich das plagt und wie das wehtut?«

»Ach, Agnes. Glaube mir, ich verstehe das nur allzu gut.«

Die Schwester blickte sie mitfühlend an. Sie zögerte einen Augenblick. Dann offenbarte sie ihr Geheimnis. Sie hatte selbst eine Tochter und einen Ehemann gehabt. Beide kamen bei einem Überfall ums Leben.

»Ich bin fast wahnsinnig geworden. Niemand hat geholfen. Es waren schlimme Zeiten, Mord und Totschlag an der Tagesordnung. Dann bin ich ins Kloster gegangen. Das war meine Rettung.«

Agnes hörte sich die traurige Geschichte an. Die Schmerzen in ihrem Leib ließen ein wenig nach. Die ganze Zeit streichelte sie ihren Bauch, als wolle sie alles beruhigen, was so durcheinandergeraten war. Sie spürte auch, dass kein Blut mehr austrat, was ihr ein wenig Hoffnung gab. Bevor die beiden Frauen in den frühen Morgenstunden noch einmal zu Bett gingen, wusch sich Agnes sorgfältig. Sie fühlte sich besser. Die Schmerzen hatten nachgelassen, wenn sie auch nicht ganz verschwunden waren. Doch ganz sicher blutete sie nicht mehr. Nachdem sie sich nochmals vergewissert hatte, legte Agnes sich in ihr Bett. Sie schlief zwar nicht gut, doch fühlte sie sich schon besser und betete darum, ihr heranwachsendes Kind behalten zu dürfen.

WISMAR – MÄRZ/APRIL 1807

ALLERDINGS PLAGTEN SIE in den zwei Wochen nach ihrer schrecklichen Begegnung mit Geesthacht immer noch Schmerzen und ständig lebte sie in der Sorge, die Blutungen würden wieder einsetzen. Aber die Schwestern, allen voran Schwester Regina, kümmerten sich rührend um sie. Sie durfte keine Arbeit mehr verrichten, musste liegen und bekam verschiedene Kräutersäfte zum Trinken, die beruhigend und schmerzlösend wirkten. Georg Kerner sah ebenfalls täglich nach ihr. Er war tatsächlich im Dezember zum Armenarzt in Hamburg ernannt worden. Für ihn bedeutete das noch mehr Arbeit. Wie in den vielen anderen Fällen kümmerte er sich aufopferungsvoll auch um Agnes. Dabei konnte er auf die Schwestern vertrauen, die über einen hervorragenden Erfahrungsschatz verfügten. Sie besorgten manche der notwendigen Zutaten aus der Apotheke, mischten und kochten diese mit geheimnisvollen Blättern und Blüten, die sie in abgeschlossenen Schubladen bewahrten, und stellten heilende und kräftigende Essenzen her, die Agnes guttaten. Selbst der arrogante Apotheker staunte über das Wissen von Schwester Regina, die er nur allzu gern ausgefragt hätte, die sich jedoch zugeknöpft zeigte. Im Februar fühlte sich Agnes wieder richtig gut. Ihre Ängste verloren sich. Seit Kurzem dachte sie über eine Reise ins Brandenburgische nach. Sie sehnte sich nach Manfred. Sie hatte seit dem letzten November dreimal Briefe an ihn versandt in der Hoffnung, diese würden tatsächlich ihren Weg zum Herrengut Wustrau finden. Sie wartete natürlich sehnsüchtig auf eine Antwort. Als diese ausblieb, schwankten ihre Gefühle zwischen der Sorge um Manfred und der Angst, dass ihre Briefe in den unruhigen Zeiten verloren gegangen sein könnten. Daneben spielten nur die Gedanken an ihre verschollenen Kinder eine Rolle. Das Untätigsein plagte sie. Agnes musste aber erkennen: Es gab zurzeit keinen Weg in diese Neue Welt. Wenn die Bauers überhaupt nach Amerika ausgewandert waren! Das war keineswegs ganz sicher. Alle Anstrengungen hatten keine wirklichen Ergebnisse gebracht. Ihr war vielfältige Hilfe zuteilgeworden. Nicht nur Kerner und die Schwestern, auch die Pastoren der Hamburger Kirchen hatten sich in die Suche eingeschaltet. Aber so sehr sie sich alle auch mühten: Bis auf die im Fahrtenbuch von Kapitän Federsen angeführte ›Familie B‹ aus Württemberg fand sich einfach keine weitere Spur. Es war zum Verzweifeln. Und nun musste sie warten, bis die Kontinentalsperre ihr Ende fand. Zudem wollte sie auf gar keinen Fall ihr ungeborenes Kind gefährden. Dieses in einem fernen, fremden Land zur Welt zu bringen, barg ein nicht zu unterschätzendes Risiko. Als Anfang März zu ihrer größten Überraschung ein Brief aus Wustrau eintraf, musste sie nicht mehr lang überlegen, wie es weitergehen sollte. Der Brief war von einer Tante Homagens verfasst worden. Alle Zweifel Agnes' lösten sich damit in Luft auf. Da ihre Briefe bisher unbeantwortet geblieben waren, zog sie in manch verzweifelter Stunde auch die Möglichkeit in Betracht, der preußische Offizier habe sie nur als amouröses Abenteuer benutzt. Solche Gedanken wechselten sich ab mit der Angst, ihm könnte in den Kämpfen womöglich etwas

Schlimmes geschehen oder er gar umgekommen sein. Cornelia von Homagen zerstreute einerseits diese Sorgen. Doch ihre Zeilen beschrieben einen Neffen, dem es offensichtlich nicht gut ging. Es wurden zwar keine Einzelheiten ausgeführt, doch die Schlusssätze des Schreibens ängstigten Agnes.

›*Verzeihen Sie, wenn ich Sie als Unbekannte derart privat anspreche. Aber der Zustand meines Neffen veranlasst mich zu diesem ungewöhnlichen Vorgehen. Sie scheinen die Einzige, die noch helfen kann. Manfred gibt sich tapfer und stark. Doch kann dies kaum von seinem düsteren Gemüt ablenken. Nur von Ihnen spricht er mit einer erkennbaren Freude und Sehnsucht. Er hat mir sogar drei Briefe von Ihnen gezeigt, die mir Auskunft über Ihren Aufenthaltsort gaben. Ich hoffe sehr, dass Sie dieses Schreiben erreicht und mein Brief nicht in den Wirren dieser kriegerischen Zeiten verloren geht. Ich bitte Sie inständig, uns auf Gut Wustrau zu besuchen. Sie wären uns ein willkommener Gast.*‹

Agnes gab den Brief Schwester Regina zu lesen. Die beiden Frauen besprachen sich ausführlich. Auf seltsame Weise spürte Agnes von Tag zu Tag mehr, dass Manfred von Homagen sie brauchte. Schon wenige Tage später hatte sie mithilfe Kerners und der Schwestern ihre Reise organisiert. Sie fühlte sich stark und gesund. Als die Kutsche Hamburg am 9. März 1807 hinter sich ließ, quälte sich Manfred von Homagen wie schon seit Wochen mit seinen Krücken und seinen düsteren Gedanken.

Die beschwerliche Reise führte sie zunächst nach Wismar. Auch diese Hansestadt des Herzogtums Mecklenburg-Schwerin war seit Monaten von französischen Truppen besetzt. Marschall Soult hatte die Stadt bereits im vergangenen November eingenommen. Die Stadt litt unter der Besatzung. Sogar schwedische Schiffe, die im Hafen lagen, wollte der französische Stadtkommandant verbrennen lassen. Die Kaufleute und Händler befürchteten empfindliche Störungen der wichtigen Handelsbeziehungen zu Schweden. Sie kauften die Schiffe für eine riesige Summe. Aber alle Maßnahmen nutzten nichts. Die Kontinentalsperre und die Blockade der Hafeneinfahrten von Wismar durch schwedische Kriegsschiffe brachten die Geschäfte zum Erliegen. Schmuggel und Schleichhandel nahmen zu. Die französischen Kontrolleure griffen auch hier wie in Hamburg scharf durch. Eine rapide Verteuerung der Nahrungsmittel führte zu Hunger und Elend in der Stadt. Auf ihrem Weg nach Wismar waren Agnes und ihre Mitreisenden immer wieder von Grenzposten oder Soldaten Napoleons kontrolliert, manchmal einfach aus bloßer Schikane aufgehalten und nicht selten genug überaus unfreundlich behandelt worden. Obwohl ihre Schwangerschaft nun nicht mehr übersehen werden konnte, erfuhr sie kaum eine Rücksichtnahme. An den Grenz- und Kontrollstationen musste sie wie die anderen viel Geduld aufbringen und sich zurückhalten, wenn die Kontrolleure die Koffer und Taschen öffneten und die Inhalte einfach herausnahmen und auf den Boden warfen, wie es ihnen gerade passte. Der Kutscher hatte alle Mitreisenden mehrfach inständig gebeten, nur ja nichts dagegen vorzubringen oder sich bloß nicht zu beschweren. Es hätte dann leicht sein können, dass die Besatzungssoldaten alle Reisenden erst einmal festsetzten. Wer immer auch nur ein abfälliges Wort äußerte, musste mit einem tagelangen Festhalten rechnen und das oft genug unter üblen Umständen. Die meiste Zeit während der Kutschfahrt hielt sich Agnes mit beiden Händen den ansehnlichen Bauch, immer befürchtend, sie könnte ihr Kind doch noch verlieren. Die Kutschfahrten strengten sie an. Das Ziehen in ihrem Unterleib schien in den letzten Tagen schlimmer geworden zu sein. Aus Angst, ihr Kind würde vor der Zeit, viel zu früh, auf die Welt kommen, entschied sie sich zu einem Aufenthalt in der Hansestadt an der Ostsee. Sie wollte kein Risiko eingehen und erst einmal ein paar Tage Ruhe finden. Sie fand eine passable Unterkunft bei einer ihr zugeneigten Vermieterin, die eine Gastwirtschaft gleich am Anfang der Krämerstraße ihr Eigen nannte und sofort Agnes' Schwangerschaftsprobleme erkannte. Ansonsten mit einem recht losen Mundwerk gesegnet, verwandelte sie dieser Zustand in eine besorgte, überaus hilfsbereite Frau. Birte Dahlmann kümmerte sich vom ersten Augenblick an energisch um das Wohl von Agnes. Agnes blieb weit länger als ursprünglich geplant bei ihr. Tatsächlich stabilisierte sich ihr Zustand. Dann allerdings wurde sie von einem Ereignis in der Nacht zum 23. März furchtbar erschreckt. Noch am Vorabend war sie zu einem fröhlichen Schwatz mit Birte in dem nur spärlich erleuchteten Schankraum zusammengesessen. Es roch heftig nach Fisch und Fett, da seit dem frühen Abend viele französische Soldaten nach gebratenem

Hering verlangt hatten. Der Geruch hing zäh in der Luft. Agnes musste sich an diese penetranten Gerüche erst gewöhnen. Mehrfach bat sie darum, die Tür zum Gastraum wenigstens für kurze Zeit zu öffnen. Die frische Luft tat ihr gut, doch war sie in diesem Monat immer noch sehr kühl und andere Gäste wollten die Tür wieder rasch geschlossen haben. Als es auf die Sperrstunde zuging, hatte sich Agnes mittlerweile an den Geruch gewöhnt. Sie fühlte sich sogar wohl. Die Gespräche mit ihrer Wirtin halfen ihr. Die beiden Frauen verabschiedeten sich zu später Stunde. Agnes ging in die kleine Kammer im zweiten Stock. Sie setzte sich auf einen Schemel am Fenster, das ihr den Blick über die Straße zum Rathaus hin eröffnete. Da eine sternenklare Nacht mit einem hell erleuchteten Halbmond ordentlich Licht spendete, konnte sie gut die hintere Rathausseite und das übermäßig hohe Dach des Rathauses erkennen. Über dieses Rathausdach hatte sich Birte schon mehrfach ausgelassen.

»Das trägt nicht mehr«, hatte sie noch vor drei Tagen gesagt. Nachmittags war Agnes um das Rathaus herumspaziert und war über das schäbige und heruntergekommene Bauwerk geradezu erschrocken.

»Das muss die Stadt aber alsbald in Ordnung bringen. Sonst geschieht noch ein Unglück. Da ist alles schief und krumm, gerade so, als würde gleich alles zusammenbrechen.«

»Wem sagst du das? Alle wissen von der Gefahr. Keiner tut etwas dagegen. Die Stadtgemeinde hat seit der Franzosenzeit eben leere Kassen. Da kann sie sich noch nicht einmal die Pflege ihres Rathauses leisten.«

»Na, wenn nur nichts passiert. Wer weiß, sogar dein Haus könnte gefährdet sein. Wehe, der ganze alte Plunder stürzt gerade einmal auf deine Straßenseite herüber.«

»Male den Teufel nicht an die Wand. Das hätte gerade noch gefehlt. Aber so ganz unrecht hast du nicht. Dieses verdammte hohe Dach. Das ganze Holz ist uralt, verzogen und wahrscheinlich an vielen Stellen schon verfault. Aber ich hoffe, es hält noch ein paar Jahre. Irgendwann geht es auch in Wismar wieder aufwärts. Es ist noch nicht lang her, da waren wir wohlhabend. Nachdem die Schweden uns vor wenigen Jahren gar an das Herzogtum für 100 Jahre verpachtet haben, ist es gut um die Stadt bestellt gewesen. Erst seit dem letzten Herbst ging es abwärts.«

»Dann hoffe ich für Wismar und natürlich für dich, dass das Rathaus noch einige Zeit seinen Dienst versieht.«

An dieses Gespräch erinnerte sich Agnes nun, da sie zu dem Rathausdach blickte. Es sah furchterregend aus. Überaus groß, weit in die Höhe reichend, besaß es etwas Bedrohliches. Bald übermannte Agnes dann aber auch schon die Müdigkeit. Sie löschte die Kerze, schlug die Bettdecke zurück und legte sich auf die bequeme Strohmatratze ihres Bettes. Auf dem Rücken liegend, hielt sie sich den Bauch, spürte ihr Kind, das ziemlich wach zu dieser späten Stunde schien. Sie streichelte den groß gewordenen Leib, lächelte über das neue Leben in ihrem Körper und schlief darüber ein.

Ein Knarren und Ächzen riss Agnes aus ihren Träumen. Noch im Schlaf gefangen, hörte sie ungewöhnliche Geräusche. Sie wusste nicht, ob nur Träume ihr diese seltsamen, aber doch bedrohlichen Töne vorgaukelten. Schrille Laute wechselten sich ab mit einem tiefen Brummen. Langsam lichtete sich der Schleier ihres Schlafes. Sie versuchte, zu sich zu kommen und aus ihrem Traum in die Wirklichkeit zurückzufinden. Noch bevor sie die Augen aufschlug, zerstörte ein übermächtig lauter Knall, dem ein kurzes, böses Grollen folgte, die Nachtruhe aller Wismarer Bürger. Mit einem Mal schien es, als würden Kanonen abgefeuert. Es krachte furchtbar. Ein ohrenbetäubender Schlag folgte auf den anderen. Entsetzt richtete sich Agnes auf. Etliche Gegenstände sah sie an ihrem Fenster schemenhaft vorbeihuschen. Irgendetwas stürzte in die Tiefe. Gleich darauf schlug es mächtig auf den Erdboden. Agnes war hellwach. Angst ergriff sie. Sie schrie entsetzt auf, als ganz offensichtlich das Haus getroffen wurde. Noch bevor sie aufstehen konnte, schlug ein Balken mitten durch das Fenster. Es zersplitterte, die Wand wurde aufgerissen. Der Balken landete nur wenig von ihr entfernt auf den Dielenboden. Entsetzt zuckte Agnes angesichts dieser Todesgefahr zurück. Sie drückte sich in halb aufrechter Stellung an die Wand. Ein Schmerz durchzuckte sie. Sie spürte das wilde Ziehen in ihrem Unterleib. Ihre Angst, ihre Aufregung übertrugen sich auf ihr ungeborenes Kind. Noch einmal hörte sie draußen einen lauten Knall. Dem folgte geradezu gespenstisch anmutende Stille. Beängstigend. Gerade so, als würde das Unheil sich sammeln und gleich seinen weiteren Lauf nehmen wollen. Tatsächlich. Ein leises Grummeln war zunächst zu vernehmen. Das Grummeln steigerte sich schlagartig zu einem ohrenbetäubenden Lärm. Ein Tosen, Krachen, Splittern brach sich Bahn. Agnes wagte voller Entsetzen einen Blick aus dem aufgerissenen, zerstörten Fenster. Sie sah das Rathausdach zusammenstürzen. Ein Inferno! Überall Holzbalken, die sich bogen, zerrissen wurden, barsten, in die Tiefe stürzten. Das gesamte Obergeschoss neigte sich in Richtung der Straße. Sie zwang sich trotz der Schmerzen aufzustehen und floh aus dem Zimmer. Mit einem Satz sprang sie ins Treppenhaus. Sie stürzte, schlug sich die Stirn am Geländer an. Das Ziehen in ihrem Bauch nahm zu. Sie blieb zusammengerollt liegen, flehte um ein Ende des Infernos und fürchtete um das Leben ihres Kindes.

Nebenan brach fast die Hälfte des Rathauses in sich zusammen. Was noch heil hätte bleiben können, war von den schweren Balken, dem zerberstenden Mörtel und herabstürzendem Gestein getroffen und schwer beschädigt worden. Wie eine Ruine erschien das Rathaus in dem fahlen Mondlicht. Einem ausgebrannten, von Granaten zerfetzten Gemäuer gleich, strafte es diejenigen Lügen, die immer versichert hatten, das Dach würde schon noch einige Zeit halten. Die Mahner, die längst eine Ausbesserung gefordert hatten, sahen sich bestätigt.

Agnes war nach ihrem Sturz von der besorgten Wirtin und zwei weiteren Gästen in den hinteren Teil des Wirtshauses gebracht und dort versorgt worden. Trotz dieser Hilfe lag sie am nächsten Tag fiebernd auf dem Sofa der Wohnstube von Birte Dahlmann. Die Schmerzen in ihrem Unterleib wollten nicht aufhören. Alle befürchteten das Schlimmste. Birte ließ Agnes nicht aus den

Augen. Obwohl ihr Haus infolge des nächtlichen Desasters nicht nur ein paar Schrammen abbekommen hatte und sie sich keinesfalls sicher sein konnte, ob ihr irgendjemand den beträchtlichen Schaden ersetzen würde, kümmerte sie sich rührend um Agnes. Am Morgen hatte die geschwächte Agnes wieder Blutungen bemerkt. Was für ein schlechtes Zeichen, nachdem doch zwischenzeitlich alles auf einem guten Weg schien! Birte, die um diese bedenklichen Umstände wusste, trat besonders besonnen und beruhigend auf. Sie war für Agnes eine wirkliche Hilfe und erinnerte sie an Schwester Regina, die ihr im ganzen Unglück eben auch zur Seite gestanden war und ihr Mut zugesprochen hatte. Nun erwies sich diese Wismarer Wirtin als ihre Beschützerin. Sogar einen Arzt bestellte sie, der sie mit Kräutern und Teeaufgüssen behandelte. Agnes spürte, wie sie davon ruhiger wurde. Nach drei Tagen verschwand auch das Fieber. Und als sie am Morgen des nächsten Tages, wie schon so oft, ihre Wäsche untersuchte, konnte sie feststellen, dass die Blutungen aufgehört hatten. Ein Hoffnungsschimmer! Die Wirtin freute sich mit ihr. Sie sprach immer wieder ermutigend auf die manchmal verzagte Agnes ein, kämmte ihr sogar die Haare, die sie seit ihrer Haftentlasssung wieder hatte wachsen lassen und die sie besonders sorgfältig pflegte. Zu jeder zweiten Stunde brachte ihr Birte Dahlmann einen neuen Sud eines Kräutergetränks. All das tat Agnes gut. Die Anspannung ließ langsam nach. Und als sie auch am frühen Abend Birte das Ausbleiben der Blutungen bestätigen konnte, umarmten sich die Frauen vor Freude fest.

Agnes blieb noch weitere vier Tage liegen. Sie wollte ganz sichergehen. Das Kind in ihrem Leib meldete sich lebhaft. Die sanften Berührungen, wenn ein kleines Bein oder ein überaus zartes Händchen sich bewegten, versetzten sie mehr und mehr in Freude. Die Angst, das Kind zu verlieren, löste sich zwar nicht vollständig auf. Aber eine verhaltene Zuversicht und ein vorsichtiger Optimismus brachen sich Bahn. Die ersten Apriltage brachten zudem eine milde Luft. Der Frühling streifte das Land. In den Nachmittagsstunden konnte die Sonne bereits erhebliche Kraft entfalten. Wer konnte, begab sich bei jeder sich bietenden Gelegenheit ins Freie. Das so lange Zeit kalte, trübe Wetter wollten die Menschen hinter sich lassen. Und was eignete sich besser dazu als eine Frühlingssonne, die die Stadt und die Ostsee in ein helles Licht tauchte? Am Nachmittag des 3. April beschloss Birte Dahlmann, Agnes ein wenig von ihrer Stadt zu zeigen. Agnes fühlte sich gut und nahm das Angebot gern an. Birte Dahlmann führte Agnes hinter der St.-Nikolai-Kirche zum Kirchhof. Von dort gelangten sie über das Wassertor zum Hafen. Alles war weit kleiner und überschaubarer als in Hamburg, nur der typische Geruch, der sich aus einer Mischung aus Fisch, Ölen, Seeluft, faulenden Abfällen und Fäkalien zusammensetzte, kam Agnes recht ähnlich vor. Die beiden Frauen gingen langsam. Birte erzählte und erzählte. Kaum ein Haus, kaum eine Gasse, die sie nicht kannte, selbst bei vielen Booten und Schiffen, die im Hafen lagen, wusste sie interessante Geschichten zu erzählen. Agnes bekam ein sehr lebendiges Bild von Birtes Welt vermittelt. Die Begleitung dieser deutlich älteren Frau, die aber voller Energie und trotz der schwierigen Lebensumstände voller Optimismus war, tat ihr ganz offensichtlich gut. Agnes blieb noch über eine Woche. Je besser sie sich wieder fühlte, desto stärker kam jedoch erneut ihre Sehnsucht nach Manfred von Homagen auf. Mehr und mehr dachte sie ans Aufbrechen. Ihre Schwangerschaft machte keine Probleme mehr. So eröffnete sie an einem Sonntagabend Birte Dahlmann, dass sie nun alsbald wieder weiterreisen wolle. Ihre Wirtin schien darüber gar nicht glücklich zu sein.

»Bring dein Kind hier zur Welt. Wer weiß, was dir unterwegs geschehen kann in diesen unsicheren Zeiten.«

»Ich danke dir für deine Hilfe. Einen besseren Menschen hätte ich nicht treffen können. Für immer werde ich in deiner Schuld stehen. Doch verstehe mich bitte. Ich werde erwartet. Es ist dringend. Mein Mann ist schwer verletzt worden.«

Wie selbstverständlich sprach Agnes von ›ihrem Mann‹. Sie vertraute der Wirtin zwar uneingeschränkt, doch wollte sie ihr nicht die ganze Geschichte ihrer Schwangerschaft erzählen. So berichtete sie von ihrem tapferen Mann, der als Offizier bei den Schlachten gegen Napoleons Truppen wohl fast zu Tode gekommen war und nun ihrer Hilfe bedurfte. Der lebenserfahrenen Birte Dahlmann fielen in Agnes' Darstellung zwar manche Ungereimtheiten auf. Sie sagte aber nichts, zügelte ihre Neugierde und ließ Agnes in dem Glauben, sie wüsste nicht, was sich zwischen ihr und dem Offizier in Wirklichkeit zugetragen hatte.

»Nach Wustrau ist es ein gutes Stück Weg. Gib nur ordentlich Acht auf dich. Die Reise mit einer Kutsche ist jedenfalls das reine Gift für deinen Nachwuchs. Du wirst hin und her geschüttelt werden. Die Straßen und Wege sind in einem schlimmen Zustand. Überlege es dir noch einmal.«

»Mein Kind müsste schon übernächsten Monat auf die Welt kommen. Ich möchte, dass sein Vater es in die Arme nehmen kann. Er soll vom ersten Tag an seinen Sohn oder seine Tochter sehen.«

»Sende ihm eine Nachricht. Er soll eben herkommen, hierher nach Wismar. Das wäre die beste Lösung.«

»Aber das geht nicht. Er kann offenbar nicht einmal ohne fremde Hilfe gehen. Die Wunden brauchen noch viel Zeit zum Verheilen.«

Nur ungern ließ die Wirtin sie gewähren. Sie konnte Agnes einfach nicht umstimmen. Als sie an einem Mittwochmorgen die Kutsche direkt vor ihrem Wirtshaus bestieg, umarmte sie die Wirtin voller Herzlichkeit und wünschte ihr viel Glück.

»Du kannst jederzeit wiederkommen. Vor allem: Du musst mir unbedingt dein Kind zeigen. Ich will doch wissen, ob es ein Junge oder ein Mädchen ist.«

Agnes versprach einen Besuch, sobald es die Umstände zulassen würden. »Sehr rasch wird es nicht gehen. Aber ich verspreche dir: Wenn es möglich sein sollte, komme ich zurück. Dann stelle ich dir meine Tochter oder meinen Sohn vor. Und meinen Mann natürlich. Er wird dann dabei sein.«

Der Kutscher drängte zur Eile. Die beiden Frauen verabschiedeten sich endgültig. Vorsichtig drückte Birte Agnes an sich. »Gib auf dich Acht«, wiederholte sie noch einmal. Dann stieg Agnes in die Kutsche. Der Kutscher schnalzte mit der Zunge, zog an der Leine und die beiden Pferde setzten sich in Bewegung.

Am ersten Tag waren sie gut vorangekommen. In Schwerin wurde übernachtet. Agnes blieb annähernd beschwerdefrei. Am zweiten Tag gelangten sie bereits auf die Höhe von Ludwigslust und wieder einen Tag später legten sie Rast in Pritzwalk ein. Agnes war zu diesem Zeitpunkt zuversichtlich, dass nichts mehr geschehen und sie gesund auf Wustrau ankommen würde. Nach der Weiterfahrt näherten sie sich bereits dem Ruppiner Wald- und Seengebiet. Agnes wurde nervös. Erstmals dachte sie daran, wie sie – die Hochschwangere – wohl in dieser ihr fremden Gegend und Gesellschaft aufgenommen werden würde. Immer wieder las sie den Brief von Manfreds Tante. Das beruhigte sie. War darin doch ausdrücklich ihr Kommen gewünscht. Ja, ganz offensichtlich erhoffte sich Cornelia von Homagen von ihrer Anwesenheit eine Besserung des anscheinend üblen Zustandes ihres Neffen. Bei diesen Gedanken lösten sich eigenartige Gefühle der Freude auf ein Wiedersehen und der Angst ab. Trat zum einen die Sorge um Manfred, um sein Leben und Wohl und Wehe in den Vordergrund, verschaffte sich zum anderen dann die Furcht, er könne sie womöglich zurückweisen und würde gar nichts von ihr wissen wollen, von einem Kind schon gar nichts, Raum. Ihren Gedanken nachhängend, hin- und hergerissen zwischen freudiger Erwartung, Sehnsucht nach dem geliebten Mann und dem Bangen, ob sie letztlich enttäuscht werden würde, bemerkte sie erst gar nicht, dass der Kutscher ihr bereits zum wiederholten Male zurief, sie müsse demnächst aussteigen, da das

Herrenhaus Wustrau nur noch eine gute Stunde in östlicher Richtung entfernt lag, sie aber nicht erwarten könne, bis vor die Haustür gebracht zu werden. Als sie einen aus sieben alten Häusern bestehenden Weiler passierten, hielt der Kutscher an. Er ließ Agnes aussteigen, holte ihre in einem Koffer und einem kleinen Tornister eingepackten Habseligkeiten vom Dach der Kutsche und überließ sie einfach ihrem Schicksal. Die anderen Fahrgäste hatten es eilig. Auf eine schwangere, allein reisende Frau wollte niemand Rücksicht nehmen. Die Zeiten waren schließlich nicht ungefährlich.

Etwas ratlos stand Agnes am frühen Nachmittag bei trübem Wetter mitten in dem ihr unbekannten Weiler. Aus einem der hässlichen, alten Gebäude ertönte das wilde Bellen eines Hundes. Es war jedoch keine Menschenseele zu sehen. Unschlüssig darüber, was sie nun tun sollte, begab sie sich nach einer Zeit des Abwartens zu der nächstliegenden Bauernkate. Sie fasste sich ein Herz und schob die Tür auf. In dem dunkel vor ihr liegenden Raum rührte sich nichts.

»Hallo, hallo! Ist hier jemand?«

Agnes erhielt keine Antwort. Sie starrte in das dunkle, nach fauligen Kartoffeln und feuchter Erde riechende Innere und war dabei so abgelenkt, dass sie den alten Mann, der sich ihr von hinten näherte, gar nicht bemerkte. Erst als dieser sie mit einer rauen, kratzigen Stimme ansprach, erschrak sie heftig. Im Umdrehen wich sie – eine Gefahr fürchtend – zurück. Doch der Alte, obschon er durch sein Aussehen und seine abgetragene Kleidung wenig vertrauenerweckend erschien, entpuppte sich als harmlos.

HERRENGUT WUSTRAU – MITTE APRIL 1807

MANFRED SCHLEPPTE SICH zum Ufer des Ruppiner Sees. Seit das Frühjahr angebrochen war, hatten die Lähmungserscheinungen und die bei jeder Bewegung ausgelösten Schmerzen nachgelassen. Er konnte den Kopf, seinen Oberkörper und die Arme wieder bewegen. Die schlimmen Brandwunden an seiner rechten Kopfhälfte waren verheilt. Zurückgeblieben waren nur ein kahler, verbrannter Hinterkopf und eine völlig vernarbte Haut, die sich bis zum rechten Ohr und der oberen Stirnhälfte erstreckte. Wenn er in einen Spiegel schaute, empfand er sich nicht mehr gar so hässlich wie zu Beginn seines Genesungsprozesses. Als er sich zum ersten Mal nach Wochen des Liegens und Leidens betrachten konnte, erschrak er vor seinem eigenen Spiegelbild. Das Gesicht, das ihn anstarrte, schien ihm völlig fremd. Seinem Kopf, über und über mit Schorf bedeckt, fehlte fast vollständig das Haar. Nur über seinem linken Auge erkannte er einige Haare der Augenbrauen. Vor allem seine rechte Gesichtshälfte besaß wegen der verbrannten Haut alle Farbtöne von dunklem Rot bis zu hellem Braun. Ein Diener hatte ihm helfen müssen, sich im Bett aufzurichten. Selbst den Spiegel konnte er nicht ohne fremde Hilfe halten. Von den Hüften abwärts besaß er kein Gefühl mehr, er konnte weder Beine noch Füße ordentlich bewegen. Manfred wusste nicht, was er mehr verdammen sollte. Sein hässliches Gesicht oder seine fast gelähmten Beine. Es folgten Wochen tiefer Verzweiflung. Er haderte mit seinem Schicksal. Nicht nur, dass seine Offizierslaufbahn ein abruptes Ende gefunden hatte, er musste sich fortan als Krüppel zurechtfinden, dem selbst einfache Verrichtungen nicht mehr möglich sein sollten. In dieser hoffnungslosen Situation unterstützte ihn sein Vater nach Kräften. Dieser kriegserfahrene Haudegen, dem die militärische Tradition der Familie über alles ging, kümmerte sich um seinen Sohn, wie es dieser nie erwartet hätte. Der General, dem die preußischen Tugenden der Pflichterfüllung und der Härte gegen sich selbst von klein auf eingebläut worden waren, zeigte seinem Sohn eine bis dahin kaum gekannte Zuneigung. »Verzage nicht! Du bist ein von Homagen. Da wird nicht gefackelt. Du wirst kämpfen müssen. Auf einem anderen Schlachtfeld zwar, aber du musst kämpfen. Pardon wird nicht gegeben!« Kaum ein Tag verging, an dem er nicht von seinem Vater zur Stärke und zum Durchhalten ermutigt wurde. »Du hast überlebt. Mit schlimmsten Wunden. Aber du wirst es durchstehen. Glaube an dich. Und du wirst deinen Weg finden. Nicht mehr unbedingt beim Militär. Das wird nicht mehr möglich sein. Aber ein von Homagen findet seinen Weg! Ich glaube an dich. Gib dich nicht auf.« Später hatte Manfred von den Bediensteten erfahren, dass sein Vater nächtelang an seinem Bett gesessen hatte. Er hatte ihn in seinen Schmerzen, in seinen Fieberträumen und in seiner Bewusstlosigkeit nicht eine Stunde lang allein gelassen. Entgegen jeder Konvention übernahm der General sogar die Pflege seines Sohnes. Zwar standen neben dem Dorfarzt zwei Regimentssanitäter zur Verfügung und jeder Bedienstete kümmerte sich so gut es ging um Manfred. Doch Joachim von Homagen übernahm Nacht für Nacht die Wache. Tagsüber war er auf dem Rittergut gefordert. Die schwierigen Zeiten beanspruchten ihn. Er – ein aufgeschlossener Landjunker – kümmerte sich um seine Untertanen. Es gab nicht wenige Familien, die in den zurückliegenden Kriegen ihre Söhne verloren hatten. Oder die wie Manfred schwer verletzt zurückgekehrt waren und ebenso der Pflege bedurften. Die Diener und Mägde wunderten sich, woher dieser Mann die Kraft nahm. Er schien fast gänzlich auf Schlaf zu verzichten. Unermüdlich war er Tag und Nacht für sein Gut, für die dort lebenden Menschen und natürlich für seinen Sohn da.

Manfred stand jetzt am Ufer des Sees. Die Natur hatte sich bereits prächtig entwickelt. Vor Anstrengung schwitzend, gab er sich seinen Gedanken hin. Wie so oft dachte er an Agnes. Er sehnte sie herbei. Gleichzeitig fürchtete er die Begegnung mit ihr. Würde sie ihn überhaupt wiedererkennen? Würde sie sein entstellter Kopf, sein versehrter Körper nicht abschrecken? Diese Gedanken ließen ihn zweifeln. Warum sollte sie überhaupt kommen? War sie womöglich bereits auf dem Weg in diese andere Welt, in dieses Amerika? Schließlich bedeuteten ihr ihre Kinder alles. Was kümmerte sie also ein preußischer Offizier, den sie gerade einmal wenige Wochen kannte? Pessimistisch starrte Manfred auf das Wasser. Niedergeschlagen haderte er mit seinem Schicksal. Erst als ein Entenpaar dahergeflogen kam und schnatternd auf dem Wasser aufsetzte, hielt er mit seinen finsteren Gedanken inne. Er beobachtete das Entenpaar, das sich voller Leben von den sanften Wellen schaukeln ließ. Manfred wurde es etwas leichter ums Herz. Vielleicht kam sie doch noch, keimte ein hoffnungsvoller Gedanke auf. Er wusste nichts von dem Brief seiner Tante, die sich in ihrer Sorge um ihn zu diesem Schritt entschlossen hatte. Tante Cornelia, selbst Witwe und kinderlos, liebte Manfred fast wie eine Mutter. Manfreds Mutter war bei dessen Geburt gestorben. Sein Vater hätte wieder heiraten können, doch obwohl es genügend Chancen gab, verlor er nie wieder einen Gedanken an eine zweite Ehe. Seine Schwester nahm die Stelle einer Ersatzmutter ein, die sich um Manfred kümmerte. Sie sah ihn heranwachsen, war voller Stolz, als er zu einem stattlichen jungen Mann herangereift war und auch als preußischer Offizier die Tradition der Familie fortsetzte. Manfred vertraute ihr schon immer seine Gedanken an. Er besaß ein inniges Verhältnis zu ihr. So erzählte der ans Bett gefesselte Neffe immer wieder von Agnes. Er gestand ihr seine Liebe zu dieser Frau aus dem Schwäbischen, die ein eigenartiges und ein an und für sich abschreckendes Schicksal zu haben schien. Doch was immer diese Frau an Lasten mit sich herumtrug: Manfred liebte sie offensichtlich. Es schien, als könnte diese Frau das Leid mildern und ihrem Neffen wieder Lebensmut geben. Nach tagelangem Zögern hatte sie schließlich zur Feder gegriffen. Ohne sicher sein zu können, ob der Brief überhaupt jemals in die Hände dieser Frau, die nach Amerika gehen wollte, gelangen würde, gab sie ihn drei Tage später einem Kurier, der ihn nach Hamburg bringen sollte. Weder ihren Neffen noch ihren Bruder hatte sie eingeweiht. Seither waren mehr als zehn Wochen vergangen. Trotzdem hoffte sie nach wie vor inständig, dass diese Agnes eines Tages vor der Tür des Ritterguts stehen würde.

Manfred hörte schräg hinter sich Lärm. Sein Vater stieg vor dem nicht weit entfernten Eiskeller aus der Kutsche. Er winkte zu ihm herüber, begab sich dann aber zunächst mit dem Gutsverwalter zur Eingangstür des zum Gut gehörenden Eiskellers. In dem Keller wurde im Winter vom See her antransportiertes Eis eingelagert. Eine isolierende Schicht aus Torf und Stroh verhinderte ein Schmelzen und bis in den Sommer hinein stand das Eis als gute Kühlmöglichkeit für Speisen und Getränke zur Verfügung. Als sein Vater kurze Zeit später wieder die schmiedeeiserne Tür abschloss, gab er den Schlüssel seinem Verwalter und verabschiedete sich von ihm. Er ging mit ausholenden Schritten zu seinem Sohn und klopfte ihm zur Begrüßung vorsichtig auf die Schulter. Aufrichtig freute er sich über dessen Gehversuche.

»Das wird schon wieder. Wer hätte noch vor zwei, drei Wochen gedacht, dass du dich ohne fremde Hilfe fortbewegen kannst? Ich bin stolz auf dich. Du wirst das alles durchstehen.«

Manfred lächelte gequält.

»Die Beine gehorchen einfach nicht. Ich muss mich zwingen, sie regelrecht über den Boden zu schleifen. Ohne die Krücken wäre mir das nicht möglich.«

»Ich sehe schon die Mühe, die dir das alles bereitet. Aber du machst unübersehbare Fortschritte. Sei zuversichtlich. Gib dir Zeit. Ich bin sicher, auch dieser Zustand wird sich noch bessern. Wenn du erst wieder ein Gefühl in die Beine bekommst …«

»Ja, ja. In die Beine. Ich will es ja glauben. Aber woanders ist auch kein Gefühl mehr.«

Manfred schaute mit zusammengekniffenen Lippen zu Boden. Als wenn er sich schämen würde, schüttelte er leicht seinen Kopf. Sein Vater verstand sogleich, was er sagen wollte.

»Du warst schlimm verletzt. Als man dich brachte, hattest du, abgesehen von deinem Kopf, schwere Verletzungen am Unterleib. Es grenzt schon an ein Wunder, wenn das alles wieder heilt. Der Medicus jedenfalls schüttelte nur mit dem Kopf, als er die Wunden in der Leiste und die Verbrennungen dort sah.«

Eine Zeit lang schwiegen die Männer. Etwas schien Manfred zu bewegen. Er benötigte Zeit für ein Aussprechen.

»Da ist zu viel kaputtgegangen. Ich spüre nichts mehr. Es ist vorbei mit meiner Manneskraft.« Manfred biss sich auf die Lippen bei diesen Worten. Wieder fasste ihn sein Vater an der Schulter. Er erinnerte sich nur allzu gut an seinen völlig nackten Sohn, wie er bewusstlos auf einer Pritsche gelegen hatte. Das Feuer hatte auch vor seinen Geschlechtsorganen nicht haltgemacht. Zudem mussten ihn dort Splitter oder Kugeln verletzt haben. Der General kannte sich aus mit Verwundeten. Damals hatte er zunächst kaum an ein Überleben seines Sohnes glauben können. Aber sein Manfred war von einer Zähigkeit, die selbst diesen schlimmen Wunden trotzte. Als sich sein Sohn langsam erholte, ahnte er jedoch bereits, dass er nie Kinder würde zeugen können.

»Ich werde der Letzte von Homagen sein. Weißt du das?«

Mit schmerzverzerrtem Gesicht schaute er seinen Vater an. Dieser nickte zu diesen Worten.

»Es tut mir so leid für die Familie. Das wird die Zeit leider auch nicht richten können.«

Noch einmal klopfte ihm sein Vater auf die Schulter. »Du wirst dich damit abfinden – wenn es tatsächlich so sein sollte«, versuchte er seinen Sohn zu trösten. »Es hat dann eben so sein sollen. Der Medicus hat getan, was er konnte. Da war furchtbar viel Blut. Und erst die Verbrennungen. Er gab sich alle Mühe. Ohne seine Hilfe wärst du wahrscheinlich gestorben. Und schon nach dem blutigen Operieren hatte er mich wissen lassen, dass du eventuell keine Kinder mehr wirst zeugen können. Das war bitter. Aber du lebtest. Du überlebtest. Was konnte ich mir mehr wünschen?«

»Unsere Familie lässt sich fast 500 Jahre zurückverfolgen. Gut Wustrau gehört uns seit Jahrhunderten. Und mit mir wird diese Tradition zu Ende gehen.«

Verbittert schüttelte Manfred jetzt heftig den Kopf, gerade so, als könnte er damit diesem Schicksal entkommen.

»Es ist, wie es ist. Du lebst, alles andere wird sich finden.«

»Ich bin kein richtiger Mann mehr! Da weiß ich nicht, ob es nicht besser gewesen wäre, wenn ich im Feld geblieben wäre.«

»Du grämst dich allzu sehr. Wer weiß, was noch kommt, wie sich alles entwickelt? Manchmal gibt es ja auch Wunder. Ich jedenfalls bin mehr als dankbar, wenn ich mir deine Fortschritte anschaue. Die Natur tut offenbar einiges für deine Gesundheit. Ob es wirklich bei der Zeugungsunfähigkeit bleibt, wird sich erst noch zeigen.«

Sein Vater nickte ihm mit einem liebevollen Lächeln zu. Doch Manfred haderte erneut mit seinem Schicksal. Die finsteren Gedanken hatten wieder die Übermacht gewonnen. Sie zu vertreiben, gelang dem Vater nicht.

»Komm. Lass uns zur Kirche gehen. Schaffst du das?«

Die Kirche lag ein ganzes Stück hinter dem Herrenhaus. Ein mühsamer Weg für Manfred, dachte Joachim von Homagen. Aber er würde dann nicht seinen trüben Gedanken nachhängen können. Manfred schleppte sich neben ihm den gepflasterten Weg entlang. Nach der Hälfte der Strecke musste er innehalten und Atem schöpfen. Sein Vater zeigte mit seinem Stock auf die Kirche.

»Schau. Wie oft ist sie schon niedergebrannt. Es ist 51 Jahre her, als sie durch Blitzschlag zerstört wurde. Zum wiederholten Mal! Und trotzdem steht sie noch. Ich erinnere mich, wie der quadratische Turm vor Jahren an die Kirche angebaut wurde. Du warst damals noch nicht einmal auf der Welt. Auf jeden Fall gibt es die Kirche nach wie vor. Sie hat alles überstanden, alles überlebt. Und dir wird es genauso ergehen.«

Manfred anerkannte sehr wohl die Aufmunterungsversuche seines Vaters. Er riss sich zusammen. Langsam legten sie das letzte Stück Weg bis zur Eingangstür der Kirche zurück. Als sie in den kühlen Innenraum traten, hatte sich seine Hoffnungslosigkeit ein wenig gelegt.

Am Abend speisten sie zusammen mit Cornelia und einem weiteren Gast, der sich vor Tagen bereits angekündigt hatte. König Friedrich Wilhelm war zu dieser Zeit von seinen engsten Vertrauten von Reformmaßnahmen überzeugt worden, mit deren Hilfe der preußische Staat wieder erstarken sollte. Zwar schien dies in der momentanen Situation fast unmöglich. Napoleon hatte Preußen erst vor wenigen Monaten zerschlagen und seine eigenen Staatspläne umsetzen wollen. Nur das nachdrückliche Bitten von Königin Luise und deren geschickte Diplomatie, die gepaart war mit Charme und weiblicher Raffinesse, konnten den Franzosen letztlich besänftigen und von seinen ursprünglichen Plänen abbringen. Diese Glanzleistung der Königin, die ihren zaudernden und zögerlichen Gatten übertrumpfte und die eigentliche Retterin des preußischen Staates war, nahmen führende Persönlichkeiten zum Anlass, um das in vielfacher Hinsicht zurückgebliebene Land zu modernisieren.

Bei dem Gast am Tisch der Familie von Homagen handelte es sich um General Gerhard von Scharnhorst. Er arbeitete intensiv mit den Spitzen der preußischen Reformkräfte zusammen und hatte, seit er in preußische Dienste eingetreten war, für die Armee Reformen angemahnt, die allerdings ungehört geblieben waren. Jetzt stand er in enger Beziehung zu anderen reformbereiten Männern, die maßgebliche Veränderungen in der Staatsverwaltung, im Wirtschaftsleben und in den Schulanstalten anstrebten. Sie benötigte er als Verbündete, da ihm etliche Widersacher das Leben schwer machten. Scharnhorst wusste um die militärischen Verdienste der Familie von Homagen, die selbst immer wieder Veränderungen vorgeschlagen hatte. Und er wusste von Major Manfred von Homagen, der als junger Regimentskommandeur bei seinen Truppen für Reformen gesorgt hatte, was ihm manche Gegnerschaft altgedienter Offiziere eingetragen hatte.

»Ihr werter Herr Sohn wird hoffentlich bald wieder vollständig kuriert sein«, meinte der General zu dem Hausherrn. Manfred schaute skeptisch.

»Es liegt eine schwierige Zeit hinter meinem Sohn. Er wird angesichts der Verletzungen seine Offizierslaufbahn nicht fortsetzen können. Wir müssen zunächst noch Geduld haben. Dann werden wir weitersehen. »

»Erlauben Sie mir das Aufzeigen einer Perspektive.« Scharnhorst ergriff zunächst einmal das Weinglas. Er trank auf das Wohl Manfreds. Mit seiner Serviette tupfte er sich danach die Lippen ab.

»Es mag sein, dass Sie nicht mehr als Offizier im Feld stehen können. Doch möchte ich auch diesbezüglich nicht die Hoffnung aufgeben. Vielleicht benötigt Ihr Körper einfach noch weitere Genesungs- und Regenerationszeit. Allerdings: Ich wäre schlecht beraten, wenn ich auf einen erfahrenen, noch dazu gebildeten Offizier verzichten würde. Verehrter Herr Major, Sie können Ihrem Land weiter dienen. Wir planen Veränderungen, wie es sie in Preußen in den letzten 200 Jahren nicht gegeben hat.«

Vater und Sohn hörten aufmerksam zu. Manfreds Vater war bei einem bereits am Nachmittag geführten Gespräch über die Absichten Scharnhorsts informiert worden. Er beobachtete jetzt gespannt die Reaktion seines Sohnes.

»Ich kann mich ohne Krücken nicht einmal fortbewegen, Herr General. Ich fürchte, mit mir ist nichts mehr anzufangen.«

»Seien Sie nicht so pessimistisch«, tadelte der Offizier. »Die Geduld, von der gerade Ihr Vater sprach, müssen Sie wohl aufbringen. Jedoch wird es vorangehen. Dann werden Sie wieder einsatzfähig sein. Und es wäre ein Frevel, Ihre Fähigkeiten nicht zu nutzen.«

»Du hast doch in den letzten Jahren selbst immer wieder mit den Verhältnissen in der Armee gehadert. Deine Reformmaßnahmen haben sich ja nicht nur bis Wustrau herumgesprochen«, mischte sich sein Vater ein. »Jetzt böte sich gar Gelegenheit zu solchen Reformen im großen Stil. Das liegt doch ganz und gar in deinem Interesse.«

Manfred hörte aufmerksam zu. Sollte es tatsächlich einen Ausweg für ihn geben? Schien das Angebot Scharnhorsts eine Lösung für ihn zu bieten? Die Männer besprachen sich noch über eine Stunde. Spät am Abend stimmte Manfred dem General schließlich zu. Angesichts seiner angeschlagenen Gesundheit erbat er sich noch Zeit bis zum Ende des Sommers. So er sich dann einigermaßen selbstständig bewegen konnte, wollte er zu Scharnhorst nach Berlin gehen. Erstmals seit Monaten ging Manfred in dieser Nacht wieder etwas zuversichtlicher schlafen. Die angetragene Aufgabe und das damit verbundene Vertrauen des hoch angesehenen Offiziers ließen die bedrückenden Gedanken in den Hintergrund treten. Manfred erkannte einen Silberstreif am Horizont. Auch sein Vater begab sich nach langer Zeit wieder mit Hoffnung und Zufriedenheit zu

Bett, die ihm monatelang abhandengekommen waren. Er hatte sehr auf die Reaktionen seines Sohnes bei diesem Abendgespräch geachtet. Als er nach einer eher zähen Anfangsphase dann doch ein Interesse und letztlich gar eine Neugierde für die herausfordernden Aufgaben bemerkte, freute er sich ungemein. Während des Gesprächs verbarg er seine Gefühle. Erst als er General Scharnhorst, der sich noch in der Nacht auf den Rückweg nach Berlin machte, verabschiedete, ließ er diesen teilhaben an seiner Freude und bedankte sich aufrichtig für dessen Angebot.

GUT WUSTRAU – 25. APRIL 1807

Der alte Ochse zog das Gespann mit Mühe. Etwas Besseres hatte der Bauernknecht nicht für Agnes auftreiben können. Zwar war er anfangs etwas begriffsstutzig gewesen. Zudem stotterte er und seine Aussprache war nur schwer verständlich. Doch Agnes konnte trotzdem froh sein. Sie wäre sonst völlig allein in einer ihr fremden Gegend herumgeirrt. Wer weiß, wie lange es gedauert hätte, bis irgendjemand des Weges gekommen wäre? Der Knecht verstand nach einem dritten Anlauf, wohin Agnes wollte. Er hatte alle Mühe, mit diesen Neuigkeiten umzugehen. Eine Frau, die zu dem Herrn Major wollte? Eine Frau, die er noch nie im Leben zuvor gesehen hatte und die allein in dieser einsamen Gegend herumstand?

»Das Gut Wustrau. Das ist doch hier in der Nähe. Oder? Ich bin auf dem Weg dorthin. Herr Major von Homagen erwartet mich. Du kennst ihn doch sicherlich, den Herrn Major?«

Natürlich kannte Knecht Ludewig den Sohn des Rittergutsbesitzers. Er war ihm schließlich untertan. Auf dessen Ländereien versah er seit Jahrzehnten seine Arbeit. Zögerlich antwortete Ludewig, er müsse schauen, ob er ein Gefährt auftreiben könne. Mit Blick auf Agnes' Bauch riet er ihr von einem Fußmarsch ab, da sie wahrscheinlich bis zum Spätnachmittag unterwegs wäre. Und das gar mit einem Koffer und einem Tornister! So komisch der Bauer auch auftrat, er schien keineswegs dumm zu sein. Es dauerte ein wenig, dann aber kam er mit dem Ochsen, der einen uralten, schon mächtig beschädigten Scheunenwagen hinter sich herzog, um die Ecke. Während der über einstündigen gemächlichen Fahrt in südöstlicher Richtung sprachen die beiden nicht viel miteinander. Ludewig sah in ihr eine Dame. Da wollte er sich lieber zurückhalten und keinen Fehler machen. Ab und an deutete er auf ein Feld oder auf manche Hütte und auf Menschen, an denen sie vorbeikamen. Er gab dann einen knappen Kommentar ab. So bekam Agnes erste Informationen über Land und Leute. Sie stellte auch die eine und andere Frage. Ludewig beantwortete sie, so gut er konnte. Dann sah sie die glitzernde Oberfläche des Ruppiner Sees. Wustrau lag an dessen Südspitze. Der Boden erschien ihr in dieser Gegend fruchtbar. Auf den Feldern sah sie vor allem Frauen. Als sie danach fragte, verwies Ludewig auf die Kriegszeiten. Männer, die als Soldaten gebraucht werden konnten, waren allesamt irgendwo in den Feldlagern, lagen verletzt in notdürftigen Lazaretten oder gar schon tot unter der Erde.

»Auch der Herr Major trägt schwer an seinen Verletzungen.«

Als Ludewig nach dieser Bemerkung nicht weitersprechen wollte, drängte ihn die erschrockene Agnes und fragte nach Einzelheiten.

»Der Herr ist fast umgekommen. Es grenzt an ein Wunder, dass er überhaupt überlebt hat. Schlimme Verletzungen. Überall. Schlimme Wunden. Am ganzen Körper. Vor allem die Verbrennungen. Fürchterlich. Grausam.«

Agnes fehlten die Worte. Was, um Gottes willen, war tatsächlich geschehen? Natürlich hatte sie Cornelia von Homagens Brief aufgeschreckt. Sie konnte ahnen, dass es Manfred schlimm ergangen sein musste. Aber nun, da ihr Wiedersehen kurz bevorstand, versetzten Ludewigs Beschreibungen sie in Panik. Sie versuchte, sich ein wenig zu beruhigen, schließlich war seit Cornelias Brief viel Zeit vergangen. Und Wunden heilten doch nach und nach.

»Aber der Herr Major lebt doch. Oder etwa nicht?«, fragte sie den Knecht.

»Ja. Er lebt. Aber ihn quälen immer noch die schlimmen Schmerzen. Er läuft an Krücken, ohne die er kaum einen Schritt gehen kann.«

Agnes schluckte. Sie nickte, schwieg dann aber eine ganze Weile. Sie musste mit diesen schockierenden Neuigkeiten erst einmal fertig werden. Nachdenklich und in sich versunken, bemerkte sie nicht, wie zunächst der Kirchturm von Wustrau in der Ferne auftauchte. Zwei verdreckte, sie aus großen Augen neugierig musternde

Kinder liefen barfuß mit einem Mal neben ihrem Gefährt her. Agnes versuchte ein Lächeln. Ludewig schimpfte ein wenig mit ihnen. Dann gab er ihnen offenbar einen Auftrag. Die beiden rannten johlend los.

Während Agnes das Rittergut Wustrau dann wenig später vor Augen hatte, unterschrieben gerade im weit entfernten Bartenstein der preußische König Friedrich Wilhelm III. und Zar Alexander I. ein neues Bündnisabkommen. Beide Herrscher hatten nach der schrecklichen, unendlich viele Opfer fordernden Schlacht von Preußisch-Eylau im Februar, in der Napoleon erstmals keinen Sieg erringen konnte, Hoffnung geschöpft, mit den Franzosen letztlich doch noch fertig zu werden. Die beiden Monarchen verpflichteten sich, mit Napoleon keine Verhandlungen aufzunehmen, ehe seine Truppen nicht hinter den Rhein zurückgeworfen seien. Dieses Ziel sollte sich alsbald als anmaßend entpuppen. Lediglich eine kurze Zeit lang konnte der gedemütigte und zaudernde Preußenkönig der Illusion nachhängen, dass sein Land alsbald wieder zu alter Größe zurückfinden würde. Die von Homagens wussten von diesem Zusammentreffen ihres Königs mit dem russischen Herrscher an diesem Tag. Ein Bote Scharnhorsts hatte ihnen dazu erst am frühen Morgen eine streng vertrauliche Depesche überbracht. Beide Männer saßen im Raucherzimmer und berieten die Situation, die sich zum Besseren für Preußen zu wenden schien. Ihr Gespräch wurde durch energisches Klopfen unterbrochen. Joachim von Homagen wollte schon angesichts dieser Störung seinen Unmut kundtun. Der treue Hausdiener meldete mit hochrotem Kopf die Ankunft einer unbekannten Dame, die sich augenscheinlich in anderen Umständen befand. Von Homagen schaute seinen Sohn an. Der runzelte nur die Stirn. Hinter dem Hausdiener tauchte aufgeregt seine Tante auf. Sie war völlig außer Atem. Die ansonsten äußerst beherrschte Cornelia von Homagen suchte nach Worten. Die Männer wunderten sich zunehmend. Als seine Tante den Namen *Agnes* hervorbrachte, zuckte Manfred zusammen. Wen meldete da seine Tante? Er glaubte, seinen Ohren nicht zu trauen.

»Agnes ist da. Manfred! Agnes ist gekommen.«

Den alten Homagen schien die Situation zu überfordern. Ungläubig schaute er zu seiner Schwester.

»Was redest du? Wer ist da gekommen? Agnes? Genaueres bitte!«

Der Hausdiener stand ganz steif und sprachlos im Raum.

»Andere Umstände. Aha. Das also auch noch«, fuhr Manfreds Vater fort. »Was hat das zu bedeuten? Was ist das für ein Frauenzimmer?«

Kaum hatte er die Frage ausgesprochen, dämmerte ihm, wer da eingetroffen sein sollte. Wie hatte er das vergessen können! Agnes. Natürlich. Die Frau, von der er in Manfreds Soldatenbuch hatte lesen können. Jetzt erinnerte er sich gar an die letzten notierten Wörter: ›Agnes, liebste Agnes!‹

Manfred war mühsam aufgestanden. Er stützte sich auf seine Krücken. Auch er war aufgeregt und schwitzte. Eine Reaktion, die seinem Vater nicht verborgen blieb.

»Agnes. Agnes. Ja. Ist das vielleicht die Frau, von der du im Fieber so häufig gesprochen hast? Doch, jetzt erinnere ich mich ganz genau. Du hast immerzu von einer Agnes gesprochen.«

»Ja, sicher«, fiel ihm seine Schwester ins Wort. »Nun kommt schon. Wir haben einen Gast. Begrüßen wir ihn und heißen ihn willkommen.«

Cornelia von Homagen sprach fast feierlich. Sie klopfte ihrem Neffen auf die Schulter.

»Sie ist da. Sie ist gekommen, Manfred. Agnes steht vor der Tür.«

Manfred von Homagen spürte sein Herz heftig klopfen. So gut es ging, machte er sich auf den Weg. Der Hausdiener wollte ihm beim Gehen helfen. Doch Manfred wollte ohne fremde Hilfe vor Agnes treten. Er bog um die Ecke im Erdgeschoss des Herrenhauses. Sie stand im Foyer. Sein Herz hüpfte vor Freude. Agnes schaute ihn an. Sie verbarg bei seinem Anblick ihr Entsetzen. Ein abgemagerter Mann mit einem von Brandwunden entstellten Kopf stand, sich auf Krücken stützend, vor ihr.

»Agnes. Mein Gott, Agnes.«

Manfred war außer sich vor Freude. Seine Stimme hatte sich nicht verändert. Agnes, die einen Moment lang gar gezweifelt hatte, ob es tatsächlich Manfred war, der vor ihr stand, erkannte die Stimme sofort. Sie öffnete ihre Arme und ging zwei, drei Schritte auf den geliebten Mann zu. Ihr liefen die Tränen vor Glück und Schmerz zugleich über die Wangen. Manfred ließ eine der beiden Krücken fallen. Er umarmte seine Agnes. Alle, die diese Szene im Foyer des Herrenhauses beobachten konnten, sahen, wie dieser tapfere Soldat mit den Tränen kämpfte. Er konnte vor Ergriffenheit nicht reden. So hielten sich die beiden Liebenden einfach fest. Der alte Homagen und seine Schwester standen etwas entfernt. Der Hausdiener hinter ihnen war ganz gerührt von der Szene. Zwei Köchinnen, die neugierig ihre Köpfe zur Küchentüre herausstreckten, wollten nicht glauben, was sie sahen. Jedenfalls hatten sie nun genügend Gesprächsstoff, um mehrere Abende lang begehrte Gesprächspartnerinnen unter den Frauen des Dorfes zu sein. Joachim von Homagen wurde zwar etwas ungeduldig. Doch konnte er sich beherrschen. Er spürte instinktiv, dass sich das Blatt für seinen Sohn zum Guten wendete. Erst der Besuch General Scharnhorsts, der Mut und Hoffnung machen konnte. Und heute nun eine Frau, von der er zwar fast nichts wusste, die aber das Herz seines Sohnes offensichtlich erobert hatte. Dazu die glücklichen Blicke seiner Schwester, die anscheinend weit mehr wusste als er selbst. Sei es drum, ging es dem Alten durch den Kopf: Wenn es seinem Sohn nur helfen würde! Mehr wollte er nicht. Agnes war angekommen. Alles Weitere würde sich finden.

GUT WUSTRAU – ENDE APRIL/MAI 1807

Nur ein einziges Mal, drei Tage nach Agnes' Eintreffen, vergewisserte sich der Gutsherr am späten Abend bei seinem Sohn. Es waren drei, vier Fragen, die er loswerden wollte.

»Sie ist hochschwanger. Wir haben unwahrscheinliches Glück. Wenn es gar ein Sohn sein sollte, wird das Geschlecht der von Homagen nicht aussterben.«

»Ja. Das Kind wird schon in wenigen Wochen zur Welt kommen.«

Vorsichtig tastete sich der alte von Homagen an seine heikle Frage heran.

»Du hast Agnes also im vergangenen Herbst kennengelernt. In Lüneburg oder in der Nähe von Lüneburg?«

»Ich habe es dir doch schon zweimal erzählt. Sie befand sich in gänzlich unangenehmer Situation. Da bin ich gerade recht gekommen.«

»Wenn das Kind im Juni geboren werden wird, ist es wohl im Oktober gezeugt worden.«

»Was soll diese Rechnung? Agnes und ich haben Anfang Oktober eine Nacht miteinander verbracht, wenn du es genau wissen willst. Das Ergebnis ist mit bloßem Auge sichtbar. Worauf willst du hinaus?«

Sein Vater tadelte sich bereits selbst. Er hätte das Thema auf sich beruhen lassen sollen. So schien er seinen Sohn fast ein wenig betroffen zu machen mit seinen Zweifeln. Diese zerstreute Manfred, der erst gar nicht die nächste Frage seines Vaters abwartete.

»Ich bin der Vater des Kindes. Ohne Frage. Agnes wäre nicht gekommen, wenn sie es nicht genau wüsste.«

»Schon gut. Schon gut. Verzeih, wenn ich taktlos gefragt habe. Mir ist nur wichtig, dass du dein Glück genießen kannst. Ich werde das Thema nicht mehr anschneiden.«

»Ich verstehe durchaus deine Zurückhaltung …«

»Nein. Nein. Zurückhaltung ist nicht das richtige Wort. Ich bin Agnes ganz zugeneigt. Sie kam im rechten Augenblick. Ich bin froh über sie. Nur …«

»Nur die Schwangerschaft«, setzte sein Sohn den Satz fort. »Die Schwangerschaft! Dass mir ja kein Kuckuckskind untergeschoben wird! Das treibt dich um. Schließlich geht es um den legitimen Nachfolger unserer Familie.«

»Du drückst es ehrlich und deshalb in herber Sprache aus. Wenn du dir sicher bist, frage ich nicht mehr nach. Bitte verstehe mich. Alles, woran mir liegt, ist, dass du mit ihr ein ungeteiltes Glück finden wirst.«

»Das alles ist ein Fingerzeig Gottes gewesen. Etwas Besseres hätte ich mir nicht wünschen können. Ich vertraue Agnes voll und ganz. Sie wird meine Frau werden. Du musst wissen, was sie für ein Schicksal hinter sich hat. Das ist wichtig, damit du nicht zu einem späteren Zeitpunkt zu hadern und zu grollen anfängst.«

Manfred von Homagen erzählte seinem Vater Agnes' Geschichte, soweit er darüber Bescheid wusste. Als er geendet hatte, schwiegen die beiden Männer kurz. Dann nickte Joachim von Homagen. Er stand auf und stellte sich vor seinen Sohn.

»Die Dinge sind, wie sie sind. Was immer geschah, mit dir fängt Agnes ein neues Leben an. Wie es wegen der Zwillinge weitergehen kann, weiß ich beim besten Willen nicht. Wir werden überlegen, welche Möglichkeiten es gibt. Doch sprechen wir mit niemandem über diese Kinder. Sonst beginnt in unserer Gegend ein Gerede und Getuschel. Es reicht, wenn wir über die Umstände Bescheid wissen. Aber ich stehe hinter dir, lieber Manfred. Ich stehe hinter Agnes und will euer Glück befördern, wann und wo immer es geht. Deshalb: Wir müssen vor allem noch arrangieren, dass eure Beziehung legitimiert wird.«

Manfred zog fragend die Augenbrauen hoch.

»Ja. Sicher. Wir haben nicht viel Zeit für Hochzeitsvorbereitungen. Es ist mir aber nachdrücklich angelegen, dass ihr Gottes Segen habt und das Kind zur Welt kommt, nachdem ihr von Pastor Loose vor dem Altar getraut worden seid.«

Manfred nickte. »Ich muss Agnes fragen. Wir haben über eine Ehe nie gesprochen. Sie muss es natürlich auch wollen.«

»Meinem Eindruck nach scheint sie dich sehr zu lieben. Es wäre doch gelacht, wenn wir nicht in den nächsten Tagen alles Notwendige für die Vermählung regeln könnten. Nur die Hochzeitsgäste werden sich wahrscheinlich in Grenzen halten. Das liegt nicht nur an dem notwendigen raschen Vorgehen, sondern auch an der schwierigen militärischen und politischen Lage. Aber vielleicht können wir ja alles in einem großen Fest nachholen, wenn die Zeiten wieder friedlicher sind und unser Land die französische Knechtschaft überwunden hat.«

Manfred von Homagen stimmte in allem mit seinem Vater überein. Er war sich ganz sicher: Agnes gehörte zu ihm. Und sie würden ein gemeinsames Kind haben. Für ihn bestand nicht der mindeste Zweifel.

Natürlich wurde in den Häusern und Gehöften des Rittergutes alsbald getuschelt. Die Ankunft der Frau des jungen Herrn sprach sich rasch herum. Die hochschwangere Agnes gab Anlass zu mancher Spekulation. Gerüchte machten die Runde. Doch wagte niemand öffentlich ein abfälliges oder gar ein böses Wort. Als die Bediensteten dann mehr und mehr von einer freundlichen Frau, die ihre Untertanen gut behandelte, berichteten, zeigten sich die Menschen der Gutsherrschaft Agnes zugeneigt. Es war für die Bevölkerung nicht unbedeutend, wen sich Manfred von Homagen zur Frau wählte. Die zukünftige Gutsherrin würde entscheidend über ihr Wohl und Wehe bestimmen. Da konnten sie sich durchaus glücklich schätzen, wenn diese Frau etwas für die einfachen Leute übrig hatte. Agnes nahm die Menschen des Gutes vollends für sich ein, als sie trotz ihrer fortgeschrittenen Schwangerschaft zwei bei der Waldarbeit von einem umstürzenden Baum verletzte Hintersassen versorgte und sie besser pflegte als der ortsansässige Physicus. Die Angehörigen der übel Zugerichteten wollten zunächst kaum glauben, wie zupackend Agnes zu Werke ging. Schon gar nicht wagten sie die Frage, woher die Gutsherrin ihre Kenntnisse und ihr Geschick hatte. Nur einmal fürchtete sie eine Situation. Manfred fragte sie nämlich bereits eine Woche nach ihrer Ankunft, ob sie ihn heiraten wolle. Sein Vater würde alles Notwendige rasch veranlassen, weil es auch dessen Wunsch sei, dass das Kind im heiligen Stand der Ehe zur Welt kam. So sehr dieser Antrag Agnes mit Glück erfüllte, sie zögerte. Schließlich bat sie um ein Gespräch mit dem Hausherrn und dessen Schwester. Als sich der Frühling am 4. Mai von der schönsten Seite zeigte, saß die Familie nach dem Mittagessen zusammen. Agnes war sehr nervös. Manfred wusste, was kommen würde, und half ihr, so gut es ging. Agnes erzählte Joachim und Cornelia von Homagen ihre ganze Geschichte. Sie sparte nicht mit Einzelheiten und unterstrich die Liebe zu ihren Zwillingen, nach denen sie – sobald es die Umstände wieder zulassen würden – weiter nachforschen wollte. Sie musste sich sehr beherrschen, als sie von Michael und Anna sprach. Nachdem sie geendet hatte, war es einen Augenblick lang ganz still in dem großen Raum. Zur völligen Verwunderung Manfreds fasste sich seine Tante als Erste. Sie stand auf, ging um den Tisch herum und umarmte Agnes. Joachim von Homagen räusperte sich zweimal.

»Was immer gewesen ist, du gehörst zu Manfred. Du bist uns mit allem willkommen. Deine Offenheit ist ein weiteres Zeugnis für deine Ehrlichkeit und Lauterkeit. Und wenn es eines Tages dein Wunsch sein wird, nach deinen Kindern zu suchen, werden wir dir zur Seite stehen.«

Von Agnes fiel bei diesen Worten eine große Last ab. Nie hätte sie gedacht, dass sie in dieser liebevollen Weise von der Familie eines stolzen Geschlechts aufgenommen werden würde. Alles schien sich nun zu einem guten Ende zu fügen.

Keine vier Wochen vor ihrer Niederkunft wurde sie mit Manfred von Homagen in der Wustrauer Kirche vermählt. Zwar nahmen nicht allzu viele adlige Gäste und kaum enge Verwandte daran teil. Dazu war die Hochzeit viel zu eilig arrangiert worden. Doch hatte sich Agnes auch die Teilnahme der einfachen Mitbewohner des Gutes ausbedungen. Diese sorgten für eine Fröhlichkeit, wie sie selten in den zurückliegenden Jahren vorgekommen war. Selbst der strenge Pastor ließ sich davon anstecken. Die ganze Gesellschaft feierte fast den ganzen Tag über und noch weit in die Nacht hinein. Agnes genoss dieses freudige Fest, bis sie zu später Stunde die Anstrengungen spürte und sich mit Manfred zurückzog. Der alte von Homagen, getadelt von seiner Schwester, ließ es sich nicht nehmen, noch in den frühen Morgenstunden des nächsten Tages seine volltrunkenen Untertanen vollends unter den Tisch zu saufen. Er fühlte sich nicht weniger glücklich als sein Sohn und dessen Frau und war dem Schicksal und seinem Herrgott mehr als dankbar.

GUT WUSTRAU – 25. JUNI 1807

Vor wenigen Tagen hatte die Kunde von der furchtbaren Schlacht bei Friedland Wustrau erreicht. Die von Homagens hörten erneut vom Kriegsglück des französischen Kaisers, der der russischen Armee eine schwere Niederlage beigebracht hatte. Damit löste sich die Hoffnung, die sie mit dem zwischen Preußen und Russland vor wenigen Wochen abgeschlossenen Bündnisabkommen verbanden, in Luft auf. Der russische Zar musste für sein eigenes Land Sorge tragen und konnte keine Rücksicht mehr auf Verbündete nehmen. Bereits zehn Tage nach der Schlacht trafen sich Zar Alexander und Kaiser Napoleon in der Mitte des Flusses Njemen, der die russische von der französischen Armee trennte, auf einem gewaltigen Floß, in dessen Mitte ein elegantes Zelt stand. Zwei Stunden verbrachten die beiden Monarchen in dem Zelt. Was gesprochen und verhandelt wurde, blieb allen Anwesenden verborgen.

Von diesem Geschehen wusste auf Gut Wustrau niemand etwas. Als das Mittagsmahl eingenommen wurde, entspann sich zwar noch ein Gespräch über die Zukunft des Landes. Agnes hörte interessiert zu. Viel lieber hätte sie allerdings mit Cornelia, die ihr zu einer guten Freundin geworden war, über weniger staatspolitische Angelegenheiten gesprochen. Die Suppe wurde gereicht. Als ihr der Diener den zweiten Schöpfer geben wollte, zuckte Agnes kurz zusammen. Ihr entfuhr ein überraschtes »Oh«. Die kleine Gesellschaft schaute sie erschrocken an. Einen Moment musste sich Agnes sammeln.

»Keine Sorge. Es ist nichts. Jedenfalls nichts Schlimmes.«

Die beiden Männer hoben die Augenbrauen. Cornelia schaute nur kurz zu Agnes hin. Sie erfasste die Situation.

»Ihr esst weiter. Jetzt geht es um etwas, wobei ihr nicht zu gebrauchen seid.«

Die Miene ihres Bruders zeigte deutliches Unverständnis.

»Nun schaut nicht so. Falls ihr es noch nicht bemerkt habt: Es ist soweit. Das Kind will nicht länger warten.«

Augenblicklich begriffen die beiden Männer. Selbst der alte von Homagen geriet in eine seltene Aufregung. Er stand auf, wollte Agnes zu Hilfe eilen und warf in einer ungestümen Geste gar sein Weinglas um. Manfred, dem das Aufstehen nach wie vor schwerfiel, kam, weil er es zu rasch anging, ins Schwitzen. Die Schmerzen, die ihm stechend in seine Hüfte und seine Beine fuhren, ignorierte er.

»Setz dich wieder!«, kommandierte jetzt Cornelia überraschend deutlich ihren Bruder. »Und du, Manfred, tust es deinem Vater gleich. Ich kümmere mich um alles. Ihr wartet ab. Ihr könnt im Moment nicht helfen.«

Etwas verschämt saß Agnes auf ihrem Stuhl. Sie versuchte zwar ein Lächeln. Aber das auslaufende Fruchtwasser genierte sie. Ihre Fruchtblase war geplatzt. Zwar hatte sie mit der Geburt erst in einigen Tagen gerechnet. Aber wenn die Natur es schon ein wenig früher einrichten wollte, sollte es eben so sein.

»Na, am besten geht ihr beiden vielleicht doch aus dem Raum.« Cornelia übernahm wieder das Kommando. Der erschrockene Diener, der zunächst gedacht hatte, er hätte etwas mit dem Malheur zu tun, erhielt von ihr zwei Aufträge.

»Lass die Hebamme kommen. Und sage in der Küche Bescheid, dass wir heißes Wasser benötigen. Ich kümmere mich um alles andere. Agnes wird in ihrem Zimmer sein.«

Manfred und sein Vater wollten auch ihren Beitrag leisten. Doch die in mancher Schlacht bewährten Männer schienen in dieser Situation ihren Mut und ihre Ruhe zu verlieren. Manfred war ganz außer sich. Sichtlich nervös, wusste er nicht, was er hätte Sinnvolles tun können. Auf eine Krücke gestützt, stand er völlig aufgelöst neben Agnes.

»Was soll ich tun?«

Seine Tante nahm ihn am Arm. »Gar nichts. Abwarten musst du. Geduld haben. Du wirst Vater, mein Lieber.

Das ist tagtäglich etwas völlig Normales. Also bitte: Sei so tapfer, wie es sich für einen Soldaten geziemt. Mach deine Agnes nicht unnötig nervös.«

Joachim von Homagen hielt sich ein wenig im Hintergrund. Er fasste sich rascher als sein Sohn.

»Komm. Deine Tante hat recht. Lass uns in den Rauchsalon gehen.«

An seine Schwester gewandt, wies er beim Hinausgehen allerdings noch an, dass man sie ständig auf dem Laufenden halten solle. Kaum waren die Männer draußen, lächelten sich die beiden Frauen an. Cornelia half Agnes beim Aufstehen.

»Geht es dir so weit gut?«

Agnes nickte.

»Gehen wir in dein Zimmer. Es wird alles vorbereitet. Die Hebamme dürfte bald da sein. Und mit Gottes Hilfe ist in wenigen Stunden schon alles vorbei.«

Agnes freute sich. Sie hatte so oft um ihren Nachwuchs Angst haben müssen. Doch seit sie von Wismar aufgebrochen war, gab es keinen Anlass mehr zur Sorge. Sie war auf Gut Wustrau behütet worden. Der knorrige Vater von Manfred hatte sie fast von Anfang an in sein Herz geschlossen. Die Dienerschaft machte ihre Witze über den plötzlich so milde und oft genug fröhlich gestimmten Gutsherren, den sie durchaus auch schon ganz anders erlebt hatten.

Keiner der an den Ufern des Njemens anwesenden russischen und französischen hohen Offiziere und Diplomaten ahnte, was Napoleon und Zar Alexander in dem Zelt miteinander besprachen. Nicht wenige Offiziere, vor allem aber die meisten der gemeinen Soldaten hatten genug von den ständigen furchtbaren Kämpfen. Minute um Minute verging. Langsam schritt die Zeit voran. Russen wie Franzosen schien sie sich unendlich hinzuziehen. Gänzlich anders empfanden den Lauf der Zeit Manfred und sein Vater. Alles ging furchtbar schnell. Noch bevor in der weiten Ferne die beiden Monarchen vor das auf dem Floß aufgestellten Zelt traten, brachte Agnes auf Gut Wustrau einen gesunden Jungen zur Welt. Die Geburt war ohne Probleme verlaufen. Die Hebamme, Cornelia und eine Magd hatten ihr beigestanden. Als der Junge seinen ersten Schrei von sich gab, zuckte im Rauchsalon der alte von Homagen zusammen. Am liebsten wäre er hinausgestürzt, doch musste er Rücksicht auf seinen Sohn nehmen, der nur umständlich aufstehen konnte. Aufgeregt näherten sich dann die beiden dem Entbindungszimmer. Die Tür stand offen. Joachim von Homagen ließ seinem Sohn den Vortritt. Während Manfred auf Agnes und zum ersten Mal auf seinen Sohn zuging, schritten Zar Alexander und Napoleon Arm in Arm aus dem Zelt. Für jedermann wurde offenbar, dass aus Feinden nun Freunde und Verbündete geworden waren. Manfred griff zu diesem Zeitpunkt nach dem ihm von der Hebamme hingehaltenen Bündel. Sein Sohn brüllte kräftig und energisch. Gerührt blickte Manfred seinem Sprössling in das vom Schreien verzerrte Gesicht. Er war außer sich vor Freude. Sein Vater trat neben ihn. Dem alten Mann, zeitlebens ein Haudegen, der weder Tod noch Teufel gefürchtet hatte, standen Tränen in den Augen. Der lang ersehnte und nicht mehr für möglich gehaltene Stammhalter war auf Gut

Wustrau zur Welt gekommen. Er blickte voller Glück seinen Enkel an, streichelte ihm mit dem Finger über die Stirn. Dies schien ihn zu beruhigen. Sein Schreien verstummte. Nicht ohne Stolz bemerkte sein Großvater, das Kerlchen wisse eben von Anfang an, wen er vor sich habe. Agnes lächelte milde zu diesen Worten. Sie war erschöpft, aber überaus glücklich. Wenig später gab sie ihrem Sohn die Brust. Er lag, nur mit einem Leintuch bedeckt, auf ihrem Körper. Als er saugte und schmatzte, streichelte Agnes ihm sanft über den zarten Hinterkopf, auf dem noch kein einziges Haar wuchs. Auch Cornelia war selig. Sie blieb die ganze Zeit bei Agnes und konnte sich nicht sattsehen an dem kleinen Bündel Mensch. Der Junge sollte Joachim heißen wie sein Großvater. Gerührt wandte sich der ehemalige General ab. Er, der sich nicht erinnern konnte, jemals in den letzten Jahrzehnten auch nur eine Träne vergossen zu haben, musste um Fassung ringen. Es gab nun wieder einen Joachim von Homagen. Sein Name und sein Geschlecht würden über seinen Tod hinaus weiterbestehen. Ein größeres Glück konnte er vom Leben nicht mehr erwarten.

POTSDAM – OKTOBER 1809

SEIT DREI JAHREN hielten die Franzosen nun schon Berlin besetzt. König Friedrich Wilhelm und Königin Luise hielten sich nach wie vor in Ostpreußen auf, wohin sie

1806, tief gedemütigt, geflüchtet waren. Berlin war zwischenzeitlich nur noch ein Schatten seiner selbst, die allgemeine Not der Bevölkerung groß. Die riesigen französischen Militärlager, die Versorgung der Soldaten, die Abgaben und Steuerlasten führten die Menschen mehr und mehr in elende Verhältnisse. Viele überlebten nur wegen der öffentlichen Armenanstalten. Hier erhielten die vom Hungertod bedrohten Berliner wenigstens eine aus Graupen und Erbsen mit etwas Kartoffeln und Rüben bestehende sämige Suppe. Diese sogenannte ›Rumfordsuppe‹ verhinderte das Schlimmste. Wegen der üblen hygienischen Verhältnisse in den drei Militärlagern, in denen die Soldaten auf engstem Raum zusammenlebten und ihre Notdurft in primitiven Latrinen verrichteten, kam es in der Stadt ständig zu Durchfallerkrankungen, denen oft genug Kinder zum Opfer fielen. Agnes und Manfred hatten deshalb bald nach ihrer Ankunft in Berlin einen Umzug nach Potsdam erwogen. Sie wollten nichts riskieren und ihren Sohn, so gut es ging, schützen. Der zum Generalmajor beförderte Gerhard von Scharnhorst war im Sommer 1807 von dem bis dahin zögerlichen preußischen König zum Vorsitzenden der Militär-Reorganisations-Kommission ernannt worden. Der zu dieser Zeit von Napoleon diktierte Frieden von Tilsit hatte sein Königreich geradezu verstümmelt. König Friedrich Wilhelm wusste um die Notwendigkeit von Reformen, wenn sein Land sich von den verheerenden Niederlagen erholen und wieder erstarken wollte. Er setzte hervorragende Männer wie den Reichsfreiherrn Karl vom und zum Stein und Karl August von Hardenberg an die Spitze des Staates, die mit anderen reformfreudigen Persönlichkeiten den darniederliegenden preußischen Staat wieder aufrichten sollten. Die Reform der ehemals stolzen Armee lag in der Verantwortung Scharnhorsts, der sich Manfred von Homagen zum Adjutanten wählte. Obwohl immer noch von seinen Verletzungen stark beeinträchtigt und von Schmerzen nach wie vor geplagt, übernahm Manfred diese ehrenvolle Aufgabe. Agnes liebte ihren schwer versehrten Mann über alle Maßen, der mehr und mehr seinen Stolz zurückgewann. Nach wenigen Wochen in Berlin zog die junge Familie dann nach Potsdam. Die besseren Lebensumstände und weil die Militärkommission oft genug in dieser Garnisonsstadt tagte, hatten sie letztlich diese Entscheidung treffen lassen. Agnes vor allem fühlte sich von Berlin abgestoßen. Sie war anfangs entsetzt über den Unrat, der sich an jeder Ecke angesammelt hatte. Sie erschrak über die Hurerei, die selbst am helllichten Tag und in aller Öffentlichkeit betrieben wurde. Manfred von Homagen verstand die Sorgen seiner Frau allzu gut. Zudem fürchtete er nicht minder, dass sich sein Sohn mit einer der zahlreichen Krankheiten in dieser Umgebung anstecken konnte. Wie manch andere hatten sie sich deshalb für Potsdam entschieden. Mit Scharnhorsts Hilfe fand sich auch eine sehr gute Bleibe für die junge Familie. Das Kommandantenhaus in der Lindenstraße stand ihnen zunächst zur Nutzung zur Verfügung. Agnes fühlte sich wohler in dieser Stadt. Trotzdem waren auch hier die kriegsbedingten Einschnitte nicht zu übersehen. Aber alles ging doch gesitteter, angenehmer und geordneter zu als in Berlin. Sie hatte zwar in ihrem Leben schon manchen

Unrat und Schmutz erblicken müssen, aber im Grunde ihres Herzens konnte sie nach wie vor das ungemein beschauliche Schwieberdingen nicht vergessen. Das schwäbische Dorf, in dem sie so behütet und glücklich aufgewachsen war, blieb in ihrer Erinnerung eine überschaubare Idylle, die immer noch die Sehnsucht nach ihrer Heimat aufrechterhielt. Schon die Verhältnisse in Hamburg hatten sie verwirrt und irritiert und wäre sie nicht auf der Suche nach ihren Kindern gewesen, hätte sie es kaum mehr als einen Tag dort ausgehalten. Berlin verabscheute sie bereits nach kurzer Zeit. Dort zu leben, wurde ihr rasch zuwider. Umso mehr schätzte sie nun Potsdam. Natürlich hatte die Stadt ebenfalls manche Mängel. Viel lieber wäre sie auf Gut Wustrau geblieben. Das dortige Herrenhaus und die es umgebende Natur, die einfachen, aber redlichen Menschen und der eher ruhige Gang der Dinge erinnerten sie an ihre schwäbische Heimat, auch wenn die Landschaft doch ganz anders beschaffen war als die hügelige, von Wäldern überzogene Region nahe Stuttgart. Zudem fühlte sie sich in Wustrau und der ganzen Gegend um den Ruppiner See auch deshalb wohl, weil ihr dort die Menschen besonders zugetan waren. Immer wieder zeigten sie ihr – der Gutsherrin – ihre Zuneigung. Wegen der verantwortungsvollen Arbeit, die Scharnhorst ihrem Gatten zugedacht hatte, war jedoch ein Verbleiben auf Wustrau unmöglich.

Ob in Berlin oder in Potsdam oder sonst wo in deutschen Landen: In der Bevölkerung nahm die Ablehnung der fremden Herrschaft immer mehr zu. Doch Denunziantentum und ein strenges Regiment der Franzosen sicherten deren ungefährdetes Regime. Zudem gab es Profiteure dieser Besatzungsmacht. In Berlin war dies eine Gruppe des Hochadels um den Fürsten Hatzfeld, die ganz offen mit den Franzosen kollaborierte.

Manfreds Wirken für Scharnhorsts Reformideen brachten ihm den Ruf eines geschickten und kenntnisreichen Strategen ein. Er entwickelte zudem ein diplomatisches Geschick, weshalb sich die Kontrahenten in der Kommission sich seiner oft als Vermittler bedienten. Für seine besonderen Verdienste hatte ihn Scharnhorst bereits nach einem knappen Jahr bei seinem König zur Beförderung vorgeschlagen. Anfang Oktober ernannte Friedrich Wilhelm Manfred von Homagen zum Oberst. Zur Feier dieser Ehrung richtete am darauffolgenden Wochenende die Familie Homagen in ihrer Potsdamer Unterkunft ein Fest aus. Neben den zahlreichen hohen Offizieren gaben sich weitere Persönlichkeiten die Ehre. Agnes und Manfred freuten sich über diese Anerkennung. Sie begrüßten an diesem Abend nicht nur den zum Staatskanzler beförderten Karl von Hardenberg, sondern auch Wilhelm von Humboldt, der entscheidenden Anteil an einer durchgreifenden Bildungsreform besaß, den Philosophen Johann Gottlob Fichte und den Theologen Friedrich Wilhelm Schleiermacher. Zu später Stunde herrschte eine ausgelassene Stimmung. Die Reformer fühlten sich an der Spitze einer Bewegung, die Preußen wieder erstarken lassen sollte. Allerdings gab es auch vereinzelte Stimmen, die für den Franzosenkaiser Partei ergriffen. Hervor tat sich dabei Baron

Artur von Schinken, der für seine engen Beziehungen zu Fürst Hatzfeld bekannt war. Er machte aus seinen Sympathien für die Besatzer wenig Hehl. Ihm zur Seite standen mehrere Adlige, die die Arbeit der Reformer eher argwöhnisch beobachteten.

»Ob die zahlreichen Neuerungen das Staatsganze befördern werden, darf doch getrost bezweifelt werden«, ließ sich von Schinken vernehmen.

»Doch. Doch. Gerade das Staatsganze wird befördert. Bauern und Bürger benötigen Freiheit. Dann stehen sie treu zur Krone und identifizieren sich mit dem Staate Preußen.« Der Philosoph Fichte trat von Schinken freundlich, aber bestimmt entgegen.

»Müssen denn gleich die Bauern aus der Abhängigkeit ihrer Gutsbesitzer entlassen werden? Dummes Volk, kann ich da nur sagen! Und dass jetzt gar die Juden als Staatsbürger anerkannt werden sollen, ist doch eher einer Unvernunft zuzuschreiben als einem klugen politischen Handeln.«

»Es ist höchste Zeit für diese Fortschritte. Wir können nicht mehr ganze Bevölkerungskreise in Unmündigkeit halten oder sie als Menschen zweiter Klasse behandeln.« Manfred mischte sich mit diesen Worten ein. Als überzeugter Reformer, der auf seinem Rittergut manches von dem, was nun allgemein vorgegeben wurde, seit Jahren vorlebte, sah er diesen Weg als einzig hilfreich für das geschlagene Preußen an.

»Lassen wir die Kirche im Dorf. Die Reformpartei überzieht und nimmt keine Rücksicht auf den staatstragenden Adel. Das ist verwerflich. Das geht einfach zu weit.«

Nun benutzte von Schinken eine Ausdrucksweise, die die Anwesenden aufmerken ließ. Manfred bemerkte, wie fast schlagartig die gute Stimmung kippte.

»Lassen wir heute Abend das Thema auf sich beruhen, verehrter Herr Baron. Es bereitet allzu viel Kopfzerbrechen und sollte unser Zusammensein nicht stören.« Manfred streckte gewissermaßen die Hand der Versöhnung aus, doch von Schinken schien nicht gewillt, darauf einzugehen. Manfreds Vater stand mit zusammengekniffenen Augen neben seinem Sohn.

»Trinken wir auf das Wohl unseres verehrten Königs und unserer verehrten Königin«, versuchte es Manfred noch einmal im Guten.

»Ich trinke lieber auf das Scheitern der Reformkommission«, erwiderte von Schinken, wohl wissend, dass dieses eine vehemente Brüskierung des Gastgebers war.

»Herr Baron. Ich muss Sie um eine etwas gemäßigtere Ausdrucksweise in dieser Runde bitten.«

»Herr Oberst. Es ist zwar ein ehrenvoller Tag für Sie. Aber Sie müssen meine Meinung schon dulden.«

»Sie sind uns ein willkommener Gast. Doch scheint das Gespräch eine …«, Manfred zögerte und suchte nach den richtigen Worten, »doch scheint das Gespräch eine unglückliche Wendung zu nehmen. Lassen Sie uns einfach den Disput beenden. Wir haben bestimmt zu anderer Zeit Gelegenheit …«

Von Schinken ließ ihn nicht ausreden. Schon das stellte wiederum einen Affront dar. Manfred wollte aber nichts unversucht lassen und unternahm einen neuerlichen Anlauf.

»Wenn es Ihnen genehm ist, bin ich gern bereit, unsere

Diskussion unter vier Augen fortzusetzen. Dann muss sich unsere kleine Gesellschaft nicht weiter gestört fühlen.«

»Wer fühlt sich denn gestört? Von mir aus können wir die Argumente gern öffentlich in dieser Runde diskutieren. Was hätten Sie mir schon unter vier Augen zu sagen? Mit Verlaub, Herr Oberst! Sie scheinen sich zu überschätzen.«

Zwei Mitglieder der Militärkommission schauten sich kurz an. Graf Goetzen und Graf Lottum ergriffen nun für Manfred Partei. Dies reizte den Baron erst recht.

»Meine Herren. Ich darf nur feststellen, dass ein versehrter Soldat, der für das Feld nicht mehr zu gebrauchen ist, mir gar nichts zu sagen hat.«

Das war eine Kampfansage. Manfred konnte sie unmöglich auf sich beruhen lassen. Die Anwesenden erschraken über diese Worte. Sie konnten nur eine Konsequenz haben. Wütend stand Manfred mühsam auf. Seine Beine und seine Hüften bereiteten ihm nach wie vor Schwierigkeiten. Noch bevor er stand, erwiderte er: »Sie beleidigen unsere Gastfreundschaft. Herr Baron! Ich …«

»Sie überschätzen sich schon wieder, mein Lieber«, entgegnete von Schinken. »Nur, dass Sie es wissen: Ich habe mir sehr wohl überlegt, ob ich Ihrer Einladung Folge leisten werde. Es ist doch allgemein bekannt, dass Sie mit einer Frau verheiratet sind, bei der von einer zwielichtigen Vergangenheit geredet wird. Ob das alles Ihrem Stand entspricht, wage ich zu bezweifeln.«

Entsetzt brach unter den Gästen ein Tumult los. Von Schinkens Vorwürfe waren maßlos und zutiefst beleidigend. Manfred hatte sich am Tisch hochgestemmt. Er griff nach seiner Krücke. Von Schinken hielt mit einem dünnen Lächeln stand. Er wusste ihn in der Ecke, in der er Manfred haben wollte. Doch Joachim von Homagen erkannte die Falle. Der alte Mann zog seinen Sohn an der Schulter zurück. Energisch ging er um den runden Tisch auf den dort stehenden von Schinken zu. Es wurde mucksmäuschenstill in dem großen Raum. Manfred wollte seinen Vater noch zurückhalten. Da stand dieser bereits vor dem Baron und schleuderte ihm entgegen:

»Ich habe auf zahlreichen Schlachtfeldern ungeheuer viele Scheißhaufen gesehen. Sie sind jedoch der mit Abstand größte und ekelhafteste von allen.« Von Schinken traten vor Wut die Augäpfel aus den Höhlen. Noch bevor er etwas erwidern konnte, zog Joachim von Homagen seine weißen Lederhandschuhe aus seinem Hosenbund. Er knallte das Paar dem Baron mit Wucht ins Gesicht.

»Sie haben die Wahl der Waffen. Mehr habe ich Ihnen nicht zu sagen. Verlassen Sie augenblicklich unser Haus.«

Baron Artur von Schinken war von dieser Entwicklung überrumpelt worden. Eigentlich hatte er nur auf eine Gelegenheit gewartet, den jungen von Homagen zu provozieren. Ihn wollte er zum Duell herausfordern. Von diesem halben Krüppel, der sich nach wie vor nicht ohne Probleme bewegen konnte, hätte er nicht das Mindeste zu befürchten gehabt. Jetzt war ihm der Alte zuvorgekommen. Mit hochrotem Kopf verließ er mit energischen Schritten den Raum. In der Tür blieb er stehen.

»Pistolen! Ich fordere Sie zum Pistolenduell. Übermorgen früh bei der Windmühle in Babelsberg. Mein Adjutant wird sich melden.«

Daraufhin drehte er sich um und verließ die wie vor den Kopf gestoßene Festgesellschaft.

»Du wirst dich nicht mit diesem Menschen duellieren. Das kommt überhaupt nicht infrage. Ich werde den guten Ruf unserer Familie wiederherstellen.«

»Ich habe ihn herausgefordert. Von Schinken zielte doch offensichtlich auf dich. Du weißt genau, wie sehr dich deine Verletzungen immer noch einschränken. So hat sich dieser Dreckskerl das gedacht. Er glaubte wohl, er hätte leichtes Spiel.«

»Mir war nur eine rasche Reaktion unmöglich. Du hättest einfach abwarten sollen. Er hätte auch von mir den Fehdehandschuh hingeworfen bekommen.«

»Na. Du sagst es ja selbst. Manfred! Es geht nicht. Du würdest allzu leicht ein Opfer für diesen schlimmen Burschen.«

»Muss jetzt mein Vater für mich einstehen? Muss ich mich vertreten lassen in dieser Frage der Ehre? Wie soll ich damit leben können?«

Agnes schaute verzweifelt von einem zum anderen. Es hatte sich eine schreckliche Situation ergeben. Ihr Manfred würde höchstwahrscheinlich bei einem Duell umkommen. Er war nach wie vor recht ungelenk, seine Bewegungen mitunter überaus zögerlich. Bei einem Zweikampf schien er ohne jede Chance zu sein. Aber auch sein Vater musste um sein Leben fürchten. Der kampferprobte, tapfere Soldat hatte die 70 schon vor zwei Jahren überschritten und plagte sich mit allerlei gesundheitlichen Problemen. Nicht nur die Gicht machte ihm seit Langem zu schaffen. Manchmal musste er innehalten, um wieder zu Atem zu kommen. Sein Herz wies bald täglich auf sein fortgeschrittenes Alter hin. Niemand wusste, wie es bei einer extremen Aufregung reagieren würde.

»Lass die Ehre auf sich beruhen, Vater. Niemand wird angesichts deines Alters die Nase rümpfen, wenn du dem Duell aus dem Weg gehst.«

Agnes hatte in den zurückliegenden zwei Jahren ein inniges Verhältnis zu ihrem Schwiegervater gewonnen. Ihre Beziehung war getragen von Vertrauen und Zuneigung und niemals würde sie vergessen, wie liebevoll sie auch von dem alten Gutsbesitzer in die Familie aufgenommen worden war. Cornelia unterstützte sie in ihrem Anliegen. Auch ihr gingen die Gesundheit und das Leben über die Familienehre.

»Ihr vergesst, ich bin Soldat. Ein preußischer Offizier! Es wäre gänzlich unmöglich, diesem Lümmel seine Ausfälle ungestraft durchgehen zu lassen. Und sorgt euch nicht zu sehr. Ich habe haufenweise in Mündungsfeuer geschaut. Dieser Rotzlöffel hat dagegen nicht einmal im Feld gestanden. Ich kann nicht zurück. Unmöglich! Ich werde ihm vielmehr eine Lektion erteilen.«

Fast noch eine ganze Stunde lang redeten alle auf den Alten ein. Doch sein Stolz und seine Ehre als Offizier konnten ihn nicht anders handeln lassen. Agnes war völlig aufgebracht. Sie ließ wie Manfred und Cornelia auch nichts unversucht, ihn umzustimmen. Joachim von Homagen blieb eisern bei seiner Überzeugung. Es musste sein. Das Letzte, was er hatte, war Angst. Sollte dieser Scheißhaufen, wie er nach wie vor über Artur von Schinken sprach, zu spüren bekommen, was es hieß, sich mit einem Offizier des Königs anzulegen.

Im Nordosten der Garnisonsstadt Potsdam, bei der Friedrich der Große sich sein Sanssouci hatte bauen lassen, lag der ›Babelsberg‹ genannte Landstrich. Auf einem Hügelplateau stand schon seit Jahrzehnten die Windmühle eines Hofrats Rehnitz, der mit dem berühmten Preußenkönig bestens bekannt gewesen war. Auf diesen Hügel gingen Joachim und Manfred von Homagen mit zwei befreundeten Offizieren zu. Das sanfte, hügelige Gelände lag friedlich an diesem Herbstmorgen da. Die ersten Sonnenstrahlen ließen die Natur erwachen. Unweit der Windmühle kam die Gruppe beim vereinbarten Duellierungsplatz an. Einige Nebelschwaden lichteten sich in den Senken. Tau glitzerte auf den Blumen und Gräsern. Unter weniger schlimmen Umständen hätte jedermann diesen frühen Morgen genießen können. So aber hatte alle bis auf den alten Homagen Nervosität erfasst. Joachim von Homagen zur Seite stand der ihm seit Jahrzehnten verbundene General von Waltersleben, der ihm sekundierte. Das um diese Tageszeit noch überaus feuchte hohe Gras durchnässte ihre Stiefel. Sie achteten nicht darauf. Von Homagen fühlte sich im Kriegszustand. Er schien als Einziger vollkommen ruhig und vertraute auf seine Erfahrungen als Soldat. Die Duellpistolen waren zwei wunderschöne spanische Modelle mit silbernen Beschlägen an den kurzen Läufen und aus fast schwarzem Holz gefertigten Griffen.

Von Schinken hatte sie gut ausgewählt. Doch täuschte sich niemand über die Gefährlichkeit dieser Waffen, die Tod und Elend bringen konnten. Die Vorderlader, die mit Schwarzpulver gezündet wurden, nahmen jeweils nur eine bleierne Rundkugel auf. Nur dieser eine Schuss konnte aus jeder Waffe abgefeuert werden. Nach einer knappen, distanzierten Begrüßung luden General von Waltersleben und von Schinkens Sekundant sorgfältig die Pistolen. Ein Mann, den Joachim bis dahin noch niemals gesehen hatte, übernahm die Rolle des Unparteiischen. Er überwachte das ordnungsgemäße Laden der Pistolen und klärte kurz darauf die Kontrahenten über die Regeln und den Ablauf des Duells auf, was von Schinken offensichtlich viel zu lang dauerte. Joachim von Homagen erkannte dessen Aufgeregtheit. Er spuckte verächtlich aus. Keine Minute später mussten sich die Schützen mit dem Rücken zueinander aufstellen. Die Pistolen hielten sie in Brusthöhe mit dem Lauf senkrecht nach oben. Auf Kommando schritten sie los. Homagen tat konzentriert einen Schritt nach dem anderen. Er zählte die Schritte in Gedanken mit.

»… acht, neun, ze…«

Der Schiedsrichter hatte noch nicht vollständig ausgezählt, da drehte sich von Schinken heftig um und feuerte seine Pistole ab. Die Kugel schlug oberhalb des linken Schulterblattes durch von Homagens Uniform. Der Alte zuckte nicht mit der Wimper. Seine linke Schulter und sein linker Arm sackten nur unnatürlich herab. Der Regelverstoß seines Gegners ließ ihn einen Moment überaus wütend werden. Er drehte sich um, freute sich über die geringe Distanz. Was sind schon 20 Schritte, dachte der Alte, als er zielte. Von Schinken schrie auf. Der Schrei wurde übertönt durch das Krachen des Schusses. Die Kugel drang oberhalb der Nasenwurzel in seine Stirn. Ein dunkler Fleck zeigte die Wunde an. Gleich darauf quoll Blut heraus. Ein dünner Blutstrom lief am Nasenflügel herunter, erreichte den vor Schreck weit geöffneten Mund und dann tropfte das Blut auch schon auf die Erde. Artur von Schinken knickte ein. Seine Pistole entglitt ihm. Sein Kopf sackte auf die Brust. Mit einem undefinierbaren Grunzen schlugen kurz darauf sein Oberkörper und sein Kopf auf den mit feuchtem Gras bedeckten Boden. Joachim von Homagen schaute grimmig auf die Leiche. Er empfand Genugtuung. Die Familienehre war wieder hergestellt. Dass er sich nicht mehr bewegen konnte, registrierte er noch. Auch den Schwindel, der ihn erfasste, nahm er noch bewusst war. Dann wurde es um ihn herum dunkel.

POTSDAM – 23. DEZEMBER 1809

DER ALTE KÄMPFTE ZÄH UM SEIN LEBEN. Der Feldscher hatte noch an Ort und Stelle die Kugel aus seinem Schulterblatt herausgeschnitten. Sie hatten den Rittergutsbesitzer auf schnellstem Wege in das Kommandantenhaus nach Potsdam gebracht. Zwei Ärzte kümmerten sich tagelang um ihn. Agnes war völlig aufgewühlt. Sie sah, wie ihr Schwiegervater die Schmerzen ertrug, wie er tapfer Tag für Tag und Woche für Woche dem Tod trotzte, der an die Tür klopfte. Der tapfere Soldat kämpfte über zwei Monate lang. Am Vormittag des 23. Dezember, nachdem ihn eine schlimme Nacht mit unerträglichen Schmerzen und schrecklicher Übelkeit heimgesucht hatte, trat eine ganz und gar ungewöhnliche Beruhigung ein. Joachim von Homagen verlangte nach einem kräftigen Frühstück. Er legte Wert darauf, dieses im Kreise seiner Familie einzunehmen. Auch bei Agnes keimte so etwas wie Hoffnung auf. Sie hatte die ganze Zeit um ihren Schwiegervater gebangt, mit ihm gelitten und ihn, so gut es ging, gepflegt. Dadurch waren sie sich noch nähergekommen. Ihre gegenseitige Wertschätzung und Achtung hatte sie regelrecht zusammengeschweißt.

»Der König und die Königin treffen heute wieder in Berlin ein. Endlich. Endlich, kann ich da nur sagen.«

Manfred versuchte, mit den neuesten Nachrichten die Atmosphäre zu entspannen. Tatsächlich waren die Franzosen aus Berlin abgerückt. Mitte Dezember hatte sich die königliche Familie in Begleitung des Arztes Christoph Wilhelm Hufeland von Ostpreußen auf die Rückreise nach Berlin gemacht. Wenige Tage später passierte das Königspaar das westpreußische Königswerder, es machte in Kolberg Station und ehrte die Verteidiger dieser Festung, die von den Franzosen nicht hatte eingenommen werden können. Über Freienwalde erreichte die königliche Gesellschaft am Morgen des Tages vor Heiligabend Weißensee, wo der königliche Konvoi von einer riesigen Menschenmenge begeistert empfangen wurde. Von Weißensee kommend, zog das Königspaar am frühen Nachmittag dieses 23. Dezember feierlich in Berlin durch das Bernauer Tor. Es wurde von Bürgermeister Büsching mit acht Stadtverordneten voller Freude erwartet. Oberbürgermeister von Gerlach hielt eine begeisternde Begrüßungsrede. Die Berliner jubelten.

Joachim von Homagen lebte zu dieser Zeit nicht mehr. Sein Frühstück hatte er etwa zur Hälfte zu sich genommen. Die Rückkehr des Königspaares konnte er noch begrüßen. Er flüsterte, es wende sich nun alles bald zum Guten. Manfred und Agnes hatten sich über seine Teilnahme an dem Gespräch gefreut. Hoffnung keimte auf, die jäh zerstört wurde.

»Schön«, sagte der Alte noch. Dann atmete er aus. Ein Seufzer drang aus seinem Mund. Er schloss die Augen. Als wenn er diese Stellung halten wollte, saß er in seinem Krankenbett. Agnes sah, wie sich ihr Schwiegervater ganz offensichtlich anstrengte. Noch einmal öffneten sich seine Augen. Er schaute Agnes an, dann seinen Sohn. Wiederum ein Seufzen. Dann ein Ausstrecken des rechten Armes in Richtung des kleinen Joachims, der in einem Bettchen ein wenig abseits schlief. Agnes begriff augenblicklich, was er sich wünschte. Zitternd ging sie zur Wiege, hob ihren Sohn heraus, ging mit ihm auf den Großvater zu und legte ihm seinen Enkel in die Arme. Mit nun wieder geschlossenen Augen sagte er noch einmal leise: »Schön.« Seine rechte Hand fasste nach dem Köpfchen des Jungen. Erneut ein Seufzen. Dann nichts mehr. Die Hautfarbe veränderte sich. Als würden Hals, Kopf und Hände bleich angemalt werden, verrichtete der Tod sein Werk.

POTSDAM – ENDE JULI 1812

»Manfred, du kommst spät nach Hause. Ich habe mit dem Abendessen gewartet. Müde siehst du aus. Schone dich ein wenig, es wird dir sonst noch zu viel.«

Agnes empfing liebevoll ihren Mann in ihrem Potsdamer Heim. Sie wohnten in dem Haus nun schon über zwei Jahre. Ihr Sohn wuchs prächtig heran. Nur wurde Manfred von Homagen geradezu von der vielen Arbeit verschlungen. Er diente vorrangig Scharnhorst. Gleichzeitig zählte Manfred von Homagen längst zu dem Kreis der entschiedenen Reformer, die Staatskanzler von Hardenberg um sich geschart hatte. Manfreds Ideen und seine beeindruckende Arbeitsleistung hatten ihn zum Hassobjekt der Reformgegner werden lassen. Mehrfach war er – wie manch andere – bedroht worden. Doch so sehr ihn seine Verletzungen mitgenommen hatten, seine Soldatenseele konnte er nicht verleugnen und mutig trat er seinen Kontrahenten entgegen. Seit Tagen lastete eine drückende Hitze auf Berlin und Potsdam. Selbst jetzt am Abend dieses vorletzten Julitages drückte die Hitze die Menschen noch nieder.

»Wir haben heute unserer Königin gedacht.« Manfred setzte sich an den großen Tisch im Salon, der bereits für das Abendessen gedeckt war. Agnes ging um ihn herum, griff ihm an die Schulter und streichelte ihn an der Kopfseite, die vernarbt und ohne jedes Haar war.

»So lang ist es schon wieder her. Zwei Jahre, oder? Wie die Zeit doch vergangen ist.«

»Ja, vor zwei Jahren wurden wir alle von dieser Hiobsbotschaft überrascht. Wer weiß, was geschehen wäre, wenn Königin Luise ihren Einfluss hätte geltend machen können? Der König erscheint oft genug entscheidungsschwach. Scharnhorst, aber auch Hardenberg bedauern die zögerliche Haltung ein ums andere Mal. Immer wägt er ab, unendlich lang. Er tut sich schwer. Seine Luise wäre sicherlich viel energischer und hätte in mancher Situation das Heft in die Hand genommen zum Wohle des Landes.« Nach diesen Worten ihres Mannes ließ Agnes die Suppe servieren. Sie erinnerte sich noch genau, wie erschreckt und tief betrübt alle Berliner im Sommer vor zwei Jahren gewesen waren. Auch sie war damals mit Manfred bei der großen Menschenmenge gestanden, die sich gegen Abend am letzten Freitag des Monats Juli Unter den Linden und im Tiergarten versammelt hatte. Alle trugen sie Trauerkleidung. Die Menschen erwarteten voller Leid den Leichnam von Königin Luise. Die über alles geliebte Monarchin war neun Tage zuvor überraschend auf dem Schloss ihres Vaters in Hohenzieritz bei Neustrelitz verstorben. Das dumpfe Geläut aller Glocken kündigte die Ankunft des königlichen Leichnams in Berlin an. Königin Luise war es gewesen, die ihren Mann zu weitreichenden Reformen gedrängt hatte. Diese zeigten bereits erste Früchte. Vieles sollte sich ändern. Freiheiten wurden gewährt, das Volk an das Königshaus und das Land gebunden, die Wirtschaft von drückenden Fesseln befreit und Schulen und Unterricht modernisiert. Hatten sich Manfreds Befugnisse zunächst nur auf die Reform der Armee ausgerichtet, so wurden sein Rat und seine Arbeit nach und nach bei fast allen Reformvorhaben geschätzt. Doch wie schon zu Beginn der Umgestaltungen unterstützten keinesfalls alle einflussreichen Männer die Veränderungen. Hochgestellte Persönlichkeiten betrachteten die Neuerungen mit Argwohn. Viele bangten um ihre Privilegien und um Macht und Einfluss. Als der König seine durchgreifenden Pläne weiter energisch durchsetzen ließ, bildete sich um den Rädelsführer dieser Reformgegner eine Verschwörergruppe, die letztlich vor nichts zurückschrecken sollte. Fanatischer Anführer war der ehemalige Generalmajor Alfred von Stuttnitzer. Er hatte in der Schlacht bei Jena ziemlich versagt und den desolaten Rückzug der preußischen Truppen verschuldet, die schrecklich in die Defensive geraten und von den vorwärtsrückenden Franzosen vernichtet worden waren. Die Militär-Reorganisations-Kommission unter Scharnhorsts Leitung überprüfte das Verhalten aller Offiziere. Manche wurden gar unehrenhaft entlassen. Mit von Stuttnitzer wurde wie mit manch anderem General noch rücksichtsvoll umgegangen. Er sollte geschont werden und erhielt eine ehrenhafte Entlassung. Trotzdem fühlte sich der adlige General vor den Kopf gestoßen und auf das Äußerste gedemütigt. Diese Schmach konnte er nicht überwinden. Er hetzte gegen die Reformer. Stuttnitzer hasste Scharnhorst. Nicht minder jedoch auch Manfred von Homagen, von dem er wusste, dass er die Liste der zu entlassenden Offiziere erstellt und vorgelegt hatte. Erfüllt von Rachegedanken, schmiedete er mit seinen Verbündeten eine Intrige, die die Kommissionsmitglieder ins Verderben stürzen sollte.

»Scharnhorst wäre am liebsten zu den Russen gegangen.«

»Wie? Zu den Russen?«, fragte Agnes ihren Mann, weil sie die Bedeutung der Worte nicht verstand.

»Vor einem Monat ist Napoleon in Russland eingefallen. Er will auch dieses riesige Reich niederringen und beherrschen. Und er verlangte von Preußen, dass es ihm Truppen zur Verfügung stellt. Der König hat allzu rasch zugestimmt. Unsere Soldaten kämpfen für den französischen Kaiser in Russland! Beschämend! Wer hätte das jemals gedacht?«

»Es wird nicht mehr lang gut gehen mit diesem Franzosen. Seit ich denken kann, führt er einen Krieg nach dem anderen. Wo immer ich gewesen bin, Napoleon bestimmte über das Wohl und Wehe der Menschen. Die Völker haben genug von dem vielen Leid und Elend.«

»Die Meldungen lassen nichts Gutes vermuten, Agnes.«

»Es muss endlich ein Ende nehmen. Das viele Blutvergießen. Die Zerstörung ganzer Landschaften. Das Unglück, das über die Familien gebracht wird.«

»Noch ist es nicht so weit. Sollte Napoleon gar die Russen besiegen, wer weiß, was dann geschehen wird?«

»Wenn es nur endlich vorbei wäre. Mich quält der Gedanke an meine Zwillinge. Jahr um Jahr geht vorbei. Und ich habe keine Möglichkeit, nach ihnen zu suchen. Sei mir nicht böse, Manfred, aber je mehr Zeit verstreicht, umso bekümmerter werde ich.«

Agnes hatte das Thema gewechselt. Wie so häufig, kam sie auf ihre beiden verschollenen Kinder zu sprechen. Manfred verstand seine Frau. Sie hatten bereits kurz nach ihrer Eheschließung vereinbart, dass sie sich auf die Suche machen würden, sobald wieder Friedenszeiten anbrachen. Agnes erlebte seither immer wieder sehr leidvolle Tage. Manfred wusste, wie sie der Gedanke an ihre verlorenen Kinder plagte. Am liebsten wäre sie dann einfach aufgebrochen, wieder nach Hamburg oder auch nach Bremen. Sogar das französische Le Havre, ein wichtiger Auswanderungshafen, fasste sie ins Auge. Und zum wievielten Male hatte Agnes nicht schon die Neue Welt, dieses Amerika, ins Spiel gebracht, wohin sie gehen wollte, sollten sie in den deutschen oder französischen Häfen nicht weiterkommen? Doch die Zeiten und die Umstände verhinderten die Suche. Zudem musste sie sich um Joachim kümmern. Den kleinen Jungen allein zu lassen, wäre für seine Frau nicht infrage gekommen. So bat er sie immer wieder um Geduld. Er versprach auch nicht zum ersten Mal, dass sie mit seiner unbedingten Unterstützung rechnen könnte.

»Wir werden uns, sobald es die Verhältnisse erlauben, auf den Weg machen. Glaube mir, liebste Agnes. Ich werde mit dir zusammen hingehen, wo immer du willst. Wir werden nichts unversucht lassen, um deine Kinder wiederzufinden. Selbst wenn wir alle nach Amerika aufbrechen. Ich werde an deiner Seite sein.«

Agnes lächelte ein wenig. Die Fürsorge ihres Mannes rührte sie. Der Gedanke an Anna und Michael, die irgendwo in der Fremde leben mochten, machte sie an diesem Abend einmal mehr unendlich traurig. Sie war und blieb ihre Mutter. An keinem einzigen Tag hatte sie das jemals vergessen. All die Jahre war kein Tag vergangen, ohne dass sie an ihre Zwillinge gedacht hatte.

BERLIN – HERBST 1812

STUTTNITZERS BÖSARTIGKEIT GIPFELTE in einem perversen Gedanken. Seit einigen Wochen waren die Berliner wegen mehrerer Brände alarmiert. Irgendeine Mordbrennerbande trieb ihr Unwesen. Zunächst hatte sie das Haus des Posthalters in Großkreuz heimgesucht. Dessen Wohnhaus, der Stall mitsamt dem Vieh und die teilweise schon eingefahrene Ernte wurden zu einem Raub der Flammen. Wenige Tage später brannte das Gehöft eines reichen Bauern in Steglitz bis auf die Grundmauern ab. Auch dessen Vieh wurde zum Opfer des gierigen Elements. Wieder drei Tage später brannte in der Nacht das Anwesen des Schönebergers Schulzen Willmann ab. Wegen starker Winde griffen die Flammen über auf weitere Gebäude. In den brennenden Ställen kamen Schafe, Kühe, Schweine und Pferde zuhauf ums Leben.

»Wir sollten uns die Brandstifter zunutze machen.«

»Wie meinen Sie das?« Alfred von Risse, ostpreußischer Junker und völlig unzufrieden mit den im Land vorgenommenen Reformen, schaute Stuttnitzer stirnrunzelnd an. Auch Ludwig Berstaller und Graf Armin von Lotter wussten mit der Bemerkung des ehemaligen Generals nichts anzufangen.

»Nun. Es ist doch höchste Zeit. Bieten wir diesen Zerstörern der Grundlagen unseres Staates Einhalt. Darin sind wir uns doch alle einig. Oder?«

Beflissen nickten die Anwesenden. Natürlich. Sie waren allesamt entschiedene Gegner der Reformer. Unter Hardenbergs Regierung sollten die Gutsbesitzer nun gar ihrer Vorrechte beraubt werden. Rechte, die ihnen seit Jahrhunderten zustanden! Sie sollten nicht mehr uneingeschränkt auf ihren Gütern herrschen dürfen. Die meisten Landadligen waren außer sich. Sie hatten schließlich das Sagen. Sie wollten bestimmen und Polizei und Richter in einer Person bleiben. Wo käme man hin, wenn es an ihrer Stelle nun eine Gendarmerie und eine staatliche Gerichtsverwaltung geben sollte?

»Wir müssen ein Zeichen setzen. Da führt kein Weg dran vorbei«, begann Stuttnitzer wieder. »Und wir dürfen selbstverständlich nicht damit in Verbindung gebracht werden.«

Die anderen verstanden immer noch nicht. Stuttnitzer wartete ein wenig ab. Er ließ seine Worte noch etwas wirken. Er wollte ihnen Zeit geben. Langsam, ganz langsam wollte er sie von seiner Idee überzeugen.

»Aber was hat das Ganze mit den Brandschatzungen zu tun?« Berstaller unterbrach das unangenehme Schweigen. Er schaute neugierig seinen Rädelsführer an, der noch nicht zu einer Antwort bereit schien.

»Ja! Sagen Sie schon«, drängte Graf von Lotter nach einer Weile. Stuttnitzer spitzte ein wenig die Lippen. Er fühlte sich ungemein stark und genoss seine Führungsrolle in dieser kleinen Runde.

»Dieser von Homagen wohnt doch seit einiger Zeit in Potsdam. Noch nicht einmal in Berlin wollte dieser unglückselige Mensch seine Wohnung nehmen. Zudem ist er mit einer mehr als zweifelhaften Dame verheiratet. Kein Mensch weiß so recht, was es eigentlich mit ihr auf sich hat. Vor drei Jahren hatte sich sein Vater gar wegen ihr duelliert. Sie wissen ja davon. Er hat es nicht überlebt. Genauso wenig aber Baron von Schinken, der mutig genug gewesen ist, fragwürdige Sachverhalte auszusprechen. Sein Mut wurde bedauerlicherweise nicht belohnt. Er musste mit seinem Leben dafür bezahlen, der arme Kerl.«

Alfred von Risse nickte zu den Worten. »Ich war gut befreundet mit ihm. Eine Schande ist das. Kein Mensch wurde zur Rechenschaft gezogen. Der alte von Homagen hatte sein Leben sowieso schon gelebt. Sein Sohn kann unbehelligt sein Unwesen weitertreiben.«

»Es ist eine Schande!«, mischte sich Graf von Lotter wieder ein. »Dieser Homagen gerierte sich in letzter Zeit als Judenfreund. Impertinent! Als wäre es nicht schon genug an umstürzenden Reformen. Nun sollen auch noch Juden gleichberechtigt werden. Sogar zum Militärdienst sollen sie zugelassen werden. Das muss man sich einmal vorstellen! Wie weit ist es bloß gekommen?«

»Homagen hat überall seine Hände im Spiel. Ich mag die Juden nicht. Sie sollten das bleiben, was sie schon immer waren. Sonst tanzen sie uns alsbald auf der Nase herum. Am Schluss können sie sogar wichtige Positionen im Staate einnehmen.«

»Da müssen Sie nicht mehr lang warten«, unterstrich von Risse. »Das Emanzipationsedikt ist bereits veröffentlicht. Die Juden werden es nutzen. Ich prophezeie: Juden im Offizierskorps, Juden als hohe Beamte, Juden all überall. Und neben Hardenberg ist Homagen eine der maßgeblichen Figuren, die das alles auf den Weg gebracht haben.«

»Wir müssen eben dafür sorgen, dass er nicht unbehelligt bleibt.«

Wiederum sprach Stuttnitzer in Rätseln. Er gedachte jetzt aber, die anderen einzuweihen und aufzuklären.

»Wir zünden sein Haus an. Besser: Wir lassen es anzünden. Und verdächtigt werden die vermaledeiten Brandstifter. Wir müssen es nur geschickt anstellen.«

Berstaller und Graf von Lotter wichen im ersten Moment erschrocken zurück. Nur Baron von Risse grinste. Ihm passte diese widerliche Idee offensichtlich.

»Aber ich bitte Sie«, begann Graf von Lotter nach einem Moment des entsetzten Schweigens. »Brandstiftung! Darauf steht die Todesstrafe. Und wenn gar Menschen ums Leben kommen sollten! Bei allem …«

»Was haben Sie für Bedenken, verehrter Graf? Ich sagte doch: Wir müssen es nur geschickt anstellen. Wer sollte dann auf uns kommen? Lassen Sie mich nur machen. Ich benötige Sie nur als Geldgeber. Wenn wir alle etwas beitragen, finde ich schon jemanden, der das Feuer legen wird.«

Auch Berstaller schaute betroffen. Er wog ab, doch konnten seinem Gesicht die Bedenken abgelesen werden.

»Sie scheinen auch zögerlich zu sein?« Stuttnitzer wandte sich an ihn.

»Ja. Oder vielmehr: Na, ich weiß nicht. Ist es vielleicht nicht zu extrem? Wenn er ums Leben kommt. Oder seine Frau und das Kind. Das wäre …«

»Ach. Was soll diese Gefühlsduselei? Von Homagen ist unser Gegner, ja, unser Feind. Wenn wir ihn und die ganze Reformerbrut weiter ungestraft lassen, wer weiß, was aus uns wird? Wir werden vollständig entmachtet. Am Schluss regieren unsere Bauerntölpel. Wir werden lächerlich gemacht. Nehmen Sie deshalb nicht allzu viel Rücksicht.«

»Das will ich ja nicht. Aber einen solchen Tod in Kauf nehmen? Das Kind ist doch gerade einmal fünf oder sechs Jahre alt. Gibt es nicht andere Möglichkeiten?«

»Sie sind zu weich, zu gutherzig«, mischte sich Risse ein. »Mit uns springen diese Leute schließlich auch nicht zimperlich um. Da muss zurückgeschlagen werden. Ich bin dafür. Und General Stuttnitzer hat sicherlich recht. Wir schieben es der Mordbrennerbande in die Schuhe. Die Umstände passen doch prächtig. Das sollten wir ausnutzen.«

Die Männer besprachen sich noch einige Zeit. Zunächst konnte Berstaller überzeugt werden. Schließlich wollte auch Graf von Lotter nicht zurückstehen. Stuttnitzer rückte letzten Endes mit seinem perfiden Plan heraus. Er wusste, dass es bereits verdächtige Personen gab, die mit den Bränden in Verbindung gebracht wurden. Seine hervorragenden Kontakte mit den höchsten Kreisen verhalfen ihm zu den notwendigen Informationen. Mehrfach waren an den Tatorten ein Mann und eine junge Frau gesehen worden. Sie hatten jedes Mal ihre Hilfe beim Löschen angeboten. Im völligen Durcheinander waren sie dann aber immer wieder verschwunden gewesen. Die Gendarmen mutmaßten, dass die beiden auf Diebestour waren. Sie legten das Feuer, lenkten die Menschen, die mit der Brandbekämpfung genug zu tun hatten, ab und drangen in die unbeaufsichtigten Häuser ein und stahlen, was nicht niet- und nagelfest war. Am Tage nach den Bränden meldeten sich etliche andere Einwohner, die ihr Geld, ihren Schmuck, ihre Uhren und andere wertvolle

Gegenstände vermissten. Es konnte gar nicht anders sein. Die Bande übte ihre schweren Verbrechen zur Ablenkung aus. Sie konnte dann in Ruhe die Diebstähle begehen, auf die es ihr ankam. In Schöneberg war vor wenigen Tagen ein Vagabund aufgegriffen worden, der behauptete, er kenne die Missetäter. Erst dachte die Polizei, er würde sich mit diesem Wissen nur brüsten und selbst schützen wollen. Doch beschrieb er auch nach mehrmaligem Verhör einen kräftigen, ungehobelten Mann namens Horst, dessen junge Geliebte ihm anscheinend ganz und gar hörig war. Dabei handelte es sich offenbar um eine liederliche Frau, die, unehelich von einer Tagelöhnerin geboren, Zeit ihres Lebens unter Verbrechern aufgewachsen war. Ein Mann und eine junge Frau. Von solchen hatten mehrere Zeugen gesprochen. Der Name ›Horst‹ war ein weiterer wertvoller Hinweis. Stuttnitzer wollte ihn finden, bevor offizielle Stellen seiner habhaft werden konnten. Dieser Horst sollte seinen verkommenen Plan Wirklichkeit werden lassen.

Es dauerte fast einen Monat. Ende September gab endlich ein Spitzel den entscheidenden Hinweis. In der Zwischenzeit waren weitere Häuser und Ställe, vor allem in Steglitz, den Flammen zum Opfer gefallen. Beim letzten Brand kam eine alte Frau ums Leben, die vom Roten Hahn im Schlaf überrascht worden war. Auch für einen Handwerksburschen gab es keine Rettung mehr. Er wollte sich aus dem bereits lichterloh brennenden Haus retten, als die Decke krachend auf ihn herabstürzte. Die Bevölkerung war aufs Äußerste aufgebracht. Nachts wachten bereits die Bürger in den verschiedenen Vierteln. Es mangelte nicht an Denunziationen und manch Unbescholtener fand sich auf der Polizeiwache bei einem strengen Verhör wieder, bevor er seine Unschuld beweisen konnte und wieder entlassen wurde. Sogar Vorwürfe der Hexerei gab es. Zwei rothaarige junge Frauen wären fast von einer aufgebrachten Menge ertränkt worden, wenn nicht im letzten Moment die Gendarmerie eingegriffen hätte.

»Dieser Horst hält sich mit seinem Weib, einer gewissen Luise, im Havelgebiet bei Potsdam versteckt. Bei ihnen ist wohl nur sein engster Vertrauter. Die anderen Bandenmitglieder verteilen sich auf andere Verstecke. Die Bande handelt geschickt. Erst nachts kommen alle zusammen. Gemeinsam verüben sie dann ihre Untaten.«

»Bist du dir sicher?« Von Stuttnitzer wollte sich nicht allzu rasch zufriedengeben.

»Bestimmt. Mit Gewissheit, Herr General. Ich weiß es aus erster Hand.«

»Das will ich alles nicht allzu genau wissen. Doch sollte die Information falsch sein, ziehe ich dich zur Rechenschaft. Das ist dir sicherlich klar?«

»Doch, doch, Herr General. Ich weiß schon, was ich tue. Vertrauen Sie mir.« Der Spitzel trat selbstsicher auf. Stuttnitzer glaubte ihm.

»Darf ich um meinen Lohn bitten?«, wagte es der Spitzel.

Stuttnitzer griff unter seinen Rock. Er zog einen kleinen Beutel hervor, schüttelte ihn und hörte auf das Klingen der Münzen.

»Darin befindet sich die Hälfte der ausgemachten Summe. Den Rest bekommst du erst, wenn auch der nächste Schritt erfolgt ist. Der wirklich schwierige Schritt, wenn du verstehst, was ich meine?«

Beflissen nickte der Spitzel. Das weitere Vorgehen war längst abgesprochen. Die Aufgabe dürfte zwar nicht einfach zu erledigen sein. Aber sie schien auch nicht unmöglich. Der Spitzel hatte bereits alles Notwendige veranlasst und die seiner Meinung nach richtigen Männer für diesen Plan ausgewählt. Gierig griff er nach dem Beutel. Er dienerte beflissen und versprach dem ehemaligen General, dass er ihn keinesfalls enttäuschen werde.

Spät am Abend des 30. September brachen gleichzeitig an drei verschiedenen Stellen Brände in Alt-Schöneberg aus. Bis in die frühen Morgenstunden hinein wütete das Feuer und vernichtete mehrere Scheunen und Höfe. Um ein Haar wäre auch die alte Dorfkirche ein Raub der Flammen geworden. Am Morgen nach dieser Brandnacht schlurfte an der Potsdamer Torwache ein angetrunkener Fremder, von Schöneberg kommend, vorbei, der in der einen Hand eine Tabakspfeife mit einem silberbeschlagenen Meerschaumkopf hielt. Ein bei der Torwache stehender einfacher Soldat meinte, die Pfeife des Dorfschulzen Willmann wiederzuerkennen. Er hatte diesem einige Jahre gedient und war dabei auch für das Reinigen und Stopfen der Pfeifen verantwortlich gewesen. Für ihn bestanden keine Zweifel. Dieser heruntergekommene Mensch musste die Pfeife gestohlen haben. Unauffällig schlich er ihm einige Zeit lang nach. Erst als er sich ganz sicher war, ließ er von ihm ab. Er kannte nun das Versteck des Mannes, der mit seinen Brandschatzungen seit Monaten Angst und Schrecken verbreitete.

Der Soldat, der sich an einen von Stuttnitzers Spitzeln wandte, kassierte für seine Informationen eine ordentliche Belohnung. Wenige Stunden später wusste Stuttnitzer genau, was zu tun war. Vier seiner besten Männer sollten den Brandstifter verhaften und keinem Richter, sondern ihm vorführen.

In der Nacht zum 2. Oktober konnten Stuttnitzers Leute Horst Schwarz gefangen nehmen. Die Sache lief weitaus einfacher ab als gedacht. In einer Feldscheune hatte sich der Verbrecher ohne Widerstand festnehmen lassen. Nun stand er, an Händen und Füßen gefesselt, Stuttnitzer und von Risse gegenüber. Obwohl er wusste, welche Strafe ihn erwartete, trat er frech und überheblich auf. Stuttnitzer ließ ihm eine dumme Bemerkung durchgehen. Bei der zweiten winkte er seinen Helfer herbei, nickte kurz und zeigte mit einem Stab auf den Brandstifter. Der Helfer, ein einfacher, aber überaus kräftiger ehemaliger Soldat, trat vor den Gefesselten. Dieser wollte zwar noch eine Abwehrbewegung ausführen. Doch wegen seiner Fesseln misslang ihm diese. Der Soldat schlug ihn derb zu Boden. Dann trat er ihm mit aller Macht mit seinem Stiefel dreimal in den Unterleib. Horst brüllte beim ersten Tritt auf, er streckte danach völlig wehrlos alle Glieder von sich und wusste nicht, wie ihm geschah. Es dauerte Minuten, bis er die Ohnmacht abschütteln konnte. Schmerzerfüllt griff er stöhnend an seinen Unterleib.

»Ich lasse dich heute Nacht noch totschlagen, wenn du auch nur einmal dumm daherzuckst. Du Abschaum.«

Horst wurde es im nächsten Moment speiübel. Er würgte und musste sich übergeben. Der Soldat wollte daraufhin sein wüstes Werk fortsetzen, aber Stuttnitzer gebot ihm Zurückhaltung.

»Wisch deinen Auswurf weg, du mieses Stück.«

Noch benommen und vor Schmerzen wimmernd, versuchte Horst, das Erbrochene mit seinem Ärmel zusammenzuschieben.

»Nach nebenan mit ihm. Den Gestank hält man ja nicht aus.«

Stuttnitzer begab sich mit Baron von Risse, der bereits ein Tuch vor Mund und Nase hielt, in den Nebenraum. Der Soldat und ein weiterer Mann packten Horst und schleiften ihn hinterher.

»Du wirst mir einen Gefallen tun. Ein Geschäft, das du erledigst. Vielleicht die Chance deines Lebens. Wenn du dich weigerst, bist du ein toter Mann.«

Stuttnitzer hatte keine Verhandlungen vor. Er wies Horst an, der beflissen nickte. Nach einer Stunde wurde er weggebracht. Der Auftrag war erteilt. Die Verschwörer gingen fest davon aus, dass die Horst'sche Bande ganz in ihrem Sinne handeln würde.

POTSDAM – 10. OKTOBER 1812

Die Garnisonsstadt darbte. Die Kriege, die Besatzungszeit und der Einsatz preußischer Truppen in Napoleons Armee ließen auch in Potsdam Handwerker und Kaufleute verarmen. Die Gastwirte hatten nicht weniger zu klagen. Die wenigen in der Stadt gebliebenen Soldaten sorgten kaum für den notwendigen Umsatz. Noch vor wenigen Jahren blühte das Geschäftsleben kräftig. Zwar konnten die Potsdamer nicht mit Berlin konkurrieren. Aber Offiziere, Unteroffiziere und einfache Soldaten, die ein Viertel der Gesamtbevölkerung ausmachten, sorgten für gute Umsätze in Handel und Gewerbe. Wer Berlin satthatte, eine Stadt, die mehr und mehr verkommen war, zog nicht selten in das nahe gelegene Potsdam. Vor allem, seit es eine die beiden Städte verbindende Chaussee gab, die mit der Kutsche ein rasches Vorankommen ermöglichte, siedelten sich auch betuchte Berliner in der einst von dem Soldatenkönig Friedrich Wilhelm I. geförderten Stadt an. Agnes konnte es in Potsdam schon seit etlichen Jahren gut aushalten. Gelegentliche Besuche auf Gut Wustrau erwiesen sich jedes Mal als Höhepunkte im Jahresablauf. Jedoch schien sich nun ihre Potsdamer Zeit dem Ende zuzuneigen. Niemand konnte allerdings sagen, wie sich alles entwickeln würde. Napoleons Armee kämpfte zwar derzeit einen verbissenen Kampf in den russischen Weiten. Zudem mehrten sich Stimmen, die Napoleons Niederlage prophezeiten. Doch niemand wusste etwas Genaues. In Preußen gewannen die Reformgegner jedenfalls mehr und mehr die Oberhand.

Am Abend saßen Agnes und Manfred bis zum Sonnenuntergang noch im Garten auf der Rückseite ihres schönen Hauses im Holländischen Viertel. Eine weitere Reform im preußischen Staat hatte sie zu einem Umzug aus dem Kommandantenhaus veranlasst. Reichsfreiherr vom Stein sah längst Freiheiten für die Städte vor. Wenigstens einen bescheidenen Spielraum für eine stadtbürgerliche Selbstverwaltung wollte er mit seiner vom König gebilligten Städteordnung ermöglichen. Die Stein'sche Städteordnung von 1808 führte auch in Potsdam dazu, dass die Besitzbürger nach dem Ende der französischen Besatzung eine Stadtverordnetenversammlung gewählt hatten. Da im Kommandantenhaus in der Lindenstraße ein nutzbarer, großer Versammlungsraum wie kaum ein anderer in der Stadt zur Verfügung stand, wünschten die gewählten Vertreter der Stadt, dort zu tagen. So musste die Familie Homagen weichen. Als entschiedener Vertreter der Reformen konnte sich Manfred von Homagen diesem Anliegen nicht verweigern. Zudem war die Unterbringung in einem der Gebäude des von König Friedrich Wilhelm I. vor nunmehr 80 Jahren in Auftrag gegebenen Viertels mehr als gleichwertig. Der König wollte damals holländische Handwerker und Baumeister in Potsdam ansiedeln. So entstand im Nordosten der Stadt ein im holländischen Stil erbautes Viertel, dessen Bauweise sich von allen anderen Gebäuden der Stadt deutlich unterschied. Nur wenige verdiente Soldaten bekamen dort ein Haus zugewiesen. Neben den Homagens wohnten ebenfalls zwei Offiziersfamilien, mit denen sie regen Kontakt pflegten. Die Frauen verstanden sich mit Agnes gut und wie so oft erzählte sie ihrem Mann von den Gesprächen, die sie heute mit den beiden geführt hatte. Es war ein milder Abend. Erst als die Sonne ganz verschwunden war, kühlte es rasch ab. Manfred drängte daher ins Haus. Ihr Hausmädchen trug das Abendessen auf. Noch bevor sie abräumen konnte, wurde sie nach Hause entlassen. Manfred und Agnes wollten den Abend allein verbringen. Agnes umsorgte noch Joachim, brachte ihn zu Bett und als er schlief, ging sie zu ihrem Mann ins Schlafgemach. Es war jetzt vollständig dunkel und weder sie noch ihr Manfred dachten daran, eine Kerze anzuzünden. Beide verlangten nach einander. Als Agnes nackt vor dem Bett stand, zog Manfred sie sanft zu sich herab. Ihr Liebesspiel begann, erst vorsichtig und fast ein wenig verschämt, gerade so, als prüften beide, was geschehen konnte. Doch schon nach wenigen Augenblicken erfasste sie eine ungestüme Lust. Sie küssten und liebkosten sich, ihr Atmen wurde heftiger. Ihr Verlangen steigerte sich. Agnes nahm Manfred in sich auf. Sie stöhnte auf, spürte die Lust, die sie durchflutete, und bedeutete ihrem Mann, dass er energischer vorgehen konnte. Manfred warf sie herum, legte sich auf sie, küsste sie begierig auf Hals und Brust. Er atmete immer schneller, genoss den Liebesakt und entdeckte aufs Neue den verlangenden Körper seiner Frau. Ziemlich abrupt warf Agnes ihn zur Seite. Sie griff heftig zu, danach setzte sie sich auf ihn. Wild begann sie den letzten Akkord ihres Liebesspiels. Sie steigerte sich auf ihm in eine Lust, die Manfred ansteckte und ihn in Entzücken versetzte. Beide vergaßen alles um sich herum. Gemeinsam erlebten sie den Höhepunkt. Manfred keuchte wild. Es dauerte, bis er sich langsam beruhigte. Eine ganze Weile noch blieb Agnes auf ihm liegen. Dann erst rutschte sie langsam mit einem mädchenhaften Kichern von ihm herunter. Erschöpft lagen sie nebeneinander. Sie streichelten sich nach der erlebten Ekstase sanft. Irgendwann schlief Manfred ein. Agnes sinnierte noch ein Weilchen. Dann musste auch sie eingeschlafen sein.

POTSDAM – 11. OKTOBER 1812 (GEGEN 2 UHR AM MORGEN)

AGNES FUHR ERSCHROCKEN HOCH. Ihr Herz klopfte heftig. Irgendetwas hatte sie geweckt. War es ein Geräusch? Oder hatte sie sich getäuscht? Vielleicht ein böser Traum? Im Dunkeln versuchte sie, sich zu beruhigen. Es war nichts zu hören. Vorsichtig tastete sie nach links. Sie spürte Manfreds Schulter, der die Berührung wahrnahm, etwas Unverständliches murmelte und sich ein wenig wegdrehte. Agnes schloss die Augen. Sie lauschte konzentriert in die Dunkelheit. Nein. Sie musste sich getäuscht haben. Da war nichts. Sie wartete noch einen Moment ab, um ganz sicher zu sein. Sogar den Atem hielt sie an. Kein noch so leises Geräusch sollte sie ablenken. Nichts. Dann sog sie die Luft ein. Ihre Lungen waren dankbar für den Sauerstoff. Aber komisch. Was für ein Geruch! Sie atmete noch einmal ein, streckte gar den Kopf ein Stück weit nach vorn. Doch! Um Himmels willen! Agnes erschrak. Brandgeruch! Sie streckte die Beine aus dem Bett, stand auf und wollte sich ein letztes Mal versichern. Kein Zweifel. Irgendwo musste es brennen. Sie machte rückwärts einen Schritt.

»Manfred.« Agnes rüttelte ihren Mann. »Manfred …!«

Etwas klirrte. Fensterscheiben schienen zu Bruch zu gehen. War das nebenan? Im Zimmer von Joachim?

»Manfred! Manfred!«, schrie nun Agnes völlig außer sich. Noch bevor Manfred die Situation erfassen konnte, stürmte sie aus ihrem Schlafgemach.

»Manfred! Es brennt! Hilfe, Hilfe!«

Panisch riss sie die Tür auf. Auf dem Flur war alles dunkel. Aber der Brandgeruch war nun überdeutlich wahrnehmbar. Agnes schrie wie von Sinnen. Sie stolperte über eine Unebenheit des Bodens. Mit beiden Händen griff sie ins Leere. Sie stürzte böse. Schmerzen durchrasten ihren Kopf, mit dem sie an die Wand geknallt war.

»Manfred. Es brennt. Es brennt!« Endlich fand sie die Tür zu Joachims Zimmer. Als sie sie aufriss, erschrak sie bis ins Mark. Sie sah lodernde Vorhänge. Die offene Tür führte dem Feuer weitere Luft zu. Es knallte. Die ganze Wand stand schlagartig in Flammen. Agnes brüllte. Ihr Joachim lag auf der gegenüberliegenden Seite in seinem Bettchen. Hart wurde Agnes in diesem Moment zurückgezogen. Manfred stürzte in das Zimmer. Er hechtete geradezu zum Bett seines Sohnes. Er riss den kleinen Kerl aus dem Bett, drückte ihn an sich, drehte sich auf der Stelle um und rannte zurück. Agnes stand mit vor Entsetzen aufgerissenen Augen wie angewurzelt in der zunehmend verrauchten Kammer. Manfred packte sie mit einer Hand energisch am Arm. Sie stürzten in den Flur hinaus. Beide fielen zu Boden.

»Joachim, Joachim. Was ist mit dir? Joachim. Bitte, bitte, Joachim.«

Irgendwelche Menschen waren in den Hausflur eingedrungen. Auf der Straße läuteten die Feuerglocken. Es entstand ein ohrenbetäubender Lärm. Manfred fasste sich als Erster. Er erkannte seine Offizierskameraden. Einer hielt Joachim, der mit zu Boden gegangen war, in den Armen.

»Rasch! Hinaus, hinaus!«

Ein anderer Offizier legte Agnes eine Decke um die Schultern. Manfred zog sie mit zur Haustür. Als sie ins Freie traten, sahen sie zunächst gar nicht die vielen Helfer, die sich bereits an die Löscharbeiten gemacht hatten. Hauptmann Dosse befehligte entschieden und doch mit Umsicht seine Soldaten, die Wassereimer füllten, herantrugen und in einer Kette weiterreichten, um zu retten, was zu retten war. Manfred sah zwei ebenfalls von Soldaten gezogene Spritzenwagen heranrasen. Er hatte aber keine Zeit, länger darüber nachzudenken. Joachim lag auf dem Boden. Agnes beugte sich weinend über ihn. Sie rüttelte an seinen Schultern.

»Joachim, Joachim. Mein Joachim. Bitte, bitte.« Manfred bückte sich herunter. Zwei Soldaten leuchteten mit Fackeln. Der Offizier, der sie nach draußen gebracht hatte, stand daneben und biss die Lippen zusammen. Er ahnte Schlimmes.

»Joachim.« Agnes' Stimme war nur noch ein Flüstern. »Bitte, lieber Gott. Bitte.«

»Aaaa …!« Nun brüllte Agnes ihr Leid in den Nachthimmel. Manfred kniete sich neben den kleinen Körper, drehte den Kopf des Kindes ein wenig. Dann beugte er seinen Kopf zu dessen Mund. Er öffnete mit einer Hand vorsichtig die kleinen Lippen. Er atmete ein, legte seinen Mund auf den seines Kindes und schenkte ihm von dem lebensnotwendigen Sauerstoff. Manfred bemerkte das leichte Heben des schmalen Brustkorbes. Agnes stand zitternd und mit vor Schreck geweiteten Augen neben ihm. Wiederum sog Manfred die Luft ein, legte seinen Mund auf den des Knaben. Noch zweimal wiederholte er die Prozedur. Agnes sank zu Boden. Sie lag auf der

Erde und weinte, wie nur eine Mutter um ihr Kind weinen kann. Dann richtete sie sich mit dem Oberkörper auf und schrie voller Pein ihren Schmerz aus sich heraus.

Manfred spürte als Erster das Leben, das in Joachim wiederkehrte. Sein Sohn öffnete die Augen. Er schnappte nach Luft. Mit Mühe sog er die Luft ein. Sein Vater streichelte ihm dabei sanft über den Kopf.

»Atme. Ja, atme. Du kannst das. Gut so.«

Agnes verstand zunächst nicht, was sich zutrug. Sie weinte hysterisch. Erst als ihr Sohn anfing zu husten, in das sich rasch ein Weinen mischte, hielt sie inne. Ihre ausgestreckten Arme zitterten noch heftiger.

»Agnes«, hörte sie ihren Mann sagen. »Agnes. Komm zu dir, dein Sohn braucht dich. Dein Sohn, unser Sohn, er lebt.« In diesem Moment sackte Agnes zusammen. Eine Ohnmacht überwältigte sie.

Agnes erwachte erst nach einer halben Stunde aus der tiefen Besinnungslosigkeit. Sie lag in einem Zimmer in der Wohnung der mit ihr befreundeten Offiziersfrau. Sie musste sich ein wenig orientieren. Dann bemerkte sie Joachim, der friedlich zu ihrer Rechten schlief. Agnes hörte auf sein Atmen. Ihr kamen die Tränen. Neben dem Bett stand ihre Freundin Katharina, deren Augen ebenfalls vor Freude mit Tränen gefüllt waren. Als sich Agnes beruhigt und nach ihrem Mann gefragt hatte, erzählte sie, was sich während ihrer Ohnmacht abgespielt hatte.

Der bei der Alten Wache diensthabende Unteroffizier hatte trotz der Dunkelheit in einiger Entfernung vor Ausbruch des Feuers vier oder fünf schemenhafte Gestalten bemerkt. Zu so später Stunde hatte kein Mensch mehr etwas auf den Straßen verloren. Sofort befahl er drei Soldaten zu sich. Sie sollten prüfen, was dort im Gange war. Zwar kehrten sie später, ohne einen Verdächtigen ausfindig gemacht zu haben, erfolglos zurück. Doch dem Unteroffizier ließ das keine Ruhe. Er weckte nach kurzem Abwägen Leutnant Wegner. Wegner war alles andere als angetan. Doch musste etwas Ernsthaftes vorliegen, sonst hätte der Unteroffizier ihn nicht zu dieser Stunde zu wecken gewagt. Nachdem er die Meldung empfangen hatte, überschlugen sich die Ereignisse. Feueralarm wurde ausgelöst. Der Leutnant handelte rasch und umsichtig. Er ließ sofort Hauptmann Dosse wecken, der wiederum energisch die Koordination der Löscharbeiten übernahm. Wegner stellte zehn Gruppen zu je acht Soldaten zusammen, die ausschwärmen und die gesamte Gegend absuchen mussten. Als Manfreds Sohn von dem Offizier aus dem Haus getragen wurde, stellte die Truppe um Unteroffizier Sigismund Sailer drei verdächtige Personen gleich hinter dem Nauener Tor. Als sie die Flucht ergreifen wollten, ließ Sailer sofort anlegen und schießen. Einer der Flüchtenden wurde in den Rücken getroffen. Die anderen beiden konnten verhaftet werden. Der Verletzte gestand noch an Ort und Stelle und verriet seinen Anführer Horst Schwarz. Schwarz und seine Geliebte Luise Delitz waren nach dem Brandanschlag zu ihrem Boot auf der Havel geflüchtet. Die Jagd auf die beiden begann noch in den frühen Morgenstunden. Bereits am späten Nachmittag des Tages konnten sie nach einer wilden Verfolgungsjagd verhaftet werden.

BERLIN (JUNGFERNHEIDE) – 28. MAI 1813

Das Urteil des Kammergerichts fiel gnadenlos aus. Doch hatten die Richter auch keine andere Wahl gehabt. Nach Recht und Gesetz musste bei vorsätzlicher Brandstiftung unausweichlich die Todesstrafe verhängt werden. Waren gar Menschenleben dabei zu beklagen, bestimmte das Landrecht sogar eine verschärfte Todesstrafe. Als der Richter den Urteilsspruch nach mehrtägiger Verhandlung verlas, brach Luise Delitz im Gegensatz zu ihrem Freund zusammen. Horst dagegen schaute mit bitterer Miene.

»Horst und die Delitz sind zur Richtstätte zu schleifen und allda mit dem Feuer vom Leben zum Tode zu bringen.« Mit diesen Worten endete der Urteilsspruch des Richters. Zwar legten beide Angeklagten Berufung dagegen ein. Jedoch ohne den geringsten Erfolg. König Friedrich Wilhelm III. bestätigte auch das Berufungsurteil. Er verfügte lediglich den geheimen Auftrag, dass die Verurteilten Horst Schwarz und Luise Delitz vor dem Entzünden des Scheiterhaufens auf eine den Zuschauern unmerkliche Art erdrosselt werden sollten. Mehr Milde durften die beiden nicht erwarten. Ihre Versuche, Stuttnitzer in ihre Verbrechen einzubeziehen, waren kläglich gescheitert. Niemand interessierte sich für die erhobenen Vorwürfe. Ja, ihnen wurde gar Folter angedroht, wenn sie sich noch einmal in dieser Weise äußern sollten. So kam die Verschwörerbande völlig ungeschoren davon. Nur Manfred von Homagen hatte die Einlassung Horsts aufmerksam wahrgenommen. Ihm kam das alles sehr verdächtig vor. Vor allem wusste er von der Freundschaft des Kammerpräsidenten mit Stuttnitzer. Er ahnte die Vertuschung, konnte jedoch keinerlei Beweise vorlegen.

Justizrat Schmidt wurde mit der Vollstreckung des Urteils beauftragt. Es sollte letztmals ein Scheiterhaufen in Preußen an diesem 28. Mai des Jahres 1813 brennen. Schon einige Tage zuvor begann der Scharfrichter mit dem Bau des Scheiterhaufens, der bis zur Exekution ständig von der Polizei bewacht werden musste. Der Holzstoß bestand aus über fünf Haufen Holz. Er war breit geschichtet. Obenauf waren vor zwei Pfählen zwei niedere Schemel zum Sitzen der Delinquenten angebracht. Einige Stufen führten zum Holzstoß hinauf.

In der Nacht zum 27. Mai versuchte sich Horst zu erhängen. Doch ein wachsamer Gefängniswärter vereitelte sein Vorhaben. Am nächsten Vormittag, es war Himmelfahrtstag, verkündete Justizrat Schmidt Horst und der Delitz das Endurteil, das am nächsten Tag vollzogen werden sollte.

»Nein, nein. Oh nein!« Luise Delitz bekam einen Weinkrampf. Sie wollte auf Schmidt losstürzen. Zwei Gefängniswärter packten sie roh an Armen und Schultern. Sie drückten die Frau zu Boden.

»Nein. Nein. Ich bin unschuldig. Das dürft Ihr nicht zulassen. Bitte, nein …«

Luise lag vor Schmidts Füßen. Sie flehte erbarmungswürdig. Nur einen Moment lang zuckte der Justizrat mit dem Mund.

»Du brennst morgen. So will es das Gesetz. So hat es unsere Majestät bestätigt.«

Luise kreischte immer lauter. Sie versuchte, den Justizrat an den Beinen zu fassen. Dieser gab den Wärtern nur kurz ein Zeichen, schon zogen sie die im Staub Liegende unbarmherzig zurück.

»Bitte, ich flehe Euch an …«

Auch diesen Versuch der Frau quittierte Schmidt ohne Regung. »Das Urteil ist rechtskräftig. Du hast selbst Schuld. Dein Leben ist verwirkt.«

Luise übergab sich auf den Boden. Mit irrem Blick schaute sie zu Schmidt hinauf. Schaum lief ihr aus dem Mund. »Bitte, bitte …«, flehte sie noch einmal. Doch Schmidt wandte sich ab. Er tat ein paar Schritte auf Horst zu. Dieser grinste ihn unverschämt an.

»Auch du wirst deiner gerechten Strafe zugeführt.«

Horst grinste erneut. »Daran werdet Ihr ein schönes Vergnügen haben. Schade, dass es mir nicht gelungen ist, mich aufzuknüpfen. Das wäre doch ein hübscher Spaß gewesen, wenn Sie, nach all dem, was Sie wegen mir vorbereiten mussten, mich heute Morgen tot gefunden hätten.«

Schmidt verschlug es angesichts des Zynismus die Sprache. Er schaute Horst dennoch ruhig und beherrscht an. Dann sagte er: »Es gibt nichts mehr zu sagen. Das Urteil wird morgen in den frühen Morgenstunden vollzogen werden.«

Als der Justizrat daraufhin die Zelle verließ, spuckte Horst verächtlich aus. Die Delitz saß weinend auf dem Boden. Die Gefängniswärter packten sie und schleiften sie zu ihrer Zelle. Als sie dort eingesperrt war, hörten sie sie stundenlang winseln, als wäre sie ein gequälter Hund.

Früh um fünf Uhr standen am Freitag, dem 28. Mai, zwei Leiterwagen für den Transport der Verurteilten vor der Stadtvogtei bereit. Auf den ersten wurde der an Händen und Füßen gefesselte Horst Schwarz gestellt. Auf den zweiten musste sich Luise Delitz auf ein Bündel Stroh setzen. Sie blieb ungefesselt, wurde jedoch von zwei Polizeibeamten bewacht. Manfred von Homagen saß in der Kutsche des Justizrats. Er war dazu ausdrücklich eingeladen worden. Agnes dagegen wollte dem Schauspiel fernbleiben. Im Gegensatz zu ihr hatte sich eine Zuschauermenge schon beim Richtplatz eingefunden, um das ganze grausame Spektakel aus nächster Nähe und in allen Einzelheiten beobachten zu können. Sie sahen einen gefassten Brandstifter. Auch Luise zeigte sich nun vollkommen ruhig. Wer erwartet hatte, sie würde toben und schreien, sah sich getäuscht. Es ging zum Oranienburger Tor hinaus auf den eine halbe Stunde vor der Stadt gelegenen Richtplatz, einem freien Acker an der Jungfernheide. Polizeiinspektor Eckert und Scharfrichter Krafft hatten diesen Platz ausgewählt, damit man sich nicht um eine Feuergefahr sorgen musste und die erwartete Volksmenge genügend Platz finden konnte.

150 Schritte vor dem Scheiterhaufen hielt der Zug. Dicht an dicht standen die Zuschauer. Berittene Polizei und Gendarmerie sicherten das Gelände. Schmidt verlas nun noch einmal das Urteil. Gleich darauf übernahmen Scharfrichter Krafft und seine Knechte das Kom-

mando. Sie packten die beiden und schleiften sie zum Scheiterhaufen. Nun wurde die Delitz von Todesangst überwältigt.

»Ach Gott, ach Gott!«, fing sie laut zu jammern an. Sie rang die Hände.

»Hilfe, hilft mir denn niemand? Ach Gott, ach Gott.«

Horst sagte nichts. Als er den Scheiterhaufen hochgeführt wurde, unterhielt er sich in aller Ruhe mit dem Scharfrichter. Manfred konnte, etwa 50 Schritte entfernt stehend, nicht hören, was er sagte. Als er auf den Schemel gesetzt und an den Pfahl gebunden werden sollte, riss sich Horst los. Aber nur, um zu Luise zu stürmen. Er umarmte und küsste sie. Dann ließ er alles Weitere geschehen.

»Was gafft ihr so, ihr vermaledeiten Kerls? Ich hätte euch alle niederbrennen sollen. Euch und eure Häuser. Ich sehe euch in der Hölle wieder …«

Horst brüstete sich noch mit seinen Taten. Erst als der Henker ihm eine weite weiße Kappe über den Kopf warf, verstummte er schlagartig.

Luise Delitz unternahm einen letzten, aussichtslosen Versuch, ihre Unschuld zu beteuern. Manfred spürte Mitleid mit der jungen Frau. Auch sie verstummte mit einem Mal, als Krafft ihr die Kapuze über den Kopf zog. Er gab einem Knecht ein Zeichen. Dieser hatte wie der Scharfrichter eine Leine in der Hand. Nochmals gab er drei anderen seiner Knechte ein Zeichen. Diese steckten daraufhin den Holzstapel in Brand. Als die ersten Flammen züngelten und rasch dunkler Rauch aufstieg, nickte Scharfrichter Krafft seinem Gehilfen zu. Beide legten ihre Leinen um die Hälse der zum Tode Verurteilten.

Die Menge war abgelenkt. Fasziniert und schaudernd zugleich richtete sie ihre Blicke auf das immer heftiger lodernde Feuer. Die beiden Henker zogen mit aller Kraft die Schlinge zu. Sowohl Horst als auch Luise versuchten, mit Beinen und Händen zu zappeln, als ihnen die Luft wegblieb. Die starken Fesseln verhinderten aber jede Bewegung. Der Scharfrichter und sein Gehilfe knüpften Knoten. Horst zuckte noch wild mit dem Kopf. Luise entwich unter der weißen Kapuze ein Röcheln. Rasch entfernten sich die Henker vom nun schon mächtig brennenden Holzstoß. Als die Flammen hochschlugen, Horst und Luise erreichten und diese binnen kürzester Zeit in Fackeln verwandelten, waren sie schon längst erstickt. Der Henker und sein Knecht hatten sie unbemerkt, wie ihnen befohlen worden war, erdrosselt.

HAMBURG – ENDE MAI 1813

Christoph Evers wusste nichts von der Mordbrennerbande, die in der Gegend um Berlin ihr Unwesen getrieben hatte. Dass dieser Horst und seine Geliebte am Tag zuvor hingerichtet worden waren, sollte er nie erfahren. Am 29. Mai 1813 streifte der 13-Jährige mit seinen beiden Freunden Hermann und Julius durch die engen Gassen Hamburgs. Es gab Erstaunliches zu sehen, das vergessen ließ, welche Not ausgehalten werden musste. Vor nicht einmal zwei Monaten waren 1400 russische

Soldaten in Hamburg eingerückt. Die Hamburger hatten ihr Eintreffen bejubelt, weil die Kosaken der verhassten Fremdherrschaft der Franzosen ein Ende bereiteten. Diese Fremdbestimmung Hamburgs hatte vor allem auch wirtschaftlich verheerende Folgen. Da die Franzosen den Handel mit England unterbanden, waren die Geschäfte im Hafen fast vollständig zum Erliegen gekommen. Christoph und seine Freunde bekamen das damit verbundene Elend seit Jahren zu spüren. Ihre Väter verdingten sich als Hafenarbeiter, die jetzt, wie tausend andere, so gut wie keine Arbeit bekamen und mit ihren Familien jeden Tag ums Überleben kämpften. Auch der sich kräftig im Wachstum befindliche Christoph musste mit anpacken. Sobald es in der Hafengegend etwas zu tun gab, legte er Hand an und trug ein klein wenig zum Lebensunterhalt der Familie bei. Die Armut war jedoch nicht zu übersehen und der Hass auf die Franzosen gewaltig. Die drei Freunde wohnten vor den Toren der Stadt auf dem Hamburger Berg, der Gegend mit mehr und mehr verfallenden Holzhäusern. Dort hatte sich allerdings auf dem Terrain nicht unweit vom Millerntor seit geraumer Zeit ein Vergnügungsviertel etabliert. Allerlei Schauspieler boten in hölzernen Buden Erstaunliches. Gaukler, Seiltänzer, missgestaltete Menschen, Taschenspieler und leichte Mädchen zogen die Menschen in ihren Bann. Liederlichkeit und Verkommenheit bildeten zwar üble Begleiterscheinungen. Doch die Menschen sollten sich wenigstens amüsieren und zerstreuen können. Deshalb nahm selbst die Stadtverwaltung dieses Treiben in Kauf. Sie ließ allerdings bei Einbruch der Dunkelheit das Millerntor schließen.

Wer sich zu spät von dem Amüsement losriss, konnte nicht mehr nach Hamburg zurückkehren. Nur für die Nachtschwärmer, die ein ordentliches Bußgeld bezahlen konnten, öffneten sich dann noch die Tore.

Die drei Freunde hielten sich in respektvollem Abstand von einer Kosakeneinheit auf, die mit dem Striegeln ihrer Pferde beschäftigt war. Sie bewunderten deren wildes Aussehen, die bunten Uniformen, die seltsame, raue Sprache, die wilden, bärtigen Gesichter. Ein alter Offizier mit schlecht sitzender Perücke beaufsichtigte missgelaunt seine Soldaten. Christoph und seine Freunde spekulierten darüber, ob sich bei dem Offizier unter der Perücke eine Glatze verbarg. Julius vermutete, er würde kein einziges Haar mehr auf seinem Kopf haben. Hermann dagegen glaubte an einen rasierten Schädel, wie er ihn schon öfter bei Offizieren gesehen hatte, die ihre Perücke abnahmen. Christoph konnte sich nicht recht festlegen. Er feixte. Ihm schien der Mann mit oder ohne Haare hässlich. Julius bot eine Wette an. Die drei machten sich mehr und mehr lustig und übertrafen sich gegenseitig in ihren Vermutungen. Christoph unterstellte gar einen roten Schädel. Er zog dabei einen Vergleich zu dem Hinterteil des exotischen Affen, den ein Matrose aus einem fernen Land mitgebracht hatte und der seit einigen Wochen als Attraktion auf dem Spielbudenplatz besichtigt werden konnte. Die Freunde lachten und spekulierten immer wilder. Daher bemerkten sie zunächst nicht, dass der Offizier aufmerksam geworden war. Plötzlich stand er vor ihnen, eine Hand lag auf dem an seiner linken Seite befestigten Säbel.

»Was passt euch nicht?«

Die Stimme des Offiziers klang wütend. Er ließ keinen Zweifel an seiner Stellung und erschreckte die drei aufs Heftigste, als er seinen Säbel zog. Die Jungen wollten fliehen, was der Offizier augenblicklich unterband.

»Hiergeblieben!«

Er hielt jetzt drohend den Säbel in die Luft. Hermann fing zu weinen an, die beiden anderen wussten nicht, was sie sagen sollten. Der Offizier schien bemerkt zu haben, worüber sie gesprochen hatten. Das hatte ihn offensichtlich sehr verärgert. Er winkte drei seiner Kosaken heran und befahl, den Burschen eine ordentliche Tracht Prügel zu verabreichen. Die Soldaten ergriffen sogleich die Jungen. Christoph wollte fliehen. Doch der Offizier hatte seine Absicht erahnt. Er schnappte sich den Jungen, übergab ihn an zwei Kosaken, denen er befahl, den frechen Kerl an der Pferdetränke festzubinden. Hermann und Julius erhielten derweil bereits eine saftige Abreibung. Sie wurden dann aber in Ruhe gelassen. Der Offizier herrschte sie nur noch an, sie sollten machen, dass sie nach Hause kämen. Das musste er ihnen nicht zweimal sagen. Froh darüber, dass es nicht schlimmer gekommen war, rannten sie davon. Als sie sich in gebührender Entfernung noch einmal nach ihrem Freund umdrehten, sahen sie, wie ihm der Offizier seine Handschuhe auf den Kopf schlug und sich augenscheinlich über den ihm ausgelieferten Jungen lustig machte. Entsetzen stellte sich ein, als der Offizier einem der Kosaken eine Peitsche abnahm. Er schlug damit heftig auf die an der Tränke festgebundenen Hände des Jungen. Christoph schrie vor Schmerz auf. Der Offizier ließ ihm jetzt sogar die Hose herunterziehen. Vermutlich wollte er den armen Jungen auspeitschen. Christoph schämte sich, wie er so gefesselt und entblößt dastand. Gleichzeitig fürchtete er den kommenden Schmerz. Sein Peiniger schwang auch bereits genussvoll die Peitsche, als aufgeregt ein Melder heranlief. Er sprach hektisch und gestikulierte dabei heftig. Der Offizier stampfte kurz auf, warf Christoph wütend die Peitsche vor die Füße und brüllte einige Befehle. Die Kosaken packten augenblicklich alles zusammen, ein paar Minuten später rückten sie ab. Einer von ihnen nahm beim Vorübergehen die Peitsche, die vor Christoph lag, an sich. Er brummelte ihm etwas Unverständliches ins Gesicht. Kaum waren die Soldaten hinter der nächsten Straßenecke verschwunden, eilten Julius und Hermann ihrem Freund zu Hilfe. Sie banden ihn los und halfen ihm in die Hose. Christophs Hände schmerzten gewaltig. Ein Handrücken war blutig geschlagen, beide Hände waren dick angeschwollen. Seine Finger konnte er nur mit Mühe bewegen. Er beherrschte sich, da er vor seinen Freunden nicht weinen wollte. Doch ließen sich die Tränen trotz aller Anstrengung nicht ganz unterdrücken. Über die Russen schimpfend, machten sie sich auf den Weg nach Hause. Unterwegs erfuhren sie dann den Grund für den überstürzten Aufbruch der Kosaken. Die Russen zogen sich aus Hamburg zurück. Die Franzosen waren schon Mitte Mai zurückgekehrt und hatten angefangen, die Stadt von Harburg und Wilhelmsburg aus zu beschießen. Zwar hatte die Hamburger Bevölkerung gehofft, die Russen würden ihre Stadt verteidigen. Doch sollten sie sich gewaltig getäuscht haben. Es gab weder eine Verteidigung noch Gegenangriffe. Vielmehr zogen sich die Russen fast kampflos zurück. Schon einen Tag später, am 30. Mai, hatten die Franzosen die Stadt wieder besetzt. Und sie ließen es die Hamburger bitter büßen, weil sie mit den Russen gemeinsame Sache gemacht hatten.

Christoph konnte in den ersten Tagen der französischen Besatzung nichts unternehmen. Seine Hände glühten. Nur ganz vorsichtig konnte er die Finger bewegen. Mehr als eine Woche verging, bis er sie wieder einigermaßen gebrauchen konnte. Glücklicherweise hatte sich keine Entzündung eingestellt. Seine Eltern hatten das zunächst befürchtet. Mit Sorge kontrollierten sie mehrmals am Tag die Hände. Sie hätten kein Geld für die Medizin gehabt. Da sie häufig genug miterlebt hatten, wie unbehandelte Entzündungen zu fiebrigen Erkrankungen führten und die Betroffenen gar ins Grab brachten, waren sie dankbar, als sich nach einigen Tagen der Zustand der Hände merklich besserte. Die Evers mussten jeden Tag um ihr Überleben kämpfen. Es ging ihnen dabei nicht besser als den meisten Menschen in ihrer Umgebung. Sie hätten Christoph allzu gern eine bessere Zukunft ermöglicht. Aber seit der von den Franzosen verhängten Kontinentalsperre war es von Monat zu Monat schlechter geworden. Seit Wochen gab es überhaupt keine ordentliche Arbeit mehr für Martin Evers, der mit armseligen Gelegenheitsjobs seine Familie bislang notdürftig über Wasser halten konnte. Seine Frau Inge ging seit einiger Zeit schon auf Betteltouren mit anderen Frauen, da ihre geliebte Arbeit im Waisenhaus nicht mehr bezahlt werden konnte. Sie war schon froh über das bisschen

Brot und Fleisch, das sie dort für ihre Dienste als Krankenmagd erhielt. Diese wenigen Lebensmittel reichten zusammen mit dem, was ihr Mann nach Hause brachte, gerade einmal zum Überleben. Manchmal erbarmte sich bei ihrer Bettelei der eine oder andere vermögende Hamburger. Auch von den Pastoren gab es ab und zu etwas Nahrhaftes. Dann kamen aber auch Tage, da war eine dünne Suppe, die mehr nach Wasser als nach irgendetwas anderem schmeckte, die einzige Mahlzeit am Tag. Dabei ließ Inge Evers ihrem Mann und ihrem Sohn das meiste zukommen. Infolgedessen war sie recht mager geworden. Der Vitaminmangel hatte ihre Zähne locker werden lassen. Erst vor Kurzem war ihr deswegen sogar ein Schneidezahn ausgefallen. Christoph hatte sich daraufhin zu Diebestouren entschlossen, um das Allernotwendigste heranzuschaffen. Er ging dabei ausgesprochen gerissen vor. Und nicht nur einmal war ihm dabei seine Kraft zugute gekommen. Er konnte Türen aufstemmen, die anderen verschlossen blieben. Und als er einmal ertappt und gar von zwei Männern festgehalten wurde, konnte er sich befreien und gerade noch die Flucht ergreifen. Die Familien von Julius und Hermann standen nicht minder schlecht da. Dumm war nur, dass um diese Jahreszeit noch keine Früchte auf den Feldern wuchsen. Und das Obst reifte sowieso erst im Spätsommer und im Herbst, bis auf ein paar Beeren, die an wild wachsenden Büschen gefunden werden konnten. Die drei Freunde hielten fest zusammen. Gemeinsam gelang ihnen immer wieder einmal ein kleiner Coup. Sie stahlen dann ein paar Kartoffeln oder sonstiges Gemüse. Auch ergatterten sie auf ihren Touren ab und an einen

Fisch. Zudem machten sie sich auf dem Spielbudenplatz nützlich. Die Besitzer der Buden ließen sie Reinigungsarbeiten durchführen. Das Wenige, was sie dafür bekamen, reichte immerhin wieder für eine Mahlzeit. Richtig schlimm wurde es erst, als die kalte Jahreszeit anbrach.

HAMBURG – WEIHNACHTEN 1813

Die Versorgung der 55.000 Hamburger, zu denen noch über 40.000 französische Soldaten kamen, war seit dem Herbst immer schwieriger geworden. Ende November zeigte sich, dass die Lebensmittelvorräte zur Neige gingen. In dieser Situation verfügte der französische Kommandant, dass alle Hamburger, die nicht genügend Lebensmittel und Brennholz nachweisen konnten, die Stadt verlassen müssten. Dieser brutale Beschluss sorgte für größte Aufregung. In der bitterkalten Winterzeit sahen sich Hunderte von Menschen einem ungewissen Schicksal gegenüber. Doch der Kommandant der französischen Militärverwaltung zeigte sich unerbittlich.

»Woher soll ich das Brennholz und die Lebensmittel nehmen? Woher bloß?«

Christophs Vater saß verzweifelt auf dem Hocker in der Ecke der engen, dürftig eingerichteten Kammer. Seine Mutter weinte. Sie wusste selbst, wie schlecht es um alles bestellt war. Die Auflagen der Franzosen konnten sie nie und nimmer erfüllen. Zwei Tage vor Heiligabend machte sich bei ihnen wie bei so vielen anderen Familien lähmende Hoffnungslosigkeit breit. Der Winter zeigte schon seit geraumer Zeit sein bitterkaltes Gesicht. Da so gut wie kein Heizmaterial vorhanden war, froren die ärmeren Menschen erbärmlich in ihren oft genug primitiven Behausungen. Doch konnten sie sich zumindest mit allem Möglichen zudecken. Wer einigermaßen schlau gewesen war, hatte rechtzeitig mit alten Decken und Lumpen vorgesorgt. Sie verhinderten wenigstens Erfrierungen.

»Diese verfluchten Franzosen! Zum Teufel gehören sie gejagt.«

Martin Evers schimpfte immer heftiger.

»Vielleicht finden wir ja bei Onkel Hein Unterschlupf?«

Die Mutter sprach den letzten Hoffnungsschimmer aus. Im nahe gelegenen dänischen Altona wohnte ihr einziger Verwandter. Seit sich vor Jahren Martin Evers mit Onkel Hein aber einmal heftig gestritten hatte, war der Kontakt abgebrochen. Das machte die Sache kompliziert. Zudem lebte auch der Onkel in ärmlichen Verhältnissen. Aber er hatte immerhin ein Häuschen zur Verfügung, das zwar heruntergekommen war und vor Schmutz und Dreck nur so starrte. Doch besser ein solches Dach über dem Kopf, als nirgendwo eine Bleibe zu finden.

»Ich gehe morgen zu ihm. Er muss uns einfach helfen.«

»Bitte ihn eben um Entschuldigung. Der Streit ist so lang her, da wird er uns doch nicht im Stich lassen.«

»Ich brauche mich nicht zu entschuldigen. Er hat damals gegen mich gehetzt und keine Ruhe gegeben, bis der Krach unvermeidlich war.«

»Das weiß ich ja. Aber du musst über deinen Schatten springen.«

Seine Frau Inge ermahnte ihn flehentlich. Die einzige Chance, die ihnen blieb, durfte nicht aus Eitelkeit kaputtgemacht werden.

»Ich versuche alles. Das verspreche ich.«

Christoph hatte das deprimierende Gespräch seiner Eltern verfolgt.

»Nimm mich mit. Wenn wir zu zweit kommen, klappt es vielleicht besser.«

Christoph besaß keine schlechte Erinnerung an Onkel Hein. Und von dem Streit hatte er sowieso nicht viel mitbekommen. Nachdenklich griff sich seine Mutter an die Stirn. Sie dachte angestrengt nach.

»Nimm den Jungen mit. Christoph hat recht. Wenn Onkel Hein ihn sieht, ist er bestimmt aufgeschlossener.«

Martin Evers brummelte vor sich hin. Dann gab er endlich seine Zustimmung. Schon ganz früh am nächsten Morgen wollten sie sich auf den Weg machen. Ein Spaziergang würde es bei der Kälte nicht werden. Aber die Hoffnung auf ein einigermaßen erträgliches Unterkommen in den nächsten Wochen ließ ihnen gar keine andere Wahl.

Das Erste, was Christoph an seinem Onkel in Altona wahrnahm, war sein übler Geruch. Seine abgetragenen Kleider, sein vernarbtes, seit Längerem nicht mehr gewaschenes Gesicht und die am Kopf klebenden, verfilzten Haare wirkten alles andere als einladend. Doch die Holzhütte, in der er lebte, war größer und trotz aller Mängel stabiler, als es Christoph in Erinnerung hatte. Jedenfalls schien ihm Platz genug vorhanden. Doch Onkel Hein zeigte sich wenig begeistert.

»In der Not erinnert man sich plötzlich wieder an seine Verwandten.«

Christophs Vater wollte sich nicht provozieren lassen. Er hatte mit dem festen Vorsatz angeklopft, sich versöhnlich zu zeigen und um Hilfe zu bitten. Doch Onkel Hein machte es ihm schwer.

»Du hättest schon längst kommen und dich entschuldigen können.«

»Wenn du Wert darauf legst, dann entschuldige ich mich eben jetzt. Wir brauchen deine Hilfe und ich bitte dich inständig darum.«

»Da machst du es dir recht einfach. Geschwind eine Entschuldigung und schon glaubst du, alles wäre wieder gut.«

»Er meint es ernst«, mischte sich Christoph ein.

»Aha! Dein Sohn steht dir ja ordentlich zur Seite. Der Junge hat sich jedenfalls entwickelt. Ich habe ihn viel kleiner in Erinnerung.«

»Er ist in den letzten beiden Jahren mächtig gewachsen. Schon fast ein junger Mann. Tu es wenigstens ihm und Inge zuliebe. Wir wissen sonst nicht, wie wir über den Winter kommen.«

Onkel Hein zögerte noch ein Weilchen. Er wollte den kleinen Triumph genießen. Schließlich willigte er ein. Doch eine Bedingung stellte er.

»Im nächsten Frühjahr benötige ich Hilfe bei der Reparatur meines Hauses. Da ist manches nicht mehr im Lot. Es ist höchste Zeit für ein paar Ausbesserungen.«

Er lachte zu diesen Worten. Der Vater willigte sofort ein. Er versprach, dass er und sein Sohn zur Verfügung stehen würden.

Am späten Nachmittag nahm Inge Evers die gute Nachricht erleichtert auf. Sie packte daraufhin ihre wenige Habe in vier Bündel, da die Franzosen befohlen hatten, dass alle Mittellosen sich in St. Petri, der in der Altstadt liegenden ältesten Hauptkirche Hamburgs, an Heiligabend einzufinden hätten.

Bereits auf dem Weg zur Kirche zeigten sich die Franzosen von einer unmenschlichen Seite. Es war bitterkalt. Trotzdem trieben die Soldaten die Menschen an, unter denen sich viele Alte und Kinder befanden. Verbitterung hatte sich längst breitgemacht. Doch wer auch nur ein leises Widerwort wagte, wurde sofort von den Soldaten gemaßregelt. Christoph sah, wie einem Mann, der seine Tochter schützen wollte, ein Gewehrkolben mitten ins Gesicht gerammt wurde. Als dem Zusammenbrechenden seine Frau zu Hilfe eilte, knüppelten die Soldaten sofort auf sie ein. Ihre Tochter schrie, auf den Knien liegend, erbärmlich. Doch einer der Peiniger trat ihr grob mit seinem Winterstiefel in den Rücken. Das Mädchen lag auf dem eisigen Boden. Es erbrach sich. Die Unholde machten sich einen Spaß daraus. Angesichts dieser Erbarmungslosigkeit schlurften die Menschen verschreckt und geschockt weiter. Alle waren der Willkür der Besatzer ausgeliefert. Niemand konnte etwas dagegen tun. Christoph und seine Eltern gingen gebeugt und voller Angst in den Kirchenraum. Wenigstens der eisige Wind konnte ihnen in dem großen Kirchenschiff nichts anhaben. Trotzdem zitterten sie vor Kälte. Sie drängten sich aneinander. Christophs Vater rieb sowohl seiner Frau als auch seinem Sohn über den Rücken. Zumindest etwas Wärme wollte er damit erzeugen. Doch alle drei konnten nicht ruhig stehen. Sie stampften ständig mit den Füßen auf. Mehr konnten sie nicht tun für die Blutzirkulation, die vor Erfrierungen schützen sollte.

Ein sehr junger Offizier, dick eingemummt in groben Uniformstoff, hatte in der Kirche die Befehlsgewalt. Mit gezückter Pistole schikanierte er die Menschen. Sechs einfache Soldaten, die ihre mit aufgepflanztem Bajonett ausgestatteten Gewehre den Versammelten drohend entgegenhielten, schienen von ihrer Aufgabe ganz begeistert. Sie näherten sich Christophs Eltern. Als der Offizier an ihnen vorbeiging, hielten sie alle den Atem an. Schon schien er sich abwenden zu wollen, da rempelte einer der Soldaten heftig seinen Vater an. Da der seine Frau und seinen Sohn umfasst hatte, gerieten alle drei aus dem Gleichgewicht. Sein Vater rutschte auf dem am Boden liegenden Pferdedung aus. Die Franzosen hatten die Kirche schon längere Zeit als Lagerhalle und Pferdestall zweckentfremdet, was sich für die Evers als verhängnisvoll erweisen sollte. Christophs Vater suchte nach Halt, doch konnte er einen Zusammenstoß mit dem Offizier nicht vermeiden. Dieser hielt ihm augenblicklich die Pistole an die Stirn und drückte ab. Von einem Moment auf den anderen verwandelte sich Martins Gesicht in eine blutrote Masse und er sank zu Boden. Völlig außer sich, stürzte seine Mutter zu ihrem Mann. Christoph konnte nicht fassen, was sich vor seinen Augen abspielte. Der Offizier machte eine Handbewegung. Daraufhin rissen zwei Soldaten seine Mutter zurück. Sie rief um Hilfe, wehrte sich gar gegen ihre Peiniger. Christoph wollte ihr zu Hilfe eilen, da stach einer der Soldaten seiner Mutter in den Bauch. Christoph hörte ihr Aufstöhnen. Sie fasste sich an ihren Leib. Dabei drehte sie sich nach ihrem Sohn um. Vor seinen vor Entsetzen aufgerissenen Augen spielte sich ein unbeschreibliches Drama ab. Seine Mutter brach zusammen. Auf dem Boden liegend, streckte sie jetzt eine blutverschmierte Hand nach ihrem Sohn aus. Sie fing an zu zucken. Christoph sah neben ihr den verkrümmt daliegenden Vater mit dem zerschossenen Kopf. Er beugte sich zu seiner Mutter hinunter. Ihr ausgestreckter Arm war mit einem Mal einfach auf den Boden gesunken. Sie stöhnte leise. Ihre Augen öffneten und schlossen sich in langsamem Takt. Sie versuchte, noch etwas zu sagen. Aber außer der Bewegung ihrer Lippen gelang ihr kein Laut mehr. Christoph hielt ihre Hand. Er schüttelte weinend den Kopf. Plötzlich wurde er hochgerissen. Der Offizier schlug ihn mit der Pistole an die Schläfe und spuckte ihm ins Gesicht. Mehr bekam er nicht mit. Der Offizier schleuderte den bewusstlosen Jungen von sich weg.

HAMBURG – LANGENHARM – ENDE JANUAR 1813

CHRISTOPH EVERS WAR in der eiskalten Petrikirche am Morgen des 25. Dezember 1813 wieder zu sich gekommen. Die Franzosen hatten geglaubt, er sei tot. Als er die Augen aufschlug und nach und nach die Erinnerung zurückkehrte, blickte er auf die starren Beine seiner Mutter. Er ließ den Blick langsam schweifen und erkannte wenige Schritte entfernt seinen Vater am Boden liegen. Es dauerte lang, bis wieder genügend Leben in seinem Körper war, um aufzustehen. Er rüttelte sowohl seine Mutter, um die sich eine schwarze, erstarrte Blutlache gebildet hatte, als auch seinen Vater. Kein Lebenszeichen. Ihre toten Körper erschütterten den Jungen zutiefst. Er weinte bitterlich. Verzweifelt sprach er mit den beiden Toten, die aber keine Antwort gaben. Christoph geriet ganz außer sich. Er brüllte in der Kirche, verfluchte die Franzosen und schließlich schwor er Rache. Er kniete neben seiner Mutter, danach neben seinem Vater. Eine Hand zum Schwur erhoben, klagte er in der Kirche sein Leid und mit hasserfüllter Miene rief er seinen Racheschwur in das große Kirchenschiff. Die Tür der Kirche öffnete sich. Zwei alte Männer traten ein. Sie bedeuteten dem Jungen, Ruhe zu geben. Als sie heran waren, erklärte ihm einer der beiden, wenn er nicht achtgäbe, würden die Franzosen mit ihm ebenfalls kurzen Prozess machen. Mit verweinten Augen presste Christoph nur hervor, er würde alle umbringen.

»Mach dich nicht unglücklich, Junge«, erwiderte einer der Männer. »Du musst dich beherrschen. So grausam es ist, du kannst nichts tun.«

»Das werden wir erst noch sehen«, entgegnete ein zu allem entschlossener Christoph. »Sie haben meine Eltern umgebracht. Die Teufel haben mir Vater und Mutter genommen.«

Christoph zitterte vor Wut und Kälte. Mit geballter Faust trat er vor die beiden Fremden. »Dafür werden sie büßen. Ich bringe so viele wie möglich von ihnen um.«

»Junge! Sei vernünftig. Wir meinen es gut. Du hast keine Chance. Es sind nun einmal schwierige Zeiten. Habe Geduld …«

»Nein, nein. Ich werde keine Geduld aufbringen. Das, was sie meinen Eltern angetan haben, zahle ich ihnen hundertfach zurück.«

»Bitte …«, versuchte es einer der Männer noch einmal.

Doch Christoph ließ sich kaum beruhigen. Erst nachdem er alle Besatzer verflucht und sie zum Teufel gewünscht hatte, mäßigte er sich langsam.

»Nur eine Bitte …« Christoph schlug einen anderen Ton an. »Sorgt dafür, dass meine Eltern ordentlich beerdigt werden. Sie sollen ein anständiges Grab erhalten.«

Christoph nannte ihnen noch den Namen seiner Eltern. Dann bückte er sich ein letztes Mal zu seinem Vater und seiner Mutter. Er sah die zerschmetterte Stirn seines Vaters. Als er den Kopf seiner Mutter streicheln wollte, zuckte er zurück. Das eisige Empfinden ließ ihn schaudern. Die Tränen flossen ihm unkontrolliert über die Wangen. Er schüttelte noch einmal fassungslos den

Kopf. Danach ging er mit schnellen Schritten zur Tür. Die beiden verdutzten Männer blieben allein zurück. Zur selben Zeit trieben die Franzosen bei strenger Kälte Tausende mittellose Hamburger durch das Millerntor. Die eskortierenden Dragoner kannten kein Erbarmen. Ihrem Elend überlassen, sollten Hunderte Menschen in den nächsten Tagen ums Leben kommen.

Christoph flüchtete von der Petrikirche zunächst zum Heiliggeistfeld. In den Gemäuern des dortigen Pesthofs kannte er sich gut aus. Er wollte neue Kraft schöpfen und schauen, wo er etwas zum Essen finden konnte. Auf halbem Weg sah er, wie ein Wirt einen großen Eimer mit Unrat hinter sein Haus kippte. Er wartete ein Weilchen, dann rannte er rasch um das in die Jahre gekommene Gasthaus herum. Er durchstöberte den weggeworfenen Abfall, fand immerhin zwei Knochenstücke, an denen sich noch Fleisch befand, und ein altes Brot, das bereits schimmelte. Mit diesen Lebensmitteln machte er sich rasch auf den Weg. In dem verfallenen Unterschlupf auf dem Heiliggeistfeld kratzte er den Schimmel vom Brot. Dann aß er es zusammen mit dem Fleisch, das er von den Knochen nagte. Kurz darauf wurde ihm übel. Fast hätte er sich übergeben müssen. Doch besserte sich sein Zustand wieder. Er fühlte sich jetzt müde. Nur die Kälte hielt ihn vom Schlafen ab. Christoph wartete eine gute Stunde. Dann machte er sich zum Hafen auf. Auch dort kannte er einen Unterschlupf. Wenn er Glück hatte, würde ihn der Kapitän eines der alten Schiffe bei sich aufnehmen. Er träumte von einer einigermaßen warmen Kajüte. Tatsächlich nahm ihn der schrullige Kapitän

Breese freundlich auf. Er hatte auch seine Eltern gekannt. Sein Entsetzen über deren Tod war nicht nur gespielt. Christoph erhielt heißen Tee. Das Gebräu schmeckte zwar scheußlich, aber es wärmte den völlig durchgefrorenen Jungen von innen. Mehr und mehr spürte er die Erschöpfung. Christophs Kräfte ließen nach. Er benötigte unbedingt Ruhe. So zog er sich bald in die Kajütenecke zurück, die ihm Breese als Schlafplatz zugewiesen hatte. Er schlief auch rasch ein. Doch schreckte er immer wieder auf. Wilde Traumbilder plagten ihn. Es dauerte eine Weile, bis er bemerkte, dass die Stimmen, die er hörte, von Breese und einem weiteren Mann stammten. Die beiden Seeleute unterhielten sich leise. Zunächst verstand Christoph nicht, worum es dabei eigentlich ging. Als mehrfach von einem Major Lützow die Rede war, merkte er auf. Er konzentrierte sich. Ganz angespannt verfolgte er jetzt das Gespräch.

»Die Franzosen ziehen ab. Sonst kommt es noch zum Kampf. Die Lützower Freiwilligen sind längstens zum Einsatz bereit. Sie schieben schon seit Wochen Vorpostendienst an der Alster.«

»Ja, du hast recht. Wenn sie sich nicht aus dem Staub machen, werden sie alsbald eingeschlossen sein. Aber ich habe erst vor einer guten Stunde erfahren, dass die Lützower ihren Vorposten heute noch räumen. Sie sollen stattdessen die ganze Strecke von Pinneberg bis Poppenbüttel bewachen.«

»Ach. Das wusste ich noch nicht. Ich dachte, die schlagen bei nächster Gelegenheit los.«

»Major Lützow kann nicht, wie er vielleicht gern möchte. Er untersteht dem Befehl des schwedischen

Kronprinzen. Und der Schwede ist mehr an einem Friedensschluss mit den Dänen interessiert als an Hamburg. Es heißt, er wolle die Entsetzung Hamburgs den russischen Truppen überlassen.«

Christoph nahm allen Mut zusammen. Dachten die beiden Männer gerade noch, der Junge würde schlafen und sie bei ihrem Gespräch ungestört sein, reagierten sie erst einmal ungehalten, als Christoph plötzlich aufsprang.

»Wo finde ich diesen Major Lützow?«

Die beiden Männer schauten sich an. Kapitän Breese machte ein verkniffenes Gesicht.

»Was willst denn du?«, herrschte der andere Mann Christoph an. »Ich dachte, du schläfst. Du kannst gleich eine Tracht Prügel bekommen. Spionierst uns aus? Oder was hast du die ganze Zeit gemacht?«

Breese hob beschwichtigend die Hand.

»Der Junge meint es nicht böse. Lass ihn. Er hat gestern seine Eltern verloren. Da musst du ihm manches nachsehen.«

»Ein Rotzlöffel ist er trotzdem. Fragt nach dem Herrn Major. Und tritt dabei auf, als hätte er uns was zu sagen. Pass bloß auf, Bürschchen …«

»Ich will nur wissen, wo ich diesen Major finde …«

»Was willst du denn von ihm? Bist doch noch ein halbes Kind, ein Lümmel. Du gehörst nicht zu den Soldaten.«

»Doch. Wenn ihr mir sagt, wie ich diesen Major Lützow finde, kämpfe ich mit ihm zusammen.«

Der Mann lachte spöttisch auf. Breese machte ein nachdenkliches Gesicht.

»Hör bitte, Christoph. Das sind kämpfende Truppen. Soldatenleben eben. Das ist nichts für einen Jungen wie dich.«

»Ich weiß. Aber wenn ich Soldat werde, kann ich gegen die Franzosen kämpfen. Nichts anderes will ich mehr in meinem Leben. Nur noch gegen die Franzosen kämpfen.«

»Ja, ja. Im warmen Bauch eines Schiffes kannst du dein Mundwerk aufreißen. Du ahnst nicht im Mindesten, was es in diesen Zeiten bedeutet, als Soldat zu dienen.«

Doch Kapitän Breese konnte Christoph sein Vorhaben nicht ausreden. Hartnäckig blieb er dabei. Er wollte zu Lützow und in dessen Freiwilligenkorps dienen. Die beiden Männer weigerten sich zunächst, ihm zu helfen. Kapitän Breese war dabei die Sorge um den Jungen anzumerken. Letztlich jedoch erfuhr Christoph von dem anderen Mann, wie er zu den Lützower Jägern gelangen konnte. Christoph ließ sich danach nicht mehr zurückhalten. Breese wollte ihn zwar noch wenigstens zum Bleiben bis zum nächsten Morgen bewegen. Aber Christoph befürchtete, er könnte die Lützower verpassen. So brach er am Spätnachmittag auf. Etwas mehr als zwei Tage schlug er sich durch. Am Morgen des dritten Tages lernte er dann Major Ludwig Adolf Wilhelm von Lützow im Stabsquartier in Langenharm kennen. Der Offizier beeindruckte ihn zutiefst. Er wählte aus seinen Truppenteilen an diesem Tage die beiden Ulaneneskadronen aus, die unter seinem Befehl bis zum Rhein marschieren sollten. Dort mussten zwischen Bonn und Yssel Möglichkeiten für einen Flussübergang gesucht werden. Christoph wurde Leutnant Friesen als Offiziersbursche zugeteilt. Der Leutnant schonte ihn nicht. Er sorgte aber für den Hamburger Jungen und ließ ihn den Gebrauch der Waffen erlernen. Dafür stellte er zwei erfahrene Soldaten ab, die sich um Christoph kümmerten. Von einem getöteten Jäger erhielt er mit Erlaubnis des Leutnants die Ausrüstung. Voller Stolz trug er die schwarze Uniform mit dem roten Kragen und den goldenen Knöpfen. Das durch eine Kugel aufgerissene Loch an der linken Bauchseite des schwarzen Kittels hatte Christoph selbst geflickt. In seinem Stolz und seinem Hass fühlte er sich stark und hoffte inständig auf einen baldigen Kampf gegen die Franzosen. Die wegen ihrer Uniformfarbe auch ›Schwarze Jäger‹ genannte Freiwilligentruppe setzte seit Monaten mit Billigung des preußischen Königs Friedrich Wilhelm III. den Franzosen zu. Tatsächlich hatte sich der Widerstand gegen Napoleon zunächst nach dem grausam gescheiterten Russlandfeldzug im schlimmen Winter 1812 formiert. Endlich hatte sich auch der zögerliche preußische König zu einem Bündnis mit Russland und Österreich entschlossen und bald darauf traten Großbritannien, Österreich und Schweden der preußisch-russischen Allianz bei. Nach der dreitägigen Völkerschlacht bei Leipzig im Oktober 1813 war dann die französische Vorherrschaft in Deutschland mehr und mehr zusammengebrochen. Der Preis dafür war ein ungeheuerlicher Blutzoll. Die Zahl der Toten ging in die Zehntausende, von den schrecklich Verletzten und fürchterlich Versehrten ganz zu schweigen. Doch trotz der verheerenden Niederlagen gaben sich die Franzosen noch nicht geschlagen und kämpften unerbittlich. In der Bevölkerung genossen die Lützower Jäger einen sagenhaften Ruf. Sie hatten seit Februar 1813 immer wieder Angriffe gegen die Franzosen gewagt. Die freiwillig dienenden Soldaten konnten sich keine eigenen Uniformen leisten. Deshalb entschlossen sie sich zum Einfärben ihrer Alltagskleidung in Schwarz, weil das die einzige Farbe war, mit der sich billig einheitliche Uniformen herstellen ließen. Sehr prominente Mitglieder kämpften in deren Reihen. Christoph erfuhr von diesen erst nach und nach. Immer wieder hörte er den Namen eines vor einigen Monaten gefallenen Jägers namens Theodor Körner, einem Dichter, von dem die Lützower Kameraden mit großem Respekt, ja geradezu mit Ehrerbietung sprachen. Christoph lernte Friedrich Jahn und auch den Dichter Joseph von Eichendorff kennen, ohne jedoch zu ahnen, mit welch bekannten Zeitgenossen er es zu tun hatte. Für ihn waren diese Männer erfahrene und mutige Soldaten, die wie er dasselbe Ziel verfolgten: die Befreiung Deutschlands von der französischen Fremdherrschaft.

BEI WATERLOO – 18. JUNI 1815

Seit eineinhalb Jahren stand Christoph nun schon in den Reihen der Lützower Jäger. War er anfangs von den erfahrenen Soldaten belächelt worden, weil sie in ihm noch ein halbes Kind sahen, staunten sie schon nach kurzer Zeit über seine Kaltblütigkeit und Tapferkeit. Bereits nach wenigen Wochen wussten alle, dass man sich auf diesen jungen Burschen auch im schlimmsten Schlachtengetümmel verlassen konnte. Wegen seiner Hartnäckigkeit in den Kämpfen und seinem furchtlosen Vorangehen fiel er alsbald Lützow selbst auf, der anfangs ebenfalls gezögert hatte, ihn bei seiner Truppe aufzunehmen. Mehrfach war er allerdings auch durch ein überaus brutales und erbarmungsloses Verhalten aufgefallen. Christoph machte in den Kämpfen keine Gefangenen. Kaltblütig hatte er mehrere Franzosen, die kaum mehr zu einer Gegenwehr fähig gewesen waren, getötet. Nur einmal zeigte sich Christoph tief erschüttert. Das lag nun auch schon wieder über ein Jahr zurück. An diesem 16. März 1814 sah er Leutnant Friesen sterben. Dieser Offizier, dem er als Bursche dienen durfte und der sorgsam auf ihn achtgab, war nach einem Überfall nahe des Dorfes Chêtres mit seinen Soldaten von den übrigen Lützowern getrennt worden. Die versprengte Truppe musste sich unter erheblichen Verlusten durch unwegsames Gelände durchschlagen. Völlig überraschend waren sie in einem Waldstück bei La Lobbe einer Rotte bewaffneter Bauern begegnet. Aus nächster Nähe wurde Leutnant Friesen von einem Schäfer erschossen. Die Kugel durchschlug sein Herz. Er sackte augenblicklich neben Christoph zusammen, der völlig außer sich geriet und Glück hatte, dass er nicht selbst getötet worden war. Wenige Wochen später erlebte er mit Genugtuung den Sieg über Napoleon, der nach dem Friedensschluss von Paris Ende Mai ins Exil auf die Insel Elba ging. Er hätte diesen französischen Herrscher am liebsten umgebracht, doch seine Hoffnung, ihm durch einen Zufall nahekommen zu können, erfüllte sich nicht. Paris hätte er ebenfalls gern einmal sehen wollen. Doch die Lützower Jäger wurden alsbald aus Frankreich abgezogen. Sie blieben noch einige Zeit lang an der französischen Grenze stationiert. Den Rest des Jahres, vor allem die Herbstwochen, verbrachten sie mit militärischen Übungen, um kriegstüchtig zu bleiben. Diese harte Ausbildung sollte sich wenige Monate später als überaus sinnvoll erweisen. Anfang März 1815 hatte Napoleon Elba verlassen. Er wollte seine Herrschaft wiederherstellen. Der zwischenzeitlich zum Oberstleutnant beförderte von Lützow erfuhr auf einem von Fürst Salm-Salm ausgerichteten Ball in Anholt von der Anmaßung des Korsen. Augenblicklich wurde die Tanzordnung aufgelöst. Die Infanterie des Lützower Freikorps wurde als preußisches Regiment in die Schlacht geschickt. Christoph diente zu dieser Zeit bereits als Unteroffizier in diesem Regiment. Sein Hass auf Napoleon war augenblicklich wieder aufgeflammt. Nicht anders erging es seinem Freund Knut Andresen, Sohn eines einflussreichen Hamburger Kaufmanns, dem er vor einem Jahr bei einem Scharmützel das Leben gerettet hatte und der seither kaum mehr von seiner Seite wich. Mit Grausen erfuhren sie zunächst von Napoleons Vorrücken. Die französischen Truppen kämpften verbissen und erfolgreich. Sie schienen ganz offensichtlich ihren Kaiser nach wie vor zu verehren. Deren Kampfkraft mussten die Lützower schmerzlich bei der Schlacht von Ligny erfahren, bei der sie zahlreiche Tote und Verwundete zu beklagen hatten. Die Soldaten waren danach erschöpft, todmüde und kraftlos. Doch kam ein Ausruhen nicht infrage. Das Regiment musste sehr früh am 17. Juni aus dem Biwak bei Tilly aufbrechen. Es marschierte auf der nach Brüssel führenden Chaussee. Zu allem Unglück fiel die ganze Nacht vom 17. auf den 18. Juni strömender Regen. Alles war klatschnass. Die Wege, Wiesen und Felder waren aufgeweicht. In den frühen Morgenstunden des 18. Juni wurden sie informiert, dass mit dem heutigen Tag die entscheidende Schlacht bevorstehen würde.

»Es steht nicht gut um uns.«

»Hm«, antwortete Christoph zunächst auf die Bemerkung seines Freundes Knut.

»Die Franzosen haben uns mächtig getrieben. Und nun noch dieses Mistwetter. Das hilft dem Feind.«

»Vielleicht. Ja, vielleicht. Aber ich verlasse mich auf die Kaltblütigkeit der Briten. Und wenn erst einmal Blücher anrückt ...«

Christoph spielte auf den britischen General Wellington an, der die alliierten Truppen befehligte, die mit den Preußen verbündet waren, die wiederum Feldmarschall Blücher anführte. Er hatte diesen preußischen Offizier mehrfach persönlich erleben können und war daher zutiefst davon überzeugt, dass er Napoleon bezwingen würde.

»Wo sind wir denn überhaupt?« Knut Andresen schaute sich nach allen Richtungen um. Sie lagen nicht weit entfernt von einem Dorf am Rande eines lang gezogenen Waldstückes.

»Dort drüben? Ich glaube, der Ort heißt Waterloo.«

»Waterloo? Noch nie davon gehört! Wo solch ein Krieg den Menschen überall hinführt! Ziemlich irre. Nie hätten wir von einem solchen Kaff erfahren, wenn nicht die Mächtigen der Welt immerzu Kriege führen müssten.«

»Wenn es dich beruhigt: Ganz in der Wildnis sind wir nicht. Soweit ich weiß, sind wir keinen Tagesmarsch von Brüssel entfernt. Premierleutnant Schneider hat mir vorhin gesagt, wenn wir heute siegen, marschieren wir in vier Stunden nach Brüssel. Dort werden wir dann feiern und es uns gut gehen lassen.«

»So, so. Brüssel.«

»Ja, Brüssel. Von hier aus offenbar in nördlicher Richtung gelegen.«

Christoph streckte den Arm aus. Er wollte gerade weiterreden, da ertönte der Marschbefehl. Schlagartig ging es äußerst hektisch zu.

Die Kämpfe tobten bis in die späten Nachmittagsstunden. Die Lützower Soldaten schlugen sich tapfer. Christoph zeichnete sich mehrfach aus. Er wütete wie ein Berserker und schonte nicht einen der Feinde. Christoph wusste zu dieser Zeit längstens, dass etwas Brutales in ihm steckte. Er versuchte es meist zu zügeln, was ihm auch oft genug gelang. Nur gegenüber den Truppen dieses verhassten Napoleons ließ er dieser dunklen Seite seiner Persönlichkeit freien Lauf.

Sein Freund Knut, nicht weniger tapfer kämpfend, aber immer wieder erschrocken über Christophs Blutrausch, entdeckte nach dem Vertreiben der napoleonischen Truppen auf einer Chaussee ganz in der Nähe des Dorfes Plancenoit einen liegen gebliebenen Wagen. Gemeinsam rissen sie die Plane zur Seite. Erstaunt fanden sie neben etlichen wertvollen Schmuckstücken noch Hut und Degen Napoleons vor. Zunächst war ihnen nicht klar, was dieser Fund bedeutete. Erst als Major von Witzleben die Beutestücke wenig später prüfte und untersuchte, wurde die Bedeutung dieses Fundes klar: Napoleon befand sich auf der Flucht. Bei Waterloo hatte er seine letzte Schlacht geschlagen.

WIEN – 10. JULI 1815

In Wien hatten sich die Fürsten Europas getroffen. Bereits seit dem vergangenen Herbst tagte der Kongress. Zwar hatte Napoleon seit März alle Länder mit seiner Rückkehr von Elba noch einmal in helle Aufregung versetzt, er wurde bei Waterloo jedoch endgültig besiegt. Man verbannte ihn auf die Atlantikinsel St. Helena. Die Kaiserherrlichkeit hatte ein unrühmliches Ende gefunden. Die Menschen auf dem europäischen Kontinent sehnten sich endlich nach Frieden. Sie waren der Schlachten und Kriege überdrüssig. Die Kaiser, Könige und sonstigen Staatsoberhäupter wollten in Wien eine neue Ordnung für Europa schaffen, ihre Herrschaften sichern und Sorge für möglichst viele Friedensjahre tragen. In dieser Zeit konnte sich Agnes nicht beklagen. Alles hatte sich gut entwickelt. Ihr Joachim wuchs prächtig heran. Und ihr Mann kümmerte sich rührend um sie beide und um sein Rittergut, das er bestens bestellte. Wustrau war Agnes zur Heimat geworden. Doch spürte sie nach wie vor wehmütige Stiche, wenn sie an ihre Zwillingskinder dachte. Jahre waren nun schon ins Land gegangen. Manfred von Homagens Arbeit in Berlin war auch schon vor über einem Jahr beendet worden. Von der Reformfreudigkeit der ersten Jahre war in der Zwischenzeit nicht mehr allzu viel zu spüren. König Friedrich Wilhelm III. entpuppte sich mehr und mehr als ein Herrscher, der seinem Volk die versprochenen Freiheiten und Rechte letztendlich doch nicht zugestehen wollte. Agnes gab den Gedanken, ihre Kinder suchen und finden zu wollen, all die Jahre nie auf. Sie wusste von der schieren Unmöglichkeit des Unterfangens. Die politischen Umstände hatten keine Reise in dieses ferne Amerika erlaubt. Als sie mit ihrem Mann auf Gut Wustrau zurückkehren konnte, waren die Planungen für die Amerikareise jedoch endlich schon weit vorangeschritten. Dann wurde ihre Ehe jedoch für kurze Zeit auf die Probe gestellt. Manfred hatte ihr bereits die Reise nach Amerika versprochen, da erfolgte überraschend ein Besuch des Fürsten von Hardenberg. Er sollte neben König Friedrich Wilhelm die preußischen Interessen auf dem in Wien tagenden Kongress vertreten. Und er wollte Manfred von Homagen als seinen engsten Mitarbeiter dabei haben. Agnes war schwer getroffen. Manfred wollte dem Ruf des Staatskanzlers Folge leisten. Er fühlte sich Preußen verpflichtet und bat seine Frau um ein halbes Jahr Aufschub. Schließlich hatte sie schweren Herzens nachgegeben. Die unerquicklichen, von allerlei Streitereien begleiteten Tage lagen nun Monate zurück. Sie spielten keine Rolle mehr. Nun galten andere Bedingungen. Energisch trieb sie daher seit geraumer Zeit ihre Pläne voran.

Am 10. Juli des Jahres 1815 stieg Agnes mit Joachim in die bequeme Kutsche, die bereits vor zwei Stunden beladen und zur Abfahrt vorbereitet worden war. Manfred von Homagen besprach sich noch mit dem württembergischen Kronprinzen Friedrich Wilhelm, den Familienmitglieder und engste Freunde ›Fritz‹ nannten. Der preußische Gutsbesitzer hatte den württembergischen Thronfolger wenige Wochen nach der denkwürdigen Schlacht bei Leipzig kennengelernt. Er schlug sich überaus tapfer und trug wesentlich zum für die Allianz günstigen Kriegsverlauf bei. Zusammen mit Zar Alexander und König Friedrich Wilhelm III. von Preußen zog er Ende März 1814 in Paris ein. Im Gefolge des preußischen Königs befand sich auch Manfred von Homagen, der nicht nur wegen seiner militärischen Verdienste und Erfahrungen die Aufmerksamkeit des Württembergers fand. Vor allem Manfreds Kenntnisse und Verdienste in der Landwirtschaft weckten dessen Interesse. Der Kronprinz wusste allzu genau um die Probleme in seinem seit jeher armen Königreich, dessen Wohl und Wehe abhängig waren von Wind und Wetter. Sobald es zu Missernten kam, hatte das schlimme Folgen für die Bevölkerung, was der württembergische Thronfolger mit neuen Methoden und Instrumenten der Agrartechnik verhindern wollte. Da Manfred mit Fug und Recht auf große Erfolge in der Bewirtschaftung seines Gutsbetriebs verweisen konnte, wurde er für Friedrich Wilhelm zu einem geschätzten Gesprächspartner. Die

Männer wurden mehr und mehr vertraut miteinander, schließlich verband sie eine tiefe Freundschaft.

Für den Kronprinzen hatte sich der viele Monate dauernde Kongress in Wien nicht nur politisch gelohnt. Für Friedrich Wilhelm erwiesen sich gerade die Begegnungen mit Katharina, der Schwester des russischen Zaren Alexander I., in Wien als besonders wichtig. Vor etwas über einem Jahr waren sich die beiden in London im Rahmen einer Einladung des englischen Prinzregenten erstmals begegnet. Großfürstin Katharina von Russland erwiderte die Zuneigung Friedrich Wilhelms. Dessen bisherige unglückliche Ehe mit Charlotte Auguste war bereits Ende August 1814 vom württembergischen Ehegericht annulliert worden und Charlotte längst in ihre Heimat nach München zurückgekehrt. Doch stand noch für diese Ehe die Auflösungsgenehmigung des Papstes aus, da Charlotte der katholischen Konfession angehörte.

Manfred und Friedrich Wilhelm flachsten zum Abschied miteinander.

»Eure gegenseitige Zuneigung konnte nicht übersehen werden. Das lässt ja auf eine baldige Vermählung schließen oder etwa nicht?«

Friedrich Wilhelm schüttelte amüsiert den Kopf.

»Von mir aus steht dem nichts im Wege. Eigentlich gibt es nur noch ein Hindernis. Katharinas Bruder besteht auf der Auflösungsgenehmigung des Papstes. Und wenn Zar Alexander das so will, muss ich mich in Geduld üben. Mit dem Papst wird seit Monaten verhandelt. Mir wäre das völlig egal. Was muss ich von diesem Katholiken abhängig sein? Nur weil Charlotte diesem Glauben angehört, muss ich das ganze Malheur ertragen.«

»Ich wünsche dir auf jeden Fall alles Gute. Es soll sich alles zu deiner Zufriedenheit entwickeln.«

Kurz schwiegen die beiden Männer. Dann reichten sie sich die Hand.

»Es ist Zeit. Lebe wohl, Manfred.«

»Ja, in der Tat. Wir sind seit sechs Monaten nicht mehr auf Gut Wustrau gewesen. Zwar hatten wir in Wien wahrlich eine gute Zeit. Aber …«, Manfred drehte sich nach seiner in der Kutsche sitzenden Frau um, »Agnes will längst dem Trubel hier entfliehen und auch Joachim muss endlich wieder in seine Heimat zurück.«

»Mach dir mal keine Sorgen wegen Agnes. Ich tue, was ich kann. Da musst du nur ein wenig Geduld aufbringen.«

Friedrich Wilhelm wusste seit einiger Zeit über Agnes' Schicksal Bescheid. Mehrfach hatte er seinen Vater zu einem Gnadenakt und der Aufhebung des Gerichtsurteils bewegen wollen. Doch König Friedrich I. blieb eisern. Die Amnestie im Jahr 1806 sei schon mehr als genug gewesen, hatte er das Ansinnen seines Sohnes brüsk zurückgewiesen. Für ihn schien es unvorstellbar, Agnes wieder in ihre Rechte einzusetzen und ihr das Haydensche Vermögen, das vom Staat eingezogen worden war, zurückzugeben. Zudem duldete er während des Kongresses keine Begegnung mit Agnes. Manfred von Homagen hatte er zwar zweimal empfangen. Auch ihn, der sein Anliegen äußerst diplomatisch vortrug, wies er trotzdem fast barsch zurück. Für König Friedrich blieb Agnes eine Mörderin. Da konnte er nicht über seinen Schatten springen.

HAMBURG, BREMEN, PENNSYLVANIA – ENDE AUGUST 1815 BIS JANUAR 1816

Joachim quengelte seit Stunden. Die Kutschfahrt war für ihn wegen des heißen Sommerwetters eine Tortur gewesen. Als sie endlich in Hamburg ankamen und aussteigen konnten, atmeten alle drei auf.

»Die Hitze ist auch in dieser Stadt kaum auszuhalten.« Manfred wischte sich mit einem weißen Tuch den Schweiß von der Stirn. Agnes zog die Kleider von Joachim zurecht und strich ihm die verklebten Haare aus der Stirn.

»Mein Gott, wie viele Jahre ist das jetzt her, seit ich Hamburg verlassen habe? Joachim, weißt du, als ich von hier aufgebrochen bin, habe ich dich schon in meinem Bauch getragen. Und ich musste gar befürchten, dich zu verlieren.«

Ihr Sohn verstand nicht genau, was seine Mutter meinte. Er hatte nur gewaltigen Durst und wollte Wasser haben. Alles andere interessierte ihn nicht. Agnes blickte sich um. Sie sog die Umgebung förmlich in sich auf. Viel hatte sich offenbar nicht verändert. Ihre Kutsche stand an der Großen Burstah, nicht weit vom Hamburger Rathaus.

»Das wird eine Überraschung werden. Ob er unseren Brief erhalten hat?«

Manfred spielte auf das Schreiben an Georg Kerner an, den sie gleich nach ihrer Rückkehr aus Wien von Wustrau aus auf den Weg gegeben hatten. Agnes kündigte darin ihre Reise nach Hamburg an. Bei Kerner wollten sie als Allererstes vorsprechen. Schon so lang hatte Agnes von diesem klugen und hilfsbereiten Menschen nichts mehr gehört. Sie war neugierig auf ihren schwäbischen Landsmann, dessen segensreiches Wirken als Arzt die Hamburger mehr als zu schätzen wussten. Agnes zeigte auf die breite Eingangstür des beeindruckenden Gebäudes. Manfred ging darauf zu. Er klopfte kräftig, wartete ab, klopfte noch einmal, doch nichts geschah.

»Vielleicht kümmert er sich gerade wieder um seine armen Patienten auf dem Hamburger Berg«, sinnierte Agnes.

»Ich probiere es noch einmal. Wenn wir niemanden erreichen, suchen wir uns eben erst einmal ein Quartier.« Manfred klopfte wiederum an die schwere Tür. Er drückte schließlich die Klinke, doch war die Tür fest verschlossen.

»Da werden Sie kein Glück haben, werte Herrschaften.« Fast unbemerkt war ein vornehmer Herr neben ihnen stehen geblieben. Er wandte sich direkt an Manfred. Seinen Hut hielt er in Händen und fächelte sich damit Luft zu.

»Sie haben recht. In dem Gebäude rührt sich nichts.«

»Ja, das ist nun auch völlig unmöglich. Es steht seit ein paar Jahren leer. Irgendwelche Erbstreitigkeiten verhindern, dass neue Mieter oder der Eigentümer einziehen können.«

»Was für Erbstreitigkeiten?«, mischte sich Agnes, hellhörig geworden, ein.

»Seit unser lieber und sehr geschätzter Herr Doktor verstorben ist, hat es unter den Erben mächtig viel Streit gegeben, gnädige Frau …«

»Wie, verstorben? Wer ist verstorben?«, fragte Agnes voller böser Ahnungen.

»Na, unser Herr Kerner. Wussten Sie das nicht, gnädige Frau?«

Manfred sah Agnes' Entsetzen.

»Wie? Das ist doch nicht wahr? Georg Kerner ist tot?«

»Zu meinem großen Bedauern, ja, gnädige Frau.« Der Herr wandte sich an Manfred von Homagen. »Das ist nun auch schon wieder mehr als drei Jahre her …«

»Das ist ja furchtbar!«, unterbrach ihn Agnes. Sie hatte erschrocken die Hände vor den Mund geschlagen. Joachim quengelte und zupfte am Rock seiner Mutter. Abwesend strich sie ihm besänftigend über den Kopf.

»Leider. Es trifft immer die Besten! Wir hatten im Frühjahr 1812 eine Epidemie. Flecktyphus wahrscheinlich. Genau konnte das keiner sagen. Kerner hat geholfen, wo immer er konnte. Er hat sich geradezu aufgerieben. Bei einem seiner Patienten muss er sich dann angesteckt haben. Das Fieber! Jämmerliches Fieber! Er war stundenlang bewusstlos. Ist dann einfach gestorben. Denken Sie nur! Stirbt uns dieser gute Mensch weg. Und das zwei Tage vor seinem 42. Geburtstag!«

»Wie schrecklich!« Agnes erschütterte diese Nachricht zutiefst. »Und ich habe mich so sehr auf ein Wiedersehen gefreut.« Sie senkte betroffen den Kopf.

»Die Trauer war groß, gnädige Frau. Wenn Sie das tröstet. Viele seiner Patienten und Schützlinge haben Abschied von ihm genommen. Sie wollten ihm die letzte Ehre erweisen. Ihm noch einmal danken für seine Uneigennützigkeit. Seine Verdienste werden unvergessen bleiben.«

Manfred legte den Arm um Agnes' Schultern. Er spürte, dass seine Frau Trost benötigte. Hatte sie doch immer wieder dankbar von Georg Kerner gesprochen, sich auch darauf gefreut, ihm den Mann vorzustellen, der ihr in ihrer Hamburger Zeit eine so große Hilfe gewesen war.

»Sie können sein Grab besuchen. Wenn es Ihnen hilft, verehrte Herrschaften, Herr Kerner liegt auf dem Kirchhof von St. Petri begraben.«

»Ah ja, St. Petri«, wiederholte Agnes ein wenig abwesend. Sie musste sich erst einmal mit dieser neuen Situation zurechtfinden. Ihre Erwartungen und Hoffnungen waren mit einem Schlag vernichtet worden. Nach ihrer beschwerlichen Reise war das ein trauriger Auftakt ihres Aufenthaltes in Hamburg. Wie lang hatte sie darauf warten müssen? Die Ereignisse der letzten Jahre hatten eine Suche nach ihren Zwillingen verhindert, weshalb sie oft ein schlechtes Gewissen plagte. Wie häufig war sie nachts, von schlimmen Träumen gequält, aufgewacht? Schon bevor sie ihrem Mann nach Wien gefolgt war, hatte ihr Manfred fest versprochen, gleich nach dem Ende des Kongresses mit ihr zusammen alles zu unternehmen, um doch noch ihre Kinder wiederzufinden. Und Manfred hielt Wort. Nur kurz waren sie in Wustrau geblieben. Manfred traf alle wichtigen Entscheidungen für eine sichere Reise. Sie wollten zunächst in Hamburg noch einmal alles Menschenmögliche versuchen. Weil aber Agnes hier von vornherein nicht mit einem Erfolg rechnete, hatten sie sich bereits in Wien für eine Seereise in das ferne Amerika entschieden. Immerhin hatte es damals geheißen, die Bauers hätten sich nach Philadelphia aufgemacht. In dieser Stadt und in diesem Landstrich, der sich Pennsylvania nannte, lebten offenbar zahlreiche Deutsche. Ganz in der Nähe der Hauptstadt Philadelphia sollte es gar eine Stadt namens Germantown geben. Das war für Agnes mehr als ein Strohhalm. Mit etwas Glück sollte sich doch eine Spur dieser Familie finden lassen, die wahrscheinlich ihre Kinder mit in die Neue Welt genommen hatte.

Hamburg erwies sich, wie befürchtet, als Fehlschlag. Alle ihre Versuche, an Informationen zu gelangen, führten nicht weiter. Überaus erfreulich war nur ihr Wiedersehen mit den Schwestern. Schwester Regina führte nach wie vor das Kommando. Sie, Adalberta und Cecilia befanden sich wohlauf. Nach wie vor kümmerten sie sich mit großem Engagement um die Armen in der Hafengegend. Nach etwa zwei Wochen resignierte Agnes. Sie wollten nun die Schiffsreise antreten, was sich als ein unmögliches Unterfangen herausstellte, da ihr Schiff bei einem Unfall im Hafen schwer beschädigt worden war. Sie hätten fast einen Monat auf ein anderes Schiff warten müssen, weshalb Manfred den Rat eines Hamburger Kaufmanns annahm, der sie nach Bremen verwies, von wo aus ein Aufbrechen nach Übersee rasch möglich sein sollte. Der Kaufmann ließ sich für das Besorgen der Schiffsplätze bei einem befreundeten bremischen Reeder fürstlich entlohnen. Doch erwies sich diese Investition als sehr vorteilhaft. Ihre Reise verlief ohne Probleme. Sie verfügten auf dem großen Segelschiff ›Majestät‹ über eine eigene Kajüte und speisten regelmäßig mit dem Kapitän, der sich fürsorglich um ihr Wohl kümmerte. Manfred erkundete mit seinem Sohn das große Schiff.

Joachim war begeistert von dieser Umgebung. Ihm wurde trotz der wochenlangen Überfahrt nicht langweilig. Nur einmal gerieten sie in einen heftigen Sturm, was ihn sehr ängstigte, doch konnte er von seiner Mutter getröstet und beruhigt werden. Anfang Oktober ging die ›Majestät‹ bei Philadelphia vor Anker. Am 10. Oktober 1815 betraten die von Homagens erstmals den Boden Amerikas. Neugierig und ein wenig aufgeregt besorgten sie sich eine Kutsche, deren Eigentümer sich als Pfälzer erwies, der nahe Heidelberg in ärmlichen Verhältnisse aufgewachsen und schon vor Jahren in die Neue Welt aufgebrochen war. Er kannte sich sehr genau aus und wusste bestens über die deutschen Siedler in Pennsylvania Bescheid. Erwin Mittelberger blieb auch im Weiteren ein Glücksfall. Die Homagens fanden in seinem Haus Unterkunft. Als seine umtriebige und stets fröhliche Frau abends das Essen auftrug, erzählte Agnes, warum sie nach Amerika gekommen waren. Sofort bot Mittelberger seine Hilfe an. Er kannte sich nicht nur mit Land und Leuten aus und beherrschte die englische Sprache, sodass er auch als Dolmetscher dienen konnte. Er war zudem bekannt mit einflussreichen Leuten, die ihrerseits wiederum ihre Beziehungen nutzen konnten, um letztlich womöglich doch etwas über eine Familie Bauer herauszufinden, die eventuell vor 15 Jahren mit einem Zwillingspärchen eingewandert war.

Die Reise nach Amerika, dann das Zusammentreffen mit dem hilfsbereiten Erwin Mittelberger und die ersten Kontakte in der Hauptstadt Pennsylvanias versprachen viel Gutes. Die Homagens wurden in Philadelphia von mehreren einflussreichen Persönlichkeiten begrüßt, deren Vorfahren alle aus Deutschland oder der Schweiz stammten. Oft genug hörte Agnes deutlich den schwäbischen Dialekt. Sie war ganz überrascht, als sie von Deutschen erfuhr, die schon vor über 100 Jahren die Gegend besiedelten und sich als tüchtigere Landwirte erwiesen hatten als die englischen Kolonisten. Oftmals waren es religiöse Gründe gewesen, weshalb diese Menschen ihre deutsche Heimat verlassen hatten. Sie mussten oftmals unter der sie verfolgenden Obrigkeit leiden und sahen im Verlassen ihrer Heimat die einzige Möglichkeit zu einem auskömmlichen Leben. So sehr jedoch die ersten paar Wochen Hoffnung schöpfen ließen, spürte Agnes dann doch zunehmend wieder dieses traurige Gefühl, das sie schon immer überfiel, wenn sie bemerkte, dass sich die Suche hinzog und keinerlei Erfolg zeitigte. Als fast von einem Tag auf den anderen die schöne Herbstzeit endete und kaltes, regnerisches Wetter die Tage bestimmte, zweifelte sie mehr und mehr. Nachdem ihr zwar in Philadelphia jegliche Hilfe zuteilgeworden, sie aber keinen Schritt vorangekommen war, hatte sie mehrere Wochen die umliegenden Dörfer und Siedlungen besucht. Doch konnte sie nichts in Erfahrung bringen, was sie weitergeführt hätte. Dann schließlich schöpfte Agnes große Hoffnung, als sie von einer Familie Bauer erfuhr, die angeblich in der Stadt Reading seit mehr als zehn Jahren leben sollte. Aufgeregt machte sie sich mit Manfred bereits am nächsten Tag auf den Weg in diese mehrheitlich von Deutschen besiedelte Stadt. Tatsächlich konnten sie sogar rasch diese Familie Bauer ausfindig machen. Umso größer war die Enttäuschung, als die

Tür geöffnet wurde und sie ein Mann mit einem fremden Dialekt grüßte. Rudolf Bauer stammte aus Würzburg. Mit seiner Frau und seinen beiden Söhnen hatte er sich noch vor der Jahrhundertwende aufgemacht, um fern der Heimat sein Glück zu suchen. Sie fühlten zwar mit Agnes, boten weitere Hilfe an, doch letztlich entpuppte sich die Reise nach Reading als völliger Fehlschlag.

Anfang Dezember hielt bittere Kälte Einzug. Sie saßen abends beim Kaminfeuer in der großen Wohnstube Mittelbergers beisammen. Seine Frau feierte Geburtstag und etliche Gäste waren tagsüber zu Besuch gekommen. Ein Vetter Mittelbergers ließ Agnes dann schon zu später Stunde noch einmal Hoffnung schöpfen.

»Ihr müsst auf jeden Fall noch nach Lancaster. Sehr viele Deutsche wohnen dort. In der Umgebung gibt es zahlreiche Farmer. Die Stadt ist zwar fast 100 Meilen entfernt und bei diesem Wetter bestimmt nur nach einer beschwerlichen Reise zu erreichen. Doch solltet ihr nichts unversucht lassen.«

Agnes, schon recht müde zu dieser fortgeschrittenen Stunde, war augenblicklich hellwach. Auch Manfred merkte sofort auf.

»Nicht wenige Einwohner stammen gar aus dem Süden Deutschlands. Ich selbst kenne einen Leinweber, der immer etwas vom Neckar erzählt. Das ist doch bei euch ein wichtiger Fluss oder etwa nicht?«

Agnes nickte zustimmend.

»Wie heißt denn dieser Bekannte?«, wollte sie wissen.

»Sauer. Gregor Sauer. Und dessen Onkel kenne ich ebenso. Er hat die 70 zwar schon überschritten, ist aber ein zäher Schwabe, wie er bei jeder sich bietenden Gelegenheit betont. Er kommt aus irgendeinem Ort bei Stuttgart. Der Name fällt mir nicht ein. Aber ihr könnt ihn ja selbst fragen, wenn ihr ihn aufsuchen werdet.«

»Ja, das werde ich bestimmt. Es ist vielleicht eine Spur, die mich endlich weiterführt. Die Menschen kennen sich doch sicherlich untereinander. Und ein Schwabe wird hoffentlich wissen, wo andere Schwaben, vor allem Stuttgarter, zu finden sind.«

Manfred fasste die Hand der aufgeregten Agnes. Inständig hoffte er, sie würden endlich einen Schritt vorankommen. Je länger sie nun schon in dem fremden Land waren, desto verzweifelter wurde seine Frau. Mehr und mehr hatte er sie in den letzten Wochen trösten müssen. Er konnte sie zwar begleiten, ihr helfen und sie immer und immer wieder ermutigen. Doch war ihm allzu bewusst, dass er ihr nicht den Schmerz und die Trauer abnehmen konnte, die zunehmend ihr Gemüt verfinsterten.

»Lass uns dorthin reisen«, unterstützte Manfred seine Frau. »Wenn Joachim noch einmal einige Tage in eurer Obhut bleiben dürfte, wäre uns das eine große Hilfe!« Manfred hatte sich an die Mittelbergers gewandt, die sich schon mehrfach um Joachim gekümmert hatten, wenn seine Eltern unterwegs waren und ihn nicht mitnehmen konnten oder wollten. Agnes und Manfred konnten sich unbedingt auf die beiden verlassen. Die manchmal beschwerlichen und auch nicht ganz ungefährlichen Reisen wurden dadurch ihrem Sohn erspart, der gern bei den Mittelbergers blieb. Die drei Kinder der Gastgeber waren ihm gute Spielkameraden geworden. Selbst bei dem zwischenzeitlich winterlichen Wetter konnte er sich mit ihnen bestens die Zeit vertreiben.

Vier Tage später trafen Agnes und Manfred in Lancaster ein. Zunächst staunten sie über die dunklen Pferdekutschen, die von bärtigen Männern gelenkt wurden. Der Vetter Mittelbergers hatte ihnen die Adresse von Gregor Sauer gegeben, der ihnen weiterhelfen würde. Mit einiger Mühe und nach längerem Suchen standen sie endlich vor Sauers Haus, der sich ebenfalls als vollbärtiger Mann in einfacher, aber robuster Kleidung entpuppte. Er bat sie in das spartanisch eingerichtete Farmergebäude, wo ihnen seine gutherzige Frau ein warmes Getränk auftischte.

»Sie müssen sich erst einmal ein wenig aufwärmen. Bei dieser Kälte unterwegs zu sein, lässt einen ja bis auf die Knochen durchfrieren.«

Agnes und Manfred waren froh, dass sie sich in der peinlich aufgeräumten Bauernstube aufwärmen konnten. Auch die Frau, die sich Fiona nannte, trug grobe, aber zweckmäßige Kleider. Ihren Kopf bedeckte eine Haube, die sie auch im Haus nicht abnahm.

»Sie müssen bestimmt hungrig sein. Darf ich Ihnen etwas anbieten?«

Die Homagens ließen sich nicht zweimal bitten und wenig später stand eine einfache, aber schmackhafte Mahlzeit auf dem Tisch. Nach dem Essen kamen sie auf ihr Anliegen zu sprechen.

»Wir kennen hier alle«, sagte Gregor Sauer. »Jeder hilft jedem und die Gemeinschaft ist uns überaus wichtig. Kaum etwas geschieht in unseren Familien, ohne dass die anderen davon erfahren.«

Agnes spürte bereits bei diesen Worten wieder diesen schmerzhaften Stich, der sich immer schon dann gemeldet hatte, wenn sich eine Enttäuschung abzeichnete. Was Gregor Sauer nun erzählte, war alles andere als Erfolg versprechend.

»Wir sind Amische, müsst ihr wissen. Viele von uns leben in Lancaster County. Unsere religiöse Gemeinschaft hält fest zusammen. Und wie gesagt, kennt jeder jeden.«

»Und von einer Familie Bauer aus Stuttgart habt ihr noch nie etwas gehört?«

Die Antwort Sauers zerstörte Agnes' letzten Funken Hoffnung.

»Nein. Leider nicht. Wir wüssten bestimmt etwas. Selbst wenn sie nur kurz in der Gegend verweilt hätten. Aber eine solche Familie ist uns auch vor Jahren hier nicht begegnet.«

Sauers Frau nickte bestätigend zu den Ausführungen ihres Mannes. Sie sah das enttäuschte Gesicht von Agnes und empfand Mitleid mit dieser Frau, die sie erst so kurze Zeit kannte.

»Ich werde morgen noch bei meinen Leuten nachfragen. Heute ist es zu spät dafür. Wir gehen sehr zeitig schlafen. Aber ich kann euch schon jetzt leider keine großen Hoffnungen machen. Doch werden wir für euch beten. Vertraut auf Gottes Hilfe. Er weiß, welcher Weg der beste für euch sein wird.«

Agnes freute sich zwar über diese Worte. Sie bemerkte das aufrichtige Bemühen der Sauers, aber wahren Trost konnte sie trotzdem nicht empfinden.

Auch der nächste Wintertag sollte enttäuschend verlaufen. Am Abend saßen sie noch einmal mit den Sauers zusammen. Gregor Sauer konnte in der Tat nur darauf verweisen, dass kein Mensch irgendetwas von einer eingewanderten Familie Bauer aus Stuttgart wisse. Am nächsten Morgen brachen die Homagens auf. Als sie Lancaster hinter sich ließen, mussten sie sich ihr Scheitern eingestehen. All ihre Mühen waren zwecklos gewesen. Sie verbrachten noch die Weihnachtszeit im Hause der Mittelbergers. Es waren an und für sich schöne Tage. Joachim genoss sie ganz besonders. Seine neu gewonnenen Freunde ließen es ihm nie langweilig werden. So war er dann auch recht niedergeschlagen, als sie kurz vor Neujahr die stürmische Rückreise über den Atlantik antraten. Die Fahrt sollte sich bei dieser Jahreszeit als sehr unangenehm entpuppen. Doch erreichten sie nach wenigen Wochen wohlbehalten den sicheren Hafen von Bremen. Am Ende der letzten Januarwoche trafen sie dann schließlich wieder auf Gut Wustrau ein.

NEW YORK – 26. APRIL 1816

Ihr war etwas mulmig zumute. Gestern noch – an ihrem 16. Geburtstag – schien alles so fröhlich. Ihr Onkel und Vormund Samuel Bridgewater war über seinen Schatten gesprungen und hatte ihr eine schöne, überaus fröhliche Feier ausgerichtet, zu der er nicht nur ihre

Freundinnen, sondern auch etliche seiner Bekannten und Verwandten eingeladen hatte. Er freute sich über die Entwicklung Annas ungemein. Im Herzen empfand er sie wie sein eigenes Kind. Sowohl ihre ersten Gehversuche als auch wenige Jahre später ihren ausgeprägten Wissensdurst verfolgte er mit Genugtuung. Als sie mit nicht einmal fünf Jahren schwer erkrankte und schon das Schlimmste befürchtet wurde, litt er Höllenqualen, wie nur leibliche Eltern sie kennen. Seine übermäßige Freude an dem Vormittag, als das Fieber nach sich unendlich hinziehenden Tagen endlich zurückging, verbarg er. Er zog sich nach seinem kurzen Besuch am Krankenbett in sein Wohnzimmer zurück und dankte Gott auf Knien, dass das Mädchen auf dem Wege der Besserung war. Nur sein treuer, nun schon recht in die Jahre gekommener Diener Nash ahnte damals etwas von den Seelenqualen seines Herrn, doch behielt er seine Gedanken für sich. Mit Schrecken erinnerte sich Bridgewater auch immer wieder an die verheerende Pilzvergiftung und das qualvolle Sterben von Annas Eltern. Damals hatte er alle Hebel in Bewegung gesetzt, weil er diesen Gauner van Heuvel verdächtigte. Er ahnte wohl, dass der Anschlag ihm gegolten hatte. Aber alle Versuche, ihn zu überführen, scheiterten. Sogar die zwei Iren konnte er mit Hilfe von Zeitungsannoncen und Detektiven ausfindig machen. Sie bestätigten zwar den Verkauf der Kiste Giftpilze an van Heuvel, der jedoch auf den angesehenen Apotheker Veblen verweisen und nicht eines Mordanschlags auf Bridgewater überführt werden konnte. Fast drei Jahre ließ Bridgewater nichts unversucht, aber es fand sich kein Beweis. Im Sommer 1806 erkrankte

Philipp van Heuvel dann am Gelbfieber. Er starb, ohne sein Geheimnis preisgegeben zu haben.

Anna war über den Tod ihrer Eltern furchtbar betrübt gewesen. Bridgewater bemühte sich zur Überraschung aller Menschen in seiner Umgebung persönlich liebevoll um das Kind. Niemand hätte diesem strengen, nach außen hart und nicht selten gefühllos erscheinenden Menschen diese Fürsorge für ein Kind zugetraut. Sogar seine Geschäfte stellte er für Anna hintan. Erst als er den Eindruck hatte, dass sie mit den schlimmen Ereignissen und dem Verlust der Eltern einigermaßen zurechtkam, stellte er eine Kinderfrau ein, die er selbst auswählte und an die er höchste Ansprüche stellte. Er ermöglichte ihr ein ansonsten sorgenfreies Aufwachsen. Vor allem sorgte er für eine hervorragende Bildung. Das Mädchen erwies sich als wissbegierig. Bridgewater verpflichtete die besten Privatlehrer. Noch nicht 12 Jahre alt, sprach sie neben Englisch auch Französisch und Deutsch. Bridgewater wusste mit Sicherheit, dass Anna eines Tages die deutschen Lande besuchen würde. Er hatte eine Mission an ihr zu erfüllen. Das hatte er ihrer Mutter versprochen. Deshalb ließ er sie sorgfältig in ihrer eigentlichen Muttersprache unterrichten. Als sie zu einer jungen Dame heranreifte, interessierte sie sich auch für Spanisch. Zudem lernte sie schon in Kinderjahren das Klavierspiel. Mit 16 Jahren beherrschte sie das Instrument vorzüglich. Sie spielte allzu gerne auf dem Flügel im Salon. Onkel Sam konnte seinen Stolz kaum verbergen, wenn sie anlässlich der Soirees, die er mehrmals im Jahr für ausgesuchte Gäste ausrichtete, für ihr wunderbares Spiel Beifall erhielt. Manchmal grämte sich Anna wegen ihres Feuermals. Sie betrachtete dann ihren Hals ausgiebig vor den Spiegeln. Doch ihre langen, über die Schulter reichenden blonden Haare verdeckten die violett-dunkelroten Stellen. Schon in ihren Kinderjahren hatte sie ihre Haare ganz selten zu einem besonders beim Spielen praktischen Pferdeschwanz gebunden. Als sie auf die vierzehn zuging, bemerkte Samuel Bridgewater, wie sie zur jungen Dame erblühte. Jetzt, mit 16 Jahren, sahen ihr längstens die jungen Männer nach. Doch zeigte Anna bislang nicht das mindeste Interesse an ihnen.

Anna musste an diesem Abend ein wenig warten. Ihr Onkel Sam war länger als erwartet von einem Geschäftspartner in Brooklyn aufgehalten worden. Als er eintraf, bat er sie in sein Arbeitszimmer. Er machte dabei ein ernstes Gesicht, das so gar nicht zu der gestern gezeigten Freude passte. Stirnrunzelnd nahm Anna Platz in einem bequemen Ohrensessel. Sie schaute ihren Onkel Sam gespannt an.

»Anna«, begann Bridgewater, immer noch ernst und fast ein wenig feierlich.

»Jetzt bist du 16 Jahre alt geworden. Und das bedeutet für mich die Erfüllung eines Versprechens, das ich vor 13 Jahren gegeben habe.«

Annas Neugierde, in die sich aber auch etwas Besorgnis mischte, nahm zu angesichts dieser Worte.

»Nun, es fällt mir zwar schwer. Aber es ist einfach an der Zeit.«

Bridgewater zögerte. Annas Anspannung nahm zu.

»Komm, Onkel Sam. Mach es nicht so dramatisch. Ganz so schlimm wird es doch nicht sein. Erzähl es einfach.«

Bridgewater musste trotz des Ernstes der Situation ein wenig schmunzeln. Nur Anna durfte so keck mit ihm sprechen. Er freute sich sogar darüber. Anna sah er vieles nach. Sie erreichte ihn gefühlsmäßig wie sonst niemand. Und er genoss die damit für ihn verbundene Freude. Da war etwas Leichtes, Lockeres, ja nahezu Vergnügliches im Spiel, das er – dies gestand er sich hin und wieder in bestimmten Momenten ein – doch allzu oft in seinem Leben vermisste.

»Ich bin nicht dein richtiger Onkel, das weißt du ja.«

»Onkel Sam, natürlich weiß ich das. Trotzdem, einen besseren Onkel kann ich mir gar nicht vorstellen. Dass ich dich habe, macht mich glücklich.«

Bridgewater musste vor Rührung schlucken. Selbst in seinen beiden Ehen hatte er nie solche Worte der Zuneigung erfahren. Er wusste, dass er, wie sehr er auch im Geschäftsleben geachtet war, durchaus auch gefürchtet wurde. Was ihm aber fehlte, war die Zuneigung, die Sympathie anderer Menschen. Nur von Anna bekam er liebe Worte, die ihm so unendlich guttaten und ihn mit Freude erfüllten.

»Es ist ein wenig komplizierter, Anna.«

Bridgewater räusperte sich. Er stand auf, klopfte mit den Fingern einer Hand auf das Holz des schweren Eichenschreibtisches. Anna hatte den Eindruck, er müsste erst noch abwägen und überlegen.

»Deine Mutter … Du erinnerst dich an deine Eltern?«

»Ja, aber sicher …«

»Natürlich. Du warst schließlich drei Jahre alt, als sie starben. Ich bin ein wenig unsicher, deshalb die komische Frage. Bitte entschuldige.«

Wieder räusperte sich Samuel Bridgewater. Sich zu entschuldigen, war an und für sich auch überhaupt nicht seine Sache. Nur gegenüber Anna schlug er derartige Töne an.

»Nun sag schon. Es geht uns doch gut. Der Tod meiner Eltern liegt Jahre zurück. Das war sehr schlimm für mich. Doch bin ich damit zurechtgekommen. Vor allem, weil ich ja dich gehabt habe all die Jahre.«

Wieder ertappte sich Bridgewater dabei, wie er diese Worte genoss. Er hatte Marta Bauer auf dem Sterbebett versprochen, auf Anna achtzugeben und sie über ihre wahre Herkunft am Tag nach ihrem 16. Geburtstag aufzuklären. Heute nun war dieser Tag gekommen. Anna sollte die ganze Wahrheit erfahren.

»Ja, deine Eltern …« Noch einmal zögerte Bridgewater.

Mit einem angespannten Lächeln forderte Anna ihn auf, doch endlich das auszusprechen, was er loswerden wollte.

»Kurzum: Es waren nicht deine richtigen Eltern.«

Jetzt war es heraus. Anna benötigte einen Augenblick, bis sie begriff, was er gesagt hatte.

»Wie meinst du das? Nicht meine Eltern?«

»So wie ich es sage, Anna.« Bridgewater haderte ein wenig mit sich. Hatte er vielleicht nicht den richtigen Ton getroffen?

»Ich meine, sie waren nicht deine leiblichen Eltern«, setzte er nach. »Natürlich waren sie für dich Vater und

Mutter. Sie haben alles für dich getan und dich sehr geliebt. Wie man es von Eltern nur erwarten kann. Doch in Wirklichkeit haben sie dich als Baby adoptiert. Noch in Stuttgart, was du natürlich nicht wissen kannst. Deine Mutter bat mich, dir am Tag nach deinem 16. Geburtstag alles über deine Herkunft zu erzählen.«

Als ihn Anna nun erstaunt ansah und ihre Augen nur blankes Unverständnis und Erstaunen ausdrückten, sprach er weiter.

»Es tut mir leid, Anna. Verzeih, wenn ich dich verletzt haben sollte. Es ist aber doch bestimmt nicht schlimm. Du wirst sie immer als deine Eltern in Erinnerung behalten. Nur sollst du eben wissen, woher du wirklich stammst. Deine Mutter, die Frau, die du als deine Mutter gekannt hast, wollte das so.«

Noch schwieg Anna. Sie musste zweimal schlucken. Dann kniff sie die Lippen zusammen. Endlich sprach sie.

»Mmh ... Im Moment bin ich ... bin ich ein wenig konfus. Was soll ich dazu sagen?« Alle möglichen Gedanken schwirrten ihr durch den Kopf. Bridgewater wartete noch ein wenig ab.

»Ich habe alles notiert.« Ihr Onkel beugte sich über eine Schublade. Er entnahm ihr zwei in Leder gebundene dicke Hefte. Er schaute Anna mit einem milden Lächeln an, die sich jetzt anscheinend wieder gefasst hatte.

»Ich weiß, dass ich von Geburt eine Deutsche bin. Das haben mir Mama und Papa schon erzählt, als ich noch klein gewesen bin. Irgendwie erinnere ich mich auch an eine Stadt namens Stjugard. Eine Stadt in einem Land, das Wirttigenburg oder so ähnlich heißt. Ein kleines Land wohl, mehr weiß ich allerdings nicht.«

»Württemberg heißt deine Heimat in Deutschland. Es ist heute ein Königreich. Dort regiert ein König. Er heißt Friedrich. Er soll anscheinend furchtbar dick sein. An seinem Schreibtisch musste man für seinen riesigen Bauch sogar ein Stück Holz heraussägen, sonst würde er dort nicht ausreichend Platz finden. Komisch, oder?«

Bridgewater versuchte ein Lächeln. Er hoffte, Anna würde das alles auch ein wenig schmunzeln lassen.

»Unvorstellbar für uns, nicht wahr? Dass ein König regiert und bestimmt, was in einem Land zu geschehen hat. Aber so scheint es dort zu sein, in diesem Württemberg, und Stuttgart ist die Hauptstadt des Königreichs. Dort bist du geboren, Anna. Aber deine wahren Eltern heißen Hayden. Von Hayden. Dein wirklicher Vater war Rüdiger von Hayden. Er lebt schon lange nicht mehr. Deine Mutter heißt oder hieß Agnes von Hayden. Was mit ihr geschehen ist, weiß niemand.«

Betroffen schaute ihn Anna an. Sie schluckte.

»Das ist nun wirklich eine Überraschung. Nicht im Traum hätte ich so etwas geahnt.«

Anna ging alles Mögliche durch den Kopf. Sie musste sich sammeln, doch wurde sie immer aufgeregter. Ihr Onkel Sam zögerte ein wenig.

»Es gibt noch etwas.«

»Noch etwas?«

»Nun ja. Du hast einen Bruder. Einen Zwillingsbruder. Er wurde in Hamburg zurückgelassen.«

Anna war fassungslos.

»Was? Einen Bruder? Um Gottes willen! Weißt du Genaueres über ihn?«

»Leider nein. Er ist wohl schwer krank gewesen, durfte nicht auf das Schiff. Da hatten sich deine Eltern entscheiden müssen.«

Anna schüttelte den Kopf. Bridgewater hielt die beiden Hefte immer noch in Händen. Er räusperte sich und streckte sie ihr entgegen.

»Nimm. Deine Mutter konnte selbst nicht schreiben. Aber sie hat mir alles anvertraut. Die ganze Geschichte. Alles. Auch wie ihr nach New York gekommen seid und wie ihr hier die ersten Jahre verbracht habt. Du kannst es nachlesen. Ich habe es genauso aufgeschrieben, wie es deine Mutter mir erzählt hat. Das ist auch deine Geschichte, liebe Anna …«

Bei diesen Worten beugte er sich ihr ein Stück weit entgegen, da sie keine Anstalten machte zuzugreifen. Dann endlich löste sich ihre Starre. Sie warf einen fragenden Blick darauf, streichelte zwei-, dreimal über das Leder, schaute auf und versuchte ein Lächeln.

»Nimm dir Zeit, Anna. Es musste nun sein. Deine Mutter, auch wenn sie nicht deine leibliche Mutter gewesen ist, hat das so gewollt. Sie hat dich geliebt, wirklich geliebt, so wie man das eigene Kind nur lieben kann. Doch war es auch ihr Wunsch, dass du, wenn du alt genug bist, die Wahrheit erfahren sollst. Auch wenn es dich erst einmal schockiert.«

Wieder versuchte er ein Lächeln. Anna schaute jedoch ernst, er sah, wie sich Falten auf ihrer Stirn bildeten. Offensichtlich dachte sie angestrengt nach.

»Ich komme schon zurecht«, sagte sie nach einer kurzen Pause. »Dann werde ich mich jetzt über die Hefte hermachen. Du verstehst das sicherlich. Ich bin verwirrt, aber doch auch neugierig. Von Hayden? Na, dann eben von Hayden. Anna von Hayden. Wie hört sich das denn an! Aber für dich bin ich doch hoffentlich immer deine Anna?«

Als müsste sie sich unbedingt vergewissern, hatte sie diese Frage gestellt.

»Wo denkst du hin! Selbstverständlich bist du meine Anna. Und wehe, ich bin zukünftig nicht mehr dein Onkel Sam!«, kokettierte Samuel Bridgewater ein wenig.

Nicht lange darauf verabschiedete sich das Mädchen und ging in ihr Zimmer. Die Abenddämmerung hatte längst eingesetzt. Sie entzündete drei auf ihrem Tisch stehende Kerzen. Dann begann sie zu lesen.

Als sie die Hefte wieder zuschlug, war es draußen völlig dunkel geworden. Was sie erfahren hatte, arbeitete in ihr. Furchtbar nahe ging ihr die Geschichte ihres Zwillingsbruders, der vermutlich in einer Stadt namens Hamburg gestorben war. Sie wusste nun, wie ihr richtiger Vater ums Leben gekommen war und von der Vermutung, dass ihre leibliche Mutter für ihre schreckliche Tat vielleicht immer noch im Kerker saß. Sie dachte aber auch an ihre Adoptiveltern, die alles für sie getan und ihr immer nur Liebe gegeben hatten. Lang saß Anna da, schaute in die dunkle Nacht hinaus und sann ihren Gedanken nach. Mitternacht war schon vorüber, da ging sie endlich zu Bett. Doch für sie stand bereits fest, sie würde sich auf die Suche nach ihrer leiblichen Mutter machen. Selbst wenn sie im Gefängnis sitzen sollte – Anna wollte diese Frau unbedingt kennenlernen. Sie fühlte sich zu ihr hingezogen, ohne dass sie hätte sagen können, warum sich dieses Gefühl einer engen Verbindung einstellte. Sie wusste von Agnes erst seit wenigen Stunden. Und doch drängte da etwas in ihr, das wissen wollte, wer diese Frau war. Anna schlief unruhig in dieser Nacht. Bridgewater wartete am nächsten Morgen schon angespannt am Frühstückstisch. Eine Zeit lang hatte er am Abend zuvor sogar gehofft, sie würde zu ihm kommen und Fragen stellen. Er wollte einfach wissen, wie Anna sich fühlte, was sie nun dachte und ob er ihr helfen könnte.

STUTTGART – OKTOBER 1816

König Friedrich I. von Württemberg verhielt sich zunehmend unerträglich. Weil er selbst seine im Staatsministerium versammelten Minister ständig tadelte und kränkte und ihnen oft genug mit Eiseskälte begegnete, hatte gar sein Innenminister Graf von Reischach vor einigen Monaten seinen Abschied eingereicht. Der Graf war es leid, Beschimpfungen einfach hinzunehmen, die jeder Grundlage entbehrten. Das despotische Verhalten, das auch sein schlechtes Verhältnis zu seinem Sohn und Thronfolger bestimmte, besaß eine Ursache in der doch stark angeschlagenen Gesundheit des Monarchen. Schon lang setzte ihm schlimm die Gicht zu, allerlei andere Beschwerden und seine ungewöhnliche Körperfülle machten ihm das Leben schwer. Über den ungemein dicken, ja riesigen Bauch des Königs lästerten nicht wenige hinter vorgehaltener Hand. Die gesundheitlichen Probleme hinderten ihn jedoch nicht am Besorgen der Staatsgeschäfte. Energisch behielt er die Zügel in Händen. Sein ausgeprägtes Interesse galt zudem naturkundlichen und erdgeschichtlichen Dingen. Dieses Interesse sollte ihn allerdings in naher Zukunft das Leben kosten.

Graf Dillen, ein enger Vertrauter, überbrachte ihm am späten Abend die ihn faszinierende Neuigkeit.

»Anscheinend ein sensationeller Fund. Die Professoren sind ganz aus dem Häuschen. Mammutknochen! Und das vor unserer Haustür.«

Der König war bereits bei der ersten Andeutung aufgestanden. Schwer atmend schaute er den Grafen fragend an.

»In Cannstatt haben sie Mammutknochen ausgegraben. Wie ich höre, sind sie gut erhalten. Es scheint eine Sensation zu sein.«

Friedrichs Augen leuchteten. Eine wunderbare Nachricht. Er las seit Jahren begierig alles, was er bekommen konnte, über Ur- und Frühgeschichte. Wann immer in seinem Königreich man auf eine Spur dieser Frühzeit stieß, wollte er sofort alles darüber wissen.

»Lass anspannen. Das schauen wir uns an.«

Der Graf zögerte. Er wusste, ein falsches Wort konnte den Jähzorn seines Herrschers provozieren. Dessen Tobsuchtsanfälle hatte er oft genug in letzter Zeit über sich ergehen lassen müssen. Er war nicht erpicht auf einen neuerlichen Wutanfall.

»Majestät müssen bedenken: Es ist eine Stunde vor Mitternacht. Draußen herrscht Nieselregen und an der Fundstelle ist es stockdunkel.«

»Dann wird eben ausgeleuchtet. Weck mir die Lakaien. Jeder soll zwei Laternen mitnehmen, damit ich die morschen Knochen sehen kann.«

»Darf ich trotzdem noch einmal auf die schlechte Witterung hinweisen. Ich befürchte, Eure Majestät könnte sich erkälten.«

Der König hielt inne. Er kniff die Augen zusammen. Graf Dillen fürchtete schon das Schlimmste.

»Du mit deinen Bedenken«, wies ihn der König jedoch nur relativ milde zurecht. Er schien aber für das Argument zugänglich zu sein und überlegte.

»Es geht mir nur um das Wohl Eurer Majestät. Einige Stunden Schlaf würden jetzt bestimmt guttun. Auch die Königin ist besorgt um Eure Majestät und sähe es bestimmt mit Wohlgefallen, wenn zunächst die Nachtruhe eingehalten würde. Ich würde alles für eine Ausfahrt gleich morgen früh veranlassen. Wir hätten Tageslicht und einen umso besseren Eindruck könnte sich Eure Königliche Hoheit verschaffen.«

Graf Dillen hatte die richtigen Worte gefunden. Der König schwankte zwar noch, doch sein ruhiges Auftreten ließ ein Einlenken vermuten. Der Hinweis auf seine Gemahlin schien der klügste Schachzug gewesen zu sein. Tatsächlich begegnete Friedrich nach wie vor seiner Frau Charlotte Mathilde mit Respekt und Aufmerksamkeit. Sein Verhalten ihr gegenüber war tadellos, und oft genug wunderte man sich in seiner Umgebung, wie liebevoll er auftreten und sich äußern konnte, wenn es um die Königin ging. Und wirklich: König Friedrich I. lenkte ein und ließ sich auf den nächsten Vormittag vertrösten.

Am Vormittag des 23. Oktober 1816 fuhr der König nach Cannstatt. Aufgeregt wie ein neugieriges Kind konnte er kaum erwarten, was er dort zu sehen bekommen sollte. An der Fundstelle zeigte er sich begeistert, überwältigt und äußerst wissbegierig. Fragen über Fragen stellte er den beiden anwesenden Professoren und nahm, obwohl nur leicht bekleidet, keine Notiz von der feuchten Witterung und dem einsetzenden Regen. Zu sehr fesselte ihn, was er sehen und worüber er ausführlich reden konnte. Voller Neugierde und in bester Stimmung umrundete er mehrfach die Fundstelle. Er griff nach den ausgegrabenen fossilen Mammutknochen, zeigte sich hocherfreut, fast verzückt. Erst als er, bereits ziemlich durchnässt, die Kälte spürte, hielt er inne und befahl die Heimfahrt.

Der Fund ließ ihm jedoch keine Ruhe. Schon am nächsten Tag, das Wetter zeigte sich wieder von einer ganz ungemütlichen Seite, besuchte er nochmals die Ausgrabungen. Wind und Regen ignorierend, verbrachte er fast wieder eine Stunde in Cannstatt. Am Abend besuchte er dann ein Konzert. Er fröstelte, seine Nase begann zu triefen. Wenig später, vor dem Schlafengehen, zeigten sich deutlich die Symptome einer Erkältung. Der König hustete, immer wieder musste er niesen, Halsschmerzen stellten sich ein. Er schlief sehr schlecht in dieser Nacht. Der nächste Morgen begann mit einem wüsten Hustenanfall. Den ganzen Tag über sollte er von solchen Anfällen geplagt werden. Sein Leibarzt verordnete strengste Bettruhe, verabreichte ihm verschiedene Arzneien, die seine Atemwege etwas befreien und ihm das Atmen erleichtern sollten. Doch stellte sich kein Erfolg ein. Heftige Brustkrämpfe schüttelten den König. Alle Bemühungen waren umsonst. Kurz darauf verschlechterte sich sein Zustand zusehends. Am 28. Oktober resignierten die Ärzte. Offenkundig war ein Lungenödem, eine Lungenlähmung, eingetreten. Dem konnten sie nichts entgegensetzen. Die starke Natur des Königs wehrte sich gegen das Unvermeidliche. Er kämpfte fast zwei Tage lang. Am Mittwoch, dem 30. Oktober 1816, starb König Friedrich in den frühen Morgenstunden.

In der gleichen Stunde übernahm sein Sohn die Nachfolge. Als König Wilhelm I. von Württemberg und von Gottes Gnaden ordnete der bisherige Kronprinz Friedrich Wilhelm eine allgemeine Hof- und Staatstrauer an. Das Schicksal wollte es, dass seine Frau, nunmehr Königin Katharina, elf Stunden nach dem Tod ihres Schwiegervaters ein Mädchen zur Welt brachte. Friedrichs Wunsch, sein Enkelkind noch sehen zu können, blieb damit unerfüllt. Agnes und Manfred von Homagen erfuhren erst knapp zwei Wochen später von den württembergischen Ereignissen.

»Friedrich Wilhelm ist nun König von Württemberg. Und denk dir, er ist an dem Tag, als er König wurde, zugleich auch Vater einer Tochter geworden. Prinzessin Marie Friederike Charlotte soll das erste Kind Wilhelms heißen.«

Agnes ließ sich von ihrem Mann berichten, der sich immer wieder über die Depesche des württembergischen Hofes mit dem beigelegten fast zweiseitigen Brief beugte, den sein Freund und nunmehriger König von Württemberg seinem Schreiber diktiert hatte.

»Er lädt uns ein. Wir sollen unbedingt zur Taufe kommen.«

»Das ist ja herrlich. Wie oft schon wollte ich wieder in meine alte Heimat zurück. Lass uns auf jeden Fall dorthin reisen.«

»Ja, ja. Natürlich. Jetzt, wo König Friedrich verstorben ist, bin ich zuversichtlich, dass Wilhelm dich rehabilitieren und wieder in deine Rechte einsetzen wird. Das jedenfalls klingt bereits in dem Schreiben an.«

Manfred schwenkte zufrieden den Brief in seiner erhobenen rechten Hand.

»Was du nicht sagst! Lass sehen. Das wäre fast ein Wunder.«

Rasch zog Manfred den Brief an sich.

»Nein. Ich lese dir vor. Dieses Vergnügen lasse ich mir nicht nehmen.«

Agnes tat beleidigt, sie schmollte keck und griff zweimal hastig nach den Seiten, die Manfred jedoch fest an seine Brust drückte. Sie amüsierten sich an ihren gegenseitigen Neckereien.

»Dann lies. Komm schon. Lies mir vor.«

Bedächtig faltete Manfred die Seiten auseinander. Er strich sie auf dem Tisch glatt. Agnes platzte schon fast vor Neugierde.

»Du bist unmöglich. Nun lies schon vor.«

Manfred räusperte sich mehrfach. Noch einmal gewann er Zeit. Dann aber besann er sich.

»Deine werte Gattin Agnes ist mir am Hofe willkommen. In der Zwischenzeit bin ich natürlich über alle Einzelheiten der damaligen Tragödie informiert. Ich werde nicht zögern, das Urteil aufheben zu lassen. Wenn Ihr uns besuchen kommt, sind dafür die ersten notwendigen Schritte mit Sicherheit bereits unternommen.«

Agnes klatschte vor Freude in die Hände. Ganz aufgeregt lief sie durch den vornehmen Salon des Gutshauses.

»Wir müssen nach Württemberg reisen. Das ist gar keine Frage. Wilhelm erwähnt sogar unsere Abwesenheit bei seiner Eheschließung, zu der er uns im Januar eingeladen hatte.«

»Ich weiß. Aber wir haben ihm ja mitgeteilt, warum dies nicht möglich gewesen ist. Wir sind erst Ende Januar nach unserer erfolglosen Suche nach deinen Kindern aus Amerika zurückgekehrt. Da war er schon seit drei Tagen mit Katharina verheiratet.«

»Ja, das ist recht unglücklich gelaufen. Aber dafür hat er Verständnis gehabt. Ich wäre gern mit dir zur Hochzeit nach St. Petersburg gereist. Aber es hat eben nicht sollen sein.«

»Umso dringender müssen wir zur Taufe nach Stuttgart«, unterstrich Agnes noch einmal. Manfred war ganz und gar einverstandenen. Damit konnte er das Fernbleiben bei den Hochzeitsfeierlichkeiten in Russland ein wenig wettmachen. Im Gegensatz zu ihrem Fehlschlag in der Neuen Welt hatte der Papst am 11. Januar 1816 endlich die erhoffte Auflösungsgenehmigung zur Ehe Friedrich Wilhelms mit Charlotte erteilt. Damit stand der Verheiratung des württembergischen Kronprinzen mit Katharina nichts mehr im Wege. Zar Alexander I. von Russland richtete die Hochzeitsfeierlichkeiten für seine Schwester Katharina mit dem württembergischen Thronfolger noch im selben Monat in St. Petersburg aus.

»Viel Zeit steht nicht zur Verfügung. Schau«, Manfred zeigte Agnes die vornehme Einladungskarte, die der Depesche beigelegt war.

»Oh. Nur noch fünf Tage. Wie regeln wir denn das?«

»Am 18. November um vier Uhr am Nachmittag wird Prinzessin Marie getauft werden. In der Schlosskirche. Kennst du sie vielleicht?«

»Sicher. Der Eingang ist im Hof des Alten Schlosses. Wir haben in Stuttgart gleich zwei Schlösser, die nebeneinanderliegen. Das Neue Schloss und eben das Alte Schloss. Und dort ist auch die Kirche.«

»Aha. Jetzt dachte ich immer, ihr Württemberger und Schwaben seid arm und geizig. Aber zwei Schlösser am selben Ort könnt ihr euch leisten«, foppte nun Manfred. »Da scheint es vorbei zu sein mit der schwäbischen Sparsamkeit.«

»Komm schon. Württemberg ist immerhin ein Königreich. Ihr Preußen habt doch auch überall Schlösser herumstehen. Das Stadtschloss in Berlin, dann in Potsdam euer Sanssouci und gleich dazu das Neue Palais. Und weiß Gott, wo euer Königshaus noch alles Paläste und Bauten errichten ließ. Da dürfen wir Schwaben uns auch etwas gönnen.«

»Dann schaue ich mir das eben einmal an, das Alte und das Neue Schloss in Stuttgart. Ich kenne ja bislang nichts von deiner Heimat.«

»Wir machen uns wirklich auf den Weg?« Agnes strahlte. Sie umarmte ihren Manfred, der ihre Liebkosung erwiderte.

»Wie gesagt: Ich bin selbst gespannt und will schon lang wissen, woher du kommst.«

»Ach, Manfred! Wie schön! Dass alles sich so fügt. Ich bin ganz außer mir.«

»Wir müssen rasch alle notwendigen Vorbereitungen treffen. Uns stehen nur wenige Tage für die Reise zur Verfügung. Die Fahrt wird bei diesem kalten und regnerischen Wetter selbst mit unserer besten Kutsche beschwerlich.«

»Ja. Aber wenn schon! Wieder nach Stuttgart zurückkehren dürfen! Wie viele Jahre habe ich darauf warten müssen! Da will ich manche Unannehmlichkeit in Kauf nehmen.«

»Sprich du mit Joachim. Er wird wahrscheinlich nicht alles verstehen. Aber vielleicht freut er sich trotzdem auf die Reise. Ich kümmere mich hier, damit wir morgen gegen die Mittagszeit aufbrechen können. Heinrich I und Heinrich II nehmen wir als Kutscher mit. Sie sollen für alles sorgen.«

Die beiden langjährigen Bediensteten des Gutes hatten den gleichen Vornamen. Um sie zu unterscheiden, sprachen alle nur von Heinrich I und Heinrich II. Sie waren zähe und an harte Arbeit gewohnte Männer, auf die unbedingt Verlass war.

STUTTGART – 1. JANUAR 1817

Agnes stand am Morgen des 1. Januar mit einem ganz zwiespältigen Gefühl auf. Einerseits freute sie sich, ja, sie fühlte sich glücklich. Andererseits wurden diese guten Gefühle gedämpft, weil ihr in Stuttgart immer wieder ihre schon vor Jahren verstorbenen Eltern in den Sinn kamen. Sie erinnerte sich allzu gut an die letzte Begegnung mit ihrer Mutter in Schwieberdingen, die ihr sogar noch Geld in die Hand gedrückt hatte, bevor sie sich auf die Suche nach ihren Kindern machte und ihre Heimat verlassen musste. Ihren Vater, auch wenn er sie verstoßen hatte und nie wiedersehen wollte, vermisste sie in manchen Augenblicken ihres Lebens ebenfalls. Dass er sich gar ein halbes Jahr nach ihrem Aufbruch vor Gram und Schande in der Scheune aufgehängt hatte, schmerzte sie nach wie vor über alle Maßen. Die Mutter war ihm keine zwei Jahre später gefolgt. Sie starb auf dem Weg zum Kirchhof, wo sie das Grab ihres Mannes besuchen wollte. Sie sei einfach umgefallen, so war Agnes berichtet worden, als sie nach den Weihnachtsfeiertagen Schwieberdingen und das Grab der Eltern besuchte. Lange verharrte sie dort. Sie ging auch zur Scheune, in der ihr Vater seinem Leben ein Ende gesetzt hatte, und blieb stumm lange Zeit an der Stelle stehen, wo ihre Mutter nach Auskunft zweier Nachbarn gestorben war. Mit diesem traurigen Los musste sie zurechtkommen. Allzu sehr wünschte sie sich, ihr Vater hätte es erleben können, wie sie nun von König Wilhelm in all ihre Rechte wieder eingesetzt und ihre Ehre wiederhergestellt worden war. Der

König hatte sehr rasch gehandelt. Agnes wurden gar das Hofgut Schwieberdingen und das Haus in Stuttgart, die beide vom Staat eingezogen worden waren, zurückgegeben. Sie erfuhr eine ausgesprochen freundliche Behandlung bei Hofe und konnte an der Seite ihres Mannes wunderbare Tage in Stuttgart verbringen. König Wilhelm und seine Frau Katharina freuten sich über ihren Besuch. Sie waren willkommene Gäste bei der Taufe von Prinzessin Marie gewesen, an der hohe Vertreter des Adels, vor allem aus dem russischen Zarenhaus, teilgenommen hatten. Die von dem Oberhofprediger Prälat d'Autel wunderschön zelebrierte Taufe beglückte alle Anwesenden. Eine Stunde nach der Tauffeier in der königlichen Schlosskirche erging sogar die Einladung zu einem längeren Verweilen in Stuttgart. König Wilhelm drückte Agnes und Manfred seine große Wertschätzung aus, indem er sie gar zur Feier der Annahme der Königswürde, die bereits traditionell am Neujahrstag ebenfalls in der Schlosskirche begangen wurde, einlud. Agnes genoss das Alte Schloss und dessen Umgebung. Sie freute sich über den zauberhaft gestalteten Arkadenhof und die Reitertreppe des Schlosses. Jahre waren vergangen, seit sie zum letzten Mal dieses Stuttgarter Schloss gesehen hatte. Sie konnte in diesem Augenblick ihr Glück kaum fassen.

Agnes musste sich am Neujahrsmorgen beeilen. Ihre Melancholie hatte sie ein wenig zögern lassen. Ihre gedrückte Stimmungslage wurde zudem bestimmt von einem eigenartigen Traum, der ihr in der Nacht Bilder ihrer Kinder, aber auch das verwirrende Bild des tobenden Rüdiger von Hayden in den Sinn gebracht hatte. Sie erinnerte sich an Traumfetzen, die ihr unverständlich erschienen. Was sollte das auch bedeuten, wenn ein Baby in einer Wiege laut lachte und mit ihr sprach und immer wieder den Arm ausstreckte, um auf einen jungen Mann zu zeigen, der strahlend in der Ecke stand? Irgendwann verbeugte sich dieser junge Mann tief, fast bis zum Boden reichte sein Kopf, da sah sie das Feuermal. Agnes rief und rief. »Bist du es? Bist du es?« Sie ahnte, es müsste sich um ihren Michael handeln. Dieser strahlte aber nur und sagte kein einziges Wort. Sich umdrehend, bemerkte sie wieder das Baby, das mit einer Erwachsenenstimme sprach. »Anna, das ist doch Michael, nicht wahr? Nicht wahr?«, hörte sie sich in dem Traum fragen. Sie erhielt keine Antwort. Nur die fröhlichen Gesichter, das Lachen und Strahlen des kleinen Kindes in der Wiege und des jungen Mannes in der Ecke ließen sie spüren, dass keine Gefahr im Verzug war. Agnes fing zu weinen an. »Mutter!«, hörte sie dann auf einmal den jungen Mann rufen. »Mutter!« Agnes weinte, sie schlug die Hände vors Gesicht. Als sie völlig durcheinander erwachte, stand ihr Sohn Joachim vor ihrem Bett und rüttelte sie ein wenig an der Schulter. »Mutter«, hörte sie ihn noch einmal sagen, bevor sie vollständig erwachte. Sie spürte ihre Tränen. Verängstigt stand Joachim vor ihr. Rasch versuchte sie ihn zu beruhigen.

»Mama hat nur geträumt. Es ist nichts. Mach dir keine Sorgen. Nur ein Traum.«

Erst als Joachim sicher sein konnte, dass alles in Ordnung war, streichelte er seiner Mutter über die Wange. Er schlüpfte zu ihr ins Bett, kuschelte sich an sie und schlief sogar an ihrer Seite noch einmal ein. Erst als Manfred, der bereits vollständig angekleidet war, in ihr Schlafzimmer trat und sie zur Eile mahnte, schreckte sie auf. Sie durften sich nicht verspäten.

Gerade noch rechtzeitig konnten sie die ihnen zugewiesenen Plätze in der Schlosskirche einnehmen. Weil sie so spät kamen, vermochte Agnes nur kurz einige Blicke auf das Schloss und die Umgebung zu werfen. Um acht Uhr begann die feierliche Zeremonie mit 50 Kanonenschüssen. Gleichzeitig begannen alle Glocken der Residenzstadt zu läuten. Eine empfindliche Kälte mussten die Gottesdienstbesucher aushalten in dieser Hofkirche des Hauses Württemberg, die als erste evangelische Kirche im Herzogtum vor mehr als 250 Jahren erbaut worden war. Trotzdem wollte keiner der eingeladenen Gäste auf eine Teilnahme verzichten. So war das Gotteshaus bis auf den letzten Platz gefüllt. Als die Messe zu Ende ging, hatte sich die Kälte jedoch mächtig in den Körpern ausgebreitet. Obwohl sie in warme Mäntel gekleidet waren, froren nicht wenige der Anwesenden. Es ging bereits auf zehn Uhr zu, da wurde der Schluss des Gottesdienstes eingeleitet mit einem Lobgesang. Anschließend waren noch einmal 25 Kanonenschüsse zu hören. Danach verließen alle Gäste unter Glockengeläut die Kirche. Mit Joachim in ihrer Mitte traten Agnes und Manfred ins Freie. Agnes war froh, endlich einige Schritte gehen zu dürfen. Die Bewegung vertrieb ein wenig die Kälte aus ihren Füßen. Es schneite leicht. Als das Glockengeläut sein Ende fand und sie aus dem Torbogen des Alten Schlosses traten, fühlte sich Agnes ganz leicht. Ihre

Melancholie schien vertrieben. Sie schaute den umherwirbelnden Schneeflocken zu, sah immer wieder auf die mit einer dünnen Schneedecke überzogene Erde und atmete mehrmals ein und aus, gerade so, als erfüllte sie die frische, kalte Luft mit neuem Lebensmut. Sie bogen mit einigen anderen Besuchern des Gottesdienstes um die Ecke. Linker Hand stand die Stiftskirche, in der am 16. Mai 1534 die erste evangelische Predigt in Württemberg gehalten worden war. Agnes erinnerte sich zu ihrer eigenen Überraschung an die unterweisenden Worte des Hamburger Pastors, dem sie vor nunmehr über zehn Jahren beim Betreten der Michaeliskirche begegnet war und der so viel über die Reformation in Württemberg wusste. Neben der Stiftskirche erkannte sie den Fruchtkasten und vor ihr in einiger Entfernung zeigte sich ein geschmückter Prinzenbau. Vor ihm standen viele Stuttgarter, die einen Blick auf die Königin und den König zu erhaschen hofften. Etliche klatschten, als sie die königliche Familie vermuteten, auch Hochrufe wurden ausgebracht. Agnes bog nach einem kurzen Verweilen, weil andere hinter ihr drängten, nach rechts ab. Sie blickte zum Wasserturm an der äußeren Ecke der Alten Kanzlei, einem ausladenden Verwaltungsgebäude, das unter Herzog Ulrich entstanden war. Zunächst fiel ihr die junge Dame gar nicht auf. Sie stand zusammen mit einem sehr viel älteren Herrn in Höhe des Wasserturms. Ihre Kleidung unterschied sich auffallend von der der anderen Menschen. Auch der Hut des Herrn passte so gar nicht in diese Umgebung. Mit dem linken Arm umfasste der Mann die junge Frau. Es schien, als wären sie Vater und Tochter. Agnes überquerte den Platz, mahnte dabei öfter Joachim, der begeistert mit seinem Schuhwerk den Schnee auf dem Boden wegschlug. Eine vornehme Dame fühlte sich durch seine ungestüme Art belästigt. Sie zeterte vor sich hin. Joachim ignorierte ihr Schimpfen, obwohl er es sehr wohl vernahm. Als sie stehen blieb, ihn scharf musterte und mit erhobenem Zeigefinger tadeln wollte, streckte er ihr seine Zunge heraus, was die Dame völlig außer Fassung brachte.

»Impertinenter Bengel!«, brach es jetzt aus ihr heraus.

Manfred nahm seinen Sohn bei der Schulter.

»Pardon, gnädige Frau, verzeihen Sie bitte.«

Die Dame hatte die Augenbrauen hochgezogen. Sie setzte gerade zu einer Erwiderung an, da streckte ihr Joachim noch einmal die Zunge heraus und blies frech heftig Luft aus dem Mund, sodass es sich unmöglich anhörte. Die Dame verlor beinahe die Fassung.

»Joachim«, tadelte nun sein Vater scharf. Er rüttelte ihn ordentlich. Doch sein Sohn schien heute auf Streit aus zu sein. Er trat noch einmal nach dem Schnee. Agnes wollte eingreifen, doch die vornehme Dame giftete bereits. Agnes hörte etwas entfernt ein heftiges Lachen. Die Dame drehte sich irritiert um.

»Da gibt es nichts zu lachen. Rotzfrech ist dieser Bengel«, echauffierte sie sich. Sie wollte gerade mit ihrem Schimpfen fortfahren, da hob der Herr, der neben der sich ganz offensichtlich amüsierenden jungen Frau stand, tadelnd den Zeigefinger. Manfred von Homagen zog Joachim eng an sich. Er wollte in aller Öffentlichkeit wegen des schlechten Benehmens seines Sohnes keinen Ärger haben.

In diesem Augenblick schaute Agnes das Mädchen an. Sie konnte keinesfalls aus Stuttgart sein. Allein ihre Kleidung verriet sie als Fremde. Die verärgerte Dame fühlte sich bestätigt und nickte dankbar dem Fremden zu. Mit finsterer Miene blickte sie gleich darauf den Jungen an. Agnes konnte zu diesem Zeitpunkt nicht mehr die Augen von der jungen Frau lassen. Diese hatte ihre Blicke längst erwidert. Tief in ihrem Innern fühlte sich Agnes angesprochen. Sie fing zu zittern an, was Manfred beunruhigt bemerkte. Besorgt wandte er sich Agnes zu, weil er glaubte, sie würde frieren. Auch Joachim erkannte die eigenartige Reaktion seiner Mutter. Agnes zog sich wie in Trance die Handschuhe aus. Ihr Mann konnte sich keinen Reim darauf machen. Er wollte etwas sagen, doch mit einer Handbewegung wies ihn Agnes von sich. Sie hob die Hände. Manfred sah, wie die junge Frau es ihr gleichtat. Da bemerkte er die Ähnlichkeit. Das Gesicht! Konnte es wahr sein? Das Gesicht! Die beiden Frauen gingen aufeinander zu. Die grimmige Dame stand fassungslos mit offenem Mund da. Agnes' Augen wurden ganz feucht. Sie streckte die Hände aus. Die junge Frau stand nur noch einen Meter von ihr entfernt. Auch sie streckte die Arme aus. Zitternd berührten sich ihre Fingerspitzen.

»Mein Gott. Mein Gott«, flüsterte Agnes. Sie konnte sich nicht mehr auf den Beinen halten. Agnes war derart überwältigt, dass sie auf die Knie sank. Joachim bekam es mit der Angst zu tun. Sein Vater fasste ihn fast zu hart an, weil er sich auf seine Mutter stürzen wollte. Sie weinte jetzt. Das Mädchen bückte sich, auch sie ging in die Knie. Die beiden Frauen ergriffen ihre Hände. »Großer Gott! Du bist es. Es ist wahr«, stammelte Agnes mit tränenüberströmtem Gesicht. Anna hielt sie an den Schultern fest. Auch sie weinte. Die zahlreichen Passanten verfolgten die Szene schweigend. Niemand wusste, was sich gerade ereignete. Aber alle spürten das Grandiose, das damit verbunden schien. Auf dem Platz war es ganz still. Der Schnee fiel lautlos. Niemand achtete auf ihn, genauso wenig wie auf die Kälte dieses Neujahrstages. Die Frauen hielten sich wortlos eng umschlungen. Ab und an hörte man ein leises Schluchzen. Als sie sich trennten, nahm Agnes den Kopf ihrer Tochter in die Hände. Sie streichelte ihr Gesicht.

»Anna! Du bist meine Anna.«

Anna griff nach ihrem Haar, zog es zurück, beugte sich ein wenig nach vorn und zeigte ihrer Mutter das große Feuermal auf Hals und Nacken.

»Ich bin es. Deine Anna, Mutter. Ich habe dich gefunden.« Wieder fielen sie sich bei diesen Worten um den Hals. Die Menge bemerkte, dass sich irgendetwas ungeheuer Ergreifendes abspielen musste. Auf einmal fingen alle zu applaudieren an. Anna und Agnes lachten dazu. Weinen und Lachen wechselten sich ab. Langsam standen Mutter und Tochter auf. Agnes schien wie benommen. Manfred griff nach ihrem Arm und stützte sie. Sie konnte kaum reden. Ihr Herz lief über vor Glück. Sie hatte ihre Anna nach so vielen Jahren endlich in die Arme nehmen dürfen.

Zwei Stunden später nahmen sie zusammen das Mittagsmahl ein. Samuel Bridgewater erwies sich als glänzender Gesprächspartner. Er und Anna erzählten, wie sie sich auf den Weg nach Deutschland gemacht hatten. Alles hatte mit Annas Wunsch seinen Anfang genommen. Sie wollte ihre leibliche Mutter unbedingt kennenlernen. Bridgewater war nichts zu viel gewesen. Er besorgte sich über Mittelsmänner die notwendigen Informationen. Von Bremerhaven waren sie aufgebrochen nach Wustrau, weil sie wussten, dort würde Agnes mit ihrer Familie leben. Zwar mussten sie etwas enttäuscht erfahren, dass die Familie seit einigen Wochen in Stuttgart zu Besuch weilte. Doch Bridgewater ließ sich davon nicht beirren. Er organisierte die Reise in den Süden Deutschlands. Gestern erst waren sie nun in Stuttgart eingetroffen. Eigentlich hätten sie heute mit der Suche nach Agnes beginnen wollen. Sie wussten immerhin von den Wustrauer Bediensteten von der Einladung durch das Königshaus. Der bloße Zufall hatte sie an diesem Morgen vor das Alte Schloss geführt, wo sie die Ereignisse um dieses Neujahrsfest gespannt verfolgten. Alles Weitere war eine glückliche Fügung des Schicksals gewesen.

STUTTGART – 6. APRIL 1817

Ostersonntag. Doch Agnes konnte sich an diesem Festtag nicht richtig freuen. In Württemberg herrschte wie in vielen anderen Ländern eine Hungersnot. Auch in Stuttgart waren die Verhältnisse für viele Menschen verheerend. Das zurückliegende Jahr, das Jahr ohne Sommer, war ungewöhnlich kalt gewesen. Schwere Unwetter taten ein Übriges. Es wurde zu einem Elendsjahr mit katastrophalen Missernten. Die Menschen mussten längstens hart an den Folgen tragen. Viele lebten von der Hand in den Mund, der beißende Hunger ließ die Familien verzweifeln. Agnes' Familie konnte diesem Elend wegen des zur Verfügung stehenden Vermögens einigermaßen gut trotzen. Aber auch sie konnte sich der allgemeinen Niedergeschlagenheit nicht entziehen. Zudem stand die Abreise von Anna und ihrem Onkel Sam bevor. Bereits für den nächsten Morgen war ihr Aufbruch geplant. Hatte Anna auch längstens versprochen, alsbald wieder zurückzukehren und Bridgewater eine überaus herzliche Einladung zu ihnen nach New York ausgesprochen, so plagte Agnes etwas, das sie nun schon viele Wochen vor sich herschob. Zahlreiche Gespräche hatte sie mit Anna geführt. Tag für Tag. Sie wollte so viel von ihr erfahren. Immer wieder war auch Samuel Bridgewater dabei gewesen. Er konnte vor allem über die Ankunft der Bauers in Amerika informieren. An dieses frühe Geschehen hatte Anna natürlich keine Erinnerung. Endgültig offenkundig wurde dadurch für Agnes aber, dass die Bauers nur mit Anna in New York angekommen waren. Bridgewater wusste über den Jungen zu berichten, den das Ehepaar krank in Hamburg zurücklassen musste. Falls er überhaupt leben sollte, musste sich die Suche nach ihm wieder auf die Hansestadt konzentrieren.

Natürlich wollte Anna von ihrer Mutter selbst wissen, weshalb ihr die Zwillinge weggenommen worden waren. Sie war zwar ein wenig durch die Aufzeichnungen ihres Onkels im Bilde, aber erst Agnes erzählte ihr genauer von dem ungeheuerlichen Geschehen, das in dem furchtbaren Gewaltakt seinen Höhepunkt erreicht und sie ins Zuchthaus gebracht hatte. Agnes musste sich überwinden. Sie schämte sich allzu sehr. Erst nach längerem Zögern und wegen der hartnäckigen Fragen ihrer Tochter schilderte sie, was im Sommer vor fast 17 Jahren geschehen war. Doch, und deswegen plagte sie ein schlechtes Gewissen, sie verschwieg den Heiler und dessen Sohn Balg und ließ ihre Tochter in dem Glauben, Rüdiger von Hayden hätte maßlos reagiert, weil er glaubte, sie habe ihn betrogen. Obwohl Anna sie bei dieser Schilderung fragend ansah, konnte sie aus Scham nicht zugeben, was tatsächlich vorgefallen war. Agnes spürte die ganze Zeit, wie etwas zwischen ihr und ihrer Tochter stand. Gerade so, als würde sie nicht alles glauben können. Als müsste es eine Wahrheit geben, die zurückgehalten worden war. Agnes wurde jeden Tag mit diesem fragenden Blick ihrer Tochter konfrontiert. Es musste auch dieser letzte Rest, der zwischen ihnen stand, geklärt werden. Sie lag oft wach in den Nächten. Wie sollte sie ihrer Tochter begreiflich machen, wer wirklich ihr Vater war? Wie konnte sie es erklären, auf welche infame Situation sie sich eingelassen hatte? Agnes schämte sich zutiefst. Ein Druck lastete auf ihr, der zunehmend unerträglich wurde. Irgendwann bemerkte ihr Mann Manfred ihre Verzweiflung.

»Du musst es ihr sagen.«

Agnes sah ihn unglücklich an. Sie kniff die Lippen zusammen.

»Agnes. Es wird immer auf dir lasten. Anna hat ein Recht zu erfahren, was sich wirklich abgespielt hat und wer ihr Vater ist.«

Agnes zuckte ratlos mit den Schultern.

»Du musst dich nicht schämen. Agnes! Ich habe dich doch auch verstanden. Habe ich jemals einen Vorwurf gemacht? Du hast aus edlen Motiven heraus gehandelt. Wolltest deine Ehe retten. Wer denkt denn dabei an eine Schändung?«

Agnes zuckte bei diesem Wort zusammen.

»Ich sage es noch einmal. Mach reinen Tisch. Sonst bleibt etwas unausgesprochen. Anna ist deine Tochter. Du darfst sie nicht im Ungewissen lassen.«

Agnes nickte. Sie stimmte im Grunde ihres Herzens ihrem Mann zu. Doch fiel ihr dieser letzte Schritt unendlich schwer.

Dann kam dieser Ostersonntag. Dieser letzte Tag vor der Abreise. Nach dem Mittagessen, bei dem gar Samuel Bridgewater anfragte, ob es ihr nicht gut gehe, bat sie alle in den Salon. Sie setzte sich auf das Sofa, Manfred nahm neben ihr Platz. Er griff nach ihrer Hand. Anna, ihr Ziehvater und Joachim nahmen auf den um den schön gearbeiteten Tisch gruppierten Stühlen Platz. Eine eigenartige Stimmung machte sich breit. Agnes versuchte, sich zu konzentrieren. Immer wieder drückte Manfred sanft ihre Hand.

»Was ist denn?«, fragte Joachim, dem ganz unwohl wurde.

»Ja. Was ist denn? Es ist doch niemand gestorben, oder?« Anna versuchte ein Lächeln. Anna räusperte sich mehrfach.

»Nein, nein, es ist niemand gestorben. Aber …« Und jetzt brach es aus ihr heraus. Agnes erzählte die ganze Geschichte. Sie stockte nicht. Sie sprach mit klarer Stimme. Und selbst über die ekelhaften Szenen mit dem Heiler und dessen Sohn Balg konnte sie zu ihrer eigenen Überraschung, ohne den Blick von Anna abzuwenden, berichten. Am Ende nickte sie. Sie musste nicht weinen, wie sie es befürchtet hatte. Sie schaute allen in die Augen. In dem Raum war es einen Moment lang völlig still. Dann stand Anna auf. Als sie sich zu ihrer Mutter hinabbeugte und sie umarmte, wusste Agnes, dass alles gut war.

WUSTRAU – ANFANG JULI 1827

VORGESTERN ERST WAREN SIE aus Lübeck zurückgekehrt. Agnes, Manfred und Joachim, dessen 20. Geburtstag sie vor wenigen Tagen zusammen mit Anna, deren Mann Otto Harmsen und deren beiden Kindern gefeiert hatten. Joachim studierte bereits im zweiten Jahr an der Berliner Universität Medizin. Noch immer konnte er begeistert von seinen Erfahrungen berichten, von den Professoren, von deren Können er schwärmte. Sein Vater hätte sich zwar gewünscht, er würde sich eher zum Landmann und Gutsbesitzer entwickeln. Doch Agnes, die all die Jahre ihre Kenntnisse in der Krankenpflege genutzt hatte und es sich nicht nehmen ließ, beim Dorfarzt regelmäßig dazuzulernen, weckte schon in jungen Jahren sein Interesse für den Heilberuf. Agnes war im Übrigen zu einer hoch geachteten Rittergutsfrau in der näheren und weiteren Umgebung geworden. Obwohl von Adel, half sie, Standesgrenzen ignorierend, bei Krankheiten den betroffenen Familien. Ja, sie instruierte sogar die Frauen, wie sie ihre Angehörigen am besten pflegen konnten und worauf bei verschiedenen Krankheiten und Gebrechen zu achten war. Manfred von Homagen musste sich deswegen ab und an abfällige Bemerkungen von Personen seines Standes anhören, die sich nicht nur hinter vorgehaltener Hand über Agnes' aus ihrer Sicht niederen Tätigkeiten mokierten. Die enge Verbindung zu einfachen Bevölkerungskreisen konnten etliche Adlige kaum verstehen. Doch Manfred ging darüber hinweg. Seine Familie genoss die Wertschätzung der Menschen auf Gut Wustrau, die ihr sehr zugetan waren. Zu Anna hatte er von Anfang an ein gutes Verhältnis gefunden. Ja, Anna! Sie gehörte unbedingt zur Familie und war in Deutschland glücklich geworden. Nur ihr schwerreicher Onkel Sam hatte deswegen Abstriche hinnehmen müssen. Regelmäßig besuchte er seine Ziehtochter und die Homagens, als Anna für immer in Deutschland geblieben war. Der Liebe wegen. Sonst wäre sie bestimmt nie von New York und Samuel Bridgewater weggegangen. In Hamburg nächtigten Agnes und ihre Tochter einmal vor Jahren im besten Hotel der Stadt. Während eines Abendessens trafen sich die Blicke des Lübecker Kaufmanns Otto Harmsen und ihrer Tochter Anna. Zwei Abende später wagte es Harmsen, die beiden Frauen anzusprechen. Am nächsten Tag nahmen sie gemeinsam das Abendessen ein. Agnes spürte augenblicklich, was sich anbahnte. Die Abreise fiel Anna schwer. Die beiden Verliebten schrieben sich Woche für Woche Briefe. Die Angelegenheit wurde äußerst ernst, als Harmsen ankündigte, nach Wustrau zu kommen. So geschah es. Und ein knappes halbes Jahr nach ihrem ersten Zusammentreffen in Hamburg hielt er bei Manfred von Homagen und Agnes um die Hand Annas an. Ein Vierteljahr später fand in Lübeck die Hochzeit statt. Selbst mit einem erheblichen Vermögen ausgestattet, das von ihrem Onkel Sam stammte, lebte sie mit dem gut situierten Otto Harmsen fortan in überaus gediegenen Verhältnissen. Ja, ihr geliebter Onkel Sam! Als sie sich endgültig für Otto Harmsen und ein Leben in Lübeck entschieden hatte, trübte allein der Gedanke an diesen wunderbaren Menschen ihr Glück. Samuel Bridgewater selbst fand die Lösung für ihren Zwiespalt. Er schlug ihr regelmäßige gegenseitige Besuche vor. So kam es, dass sie einmal im Jahr nach New York reiste und kein halbes Jahr später Bridgewater nach Deutschland kam. Diese zweimal im Jahr jeweils vier bis fünf Wochen dauernden Besuche milderten den Trennungsschmerz. Beide freuten sich von Herzen auf diese besonderen Zeiten. Als Anna im Spätsommer des Jahres 1825 wieder einmal nach New York aufbrach, ahnte sie noch nichts von der Krankheit ihres Onkels. Sie fand ihn deutlich gezeichnet vor. Die Ärzte konnten ihr keine Hoffnung machen. Daraufhin blieb sie länger als geplant bei ihm. Sein Leiden tat ihr weh. Sie pflegte ihn, kümmerte sich um alles und saß in den frühen Morgenstunden Anfang Oktober, als der Siebzigjährige die Augen für immer schloss, neben seinem Bett. Mitte November, Onkel Sam ruhte längstens in dem noch von ihm selbst ausgesuchten Grab, alle

Formalitäten waren erledigt, reiste Anna nach Deutschland zurück.

Anna war seither regelmäßig Gast auf Wustrau. Mit größtem Interesse verfolgte Manfred die Geschäfte ihres Mannes, der als Reeder Dampfschiffe bauen ließ. Eine ungeheuerliche Erfindung! Keine Muskelkraft war mehr nötig, um die Schiffe fortzubewegen. Sie waren unabhängig von Wind und Wetter. Schiffe ohne Segel erschienen ihm – wie vielen anderen – als wahre Wunder. Otto Harmsen, der früh die Zeichen der Zeit erkannt hatte, investierte Riesensummen, die sich jedoch zunehmend rechneten. Er war darüber zu einem der reichsten Lübecker geworden. Manfred von Homagen vertraute dessen Geschick als Ingenieur und Kaufmann. Beträchtliche Summen hatte er ihm für seine expandierenden Geschäfte zur Verfügung gestellt. Zwischenzeitlich besaß er die Stellung eines stillen Teilhabers. In den letzten drei Jahren hatte er deswegen ordentliche Gewinne einstreichen können. Die Geburtstagsfeier seines Sohnes wiederum hatte ihn mit großem Stolz erfüllt. Überhaupt schaute er mit Stolz auf seine Familie. Das Fest, das Otto Harmsen ausrichtete – er sorgte am Abend für einen Ball, zu dem sämtliche Lübecker von Rang und Namen eingeladen und gekommen waren – schien Joachim besonders gefallen zu haben. Erst bei der Heimfahrt nach Wustrau klärte ihn Agnes dazu genauer auf. Sein Sohn hatte sich allzu sehr mit einigen der anwesenden jungen Damen amüsiert. Er schien Gefallen am anderen Geschlecht gefunden zu haben und wie es aussah, musste er sich nicht einmal besonders bemühen. Es ging Manfred bei der Rückfahrt wieder gut. Denn in der Nacht nach dem Ball und auch noch den ganzen nächsten Tag fühlte er sich ziemlich elend. Ihm war übel. Sie mussten gar die Heimreise um zwei Tage verschieben. Manfred verschwieg das Stechen in seiner Brust. Wenn er einatmete, spürte er einen unangenehmen Druck. Er sah das als vorübergehendes Unwohlsein und führte es auf das zu reichliche Essen und Trinken zurück. Am Tag ihrer Ankunft auf Gut Wustrau kamen dann die Herzschmerzen wieder. Er sagte auch dieses Mal niemandem etwas davon. Wieder zwei Tage später fühlte er sich gut. Er inspizierte den ganzen Tag über sein Gut. Die Sommerhitze schien ihm nichts auszumachen. Den Abend verbrachte die Familie in bester Stimmung. Manfred maß den Warnzeichen der vergangenen Tage schon keine Bedeutung mehr bei. Zu später Stunde bemerkte er bei seiner Frau allerdings wieder diesen eigenartigen Gesichtsausdruck. Er wusste dann, sie dachte an ihren verlorenen Sohn. Obwohl weit mehr als ein Vierteljahrhundert in der Zwischenzeit vergangen und alle Versuche, etwas über ihn in Erfahrung zu bringen, gescheitert waren, überfiel Agnes immer wieder diese nicht zu überwindende Traurigkeit.

»Du denkst an ihn, nicht wahr?«

Agnes versuchte erfolglos ein Lächeln.

»Was wohl aus ihm geworden ist? Ob er überhaupt noch lebt? Wenn ich wenigstens Gewissheit hätte.«

»Wir haben alles versucht. Es tut mir leid, dass ich dir nicht helfen konnte. Es ist wie verhext. Wo wir auch waren, wo wir auch angefragt haben, nichts, rein gar nichts.«

»Ich frage mich oft, ob ich nicht etwas versäumt, etwas übersehen habe. Haben wir wirklich alles getan? Am liebsten würde ich ganz von vorn anfangen. Noch einmal in Hamburg und in Bremen beginnen.«

Manfred zögerte.

»Wenn das dein Wunsch ist, wenn es dir hilft, liebe Agnes, dann werden wir diese Städte noch einmal aufsuchen.«

Manfred empfand Mitleid mit seiner Frau. Etliche Reisen nach Hamburg und Bremen hatten sie unternommen. Sie hatten Anzeigen in allen möglichen Zeitungen veröffentlicht. In Stuttgart und Plattenhardt suchten sie nach Verwandten und Bekannten der Bauers, weil sie hofften, diese hätten Nachrichten, vielleicht sogar Briefe erhalten, die Aufschluss über den Verbleib Michaels hätten geben können. Als sie vor wenigen Jahren mit Otto Harmsen bekannt geworden waren, ließ dieser es sich nicht nehmen, über seine Kontakte Nachforschungen anstellen zu lassen. Doch in Sachen ›Michael von Hayden‹ oder ›Michael Bauer‹ konnte auch er keinen Fortschritt erreichen. Obwohl er erhebliche Geldbeträge einsetzte und gar eine hohe Belohnung für zweckdienliche Informationen in Aussicht stellte, sollte alle Mühe umsonst sein.

»Ich weiß, es wird wohl nichts nützen. Aber in meinem Inneren finde ich einfach keine Ruhe. Was ist bloß aus Michael geworden? Ich habe ihn auf die Welt gebracht, ich habe ihn gepflegt, genährt, in die Wiege gelegt, sein erstes Lächeln gesehen … Und dann: nichts, einfach nichts mehr. Es tut weh. Auch die vielen vergangenen Jahre ändern nichts daran.«

»Wenn ich dir nur hätte helfen können. Ich verstehe dich. Lass uns morgen einmal ausführlich über neue Pläne sprechen. Wir müssen von Neuem alle Möglichkeiten durchgehen. Was wir unter Umständen übersehen oder noch nicht genutzt haben. Und wenn du willst, brechen wir ein weiteres Mal auf. Was getan werden kann – du kannst immer auf mich zählen.«

Agnes lächelte. Es war ein trauriges, aber von der Gewissheit gekennzeichnetes Lächeln, in Manfred von Homagen den wunderbarsten Mann gefunden zu haben. Sie stand auf, küsste ihn auf die Stirn.

»Du hast recht. Wir überlegen alles noch einmal ganz genau. Ich liebe dich, Manfred. Dass du das alles für mich tust! Es ist mir so wichtig. Ohne dich – wer weiß, wie sich mein Leben entwickelt hätte? Durch dich habe ich viel Glück gefunden. Ich bin dir unendlich dankbar. Manfred, lieber Manfred.«

Bei diesen Worten umarmte sie ihren Mann, der ebenfalls aufgestanden war. Hand in Hand gingen sie die Stufen in den ersten Stock hinauf. Beide spürten die Liebe, dieses zarte Band der tiefen Zuneigung und Verbundenheit, das sie all die Jahre durchs Leben trug.

Der folgende Sonntagmorgen ließ die Natur erstrahlen. Es würde bestimmt ein heißer Tag werden. Das konnte man bereits spüren. Die Luft duftete nach Sommer, der Ruppiner See glitzerte einladend. Wie ein Paradies auf Erden zeigte sich die Umgebung von Gut Wustrau. Joachim war schon früh wach geworden. Noch vor dem Frühstück war er auf den See hinausgerudert. Wieder am Ufer angekommen, hatte er der Versuchung nicht widerstehen können. Nachdem er sich vergewissert hatte, dass ihn niemand beobachtete, schlüpfte er aus seinen Kleidern und sprang in das zwar im ersten Moment etwas kühle, aber gleich danach doch so angenehme Wasser. Er war ein geübter Schwimmer und genoss das Bad über eine halbe Stunde lang. Erst als sein Vater auf dem über das Wasser führenden Steg auftauchte, schwamm er zurück. Mit triefend nassen Haaren stand er vier Meter vom Ufer entfernt im Wasser, das ihm bis zur Brust reichte.

»Das ist ein Vergnügen. Ein wunderbarer Morgen. Und so ein Bad – was wünscht der Mensch sich mehr?«

»Ja, Joachim. Wustrau ist halt unser kleines Paradies. Wie ist das Wasser?«

»Probiere es selbst. Ein einziger Genuss. Komm doch herein, lass uns eine Runde schwimmen.«

»Lieber nicht«, antwortete sein Vater mit einem Lachen. »Ich will erst frühstücken.«

»Ach was! Jetzt haben wir unsere Ruhe. Kein Mensch weit und breit. Uns stört niemand. Frühstücken können wir nachher noch immer.«

Joachim schlug mit der flachen Hand auf das Wasser und versuchte, seinen Vater zu bespritzen. Der schien zu überlegen.

»Ich weiß nicht …«

»Nun komm schon. Das musst du selbst erleben.« Joachim schlug kräftig mit seinen Armen ins Wasser, dass es nur so platschte. Schließlich gab sich Manfred von Homagen einen Ruck. Er blickte rasch um sich, zog dann erst seine Schuhe, dann Hose und Strümpfe aus und trat, nur noch mit Unterwäsche und einem Hemd bekleidet, ans Ufer.

»Komm schon!«, rief Joachim begeistert. »Nur herein und keine Scheu vor dem Wasser.«

Manfred tastete sich vorsichtig in den See hinein. Als er fast bis zur Hüfte im Wasser stand, lachte er seinen Sohn an. Joachim freute sich über das gemeinsame Bad. Früher war sein Vater mit ihm oft im See schwimmen gewesen. Dieses Vergnügen jetzt wieder gemeinsam zu erleben, bereitete ihm besonders viel Spaß. Manfred tauchte ein wenig mehr ins Wasser ein, dann stieß er sich mit den Füßen ab und machte einen Sprung in das kühle, aber erfrischende Nass. Als er gleich darauf wieder auftauchte, prustete er fröhlich los. Zunächst schwammen sie, sich angeregt unterhaltend, eine große Runde in aller Ruhe. Ein ungemein glücklicher Moment. Der Vater, der seinen Sohn liebte. Der Sohn, der stolz auf seinen Vater sein konnte. Es bestand zwischen ihnen ein unsichtbares Band, von dem beide aber wussten, dass es existierte. Nach einer Weile, sie waren inzwischen doch ordentlich weit vom Ufer entfernt, schlug Joachim vor, zurückzuschwimmen. »Nicht, dass es dir zu viel wird.«

»Machst du dir Sorgen um mich? Das werde ich schon noch hinbekommen.«

»Sicher. Aber ich bin jetzt doch fast seit einer Stunde im Wasser. Übrigens knurrt mein Magen. Für mich ist es Zeit für ein ordentliches Frühstück.«

»Dann schließe ich mich dir an. Wenn du es eilig hast, kannst du ja richtig loslegen. Ich schwimme in aller Ruhe zurück und genieße noch ein paar Minuten. Wer weiß, wann ich wieder zum Schwimmen komme?«

»Ha«, rief Joachim lachend, »das kannst du doch jeden Tag haben. Ist allein deine Entscheidung.« Bei diesen

Worten lachte er seinen Vater noch einmal an. Dann machte er eine halbe Drehung im Wasser. Kräftig fing er an zu kraulen und schwamm rasch aufs Ufer zu. Sein Vater sah wenig später, wie sein Sohn Grund unter den Füßen fand. Er tauchte fast vollständig aus dem Wasser auf. Ein Augenblick des Stolzes erfüllte Manfred von Homagen. In diesem Moment spürte er den schmerzhaften Stich. Überrascht fasste er mit seiner linken Hand an die linke Brustseite. Wieder sah er seinen Sohn, der ihm jetzt vom Ufer aus zuwinkte. Ihm wurde heiß. Ein plötzlicher Schmerz durchflutete ihn. Er bekam keine Luft mehr. Selbst sein Arm schien zu glühen. Er stöhnte auf. Dabei tauchte erstmals sein Kopf unter. Das Wasser, das er verschluckte, nahm ihm den letzten Rest seines Atems. Wild gestikulierte er mit beiden Armen, um sich über Wasser zu halten. Doch die schlimmen Schmerzen wurden noch heftiger. Zuerst dachte Joachim, sein Vater würde zurückwinken. Dann erstarb sein Lachen. Er stutzte. Sein Vater kämpfte bereits um sein Leben. Es dauerte nur ein paar Sekunden, da hatte Joachim das begriffen. Sofort stürzte er sich in den See. Sein muskulöser Körper verfügte über genügend Kraftreserven, um rasch durch das Wasser zu pflügen. Immer wenn er mit dem Kopf aus dem Wasser auftauchte, rief er, so laut es ging, um Hilfe. Joachim hoffte, es würde ihn jemand hören und zu Hilfe eilen. Nach dem fünften oder sechsten Auftauchen sah er seinen Vater nicht mehr. Entsetzen und Angst breiteten sich in ihm aus.

»Vater! Vater!« Joachim brüllte. Er schluckte Wasser. Doch er kämpfte wie ein Löwe.

»Vater! Oh Gott. Vater!«

Die Schmerzen waren für Manfred unerträglich geworden. Übelkeit, Schwindel und das Gefühl, dass alle Kraft aus ihm wich, nahm er noch wahr. Er spürte, wie sein Kopf unter Wasser geriet. Wie er das Wasser schluckte, das ihm die Sinne raubte. Er wollte sich wehren. Aber wie eine geheime Kraft zog es ihn nach unten. Er riss den Mund auf. Wasser drang in seine Lungen. Es rauschte in seinen Ohren. Dazu die furchtbaren Schmerzen. Noch einmal sehnte er sich nach Luft. Luft, Luft, atmen, atmen. Dann nichts mehr. Nacht. Kein Schmerz. Nichts. Nur noch ein Sinken. Weiches Wasser. Kein Laut mehr. Nichts, Dunkelheit. Als sein Sohn die Stelle erreichte, wo er ihn zum letzten Mal gesehen hatte, stand das Herz von Manfred von Homagen schon still. Sein Körper war bis auf den Grund des Sees gesunken. Joachim schrie seinen Schmerz aus sich heraus. Er konnte seinen Vater nicht sehen. Er heulte, brüllte, tauchte. Wie rasend versuchte er, gegen das Endgültige anzukämpfen. Endlich wurde ein Bauer am entfernten Ufer auf seine verzweifelten Rufe aufmerksam. Er schlug augenblicklich Alarm. Wenige Minuten später schwammen etliche Menschen hinaus zu Joachim. Mehrere Boote wurden zu Wasser gelassen. Immer mehr beteiligten sich an der Rettungsaktion. Sie schwammen, tauchten, ruderten. Alle waren tief betroffen. Alle kämpften. Noch Stunden später zogen weit mehr als 30 Boote ihre Runden über den Ruppiner See. Selbst von den entfernteren Dörfern und Höfen war Hilfe gekommen. Alles ließen die Menschen stehen und liegen. Es ging um ihren Gutsherrn. Es durfte einfach nicht wahr sein. Selbst als die Sonne sank, suchten sie noch nach Manfred von Homagen. Vergebens. Die Nacht mit einem sternenklaren Himmel, wie er nicht schöner hätte sein können, zerstörte den letzten Rest Hoffnung. Es war kurz nach Mitternacht, als der Schäferhund eines Bauern, der wie viele andere trotz der Dunkelheit mit Laternen das Ufer absuchte, anschlug. Kurz darauf wurde die Leiche Manfred von Homagens geborgen. Sie luden sie auf einen von einem Pferd gezogenen Wagen und brachten ihn auf Gut Wustrau zurück. Joachim war ihnen bei der Nachricht, dass man seinen Vater gefunden habe, entgegengeeilt. Er war von Schmerz überwältigt. Über seinen Vater gebeugt, weinte er bitterlich. Er genierte sich nicht und die Umstehenden ließen ihm Zeit, bis er sich ein wenig beruhigt hatte. Als sie auf Gut Wustrau eintrafen, stand eine tränenüberströmte Agnes im Hof. Der Pastor tröstete sie. Sie hörte aber nicht auf seine Worte. Es war der schlimmste Tag in ihrem Leben, den sie, seit Rüdiger von Hayden ihr die Kinder weggenommen hatte, erleben musste. Der Hof war von den vielen Fackelträgern erleuchtet. Ihr Manfred lag, mit einer dunklen Plane bedeckt, auf dem Wagen. Agnes ging langsam auf das Gefährt zu. Sie griff nach dem dicken Tuch.

»Joachim«, sprach sie leise. Sie bat ihn, eine Fackel zu halten. Joachim leuchtete ihr und umfasste sie schluchzend an der Schulter. Sanft zog sie jetzt das Tuch zurück. Ihr Manfred schien zu schlafen. Sie hatte ein verzerrtes, entstelltes Gesicht befürchtet. Doch es war ganz friedlich. Mit beiden Händen fasste sie das Gesicht an. Es fühlte sich kalt an, aber sie wollte ihren Mann noch einmal spüren. Sie nickte mehrfach, als würde sie das unerbittliche Schicksal nun ertragen, dessen Vorahnung sie den ganzen Tag über so schrecklich geplagt hatte. Behutsam strich sie die nassen Haare ihres Mannes zurück. Mit ihrem Handrücken streichelte sie seine Wangen, dann seine Stirn.

»Manfred, mein Manfred«, murmelte sie so leise, dass es außer Joachim niemand hören konnte. Dann drehte sie sich um. Sie ergriff Joachims Hand, bat den Pfarrer noch darum, für das Notwendige Sorge zu tragen. Die Schritte fielen ihr schwer. Doch die Wärme von Joachims Hand gab ihr Kraft. Sie hatte sich von ihrem Manfred verabschieden können. Ihn, den sie so sehr geliebt und der ihr immer beigestanden hatte, wusste sie in ihrem Herzen aufbewahrt. Bis zu ihrem letzten Atemzug würde sie ihn lieben. Diese Gewissheit ließ sie ruhiger werden. Sie bat ihren Sohn im Haus, sie allein zu lassen. Da er fragte, ob er nicht bei ihr bleiben solle, gab sie ihm noch zur Antwort, er müsse sich keine Sorgen machen. Danach begab sie sich in Manfreds Arbeitszimmer. Sie setzte sich auf den Lederstuhl am Schreibtisch. Die ganze Nacht saß sie dort. Sie fühlte sich ihrem Mann ganz nahe. Ihre Blicke ruhten immer wieder auf Gegenständen in seinem Zimmer, die ihm wichtig gewesen waren. Sie erlebte in Gedanken noch einmal viele Lebensszenen mit ihm. Manchmal lächelte sie dabei, weil diese Erinnerungen so schön waren und sie ganz mit Liebe erfüllten. Dann wieder weinte sie still. Von Zeit zu Zeit wischte sie sich ihre Tränen aus dem Gesicht. Erst als der Morgen dämmerte, stand sie langsam auf. Sie strich über die Lehne des Stuhls, nickte wiederum dazu. So nahm sie endgültig Abschied von Manfred von Homagen, um den sie auch viele Jahre später in manch einsamen Nächten immer noch weinen sollte. Er hatte ihr Herz berührt, ihr so viele Jahre Liebe und Sicherheit gegeben und sie als verlässlicher Kamerad auch in schwierigen Zeiten begleitet. Jeden Tag suchte sie in Gedanken seine Nähe. An seinem Grab auf dem nahen Friedhof sprach sie mit ihm, als wäre er zugegen. Agnes spürte all die Jahre, die sie noch erleben sollte, eine Verbundenheit mit ihrem Manfred, die sie stets als großen Trost empfand.

STUTTGART – ANFANG SEPTEMBER 1841

Wie viele Jahre waren nur vergangen? Je älter sie wurde, desto rascher schien ihr die Zeit davonzueilen. Agnes hatte vor wenigen Monaten ihren 66. Geburtstag gefeiert. Ihr Sohn Joachim sorgte sich um alle Vorbereitungen. Ein schönes Fest mit zahlreichen Gästen, dazu ein wunderbar warmer, heller Frühlingstag! Sie konnte sich über diesen Ehrentag herzlich freuen. Es ging ihr überaus gut dabei, was angesichts mancher Zipperlein, die sich im Laufe der Zeit ergeben hatten, eher selten war. Agnes litt seit einigen Jahren an Atembeschwerden, auch ihr Herz bereitete ihr manchmal Probleme. In unregelmäßigen Abständen verspürte sie in ihrer Brust ein unangenehmes Ziehen, manchmal Stiche, die schmerzten, aber bisher immer rasch abgeklungen waren. Sie vertraute ihrem Sohn Joachim, der, entgegen aller Konventionen, Medizin studiert und sich in Stuttgart als Arzt niedergelassen hatte. Joachim kam ganz nach seinem Vater. Er sah blendend aus, war groß gewachsen, von keinem Standesdünkel und immens fleißig. Agnes liebte ihren Sohn über alles. Er hatte ihr all die Jahre nur Freude bereitet. Wie es aussah, würde noch in diesem Jahr seine Hochzeit stattfinden. Die Verlobung mit Hermine, Freifrau von Rechenberg, lag auch schon wieder fast ein Jahr zurück. Das Paar liebte sich ganz offensichtlich und einer Eheschließung stand nichts mehr im Wege. Ihre Tochter Anna hatte ihr Glück wahrlich in Norddeutschland gefunden und lebte nun mit ihrem Mann seit Jahren in Lübeck. Noch mehrfach war sie zusammen mit ihrer Mutter auch nach dem Tod Manfred von Homagens sowohl in Hamburg als auch in Bremen gewesen, um nach Michael zu forschen. Jedes Mal mussten sie enttäuscht wieder abreisen. Es wollte sich einfach keine Spur von ihrem Sohn finden. Was hatten sie nicht alles versucht! Auf den Rathäusern hatte ihnen niemand helfen können. Sie hatten Auswanderungslisten studiert, in den Zeitungen Inserate aufgegeben, etliche Menschen waren von ihnen angesprochen oder angeschrieben worden, von denen sie sich trotz geringster Chancen wenigstens einen winzigen Hinweis erhofften. Alles umsonst. Aus Annas Ehe mit Otto Harmsen waren vier Kinder hervorgegangen. Agnes war Großmutter einer Enkelin und dreier Enkel. Sie entwickelten sich bestens. Ein wenig bekümmert war Agnes darüber, dass sie die Kinder allzu selten sah. So war es eine freudige Überraschung für sie, als alle vier zu ihrem Geburtstag mitkamen. Agnes konnte dabei über ihre Enkelin Charlotte nur staunen, die dem Kindesalter offensichtlich entwachsen und zu einer bildhübschen jungen Dame herangereift war. Nur das Feuermal an ihrer Halsseite ließ sie manchmal nachdenklich werden. Charlotte hatte es geerbt. Die anderen drei Kinder waren davon verschont geblieben.

Darüber dachte Agnes nach. Sie saß auf einer Bank an der Rückseite ihres vornehmen Hauses und schaute in den großen Garten mit den vielen Apfel- und Birnbäumen. In Charlotte erkannte sie sich als junges Mädchen wieder. Ihr Aussehen, die Art, wie sie auftrat und sich bewegte, wie sie den Mund verzog, wenn ihr etwas nicht passte, und vor allem, wie herzlich sie lachen konnte. Sie wünschte ihrer Enkelin Charlotte alles Glück der Welt und hoffte inständig, dass ihr ein herbes Schicksal erspart bleiben würde. Bei diesen Gedanken wurde es ihr wieder schwer ums Herz. Sie sah die schrecklichen Bilder der Vergangenheit, die von Zeit zu Zeit in ihrer Erinnerung auftauchten. Sie sah ihren tobenden Mann Rüdiger, fast meinte sie dann, sie könnte ihn gar brüllen hören. Sie spürte die Last der Demütigung und die pure Verzweiflung, als er ihr ihre Kinder weggenommen hatte. Obwohl mehr als vier Jahrzehnte seither vergangen waren: Diese Schreckenszeit ihres Lebens würde sie nie vergessen können. Sie musste sich dann immer zwingen, ihre Gedanken abzulenken. Zumeist dachte sie dann an ihre erste Liebesnacht mit Manfred. Wie von selbst kamen danach die Erinnerungen an die Zeit mit ihm. Eine glückliche Zeit, fast sorgenfrei, alles hatte sich zum Guten gewendet. Manfred hatte sie auf Händen getragen, er war ihr ein liebevoller und zuverlässiger Mann gewesen. Nur der Gedanke an Michael trübte regelmäßig dieses Glück und ihre ansonsten große Zufriedenheit. Es hatte einfach nicht sollen sein. Mitte der 30er-Jahre hatte sie schließlich resigniert die Suche aufgegeben. Sie spürte ihr Alter und wusste, dass es um ihre Gesundheit nicht allzu gut stand. So inserierte sie nur zweimal im Jahr in den Zeitungen Bremens und Hamburgs, unternahm aber selbst dorthin keine Reisen mehr. Jetzt im Alter blickte sie wehmütig auf ihren verlorenen Sohn zurück. Das Bild, das sie von dem Baby in ihrem Kopf besaß, verblasste mit der Zeit mehr und mehr. Wie würde er wohl heute aussehen? Welchen Beruf hatte er gelernt? Wo lebte er? Lebte er überhaupt noch? Lebte er in diesem fernen Amerika? Oder doch in deutschen Landen? Fragen über Fragen, die sich Agnes stellte. Es wäre zu schön gewesen, wenn sie auch ihren Michael hätte wiederfinden können. Das Schicksal hatte es letztlich gut mit ihr gemeint. Aber diesen Wunsch, dieses Sehnen nach ihrem Sohn wollte es anscheinend nicht erfüllen. Agnes stand auf. Sie ging auf einen der Apfelbäume zu, der reichlich Früchte trug. Womöglich war er gar ein Republikaner, einer, der die Herrschaft der Fürsten anzweifelte? Dieser Gedanke kam ihr in letzter Zeit immer wieder in den Sinn. Es hatte Aufstände gegen die Fürstenherrschaft gegeben, ja, in Frankreich sogar eine regelrechte Revolution. Aufregende Zeiten, in denen einfache Leute Forderungen an die Könige und Fürstenhäuser stellten, die ihr ungeheuerlich erschienen. Parlamente wollten sie haben. Mitbestimmen und mitentscheiden. Nicht mehr einfach die Macht der Fürsten akzeptieren. Agnes hegte zwar ein wenig Sympathie für diese kämpferischen Menschen, doch konnte sie sich letztlich nicht vorstellen, wie das Leben funktionieren sollte, wenn der König nicht mehr das Sagen hätte. Sie war sowohl mit dem württembergischen als auch mit dem preußischen Königshaus verbunden. Mit der württembergischen Königin Pauline pflegte sie gar eine Freundschaft. König Wilhelm hatte sie nach dem frühen Tod Katharinas 1820 geheiratet. Pauline war seine dritte Frau, die Katharina auffallend ähnlich sah. Obwohl sie ihm drei Kinder schenkte, wurde die Ehe durch die Seitensprünge des Königs getrübt. Vor allem Wilhelms Beziehung zu der Stuttgarter Hofschauspielerin Amalie Stubenrauch machte der Königin das Leben schwer, die sich im Volke jedoch besonderer Beliebtheit erfreute. Das lag an ihrer sozialen Betätigung. Agnes sprach dieses Engagement sehr an. Sie wurde zur Ratgeberin und tatkräftigen Mitstreiterin Paulines. Bei ihrem Bemühen um eine Verbesserung der Krankenpflege arbeiteten die beiden Frauen eng zusammen. Eingang am preußischen Hof hatte sie natürlich über ihren Mann gefunden. Einmal im Jahr waren sie dort Gäste gewesen und konnten Kontakte zu den höchsten Kreisen pflegen. Seit ihrem letzten Besuch im Berliner Schloss waren jedoch in der Zwischenzeit schon eineinhalb Jahrzehnte vergangen. Agnes, so sehr ihr Wustrau am Herzen lag, hatte sich letztlich wenige Jahre nach Manfreds Tod für ihre schwäbische Heimat entschieden. Für die Bewirtschaftung des Gutes bestellte sie zunächst einen tüchtigen Verwalter. Cornelia von Homagen blieb damals in Wustrau. Sie hatte dort noch einige gute Jahre und fühlte sich als Schlossherrin durchaus wohl. Eines Morgens fand sie ihre Bedienstete tot im

Bett. Es schien, als ob sie friedlich eingeschlafen wäre. Als sich später abzeichnete, dass Joachim sicherlich niemals Gut Wustrau übernehmen würde, verkaufte sie das Gut am Ruppiner See. Die Trennung von der brandenburgischen Umgebung schmerzte zwar. Doch ließ Agnes Manfreds sterbliche Überreste nach Stuttgart überführen. Er fand dort seine letzte Ruhestätte auf dem Hoppenlaufriedhof. Diese Umbettung war für Agnes unabdingbar gewesen. Sie wollte ihren Manfred immer in ihrer Nähe haben.

Agnes griff nach einem Apfel. Er hatte bereits eine schöne rotgelbe Farbe. Noch wenige Wochen mit Sonnentagen und die Äpfel würden bestimmt köstlich schmecken. Die Obsternte ließ in diesem Jahr auf beste Ergebnisse hoffen. Agnes wurde es ein wenig schwindlig. Der Weg zurück zur Bank erschien ihr mit einem Mal weit. Sie lehnte sich an den Baum mit der vom Alter knorrigen, zerfurchten Rinde. Der Schwindel ließ nach. Sie konnte gut atmen. Alles kein Grund zur Besorgnis, sagte sie sich. Wenig später kehrte sie auf die Bank zurück. Sie setzte sich, genoss die warmen Sonnenstrahlen. Dabei nickte sie ein.

HAMBURG – ANFANG APRIL 1842

Otto Harmsen verhandelte im Rathaus über die Gründung einer Schiffswerft im Hamburger Hafen. Er hatte große Pläne. Die Dampfschifffahrt trieb ihn nach wie vor gewaltig um. Er erkannte darin die Zukunft der Seefahrt. Lübeck bot für eine Werft, wie sie ihm vorschwebte, nicht die optimalen Bedingungen. Der Hamburger Hafen schien ihm am besten geeignet, auch wenn er vorübergehend Bremerhaven in Erwägung gezogen hatte. Nun dachte er an immense Investitionen. Notwendig dafür war ein Areal an der Elbe, nicht allzu weit von der Stadt entfernt, damit Arbeiter und Material jederzeit rasch zur Verfügung standen. Er plante den Bau wirklich großer Schiffe, Schiffe in einer Dimension, die die meisten für vermessen oder gar undenkbar hielten. Er musste bei den Gesprächen mit den Stadtvertretern vorsichtig sein. Allzu euphorisch durfte er nicht argumentieren. Er würde auch heute nicht alle seine Pläne preisgeben. Die Bedenkenträger, Kleingeister und Missgünstigen würden ihm sonst nicht entgegenkommen und seine Pläne bloße Makulatur werden lassen. Sie ließen ihn warten. Schon das deutete er als Zeichen einer Geringschätzung und eines Verkennens der tatsächlichen Verhältnisse. Die Hamburger waren ihm schon immer suspekt gewesen. Arrogant, gegenüber Lübeckern die Nase rümpfend hatte er sie schon erlebt. Ein gewieftes Vorgehen, ein kluges und einnehmendes Auftreten waren unabdingbar. Er fragte sich gerade, wie lang er wohl noch warten musste, bis die Herren sich zu seinem Empfang herabließen, da ging die schwere, reich verzierte Tür auf. Ein Sekretär bat ihn in das benachbarte Zimmer. Otto Harmsen spürte bereits bei der Begrüßung ein Maß an Herablassung, wie es nur diese Pfeffersäcke einem Fremden gegenüber an den Tag legen konnten. In dem Moment nahm er sich vor, unbedingt erfolgreich zu sein. Und dann, wenn er es ihnen erst einmal gezeigt hätte, würde er es ihnen heimzahlen. Von all dem wusste seine Frau Anna nichts, die zu diesem Zeitpunkt im Atelier des Schneidermeisters Louis Diekmann Maß nehmen ließ. Wie häufig, wenn sie ihren Gatten auf einer Geschäftsreise nach Hamburg begleitete, nutzte sie die Zeit für eine Ergänzung ihrer Garderobe. Aufs Geld musste sie nicht achten. Sie war schwerreich. Samuel Bridgewater, ihr Onkel Sam, hatte sie als Alleinerbin eingesetzt, was ihr nach dessen Tod ein unglaubliches Vermögen beschert hatte. Ihr Mann Otto, selbst außerordentlich betucht, konnte dann aufgrund dieser Erbschaft an die gewaltige Ausdehnung seiner Geschäfte denken. Selbst die damit verbundenen hohen Risiken mussten ihn mit dem zur Verfügung stehenden Kapital nicht mehr abschrecken.

Anna legte äußersten Wert auf ihre Garderobe. Sie galt als eine der bestgekleideten Damen der Lübecker Gesellschaft. Im Atelier Diekmann wollte sie sich nicht zum ersten Mal mit zwei, drei auffallenden Kreationen eine Freude bereiten. Diekmanns Geschäft am Jungfernstieg galt als eine der ersten Adressen. Wer gut betucht war, konnte sich im wahrsten Sinne des Wortes erstklassig einkleiden. Anna genoss die Atmosphäre in dem Atelier. Alles dauerte seine Zeit. Diekmann und seine beiden

Gesellen arbeiteten akribisch. Es war noch niemals vorgekommen, dass sich eine Kundin hätte beklagen müssen. Der Service war einfach exzellent, die penible Vorgehensweise unerreicht. Agnes schaute immer wieder einmal nach draußen. Links und rechts neben der Tür gaben zwei Fenster den Blick frei auf den breit angelegten und schönen Flanierweg. Sie hatte sich schon vor einigen Jahren die Bedeutung des Namens ›Jungfernstieg‹ erklären lassen. Ganz sicher konnte man zwar nicht sein. Aber hatte der zum Flanieren einladende Spazierweg kurzzeitig den Namen ›Palmaille‹ getragen, so nannte man diese überaus beliebte Promenade anscheinend seit über 150 Jahren ›Jungfernstieg‹, weil Frauenzimmer sich dahin begaben, um sich zu verlustieren. Diese Ausdrucksweise ließ Anna zwar die Nase rümpfen. Über so etwas sprach man gefälligst nicht. Sie musste aber gleich wieder schmunzeln, als zwei Mütter mit ihren herausgeputzten Töchtern vorbeispazierten und in auffälliger Weise in Richtung des Alsterpavillons gingen. Vielleicht sollten die jungen Damen ja endlich einen Mann fürs Leben finden.

Diekmann musste sich zweimal dezent räuspern. Anna war derart mit ihren kecken Gedanken beschäftigt, dass sie gar nicht bemerkte, wie ihr der Schneidermeister das halb fertige Tüllkleid entgegenhielt.

»Oh. Pardon, lieber Herr Diekmann.«

»Aber ich bitte Sie, gnädige Frau. Wir haben alle Zeit der Welt und der Blick nach draußen ist allemal ein Genießen wert.«

Anna lächelte und begutachtete dabei das bisherige Ergebnis der Schneiderkunst.

»Wunderschön. Das Kleid wird sicherlich ganz hervorragend gelingen. Schon jetzt haben Sie wieder bewiesen, welch unvergleichliche Qualität Sie herzustellen imstande sind.«

Der Schneidermeister fühlte sich geehrt. Er schaute seine beiden Gesellen an, die hoffentlich gehört hatten, was die geschätzte Kundin gerade gesagt hatte. Als er sie still lächeln sah, nahm er das mit Zufriedenheit und Genugtuung zur Kenntnis.

»Gnädigste müssen noch einmal etwas Geduld haben. Ein paar Abmessungen hier, das eine oder andere Abstecken da. Wir haben es gleich.«

Diekmann war äußerst bemüht. Das Lob der Lübeckerin spornte ihn zu Höchstleistungen an. Natürlich dachte er dabei auch an seinen Verdienst. Anna Harmsen war zweifelsohne eine hervorragende Kundin. Ihr geschätzter Gatte zahlte immer sofort und ohne Diskussionen. Da kannte er schon ganz andere Beckmesser. Ehemänner, die an diesem und jenem etwas auszusetzen hatten, nur um den Preis ein wenig zu drücken. Die Allerschlimmsten ließen jedoch Zahlungsfristen verstreichen. Sie machten dann Mängel geltend, die es gar nicht gab, ihnen aber das Recht einräumten, erst einmal nicht zu bezahlen, und er konnte dann schauen, wie er zu seinem Geld kam. Bei Frau Harmsen durfte er sich des unverzüglichen Zahlungseingangs sicher sein. Wie zu hören war, wollte ihr Ehemann womöglich seine Zelte in Hamburg aufschlagen. Umso wichtiger schien es dem Schneider, ein günstiges Bild abzugeben. Wer weiß, vielleicht würde die Kundin ihm zukünftig noch viel häufiger Aufträge erteilen? Sollte sie gar in Hamburg Wohnung nehmen, nicht auszudenken, wie auch er – der beste Schneidermeister am Platz – davon profitieren könnte! Neugierig wollte er Genaueres wissen. Doch hielt er sich zurück, da eine diesbezügliche Frage die Gunst der Kundin eventuell doch trüben hätte können. So versuchte er, auf indirektem Wege zu seinem Ziel zu kommen.

»Der werte Herr Gatte ist in Geschäften in Hamburg unterwegs, gnädige Frau?«

»Ja. Mein Mann verhandelt heute Nachmittag im Rathaus …«

»Ah, interessant. Ich wünsche, er kann einen erfolgreichen Abschluss tätigen.«

»Na ja. Es geht heute wohl nicht um irgendeinen Abschluss. Es ist eher ein …«

Anna zögerte. Diekmann musste sich beherrschen. Er wollte sie nicht drängen, spürte aber, dass es nur noch ein kleiner Schritt war, bis er die für wichtig erachtete Information erhielt. Diekmann lächelte verbindlich, nahm das Kleid wieder zurück und bemerkte, sie müsse nun noch einmal ein wenig Geduld aufbringen. Agnes nickte ihrerseits. Diekmann bemerkte ein wenig enttäuscht, dass sie das Gespräch nicht mehr aufnahm.

»Ich gehe ein wenig draußen auf und ab«, meinte Anna. »Das schöne Wetter. Es wird mir guttun. Was meinen Sie, lieber Herr Diekmann: Wie viel Zeit kann ich mir nehmen?«

»Selbstverständlich so viel Sie möchten, gnädige Frau. Kommen Sie einfach dann wieder zurück, wenn es Ihnen beliebt.« Anna nickte, öffnete die Tür, was einen angenehmen Klingelton auslöste, und trat hinaus. Sie überlegte, in welche Richtung sie spazieren sollte. Nach kurzem Zögern wandte sie sich nach rechts, da sie sich für einen Rundgang, der sie zum Rathaus führen sollte, entschieden hatte. Womöglich würde sie dort ihren Mann treffen. Immerhin dauerte die Verhandlung nun schon weit mehr als eine Stunde. Da müsste die Angelegenheit doch geklärt worden sein.

Sie bog in Richtung Trostbrücke ab. Nach einigen Schritten meinte sie, Schreie zu hören. Aber vielleicht hatte sie sich getäuscht? Konnte das sein, am helllichten Tag? Die anderen Spaziergänger schienen nichts gehört zu haben. Alles ging seinen normalen Gang. Aber doch! Jetzt waren die Schreie viel deutlicher gewesen! Angstschreie! Das war kein normales Rufen. Nein, jetzt reagierten auch die anderen Leute. Manche setzten sich schneller in Bewegung. Sie überquerte rasch die Trostbrücke. Wieder ein Schrei. Gleich darauf noch einmal. In diesem Augenblick sah sie ihren Mann aus dem Rathaus treten. Er drehte sich noch einmal zu der geöffneten Tür, in deren Rahmen zwei ernst blickende Männer standen. Otto Harmsen ging drei, vier Schritte rückwärts. Er verbeugte sich, hob dann die Hand noch einmal zum Gruß, machte einen weiteren Schritt zurück und bemerkte dabei nicht die Stufe. Otto Harmsen stolperte. Ganz unglücklich verknackste er sich den Fuß. Ein höllischer Schmerz durchzuckte ihn. Er verlor vollends das Gleichgewicht. Hart schlug er auf dem Pflaster auf. Anna sah erst zu diesem Zeitpunkt das durchgegangene Pferd mit dem umgestürzten Einspänner von der Bohnenstraße herangaloppieren. Entsetzen erfasste sie.

Das Pferd raste heran. Hinter ihm immer wieder Schreie mehrerer Männer, die längst zurückgefallen waren. Otto hob den Kopf. Er blutete aus einer Platzwunde an der Stirn. Anna stockte der Atem. Das Pferd galoppierte wie von Sinnen, das umgestürzte und verdrehte Gefährt hinter sich herschleifend, auf das Rathaus zu. Otto bemerkte die ihm drohende Gefahr. Er hob einen Arm, sackte aber gleich darauf zusammen. Nur noch eine Hand schien Kraft zu haben, die aber gegen das heranstürmende Tier bestimmt nichts würde ausrichten können. Anna hörte wieder und wieder die Schreie der Passanten. Sie lief über das Pflaster, stolperte selbst, ignorierte ihre aufgeschlagenen Hände und Knie. Das Pferd stürmte auf ihren Mann zu. Auf Knien liegend, faltete sie die Hände, sie ahnte das Schlimmste. Ihr Otto lag hilflos auf dem Pflaster. Er würde überrannt werden. Sie schrie, so laut sie konnte. Ihre Schreie vermischten sich mit denen der anderen. Das völlig außer Rand und Band geratene Tier würde gleich ihren Otto erreicht haben und mit seinen Hufen und der ständig aufschlagenden Kutsche alles unter sich zermalmen. Anna schrie wie von Sinnen. Sie sah ihren Mann noch einmal den verletzten Kopf heben. Im nächsten Moment würden das Ross und der Wagen, der auf dem Boden hin und her schlug, unbarmherzig ihrem Mann den sicheren Tod bringen. Anna schloss die Augen. Sie sah nicht, wie ein Schatten auf die Straße huschte. Wie jemand sich dem Pferd in den Weg stellte, mit einer Rute ausholte und brüllte, einen Satz zur Seite machte, als das daherrasende Pferd keine Anstalten machte, die Richtung zu wechseln. Im Wegspringen versetzte der Mann dem Tier aber einen Schlag. Nur einen kurzen Moment zuckte das Pferd, die großen Augen weit aufgerissen, es stieg einmal auf, schlug dann mit den Hufen gewaltig auf das Pflaster und raste weiter. Minimal hatte es die Richtung gewechselt. Minimal. Aber dieser eine Schritt nach links rettete Otto Harmsen das Leben.

Nur noch die Hufschläge des flüchtenden Pferdes waren zu hören. Ansonsten blieb es für einen kurzen Moment ganz still. Langsam hob Anna den Kopf. Sie öffnete die Augen. Ihr Mann lag auf dem Boden, er schien sich aber zu bewegen. Nicht weit entfernt lag ein zweiter Mann auf dem Pflaster. Einen Augenblick lang dachte Anna, er wäre nun von dem Tier niedergestoßen worden. Es dauerte, bis sie wahrnahm, wie sich dieser Fremde aufrappelte und offensichtlich ganz unverletzt schien. Hastig stand sie auf. Mit einem Griff raffte sie ihr Kleid und rannte zu ihrem Mann, dessen Kopf blutüberströmt war. Doch stammte das Blut nur aus der Platzwunde auf der linken Stirnseite, die ihn zwar benommen gemacht, aber nicht lebensgefährlich verletzt hatte. Lediglich sein Fuß schmerzte stark. Vielleicht hatte er ihn sich gebrochen. Ein Arzt musste dringend zu Hilfe geholt werden. Zunächst bemerkte Anna nicht den Mann, der sich neben sie kniete und Otto aufhelfen wollte. Sie wusste nicht, dass er es war, der mit seinem mutigen Einsatz das Leben ihres Mannes gerettet hatte. Ihre Gedanken drehten sich nur um Otto. Sie hörte den Fremden nicht einmal sprechen. Er bückte sich jetzt zu Otto Harmsen. Seine langen Haare fielen nach vorn. Er sprach mit dem Verletzten, griff ihm mit einer Hand an die Schulter. Annas Gesicht war keine zwei Handbreit von seinem Nacken entfernt. Der Fremde beugte sich weiter nach unten. Anna hörte nun seine Stimme. Sie starrte auf den Hals. Noch bevor sie richtig denken konnte, durchzuckte es sie regelrecht. Sie stöhnte auf. Der Mann drehte seinen Kopf. Anna starrte weiter auf den Nacken. Sie griff in seine Haare, was völlig unschicklich für eine Dame war. Sie fasste an seinen Hemdkragen. Der Mann wusste nicht, wie ihm geschah. Er wollte schon abwehren, da zog Anna den Kragen herab. Sie sah auf die Haut der oberen Schulter, sie sah den Hals und geriet völlig außer sich. Dann schaute sie in sein Gesicht. Es besaß harte Züge, fast etwas grob erschien es ihr. Und trotzdem eine Ähnlichkeit! Die Menschen, die sich um sie herum versammelt hatten, staunten nicht schlecht über das, was sich vor ihren Augen abspielte. Otto wollte etwas sagen. Anna stand auf, zog den Fremden mit sich, starrte unentwegt in sein Gesicht und auf dessen Hals und Schulter. Die Menschen begannen zu tuscheln. Sie konnten sich keinen Reim auf das eigenartige Schauspiel machen. Anna stand jetzt, sie wankte leicht. Der Fremde löste sich von ihr. Irritiert wandte er sich wieder Otto zu.

»Oh, mein Gott! Oh, lieber Gott!«

Anna geriet ganz außer sich. Es schien, als interessiere sie sich gar nicht mehr für ihren Mann. Sie trat einen Schritt zurück, schlug die Hände vor ihr Gesicht.

»Oh, mein Gott!«, entfuhr es ihr noch einmal. Sie ließ die Hände sinken. Kurz schaute sie nach Otto. Dann sah sie den Fremden an und in diesem Augenblick wusste sie es mit Gewissheit: Sie hatte ihren Zwillingsbruder gefunden.

STUTTGART – 25. APRIL 1842

Agnes erreichte die Nachricht nach dem abendlichen Kirchgang. In den letzten Jahren hatte sie mehr und mehr zum Glauben gefunden. Der tägliche Kirchgang war ihr längst zur lieben Gewohnheit geworden. Sie traf dort mit weiteren Frauen ihres Alters zusammen, die sich an den Gesprächen nach der Abendmesse erfreuten. Alle wurden von verschiedenen Gebrechen geplagt, nicht wenige gingen gebückt, ein Stock als Gehhilfe war für die meisten unabdingbar. Agnes benutzte neuerdings hin und wieder ebenfalls einen Stock, ihre Beine schmerzten seit geraumer Zeit. Deshalb musste sie langsam gehen, ein rascher Gang strengte sie an. Vor allem ließ ihr Augenlicht nach. Sie hatte sich gar vor wenigen Jahren eine Sehhilfe anfertigen lassen. Die Brille mit den dicken Gläsern setzte sie aber nur beim Lesen auf. Auch im Alter war sie ein wenig eitel. Das eigenartige Gestell, mit dem sie zwar gut sehen konnte, stand ihr ihrer Meinung nach nicht gut zu Gesicht. Deshalb benutzte sie es nur, wenn andere nicht zugegen waren. Aber alles in allem war sie eine dankbare alte Frau, in deren Leben sich nach dem vielen Unheil und Durcheinander ihrer jüngeren Jahre das meiste recht gut gefügt hatte. Oft verloren sich ihre Gedanken in der Kirche ganz an ihren Mann. Tief in diese Gedanken versunken, sprach sie dann mit ihm, fragte ihn um Rat, lächelte ihn an und manchmal war ihr, als könnte sie ihn spüren oder gar seine Stimme hören. Ab und an empfand sie sogar seine Berührung, gerade so, als ob ihr ihr Manfred über das grau gewordene Haar streicheln würde. In solchen Augenblicken schloss sie für einen Moment die Augen. Wer sie in diesem Zustand erlebte, sah eine still vor sich hin lächelnde alte Dame, die auf die 70 zuging, ein Alter, das man ihr auch ansah. Agnes lebte im Haus ihres Sohnes, der längst ein bekannter Stuttgarter Arzt geworden war. Trotz seiner jungen Jahre konnte er Erfolge vorweisen, auf die sogar die medizinische Fakultät der Tübinger Universität aufmerksam geworden war. Er schien seit Kurzem mit einer Professur zu liebäugeln. Immerhin war er von Tübinger Kollegen bereits zweimal darauf angesprochen worden. Doch achtete er sehr auf seine Mutter. Ein Umzug nach Tübingen kam, seit sie zu kränkeln angefangen hatte, für ihn nicht infrage. Agnes konnte sich nicht beklagen. Sie fühlte sich umsorgt und wusste nur zu gut, dass die körperlichen Einschränkungen und die damit einhergehenden Schmerzen der Preis für ihr Alter waren. Sie lebte jeden Tag gern. Nur manchmal überfiel sie eben diese altbekannte Traurigkeit. Irgendwo auf dieser Welt lebte ihr Sohn. Da war sich Agnes ganz sicher. Sie litt nicht mehr in dem Maße wie früher, aber die Sehnsucht ließ sich einfach nicht bezwingen.

Als sie heute aus der Kirchentür trat, stand etwas entfernt die elegante Kutsche ihres Sohnes. Er saß selbst auf dem Bock. Agnes bemerkte ihn zunächst nicht. Erst als er aufstand und herabstieg, kniff sie die Augen zusammen, weil sie dadurch etwas besser sehen konnte. Joachim kam auf sie zu. Einen Moment lang machte sie sich Sorgen. Was hatte das zu bedeuten? Weshalb wurde sie von Joachim abgeholt? Komisch, das hatte er noch nie getan. Da war er aber auch schon heran. Er lachte und strahlte. Es konnte nichts Böses vorliegen.

»Komm in die Kutsche, Mutter. Es gibt Neuigkeiten.«

»Was für Neuigkeiten? Wirst du jetzt Professor in Tübingen?«

Die alte Frau sah ihren Sohn von unten herauf mit einem verschmitzten Lächeln an.

»Nein, das kann warten, wird schon noch kommen. Es gibt etwas viel Besseres. Aber setze dich erst einmal in die Kutsche.«

Joachim half ihr beim Einsteigen. Sie war gespannt, was folgen würde. Ihr Sohn setzte sich ihr gegenüber. Unter dem Mantel zog er feierlich einen Brief hervor.

»Von Anna«, deutete er vielsagend an und schwenkte den Brief.

»Ach! Ja, nun. Sie wird am Ende nicht noch einmal schwanger sein? In ihrem Alter?«

»Nein, nein. Falsche Fährte. Ganz anders. Du errätst es nie.«

»Nun sag schon. Ich werde ja ganz aufgeregt. Das tut mir nicht gut in meinem Alter.«

»Nein, nein. Jetzt darfst du mir nicht schlappmachen. Atme drei-, viermal ruhig durch ...« Bei diesen Worten entfaltete Joachim das Schreiben. Dann setzte er sich neben seine Mutter, legte seinen rechten Arm um ihre Schultern, zog sie an sich und las ihr vor, was Anna geschrieben hatte.

Agnes schüttelte vor Rührung den Kopf. So als könnte sie nicht glauben, was sie gerade gehört hatte. Sie schluchzte und war froh, dass Joachim sie fest in den Armen hielt. Ihr

Herz schlug wild, zu wild. Joachim wusste, wie gefährlich die Situation geraten konnte. Er streichelte sie immerzu und sprach beruhigend auf sie ein. Nach einer Weile schaute sie ihren Sohn mit tränenerfüllten Augen an.

»Michael! Kann es wirklich wahr sein, Joachim? Kann das wirklich wahr sein?« Ungläubig blickte sie ihn an.

Joachim strahlte. Zärtlich nahm er das Gesicht seiner Mutter in seine Hände.

»Es ist wahr. Kein Zweifel. Anna hat alles sorgfältig geprüft. Sie hat ihren Bruder, deinen Sohn, nach Jahrzehnten wiedergefunden. Daran gibt nichts zu deuteln.«

»Michael«, wiederholte Agnes noch einmal leise. »Mein Michael.« Wieder schluchzte sie fassungslos. Sie wischte sich die Tränen aus den Augen.

»Und jetzt?«

»Ach, Mutter. Das liegt doch auf der Hand. Wir brechen sobald wie möglich auf. Wir reisen nach Hamburg. Du wirst in wenigen Tagen deinen Michael in die Arme nehmen können.«

Immer noch schüttelte Agnes den Kopf, gerade so, als könnte sie alles nicht glauben. Als wäre alles gar nicht wahr. Wie um sich zu versichern, ließ sie sich von Joachim Annas Brief noch einmal vorlesen. Sie benötigte etwas Zeit. Immer und immer wieder wollte sie auch den Satz hören, Michael trage den Namen Christoph Evers. Deshalb also war eine Suche nach ihm, den sie immer Michael nannten, vergebens gewesen. Kein Mensch hatte Christoph mit den Namen Michael Bauer oder Michael von Hayden in Verbindung gebracht. Nach einer Weile bat sie ihren Sohn, er möge sie zum Hoppenlaufriedhof fahren.

Als sie dort ankamen, hatte sie sich beruhigt. Sie bat Joachim um ein wenig Geduld. Dann stieg sie mit seiner Hilfe aus der Kutsche und wünschte ausdrücklich, dass er hier auf sie warten solle. Agnes ging zum Grab ihres Mannes. Sie wollte ihre Freude mit ihm teilen. Sie wollte mit ihm sprechen, ihm danken, ihn in Gedanken küssen, ihn strahlen sehen. Die alte Frau spazierte, auf ihren Stock gestützt, zu dem Grab. Sie spürte eine lang vermisste Kraft und Energie. An der letzten Ruhestätte ihres Manfreds angekommen, verblieb sie dort lange Zeit. Joachim wartete geduldig. Er ahnte, wie wichtig diese Minuten für seine Mutter waren. Sie wollte jetzt mit seinem Vater allein sein. Ihr Glück für kurze Zeit nur mit ihm teilen. Die Fülle des Lebens, die ihr mit dem Brief von Anna zuteil geworden war, musste sie mit demjenigen teilen, den sie über den Tod hinaus über alles liebte.

HAMBURG – 4. MAI 1842

Der grösste Teil der Reise war für Agnes angenehm und weit weniger beschwerlich als befürchtet. Sie hatte das Angebot ihres Sohnes, sie zu begleiten, abgelehnt. Agnes wusste nur zu gut um die für seine berufliche Zukunft überaus wichtige Zeit. Ihn für zwei oder drei Wochen von Stuttgart wegzuholen, hätte sich eventuell nachteilig für ihn auswirken können. Joachim sorgte jedoch für eine Reisebegleitung. Dank seines Einflusses und seiner Bekanntschaften konnte er ein wohlsituiertes Stuttgarter Ehepaar ausfindig machen, das ihrem nahe Lüneburg lebenden Sohn einen Besuch abstatten wollte. Die beiden erklärten sich auch sofort bereit, Agnes ein Stück der Reise zu begleiten und auf sie achtzugeben. Bis auf den letzten Teil der Reise befand sich Agnes daher gut umsorgt in bester Begleitung. Ihr Aufenthalt in Lüneburg weckte vielerlei Erinnerungen. Agnes befand sich nach ihrer Ankunft in dieser Stadt in ganz eigenartiger Stimmung. Am frühen Abend nickte sie in ihrem Zimmer ein und träumte intensiv Szenen ihrer beginnenden Liebe zu Manfred von Homagen. Auf seltsame Art und Weise glücklich, wollte sie danach den Abend allein verbringen, obwohl ihre Begleiter ihre Gesellschaft angeboten hatten. An diesem Abend und in dieser Nacht spürte Agnes ein Gefühl der Zufriedenheit und des Glücks, wie sie es noch nie empfunden hatte. Sie saß lange Zeit in einem bequemen Ohrensessel, den sie ans Fenster gerückt hatte und von dem aus sie die Straße überblicken konnte. Es war ein besonders warmer Maiabend. Ein angenehmer, milder Frühlingswind bewegte die Vorhänge. Agnes empfand den Windhauch auf ihrem Gesicht wie ein Streicheln. Sie genoss es geradezu, wenn er ein wenig heftiger ins Zimmer hereinströmte. Später schien sie ganz entrückt zu sein. Sie wusste selbst nicht mehr, ob sie noch wach war oder doch nur träumte. Sie sah immer wieder ihren Manfred in seiner Kürassieruniform vor sich. Dann kam ein kräftiger, junger Mann ins Spiel, bei dem sie sich sicher war, es handle sich um ihren verlorenen Sohn. Dann wieder erkannte sie plötzlich Joachim, der abgelöst wurde von einer Frau, die ganz zweifelsohne ihre Tochter Anna war. Als hätte sie ein wenig zu viel getrunken, fühlte sie sich letztlich leicht, ja fast schwebend. Sie musste sich zwingen aufzustehen, schloss das Fenster und begab sich zu Bett. Agnes konnte sich nicht erinnern, irgendwann gelöster gewesen zu sein. Sie spürte aber auch, dass ihr Leben bald vollendet sein würde. Ihr schien, als sei sie am Ende eines langen Weges angekommen, nun, da sie alles erreicht hatte, alle ihre Wünsche erfüllt waren.

Am nächsten Morgen verabschiedete sich das Ehepaar von ihr. Agnes lud sie ein, sie zu besuchen, wenn sie alle wieder in Stuttgart wären. Kurz darauf bestieg sie die Kutsche, die sie nach Hamburg brachte. Diese letzte Wegstrecke entpuppte sich nun als besonders anstrengend und beschwerlich. Ein ungewöhnlich heißer und trockener Tag, wie er eher selten zu Beginn des Monats Mai vorkam, machte allen Reisenden zu schaffen. Unterwegs brach dann gar das linke Vorderrad. Eine Reparatur war für eine Weiterfahrt notwendig. Anstatt am späten Nachmittag traf Agnes eine Stunde vor Mitternacht in Hamburg ein. Ihre Tochter und ihr Sohn hatten lang an der Haltestation beim Pferdemarkt auf sie gewartet. Aufgrund eines Missverständnisses hatte der Stationsvorsteher sie am Abend dann darüber informiert, dass die Kutsche erst am nächsten Vormittag eintreffen würde und die Reisenden noch einmal vor Hamburg wegen eines Schadens übernachten müssten. Anna und Michael berieten sich kurz. Da es bereits dämmerte und die Nacht alsbald hereinbrechen würde, verwarfen sie den Gedanken, ihrer Mutter entgegenzureisen. Sie mussten noch einmal Geduld aufbringen. Auf eine Nacht kam es nach der jahrzehntelangen Trennung wahrlich auch nicht mehr an. Dabei gingen sie nach dem, was der Stationsleiter berichtete, davon aus, dass ihre Mutter sich in bester Obhut befand. Deshalb machten sie sich keine Sorgen.

Ein wenig verwirrt fragte Agnes den Kutscher, was sie denn nun tun solle. Sie fühlte sich ziemlich verlassen und allein. Wohin sollte sie zu dieser späten Stunde auch gehen?

»Man kommt sich vor wie bestellt und nicht abgeholt.« Einer der Mitreisenden, der bislang mit ihr kein Wort gesprochen hatte, schaute Agnes an. Es war ein kleiner, dicklicher Herr, gut angezogen und mit einem vornehmen Zylinder auf dem Kopf.

»Sie werden sicherlich erwartet, oder etwa nicht?«

»Ja«, antwortete Agnes zögerlich und schaute sich um. Die drei Laternen an der Kutschenstation tauchten die ganze Umgebung in ein gelblich-dämmriges Licht. Trotz der späten Abendstunde war die Luft noch immer unangenehm warm. Agnes schwitzte nicht weniger als der Herr, der sie angesprochen hatte. Nur die ab und an kräftig aufflackernden Süd- und Südwestwinde sorgten für etwas Abkühlung.

»Meine Tochter holt mich ab. Oder besser wohl: Sie hätte mich abgeholt, wenn wir rechtzeitig eingetroffen wären.«

»Niemand da! Kein Mensch mehr außer uns und den zwei Bediensteten sowie dem Kutscher.«

Bei den zuletzt Erwähnten zeigte er mit seinem Daumen über seinen Rücken. Die drei standen im Häuschen der Station und tranken offensichtlich Schnaps miteinander. Sie wirkten recht vergnügt und der Herr ärgerte sich über deren Desinteresse. Ganz offenbar verschwendeten sie keine Gedanken daran, wie es denn nun mit den Reisenden weitergehen sollte.

»Was wird denn nun? Ich kann doch nicht die ganze Nacht hier verbringen.«

»Gnädige Frau! Machen Sie sich keine Sorgen. Wenn Sie gestatten, würde ich Sie zu meinem Hotel mitnehmen. Ich wohne regelmäßig im Streit's Hotel am Jungfernstieg, wenn ich in Hamburg bin. Dort werde ich sicherlich bereits erwartet. Es gibt bestimmt auch noch ein Zimmer für Sie. Man nächtigt dort hervorragend, gnädige Frau. Sie können mich gern begleiten. Es sind nur wenige Minuten zu Fuß.«

Agnes scheute sich ein wenig. Natürlich wusste sie, wo der Jungfernstieg lag. Sie kannte schließlich Hamburg ziemlich gut. Aber immerhin mussten zwei, drei Straßenzüge zurückgelegt werden, und die engen, schwach beleuchteten Straßen und Gassen machten ihr durchaus etwas Angst. Und schließlich: Der Herr war ein Fremder. Während der ganzen Fahrt hatte er kein Wort gesprochen. Ihm jetzt einfach zu folgen, barg womöglich ein Risiko. Nach kurzem Nachdenken wischte sie diese Gedanken aber beiseite. Was sollte sie auch tun? Es kümmerte sich niemand anderes um sie.

»Vielen Dank für das Angebot. Ich weiß es zu schätzen und danke verbindlichst, mein Herr. Ich befürchte jedoch, ich kann meine beiden Koffer bis dahin nicht allein tragen. Leider bin ich nicht mehr die Jüngste.«

»Das werden wir doch hoffentlich geregelt bekommen. Ich schlage vor, einen Ihrer Koffer deponieren wir hier in der Station. Sie können ihn dann morgen mit Ihren Angehörigen abholen. Den anderen trage ich selbstverständlich für Sie. Das ist ein Leichtes, da ich selbst nur ein Gepäckstück mit mir führe.«

Agnes lächelte vorsichtig. Sie nickte.

»Nun denn, gnädige Frau.« Der Herr ging in die Station hinein und veranstaltete überraschenderweise ein wüstes Gepolter. Er beschimpfte Kutscher und Bedienstete. Diese fuhren zusammen und gaben sich ganz kleinlaut. Sehr beflissen kamen sie augenblicklich seinen Forderungen nach. Agnes schien es, als wäre der Herr das Befehlen und Kommandieren gewohnt. Er musste tatsächlich von besonderer Stellung sein. Ihre Sorge und Zurückhaltung ließen nach.

»Pardon. Ich habe versäumt, mich Ihnen vorzustellen.« Nachdem er alles geregelt hatte, wandte er sich wieder an Agnes. Er hielt bereits einen ihrer Koffer in der Hand.

»Von Stetten. Hermann von Stetten, Unternehmer aus dem Westfälischen.«

»Angenehm. Agnes von Homagen. Ich komme aus Stuttgart.«

»Ah. Stuttgart ist mir nicht unbekannt. Schöne Weinberge. Ich erinnere mich allzu gut.«

Agnes lächelte milde. Sie verstand die Anspielung. Wahrscheinlich hatte von Stetten des Öfteren zu tief ins Glas geschaut.

»Machen wir uns auf den Weg, gnädige Frau. Es ist spät und beide benötigen wir ein paar Stunden Schlaf.«

Auf dem Weg ins Hotel sprachen sie nur Belangloses miteinander. Rascher als gedacht erreichten sie Streit's Hotel. Trotz der späten Stunde kümmerte sich der Hotelier beflissen um die beiden. Für Agnes stand tatsächlich ein Zimmer bereit. Als sie sich endlich schlafen legte, fühlte sie sich trotz der Strapazen einigermaßen gut. Zwar hatten die Anstrengungen und Unpässlichkeiten an ihren Kräften gezehrt. Aber nun konnte sie sich erholen. Das Zimmer empfand sie als angenehm und sauber. Erschöpft, aber zufrieden lag sie im Bett. Sie hörte von einer Kirchturmglocke die erste Morgenstunde schlagen. Wahrscheinlich von der Nikolaikirche, ging es ihr noch durch den Kopf. Dann lenkte sie ihre Gedanken auf ihre Tochter und ihren Sohn, die sie in wenigen Stunden sehen würde. Darüber schlief Agnes ein.

Die Hamburger Bevölkerung lag zu dieser Zeit ebenfalls größtenteils in ihren Betten. Die Menschen wollten am nächsten Tag, dem Himmelfahrtstag, ausgeschlafen sein, da ein überaus mitreißendes Ereignis stattfinden sollte, das kaum jemand versäumen mochte. Jeder wollte dabei sein, wenn die für diesen Feiertag festgesetzte Eröffnung der Eisenbahn nach Bergedorf festlich begangen würde. Die Probefahrten hatten schon zur vollen Zufriedenheit durchgeführt werden können. Mit Stolz und Freude sahen die Unternehmer deshalb dem 5. Mai entgegen. Die Menschen, die das dampfende Ungetüm bereits zu Gesicht bekommen hatten, gerieten bei ihren Erzählungen ganz aus dem Häuschen. Die enorme Dampfkraft, die eine tonnenschwere Lokomotive mit ihren Waggons in unglaublicher Geschwindigkeit fortbewegte, wurde fassungslos bestaunt. Es schien eine neue Zeit anzubrechen, die ungeheure Möglichkeiten für die Menschen eröffnen würde.

HAMBURG – 5. MAI 1842 (1 BIS 6 UHR AM MORGEN)

Agnes hatte gerade in den Schlaf gefunden, als im Speicher der Deichstraße 44 ein Feuer entdeckt wurde. Der neue Tag war kaum eine halbe Stunde alt, als ein Hafenarbeiter in der Frühe in seine Wohnung in der Deichstraße zurückkehrte. Er hatte sich nach einem langen Arbeitstag noch bei einer Hure vergnügt und in einer Kneipe den Tag in dem von ihm aufgesuchten schmuddeligen Etablissement mit ein paar Gläsern billigen Weins ausklingen lassen. Umständlich schloss er die Tür zu seiner Erdgeschosswohnung auf. Er öffnete kurz darauf die zwei Fenster, weil er die Schwüle vertreiben und bei frischer Luft einschlafen wollte. Dann legte er sich auf das ungemachte Bett. Doch anstatt der erhofften erfrischenden Kühle wurde die Luft immer stickiger. Das Atmen fiel ihm zunehmend schwer. Die Luft roch immer beängstigender. Der Hafenarbeiter stand auf. Er spähte aus dem Fenster, sog die Luft ein und war in diesem Augenblick überzeugt davon, dass irgendwo in der Nähe ein Feuer ausgebrochen sein musste. Er kleidete sich rasch an, ging auf die Straße, weil er von seinem Zimmer aus nichts hatte entdecken können. Die Deichstraße entlanglaufend, hielt er Ausschau nach einem der Nachtwächter. Am Ende der Deichstraße traf er auf Nachtwächter Hansen, der gerade zu seiner Ein-Uhr-Runde aufbrechen wollte. Auch Hansen roch den beunruhigenden Rauch und zusammen machten sie sich auf den Weg, um die Ursache herauszufinden. Die Szene besaß etwas Unheimliches. Die Laterne des Nachtwächters spendete nur wenig Licht. Sein schwarzer Umhang in der ansonsten dunklen Nacht wurde durch die Laterne in ein fahles Licht getaucht. Er sah aus wie der Sensenmann, der sich zu seinen Opfern aufmachte. Der Hafenarbeiter fühlte sich in seiner Nähe gar nicht gut und redete ohne Unterlass, weil ihn das ein wenig beruhigte.

»Siehst du das?« Hansen unterbrach brüsk seinen Redeschwall.

Der Arbeiter kniff die Augen zusammen. Trotz der Dunkelheit sah er in einiger Entfernung eine dicke Rauchwolke aufsteigen. Gleichzeitig rannten sie los.

»Um Gottes willen!« Hansen entdeckte die rötliche Färbung als Erster. Es bestand kein Zweifel. Sie standen vor dem Gebäude in der Deichstraße 44.

Sofort schlug der Nachtwächter Alarm, der trotz der sehr frühen Morgenstunde funktionierte. Die an verschiedenen Stellen Wache schiebenden Männer riefen sich gegenseitig die unheilvolle Botschaft zu. Die Soldaten an den Wachen gaben Signalschüsse ab, die Türmer läuteten die Sturmglocken. Binnen kürzester Zeit wurden alle Bewohner des Hauses und der umliegenden Häuser von der drohenden Gefahr informiert. Auch Spritzenmeister Adolph Repsold wurde nach ein Uhr von dem Feueralarm geweckt. Er gab sofort die Anweisung, seinen Stellvertreter und Gehilfen Christoph Evers zu holen, dessen Wohnung nahe beim Hopfenmarkt lag. Christoph verband seit den Feldzügen gegen Napoleon eine Freundschaft mit seinem Lützower Kameraden Knut Andresen, dessen einflussreicher Vater ihm Arbeit bei der Stadtverwaltung verschafft hatte. So fand er sein Auskommen. Und er bewährte sich. Weil er als besonders mutig und tapfer galt, wurden die für das Feuerlöschwesen der Stadt Verantwortlichen auf ihn aufmerksam. Einen solchen Mann konnten sie bei den gefährlichen Aufgaben unbedingt gebrauchen. Christoph stellte sich geschickt an, seine Kaltblütigkeit in brisanten Situationen, in denen die meisten erschrocken zurückwichen, beeindruckte seine Vorgesetzten. Christoph konnte sich unter den Männern energisch durchsetzen. Er ging auch keinem Streit aus dem Weg. Es gab nicht viele, die ihn wirklich mochten. Doch gab es keinen, der nicht ordentlich Respekt vor ihm hatte. Ihm gelang im Laufe der Jahre die Beförderung zum stellvertretenden Spritzenmeister, was für jemanden wie ihn, der aus niederem Stand stammte, in der Elbestadt einen beachtenswerten Aufstieg bedeutete.

Christoph traf keine halbe Stunde später auf einen fassungslosen Spritzenmeister. Das ganze Gebäude stand bereits in hellen Flammen. Vor allem drohte sich das Feuer auszubreiten. An ein Löschen war nicht mehr zu denken. Repsold befahl den Einsatz von zwölf Landspritzen und sieben Schiffsspritzen, um die umstehenden Gebäude zu schützen und zu retten.

»Ein Desaster! Was ich immer befürchtet habe.«

Der Spritzenmeister schüttelte bei diesen Worten den Kopf. Christoph hatte bereits den Befehl über mehrere Spritzenmannschaften übernommen. Er hoffte noch, das Schlimmste verhindern zu können.

»Dieser verfluchte Wind.« Repsold stand schräg hinter ihm. Er klammerte sich an ein langstieliges Beil, mit dem er bereits mutig brennende Latten und Bretter abgeschlagen hatte. Es war ein aussichtsloses Unterfangen. Zwei weitere Gebäude standen bereits in Flammen. In dem einen lagerte Spiritus, der lichterloh brannte. Die Männer der Schiffsspritzen hatten in höchster Eile ihre Position räumen müssen, weil Explosionen die Gegend erschütterten. Brennendes Holz flog durch die Luft, Asche und Glutregen ergossen sich in die ganze Umgebung.

»Wie oft habe ich vor dem Spiritus schon gewarnt! Alles umsonst. Wer hat mich schon ernst genommen? Der Spiritus soll aus der Stadt, habe ich fast flehentlich immer wieder vorgetragen. Jetzt schau dir die ganze Scheiße an. Eine Katastrophe. Wir können unsere Männer nicht mit gutem Gewissen dorthin schicken.«

Repsold war außer sich. Christoph erkannte wie sein Vorgesetzter das aussichtslose Unterfangen. Rauch und Gestank breiteten sich intensiv aus. Die Flammen schlugen meterhoch in den Nachthimmel. Die Löschmannschaften versuchten das Menschenmögliche. Doch der Allgewalt des Feuers konnten sie wenig entgegensetzen. Adolph Repsolds Bruder Georg, ebenfalls Spritzenmeister der Stadt Hamburg, kämpfte derweil bereits um den Bestand von Gebäuden am Rödingsmarkt. Entgegen allen Annahmen und im Gegensatz zu jeder der in den vergangenen Jahren vorgenommenen Berechnungen breitete sich das Feuer mit unglaublicher Geschwindigkeit aus. Die Getreidespeicher und angehäufte Vorräte von Arrak, Kampfer und Schellack boten ihm reichlich Nahrung. Die Flammen loderten in den Nachthimmel. Es knirschte und krachte ohrenbetäubend. Georg Repsold und seine Spritzenmannschaft bemühten sich fast schon eine halbe Stunde lang, das Übergreifen des Feuers auf den Speicher von Eduard Johns zu verhindern. Vergeblich! Beißender Rauch, ständige Explosionen und Funkenflug machten alle Anstrengungen zunichte. Als das Feuer auf die hinteren Giebel der Häuser in der Steintwiete übersprang, wusste sich Georg Repsold nicht mehr zu helfen. Er forderte Hilfe bei seinem Bruder an, der, auch bereits völlig erschöpft, kaum mehr gehen konnte. Seine Haare und Augenbrauen waren vom Feuer und der heißen Luft versengt. Seine Lungen drohten zu platzen. Die Schleimhäute in seinem Rachen brannten. Jeder Schluck Speichel schmerzte, als würde ein Messer die Gurgel hinunterfahren. Er benötigte unbedingt eine Ruhepause. So entsendete er Christoph zu seinem Bruder, bei dem er und eine aus acht Mann bestehende Truppe mit zwei Landspritzen wenig später eintrafen. Doch sie kamen zu spät.

»Mein Gott!«, entfuhr es Christoph. Die Speicher und der Stall in der Steintwiete standen in hellen Flammen. Alles schien verloren. Brennende Bretter krachten zu Boden. Der Wind fachte Glutnester erst richtig an. Feuerfunken zerstoben in alle Richtungen. Manchem Feuerwehrmann spritzten die glühenden Funken ins Gesicht.

Einige der Männer trugen nicht einmal die vorgeschriebene Schutzausrüstung. Wenn brennendes Getreide und alle möglichen anderen Gegenstände durch die Luft flogen, mussten sie um ihr Leben bangen. Es gab ständig Verletzte. Manche Männer trugen schlimmste Brandwunden davon. Doch am brutalsten erwischte es einen Dreimanntrupp, der im Hintergebäude eines Hauses auf dem Hopfenmarkt eingeschlossen worden war. Ein heißer Ascheregen stürzte auf die Männer herunter, als eine Decke einbrach. Gleich darauf brannten bei zweien ihre Kittel. Mit entsetztem Schreien versuchten sie, die Kleidung vom Körper wegzuzerren. Christoph hörte diese Schreie trotz des lauten Knisterns und Krachens, das das wütende Feuer verursachte. Er stürmte in das Hinterhaus. Der Raum war voller Qualm und Rauch. Irgendwo in der Mitte sah er schemenhaft zwei Menschen um ihr Leben kämpfen. Sie erleuchteten die Dunkelheit wie lebendige Fackeln. Christoph gelangte zu dem einen. Er warf ihn zu Boden. Wie wild zog er seinen Feuermantel aus und schlug mit ihm auf die Flammen ein. Aus den Augenwinkeln sah er den zweiten Mann, dessen Kleidung vollständig Feuer gefangen hatte, zusammenbrechen. Für ihn kam jede Hilfe zu spät. Christoph zerrte den Schwerverletzten ins Freie. Seine Lungen drohten dabei zu explodieren. Er wusste, er durfte keinesfalls mehr einatmen. Die giftigen Dämpfe würden sonst auch bei ihm ihre ganze grausige Wirkung entfalten. Kaum im Freien, japste er nach Luft. Er hustete, sank zu Boden und hatte alle Mühe, die lähmende Benommenheit abzuschütteln. Der von ihm herausgeschleifte Feuerwehrmann lag bewusstlos auf dem Pflaster. Sein verbrannter

Kittel dampfte. Christoph konnte jetzt sogar verbranntes Fleisch riechen. Einige Helfer eilten herbei. Christoph steckte seinen Kopf in einen mit Wasser gefüllten Holzbottich, der ihm hingehalten wurde. Noch zweimal wiederholte er diese Prozedur. Er kam zu Kräften und konnte wieder besser atmen. Dann hörten sie ein fürchterliches Krachen. Das Gebäude brach in sich zusammen. Es war ohrenbetäubend. Dazu das Feuer, das seine schreckliche Vernichtungsarbeit verrichtete. Die Männer ahnten zu diesem Zeitpunkt noch nicht, dass der dritte Mann des Trupps unter den brennenden Balken begraben worden war. Das lodernde Feuer hatte ihm keine Chance gelassen.

»Hoffentlich überlebt er es.« Christoph schaute verzweifelt auf den von ihm Geretteten. Zwei Helfer entfernten den weitgehend verkohlten Kittel, erschraken aber angesichts der schlimmen Brandwunden.

»Furchtbar, ganz furchtbar«, sagte einer der Männer schaudernd. So grauenhafte Wunden, wie er sie noch nie gesehen hatte, ließen ihn ganz hoffnungslos werden. Er musste gar würgen, so übel wurde ihm.

»Wir benötigen dringend Ärzte und Sanitäter.«

Christoph erteilte seinen Leuten bereits wieder Befehle. Für die Verletzten stand noch nicht einmal ausreichend Hilfe bereit. In Christoph wuchs die Wut, weil er in der Vergangenheit oft genug vor solch einem Ernstfall gewarnt hatte, aber auf taube Ohren gestoßen war. Auch die Brüder Repsold waren trotz immer wieder vorgetragener Argumente bei den Stadtoberen keinen Schritt vorangekommen. Die Repsolds hätten angesichts dieser Ignoranz verzweifeln können. Eigentlich waren die

Gefahren doch offensichtlich. Wie oft hatte auch Christoph darauf hingewiesen! Wie die beiden Spritzenmeister, sorgte auch er sich um die durch Befestigungsanlagen eingeengte und zusammengepresste Stadt. Zwar waren in den zurückliegenden Jahren die Schanzwerke abgebaut und die Wälle in Parkanlagen umgewandelt worden. Trotzdem drängten sich im eigentlichen Stadtgebiet mehr als 110.000 Menschen. Alles in allem ahnte Repsold das Unheil, das sich bei einem Feuer fast zwangsläufig ergeben und zu einer Katastrophe führen würde. Die schmalen Straßen, die engen Gassen, in denen nicht einmal zwei Wagen aneinander vorbeikamen, würden im Ernstfall Rettungsaktionen behindern. Dazu erkannte er in den hohen Gebäuden, die oft aus Holz bestanden, ein fürchterliches Gefahrenpotenzial im Brandfalle. Der Rat der Stadt und die Erbgesessene Bürgerschaft, die an der gefährlichen Situation hätten etwas ändern können, hatten alle Warnungen ein ums andere Mal in den Wind geschlagen. Das Feuer schien in diesen frühen Morgenstunden kaum mehr beherrschbar. Angesichts der vorausgegangenen Trockenheit und der immer kräftiger blasenden Winde schien alles verloren. Obwohl trotz der frühen Morgenstunden bereits über 1.150 Feuerwehrmänner kämpften und 34 Land- und Schiffsspritzen zum Einsatz kamen, brannten gegen fünf Uhr am Morgen bereits mehrere Häuser am Rödingsmarkt.

Georg Repsold stand ziemlich erschöpft neben Christoph.

»Es gibt nur noch eine Chance.«

Fast resignierend schüttelte Repsold den Kopf.

»Das ganze Viertel brennt. Von der Steintwiete, dem Deichstraßen-Fleet, dem Rödingsmarkt bis hin zum Hopfenmarkt und der Görttwiete! Alle Häuser, dazu die großen Warenlager! Wir haben dem nichts entgegenzusetzen.«

»Wir müssen sprengen, oder?«

Christoph war klar, dass das das einzige Mittel war, das vielleicht noch helfen konnte.

»Wenn's nicht in einer totalen Katastrophe enden soll, ja. Schau«, Georg Repsold zeigte mit einer weit ausholenden Armbewegung auf eine ganze Häuserzeile in Richtung Nikolaikirche, »wenn wir diese Häuser niederreißen, haben wir eine Chance. Dann kann das Feuer fast nicht überspringen und es findet keine Nahrung mehr.«

»Wir müssen das mit Adolph besprechen.«

Georg griff nach Christophs Arm. Er verstand sogleich. Nach einigen wenigen Befehlen an seine Männer machten sich die beiden rasch zu Adolph Repsold auf, der ihrer Kenntnis nach immer noch in der Deichstraße seine gefährliche Arbeit verrichtete. Überall schlugen die Flammen in den Nachthimmel. Heiße, übelriechende Luft, Rauchwolken und immer wieder umherfliegende Glut, der sie ausweichen mussten, erschwerten ihnen den Weg. Adolph kam ihnen mit mehreren Männern aber bereits dort, wo am Ende des Hopfenmarktes die Deichstraße abzweigte, entgegengeeilt. Auch ihm stand die Resignation ins Gesicht geschrieben.

»Wir müssen sprengen. Unbedingt. Wir verlieren sonst vollkommen die Kontrolle. Die ganze Stadt ist gefährdet.«

»Du hast recht. Es bleibt uns nichts anderes übrig. Schrecklich, ganz schrecklich.«

»Fangen wir doch einfach an. Wir müssen die Menschen erst einmal aus den Häusern bringen. Das wird Mühe genug machen.«

»Das stimmt, Christoph. Aber wir dürfen dies nicht selbst entscheiden.«

»Jede Minute zählt. Wen müssen wir denn fragen?« Christoph wollte unbedingt rasch handeln.

»Du riskierst Kopf und Kragen, wenn du eigenmächtig vorgehst.«

»Wenn wir Zeit verlieren, riskieren wir das Leben von Tausenden. Schaut doch, alles brennt wie Zunder.« Christoph musste die beiden Repsolds nicht überzeugen. Die erfahrenen Spritzenmeister wussten, dass es mittlerweile um alles ging.

»Wir brauchen die Zustimmung des Polizeiherrn.«

»Oh Gott!«, entfuhr es Christoph. Er hatte bereits mehrfach mit dem Hamburger Polizeiherrn Binder zu tun gehabt. Es waren allesamt keine erfreulichen Begegnungen gewesen. Der meist übel gelaunte Binder nahm so gut wie keinen Vorschlag ernst, wischte herablassend Bedenken beiseite und demonstrierte seine Macht gegenüber Unterstellten.

»Es hilft alles nichts. Los, kommt! Der Polizeiherr muss entscheiden. Verlieren wir keine Zeit.« Adolph Repsold wollte nicht mehr diskutieren. Es musste rasch gehandelt werden.

Keine halbe Stunde später standen sie Binder in dessen Amtsstube gegenüber. Trotz des wütenden Feuers und einer möglicherweise bevorstehenden furchtbaren Katastrophe schimpfte er zunächst mit den drei Männern, die offensichtlich erfolglos den Brand bekämpften.

»Wie kann das sein?«, herrschte er die Männer an.

»Wir tun unser Möglichstes. Unsere Mannschaften sind überall im Einsatz. Wir beklagen bereits Verluste. Alles, was nottut, bieten wir bis zur Erschöpfung auf.« Adolph Repsold ließ sich nicht einschüchtern.

»Da habe ich meine Zweifel. Der Brand ist gegen ein Uhr ausgebrochen. Vier Stunden später brennt ein ganzes Viertel. So etwas hätte nicht passieren dürfen.«

»Bedenken Sie die Umstände. Und auch, dass wir vor einer solchen Situation schon immer gewarnt haben, aber kein Gehör fanden.« Christoph kochte innerlich. Er wagte ein deutliches Wort. Der Polizeiherr kniff kurz die Augen zusammen.

»Ich muss mit den Spritzenmeistern ein ernstes Wörtchen reden. Wo kommen wir hin, wenn jetzt bereits ein Subalterner das Wort ergreift. Dazu noch in diesem Ton«, herrschte er Christoph an.

»Mit Verlaub …«

»Ich erlaube gar nichts. Wenn du nicht augenblicklich Ruhe gibst, bist du die längste Zeit im Dienst der Stadt gewesen.«

Georg Repsold legte Christoph beschwichtigend den Arm auf die Schulter.

»Ich bin seit Jahren Spritzenmeister der Stadt. Vertrauen Sie auf mein Urteil. Sowohl ich als auch mein Bruder sehen in den Sprengungen der Häuserzeile die einzige Chance.«

»Ach was! Wir fordern noch Militärpersonen an und alarmieren die Dienste der umliegenden Orte. Dann stehen genügend Land- und Schiffsspritzen bereit.«

»Wir haben schon längst Boten ausgesandt. Die Spritzen der Feuerkasse von außerhalb der Stadt sind bereits im Einsatz. Die Altonaer treffen in diesen Augenblicken ein. Und trotzdem sind wir chancenlos, wenn die Häuser nicht abgerissen werden.«

»Mein lieber Repsold: Was, glaubst du, werden die Eigentümer dazu sagen? Ohne Not deren Häuser in die Luft jagen? Nein, das werde ich nicht verantworten.«

»Es ist furchtbare Not«, platzte es aus Christoph heraus. Er konnte sich angesichts der Ignoranz des Polizeiherrn nicht mehr beherrschen. Dieser schwieg einen Moment.

»Ich habe dich gewarnt.« Bedrohlich deutete Binder mit ausgestrecktem Zeigefinger auf Christoph. »Wenn der Brand gelöscht ist, bist du die längste Zeit Feuerwehrmann gewesen.«

Georg Repsold atmete hörbar aus.

»Ich bitte Sie, Christoph Evers ist einer der besten Leute, die wir haben. Geben Sie uns Ihre Zustimmung. Letztlich hat er ja recht.«

»Nein und nochmals nein. Zunächst werde ich mich mit dem Senat beratschlagen. Danach sehen wir weiter.«

Repsold wollte noch etwas erwidern. Aber mit einer scharfen Handbewegung unterbrach ihn Binder. Er warf sie förmlich aus dem Zimmer. Bevor sie die schwere Holztüre schlossen, rief er ihnen nach:

»Kommt um elf Uhr wieder. Dann sage ich euch, wie der Senat entschieden hat.«

Die drei Männer konnten es kaum glauben. Wertvolle Zeit würde vergehen. Stunden, die das Unheil unbarmherzig voranschreiten ließen. Sie waren der Verzweiflung nahe. Obwohl zwischenzeitlich Unterstützung durch vorstädtische und Altonaer Löschmannschaften gewährleistet war, konnte die Feuersbrunst nicht mehr aufgehalten werden. Als Christoph aus dem Rathaus trat, erhielt er die Nachricht, dass bereits die Hinterhäuser des Hopfenmarktes ein Raub der Flammen geworden waren.

HAMBURG – 5. MAI 1842 (11 BIS 16 UHR)

Konnte Christoph über Stunden kaum einen Gedanken an seine Mutter verschwenden, gab es am Morgen trotz des ihn über alle Maßen in Anspruch nehmenden Einsatzes ständig Augenblicke, in denen er an sie dachte. Wahrscheinlich ist sie längst in der Stadt, ging es ihm durch den Kopf. Er war überzeugt, dass sie in Sicherheit war. Sie würde bestimmt angesichts des Feuers die Straßenzüge und Viertel meiden, die gefährlich werden konnten. Am späteren Vormittag, er war durch die übermäßige Belastung sehr erschöpft und musste immer wieder Pausen einlegen, ließ ihn der Gedanke an seine Mutter nicht mehr los. Ein heftiger Impuls drängte ihn zum Verlassen der gefährlichen Brandherde. Er wollte nach ihr suchen. Doch wusste er um seine Verantwortung, auch wollte er seine Kameraden nicht im Stich lassen. Er musste Vorbild sein, gab es doch bereits schlimme Auswüchse unter denjenigen, die die heftigen Brände eigentlich bekämpfen sollten. Manche hatten zu plündern angefangen und etliches an sich genommen, was schlicht Raub und Diebstahl war. Andere entdeckten Weinkeller. Sie ließen einfach alle Rettungsversuche sein und gaben sich der Sauferei hin. Das alles würde noch ein Nachspiel haben, doch derzeit mussten die Truppen energisch geführt werden. Wenn er als einer ihrer Anführer jetzt Schwächen zeigen sollte, wäre es um die Moral der sowieso schon erschöpften Männer geschehen. Etwa um elf Uhr musste er noch einmal eine Enttäuschung erleben. Wieder sprach er mit den beiden Spritzenmeistern vor dem Polizeiherrn und sogar vor einigen Mitgliedern des Senats.

»Unsere Möglichkeiten sind erschöpft«, mahnten die Repsolds. Vergeblich! Es schien, als wollten die Stadtoberen sich den Feiertag nicht verderben lassen. Es sollte schließlich ein Festtag werden und alles Mahnen brachte sie nicht aus der Ruhe.

Wie die Brüder Repsold war Christoph nach diesem neuerlichen Versuch völlig aufgebracht. Als es auf die Mittagsstunde zuging, machte sich aber mehr und mehr lähmende Erschöpfung breit. Er übergab das Kommando dem Gehilfen Moltrecht, da er unbedingt eine Pause benötigte. Vom Hopfenmarkt sah er in Richtung Nikolaikirche. Etliche Gläubige ließen sich von dem Feuer nicht stören und besuchten den für die Mittagszeit vorgesehenen Gottesdienst. Christoph lehnte sich an einen Baum, rutschte dann an ihm herunter und saß mit ausgestreckten Beinen, das nach wie vor heftig wütende Feuer auf der gegenüberliegenden Straßenseite beobachtend, einfach nur da. Trotz der sich in der Nähe abspielenden Katastrophe kämpfte er mit dem Schlaf. Traumfetzen wechselten sich ab, bevor er wieder kurz die Augen öffnete, mit denen er das Brandchaos wahrnahm. Alle möglichen Gedanken schwirrten ihm durch den Kopf. Er stellte sich seine Mutter vor, sah sich als kleines Kind, wie diese ihn auf dem Arm getragen hatte, dann tauchte die wiedergefundene Schwester auf. Zweimal fasste er sich an das Feuermal, ohne das kein Erkennen möglich gewesen wäre. Die flüchtigen Träume drehten sich wirr, machten ihn gar nervös und immer wieder zuckte er zusammen. Kurz nach ein Uhr wurde er unsanft von einem Feuerwehrmann geweckt.

»Die Spritzenmeister sind verletzt. Du musst den Einsatz übernehmen.«

Einen Moment benötigte Christoph, um sich zurechtzufinden.

»Die beiden haben gekämpft bis zum Umfallen. Beide können so gut wie nichts mehr sehen. Die Hitze des Feuers hat sie fast ihres Augenlichtes beraubt. Komm, du wirst dringend gebraucht.«

Christoph rappelte sich auf. Er zog seinen Feuermantel wieder über. Dann wollte er eine Lageeinschätzung hören.

»Es wird immer schlimmer. Wir stehen auf verlorenem Posten. Schau zur Nikolaikirche. Die Flammen scheinen auch davor nicht haltmachen zu wollen.«

Der Gehilfe musste nicht viel erklären. Christoph war wieder hellwach. Und das Ungeheuerliche konnte nicht übersehen werden. Ihn packte eine furchtbare Wut.

»Hol mir Moltrecht. Rasch. Moltrecht muss herkommen.«

Der Gehilfe eilte davon. Schon kurze Zeit später traf er auf ihn. Moltrecht, mit rußgeschwärztem Gesicht und versengten Haaren, machte sich rasch auf den Weg zu Christoph.

»Wir müssen sprengen. Ob der Polizeiherr das nun genehmigt oder nicht. Die ganze Stadt geht zugrunde, weil dieser Zögerer keinen Mut aufbringt.«

Moltrecht nickte zustimmend.

»Lass uns zum Rathaus gehen. Dort werden die Senatsmitglieder sein. Die können doch nicht auch so blind wie Binder sein.«

Schnellen Schrittes begaben sie sich zum Rathaus. Tatsächlich konnten sie manche der anwesenden Mitglieder überzeugen. Christoph nahm kein Blatt vor den Mund. Die hohen Herren konnten ihn angesichts der verheerenden Lage nicht beeindrucken. Energisch, ja wütend trug er seine Sicht der Dinge vor. Manche steckten zwar wegen dieses ungebührlichen Verhaltens die Köpfe zusammen. Letztlich anerkannten aber einige Senatsmitglieder seine lauteren Absichten. Sie zeigten sich nicht mehr gänzlich verschlossen. Christoph und Moltrecht schöpften Hoffnung, als sie sich auf den Rückweg machten.

Die Kornböden und Speicher, das freiliegende, trockene Holz der Häuser jedoch brannten nach wie vor wie Zunder. Als sie zum Hopfenmarkt zurückkehrten, sahen sie erneut die gierigen Flammen. Die Bewohner nicht nur des Hopfenmarkts, sondern auch die der Neuen Burg, des Burstahs, der Bohnenstraße und der Katharinenstraße flüchteten mit wenigem Hab und Gut aus ihren Häusern. Moltrecht stoppte abrupt. Er fasste Christoph energisch am Arm.

»Schau! Um Gottes willen!«

»Großer Gott«, entfuhr es Christoph ungläubig. Er erblickte den brennenden Turm der Nikolaikirche. Dort, wo noch vor wenigen Stunden ein Gottesdienst abgehalten worden war und der Kandidat Wendt in seinem Schlussgebet das Gotteshaus der Obhut des Allmächtigen anvertraut hatte, schlugen die Flammen in den Himmel. Christoph wollte losstürmen. Doch war auf den Straßen ein Drängen, Schreien und Toben. Bestürzung und Furcht ließen die Menschen außer sich geraten. Der immer noch stärker aufkommende Wind tat sein Übriges. Einer der Türmer der benachbarten St. Michaeliskirche läutete in diesem Chaos gar die Totenglocke. Jeder dachte nur noch an sich. Die ganze Szenerie schien den Hamburgern buchstäblich die Hölle vor Augen zu führen. Den Gedanken, auf den Turm zu gelangen und zu löschen, was noch zu löschen war, gab Christoph rasch auf. Die lodernden Flammen, der ungeheure Qualm, der Feuerregen, der vom Turm herabstürzte, machten unmissverständlich deutlich, dass alles verloren war.

HAMBURG – 5. MAI 1842 (11 BIS 16 UHR)

LÄNGST LAGEN BEISSENDER BRANDGERUCH und unübersehbare Rauchwolken über der ganzen Stadt. Das von den wütenden Flammen verursachte Knistern und Krachen konnte in weitem Umkreis gehört werden. Agnes war spät am Morgen in ihrem Hotelzimmer erwacht, weil sie auf dem Gang aufgeregtes Gerenne und für diese Zeit viel zu laute Stimmen gehört hatte. Sie erschrak, als ihr der Brandgeruch in die Nase stieg. Sofort tauchte vor ihrem Auge die üble Nacht in Potsdam auf. Zwar schon Jahrzehnte zurückliegend, kamen ihr augenblicklich die entsetzlichen Geschehnisse um den brutalen Anschlag der Horst'schen Bande in den Sinn. Angst griff nach ihr. Viel zu rasch sprang sie aus dem Bett. Ihr wurde schwarz vor Augen. Sie atmete heftiger, dadurch roch sie die verqualmte und unangenehme Luft umso mehr. Agnes bekam es mit der nackten Angst zu tun. Sie glaubte, das Hotel stünde in Flammen. Sie spürte ein Stechen in ihrer linken Brustseite und legte die Hand auf ihr wild pochendes Herz. Sie wollte sich beruhigen, was aber kaum gelang. Erst als das Stechen nachließ, stand sie vorsichtig auf. Sie griff zu den bereitgelegten Kleidern, zog sich viel zu eilig an und geriet gleich wieder außer Atem. Sie trat kurz darauf auf den Flur. Zwar roch es hier ebenfalls heftig nach Ruß und Rauch. Aber offensichtlich brannte das Hotel nicht. Die Brandgerüche schienen von außen zu kommen.

»Was ist denn los?«, fragte sie einen vorbeieilenden jungen Mann.

»Es brennt. Ein Viertel der Stadt steht in Flammen«, rief er ihr zu, ohne auf Agnes weiter zu achten. Sie ging vorsichtig die Stufen ins Erdgeschoss hinunter. Dort erkannte sie den Hotelbesitzer, der aufgeregt mit zwei anderen Herren diskutierte.

»Wir liegen abseits. Gott sei Dank. Uns kann das Feuer nichts anhaben.«

»Sind Sie sich nur nicht zu sicher. Die Feuerwehr scheint zu versagen, wie ich höre. Offensichtlich hat sich das Feuer seit dem frühen Morgen beinahe ungehindert ausbreiten können. Den Löschmannschaften gelingt einfach keine Eindämmung.«

Der Hotelier wollte seinen Gast beruhigen, der so pessimistisch gesprochen hatte.

»Nein, da bin ich zuversichtlich. Mit den Brüdern Repsold haben wir sehr erfahrene Spritzenmeister in Hamburg. Sie werden schon wissen, was das Richtige ist.«

»Ha«, lachte der Gast sarkastisch auf. »Schöne Spritzenmeister habt ihr. Wissen Sie überhaupt, wie viele Stunden seit Ausbruch des Brandes vergangen sind?«

Der Hotelier zuckte nur mit den Achseln.

»Sehen Sie! Ich darf Ihnen sagen, dass es jetzt schon mehr als acht Stunden her ist, seit das Feuer entdeckt wurde. Anscheinend in einem Gebäude in der Deichstraße. Und nun schauen Sie einmal, wo das Feuer in der Zwischenzeit wütet. Das wird nicht mehr aufzuhalten sein. Wir sollten schnellstens in ein sicheres Viertel flüchten.«

»Aber ich bitte Sie, mein Herr! Das wäre dann doch übertrieben. Am besten scheint mir, Sie verbleiben im Hotel, bis der Spuk ein Ende gefunden hat.«

Der Hotelbesitzer wollte keinesfalls seine Gäste verlieren. Am Ende würden sich gar manche aus dem Staub machen in dem ganzen Chaos. Er würde dann auf all den entstandenen Kosten sitzen bleiben.

Agnes hatte aufmerksam zugehört. Sie glaubte eher dem Hotelier, der besonnen und ruhig sprach. Es wird sich bestimmt finden, dachte sie für sich.

»Gnädige Frau!« Der Hotelier wandte sich Agnes zu. »Sie müssen sich bestimmt nicht beunruhigen. Ein großes Malheur für unsere Stadt, dieser Brand. Ich empfehle Ihnen allerdings, gnädige Frau, dass Sie zunächst auf Ihrem Zimmer bleiben. Ich lasse Ihnen unverzüglich ein Frühstück auftragen.«

Fragend schaute er Agnes an. Sie überlegte. Dann nickte sie zustimmend.

Agnes harrte gut zwei Stunden in ihrem Zimmer aus. Sie hatte zweimal ihr Fenster geöffnet, jedoch gleich darauf wieder verschlossen. Gegen Mittag hörte sie die Glocken der Nikolaikirche läuten. Sie riefen zum Hauptgottesdienst. Nach kurzem Zögern machte sich Agnes auf den Weg. Anscheinend konnte alles nicht so schlimm sein. Würde denn sonst um die Mittagsstunde zum Gottesdienst gerufen werden? Und wer wusste, ob Anna und Michael sie hier in diesem Hotel suchen würden? Woher sollten sie auch wissen, wo sie untergekommen war? Agnes entschied sich also für den Kirchgang. Danach wollte sie zur Kutschhalterei und einfach warten, bis Anna und Michael sie dort abholen kämen. Sie öffnete bereits die Tür des Hotels, als der Hotelier mit überraschend lauter Stimme warnte:

»Nein, gnädige Frau. So bleiben Sie doch hier. Draußen begeben Sie sich in Gefahr.«

Kurz stutzte Agnes.

»Ja, aber – vielleicht ist doch alles nicht so schlimm. Zwar riecht es ziemlich nach Verbranntem. Aber sehen Sie Flammen? Kein Feuer weit und breit.«

Agnes hatte die Tür weit geöffnet. Nichts war zu sehen.

»Es ist aber sicherer bei uns. Auch wenn das Feuer weit weg ist.«

»Ich habe das Geläut von St. Nikolai gehört. Wenn dort sogar ein Gottesdienst stattfindet, wird es schon nicht so schlimm sein.«

»Gnädige Frau, bitte unterschätzen Sie nicht die heikle Lage. Es ist schon richtig. Das Feuer ist noch ein gutes Stück weit entfernt. Aber Sie sollten trotzdem vorsichtig sein und auf mich hören.«

»Ich gehe einfach einmal zwei Straßen weiter. Wenn ich dann sehe, dass es gefährlich werden könnte, drehe ich augenblicklich um.«

»Mir ist nicht wohl dabei. Versprechen Sie mir aber auf jeden Fall, gleich zurückzukehren, falls auch nur der Anschein einer Gefahr besteht?«

Der Hotelier hatte fragend die Augenbrauen hochgezogen.

»Ich kann schon noch auf mich aufpassen. Keine Sorge. Ich verspreche eine sofortige Rückkehr, sollte ich tatsächlich eine Gefahr bemerken.«

Sie verabschiedete sich, trat auf den Jungfernstieg und bog kurze Zeit später nach rechts ab. Sie ging langsam. Ab und zu blieb sie, auf ihren Stock gestützt, stehen.

Etwa in der Mitte der Straße Neuer Wall überlegte sie, ob sie nun abbiegen oder die Straße weitergehen sollte. Sie entschied sich für ein Weitergehen. Sie erinnerte sich an frühere Besuche und war überzeugt, dass dieses der beste Weg sei. Als sie nach links in den Graskeller abbog, roch sie die vom Rauch erfüllte Luft schon weitaus intensiver, als dies noch in ihrem Hotel der Fall gewesen war. Kurze Zeit später bog sie wieder nach links ab. Sie besaß nun wieder vollständig die Orientierung. Der Name der Straße fiel ihr wieder ein: Großer Burstah. Georg Kerner kam ihr augenblicklich in Erinnerung. Und wie früher wunderte sie sich auch jetzt über diesen eigenartigen Straßennamen. Bevor der Große Burstah in die Bohnenstraße überging, verlief sie scharf nach rechts. St. Nikolai lag vor ihr. Unverkennbar waren jedoch die dichten Rauchwolken und die Flammen, die jenseits des Hopfenmarktes in den Himmel schlugen. Da neben ihr aber noch etliche andere Gläubige auf dem Weg zu dem Gotteshaus unterwegs waren, schob sie den Gedanken an eine mögliche Gefahr von sich. St. Nikolai lag doch weit entfernt von den eigentlichen Brandherden. Sie war überzeugt, dass das Feuer nie und nimmer bis hierher gelangen könnte.

Die Menschenmenge, die am Hauptgottesdienst teilnahm, wiegte sich in Sicherheit. Manche wussten zu berichten, dass der Wind das Feuer in Richtung Cremon und Katharinenstraße trieb, aber keinesfalls auf die Kirche zu. Kaum jemand bemerkte, wie draußen der Feuersturm tobte. Gegen Ende des Gottesdienstes, es ging auf ein Uhr zu, brach jedoch helle Aufregung aus. Vom Turm der Kirche stiegen erste Rauchwolken auf. Feuerwehrleute stürmten in die Kirche und wiesen auf die Gefahr hin. Furcht und Schrecken machten sich breit. Die Menge geriet in Panik. Jeder wollte sich retten. Agnes wurde in diesem Durcheinander einfach weggedrängt. Ihr fehlte die Kraft, um sich zu wehren. Zwei alte Männer stießen sie rücksichtslos beiseite. Sie verlor trotz ihres Stocks den Halt und fiel gegen eine der hinteren Kirchenbänke. Halb auf dem Boden liegend, versuchte sie, sich zu orientieren. Um sie herum erklangen nur Geschrei und aufgeregtes Fluchen. Wir sind doch in einem Gotteshaus, ging es ihr durch den Kopf. Sie schämte sich angesichts der Gotteslästerungen. Auf einmal spürte sie einen schrecklichen Schmerz auf ihrem Handrücken. Sie schrie auf. Eine Frau hatte ihr mit ihrem Stiefel heftig auf die Hand getreten. Agnes wurde ganz schwindlig. Sie robbte in die leere Kirchenbank. Irgendwie gelang es ihr, sich auf die Bank zu setzen. Sie hielt sich die schmerzende Hand und atmete langsam ein und aus. Immer wieder musste sie die Augen schließen. Ihr wurde nun auch übel. Von der mehr und mehr überhandnehmenden Verwirrung um sie herum nahm sie kaum etwas wahr. Erst als sich die Kirche fast vollständig geleert hatte, hatte sie sich so weit erholt, dass sie wieder aufstehen konnte. Langsam schlurfte sie zum Hauptportal der Kirche. Ihren Stock hatte sie verloren. Irgendwo bei der Kirchenbank musste er wohl liegen geblieben sein. Niemand interessierte sich für sie. Dann verließen sie wieder die Kräfte. Es gelang ihr gerade noch, sich auf eine seitlich des Kircheneinganges stehende Bank zu setzen. Erneut überfiel sie Übelkeit, wieder wurde ihr schwarz vor Augen. Sie kämpfte gegen die Ohnmacht an. Sie wusste nicht, wie lang sie allein in dem großen Kirchenschiff gesessen hatte. Draußen hörte sie ein Brausen und Krachen. Das laute Brüllen musste wohl von den Feuerwehrmännern stammen. Sie bemerkte auch, wie Rauch in den Kirchenraum eindrang. Doch schaffte sie es einfach nicht aufzustehen und die letzten wenigen Schritte zur Tür zu gehen. Irgendwann fielen ihr die Augen zu. Agnes schlief vor Erschöpfung ein. Sie kippte leicht zur Seite, hatte aber das Glück, nicht von der Bank zu fallen.

HAMBURG – 5. MAI 1842 (16 BIS 17 UHR)

ENDLICH! ALS DER HÖLZERNE TURM der St. Nikolaikirche brannte, gab der Senat die Erlaubnis zur Sprengung einiger Gebäude. Obwohl völlig abgekämpft, machte sich Christoph mit einigen seiner Männer sogleich ans Werk. Das entsetzlich wütende Feuer war nicht mehr anders zu bändigen. Wahrscheinlich kamen die Sprengungen nun auch schon zu spät. Unaufhaltsam hatten sich die Flammen vorwärts gefressen. Rasend schnell war das Feuer durch die verwinkelten, oft allzu engen Gassen gezogen und hatte in den Fachwerkbauten reichlich Nahrung gefunden. Die Löscharbeiten verliefen zu dieser Zeit schon ziemlich unkoordiniert. Viele Löschmannschaften waren einfach erschöpft. Mutlos hatten nicht wenige aufgegeben. Immer mehr Plünderer traten auf den Plan. Die Gendarmerie und das Militär schienen machtlos zu sein. Christoph kämpfte mit letzter Kraft. Er befand sich mit seinen Männern auf der Holzbrücke, von wo aus er die brennende Nikolaikirche und die sie umgebenden Häuser sah, die ebenfalls dem Feuer zum Opfer fielen. Er wollte den Sprengeinsatz auf jeden Fall noch versuchen.

»Wenn es überhaupt noch eine Chance geben soll, dann müssen die Häuser fort. Wir brauchen einen breiten Raum, in dem das Feuer keine Nahrung mehr finden kann. Drüben beim Hopfenmarkt fangen wir an.«

Christoph musste brüllen, sonst hätten ihn seine Männer nicht verstanden. Entsetzte Menschen kamen ihnen mit Karren und Pferdefuhrwerken entgegen. Sie hatten ihr weniges Hab und Gut auf die Wagen gerettet und flüchteten panisch. Am Ende der Holzbrücke hörte Christoph, wie jemand seinen Namen rief. Immer und immer wieder. Er blieb stehen. Doch eindeutig: Jemand rief nach ihm. Er drehte sich um. Dann sah er seine Schwester. Anna kämpfte sich durch die Menge. Sie rief, so laut es ihr möglich war, nach ihm. Als sie ihn endlich erreichte, musste sie erst nach Luft schnappen. Zunächst konnte sie vor Anstrengung und Aufregung nicht sprechen.

»Ich kann Mutter nicht finden. Den ganzen Tag suche ich schon nach ihr. Erst heute Mittag habe ich den Hinweis erhalten, dass sie in Streit's Hotel untergekommen war. Sie muss schon vergangene Nacht angekommen sein. Und der Hotelier hat mir gesagt, sie wäre zum Gottesdienst in die Nikolaikirche gegangen. Ich habe gründlich alles abgesucht, wo kann sie nur sein? Jetzt sind bereits wieder drei Stunden vergangen. Ich befürchte das Schlimmste.«

Entsetzt sah Christoph seine Schwester an. Er zögerte nur kurz. Dann übergab er das Kommando einem der Männer. Im ganzen Durcheinander hatte er gar nicht mehr an seine Mutter gedacht. Nun wurde ihm schlagartig bewusst, in welcher Gefahr sie womöglich schwebte. Jetzt zählte nur noch sie.

»Wir suchen noch einmal bei der Kirche. Dann gehen wir alle Straßenzüge ab. Ich vermute, sie wird in ihr Hotel zurückgekehrt sein. Einen anderen Weg als diesen gibt es ja nicht.«

»Wenn das nur so wäre! Ich bin vor kaum einer Stunde auch noch einmal beim Hotel gewesen. Nichts. Der Hotelier war sehr bemüht. Aber er konnte mir über Mutters Verbleib nichts sagen.«

Anna hatte kein gutes Gefühl.

»Komm. Wir suchen sie. Und wir werden sie finden. Lass uns tapfer sein. Wir wollen die Hoffnung nicht aufgeben. Nicht jetzt, da ich unsere Mutter zum ersten Mal sehen kann. Das darf so einfach nicht enden.«

Die Geschwister machten sich verzweifelt auf den Weg.

Agnes saß in einem zwischen Schlaf und Benommenheit wechselnden Zustand auf der Kirchenbank. Als sie die Augen öffnete und aufstehen wollte, gehorchten ihr die Beine nicht mehr. Immer mehr Rauch füllte die Kirche. Sie faltete die Hände. Mitten im Gebet wurde das Hauptportal aufgestoßen. Vier Männer stürmten herein, riefen mit Entsetzen, sie solle machen, dass sie herauskäme. Als Agnes nicht reagierte, wurde sie von zweien unsanft gepackt. Sie trugen die benommene Frau vor die Kirche, die zwischenzeitlich überall Feuer gefangen hatte. Es war fast vier Uhr, als sie auf den Platz vor der Kirche gelegt wurde. Es knallte zweimal ohrenbetäubend. Agnes sah, wie die obere Spitze des Turmes brennend auf den Kirchhof fiel. Ein Teil sauste auf das Kirchendach an der Südseite herunter. Es fing – wie die in unmittelbarer Nähe liegenden Pastorenhäuser – rasch Feuer. Aus dem zerstörten Turm loderten die Flammen wie aus einem riesigen Kamin furchterregend empor.

Agnes lag völlig benommen im Staub der Bohnenstraße. Wie sie dorthin gelangt war, hätte sie nicht sagen können. Ihr war schlecht. Sie konnte nur noch wie durch einen Schleier sehen. So sehr sie sich auch bemühte, an ein Aufstehen war nicht zu denken. Agnes schloss immer wieder die Augen. Sie atmete manchmal stoßartig und spürte wieder den Schmerz in ihrer linken Brust. Eine große Müdigkeit überfiel sie. Wie aus weiter Ferne drangen die durcheinander rufenden Stimmen der vielen aufgeregten und verstörten Menschen zu ihr durch. Das gemeine Knistern des Feuers, das krachende Zusammenfallen und Zusammenbrechen der vom Feuer zerfressenen Holzbalken, Dachstühle und Häuserwände in ihrer unmittelbaren Nähe registrierte sie zwar als Gefahr. Aber gerade so, als hätte sie längst aufgegeben, ließ sie erschöpft und völlig kraftlos alles geschehen. Eigenartigerweise ängstigte sie sich nicht mehr. Der Gedanke, sich zu retten, sich in Sicherheit zu bringen, war ihr fern.

Agnes spürte: Es ist vorbei. Wieder schloss sie die Augen. Sie wollte schlafen. Schlaf bedeutete Schutz. Schutz vor dem heißen Feuer, Schutz vor dem beißenden, giftigen Rauch, Schutz vor den herabstürzenden Dächern und Balken, die um sie herum, wild Funken stiebend, auf den Boden aufschlugen. Irgendwann hat alle Kraft ein Ende. Dieser Gedanke nahm Besitz von ihr. Sie akzeptierte ihr Schicksal, lag still da und wartete ruhig und geduldig auf die Dunkelheit.

Anna eilte mit ihrem Bruder Christoph durch die Straßen. Sie hatten sich längstens über den Vornamen verständigt. ›Michael‹ schien ihm zu fremd. So ließ er sich weiterhin Christoph nennen. Nur für die Begegnung mit seiner leiblichen Mutter wollte er Michael heißen. Er, der harte Bursche, der so energisch, rücksichtslos und stark sein konnte, empfand ein Gefühl, über das er sich selbst am meisten wunderte. Nie wäre er jemals auf die Idee gekommen, die Evers wären nicht seine Eltern gewesen. Die ausführlichen Gespräche mit seiner Schwester über seine Herkunft ließen ihn einerseits neugierig werden auf diese Frau, die ihn zur Welt gebracht hatte. Andererseits wusste er durch die Schilderungen, wie sie gelebt und was sie alles unternommen hatte, um ihn zu finden. Er wünschte die Begegnung mit ihr herbei und freute sich an dem Gedanken, wie er seine Mutter in den Arm nehmen würde. Niemals wäre er auf die Idee gekommen, dass ein in Hamburg wütendes, unseliges Flammenmeer dieses Zusammentreffen bestimmen sollte.

Anna war völlig aufgelöst. Sie blickte den verbrannten oder vom giftigen Rauch getöteten Menschen in die verzerrten und furchtbar verfärbten Gesichter. Verletzte brüllten erbärmlich um Hilfe. Manche hatten derart massive Brandwunden, dass die angesengte Haut und das verbrannte Fleisch stanken. Einmal musste sich Anna übergeben, weil sie es nicht ertrug, wie ein junger Mann als lebende Fackel schreiend aus einem Haus stürzte. Er schaffte es nur bis zur Straßenmitte, brach dort zusammen und verbrannte bei lebendigem Leib. Der Anblick des schwarzen, lodernden Körpers, der immer weniger zu werden schien, ließ Anna hemmungslos schluchzen. Ihr Bruder musste sie zurückhalten. Am liebsten wäre sie zu dem armen Menschen gestürzt, um die lechzenden Flammen zu löschen. Ein aussichtsloses Unterfangen! Ihr Entsetzen lähmte sie. Christoph rüttelte sie. Er wollte sie einfach mitziehen. In einiger Entfernung sah er den hölzernen Turm der St. Nikolaikirche lichterloh brennen.

»Komm. Nicht innehalten. Wir finden sie sonst nicht. Ich brauche dich. Nur du kannst unsere Mutter erkennen.«

Anna musste sich zusammenreißen. Ihr fiel das Weiterlaufen schwer. Wie unter Schock schleppte sie sich mühsam voran.

»Denk an Mutter. Sie muss hier irgendwo sein. Wenn wir jetzt aufgeben, ist sie verloren.«

Anna nickte heftig. Sie wollte sich selbst Mut machen, sich selbst neue Kraft und Energie geben. Erschreckt fuhr sie hoch, als ein ohrenbetäubendes Krachen einsetzte. Michael zeigte mit ausgestrecktem Arm in Richtung der Kirche. Der Turm von St. Nikolai stürzte in sich zusammen. Es schien, als hätte die Hölle ihre Pforten geöffnet. Alle Menschen, die an diesem Nachmittag dieses entsetzliche Schauspiel sahen, blieben wie angewurzelt und stumm stehen. Kaum einer konnte glauben, was sich vor seinen Augen abspielte.

Wieder gab sich Christoph einen Ruck. Er fasste seine Schwester an der Schulter.

»Komm, gib nicht auf! Lass uns dort nachschauen, wir dürfen nichts unversucht lassen.«

Anna nickte wie in Trance. Sie riss sich zusammen. Zunächst war ein Vorankommen schwierig. Nicht nur angsterfüllte, verstörte Menschen liefen wild durcheinander. Auch der Pöbel hatte sich längst breitgemacht. Plünderer waren unterwegs. Der Abschaum der Gesellschaft wollte die Gunst der schrecklichen Stunde nutzen. In dem ganzen Chaos konnte keine Ordnung mehr aufrechterhalten werden. Ungeniert und rücksichtslos drangen die Plünderer in die Häuser ein. Sie griffen nach allem, was ihnen wertvoll erschien. Noch nie in der Geschichte der Stadt konnten Diebstahl und Raub derart ungeschoren vorgenommen werden.

Die zusammengestürzte Nikolaikirche und die sie umgebenden brennenden Gebäude boten ein Bild des Grauens. Zahlreiche Menschen lagen auf der Straße. Die Verletzten riefen um Hilfe. Manche schleppten sich mühsam und qualvoll über die mit Asche und brennenden Holzteilen übersäten Straßen und Gassen. Einige lagen nur still und leblos da. Die Flammen hatten ihrem Leben ein furchtbares Ende gesetzt. Hektisch ließ Christoph seine

Blicke über die auf dem Boden liegenden Körper schweifen. Am Anfang der Bohnenstraße sah er auf der linken Seite eine ältere Frau liegen. Ihre langen, grauen Haare waren auf dem Boden ausgebreitet. Der Knoten musste sich gelöst haben. Keine Frau in diesem Alter würde die Haare derart offen tragen. Das schwarze Kleid war an verschiedenen Stellen beschmutzt. Klein und zierlich erschien ihm die Person. Eine Hand hatte sie vor Mund und Nase gepresst, vermutlich, um nicht durch das Einatmen der Rauchgase vergiftet zu werden. Mit Entsetzen erkannte Anna ihre Mutter.

»Mama!«, schrie sie voller Schmerz.

»Das ist unsere Mutter!«, rief sie wie von Sinnen ihrem Bruder zu. Sie begann heftig zu zittern.

Christoph reagierte sofort. Er stürzte geradezu auf die auf dem Boden liegende Frau zu. Mit der linken Hand griff er nach ihrem Kopf. Er drehte ihn ein wenig und sah, wie ihre Augen flackerten.

»Sie lebt. Gott sei Dank. Sie lebt!«, stieß Christoph hervor. Weinend kniete nun Anna neben ihrer Mutter. Sie streichelte ihr über den Kopf und den Rücken.

»Mama. Mama. Was machst du denn für Sachen?« Unbeholfen suchte sie nach Worten. Ihre Mutter wendete den Kopf. Ihre Augen waren geöffnet. Einen Moment schien sie sich zu orientieren.

»Anna. Du bist es. Wie schön. Meine Anna.«

Agnes' Stimme besaß kaum Kraft. Es klang fast wie ein Flüstern. Anna und Christoph sahen nun das Blut, das aus einer Wunde an ihrer Stirn austrat.

»Es wird alles gut. Mama. Jetzt wird alles wieder gut werden.«

Christoph griff unter den Körper seiner Mutter. Er war völlig überwältigt. Wie oft hatte er sich seine Mutter vorgestellt in den letzten Tagen. Immer und immer wieder hatte er sich gefragt, wie sie wohl aussehen würde. Die Beschreibungen Annas, die er sich nicht nur einmal geben ließ, hatten ein Bild von ihr in seinem Kopf entworfen, das so ganz anders war als das in dieser ungeheuerlichen Wirklichkeit.

»Mutter.«

Dieses Wort sagte er voller Rührung. Er hatte sie hochgehoben. Wie leicht sie war! Er spürte ihr Gewicht kaum. Ihre Arme fielen kraftlos herunter. Wieder schien es, als würde sie sich zu orientieren versuchen.

»Mama«, begann Anna mit tränenerstickter Stimme. »Dein Sohn. Mein Bruder. Es ist Michael. Dein Michael ist bei dir.«

Ihre Augen weiteten sich vor Staunen. Dann wurde ihr die ganze Tragweite schlagartig bewusst. Sie hob ihren rechten Arm, legte ihn um den Hals ihres Sohnes und griff mit der Hand des anderen Arms nach den starken Armen, von denen sie gehalten wurde.

»Michael. Ist es wahr? Mein Michael?«

»Mama, es *ist* Michael. Schau nur.« Bei diesen Worten schob Anna das schulterlange Haar ihres Bruders zur Seite. Das violett-rötliche Feuermal am Hals, das sich bis zum Nacken zog, trieb Agnes Tränen in die Augen. Michael hatte seinen Kopf zu ihr ein wenig verdreht hinuntergebeugt, damit sie es auch gut sehen konnte.

»Michael, mein Michael. Dass ich dich finden durfte.« Eine Träne lief ihr langsam über die Wange. Mit ihrer rechten Hand strich sie sanft über das Feuermal. Mit der linken Hand streichelte sie seine Hände. Sie bemerkte, wie rau diese sich anfühlten, und dachte noch, dass dies sicherlich von der harten Arbeit als Feuerwehrmann herrühren müsse.

»Ich bin es wirklich. Mutter. Ich bin dein Michael.«

Obwohl er seine Mutter nie gesehen und sich in den letzten Tagen immer und immer wieder gefragt hatte, wie das sein würde – diese erste Begegnung –, spürte er in dem Moment, als er sie hochgehoben hatte, eine Verbundenheit, die ihn anrührte. Die immer wieder gestellten Fragen, ob sie ihm vielleicht fremd sein, eine Fremde bleiben würde, ob sich eine nicht überbrückbare Distanz zeigen würde, lösten sich wie von selbst in Luft auf. Es schien das Selbstverständlichste überhaupt zu sein. Sie war seine Mutter. Er trug sie auf seinen Händen, er spürte ihre Hand auf seinem Nacken, spürte die andere Hand über seine Hände streicheln. Es gab nicht den Hauch eines Zweifels.

»Mein Michael«, sagte Agnes. Sie richtete sich ein wenig auf, hob den Kopf. »Michael, mein Michael.« Sie blickte ihn an. Ein zartes Lächeln umspielte ihre Lippen. Ihr Sohn schaute in ihre Augen. Dann spürte er, wie ein Zittern den Körper seiner Mutter durchströmte. Er sah immer noch in ihre Augen. Es war, als ließe das Strahlen nach. Der Glanz verlor sich. Die Augen brachen. Agnes schloss die Lider. Sie öffneten sich noch einmal. Wiederum ein ganz leichtes Zittern. Erschrocken beugte sich Christoph zu ihr hin.

»Mutter«, sagte er leise. »Mutter, du musst dich nicht sorgen. Wir sind alle da.«

Agnes' Kopf kippte ein wenig zur Seite. Über ihre Haut zog sich der Schleier des Todes. Christoph spürte kaum ihr Gewicht. Ganz leicht kam ihm seine Mutter vor, die er in den Armen hielt und deren Leben in dem Augenblick erlosch, als sie ihn nach Jahrzehnten gefunden hatte. Niemand konnte sagen, ob sie seine letzten Worte gehört hatte. Vielleicht war ihr Geist schon zu getrübt, um die Zärtlichkeit und Liebe, die er in diesem Augenblick empfand und ihr gegenüber zum Ausdruck brachte, noch wahrnehmen zu können. Mit Sicherheit jedoch erlebte Agnes von Homagen in diesen letzten Minuten ihres Lebens ein vollkommenes Glücksgefühl. Sie hatte ihren Michael wiedergefunden, war ihm ganz nahe und spürte die tiefe Zuneigung des starken Mannes, der ihr als Säugling weggenommen worden war. Sie durfte am Ende ihres Lebens noch dieses herrliche Gefühl der Geborgenheit spüren. Das Feuer, das Chaos, der Lärm um sie herum: All das trat in den Hintergrund. Nur dieser starke Mann zählte. Ihr Michael. Ihr Sohn. Ihre Sehnsucht war mit einem Mal gestillt. Die leise Trauer, die trotz aller glücklichen Tage immer wieder Teil ihres Lebens gewesen war, verflüchtigte sich, als hätte es sie nie gegeben. Diese Liebe! Dieses unschätzbare Glück! Agnes durchströmte eine Zärtlichkeit, eine sanfte, liebevolle Verbundenheit mit den beiden Menschen, die immer in ihrem Herzen waren. Dieses Herz stand nun für immer still. Agnes' Leben hatte sich erfüllt. Der Kreis hatte sich geschlossen.

BEGRIFFSERKLÄRUNGEN UND ZEITTAFEL

Amische: Die Amische sind eine täuferisch-protestantische Glaubensgemeinschaft in den USA, deren Leben stark im Agrarbereich verwurzelt ist. Sie lehnen Gewalt ab und stehen technischen Neuerungen ausgesprochen reserviert gegenüber. Sie stammen überwiegend von Südwestdeutschen und Deutschschweizern ab und sprechen untereinander meist eine Art Pennsylvaniadeutsch.

Böser Grind: Schlimme, stark juckende und schmerzende Hautkrankheit, die die behaarte Kopfhaut und das Gesicht befiel. Es bildeten sich erbsenförmige Pusteln und kleine Blattern, die aufplatzten und eine klebrige, übelriechende Flüssigkeit absonderten.

Broadway: Eine der ältesten Straßen New Yorks war ein ehemaliger Indianerpfad, der von der Südspitze Manhattans, wo bereits von den Siedlern im 17. Jahrhundert ein Fort erbaut wurde, in den Norden führte.

Dampfschifffahrt: Der amerikanische Ingenieur Robert Fulton (1775 bis 1815) trug entscheidend zur Entwicklung der Dampfschifffahrt bei. Sein 1807 entwickelter Raddampfer ›North River Steam Boat‹ war zwar auch noch mit Segeln bestückt, erreichte aber als Linienschiff, das New York mit Albany verband, 4,5 Knoten und verkürzte dadurch die Reisezeit von über einer Woche auf zwei Tage. Im Hamburger Hafen tauchte erstmals am 17. Juni 1816 das in Schottland vom Stapel gelaufene

Dampfschiff ›Lady of the Lake‹ auf. Von den Hamburgern wurde diese technische Neuerung überaus zwiespältig wahrgenommen.

Feuermal: Feuermale (Naevus flammeus) sind eine angeborene Fehlbildung der Blutgefäße in den obersten Hautschichten. Sie sind an sich nicht gefährlich oder bösartig. Nur in bestimmten Fällen weisen sie auf andere Krankheiten hin. Bei der Geburt erscheint es meist als hell- bis dunkelroter Fleck. Diese Flecken können klein sein, aber auch ganze Hautpartien betreffen. Mit zunehmendem Alter nimmt die Farbintensität zu. Typischerweise treten sie seitlich der Körpermittellinie auf und haben ein asymmetrisches Verteilungsmuster.

Georg Kerner: Ältester Spross einer sehr angesehenen Familie in Württemberg und Bruder des deutschen Romantikers Justinus Kerner. In Ludwigsburg 1770 geboren, verließ er früh seine württembergische Heimat. Er kritisierte die politischen Verhältnisse der Fürstenherrschaft und begleitete kritisch die Französische Revolution und deren Auswirkungen. Neben seinem Wirken als politischer Publizist arbeitete er ab 1803 segensreich als Arzt in Hamburg, wo ihm die Stadt mehrere medizinische Ämter übertrug (u. a. offizieller Armenarzt). Für seine Patienten verausgabte er sich. Er starb 1812.

Grüner Knollenblätterpilz: Schwerste Vergiftungen, oft mit Todesfolge, können auftreten bei Verwechslung der Pilze mit Champignons, Grünlingen oder Grünen Täublingen. Das Gift wirkt nach dem Essen massiv mit einer Verzögerung von sechs Stunden und mehr. Andauerndes Erbrechen, blutig-wässrige, choleraähnliche Durchfälle und Koliken kennzeichnen die erste Vergiftungsphase. Bereits jetzt kann der Tod eintreten. Es gibt aber Fälle, in denen es zu einer anscheinend überraschenden Besserung kommt und die Erkrankten glauben lässt, sie hätten die Krankheit überwunden. Allerdings wirkt in dieser Zeit verheerend eine zweite Vergiftungsphase. Nach zwei bis fünf Tagen schädigt dann die dritte Vergiftungsphase vor allem Leber und Nieren schwer. Sekundäreffekte betreffen das Herz, das zentrale Nervensystem und weitere Organe. Der Tod tritt im Leberkoma durch Herzstillstand ein. Im Grünen Knollenblätterpilz kommen mehrere Gifte, insbesondere sogenannte Amatoxine, vor. Ein einziger ausgewachsener frischer Pilz enthält bis zu 17 mg Amatoxine, ein Vielfaches einer tödlichen Dosis für den Menschen.

Gut Wustrau: Ich ließ mich bei der Wahl dieses Herrenguts von Theodor Fontane inspirieren. In seinen ›Wanderungen durch die Mark Brandenburg‹ beschreibt er Wustrau ausführlich. Er beginnt seine Wanderungen in Wustrau. Ergänzend konnte ich auf das Buch von Matthias Barth zurückgreifen, der dem Gut Wustrau eine Seite in seinem Buch ›Herrenhäuser und Landsitze in Brandenburg und Berlin. Von der Renaissance bis zum Jugendstil‹ widmet. (Bergstadtverlag, Würzburg 2008, S. 242). Das Herrenhaus wurde für den preußischen Husarengeneral Hans Joachim von Zieten (1699–1786) erbaut, der von Friedrich dem Großen besonders geschätzt wurde und sich große militärische Verdienste erworben hat. Als Hans Joachims Sohn Friedrich Christian unvermählt und kinderlos 1854 starb, ging das Rittergut in andere Hände über. Heutzutage ist dort eine von zwei Tagesstätten der Deutschen Richterakademie untergebracht.

Hamburger Berg: Der jedermann heutzutage als **St. Pauli** bekannte Hamburger Stadtteil hieß lange Hamburger Berg. Diese Siedlung wurde erst 1833 in St. Pauli umbenannt. Von ›Hamburger Berg‹ wurde deshalb gesprochen, weil der Geesthügel dieser zwischen der Hamburger Neustadt und Altona gelegenen Gegend von der tief gelegenen Marsch aus als ›Berg‹ wahrgenommen wurde. Dieses Gebiet brannten in der Franzosenzeit die Truppen Napoleons nieder, um eine bessere Sicht und ein besseres Schussfeld zu haben. Erst nach dem Wiederaufbau dieser Vorstadt kam es 1833 zur Namensänderung, für die die ebenfalls neu errichtete St. Pauli-Kirche Pate stand, in der eine aus dem 17. Jahrhundert stammende Skulptur des Apostels Paulus ihren Platz fand.

Haus Württemberg: Soweit im Roman eine Rolle spielend, ist auf nachfolgende Herrscher der fast tausendjährigen Geschichte des Hauses Württemberg hinzuweisen: Herzog Carl Eugen (1744–1793), Herzog Ludwig Eugen (1793–1795), Herzog Friedrich Eugen (1795 – 1797), Herzog Friedrich II. (1797–1806, ab 1803 als Kurfürst), Herzog Friedrich II. nimmt die Königswürde an als König Friedrich I. (1806–1816). Dessen Sohn aus erster Ehe, Kronprinz Friedrich Wilhelm, regiert als König Wilhelm I. (1816–1864) viele Jahrzehnte das Königreich Württemberg.

Horst'sche Bande: Mordbrennerbande um den Anführer Horst (Schwarz) und dessen Geliebte Luise Delitz, die 1810 in Zehlendorf, Großkreuz, Schöneberg und Steglitz zahlreiche Brände mit massiven Zerstörungen von Häusern, Höfen, Scheunen und eingelagerten Ernten legten und Berlin und die gesamte Umgebung in Angst und Schrecken versetzte. (Abweichend vom tatsächlichen Geschehen wurden die Missetaten im Roman ins Jahr 1812 verlegt). Die Bande hatte ihr Unwesen in wenigstens 45 Städten in Preußen, Österreich und Sachsen getrieben. Bei deren Brandschatzungen kamen auch Menschen und Tiere ums Leben. Der 30jährige Horst und die erst 22jährige Delitz wurden vom Berliner Kammergericht zum Tode verurteilt und am 28. Mai 1813, nachdem sie der Scharfrichter vorher erdrosselt hatte, auf einem freien Acker an der Jungfernheide auf einem Holzstoß öffentlich verbrannt. Es war die letzte Hinrichtung in Preußen, die durch den Feuertod vollzogen wurde. (Der Scharfrichter hatte Weisung, das vorherige Erdrosseln durchzuführen, ohne dass das Publikum etwas davon bemerken sollte).

Lützow'sches Freikorps: Im Februar 1813 gegründete Freiwilligen-Einheit unter dem Befehl von Major Ludwig Adolf Wilhelm von Lützow, das zum größeren Teil aus jungen Männern, die nicht aus Preußen, sondern aus Gebieten Nordwest- und Mitteldeutschlands stammten, bestand. Die schwarze Uniform mit rotem Kragen und gelben Knöpfen bildete später u.a. eine Vorlage für die schwarz-rot-goldene deutsche Fahne und die deutschen Nationalfarben.

Manhattan: Niederländische Pelzhändler, die sich an der Ostküste Amerikas niedergelassen hatten, erwarben für eine Handvoll Gulden 1626 von den dort lebenden Indianern eine Insel, die von den Einheimischen ›Mannahata‹ genannt wurde. Es ist nicht sicher, wie dieser Begriff übersetzt werden muss. Vermutet wird eine Bedeutung wie ›Insel der Hügel‹. Die an der Südspitze Manhattans errichtete Siedlung hieß zunächst ›Nieuw Amsterdam‹.

Redemptionsystem: Redemption = Erlösung. Nachweislich wurde seit 1728 das Redemptionsystem praktiziert. Wer als Auswanderer die Kosten für die Überfahrt nach Amerika nicht aufbringen konnte, hatte die Möglichkeit, mit dem Kapitän des Schiffes eine Vereinbarung zu treffen, dass die Überfahrt abgearbeitet würde, indem in einer Auktion der Kapitän den *Redemptioner* an einen Dienstherrn vermittelte. Häufig musste man im amerikanischen Hafen so lang an Bord bleiben, bis jemand seine Bereitschaft erklärte, für die Reisekosten aufzukommen. Der Redemptioner musste dann für drei bis sieben Jahre ohne Lohn, aber bei freier Kost und Logis bei dem Dienstherrn seine Schuld abarbeiten. Im 18. Jahrhundert kam beinahe die Hälfte der deutschen Einwanderer mithilfe dieses Systems nach Nordamerika. Es verschwand dann allerdings bald im 19. Jahrhundert, auch, weil z. B. die 1764 gegründete German Society of Pennsylvania gegen das Redemptionsystem ankämpfte.

Rumfordsuppe: Erfinder dieses billigen, aber nahrhaften Eintopfgerichts auf der Grundlage von Graupen und getrockneten Erbsen war der Amerikaner Benjamin Thompson (1753–1814), der in bayerische Dienste trat und von Kurfürst Karl Theodor 1790 für seine Verdienste in den Reichsgrafenstand erhoben wurde.

Staupbesen: Eine große Rute, mit der ein Henker Missetäter öffentlich auspeitschte. Diese Strafe war sehr entehrend.

Wall Street: Bereits Mitte des 17. Jahrhunderts wurde an der Südspitze Manhattans zum Schutz vor Überfällen quer über die Insel ein Wall aufgeschüttet, von dem die dort später verlaufende Straße ihren Namen hat.

Mai 1803
Dem württembergischen Herzog Friedrich II. wird die lang angestrebte Kurwürde verliehen. Damit gehört er zu den höchsten Fürsten im Reich, er wäre auch im Falle einer Kaiserwahl stimmberechtigt gewesen.

Herzog Friedrich will sein Land an und für sich neutral halten und möglichst nicht in die internationalen Verwicklungen und Kriege verstricken. Er muss jedoch schon früh für Napoleon Partei ergreifen, was letztlich jedoch überaus erfolgreich ist. Württemberg erreicht eine Vergrößerung und Stärkung und nicht zuletzt die Aufwertung zu einem souveränen Königreich in einem nach Napoleons Ende neuen Europa.

4. Juli 1803
Der amerikanische Präsident Thomas Jefferson gibt den Erwerb des Louisiana-Gebiets bekannt (›Louisiana-Purchase‹). Zwei seiner Gesandten in Paris haben zu deren eigener Überraschung mit Napoleon Einigkeit über diesen Erwerb erreichen können. Napoleon benötigt für seine Kriege in Europa dringend Kapital. Für das riesige Gebiet, das die Fläche der damaligen Vereinigten Staaten verdoppelt, erhält er 15 Millionen Dollar.

2. Dezember 1804
Napoleon, seit 1802 Konsul auf Lebenszeit, wird in Paris in Anwesenheit des Papstes zum Kaiser gekrönt, wobei er sich die Krone selbst auf sein Haupt setzt.

2./3. Oktober 1805
Napoleon hält sich in Ludwigsburg auf. Mit dem württembergischen Kurfürsten Friedrich unterhält er sich etwa anderthalb Stunden, was ungewöhnlich erscheint.

2. Dezember 1805
In der Schlacht zwischen Brünn und Austerlitz in Mähren besiegt Kaiser Napoleon die österreichischen Truppen unter Kaiser Franz II./I. und die russischen Truppen unter Zar Alexander I. Tatsächlich anwesend sind nur Napoleon und Alexander, trotzdem geht dieses Ereignis als Dreikaiserschlacht in die Geschichtsschreibung ein.

1. Januar 1806
Nachdem Napoleon am 27. Dezember 1805 an den württembergischen Kurfürsten (Herzog Friedrich II.) geschrieben hat: ›Ich bin glücklich, Ihrem Haus neuen Glanz verschafft zu haben …‹, ist der Neujahrstag 1806 der offizielle Tag der Annahme der Königswürde. Fortan regiert König Friedrich I. das Land im Südwesten Deutschlands.

14./15. Oktober 1806
Verheerende Niederlagen der preußischen und sächsischen Truppen gegen Napoleon bei den Schlachten von Jena und Auerstedt.

König Friedrich Wilhelm III. flieht mit seiner Familie nach dem Debakel von Jena und Auerstedt in den äußersten nordöstlichen Zipfel seines Reiches. Am 10. Dezember 1806 trifft er in Königsberg ein, am 8. Januar 1807 in Memel, wo er ein Jahr lang bleibt.

27. Oktober 1806
Napoleon zieht als Sieger durch das Brandenburger Tor in Berlin ein.

21. November 1806
Napoleon verhängt ein Handelsembargo über die britischen Inseln (bis 1813). Der Import von Waren aus und der Export von Waren nach England sind strikt untersagt. Über diese Kontinentalsperre versucht Napoleon, Großbritannien in die Knie zu zwingen.

7./8. Februar 1807
Schlacht bei Preußisch-Eylau: Napoleon führt gegen preußische und russische Truppen eine seiner blutigsten Schlachten überhaupt. Es gibt keinen eindeutigen Sieger, Napoleon scheint erstmals nicht unbesiegbar.

25. März 1807
In der Nacht zum 25. März stürzt das längst baufällige Dach des Rathauses von Wismar in sich zusammen.

25. April 1807
Als am 8. Februar 1807 in einer der blutigsten Schlachten des 19. Jahrhunderts bei Preußisch-Eylau offenbar wird, dass Napoleon keineswegs immer einen Sieg erringen kann, unterzeichnen König Friedrich Wilhelm III. von Preußen und Zar Alexander I. von Russland in Bartenstein ein Bündnisabkommen gegen Frankreich.

14. Juni 1807
Schlacht bei Friedland. Napoleon bringt der russischen Armee eine schwere Niederlage bei.

25. Juni 1807
Treffen Napoleons mit Zar Alexander I. auf einem Floß in der Mitte des Flusses Njemen.

7./9. Juli 1807
Friedensverträge von Tilsit zwischen Kaiser Napoleon I. von Frankreich, Zar Alexander I. von Russland und König Friedrich Wilhelm III. von Preußen. Preußen erfährt damit eine weitere Demütigung und wird auf den Status einer europäischen Mittelmacht zurückgestuft. Es verliert die Hälfte seines Staatsgebiets und seiner Bevölkerung.

Juli 1807
König Friedrich Wilhelm III. beruft die ›Militär-Reorganisations-Kommission‹ unter Leitung des kurz zuvor zum Generalmajor beförderten Gerhard von Scharnhorst ein, die eine maßgebliche Heeresreform vorbereiten und durchführen soll. Scharnhorst wirkt außerordentlich erfolgreich. Er stirbt infolge einer am linken Bein zugezogenen, nicht ausreichend behandelten Schussverletzung bei der Schlacht beim Dorf Großgörschen (2. Mai 1813) am 28. Juni 1813.

Es ist der Beginn der in der Geschichtsschreibung als ›Preußische Reformzeit‹ bezeichneten Periode (ca. 1807 bis 1814): Außer einer Militärreform geht es maßgeblich um eine Agrarreform (Bauernbefreiung: Abschaffung der Erbuntertänigkeit und Leibeigenschaft), Städteordnung (kommunale Selbstverwaltung), Gewerbereform, Bildungsreform, Judenbefreiung (Emanzipationsedikt).

3. Oktober 1807
König Friedrich Wilhelm III. ernennt den aus dem Nassauischen stammenden Reichsfreiherrn Heinrich Friedrich Karl vom und zum Stein zu seinem leitenden Minister. Mit einem Kreis hochkarätiger Reformer beginnt Stein zügig Reformen auf allen Gebieten des gesellschaftlichen und staatlichen Lebens in Preußens, was zur Erneuerung und Stärkung des darniederliegenden und rückständigen Landes führen soll. Auf Druck Napoleons muss Stein bereits Ende November 1808 wieder entlassen werden.

15./23. Dezember 1809
König Friedrich Wilhelm III. und Königin Luise brechen aus ihrem ostpreußischen Exil auf und kehren nach Berlin zurück, wo sie am 23. Dezember 1809, von einer Menschenmenge bejubelt, eintreffen.

7. Juni 1810
König Friedrich Wilhelm III. ernennt Karl August Freiherr von Hardenberg zum Staatskanzler, der die Reformen in Preußen vorantreibt. Unter dem Druck konservativ-reaktionärer Kreise büßt seine Politik allerdings ab 1814 ihre liberalen Züge ein.

19. Juli 1810
Plötzlicher Tod Königin Luises auf dem Lustschloss ihres Vaters in Hohenzieritz bei Neustrelitz.

11. März 1812
Emanzipationsedikt: Hardenberg gibt den Juden die vollen staatsbürgerlichen Rechte, die nun alle Berufe ausüben, Grundbesitz erwerben und in öffentlichen Ämtern tätig sein dürfen. Obwohl Justiz- und Verwaltungsämter und insbesondere die Offizierslaufbahn jedoch verschlossen bleiben, erheben erzkonservative Kreise Vorwürfe gegen die Reform.

24. Juni 1812
Napoleon überschreitet den Grenzfluss Njemen und zieht gegen das Zarenreich zu Felde (Russlandfeldzug). Die Taktik der verbrannten Erde der Russen, zermürbende Hungersnöte, ständige Kosaken- und Partisanenangriffe, Fehlplanungen und verheerende Fehleinschätzungen sowie der sehr frühe, außerordentlich strenge Wintereinbruch führen zu einer Katastrophe und vernichten die Grande Armée.

28. Mai 1813
Letztmals kommt es in Preußen zur Todesstrafe durch Verbrennen. Das Verbrecherpaar Horst Schwarz und Luise Delitz werden beim Entzünden des Scheiterhaufens jedoch auf Befehl des Königs vorher erwürgt.

16.–19. Oktober 1813
Völkerschlacht bei Leipzig, in der die Verbündeten (Preußen, Russland, Österreich, Großbritannien, Schweden) Napoleons Truppen entscheidend besiegen. Es ist wohl die größte Schlacht, die die Welt bis dahin erlebt hatte.

30. Mai 1814
Nach dem Einmarsch der Alliierten in Frankreich im Frühjahr 1814 wird Napoleon im 1. Frieden von Paris zum Thronverzicht und ins Exil auf der Insel Elba gezwungen.

18. September 1814–9. Juni 1815

Wiener Kongress: Die Bevollmächtigten von rund 200 Staaten beraten nach der Niederlage von Napoleon Bonaparte über die Neuordnung Europas. Gastgeber ist Kaiser Franz I. von Österreich, die maßgebliche Leitung obliegt dem österreichischen Außenminister Fürst von Metternich. Da es die Gäste so angenehm wie möglich haben sollen, besteht der Kongress auch aus einer Abfolge gesellschaftlicher Ereignisse, Bällen, Vergnügungen und Prachtentfaltungen. Ziel ist die Schaffung einer europäischen Friedensordnung. Preußen, vor allem vertreten durch Fürst von Hardenberg und Wilhelm von Humboldt, erhält erhebliche Gebietszuwächse. Mit der am 8. Juni 1815 verabschiedeten Deutschen Bundesakte wird ein loser Staatenbund, der Deutsche Bund, einen Tag vor der Unterzeichnung der Wiener Kongressakte, begründet. Die Hoffnungen auf einen deutschen Nationalstaat erfüllen sich nicht. Das Königreich Württemberg, vertreten durch König Friedrich I. und Kronprinz Friedrich Wilhelm, konnte im Wesentlichen seinen Territorialbestand behaupten.

18. Juni 1815

Anfang März 1815 kehrt Napoleon von Elba nach Frankreich zurück und reißt die Macht an sich. Sein Versuch, noch einmal seine Herrschaft in Frankreich und Europa durchzusetzen, scheitert jedoch endgültig in der Schlacht bei Waterloo. Er wird nach dieser Niederlage auf die Atlantikinsel St. Helena verbannt, wo er am 5. Mai 1821 stirbt.

26. September 1815
Vor allem auf Initiative des russischen Zaren Alexander I. begründen in Paris die Monarchien Russland, Österreich und Preußen die Heilige Allianz. Die Monarchen berufen sich auf das Gottesgnadentum und erklären die christliche Religion zum Fundament der herrschenden politischen Ordnung. Sie verpflichten sich zum gegenseitigen Beistand für den Fall bürgerlicher oder nationalstaatlicher Bestrebungen, die ihre Herrschaft gefährden.

30. Oktober 1816
König Friedrich I. von Württemberg stirbt in den frühen Morgenstunden. Sein Sohn und Kronprinz Friedrich Wilhelm übernimmt als Wilhelm I. von Württemberg und von Gottes Gnaden die Regentschaft. Noch am selben Tag bringt dessen russische Frau Katharina die erste von zwei Töchtern, Marie, zur Welt.

5.–8. Mai 1842
Am frühen Morgen des 5. Mai bricht in Hamburg in der Deichstraße ein Feuer aus. Die Feuersbrunst wütet vier Tage lang. Dieser Große Brand vernichtet den größten Teil der Altstadt. Etwa 20.000 Hamburger werden obdachlos. Neben zahlreichen Verletzten fallen 51 Menschen den verheerend sich ausbreitenden Flammen zum Opfer.

DANKSAGUNG

WERTSCHÄTZUNG UND ANERKENNUNG sind zwei Kategorien in den menschlichen Beziehungen, die oft genug vernachlässigt oder oberflächlich übergangen werden. Mir wurden von vielen Menschen beim Schreiben »meiner Agnes« Unterstützung und Hilfe gewährt. Ermutigungen erhielt ich von meiner Familie, meiner Frau und meinen Kindern, aber auch von meiner Schwester Manuela und meinem Bruder Roland. Zudem von Menschen, die mir völlig uneigennützig ihr Wissen und ihre Zeit zur Verfügung stellten. Das gilt vor allem für Mitarbeiterinnen und Mitarbeiter von Bibliotheken, Archiven und Museen. Alle haben ein Dankeschön sehr verdient. Und Anerkennung und Wertschätzung! Und dabei möchte ich eine Person hervorheben, die mit kritischem (jedoch unabdingbarem) Blick meinen Roman mit einer beispiellosen Sorgfalt begleitet hat. Ich durfte von deren Kompetenzen und deren großem Engagement ungemein profitieren. Es geht mir um Claudia Senghaas, Cheflektorin des Gmeiner-Verlags, vor der ich nur »den Hut ziehen« kann.

Weitere historische Romane finden Sie auf den folgenden Seiten und im Internet: www.gmeiner-verlag.de